대 산 세 계 문 학 총 서 **005**

페리키요 사르니엔토 2
―자식들을 위한 페리키요 사르니엔토의 자서전

El Periquillo Sarniento

José Joaguín Fernández De Lizardi

# 페리키요 사르니엔토 2
—자식들을 위한 페리키요 사르니엔토의 자서전

호세 호아킨 페르난데스 데 리사르디 지음
김현철 옮김

문학과지성사
2001

대산세계문학총서 **005**
페리키요 사르니엔토 2

지은이 / 호세 호아킨 페르난데스 데 리사르디
옮긴이 / 김현철
펴낸이 / 채호기
펴낸곳 / 문학과지성사

등록 / 1993년 12월 16일 등록 제10-918호
주소 / 서울 마포구 서교동 363-12호 무원빌딩 4층 (121-838)
전화 / 편집부 338)7224~5 팩스 / 323)4180
영업부 338)7222~3 팩스 / 338)7221
홈페이지 / www.moonji.com

제1판 제1쇄 / 2001년 6월 5일

ISBN 89-320-1251-2
ISBN 89-320-1246-6(세트)

ⓒ 김현철

옮긴이와 협의하여 인지는 생략합니다.
이 책의 판권은 옮긴이와 문학과지성사에 있습니다.
양측의 서면 동의 없는 무단 전재 및 복제를 금합니다.

잘못된 책은 바꾸어드립니다.

* 이 책은 대산문화재단의 외국 문학 번역 지원 사업을 통해 발간되었습니다.
* 대산문화재단은 大山 愼鏞虎 선생의 뜻에 따라 교보생명의 출연으로 창립되어 우리 문학의 창달과 세계화를 위해 다양한 공익 문화 사업을 펼치고 있습니다.

페리키요 사르니엔토 2
―자식들을 위한 페리키요 사르니엔토의 자서전

머리말을 대신하는 이야기 한 토막

독자 여러분. 여러분이 무언가를 알기 원하신다면 우선 살아 있어야 합니다. 그리고 이야기하기를 원하신다면 우선 알아야 하고 말입니다. 어느 날 저는 집에 혼자 있었습니다. 손에 붓을 들고 이 작품이랄 것도 없는 글을 공책에 끼적거리고 있을 때 제 친구 하나가 방으로 들어왔습니다. 이 친구는 진짜 만물 박사라 부를 수 있던 친구로, 나이도 지긋한 데다 경험도 풍부한 사람이었습니다. 저는 친구를 보고 요즘 누구라도 그러하듯이 정중한 예의를 갖춘답시고 자리에서 일어났습니다.

친구 또한 정중하게 예의를 갖추고 제 오른편에 앉아 이렇게 말했습니다.

"바쁘시면 계속 일을 보십시오. 그냥 궁금해서 찾아온 것뿐입니다."

"바쁜 일은 아닙니다. 바쁜 일이라 할지라도 기꺼이 잠시 접어두고 선생님과 즐거운 대화를 나누어야지요. 이렇게 종종 찾아주시니 황공할 뿐입니다. 오늘도 이렇게 찾아주셔서 대단히 감사합니다. 이렇게 오셨으니 『페리키요 사르니엔토』에 대해 세상에서 뭐라고들 하는지 알려주셨으면 합니다. 많은 식자들을 찾아다니시고 또 저처럼 보잘것없는 사람들도 종종 찾아주시니 말입니다."

"아, 얼마 전에 출간하신 최신작 1부를 말씀하시는 건가요?"

"예, 그렇습니다. 책을 계속 쓰자니 사람들이 뭐라고들 평하는지 궁금해서 말입니다. 평이 좋다면 그만이려니와 그렇지 않다면 그만둬야겠지요."

"그렇다면 한번 들어보십시오. 먼저 사람들의 의견이란 모든 것이 될 수도 있지만 전혀 아무것도 아닐 수도 있다는 점을 아셔야 합니다. 박식한 사람도 있을 것이고 무식한 사람도 있을 겁니다. 나름대로의 의견도 많겠지요. 그러니 사람들을 전부 만족시키기는, 그러니까 대중 전체를 하나같이 만족시키기는 윤리 도덕적으로는 불가능한 일입니다. 분별력 없는 사람이 좋아하는 작품을 박식한 사람이 즐겨 읽기란 지난한 일이며, 반대로 박식한 사람이 칭찬하는 작품을 분별력 없는 사람이 좋아할 리도 없는 일이지요.

페로 그루요가 이런 사실을 증명하고 있지 않습니까. 왜 모르십니까. 그 사람 작품은 대중의 심판을 받았습니다. 이전에 그와 비슷한 작품들이 거쳤던 그런 과정을 똑같이 밟은 겁니다. 어떤 사람들은 가당치도 않은 칭찬을 늘어놓는 반면에, 전혀 거들떠보지 않은 사람들도 있습니다. 읽고도 무슨 뜻인지 모르는 사람도 있고, 읽어 뜻을 헤아릴 뿐 아니라 다른 작품이나 사물과 견주어보는 사람들도 있습니다.『볼루소 연대기』나 가시 많은 엉겅퀴 따위와 말입니다. 물론 혓바닥이 당나귀 혓바닥처럼 단단해야 씹어 넘길 수 있단 말이겠지요.

이런 점들은 알고 계셔야 합니다. 가장 위대한 작품이 독설가의 날카로운 이빨을 피하기보다 어린아이들이 즐기는 과자에서 벌꿀이 떨어져 나가기가 훨씬 쉬운 일이 아닙니까."

"그렇습니다, 선생님. 저도 알고 있습니다. 저는 제 작품이 일말의 칭찬도 받을 만한 구석이 없다는 점도 알고 있습니다. 위선을 떠느라고 드리는 말씀이 아닙니다. 진심으로 그렇게 생각하고 있습니다. 저는 그저 감사할 따름입니다. 사람들이 돈을 주고 제 보잘것없는 작품을 기꺼이 사 보는 그 마음씨에 말입니다. 평범하기 그지없는 생각도, 투박한 문장력도, 심지어 가끔씩 나오는 얼토당토않은 실수조차도 너그러이 눈감아주면서 말입니다. 좀 분별력 있는 내용이 있다면 그건 모두 호라티우스에게 감사할 수밖에 없습니다. 호라티우스는 『시학』이라는 책에서 이런 이야기를 했지요. '논 에고 파우치스 오펜다르 마쿨리스.' 즉 좋은 작품이라면 어느 정도의 실수는 용납될 수 있다. 그리고 이런 이야기도 있습니다. '순트 델릭타 타멘 키부스 이그노비세 벨리무스.' 즉 용서해줄 만한 실수도 있다. 그러니 제 책을 읽으시는 분들도 마음에 드는 점이 있으면 차고 넘치는 실수도 길이 참아 용서해주시리라고 봅니다. 주님께서 그로 인해 은혜를 베푸셔서 그 순박한 마음을 길이 간직할 수 있도록 하셨으면 하는 것이지요.

저는 뭐 수많은 독자를 가졌으면 하고 바라는 사람도 아니고, 소설 나부랭이나 좋아하는 무식한 평민들의 잘한다 하는 소리나 탐하는 그런 사람도 아닙니다. 저는 독자가 적어도 상관없습니다. 박식한 사람들이라면 뭐라고 해도 아무렇지 않습니다. 이야기를 장황하게 늘어놓아 성가시게 하고 싶지 않습니다. 다만 저는 호라티우스나 후안 오웬과 같은 심정이라는 것만 밝히지요. 후안 오웬이 춤추는 곰에 대해 쓴 우화 하나를 들어보겠습니다.

> 박식한 사람이 아니다 하면 형편없는 작품이요,
> 무식한 사람이 좋다 하면 더 못한 작품일세. (우화 3)

많은 독자를 원하지 않는다는 말은 진심입니다. 그래도 많이 팔리면 좋겠지요. 인쇄비도 상당히 들었고 글 쓰는 데 소비한 시간에 대한 보상도 있어야 할 테니까요. 그런 것만 대충 메워진다면 저는 만족합니다. 칭찬하는 사람이 하나 없다 해도 말입니다. 오웬이 풍자시에서 거론한 독자와 작가에 대한 시구가 생각납니다.

칭찬 듣기를 원한다면
조금이라도 넘치고 한 사람으로도 충분하다.
아무도 내 글을 읽어주지 않아도
그 아무도 없는 것으로도 차고 넘친다.

그래도 말입니다, 이런 말을 알고 있으면서도 말입니다. 제 주머니를 털어야 책이 나오니 제 작품에 대해 뭐라고들 하는지 알고 싶은 것입니다. 그외에 다른 이유는 없습니다."

"친구여, 지금까지는 나쁘다는 얘기보다는 좋다는 얘기를 많이 들었으니 안심하십시오."

"그럼 나쁘다는 사람도 있단 말입니까?"

"왜 없겠습니까? 아주 훌륭한 작품에 대해서도 나쁘게 말하는 사람이 있는 법입니다. 페리키오 자신도 말 많은 사람들을 비웃고 있겠죠!"

"그래, 페리코에 대해서는 뭐라고들 합니까?"

"이 페리코란 친구는 필요 이상으로 말이 많다고 하더군요. 자기에게 욕을 한 것도 아닌데 사람을 영 형편없이 만들어버린다고 말입니다. 비평을 한답시고 이 나라 모든 계층, 모든 단체를 끝없이 헐뜯고 있다고 합니다. 아주 굉장한 싸움꾼이랍니다. 폐단을 고발한다는 명목으로 학교 선생님들까지 싸잡아 헐뜯으며 입이 험한 자기 성질머리를 만족시킨다고 합니다. 아니, 자식 교육을 위해서라면 왜 엄격한 감찰관이었던 카톤처럼 하지 않느냐는 겁니다.

자식을 가르치려면
진정으로 하라.

풍자나 비난이나 독설은 아니라는 겁니다. 이런 내용을 담은 글을 출판하려면 먼저 편집자의 인정을 받아야 한답니다. 글 자체로는 신용을 얻지 못하니까요. 미움함만 활자로 찍어내는 격이라지요. 책을 팔아 돈을 좀 만져볼까 하는 것이라면, 그건 추잡하고도 불법적인 짓이랍니다. 어느 누구도 형제를 팔아 자기 밥을 벌 수는 없는 것이니까요. 마지막으로, 작가가 참으로 열심이고, 참으로 합리적이고, 사회의 폐단에 대해 참으로 반대한다면, 왜 자기 것부터 고쳐 나가지 않느냐고 합니다. 자기한테도 적지 않을 텐데라면서."

나는 겁이 나 소리쳤다.

"오, 만물 박사 선생님, 모두 그런 말을 했단 말입니까?"

"예, 친구여. 모두 그랬습니다."

"도대체 누가 그랬습니까, 제발 말해주십시오."

"누가 그랬겠습니까, 선생님이 우화라는 잔에 담아 마시게 한 진실이 입에 쓴 사람들이지요. 형편없는 가장, 자식이라면 죽고 못사는 어머니, 자격 없는 라틴어 선생, 게으른 사제, 요사스런 여인, 게으름뱅이, 도둑놈, 사기꾼, 위선자 등 선생님이 그려낸 그 많은 못된 사람들이 페리키요에 대해 좋은 얘길 해주길 바라십니까? 천만의 말씀입니다, 친구여. 이런 사람들은 작품에 대해, 실존하는 작가에 대해 좋은 소리 안 합니다. 그래도 이건 아셔야 합니다. 그 원수 같은 사람들 중에서도 선생님 편을 끌어낼 수 있습니다. 그 사람들은, 자기들은 모르겠지만, 선생님 작품을 인정하는 셈이니까요. 선생님께서 쓰신 모든 것이 거짓말이 아님을 증명해보이는 셈이지요. 그러니 누가 뭐라고 떠들어도 상관 마시고(그게 뭐 비평 축에라도 낀답디까) 작품을 계속 쓰십시오. 그리고 작품 사이사이에서 명백하게 주장하십시오. 어느 특정인을 다룬 것은 아니라고 말입니다. 칭찬받아 마땅한 목적이 있어 사회의 폐단을 풍자하는 것이다. 우리 에스파냐 안팎의 용기 있는 천재들이 수도 없이 풍자해온 바로 그 폐단일 뿐이다. 그리고 그 점을 확신시키기 위해 후안 오웬의 성결한 카나리아에 대한 우화를 다시 들려주는 겁니다.

> 내 얘기는 모두에게 해당되기도 하지만
> 아무에게도 해당되지 않기도 한다.
> 찔리는 사람 잘못이지
> 잘못이 없다면 들어 무슨 상관일까.
> 그러니 해당되는 사람도
> 욕하지는 못하리니,
> 열심히 사는 사람은
> 자기 벌어 자기 먹을 테지. (우화 1)

만물 박사는 이런 말을 남기고 다른 데 가볼 데가 있다며 떠났다(이 만물 박사란 양반은 오지랖도 넓었다). 나는 붓을 들고 우리가 나누었던 대화를 기록했다. 독자 여러분께서 이걸로 일단 입맛을 돋우신 후에 우리 유명한 페리키요 이야기를 계속 읽으시라고.

머리말을 대신하는 이야기 한 토막 • 7

제2부

1. 페리키요가 설사약 의사를 만나게 된 사연을 이야기한다. 페리키요는 의사로부터 한 수 배운 후에 한몫 챙겨 달아난다. 페리키요는 툴라로 도망하여 그곳에서 의사 행세를 한다 • 21

2. 페리키요가 툴라에서 있었던 여러 가지 사건과 신부로부터 당한 일을 이야기한다 • 49

3. 우리 페리키요가 신부가 어떤 결론을 내렸는지 들려준다. 페리키요는 흑사병으로 실패를 경험하고 꼴사납게 마을을 떠난다. 이야기 중간에 반주처럼 재미있는 이야기가 끼어든다 • 67

4. 그릇 장수와의 어처구니없는 모험과 누더기 거지와의 만남이 이야기되는 장 • 82

5. 페리키요는 뜻밖의 횡재를 만난다. 서기 찬파이나의 종말, 루이사와의 재결합 등 독자들의 구미에 맞는 이야기가 펼쳐진다 • 104

6. 페리키요가 어떻게 루이사를 집에서 쫓아냈으며, 마리아나 아가씨와 어떻게 결혼하게 되었는지에 대해 이야기하는 장 • 127

7. 페리키요가 루이사에 대해, 피 튀기는 모험에 대해, 그 밖에 심심풀이로 즐길 수 있는 일들에 대해 이야기하는 장 • 151

8. 페리키요가 성구 담당자가 된 과정, 시체로 인한 소동, 거지 조합에의 가

입 등 재미있고도 진지한 사건에 대해 이야기하는 장 • 160

9. 페리키요가 판사와 겪은 사연, 판사의 성격과 그 못된 행동거지, 교구 신부의 심술, 판사의 몰락, 재판일을 맡게 된 과정, 마을에서 쫓겨나는 과정을 이야기하는 장 • 184

10. 페리키요가 대령 부관으로 있으면서 누린 행운, 대령의 인간성, 마닐라로의 출항 및 기타 재미있는 일들을 이야기하는 장 • 202

11. 페리키요가 어느 이기주의자의 정나미 떨어지는 언동, 배가 좌초되면서 빚어진 이기주의자의 불행한 결말, 이 일에 대한 대령의 충고, 흥겨운 마닐라 입항에 대해 이야기하는 장 • 220

12. 페리키요가 마닐라에서의 처신, 영국인과 흑인 사이에 벌어진 결투, 가볍게 볼 수 없는 난상 토론을 이야기하는 장 • 239

13. 우리 작가 양반이 마닐라에서 착실하게 굴어 행운을 잡은 일, 제대, 대령의 죽음, 그 장례 등과 심심풀이로 읽을 수 있는 사건을 이야기하는 장 • 256

14. 우리 작가 양반이 아카풀코까지 배를 타고 오면서 겪은 일, 조난당한 일, 어느 섬에 표류하여 환대받은 일, 그 밖에 재미있는 사건을 이야기하는 장 • 265

15. 우리 페리키요가 섬에서 백작 노릇을 한 일, 즐거웠던 나날, 섬에서 목격한 일, 식사 중에 이방인들과 나눈 이야기, 깡그리 무시할 수만은 없는 사건을 이야기하는 장 • 285

16. 우리 페리키요가 그 도시에서 목격한 몇 가지 처형 장면, 형법에 대해 중국인과 에스파냐인 사이에 있었던 재미있는 대화 한 토막을 이야기하는 장 • 303

17. 우리 페리키요가 중국인에게서 얻은 신망, 멕시코까지의 동행, 백작 노릇을 하며 중국인과 함께 흥청망청 돈을 써가며 지낸 행복한 나날에 대해 이야기하는 장 • 318

18. 우리 페리키요가 꼴사나운 모습으로 중국인 집에서 쫓겨나게 된 사

연, 괴상망측하지만 반드시 읽어 알아둘 필요가 있는 것들을 이야기하는 장 • 335
19. 우리 페리키요가 목을 매는 장면, 목매기를 포기하게 된 동기, 친구놈의 배은망덕, 상가에서의 유령 소동, 도시를 떠나게 된 사연 등을 이야기하는 장 • 353
20. 우리 페리키요가 도적떼를 만난 일, 도적떼의 정체, 도적떼로부터 받은 선물, 도적떼와 동행하며 겪은 일들을 이야기하는 장 • 368
21. 우리 페리키요가 도적떼와 함께 겪은 일, 어느 사형수의 시체를 보고 느낀 비감, 개과천선하게 된 동기에 대해 이야기하는 장 • 387
22. 우리 페리키요가 프로페사 수도원에서 겪은 수련 과정, 로케와의 재회, 과거에 신세 진 친구와의 해후, 어느 여관에서 일자리를 구한 일 등에 대해 이야기하는 장 • 404
23. 우리 페리키요가 산아구스틴 데 라스쿠에바스에서의 생활, 친구 안셀모의 인생, 그 밖에 결코 따분하지 않은 이야기를 들려주는 장 • 414
24. 우리 페리키요가 어느 염세가의 인생 역정, 그저 재미로만은 볼 수 없는 누더기 차림 친구의 인생 종착역에 대해 이야기하는 장 • 430
25. 우리 페리키요가 자신의 재혼, 그리고 이 진실한 이야기에 의미를 더해주는 여러 가지 재미있는 사건에 대해 이야기하는 장 • 450
26. 우리 페리키요가 주인의 죽음, 중국인과의 이별, 죽음으로 이어지는 병마와 싸운 일을 이야기하는 장, 그리고 편집자가 나서서 우리 주인공이 죽기까지의 과정을 이야기해주는 장 • 470
27. 우리 '생각하는 사람'이 페리코의 장례식과 이 사실적 이야기를 마무리 짓는 몇 가지 사항을 이야기하는 장 • 492

옮긴이 해설: 어느 천덕꾸러기가 고발하는 격동기의 멕시코 • 505
작가 연보 • 516
기획의 말 • 518

페리키요 사르니엔토 1 | 차례

머리말 • 7

제1부

1. 페리키요가 왜 자식들에게 글을 써 남기고자 하는지를 밝히며, 아울러 부모, 조국, 출생 및 유년기에 대한 이야기를 들려주는 장 • 21
2. 페리키요가 학교에 들어간 일, 학교에서의 교육 과정, 그 밖에 읽어서 알 수 있고 들어서 알 수 있고 캐물어 알 수 있는 여러 가지 사건을 이야기하는 장 • 34
3. 페리키요가 세번째 학교에 대한 일, 장래 직업에 대한 부모의 말다툼을 이야기하는 장 • 49
4. 페리키요가 앞 장에서 중단한 부모의 말다툼, 거기서 얻은 결론, 다시 학교에 다니게 된 사연 및 학교에서의 생활을 이야기하는 장 • 63
5. 페리키요가 예과 과정에 입학한 일, 그 기간에 배운 것, 처신, 성적 및 알고 싶은 사람은 알 수 있는 몇 가지 궁금증을 이야기하는 장 • 76
6. 우리의 학사 양반이 농장에서 있었던 일을 이야기하는 장. 흥미롭고 재미있는 이야기 • 86
7. 우리 작가 양반이 농장에서 있었던 일을 계속해서 이야기하는 장 • 101
8. 우리 페리키요가 농장에서 겪었던 일, 귀가길에 겪었던 모험을 이야기하는 장 • 117
9. 집에 도착한 페리키요가 이상하고도 재미있는 것에 대해 아버지와 오랜

시간 이야기를 나누는 장 • 128

10. 페리키요의 아버지가 설교를 끝내다. 페리키요는 신학을 공부하기로 결심. 그러나 신학을 포기. 아버지는 직업을 구하라고 재촉. 페리키요의 반항. 그 밖에 자잘한 사건을 다루는 장 • 145

11. 페리키요는 수도사의 옷을 입는 바로 그날 후회막심하게 된다. 왜 후회막심인지 이런저런 이야기가 펼쳐지는 장 • 162

12. 좋은 충고와 나쁜 충고를 다루는 장. 페리키요의 아버지가 죽고 페리키요는 수도원을 나온다 • 181

13. 페리키요가 상복을 벗기 위해 애쓰며 장례식, 조문, 매장, 상복 등의 폐단에 대해 논하는 장 • 192

14. 페리키요의 춤에 대한 비평, 많은 부모가 자식을 잘못 가르치는 것에 대한 지루하지만 유용한 여담, 부모 속을 썩이는 못된 자식에 대한 이야기가 펼쳐지는 장 • 211

15. 페리키요가 어머니의 죽음을 이야기하는 장. 다른 자잘한 사건도 이야기되는데 그리 불쾌한 내용은 아니다 • 230

16. 외로운 거지 고아가 된 페리키요가 후안 라르고를 만나다. 페리키요는 그의 말에 넘어가 노름판에서 바람잡이로 건달 생활을 꾸려간다 • 250

17. 페리키요가 노름꾼으로서의 일과 거기서 얻은 노다지에 대해 이야기한다. 노름에 대한 신랄한 비판이 행해지고, 전혀 예상치 못했던 위험한 순간이 페리키요에게 닥친다 • 268

18. 페리키요가 정신을 차려보니 병원이었다. 병원에 대해 한바탕 늘어놓는다. 하누아리오가 찾아온다. 몸이 회복된다. 다시 거리로 진출. 직업에 대한 궁리. 사부는 도둑질을 추천하지만 페리키요는 거부. 이어 도둑질에 대한 열띤 토론이 벌어지는 장 • 287

19. 우리 주인공이 자신이 겪은 감옥살이를 이야기하는 장. 주인공은 감옥에서 멋진 친구를 하나 사귀게 되는데 그 친구 이야기가 이어진다 • 306

20. 페리키요가 서기와 있었던 일을 이야기하고 난 뒤 안토니오 씨가 자신

의 삶을 페리키요에게 계속 들려준다 • 327
21. 페리키요가 감방에서 죄수들에게 호되게 당한 일을 이야기하고 안토니오 씨는 자기 이야기를 마무리짓는다 • 347
22. 안토니오는 출옥한다. 페리키요는 동료 건달들과 우정을 다지면서 새끼 독수리를 만나게 된다 • 368
23. 페리키요가 감옥 안에서 도둑맞은 이야기, 안토니오 씨와 헤어지는 이야기, 그가 겪었던 일 등 독자들이 언짢아하지 않을 일들에 대해 이야기를 늘어놓는다 • 385
24. 페리키요가 감옥에서 나오게 된 경위를 밝히고, 사악한 서기들에 대해 혹평하며, 찬파이나 집을 나오게 된 경위에 대해 이야기하는 장 • 406
25. 페리키요가 이발사를 만나게 된 일과 그 집에서 나오게 된 사연, 약방에 취직하여 그만두게 된 사연 등 재미있는 모험담을 이야기하는 장 • 429

제2부

1. 페리키요가 설사약 의사를 만나게 된 사연을 이야기한다. 페리키요는 의사로부터 한 수 배운 후에 한몫 챙겨 달아난다. 페리키요는 툴라로 도망하여 그곳에서 의사 행세를 한다

굳이 "당신 누구요?" 하고 물을 필요는 없다. "하는 짓거리로 누군지 알 수 있을 테니까." 이 격언은 오래된 만큼 진리를 말하고 있다. 세상 모든 사람이 이 진리를 확실히 알고 있다. 그러니 나는 내 못된 망나니 짓거리를 호들갑스럽게 부풀려 떠들어대고 싶지 않다. 내 못난 망나니 짓거리를 있는 그대로 언급한다는 것 자체로 이미 충분할 테니까. 얘들아, 다만 바라는 것은, 마치 소설을 읽듯이 내 인생사를 읽지 말았으면 하는 것이다. 사건의 겉모습만 읽고 넘어가지 말고 그 속내를 곰곰이 생각해보아라. 내 천성으로 자리 잡은 나태함, 무익함, 변덕스러움 등 그 모든 결함으로 인한 서글픈 결말을 살펴봐야 한다는 이야기다. 마구잡이로 흘러간 내 인생 역정을 분석해보고 그 원인을 따져보고 그 결과를 주목하여 너희는 나나 다른 사람들이 저지른 부끄러운 실수를 피하라는 이야기다. 너희는 내 심사숙고한 결과 너희에게 주는 건강한 기독교 윤리에 입각한 견실한 금언들을 명심하도록 해라. 한마디로 말해서, 이 책의 어느 부분을 읽더라도 본질을 파악하라는 것이다. 어느 장면에

서는 우스꽝스러운 사건이 재미있을 수 있을 것이고, 어느 장면에서는 실수나 폐단을 깨우쳐 다른 사람을 흉내내거나 사귀는 데 있어서 주의를 기할 수도 있을 것이고, 또 어느 장면에서는 덕스러운 행위를 발견하여 그것에 감화 감동되어 흉내도 내볼 수 있을 것이다. 얘들아, 내 이야기는 이런 것이다. 내 바라는 바는 너희가 내 인생사를 읽고 세 개의 과실을 얻었으면 하는 것이다. 두 개의 원리와 하나의 덤을 말이다. 덕을 사랑하라, 악을 미워하라, 그리고 인생을 즐겨라. 이것이 내가 바라는 바다. 그래서 그 무엇보다도 마음에 걸리는 것은, 지금까지 감춰왔던 내 죄과와 결점에 대해 써야 한다는 것이다. 너희가 내 말대로 못 한다 해도 내 의도만큼은 칭찬받아 마땅한 것이라는 사실만으로나마 위안을 삼고 죽을 수 있을 것이다. 여담은 그만두자. 종이가 오죽 비싸야지.

내가 설사약 의사를 찾아갔다는 데까지 이야기했으렸다. 나는 어느 날 오후 낮잠 시간이 지난 뒤에 연구실로 의사를 찾아갔다. 의사는 안락의자에 앉아 책을 앞에 들고 있었다. 약 상자는 그 옆에 있었다. 키가 크고 얼굴과 사지가 마른 양반이었다. 배는 볼록했고, 피부는 누르스름했고, 눈썹은 숯검정에다, 눈은 파랗고, 콧날은 뾰족했고, 입은 함지박에, 이빨은 듬성듬성, 거기다 대머리였다. 그래서인지 외출할 때는 어여머리, 즉 가발을 썼다. 내 살펴보자니 입고 있는 옷은 발치까지 내려오는 실내복이었다. 기모노라는 것이었는데, 꽃과 나뭇가지가 잔뜩 그려져 있었다. 거기다 풀을 빳빳하게 먹인 커다란 추기경 모자 같은 것을 쓰고 있었다. 얼마나 다려댔던지 아주 빤질빤질 윤이 났다.

의사는 내가 들어서자 나를 알아보고 이렇게 말했다.

"아, 페리키요. 이 친구! 아니 이 저물녘에 어인 일로 이 누추한 데를 다 찾아오셨나?"

나는 그 양반이 잘난 척하기로 유명하다는 사실을 알고 있었기 때문에 그런 말투에 신경 쓰지 않았다. 나는 내게 유리하게끔 거짓말을 섞어가며 그간의 사정을 늘어놓기 시작했다. 그러자 의사가 내 말을 가로막으며 끼어들었다.

"아하, 네 주인 약제사와 있었던 그 어수선한 파국은 이미 들어 알고 있다. 페리코야, 너는 침상에 누워 있던 평화로운 환자를 느닷없이 관에 처넣으려고 단번에 수를 쓰려 했었지. 마그네슘을 비소로 바꿔치기해서 말이다. 너의 그 경박하게 덜렁대는 손버릇에 대체로 책임이 있는 거겠지. 네 사부 약사 양반에게는 조금의 책임도 없다. 생각 없이 놀다 보니 그런 꼴도 당하는 거겠지만. 내 그 양반에게 일러준 바 있다. 독이 있는, 그러니까 유독한 약품은 모두 열쇠로 단단히 채워놓아 아주 신중한 약사만 다루게 해야 한다고 말이다. 좀 신경을 써서 그렇게 했더라면 그런 치명적인 실수는 방지할 수 있었을 텐데. 내가 그렇게나 타일렀건만 대답이라고 한다는 말이 고작, 그렇게 별스럽게 놀 이유가 뭐냐, 그건 약사를 모독하는 것이라니 원. '사피엔티스 에스트 무타레 콘실리움(진정한 현자는 생각을 바꿀 줄도 안다)' '콘수에투도 에스트 알테라 나투라(버릇은 제2의 천성이다)'라는 말도 몰랐던 것이지. 그래 말해봐라. 그 동안 어떻게 지냈지? 뭔가 일이라도 있었으면 틀림없이 내 귀에 들렸을 텐데. 그래 그 약국에서는 오래 전에 나왔다고 하던데."

"그렇습니다, 선생님. 하지만 부끄러워서 찾아뵙지 못했습니다. 힘들었습니다. 그 동안 먹기 위해 망토며, 바지며, 손수건을 모두 팔아야 했습니다."

"이런 미욱한 사람 보겠나! 부끄러움이란 '옵티메 보나(아주 좋은 것)'이기는 하지. 알고도 죄를 지었다면 말이다. 비자발적으로 지은 죄가 아니라면, 바로 그 '익 에트 눈쿠(바로 그 행위)'에서 사람은 자기 죄를 알 수 있는 법이다. '압스케 두비오(결단코)' 그런 짓을 저지르지 말아야 하는 거지. 어쨌든, 이 사람아, 그래 나를 도와 나와 함께하겠느냐, '인 페르페툼(영원히)'?"

"예, 선생님."

"그래 좋다. 이 '도모(집)'에서 '인 프리미스(이제로부터 혹은 우선),' '파넴 노스트룸 쿠오티디아눔(일용할 빵)'을 얻게 될 것이다. '알리운데(거기에 더해),' 일용할 음료도 주지. 셋째, 침상도 '시크 벨 시크(마련되는 대로).' 넷째, 네 겉모양도 일색으로 갖춰주겠다. 다섯째, 위생 면에 있어서도 원하는 대로 해주마. 이곳에서는 식이 요법을 준수하고, 여섯 가지 자연 법칙을 준행하고, 의학계의 쟁쟁한 인물들이 처방한 여섯 가지 비자연 법칙 또한 반드시 지켜야 한다. 여섯째, 너는 '엑스 오레 메오, 엑스 비수 투오, 엑스 비블리오테카 노스트라(내 입을 통해, 네 눈을 통해, 그리고 이 책을 통해)' 아폴로의 지식을 마실 것이다. '포스트레모(마지막으로),' 매달 '순루피오스' 또는 '쿠오드쿰케 벨리스(담배나 뭐 필요한 것에 소용되도록)' 빳빳한 것으로 544마라베디를 받게 될 것이다. 너는 단지 내 여동생이 시키는 일만 하면 된다. '모도 나투랄리스타룸(박물학자처럼)' 잘 살펴보아라. 언제 순계류가 알을 낳고 흰 계란을 모으는지. 다시 말해, 언제 병아리가 '인 피에리(되는지).' 식탁을 차리는 일도 있다. 그리고 마지막으로 특별히 당부하고 싶은 것은 내 노새를 잘 먹이고 잘 씻기는 일이다. 나를 대하는 것보다 더욱 세심하게 보살펴야 한다.

오, 어여쁜 우리 페리코! 이게 '시놉심(대충)' 해서 네가 지켜야 할 의무와 네가 누릴 편의다. 이 누추한 곳에서나마 너와 함께하게 되니 아주 기운이 솟는구나. 화학 식물학 연구소라도 낼 판이다. 그렇지만 끊임없이 돈이 나가다 보니 이제 '아드 이노피암(가난)'하게 되었구나. 내 원래 계획은 실패로 돌아가고 말았다. 그래도 네게 한 약속은 지킬 것이다. 네 노력에 대해서는 그에 상당한 보상을 할 것이다. 왜냐하면 '디그 누스 에스트 오페라리우스 메르세데 수아(일을 한 사람은 돈을 받을 자격이 있으니까).'"

나는 그 꼴사나운 말씨를 잘 알아먹을 수 없었지만 아래위층을 오르락내리락하는 하인으로 받아들이겠다는 뜻은 알 수 있었다. 눈치를 보니 대단한 일은 아니었다. 이보다 더 좋을 순 없을 것 같았다. 더 못한 일도 받아들일 수밖에 없는 형편이었으니까. 그런데 월급이 얼마인지는 알 수 없었다. 그래서 결론적으로 한 달에 얼마나 받을 수 있느냐고 물었다. 이에 그 돌팔이가 성을 내며 이렇게 대답했다.

"말하지 않더냐, '클라리스 베르비스(똑 떨어지게)' 544마라베디라고?"

"그런데, 선생님. 544마라베디라면 요즘 돈으로 얼마나 되는 겁니까? 제가 하는 일로 봐서는 너무 과분하지 않나 싶어서 말입니다."

"과분하지 않아, '스툴티시메 파물레(이 미련둥이야).' 몇백이라고 해봐야 2페소도 못 되는 거니까."

"좋습니다, 의사 선생님. 저는 상관없습니다. 월급이 2페소인 걸로 알겠습니다. 저는 선생님과 같이 박식하신 분과 함께하게 된 것만으로도 기쁘기 한량없습니다. 니콜라스 씨 옆에서 먼지나 뒤집어쓰고 기름칠이나 하는 것보다야 선생님으로부터 배우는 것이 더 많을 테지요."

"당연하다마다. 네가 열심히만 하면 미네르바의 궁전 문을 열어주겠다. 네 노력에 대한 상급으로 말이다. 내 말만 잘 들으면 장수를 누릴 수도 있을 게다. 어쩌면 뭔가 생길 수도 있고, 이름을 날릴 수도 있겠지."

그것으로 계약은 체결되었다. 나는 약사와 그 여동생에게 잘 보이기 위해 세심한 주의를 기울이기 시작했다. 로사라는 여동생은 믿음이 좋은 늙은이로 내 주인만큼이나 요상한 인물이었다. 그 집에 마누엘리타라는 열네 살 먹은 아가씨가 있었다. 두 노인네의 조카로 예쁘기가 은방울 같았다. 나는 마누엘리타의 눈길을 끌어보고 싶었지만 그럴 수는 없었다. 빌어먹을 할망구가 마치 금덩어리나 되는 듯 싸고돌았던 것이다.

나는 내 임무를 완벽하게 수행하며 7개월여를 노인네와 함께 지냈다. 일이라고 해야 상을 차리고, 암탉이 알을 까는 것을 지켜보고, 나귀를 돌보고, 심부름을 하는 것이 전부였지만, 할망구와 그 오빠는 나를 성인 군자로 여겼다. 나는 할 일이 없을 때면 일일이 허락을 받아 연구실에 틀어박혀 포라스나 윌리스 등등의 해부도를 유심히 들여다보기도 했고, 때로는 히포크라테스가 남긴 격언이나 보에라브나 반스비텐의 글을 읽어보기도 했다. 에트물레로, 티소트, 부한의 논문이나, 상사병에 대한 소고, 후안 데 디오스 로페스의 해부학 요강, 라 파예나 라사로 리베리오의 외과술에 대한 글 등 고전이나 현대물을 고루 읽었다. 선반에서 걸리는 대로 꺼내 읽었던 것이다.

의사를 찾아오는 가난한 환자들에게 의사가 써주는 처방전도 유심히 살펴보았다. 그 처방전이라는 것도 별것 아니었다. 이 의사 양반은 "받는 만큼 준다"는 케케묵은 속담을 신조로 삼고 있었으니까. 의사는 말로도 내게 가르침을 베풀었다. 그러자 나는 나도 의학에 대해 뭘 좀 안다는 생각이 들었다. 그런 어느 날, 의사 양반이 내게 성질을 부리면서 몽둥이질까지 했다. 나귀에게 밥 주는 것을 잊어먹었다고 말이다. 나는 그에게 복수를 함과 동시에 내 운명도 단번에 바꿔버리겠다고 결심했다.

이렇게 마음을 굳히고, 바로 그날 밤 나는 평소보다 두 배나 되는 옥수수와 보리를 나귀에게 먹였다. 온 집안이 깊은 잠 속으로 빠져들었을 때, 나는 나귀에게 빠뜨린 것 하나 없이 마구를 채웠다. 물론 엉덩이 덮개도 잊지 않았다. 나는 훔쳐낸 열네 권의 책을 보따리에 쌌다. 책장이 떨어져 나간 것도 있었고, 라틴어 책도 있었고, 에스파냐어 책도 있었다. 의사나 변호사는 책이 많으면 신임을 얻는다고 생각했던 것이다. 별무소용에다 이해하기 힘든 것이지만. 나는 삼각 망토, 주인의 스카프, 낡은 가발, 처방전 양식, 그리고 아주 중요한 의학 학사 증명서, 합격 통지서 등을 보따리에 챙겼다. 나는 주머니칼 하나와 레몬 한 조각으로 그 서류를 내 것으로 위조해낼 수 있었다. 이름과 날짜를 깨끗이 지워낸 다음 덧칠하니 끝이었다.

돈을 챙기는 것도 잊지 않았다. 그 집구석에 있는 동안 내내 월급이라고는 한 푼도 받지 못했지만 주인 여동생이 어디다 저금통을 감춰두고 있는지는 알고 있었다. 여동생은 생활비를 아껴 조금씩 돈을 모으고 있었던 것이다. 이 짓은 도둑놈의 것을 훔치는 것일 뿐이라는 생각으로 나는 저금통을 솜씨 있게 훔쳐냈다. 저금통을 열어보니 기분이 만점이었다. 거의 40두로에 가까운 돈이 들어 있었던 것이다. 비록 그 좁은 저금통 주둥이로 집어넣다 보니 좀 너덜너덜해지기는 했지만.

상당량의 여비를 챙겨 새벽 4시 반에 집을 빠져나온 다음 현관을 잠그고 열쇠는 문 밑으로 밀어넣었다.

나는 새벽 5,6시쯤에 여관에 들었다. 지난달 들었던 여관에서 불쾌한 꼴을 당해 잠자리를 옮기는 것이라고 둘러댔다.

돈을 듬뿍 쥐여주자 빈틈없는 대접을 해주었다. 나는 커피를 주문하고 나귀도 마구간으로 데려가 잘 먹이라고 당부했다.

하루 온종일 방구석에 틀어박혀 어느 마을로 누구와 함께 갈 것인지를 궁리했다. 마을도 잘 몰랐고 길도 잘 몰랐지만, 집도 조수도 없이 의사 노릇을 할 수는 없었던 것이다.

이런 생각에 잠겨 있을 때 1시를 치고 이내 식사가 올라왔다. 내가 식사를 하고 있을 때 어떤 꼬마 녀석이 문으로 다가와 한입만 달라고 구걸했다.

나는 한눈에, 놈의 첫마디로 놈이 안드레스라는 걸 알 수 있었다. 아구스틴 씨 집에 있던 견습생 말이다. 이런 이야길 했는지는 모르겠지만, 놈은 겨우 열네 살이었지만 키는 열여덟 먹은 놈처럼 훌쩍 컸다. 나는 잽싸게 놈을 들어오게 했다. 몇 마디 나누지 않아 놈은 나를 알아보았다. 나는 놈에게 의사인 양 말했다. 한몫 잡으려고 시골 마을로 가려고 한다, 멕시코에는 환자보다 의사가 더 많다, 그런데 나를 따라갈 충실한 조수를 구할 수 없어 망설이고 있다, 의사가 없는 마을을 알고 있는 놈이면 좋겠다.

불쌍한 꼬마 녀석은 자기를 데려가달라고 매달렸다. 테페히 델 리오라는 곳에 가보았는데 의사가 없더라, 작은 마을이 아니다, 그곳에서 시원치 않으면 툴라로 갈 수도 있다, 툴라는 더 큰 마을이다.

나는 안드레스가 제시한 해결책이 마음에 들었다. 먹을 것을 시켜주자, 불쌍한 놈은 허겁지겁 먹었다. 놈은 이야기했다. 그때는 어느 집 현관에 숨어 있었다, 내가 이발소에서 달아나는 것과 할망구가 부삽을 들고 나를 쫓는 것을 보았다, 놈이 숨어 있던 현관 앞으로 내가 달려갔다, 할망구가 집으로 들어가자마자 나를 따라잡겠다고 뛰었다, 그런데 따라잡을 수 없었다. 나는 놈의 말을 의심치 않는다. 아차 싶으면 삼십육계 줄행랑에는 명수였으니까!

안드레스는 또 이런 이야기도 했다. 자기 집으로 돌아가 그간의 사정을 이야기했다, 그러자 의붓아비가 욕을 퍼부으며 엄청 두들겨 팼다. 그러더니 족쇄를 채워 아구스틴 씨 집으로 데려갔다, 그 빌어먹을 할망구는 나를 놓친 분풀이를 놈에게 해댔다, 미주알고주알 일러바치는 바람에 사부는 화가 치밀어 9일 동안이나 매질을 하겠다더니 정말 그랬단다. 놈은 정말이지 그 9일 동안 죽을 맛이었다. 매일 엄청나게 두들겨 패고 거기다 밥까지 쫄쫄 굶겼다는 것이다. 그 마귀 할멈은 그렇게 분을 풀고 족쇄를 풀어서 놓아주었다. 한바탕 설교를 늘어놓고는 "사람도 골라가며 사귀라"는 말로 결론지었다 한다. 그런데 놈은 기회를 틈타 멕시코를 탈출하겠다는 뜻을 품고 그 집구석을 빠져나왔다. 그래서 여관을 전전하며 구걸을 하고 다녔다는 것이다. 맨 처음으로 얻어걸리는 기회를 잡아 멕시코를 뜬다는 기대를 품고.

안드레스는 밥을 먹으면서 이 모든 사연을 들려주었다. 나는 거짓말을 꾸며댔고 놈은 믿었다. 그 동안 의사 시험에 합격했다, 이미 말한 것처럼 도시를 떠날 생각이다, 기꺼이 데려가주마, 먹여주기도 하겠다, 우리가 가는 마을에 이발소가 없으면 이발소도 차려주겠다.

"예, 선생님. 모두 마음에 드는데요, 그래도 저는 개털도 깎지 못해요. 제가 감히 잘 모르는 일에 어떻게 덤벼들겠어요?"

"입 다물어라. 겁내지 마. 이걸 알아야지. '아우다세스 포르투나 쥬바트, 티미도스쿠에 레펠리트……'"

"무슨 말이에요, 선생님? 뭔 소린지 모르겠는데요."

"무슨 말인고 하니, 용감한 자만이 성공한다, 겁쟁이는 복을 줘도 뿌리친다는 뜻이야. 그러니 기죽을 거 없다. 나랑 같이 있으면 한 달 안으로 훌륭한 이발사가 될 수 있어. 내가 그토록 짧은 시간에 내 선생 밑에서 의사가 된 것처럼 말이다. 지금 이 시간이 있기까지 그분께 얼마나 신세를 많이 졌는지 모른다."

안드레스는 내 말에 감탄했다. 내가 수시로 라틴어를 지껄이는 것을 보고는 더 감탄하는 듯했다. 내가 설사약 의사에게서 확실하게 배운 것이 잘난 척하는 것과 얼렁뚱땅 치료법이라는 사실을 알 턱이 없었을 테니까.

어쨌든 오후 3시가 되자 나는 안드레스를 데리고 벼룩시장으로 나갔다. 그곳에서 요, 요를 쌀 보자기, 트렁크, 내 조수이자 장래 이발사인 안드레스가 입을 검은색 아랫도리, 파란색 바지와 거기에 어울리는 검은색 양말, 구두, 모자, 빨간색 조끼, 넥타이와 비옷 등을 샀다. 나는 또 안드레스에게 면도칼 여섯 개, 대야 하나, 거울 하나, 흡입기 네 개, 절개 기구 두 개, 수건으로 쓸 천, 가위 몇 개, 대형 주사기 하나 등 이런저런 잡동사니를 듬뿍 사주었다. 신기한 것은 그 모든 것을 사는 데 겨우 27, 28페소밖에 들지 않았다는 것이다. 모두 중고품이었으니 그럴 수밖에. 그래도 안드레스는 그 모든 것을 안고 흥에 겨워 여관으로 돌아왔다.

우리는 여관에 도착해 짐꾼에게 삯을 지불하고 우리 보물 단지를 트렁크에 챙기기 시작했다. 안드레스는 짐을 챙기면서 내가 가진 돈이 겨우 10페소에도 미치지 못한다는 사실을 알고는 놀라서 소리쳤다.

"아니, 선생님. 달랑 이 돈만 가지고 가는 겁니까?"

"그래, 안드레스. 뭐 모자라기라도 할까?"

"당연히 모자라죠! 여기서부터 테페히나 툴라까지 트렁크며 요는 누가 들고 가죠? 도중에 뭘 먹죠? 그리고 손님이 생길 때까지 또 뭘 가지고 견뎌 나갑니까? 이 돈으론 금세 바닥나요. 아무리 봐도 저당 잡힐 만한 옷도 보석도 물건도 없는 것 같은데요."

안드레스의 말에 걱정스럽기도 했다. 그러나 놈의 기를 죽이지 않기 위해서도, 나 또한 멕시코를 무척이나 벗어나고 싶었기 때문에 나는 떠나기로 마음을 굳혔다. 그 의사란 양반이 나를 이 잡듯 찾아 헤매고 다닐 것이 틀림없었다(그래서 벼룩시장에 갔을 때도 앞서 말한 잡동사니를 시장 입구에서 샀던 것이다). 잡히는 날이면 감옥에 끌려가게 될 것이고, 곧바로 찬파이나의 손에 넘겨질 판이었다. 나는 시치미를 떼고 여봐란 듯이 안드레스에게 말했다.

"걱정 마라, 이놈아. '데우스 프로비데비트(주님께서 돌보아주실 거다).'"

"무슨 말인지는 몰라도, 이 돈으로는 시작도 못 할 거란 건 알아요."

우리가 이런 이야기를 주거니 받거니 하고 있을 때, 저녁 7시쯤 바로 옆방에서 말소리와 발걸음 소리가 들려왔다. 나는 안드레스에게 무슨 일인가 엿보라고 했다. 놈은 달려나가더니 이내 희희낙락해서 돌아와 이렇게 말했다.

"선생님, 선생님. 판이 벌어졌어요!"

"뭐, 노름이라도 하더냐?"

"예, 선생님. 여남은 명의 시골뜨기들이 카드를 치고 있어요. 근데 판돈이 굉장해요."

이거다 싶었다. 나는 트렁크를 열어 수중에 있던 10페소 중 6페소를 꺼내 들었다. 트렁크 열쇠를 안드레스에게 간수하라고 맡기면서 당부했다. 내가 아무리 달라고 해도, 곧 죽는다 해도, 절대 주지 말라고. 이 6페소만 걸어보겠다고. 나머지 4페소마저 잃는 날엔 먹을 수도, 다음날 나귀 여물 값도 치를 수 없게 될 것이라고. 안드레스는 침울하고 걱정스러운 표정으로 열쇠를 받아 들었다. 나는 원탁의 노름꾼들 틈으로 파고들었다.

놈들은 내가 생각했던 것만큼 촌놈들은 아니었다. 노름 기술을 상당히 익힌 놈들이었다. 나는 신중을 기해야 했다. 그래서인지 운 좋게도 25페소 가량 따낼 수 있었다. 나는 돈을 챙겨 기분좋게 빠져나왔다. 안드레스는 앉은 자리에서 잠들어 있었다.

나는 놈을 깨워 따온 돈을 보여주었다. 놈은 입이 찢어져서 돈을 간수했다. 놈은 여행 계획을 다 짜놓았다고 했다. 아래층에 툴라에서 온 청년이 몇 명 있는데, 학생 하나를 태우고 와서 빈 채로 간다는 것이다. 그 청년들과 여행에 대해 이야기해 4페소로 합의를 보았다는 것이다. 이제 청년들은 내 허락만 기다린다나.

"내가 승낙하지 않을 줄 알았더냐? 가서 지금 당장 불러와라."

안드레스는 번개처럼 뛰어내려가 이내 청년들을 데리고 왔다. 나는 청년들과 이야기해 합의를 보았다. 내 짐을 실을 나귀 한 마리, 안드레스를 위한 안장 있는 짐승 한 마리 등 모든 편의를 청년들이 제공하기로 했다. 날이 밝기 전에 일어나야 한다는 점도 다짐을 받고 청년들은 돌아갔다.

나는 즉시 내 하인놈에게 다음날 먹을 소주, 치즈, 카스텔라, 순대 등을 사오라고 시켰다. 놈이 돌아오자 저녁을 올려 보내라고 했다.

나는 의사가 되기로 결정한 것이 기쁘기 한이 없었다. 얼마나 일이 잘 풀리고 있는가. 게다가 고맙게도 안드레스와 같은 충실하고 팔팔하고 쓸모 있는 하인까지 점지해주셨으니. 놈은 내가 이런 생각에 빠져 있는 순간에도 짐을 챙기느라 여념이 없었다.

우리는 의좋게 밥을 먹었다. 우리는 한잔 진하게 걸치고 일찍 잠자리에 들었다. 아침에 일찍 일어나기 위해.

새벽 4시에 벌써 청년들은 문을 두드리고 있었다. 우리는 자리에서 일어나 마부들이 짐을 꾸리는 동안 아침을 먹었다.

준비가 끝나자 나와 나귀에 대한 비용을 지불하고 우리는 장도에 올랐다.

나는 걷는 데 익숙하지 못했기 때문에 이내 지쳐버렸다. 나는 쿠아우티틀란에서 쉬기를 원했지만 청년들은 툴라까지 가서 자자고 우겼다.

다음날 우리는 그 마을에 도착했다. 나는 마부들 중 한 명의 집에 하숙을 정했다. 소탈하고도 착실한 사람으로 베르나베 아제라 불리는 가난한 늙은이였다. 나는 나와 안드레스와 나귀의 식사 비용 대신 주치의로 가족 전부를 공짜로 치료해주겠다고 했다. 가족은 노인이 둘, 마누라와 여동생이 하나, 장성한 아들이 둘, 열두 살 먹은 계집아이가 하나였다.

가난뱅이는 흔쾌히 받아들였다. 이제 툴라에 뿌리를 박고 우리 이발사 양반(안드레스를 그렇게 부르기로 했다)과 나와 내 나귀 '여장부'를 먹여 살릴 수 있게 되었던 것이다. 비록 내 것은 아니었지만 나는 나귀를 '여장부'라고 불렀다. 놈을 보고 있으면 바로 그 설사약 의사 양반이 눈앞에 있는 듯했다. 기모노를 걸치고, 추기경 모자 같은 것을 쓰고, 눈에 불을 켜고 소리치는 그 모습이.

"네 이놈. 썩 돌려놓거라, 내 나귀, 내 엉덩이 덮개, 내 스카프, 내 가발, 내 책, 내 망토, 내 돈. 네놈 것이 아니란 말야."

애들아, 정말 그렇단다. 우리 타고난 본성으로 알 수 있지 않으냐. 물건은 어디 있든지 간에 주인을 애타게 그리워하는 법이라고. 유언 집행인이 힘없는 자들의 유산을 가로챈다 한들 그게 무슨 일이겠냐? 힘없는 자들은 돌려달라고 하지도 못할 텐데. 고리대금업자가 폭리를 취하는 것은 어떻고? 장사치들이 부당한 이익으로 졸부가 되는 것은 어떻고? 많고많은 사람들이 자신의 힘을 이용하거나 다른 사람의 무지를 이용해 강탈한 돈을 뻔뻔스럽게도 누리고 있지 않느냐 말이다. 그래도 결단코 마음이 편치는 못할 것이다. 양심의 가책에서도 자유로울 수 없을 것이다. 양심이 끊임없이 외쳐대겠지. '이건 네 것이 아냐. 부당한 거야. 돌려주지 않으면 평생 후회할 거야.'

나도 내 가난한 주인으로부터 훔쳐낸 것으로 인해 그런 꼴을 당했다. 그래도 속으로 하는 후회가 얼굴에는 잘 드러나지 않는 법, 나는 그 마을에서 선량한 의사 행세를 하는 데 만전을 기했다. 나는 속으로 다짐했다. 한몫 잡게 되면 그 의사 양반 집 모든 가구를 새걸로 바꾸어주겠노라고. 나는 그 다짐을 결코 잊지 않았다.

나는 부모님으로부터 배운 예의범절을 잊지 않고 있었다. 나는 이틀을 푹 쉬고 난 다음 누가 이 마을의 유지들인지를 알아보기 시작했다. 신부와 그 보조자들, 마을 의회 의장과 시장, 세금 징수인, 우체국장, 가게 주인과 기타 점잖은 사람들이 유지들이었다. 나는 그들 모두에게 나와 안드레스 명의로 안내장을 보냈다. 비록 부족하나마 잘 부탁드린다며.

모두 그 소식에 기뻐했다. 사람들은 내게 답장을 보내 공식적으로 초대를 하기도 했다. 나는 정장을 갖추고 밤마다 그들을 찾아다녔다. 망토를 걸치고, 스카프를 두르고, 가발을 눌러쓰고 다녔다는 얘기다. 옷이란 그저 그런 것밖에 없었으니까. 아주 해괴한 꼴이었다. 양말은 흰색이요 다른 옷들은 형형색색이었다. 구두 또한 각반식 구두였던지라 의사라기보다는 순사와 같은 모습이었다. 나는 내 이런 꼴사나운 모습에 덧칠을 한다고 안드레스에게 내가 사준 옷을 입혀 데리고 다녔다. 기억이 날 것이다. 검은색 아랫도리, 파란색 바지와 거기에 어울리는 검은색 양말, 구두, 모자, 빨간색 조끼, 넥타이와 비옷 등.

마을 유지들도 나를 찾아와서 나를 나름대로 판단했다. 마을 사람들은 하얀 가운을 걸치고 조수를 데리고 다니는 내 모습을 볼 수 없었다. 어느 일요일, 나는 의사도 아니요 순사도 아닌 어중간한 복장으로 교회 미사에 참석했다. 안드레스는 개똥지빠귀처럼 보이기도 했고 앵무새처럼 보이기도 했다. 사람들은 난리가 났다. 내 믿기로 우릴 쳐다보느라고 미사를 제대로 올린 사람은 한 사람도 없었을 것이다. 우리 그 꼴사나운 모습을 흉보는 사람도 있었고 또 그 모습에 찬탄하는 사람도 있었다. 확실한 것은 내가 하숙으로 돌아왔을 때 한 떼거리의 아이들, 여자들, 원주민 남녀, 한심한 농투성이들을 뒤에 달고 왔다는 것이다. 그들은 끊임없이 안드레스에게 물었단다. 당신들, 대체 누구요? 안드레스는 아주 조심스럽게 대답했다.

"저분은 제 주인님으로서, 페드로 사르미엔토 의사 선생님이십니다. 이 멕시코 땅에서는 저분과 같은 의사가 태어난 역사가 없습니다. 저는 저분의 조수로서 안드레스 카스카오라고 합니다. 저는 자격을 갖춘 이발사입니다. 이발 면도에 능숙하며 시체로부터 피도 뽑아낼 수 있습니다. 경우에 따라 사자의 어금니도 뽑아낼 자신이 있습니다."

이런 말이 등 뒤에서 들렸다. 나는 주인이기 때문에 안드레스와 어깨를 나란히하고 걷지 않았단 이야기다. 나는 앞서 걸으며 나를 치켜세우는 소리를 듣고 근엄한 표정을 지으며 폼을 있는 대로 잡았다. 그런데 안드레스의 억지 소리를 듣는 순간 웃음보를 터뜨릴 뻔했다. 나는 놈이 얼마나 심각하게 그 이야기를 했는지 알 수 있었다. 그리고 내 하인놈의 혓바닥에 놀아나는 아이들과 가난뱅이들이 얼마나 순진한지도 알 수 있었다.

우리는 수행원들의 감탄 어린 시선을 뚫고 집에 도착했다. 베르나베 아제가 정중하게 수행원들을 돌려보냈다. 이제 의사 선생님께서 어디 사시는지 알았으니 필요하면 찾아오라면서. 이 말에 각자 집으로 돌아갔고 우리는 편히 쉴 수 있었다.

나는 재산 중에 여유분으로 옷감 몇 자를 끊어서 내가 입을 저고리와 안드레스가 입을 저고리를 지었다. 나는 우리가 처음 계약한 것이 있었지만 할멈에게 며칠 간의 양식 값을 지불했다.

소문이란 도시에서와 마찬가지로 시골 마을에서도 잽싸게 도는지라, 의사와 이발사가 바로 지척에 있다는 소문이 금세 그 지경에 파다하게 퍼졌다. 그래 사방에서 병을 고치러 내게 달려들었다.

운이 좋았던지 처음 찾아온 환자들은 완치는 불가능해도 어느 정도 손을 쓸 수 있는 정도였다. 자연의 이치만 따르면 되는 병이었으니까. 어떤 환자들은 음식만 잘 가려 먹으면 그만일 것을 싫어서거나 몰라서 고생하고 있었다. 어쨌든 환자들은 내 처방에 따라 병세가 호전되었다. 환자들은 입나발을 불며 내 명성을 널리 알렸다.

나는 보름 남짓 정도는 환자들을 도무지 이해할 수 없었다. 특히 원주민들이 그랬다. 원주민들은 빈손으로 오는 적이 없었다. 닭이나, 과일이나, 계란이나, 야채나, 치즈 등 가난뱅이들이 구할 수 있는 거라면 뭐든지 들고 왔다. 그래서 베르나베 아제와 노인네들은 손님에 대해 대단히 만족해했다. 나나 안드레스도 실망하지는 않았다. 그래도 필요한 것은 현찰이었다. 안드레스는 나보다 형편이 나은 편이었다. 안드레스는 일요일마다 원주민에게서 반 레알씩 벗겨먹었다. 큰돈이었다. 놈은 점점 간덩이가 부어 급기야 피를 뽑기까지 했는데 그것도 우연히 잘되었다. 본 적도 없었고 연습해본 적도 없었지만 능란하게 일을 치러냈던 것이다. 하루는 놈이 이런 말을 했다.

"이제 됐어요, 선생님. 이젠 겁나지 않아요. 이젠 저 높으신 분도 면도해드릴 수 있겠는데요."

내 명성은 날이 갈수록 펄펄 날았다. 내가 진짜 최고의 경지에 오르게 된 사건은 세금 징수인을 치료해준 일이었다(그것도 안드레스처럼 아주 우연히). 어느 날 밤 그 사람이 나를 다급히 불렀다.

나는 달려갔다. 나는 주님께 빌었다. 이 위기를 행운으로 바꾸어달라고. 왠지는 모르지만 내 운명이 여기에 달렸다는 생각이 들었던 것이다.

나는 도구 일체를 챙겨 안드레스를 데리고 갔다. 나는 안드레스에게 속삭였다. 심부름꾼이 들으면 안 되는 일이니까. 겁내지 마라, 나도 두렵지 않다. 원주민이든 백인이든 환자 죽이는 일은 매일반이다, 어느 누구도 우릴 걸고넘어질 수 없다, 세금 징수인이 나오면 한몫 단단히 줄 것이고 우리 이름도 날리게 될 것이다. 만일 죽으면 이렇게 말하는 거야, 우리는 최선을 다했습니다, 이건 주님의 뜻입니다, 시간이 다 되었던 것이지요. 그리고 장소를 옮기는 거야, 우릴 사람 죽인 놈이라고 따지는 놈이 없는 곳으로 말이다.

이런 얘기를 나누면서 우리는 집에 도착했다. 집은 바벨탑과 같이 온통 난리였다. 들어오는 사람, 나가는 사람, 곡을 해대는 사람, 모두가 넋이 나가 있었다.

우리가 도착했을 때 신부와 보좌 신부도 종유를 들고 도착했다.

나는 안드레스에게 말했다.

"이거 좋지 않은데. 죽을병 같은데 말야. 성공이냐 실패냐일 뿐 중간은 없겠는데. 어떤 패가 떨어질지 좀 볼까나."

우리는 모두 방으로 들어갔다. 환자는 침대 위에 반듯이 누워 있었다. 의식이 없었다. 눈은 감겨 있었고 입은 벌어져 있었다. 안면이 가무잡잡한 것과 다른 징후로 봐서 뇌일혈이 분명했다.

침대 옆에 붙어 있던 부인과 딸들이 내가 들어서자 나를 둘러싸고 눈물 바다를 이루며 내게 물었다.

"아, 선생님! 어때요, 아버지가 돌아가실까요?"

나는 마음을 착 가라앉히고 뭐든지 다 안다는 듯이 이렇게 대답했다.

"조용히 하십시오, 따님 여러분. 돌아가시다니요! 이건 혈액이 발진 현상을 보이는 것으로 심실을 압박해서 뇌를 마비시키는 현상입니다. 척추로 피가 흐르지 못해서 그런 겁니다. 그러나 즉시 처치할 수 있습니다. 이유인즉슨 '시 에바쿠아티오 피트, 레세데트 플레토라(피가 막히면 뚫으면 된다)'니까요."

여자들은 멍청하게 내 말을 듣고 있었다. 그런데 힐끔힐끔 나를 살피고 있던 신부가 내 엉터리 소견을 놀려먹기라도 하듯 이런 말로 끼어들었다.

"부인 여러분, 영적인 치유는 해롭지도 않고 세속적인 치유에 반하지도 않습니다. 우리 친구의 죄를 사하고 종유를 바르는 것이 좋을 듯합니다. 주님께서 역사하시겠지요."

"신부님," 나는 몸에 밴 잘난 체로 호기를 부리며 말했다. 진짜 책을 보고 익힌 것처럼 보였을 것이다. "신부님 말씀이 옳습니다. 저는 남의 추수 밭에 낫 들고 끼어들 자격은 없습니다만, 여기 이렇게 있는 마당에 한 말씀 올리겠습니다. 영적인 치유야말로 최선일 뿐만 아니라 필요 불가결한 것이지요. '네세시타테 메디 이 네세시타테 프로에셉티 인 아르티쿨로 모르티스, 세드 시크 에스트 에르고(구원을 위해 필요한 방법이요, 임종 시에 반드시 지켜야 할 의무 사항이요, 어쩌고저쩌고).'"

신부는 영리한 데다 신중하기도 해서 내가 뭐라고 떠들어도 끝까지 듣고 있다가 이렇게 대꾸했다.

"의사 선생님. 위급한 상황이니 한가롭게 토론이나 하고 있을 수 없습니다. 저는 해야 할 일을 알고 있습니다. 그게 중요한 겁니다."

신부는 말을 마치고 환자의 죄를 사하기 시작했다. 보좌 신부는 종유 성사를 치렀다. 모두 단번에 이루어졌다. 가족들은 그 영적인 치유가 환자의 죽음을 증명이라도 했다는 듯이 곡소리로 온 집안을 울려댔다. 성직자 양반들은 일을 마치고 다른 방으로 물러났다. 무대와 환자를 내게 양보했던 것이다.

나는 즉시 침대로 다가갔다. 맥을 짚어보며 한동안 대들보를 올려다보았다. 다시 맥을 짚어보며 온갖 상을 다 지어보았다. 무슨 말인고 하니, 눈썹을 찌푸려도 보고, 코를 찡그려도 보고, 바닥을 쳐다봤다가, 입술을 깨물었다가, 고개를 이리저리 돌려보기도 하고, 거기 모인 사람들에게 뭔가 한다는 인상을 심어주기 위해 갖은 애를 다 썼다는 얘기다. 시선을 내게 고정시키고 숨소리조차 제대로 못 내는 걸로 봐서는 나를 마치 제2의 히포크라테스로 여기는 듯했다. 적어도 내 의도는 그랬다. 환자의 상태를 과장하여 치료가 불가능하다는 점을 보여주고자 했던 것이다. 나는 처음에 걱정 말라고 했던 것을 후회했다.

맥 짚기를 마치고 나는 환자의 얼굴을 자세히 들여다보았다. 나는 숟가락으로 환자의 입을 벌려 혀를 살펴보았다. 눈꺼풀도 뒤집어보고, 배와 다리도 두드려보았다. 나는 사람들에게 온갖 질문을 퍼부어대며 이것저것 심부름도 시켰다. 마침내 환자의 부인이 내 태평함을 더 이상 못 참아주겠다는 듯이 이렇게 말했다.

"선생님, 그래, 남편이 어떻다는 겁니까? 살았습니까, 죽었습니까?"

"부인, 앞으로 어떻게 될지 모르겠습니다. 생명과 부활에 대해서는 주님께서만 아시는 겁니다. '라사룸 레수시타비트 아 모누멘토 포이티둠(주님은 무덤에서 썩어가는 나자로를 살리셨습니다).' 주님께서는 이렇게 말씀하십니다. '에고 숨 레수렉티오 에트 비타, 쿠이 크레디디트 인 메, 에티암 시 모르투우스 푸에리트, 비베트(나는 부활이요 생명이니 나를 믿는 자는 죽어도 살겠고).'"

"오오, 예수님!" 딸 중의 하나가 소리쳤다. "저희 아버지가 죽었나 이다."

그 여자는 환자 옆에 있었는데 기묘하고도 고통에 찬 소리를 지르고는 의자에서 나뒹구는 바람에 우리 모두는 드디어 죽었구나 싶었다. 우리는 모두 침대를 둘러쌌다.

신부와 보좌 신부도 그 소동 소리를 듣고 방으로 뛰어들었으나 누구부터 보살펴야 할지 알지 못했다. 뇌일혈 환자인지, 발작을 일으킨 여자인지. 둘 다 널브러져 있었으니까. 부인은 화가 나서 내게 소리쳤다.

"라틴어 나부랭이는 그만 집어치우고 남편이 나을 것인지 아닌지만 얘기하세요. 처음 왔을 때 걱정하지 마라, 죽지 않는다고 다짐하지 않았어요?"

"그렇습니다, 부인. 실망시켜드리지 않으려고 말입니다. 그때는 환자를 '메토디세 벨 후스타 아르티스 노스트로이 프로이셉타' 하게 보지 못했을 때지요. 무슨 말씀인고 하니, 정식으로 진찰을 못 했다는 겁니다. 그래도 주님께 의지하여 한번 해봅시다. 먼저 커다란 솥에 물을 끓이십시오."

"끓는 물은 충분해요." 요리사가 말했다.

"좋습니다. 안드레스 선생, 당신은 정맥 사혈 전문가시니 정맥 사혈을 부탁합니다."

안드레스는 겁에 질리기도 하고 정맥에 대해서는 나만큼도 몰랐지만 환자의 두 팔을 묶고 작은 구멍 두 개를 냈다. 꼭 칼 맞은 자국 같았다. 이 구멍에서 피가 흘러 도자기 두 개에 가득 찼다. 엄청난 피가 나온 것을 보고 사람들은 놀랐다. 이때 환자가 눈을 뜨고 주위를 둘러보더니 말을 토해내기 시작했다.

나는 즉시 안드레스에게 붕대를 늦추고 상처를 싸매라고 일렀다. 쉬운 일이 아니었다. 얼마나 시간을 끌었던지!

나는 환자의 머리와 손목에 백포도주를 바르게 하고, 뱃속을 계란 섞은 우유로 부드럽게 하고, 배 바깥에는 계란부침을 얹어놓도록 했다. 장미를 넣은 기름, 포도주, 미나리 등 머리에 떠오르는 온갖 것으로 갖은 양념을 해서, 새김질하지 않을 정도로만 충분히.

"새김질한다는 건 무슨 뜻이죠, 선생님?" 부인이 물었다. 신부가 히죽거리며 말했다.

"게워낸다는 뜻이겠지요."

"세상에 신부님도. 우리 인간적으로 서로 알아들을 수 있게 얘기합시다."

이때 딸이 정신을 차리고 대화에 끼어들었다. 딸은 어머니의 말을 듣고는 이렇게 말했다.

"그래요, 선생님. 어머니 말씀이 옳아요. 아까 제가 쓰러진 이유도 바로 그것 때문이에요. 아까 신부님들께서 죽은 사람을 묻어줄 때 하는 기도를 하셨잖아요. 그래서 아버지가 돌아가신 줄 알았어요. 그래서 신부님께서 철야를 하시는구나 하고요."

신부는 아가씨의 순진함에 웃음을 터뜨렸다. 다른 사람들도 따라 웃었다. 세금 징수인 양반이 위기를 넘긴 것을 보고 모두 마음이 놓였던 것이다. 환자는 우유를 마시고 성한 사람처럼 차분하게 대화를 나누었다.

나는 당분간의 식사 요법에 대해 처방을 해주었다. 완전히 회복될 때까지 치료를 계속하겠노라고 했다.

모두들 내게 감사를 표했다. 내가 그만 물러나려 했을 때 부인이 내 손에 금 1온스를 쥐어주었다. 나는 그때 그것이 페소화인 줄만 알고 내 노력에 대한 대가치고는 형편없다는 생각이 들었다. 그래 안드레스에게 털어놓았다. 그러자 놈이 말했다.

"아닙니다, 선생님. 페소화일 리가 없어요. 제게도 4페소나 줬는걸요."

"그럴지도 모르겠는데."

나는 발걸음을 재촉해 집으로 돌아왔다. 집에 와서 보니 누런 황금으로 1온스였다. 그것도 아주 특등품이었다.

나는 그 금덩이에 얼마나 기분이 좋았는지 모른다. 값으로 따져서도 그랬지만, 내가 의사로서 획득한 최초의 괄목할 만한 성과였던 것이다. 이번 일로 내게 탄탄한 미래가 보장된 것이다. 사실이 그랬다. 안드레스는 자기 솜씨보다는 돈으로 더 기꺼워했다. 나는 박이 터지는 듯한 소리로 놈에게 말했다.

"어떠냐, 안드레스 요놈아? 의사 노릇보다 더 쉬운 게 있더냐? 이런 속담도 공연한 것이 아니다. 의사, 시인, 미친놈, 모두 잃을 게 없는 놈이다. 배운 바도, 연습해본 바도 없이 그저 달려들면 되는 것이지. 이제 우린 훌륭한 의사로구나. 너도 내가 그 세금 징수인을 어떻게 살려냈는지 보았겠지. 내가 아니었다면 벌써 황천행이다. 이제 히포크라테스와 이븐 시나를 뭉쳐놓은 것 같은 갈레누스에게도 의학에 관해서라면 한 수 가르쳐줄 수 있다. 너도 세계 최고의 사혈 전문가에게 한 수 가르칠 만한데 그래."

안드레스는 내 말을 주의해서 들었다. 내가 말을 마치자 놈이 말했다.

"선생님. 선생님이나 저나 요행수가 아니었다면 작살났을 거예요."

"요행수라니?" 나는 놈에게 따졌다. 꾀돌이가 대답했다.

"요행수라고 한 것 말이죠. 선생님도 다시는 그런 치료를 할 수 없고, 또 저도 그만한 사혈을 다시 할 수 없기 때문이죠. 적어도 저에 관해서라면, 그게 요행수였음이 확실해요. 물론 선생님은 그렇지 않을지도 모르죠, 진짜 알고 계셨는지도요."

"물론 나는 알고 있었다. 그래 이게 장님 문고리 잡기였다는 거냐? 뇌일혈 환자 수천을 데려와봐라, 내가 못 일으켜 세우나, '입소 팍토(지금 당장).' 그래 이젠 뇌일혈 환자는 빼고, 문둥병 · 두창 · 매독 · 임질·임신 중독·발진티푸스·공수병 등 이 세상 모든 병자를 데려와보란 말야. 너도 기차게 해낼 수 있어. 손가락만 떨리지 않게, 너무 깊이 쨰지 않게, 동맥만 끊지 않게 주의만 하면 되는 거야. 스스로 독립해 나갈 수도 있을 거다. 이발사로서가 아니라 의사로, 외과의로, 화학자로, 식물학자로, 연금술사로 말이다. 내 옆에 착실히 있다 보면 천문학자나 강신술사까지 될 수 있을 게다."

"제발 그렇게 되기를 바랍니다. 평생 먹고 가족도 먹이며 살게 말입니다. 장가들고 싶어 미치겠어요."

우리는 이런 수작을 나누다가 잠이 들었다. 다음날 나는 내 환자를 찾아갔다. 상당히 호전되어 있었다. 환자는 1페소를 주면서 수고하지 마시라, 필요하면 부르겠노라고 했다. 돈이 좀 있는 집에서는 의사를 빈손으로 돌려보내는 법이 없다 싶었다.

내 생각대로였다. 내가 세금 징수인을 살려냈다는 소문이 가난뱅이 사이에 퍼지자 사람들은 입에 침이 마르도록 나를 치켜세웠다. 이런 말이 돌았다. 마을 유지들도 부르는 것으로 보아 이 세상에 둘도 없는 의사임에 틀림없다. 더 기꺼웠던 것은 마을 유지들도 내게 관심을 보이고 칭찬을 아끼지 않았다는 것이다.

신부만이 나를 달가워하지 않았다. 신부는 시장, 우체국장 등등의 사람에게 내가 훌륭한 의사일지 모르나 자신은 믿지 않는다고 했다. 잘난 척하는 데다 수다쟁이라고 말이다. 그런 성격의 사람은 아주 미욱한 놈이거나 철저한 망나니다. 그러니 그런 사람은 믿을 수 없다는 것이었다. 의사건, 신학자건, 변호사건 뭐건 말이다. 시장은 이런 말로 나를 두둔했다. 누구나 자기 직업에 따른 전문 용어를 사용해 말을 하는 것은 당연한 일이다, 그걸 잘난 척하는 걸로 보면 안 된다.

신부가 말했다.

"그 점은 동감입니다. 그러나 얘기하는 장소나 상대에 따라 구별은 있어야지요. 예를 들어, 제가 일곱번째 계명을 준행하는 것에 대해 설교를 한다고 칩시다. 제가 아무 설명 없이 영대차지권, 담보·계약, 합법성, 부당 소유, 부당 이자, 협정, 되물림 등에 대해 한없이 지껄인다면 그건 틀림없는 잘난 척입니다. 이 마을에서 그 말을 알아들을 수 있는 사람은 단지 두 사람밖에 없으니 말입니다. 저는 지금도 그러고 있습니다만 모두가 이해할 수 있게끔 확실한 말로 설명해야 한다고 봅니다. 어쨌든 시장님, 그 의사란 양반이 얼마나 무식한지 알기 원하신다면 친목을 다진다는 핑계로 언제 날을 잡아 여기서 그와 얘기를 해보십시오. 내 다짐하건대 엉터리 수작을 만끽하실 수 있을 겁니다."

"그래봅시다. 그래도 요전날 있었던 치료는 어떻게 봐야 할까요?"

"거기에 대해선 주저 없이 말씀드릴 수 있습니다. 우연이었죠. 한 마디로 계란세우기 아닙니까."

"그럴까요?"

"그렇습니다, 시장님. 환자가 얼마나 비만하고 강건한지 아시지 않습니까. 맥박도 확실했지요. 얼굴색이 변하고, 의식을 잃고, 숨결이 거칠어지고, 그외 모든 조짐이 사혈이 필요하다는 것을 대번에 보여주지 않았습니까? 제 교구의 가장 무식한 노인네라도 그렇게 말했을 겁니다."

"좋습니다. 의학에 관해 당신들 두 분께서 토론하시는 걸 듣고 싶습니다. 이달 25일로 날짜를 정하죠."

"좋습니다."

두 사람은 다른 얘기로 돌아갔다.

이런 대화 내용을, 아니 적어도 그 요점을 시장의 하인이 내게 흘려주었다. 나는 놈의 소화 불량을 공짜로 치료해주었다. 주인집에서 들은 얘기를 흘려준 게 마음에 들었던 것이다.

나는 놈에게 감사하고 책을 가지고 연구에 들어갔다. 준비 없이 나설 수는 없었으니까.

그러던 어느 날 밤 시리아코 레돈도 씨 집에서 나를 불렀다. 마을에서 가장 돈이 많은 상점 주인이었는데 복통으로 죽어가고 있었다.

나는 안드레스에게 말했다.

"관장 기구를 챙겨라, 무슨 일이 있을지 모르니. 오늘 밤은 전날 밤과는 다르다. 주님께서 형통하게 하시기를 빈다."

안드레스는 관장 기구를 챙겼다. 우리는 그 집으로 갔다. 그 집도 세금 징수인 집처럼 온통 뒤집혀 있었다. 그래도 다행이랄까, 환자가 말은 할 수 있는 정도였다.

나는 잘난 척하며 갖가지 질문을 해댔다. 질문을 통해 환자가 대식가라는 사실을 알아낼 수 있었고 지독한 배탈에 시달리고 있다는 사실도 간파해냈다.

나는 당아욱을 비누와 꿀과 함께 삶도록 했다. 준비가 되자 나는 환자의 입을 벌려 한 숟갈 듬뿍 집어넣었다. 가련한 환자는 거부했다. 가족들도 그것이 구토제가 아니라 관장약이라고 떠들었다.

나는 화가 나서 소리쳤다.

"드십시오, 선생님. 선생님 말씀처럼 이게 관장약이라면 입으로 먹어야 온몸으로 퍼질 것 아닙니까? 그러니 제발 선생님, 약을 드십시오, 아니면 죽습니다."

불쌍한 환자는 인상을 써가며 그 쓰디쓴 물약을 마셨다. 그렇게 해서 내장까지 온통 토해내며 다시 인상을 썼다. 환자는 맥이 쪽 빠지고 말았다. 거기다 속이 타 들어가는지 고통이 줄어들지 않았다.

나는 안드레스에게 관장 기구를 채우라고 하며 환자에게 뒤를 까라고 했다.

"내 생전에, 내 생전에 이런 적은 없었소."

"예, 선생님. 지금이 가장 다급한 순간입니다. 저도 의사 생활을 몇 년째나 하고 있지만 이렇게 지독한 복통은 처음입니다. 틀림없이 질이 아주 진하고 끈적거리는가 봅니다. 그러나 선생님, 장을 씻어내는 것이 중요합니다. '건강을 잃으면 모든 것을 잃는 것이다'라는 말도 있지 않습니까. 왜냐하면 '살루스 빅티스 눌람 스페라레 살루템'이니까요. 또 '처방받은 약으로 치료되지 않으면 칼로 배를 째보아야 한다. 그리고 환부를 달군 다리미로 지진다. 그래도 효과가 없으면 신부에게 장례 절차를 의뢰한다. 불치병이므로'라고 히포크라테스는 말했습니다. '우비 메디카멘툼 논 사나트, 페룸 사나트, 우비 페룸 논 사나트, 이그니스 사나트, 우비 이그니스 논 사나트, 인쿠라빌레 모르부스'인 것이지요."

환자는 가족들에게 밑을 벗기라고 시키며 말했다.

"아이고 선생님, 건강만 찾을 수 있다면 관장 기구라도 꽂아야지요."

"아멘."

나는 즉시 사람들에게 모두 예의를 지켜 방에서 물러가달라고 했다. 환자의 부인만 빼고.

안드레스는 관장 기구를 채워 작업에 들어갔다. 아! 안드레스란 놈, 관장약을 넣는 일에 있어서는 얼마나 굼뜬지! 모두 엉망이었다. 침대는 관장약으로 범벅이 되고, 환자는 죽는다고 난리고, 도무지 손을 쓸 수 없었다. 나는 안드레스의 실수에 화가 치밀어 내 손수 일을 처리하리라 마음먹었다. 그런 일은 생전 본 적도 없었지만.

그렇지만 나는 내 무능력을 망각한 채 관장 기구를 잡아 약물을 채워 아주 조심스럽게 관을 항문에 꽂았다. 내가 안드레스보다 실력이 좋았는지, 아니면 환자가 내 정성에 성의를 보였는지는 모르지만 약물이 어느 정도 들어갔다. 나는 이렇게 말하며 환자에게 용기를 불어넣었다.

"좀더 힘을 주시오. 아직 뜨거울 때 받아들여야 합니다. 당신 생명이 여기 달려 있습니다."

늘어진 환자는 나름대로 최선을 다했다(아무리 훌륭한 의사라도 환자가 따라주어야 성공하는 법이다). 한 15분 정도 지났을 때 엄청난 설사가 쏟아져나왔다. 3일 간이나 변을 보지 못했다니 당연한 일이었다.

환자는 즉시 기운을 차렸다. 아주 완쾌됐다. 원인을 제거했으니 고통이 가라앉았던 것이다.

찬사가 쏟아졌다. 나는 12페소를 받고 안드레스와 함께 하숙으로 돌아왔다. 오는 도중 안드레스에게 이렇게 말했다.

"봐라, 마을에서 가장 부자라는 집에서 겨우 12페소다. 세금 징수인 집에서는 금이 한 온스였는데. 세금 징수인이 더 부자라는 거냐, 아니면 더 화끈하다는 거냐?"

꾀돌이 안드레스가 대답했다.

"전 부자인 건 신경 안 써도 화끈한 건 신경 써요. 분명 시리아코 레돈도보다 화끈한가 봐요."

"어째 그런 거지? 안드레스, 부자들이 더 화끈할 것 아니냐?"

"모르겠어요. 세금 징수인이야 원하기만 하면 마을에서 누구보다 부자가 될 수 있지 않겠어요? 국왕의 재산을 다루겠다, 하고 싶은 대로 돈을 쓸 거잖아요. 뒤꽁무니로 매기는 세금 있잖아요, 셀 수도 없다잖아요? 수소든 암소든, 양이든 돼지든 마을에서 잡는 것에 두당 1, 2레알만 받는다 해보세요, 계산이 가능하겠어요? 세관 허락 없이 들여오는 물건은 또 어떻고요. 양이 적다고 그냥 통과시키는 것, 밀수업자들이 들여오는 것도 있고, 보통 마부들 짐 속에 섞어 들여오는 것도 있지요. 곡물 초과량도 연말이면 세관에 엄청 쌓인다고 하던데요. 1레알에 12그라노,

마부가 수수료로 7그라노 낸다면 마부당 1레알, 마부 1천 명이면 1천 레알이에요. 오랫동안 세금 징수인으로 일했던 삼촌한테서 들은 얘기예요. 뒤꽁무니로 들어오는 것이 정식으로 들어오는 것보다 훨씬 많다던데요."

우리는 하숙집에 도착했다. 안드레스와 나는 기분좋게 저녁을 먹었다. 우리는 집주인에게 사례하고 잠자리에 들었다.

우리는 한 달 가까이 풍요를 누렸다. 드디어 신부가 나와 함께 갖기를 원했던 토론이 시장에 의해 베풀어지게 되었다. 그 내용이 궁금하시면 다음 장을 읽으시라.

2. 페리키요가 툴라에서 있었던 여러 가지 사건과 신부로부터 당한 일을 이야기한다

그 두 번의 신기에 가까운 치료 솜씨로 내 명성은 나날이 더해갔고 점잖은 사람들조차 나에 대해 좋은 인상을 품게 되었다. 집에서 약을 주문하고 있을 시간도 없었다. 나는 마을 밖으로 보무도 당당하게 왕진을 다니곤 했다. 한몫 단단히 잡을 수 있는 기회였던 것이다.

약품을 구한다, 이발 재료를 구한다 하고 멕시코를 드나들면서 멕시코에서도 내 신용이 높아갔다. 나는 외모도 그럴싸하게 꾸미고 다녔던 것이다. 돈이 상당히 모이자 나는 별도로 집을 하나 구해 하녀와 하인을 따로 두었다. 이제 나는 신중하고 박식한 사람처럼 보이기 시작했던 것이다.

나는 왕진 횟수도 줄임과 동시에 누구와도 필요 이상으로 가깝게 지내지 않았다. 내 사부, 설사약 의사 양반의 말이 떠올랐기 때문이었다. 의사란 자고로 노닥거리길 즐겨서는 안 된다. 친하다는 이유로 공짜로 치료받으려들 테니까.

나는 돈에 대한 이런저런 교훈을 명심하다 보니 상당히 많은 돈을 모을 수 있었다. 내가 이야기한 그 짧은 기간 동안 나와 안드레스와 그 나귀 여장부가 먹고 마시고 옷을 해 입고도 200페소를 거저 먹기로 모을 수 있었던 것이다.

나는 사람들 앞에서는 어깨에 힘을 주고 목소리를 깔았다. 나는 이 상야릇한 용어를 사용하며 잘난 척을 했다. 나는 약 이름도 가르쳐주지 않고 비싼 값에 약을 팔았고, 돈이 좀 있는 사람이다 싶으면 갖은 아양을 다 떨었다. 나는 가난뱅이들에게는 한마디 말에도 비싸게 굴었고, 이런저런 핑계를 대며 안드레스를 내 대신 보냈다. 그러다 보니 내 명성이 한없이 퍼져 나갈밖에.

명성이 자라남에 따라 돈도 불어났다. 그리고 돈이 불어남에 따라 내 자만심, 내 욕심, 내 교만함도 함께 자라났다. 나를 찾아오는 가난뱅이들은 매몰차게 대했다. 으르렁거리며 허망하게 내쫓았다. 왜? 돈이 없었으니까. 한 번 왕진에 2레알밖에 주지 못하는 사람들도 같은 식으로 대했다. 불붙은 폭죽조차도 내가 그 사람들 집에 머물렀던 시간보다는 오래 탔을 것이다. 내가 한 시간 이상 머물렀다고 해서 환자들이 더 좋은 치료를 받은 것은 아니었다. 나는 의사의 탈을 뒤집어쓴 수다쟁이에 지나지 않았으니까. 가련한 환자들은 의사란 자고로 어떠해야 하는지도 모르고, 누가 좋은 의사인지 아닌지 판단할 줄도 모른다. 그저 오래 머물러 있는 것으로 만족한다. 어디가 아픈지를 물으며, 귓속이나 눈을 까뒤집어보며, 나이며 지위며 직업이며 성격이며를 물어가며 말이다. 그런 것도 나 같은 돌팔이놈들이 보기에는 쓸 데 없는 것이지만 진짜 의사들이 보기에는 소중한 정보들이다.

그러나 부자들이나 마을 유지들에게는 그렇지 않았다. 부자들이나 마을 유지들은 내가 꾸물거리거나 온갖 폼을 잡거나 하는 것에 화를 내며 오로지 자기들 병에나 신경을 쓰라고 독촉했다. 하지만 내 그 유명한 사부였던 설사약 의사에게서 배운 바가 없으니 무슨 치료를 할 수 있었겠는가?

그렇지만 내 무식함에도 불구하고 몇몇 환자들은 우연히 치유되기도 했다. 내 터무니없는 처방에 죽어 나가는 환자와는 비교할 수도 없는 정도였지만. 그래도 내 평판은 세 가지 이유로 수그러들지 않았다. 첫째, 죽어가는 환자들은 대부분 가난뱅이들이었다. 이 사람들에게는 사느냐 죽느냐 별로 문제가 되지 않는다. 둘째, 나는 이미 명성을 얻고 있었던 터라 엘 시드가 사라센인들을 죽인 것보다 더 많은 환자들을 죽인다 해도 나는 맘 편히 발 뻗고 잘 수 있었다. 셋째, 이건 의사들에게는 아주 유리한 것인데, 병이 나은 환자들은 내 솜씨를 떠들썩하게 나발 불고 다닐 수 있지만 죽어버린 환자들은 내 무식함에 서운해할 수조차 없다는 것이다. 그래서 내 성공은 소문으로 퍼졌고 내 실수는 땅속으로 묻혔다. 내가 안드레스와 같은 꼴을 당했다면 내 승승장구도 때 전에 마감되었기가 틀림없다.

이런 일이 있었다. 우리가 툴라에 도착하기 오래 전에 신부와 시장 등 마을 유지들이 멕시코에 있는 친구들에게 이발사를 한 사람 보내줄 것을 요청했다. 사람들은 안드레스의 거친 솜씨를 겪어보고 나서는 더욱더 강력하게 이발사를 보내달라고 요청했다. 그래서 이윽고 아폴리나리오라는 이발사가 도착했다. 면허도 땄고 자격도 갖춘 사람이었다.

안드레스는 그 이발사를 만나보고 일을 하는 솜씨를 보고는 위기를 느꼈다. 놈은 나보다 머리가 쌩쌩하게 돌아가던 놈인지라 하루는 아폴리나리오를 찾아가 자기 일을 허심탄회하게 털어놓았다. 자기는 견습 이발사일 뿐이다, 아는 게 없다, 죽지 못해 이 짓을 하고 있다, 일을 정말 제대로 배우고 싶다, 가르쳐준다면 정말 감사하겠노라, 그리고 최선을 다해 섬기겠노라.

놈은 이렇게 애원하며 내가 사준 도구 한 벌을 갖다 바쳤다. 놈은 그렇게 해서 아폴리나리오의 호감을 사게 되었다. 아폴리나리오는 그날로 안드레스를 자기 집으로 데려가 먹여주고 재워주며 일을 가르치기 시작했다. 그것도 대단히 신속 정확하게.

아폴리나리오는 내가 어떤 의사인지도 안드레스에게 물어보았다. 안드레스는 대답했단다. 자기가 보기에는 훌륭한 의사인 것 같다, 불가사의한 치료를 해내는 걸 몇 차례 보았노라고.

놈은 이발사와 헤어져 곧장 내게 달려왔다. 놈은 그간의 사정을 모조리 털어놓으며 일을 잘 배웠노라고 떠벌렸다. 선생님, 제가 무지막지한 놈이라는 걸 알겠습니다. 저 이발사는 진짜 사부예요. 사람들이 제게 이발사 일을 못 하게 한다 해도, 그 사람이 자격증 운운하며 그런다 해도, 손님이 다 떨어져 나가 일거리도 떨어지고 먹을거리도 떨어진다 해도 상관없어요. 저는 그 사람을 따라갈 생각이에요. 선생님께는 다른 하인이 있잖아요. 나는 놈이 아쉽기는 했지만 놈의 포부를 꺾을 수는 없었다. 나는 놈에게 월급을 계산해주고 상여금으로 6페소까지 얹어주어 놈을 놓아 보냈다.

그때에 류머티즘을 앓고 있던 노인네 집에서 나를 불렀다. 나는 평소 하던 대로 설사약을 예닐곱 알 주었다. 나는 그 대가로 25페소를 우려냈는데 병세는 이전보다 더 악화되고 말았다.

수종을 앓고 있던 노파도 마찬가지였다. 나는 6온스의 대황, 감로 그리고 백합 2파운드로 노파의 생명을 단축시켜주었다.

이런 일이 비일비재했다. 그래도 무지몽매한 촌뜨기들은 아무리 소리쳐도 그 단순 무식에서 깨어나지 못했다.

드디어 시장이 정해놓은, 내가 신부와 한바탕 입씨름을 펼칠 날이 다가왔다. 8월 25일이었다. 그날이 바로 시장의 생일이었던고로 나는 시장을 찾아가 생일을 축하했다. 시장은 식사를 하고 가라며 간곡하게 나를 붙잡았다. 나는 뿌리칠 수 없었다.

마을 사람 전부가 총동원된 것 같았다. 신부도 빠지지 않았다. 나는 신부가 나를 헐뜯고 다닌다는 사실을 알고 있었지만 겉으로 드러내지는 않았다. 나는 그저 신부가 아무리 박식하기로서니 의학에 관해서는 나만 못하리라는 확신으로 당당히 나섰다.

시간이 되자 나는 이런 어처구니없는 자만에 빠져 식탁에 앉았다. 나는 먹고 마시며 시장 양반과 자리를 함께해준 사람들의 건강을 위해 서너 차례 축배를 들었다. 나는 또 주접을 떨어가며 사람들을 웃기기도 했다. 신부는 예외였다. 신부는 그런 짓거리에 얼굴을 붉혔다.

시장은 평판이 좋은 사람이었다. 그래서인지 마을 유지들이 동부인하여 식탁을 가득 채우고 있었다. 굉장한 식탁이었다. 가짓수도 많았고 맛 또한 기가 막혔다. 건배와 지화자가 넘쳤다. 포크와 나이프가 부지런히 움직이며 잔을 쳐대는 바람에 잔들이 비틀거렸다. 머리 위로는 담배 연기가 뭉게뭉게 피어올랐다.

이때 원주민 추장이 주 정부 공무원들인 원주민들과 함께 연회장으로 들어섰다. 북소리와 피리 소리가 뒤따랐다. 원주민 두 명이 닭 몇 마리, 돼지 몇 마리, 양 두 마리를 들고 들어왔다.

이 사람들은 연회장으로 들어와 익숙한 솜씨로 모든 사람들 손에 입을 맞추며 인사를 했다. 원주민 추장은 시장에게 인사를 건넸다.

"시장님, 여기 모이신 여러분과 함께 행복하시길 빕니다. 이 마을의 안녕을 위해서도 말입니다."

그리고 존경의 표시로 소치틀이라는 꽃가지를 건넸다. 그리고 구멍이 숭숭 난 그림 종이 한 장을 건넸는데 시가 적혀 있는 것 같았다.

모인 사람들 사이에서 소동이 일었다. 모두 큰 소리로 읽으라고 요구했다. 보좌 신부 중 하나가 종이를 받아 들었다. 모두가 침묵을 지키는 가운데 보좌 신부는 다음과 같이 읽어 나가기 시작했다.

수녜토(소네트)

마을의 가난한 자식들은
차고 넘치는 즐거움으로
양과 돼지를 이끌고
생일을 축하드리러 왔다오.
기쁘게 받아주시기를
바라나이다,
공의로우신 시장님.
긍휼히 여기시어
이 보잘것없는 수녜토를 받아주소서,
만수무강하옵시고
영원 복락 누리소서.

    모두들 이 '수녜토'를 칭찬했다. 다시 시장에게 지화자가 쏟아졌다. 접시와 술잔이 요란한 소리를 냈다. 술잔을 두드리는 소리도 들렸다. 세게도 두드리고, 약하게도 두드리고, 각자 제멋대로였다.
    신부는 술을 한 잔 가득 채워 추장에게 건네며 이렇게 말했다.
    "마시게나, 시장님의 건강을 위해."
    시장은 옆방에 추장과 공무원을 위해 따로 상을 차리라고 했다.
    추장이 포도주 잔을 받았다. 다시 식탁에 건배와 환호가 일었다. 머리가 터질 것 같은 북소리와 피리 소리가 귀에 거슬리게 울려 퍼졌다. 그 소란은 원주민들이 식사를 위해 옆방으로 물러날 때까지 계속되었다.

원주민들이 물러나자 모두 수녜토 타령이었다. 수녜토는 손에서 손으로 흘러다녔다. 그래도 은밀히. 원주민들이 알아채서는 안 되는 것이니까.

이걸 계기로 여기저기서 이런저런 토론이 벌어졌다. 급기야 시가 어떻게 생겨나게 되었나에 대한 이야기까지 나왔다. 전혀 멍청해 보이지 않는 부인 하나가 시에 정통하다는 보좌 신부에게 설명을 요구했다. 신부는 빼지도 않고 이렇게 대답했다.

"부인, 제가 특별히 알고 있는 바는 시가 이 세상만큼 오래되었다는 것입니다. 어떤 사람들은 그 기원을 아담에게서 찾는 사람도 있습니다. 라멕의 아들 유발을 시인들의 원조로 생각하기도 합니다. 성경에 보면 「창세기」에 유발이 '수금과 퉁소를 잡는 모든 자의 조상이 되었으며' 라는 구절이 있으니까요. 우리 조상들은 음악과 시가 자매지간이라는 사실을 잘 알고 있었습니다. 이집트의 왕이었던 오시리스가 음악을 매우 사랑했었다고 주장하는 사람도 있습니다. 오시리스는 자기 군대에 많은 가수를 거느리고 있었다고 합니다. 그들 중에 아홉 명이 아주 뛰어났는데 그리스 사람들이 그들에게 뮤즈라는 별명을 붙여주었습니다.

이 세상 역사를 통해 볼 때 가장 확실한 것은 모세입니다. 우리는 히브리인들이 다른 어떤 민족보다 먼저 이 신성한 예술을 향유하고 있었다는 사실을 알고 있습니다. 음악은 노아의 홍수 이후에 이집트인, 칼데아인, 그리스인들 사이에서 다시 살아났습니다. 이들 중에서도 그리스인들이 음악을 개발하는 데 전력을 기울였습니다. 음악은 모든 나라에 기질과 기후와 열심에 따라 퍼져 나갔습니다. 아무리 야만인이라 해도 시라는 예술을 몰랐거나 뛰어난 시인을 배출하지 못한 민족은 이 세상에 전혀 존재하지 않았습니다. 이 아메리카 땅에 우리 구주 예수님이 알려지기 전에도 사람들은 시와 음악이라는 숭고한 예술에 대해 알고 있었습니다. 나름대로의 춤사위를 지니고 있었습니다. 사람들은 춤을 추면서 신을 향해 시를 노래했습니다. 아주 뛰어난 시인들도 있었습니다. 어떤 시인은 사형을 선고받아 죽기 바로 전날 감미롭고도 애절한 시를 한 편 지었습니다. 시인 자신에 의해 읊어진 시가 얼마나 감동적이었는지 재판관은 그 시를 듣고 감동을 받아 판결을 취소하기까지 했습니다. 이 사람은 뛰어난 시인으로 명성을 얻었을 뿐만 아니라 시 한 편으로 죽음에서 벗어나 생명을 연장시키기까지 했던 것입니다. 이 사실은 보투리니가 쓴 『인디아의 역사에 대한 고찰』이라는 책에서 볼 수 있는 겁니다.

폭군을 감동시키는 데까지는 가지 않았다 해도 시란 대단한 것임이 틀림없습니다. 시가 사람들의 마음에 감동을 준다는 사실은 예로부터 잘 알려진 사실입니다. 음악이 곁들여지면 더하지요. 다음의 이야기들이 이 사실을 확증하고 있습니다. 오르페우스는 사자와 호랑이, 그 밖의 맹수를 물리치기도 했고 온순하게 길들이기도 했습니다. 그리고 암피온은 테베의 성벽을 재건했습니다. 두 사람 모두 노래와 기타와 하프를 사용해서 말입니다. 음악과 시의 힘이 얼마나 대단한지 보여주는 것이지요. 음악과 시만 있으면 잔인하고 짐승 같은 야만족일지라도 문명화된 생활로 이끄는 데 충분합니다."

시장이 한마디 했다.

"다른 게 있을 리 없지요. 우리 수녀토의 주인공도 좀더 감미롭게 북과 피리로 반주했더라면 좋았을 텐데 말입니다."

시장은 장난기 어린 표정을 지어보였다. 시장은 내가 무슨 바보 같은 말로 신부의 화를 돋우나 보고 싶은지 내게 이렇게 물었다.

"의사 선생님, 선생님은 이런 일에 의견이 없으신지요?"

나는 폼도 잡아보고 싶었고 내가 잘 모르는 주제였지만 내 나름의 의견을 말하고도 싶었다. 예전에 농장에서 마음씨 착한 보좌 신부로부터 들은 교훈을 깜박했던 것이다. 나는 지금 이 사람들이 무슨 말을 하고 있는지도 몰랐다. 그러나 내 허영심이 내 생각을 앞질렀다. 나는 몸에 밴 오만함으로 다음과 같이 잘난 척을 떨었다.

"아주 옳으신 말씀으로, 의심할 바가 없습니다. 그렇지만 시란 보좌 신부님의 말씀보다는 더 역사가 오랜 것입니다. 아담까지 거슬러 올라갈 뿐만이 아닙니다. 제 생각으로는 아담 이전에 시인들이 있었으리라 봅니다."

이런 터무니없는 발언에 모두 놀라 자빠졌다. 특히 신부가 심했다. 신부는 내게 물었다.

"사람이라고는 없었을 텐데, 어떻게 시인이 있을 수 있었겠소?"

나는 차분하게 대답했다.

"그렇습니다. 사람이 있기 전에 천사들은 있었지요. 천사들이란 원래 창조주를 찬양하도록 지음받았습니다. 천사들의 찬양은 시였을 것이 분명합니다. 산문으로는 노래를 할 수 없으니 말입니다. 시를 노래했다면 시를 지었을 것이고, 시를 지을 줄 알았다면 바로 시인이었단 얘기지요. 그러니 보시다시피 시란 아담보다 더 이전에 존재했던 것입니다."

신부는 이 소리를 듣고는 머리만 가로저을 뿐 내게 한 마디도 반박하지 않았다. 웃음보를 터뜨리는 사람도 있었고, 내 의견에 감탄사를 자아내는 사람도 있었다. 이윽고 시장이 이렇게 말했다.

"틀림없습니다, 틀림없어요. 의사 선생님이 우리를 이기셨습니다. 전혀 들어보지 못한 훌륭한 강의를 들려주셨습니다. 시의 기원을 찾는답시고 고고학자들이 얼마나 골머리를 썩였습니까. 유발이라는 사람도 있고, 드보라라는 사람도 있고, 모세라는 사람도 있고, 칼데아인이라는 사람도 있고, 이집트인이라는 사람도 있고, 그리스인이라는 사람도 있습니다. 모두 어느 것 한 가지도 이해시키지 못하면서 자기들 주장만 고집하고 있는 겁니다. 이제 우리 페드로 의사 선생님께서 우리를 이 혼돈으로부터 구해내셨습니다. 고고학자들과 역사학자들이 넘을 수 없었던 저 높은 벽을 훌쩍 뛰어넘으신 겁니다. 저 구름 위에 시를 올려놓으신 것이지요. 시를 천사들에게까지 끌어올리셨으니 말입니다. 자, 여러분, 이제 우리 의사 선생님의 건강을 위해 축배를 듭시다."

시장이 잔을 들자 모두 각기 잔을 들었다. 그리고 시장의 선창에 따라 복창했다.

"박학하신 의사 선생님을 위해!"

물론 이 건배에는 박수 소리와 포크로 술잔과 접시를 두드리는 의례적인 소리도 빠지지 않았다. 그렇지만, 얘들아, 누가 알았겠느냐. 나란 놈은 진짜 바보 멍청이여서 이 모든 소동이 시장의 야비한 조롱에 지나지 않는 것임을 알지 못했던 것이다. 정말 그랬다. 나는 기분좋게 포도주를 들이켰다. 무슨 말이냐고? 나는 있는 폼을 다 잡았다. 이것을 내 무식함에 대한 통렬한 야유가 아니라 내 실력에 대한 정당한 칭찬으로 알았던 것이다.

얘들아, 너희 생각은 어떠냐? 아직 어린 티를 채 벗지 못한 너희 아비만이 유난히도 자기 생각에만 집착하는 것으로 보이느냐? 오로지 나만이 그 나이에 무식하고 얼이 빠져 다른 사람들의 조롱을 칭찬으로 받아들였겠느냐? 아니란다. 얘들아. 어느 시대나, 어느 나이나, 나처럼 멍청하고도 시건방진 사람이 있게 마련이다. 자기 자신을 너무 믿은 나머지 자기들만 알고, 자기들만 알아맞히고, 지혜의 보고는 자기들만이 발견할 수 있다고 생각하는 사람이 있게 마련인 것이다. 아아! 너희들이 내 인생 역정을 읽을 즈음해서는 이런 바보 멍청이 짓이 세상에서 사라져주었으면 하건만. 그때까지 남아 있다면 내 당부하거니와 이 점을 명심하도록 해라. '변덕이 심하면 아는 것도 없고 행실도 바르지 않다. 고분고분한 사람은 이내 착한 사람이 되어 지혜도 풍부해질 것이다. 허풍쟁이는 결코 지혜로울 수 없다. 조용하고 겸손하여 자기보다 많이 아는 사람의 의견에 따르는 사람은 확실히 착한 사람이다. 이는 심성이 고운 사람으로, 이 심성을 잘 가꾸면 언젠가는 현인이 될 것이다.' 여담일지라도 명심하도록 해라. 어쩌면 너희에게 가장 중요한 이야기일 수도 있는 것이다.

시장은 내가 침착하게 있는 것을 보고는 이렇게 말을 이어나갔다.

"의사 선생님, 선생님 의견과 보좌 신부님의 의견에 따르자면 시란 일종의 학문이거나 신성한 예술이올시다. 천사들과 사람들에게 영감을 준다니 말입니다. 천사도 사람도 모방할 자가 없었다면 오로지 창조주께서 영감을 불러일으키실 것입니다. 그러니 이 점에 대해 말씀해주시지요. 우리 모두 아담의 후손일진대, 무슨 이유로 어떤 나라에서는 다른 나라에서보다 시인이 많이 배출되는 겁니까? 이탈리아인들 사이에는 아주 뛰어난 시인이 많지 않더라도 적어도 즉흥 시인과 같이 시를 쉽게 쓰는 사람은 많지 않습니까. 시를 아주 수월하게 수백 편씩이나 쓰는 사람들이 있지요."

나는 대답이 궁색해졌다. 나는 이 곤경에서 빠져나갈 방법을 찾지 못해 몸을 빼며 이렇게 말했다.

"시장님, 이제 토론은 그만두겠습니다. 사실 저는 시장님이 말씀하시는 그런 즉흥 시인들이 있었다거나 혹은 있다고 믿지 않기 때문입니다. 그러니 토론에 들어가기 위해서는 그 사실을 제게 명확히 납득시켜야 합니다. '프리우스 에스트 에세 쿠암 탈리테르 에세,' 즉 먼저 뭔가가 있어야 이러니저러니 할 것 아닙니까."

신부가 끼어들었다.

"즉흥 시인들이 특히 이탈리아에 많이 있었다는 사실은 의심할 여지가 없습니다. 이런 명확한 사실을 박학하신 의사 선생님께서 모르고 계신다니 놀랍습니다. 즉흥적으로 시를 쓴다는 것은 오래 전부터 알려진 사실입니다. 오비디우스도 본인 스스로 이 점을 고백했습니다. 이런 얘기를 남겼지요. 자기는 아무리 조심한다 해도 말만 하면 시가 되어 나온다고 말입니다. 저는 파울로 조비오가 시인 카밀로 쿠에르노에 대해 쓴 글도 읽어보았습니다. 즉흥시의 대가였는데 그 솜씨로 교황 레오 10세를 아주 즐겁게 해주었다고 합니다. 이 시인은 창가에 서서 교황이 식사를 하는 동안 머리에 떠오르는 시를 줄줄 외웠답니다. 교황은 그 기지에 감탄하여 식사도 함께 나누고 자신이 마시는 포도주도 건네주었다 합니다. 시 두 구절만 지어주면 뭐든 원하는 대로 해주었답니다. 칼라산즈 신부도 『천재 판별력』이라는 책에서 이제 막 쓰기를 배운 어떤 꼬마에 대해 말하고 있습니다. 이 꼬마는 언제 어디서나 운만 떼어주면 시를 줄줄 외웠답니다. 때로는 어찌나 예리했던지 학자들도 기가 질렸다 합니다. 이런 종류의 즉흥 시인이라면 얼마든지 인용할 수 있습니다만 그렇게 수고할 필요가 뭐 있겠습니까? 바로 우리나라에도 '흑인 시인'으로 알려진 인물이 각광받고 있다는 사실을 다 아는데 말입니다. 이 사람의 놀라운 기지에 대해 우리 노인네들이 얘기해주고 있지 않습니까."

한 아가씨가 끼어들었다.

"신부님, 그 흑인 시인의 시를 몇 수 들려주세요."

"많이 있습니다. 그 사람에 대해 허무맹랑한 얘기도 많지요. 아가씨가 원하신다면 확실히 그 사람 시로 알고 있는 것 중에서 두세 편 읽어드리지요. 멕시코에 사는 어느 노인네로부터 들은 겁니다. 들어보세요. 우리 흑인 시인이 언젠가 어느 약방에 들어섰지요. 그곳에는 약사인지 의사인지 하는 사람이 어느 신부와 함께 머리카락에 대해 얘기를 나누고 있었답니다. 흑인 시인이 들어섰을 때 '머리카락은 ……에 달려 있다'라는 말이 막 나온 참이었습니다. 시인에 대해 잘 알고 있던 신부는 시인의 기지를 시험해보려고 이렇게 말했습니다. 이보게, 이 양반이 '머리카락은 ……에 달려 있다'라고 한 말의 뒤를 이어 시를 지으면 1페소를 벌 수 있네. 그러자 흑인은 익숙한 솜씨로 이렇게 읊었습니다.

내 지혜가 숨지만 않는다면
이 돈은 벌어논 당상.
떨쳐버리시오,
대들보가 무너지지 않으리니
달려 있는 머리카락
잘라낸들 어떠리요.

이건 멕시코에 잘 알려진 일입니다. 소르 후아나 이네스 데 라 크루스 수녀에게도 같은 운을 주어 시를 짓게 했답니다. 성 제롬을 따르는 신실한 성녀요, 천재요, 당대 최고의 시인으로 아폴로의 열번째 뮤즈라는 칭호를 받았던 수녀님에게 말입니다. 그러나 이 수녀님은 시를 짓지 못했습니다. 수녀님은 4행시를 지어 그 벌충을 했고, 우리 시인의 뛰어난 기지를 높이 평가했습니다.

한번은 어떤 서기가 어떤 경찰과 함께 우리 시인의 곁을 지나가게 되었습니다. 서기가 서류를 한 장 흘렸습니다. 경찰이 주워주었지요. 서기가 뭐냐고 물었습니다. 경찰은 증언이라고 했습니다. 이때 흑인이 즉각 이렇게 읊었습니다.

그런 천한 일을 세우는 것은

악마의 소행이 아닌가?

그러나 경찰이 증언을 세우지 않을 때가

그 언제이던가?

언젠가 우리 시인이 어느 집으로 들어갔는데 상 위에 성모 수태상이 놓여 있었습니다. 얼마나 다종다양한 물건들이 있었는지 주의해 보십시오. 성모 수태상 하나, 성 삼위일체를 표현한 그림 한 점, 떨기나무 불꽃을 바라보는 모세를 그린 그림 한 점, 구두 몇 켤레와 은수저 몇 벌. 보십시오, 여러분. 집주인은 시인의 기지를 못 미더워하여 이 모든 물건이 들어가는 4행시 한 수를 지으면 은수저를 주겠다고 했습니다. 흑인 시인은 즉석에서 이렇게 읊었습니다.

모세는 주님을 바라보기 위해
신발을 벗었네.
성모 마리아여
이 수저를 제게 주소서.

이 시는 뛰어나지도 않고 무슨 교훈을 주는 것도 아닙니다. 그렇지만 서로 아무런 상관이 없는 많은 것들이 이 시 속에서 쉽게 조화를 이루고 있지요. 어떤 의미에서는 칭찬을 받아도 무방하겠지요.

마지막으로, 우리 모두는 죽어가는 순간에는 농담이 어울리지 않는다는 사실을 잘 알고 있습니다. 우리 시인은 죽어가는 순간에 있어서도 시를 지어보이는 기지를 발휘했습니다. 시인이 죽어갈 때 아우구스티누스파의 신부 한 사람이 옆에 있었는데 이렇게 얘기했다더군요.

나는 이제 확실히 압니다,
죽음이 달음박질로 다가오는 것을.
말이 죽으면 언제나
까마귀가 뒤따르니까요.

우리는 이 가련한 흑인이 먹물이라고는 한 방울도 마셔보지 못한 무식쟁이였다는 사실을 염두에 두어야 합니다. 읽는 법도 몰랐다고 확신하더군요. 그 깜깜한 무지 속에서도 순간적인 기지를 발휘해 시를 지었던 것입니다. 이 사람이 다른 학자님들처럼 교육을 제대로 받았다면 어떠했겠습니까? 예를 들어, 여기 계시는 의사 선생님과 같이 말입니다."

"신부님, 신부님 걱정이나 하시지요." 나는 대답했다.

이것으로 식사는 끝났다. 상이 치워졌다. 우리는 모두 식탁에 앉아 이야기꽃을 피웠다. 우리는 감사 기도도 드리지 않았다. 그 당시에는 감사 기도를 드리지 않는 게 막 유행이었으니까. 의학에 관한 토론으로 나와 신부를 끌어 넣기 위해 노심초사하던 시장이 내게 말을 걸었다.

"저는 정말이지 선생님과 신부님께서 의학 분야에 관해 말씀해주시기를 바라 마지않습니다. 사실 말이지 우리 주임 신부님께서는 의사라면 아주 마땅찮게 생각하시지요."

나는 약간 당황해서 대답했다.

"그러시면 안 되지요. 신부님께서도 주님께서 하신 말씀을 아실 테니까요. 주님께서 이 땅에 의학을 세우셨습니다. 지각이 있는 사람이라면 의학을 경시할 수는 없지요. 즉 '도미누스 크레아비트 데 테라 메디시남, 에트 비르 프루덴스 논 아보레비트 에암.' 이런 말씀도 하셨습니다. 의사는 필히 존중할지니. 즉 '오노라 메디쿰 프롭테르 네세시타템.'

또 이런……"

신부가 말을 막았다.

"됐습니다. 제가 잘 아는 내용을 왈가왈부할 필요는 없어요. 집회서 38장의 처음 14절은 모두 의사에게 유리한 내용입니다. 그러나 15절은 이렇습니다. '사람이 죄를 지으면 창조주의 눈에 거슬리게 되니 의사의 신세를 지게 마련이다.' 이 저주는 의사를 명예롭게 하는 것이 아닙니다. 적어도 고약한 의사를 말입니다.

의술이라는 것이 아주 어려운 일임을 저도 잘 압니다. 의술을 배우기가 지난하다는 것도 알고 있습니다. 평생을 배워도 모자라겠지요. 진단기도 어려울 것이고 오진을 할 수도 있을 겁니다. 한 사람이 일평생을 다해도 모두 경험해볼 수 없을 것입니다. 의사 혼자 힘쓴다고 되는 일도 아닙니다. 상황이나 조수들이나 환자들도 서로 협력해야 가능하지요. 이건 제가 하는 말이 아니라 의학의 왕자께서 하신 말씀입니다. 코스 섬의 그 현자, 저 그리스인 히포크라테스, 이 세상이 마감되는 그날까지 영원히 기억에 남을 그 위대하신 분이 남기신 말이라는 겁니다. 이 박애 정신이 투철한 의사는 근 1백여 년을 살면서 평생을 가난한 환자들을 위해 희생했습니다. 병든 자연의 죄악을 연구하고, 병의 원인을 밝혀내고, 효과적인 치료 방법을 세우고, 연구하여 얻은 바를 새로운 환자에게 적용하기도 했습니다. 모두 다 병을 고치기 위한 노력이었습니다. 저는 다 알고 있습니다. 히포크라테스가 있기 전에는 말입니다, 아무런 도움도 받지 못하는 가여운 병자들은 에베소의 디아나 신전 문에 모여들었습니다. 사람들은 그곳으로 몰려가 병자를 보고 그들을 동정했습니다. 그리고 머리에 이고 온 것을 병자들에게 나누어주었습니다. 몇몇 병에 대한 치료법이 『의학에 관하여』라는 필사본으로 전해졌다는 것도 알고 있습니다. 히포크라테스는 열네 살부터 의학을 공부하기 시작해 서른다섯 살 때 아테네에서 과정을 마쳤습니다. 히포크라테스는 선배 의사들로부터 배운 것으로 만족할 수 없었습니다. 그는 이 나라 저 나라, 이 지방 저 지방, 이 도시 저 도시를 순례했습니다. 마침내 히포크라테스는 이 필사본을 발견하게 되었고 그로부터 연구에 연구를 거듭해 그 유명한 명언을 남기게 되었습니다. 히포크라테스의 연구가 발견된 이후에 의학은 돈만 밝히는 학문이 되어버렸습니다. 그전에는 의학은 인류에 대한 사랑으로 시행되고 있었죠. 저는 다 알고 있습니다. 더 많지만 듣기 지루하실 것 같아 다 말씀드리지는 않겠습니다. 한 가지 말씀드린다면, 오늘날에는 의사로서의 필요한 자질에 대한 검사가 철저하지 못하다는 겁니다. 아무 자격도 없는 사람들이 원하기만 하면 의사가 된다는 겁니다. 대학에서 일정한 과정만 거치면 된다더군요. 권위 있는 수업을 받지 않아도 말입니다. 또 일정한 수련 기간을 거치면 자격증을 뒤로도 딸 수 있답니다. 시험을 치른다 해도 시험관을 구워삶거나 질문에 적당히 대답만 하면 되겠지요. 적법한 절차를 거친다 해도 그게 어떨지는 짐작이 가지 않습니까. 이런 식으로 자격증을 딴다니, 이거야 세상 사람을 대놓고 다 죽일 면허를 주는 것이나 다름없지 않습니까. 저는 또 알고 있습니다. 많은 의사들이 할 바를 제대로 못 하고 있습니다. 꾸준하게 공부를 하기를 하나, 적절한 실습을 해보기를 하나, 조심스럽게 자연을 관찰하기를 하나. 마땅히 해야 하는 일임에도 말입니다. 환자의 병상이야말로 학교 중의 학교요 도서관 중의 도서관이라는 사실을 망각하고 책장에 금박을 입힌 책이나 잔뜩 꽂아 사치나 부리고 있단 말입니다. 잘난 척 뻐기기나 하면서 이해도 못 하는 사람들 앞에서 책이니 권위니 들먹이며 라틴어나 지껄여대고 있는 거지요.

저는 훌륭한 의사는 훌륭한 물리학자, 훌륭한 화학자, 훌륭한 식물학자, 훌륭한 해부학자여야 한다고 알고 있습니다. 이 세상에는 자신이 무슨 일을 해야 할지, 유산 소다가 무엇인지조차 모르는 의사들이 허다합니다. 그래서 그 돌팔이들은 아주 해로운 것임에도 불구하고 몇몇 병에 유산 소다를 처방하기도 합니다. 사람의 몸이 어떻게 구성되었는지도 모르고 아주 간단한 것조차 약이 될지 독이 될지 모른다는 겁니다. 그냥 쪼개고 나누어서 아주 간단히 처리해버리는 것이지요. 저는 인품이 좋지 못한 사람은 훌륭한 의사가 될 수 없다는 것도 알고 있습니다. 무슨 말인고 하니, 인간적인 정이 넘치지 않는 사람, 이웃을 사랑하지 않는 사람은 훌륭한 의사가 될 수 없다는 것입니다. 의사가 가엾은 환자에 대한 사랑과 동정에서가 아니라 오로지 돈만 보고 간다면 환자가 의사를 신용하지 않을 것은 뻔한 일입니다. 그런데 이런 일이 비일비재하다는 것이 문제지요.

의사는 시험을 치를 때 가난한 사람들을 자비로, 무료로, 효과적으로 돕겠노라고 맹세합니다. 그런데 어떻습니까? 가난한 사람들이 진료비도 없이 의사들을 찾아가 병을 얘기하면 대부분 푸대접받기 일쑤입니다. 그런데 환자가 부자여서 의사들을 집으로 부르기라도 하면 의사들은 잽싸게 달려가 정성을 다해 치료해줍니다. 너무 정성을 기울이는 바람에 일을 망치기도 하지요(이게 말이 안 되는 것은 아니지요). 정성을 기울이다 환자를 죽이기도 하니까요."

여기서 신부는 잠시 말을 멈추었다. 신부는 담뱃갑을 꺼내 코에 담배를 채워놓고는 다음 장에서 보게 될 이야기를 이어가기 시작했다.

3. 우리 페리키요가 신부가 어떤 결론을 내렸는지 들려준다. 페리키요는 흑사병으로 실패를 경험하고 꼴사납게 마을을 떠난다. 이야기 중간에 반주처럼 재미있는 이야기가 끼어든다

신부는 이야기를 계속 이어 나갔다.
"제가 의사들을 싸잡아 비난한다고는 생각지 마십시오. 의술은 주님께서 우리 인간에게 내려주신 최고의 기술입니다. 의학 분야의 뛰어난 선생들은 우리의 영광이며 우리의 칭찬을 받아 마땅합니다. 그러나 의사가 마땅히 해야 할 바를 하지 못한다면 그 무능함과 잇속만 챙기는 것은 비난받아 마땅합니다. 의학의 필요와 유용성이랄지 현명한 선생들에 대한 비난이 아닙니다. 박식하고, 부지런하고, 자애로운 의사는 칭찬해야 하지요. 그러나 우둔하고, 돈만 밝히고, 먹고 살기 위해 이 직업을 택한 사람, 의사라는 직업에 몸 바쳐 헌신하지 못하는 사람은 경멸받아 마땅하며, 본의는 아니라 할지라도 의학 당국으로부터 허가받은 인류 암살자라는 누명을 써도 무방합니다. 이런 의사들은 로마의 여러 지역과 또 다른 지역에서 추방되었습니다. 흑사병과 같이 취급되었던 것이지요. 사실 말이지 못돼먹은 의사보다 더 고약한 흑사병도 없을 겁니다. 환자를 돈만 밝히는 멍청이 돌팔이 손에 맡기느니 차라리 자연의 현명

한 품에 맡기는 것이 더 좋을 때가 많습니다."

"저는 그런 의사가 아닙니다." 나는 무안해서 이렇게 말했다. 모두들 나를 쳐다보며 히죽거렸던 것이다.

"선생님을 두고 한 얘기가 아닙니다. 산초나 페드로나 마르틴 얘기도 아닙니다. 제 얘기는 어떤 특정인에 대한 비판이 아닙니다. 저는 누굴 대놓고 욕하는 데 익숙하지 않습니다. 그저 일반적인 얘기로 못돼먹은 의사에게만 해당되는 것입니다. 우리의 고통을 구원하라고 창조주께서 우리에게 내려주신 그 귀중하고 필요 불가결한 기술을 남용하는, 경험만 따지고 말만 많은 그런 의사들 말입니다. 선생님이나 다른 의사가 이런 식으로 말하는 것을 듣고, 이거 내 얘기 아니냐고 한다면, 그건 양심이 찔려서겠지요. 그러니 선생님, 아무리 감추어도 드러나지 않는 것은 없습니다. '저는 그런 의사가 아니다' 라는 선생님 말씀도 옳습니다. 하는 일이 무엇이든 돌팔이들은 다 그러니까요. 그런다고 해서 그렇지 않은 것도 아닐진대."

"아닙니다, 신부님. 저는 그런 의사가 아닙니다. 저는 제 의무가 무엇인지 잘 알고 있습니다. 저는 시험도 치렀고 만장일치로 통과되었습니다. 멕시코 왕립 의학청에 의해서 말입니다. 저는 생리학·병리학·증후학·임상학 등 의학의 여러 분야도 잘 알고 있습니다. 저는 인간의 신체 구조도 잘 압니다. 유체가 무엇인지, 고체가 무엇인지도 압니다. 견골과 연골이 무엇인지도 알며, 두개골이 어떤 것인지도 알며 그것이 8개 부분으로 이루어졌다는 것도 알고 있습니다. 후두부 뼈가 어떤 것인지, 뇌막이 무엇인지도 압니다. 늑골이 몇 개인지, 흉골이 무엇인지, 견갑골이 무엇인지, 미저골이 무엇인지, 경골이 무엇인지도 압니다. 내장·혈관·신경·근육·동맥·세포 조직·세포성 표피가 무엇인지도 압니다. 체액의 종류와 각각의 특성도 압니다. 혈액·담즙·점액·유미·위액 등이 있죠. 림프액이 무엇인지도 알고, 혈기가 무엇이며 또 이 혈기가 건강한 몸에서나 병이 든 몸에서 어떻게 활동하는지도 압니다. 각종 병에 대한 그리스어 학술명도 잘 알고 있습니다. 아시티스(복수종)·아나사르카(전신 부종)·히드로포비아(공수병)·사라탄(유방암)·플레레시아(늑막염)·베네레오(성병)·클로로시스(위황병)·카케시아(악액질)·포다그라(다리 통증)·파라프레니티스·프리아피스모(발기 현상)·파로시스모(발작) 등 수천 가지 병명을 알고 있습니다. 무식한 놈들이야 그저 부스럼, 미친병, 프랑스병, 옆구리 결림 등으로 부르고 마는 것들이지요. 저는 약사들이나 화학자들이 어떻게 약을 조제하는지 눈으로 보지 않아도 그 약이 어떤 약인지 잘 알 수 있습니다. 약이라는 것이 인간의 체내에서 어떤 작용을 하는가를 알기만 하면 되는 겁니다. 그래서 저는 잘 압니다. 해열제·수렴제·경련 진통제·향신료·이뇨제·마취제·가슴앓이 약·설사약·발한제·외상약·해독제·자극제·구충제·완화제·부식제·결장약······"

"됐습니다, 의사 선생님." 신부는 궁색하게 말을 막았다. "제발이지 이제 그만 합시다. 아주 해박하시군요. 저는 무슨 말인지 하나도 모르겠습니다. 히포크라테스가 자기 나라 말로 말하는 소리를 듣는 것 같습니다. 그렇지만, 그렇게 많이 아시면서도 단 나흘 만에 수종을 앓던 가엾은 페트로닐라 할머니를 죽음으로 몰아넣은 것은 사실이 아닙니까. 당신이 오기 전에는 아이고, 아이고! 하면서도 수년을 버텨오셨는데 말입니다. 당신이 오셔서 다량의 설사약을 먹여 발걸음을 가볍게 하시기는 했죠. 아주 쓴 약을 엄청 먹이셨죠. 제가 보기에는 미신적인 처방 같았습니다. 몸이 허약한 노인에게 설사약을 먹이거나 피를 뽑는 짓은 아주 치명적인 것이니까요. 이래놓으니 신경통을 앓던 그 노인네도 당신에게 몸을 맡겨 죽기를 원치 않았던 것이겠지요.

아니, 그렇게 많이 아시는 분이 공연히 제 교구 신자들만 없애고 있는 겁니까. 당신이 여기 계신 후로 장례식이 50퍼센트나 증가했습니다. 돈을 밝히는 신부라면 당신이 죽인 사람들에 대해 감사를 표하겠지만 저는 아닙니다. 저는 제 교구 신자들을 무척이나 사랑합니다. 좀더 있다가는 당신은 제 신부 자리마저 빼앗을 것 같군요. 마을 사람들이 다 죽어가는 바람에 교회를 찾지 않게 되면 빈집과 버려진 논밭이나 지키는 신부가 되고 말겠지요. 당신이 알고 있는 지식으로 저도 덕을 보긴 했지만 당신의 지식이 겁나기도 합니다."

신부의 빈정거림에 모두 박장대소했다. 나는 심기가 불편하여 귀까지 빨개져서 신부에게 대들었다.

"신부님. 말씀을 하시기 전에 우선 생각부터 해보고 자신이 할 말을 곰곰 따져보아야지요. 신부님께서 농담조로 일깨워주신 그런 일들은 아무것도 아닙니다. 갈수록 가장 형편없는 환자들이 가장 훌륭한 의사까지 물귀신처럼 물고늘어지는 형국입니다. 그래 신부님 생각은 의사가 환자들에게 삶을 새롭게 입혀주는 신이라도 돼야 한단 말입니까? 오비디우스는 『폰투스』 제1권에서 이렇게 말하고 있습니다. '환자의 치유는 항상 의사의 손에 달린 것은 아니다. 많은 경우 병이 의술을 이기기도 한다.' 다시 말해, '논 에스 인 메디코 셈프레 렐레베투르 우트 외게르 인테르둠 독타 플루스 발레트 아르테 말룸.' 또 이렇게도 말합니다. '의학의 신인 에스쿨라피오가 손을 대도 치료하지 못하는 불치의 병이 있다.' 이런 불치병은 가장 신통하다는 온천수, 즉 페논이나 아토토닐코의 물을 사용한다 해도 치유되지 않습니다. 그런 병들 중의 하나가 바로 간질병입니다. 오비디우스의 말을 직접 들어보십시오. '아페라트 입세 리세트 사크라스 에피다우리우스 헤르바스, 사나비트 눌라 불네라 코르디스 오페.' 그러니 보십시오, 신부님. 가장 훌륭한 의사들도 고치지 못

하는 병이 있는데 제 손에서 몇 명 죽었다고 그게 큰일입니까. 의사만 부르면 영생을 얻으리라고 생각하는 사람들이 있다는 게 문제입니다. 그 신경통 환자가 제게 의지하려고 하지 않았다는 것은, 다름아니라 그 환자가 자기 병이 불치병임을 알고 있었다는 사실을 증명해줄 뿐입니다. 오비디우스도 '신경통은 의학으로 고칠 수 없다'고 했습니다. 그대로 인용하자면, '톨레레 노도삼 네스시트 메디시나 포다그람.'"

신부가 말했다.

"이런 일로 당신과 논쟁하려 했다니 제가 미친놈이고, 바보고, 우둔한 놈입니다."

"말씀 잘하셨습니다, 신부님. 그 말이 진심이라면 말입니다. 사실 말이지, 자기가 잘 모르는 것에 대해 왈가왈부하는 것보다 더 미친 짓은 없습니다. 호라티우스도 이렇게 말했습니다. '쿠오드 메디코룸 에스트 프로미툰트 메디시, 트락탄트 파브릴리아 파브리.' 신부님, 누구나 자기가 아는 것을 얘기해야 합니다. 그러니 신부님 일에 대해서만 말씀하시고 알지 못하는 일에는 끼어들지 마십시오. 신학자라면 신학에 대해, 교회법 학자는 교회법에 대해, 의사는 의학에 대해 정통할 것이고, 기술자들은 또 그 나름의 직업에 대해, 항해사는 바람에 대해, 농사꾼은 소에 대해 정통할 것 아닙니까. '나티바 데 벤티스, 데 보부스 나레트 아라토르.'"

신부의 인내심도 이 방자한 질책으로 끝이 났다. 신부는 자리에서 벌떡 일어나 모자를 꼿꼿이 세우고는 손바닥으로 탁자를 내리치며 소리쳤다.

"이거 갈수록 형편없군. 의사 양반, 아니 떠버리 선생. 누구와, 어디에서, 어떤 사람들 앞에서 무슨 수작을 부리는지 알도록 하시오. 그래 나를 무슨 순사 나부랭이나 개망나니로 알고 나를 그런 식으로 몰아 아이 다루듯 하는 거요? 그래 내가 지그시 참고 있으니 나를 무슨 아무 생각 없는 바보로 아는 거요? 내가 당신이 미친놈에, 아둔한 놈에, 잘난 척 빼기기나 하는 무식쟁이라는 것을 모르는 줄 아시오? 당신이 아무리 라틴어를 지껄이고 억지 수작을 부려봐야 당신은 말 그대로 바로 이런 놈에 지나지 않아."

시장과 다른 사람들은 신부가 화를 내는 것을 보고 달래려 애를 썼다. 나는 신부의 말에 전혀 신경 쓰지 않았다. 신부의 고함 소리에 식사를 마친 원주민들이 몰려들었다. 나는 상을 찌푸리며 신부에게 말했다.

"신부님, 용서하십시오. 제가 잘못한 것이라면 그건 부주의한 탓이지 예의를 몰라서가 아닙니다. 저는 신부님과 같은 성직자들의 말씀은 진정 옳은 것으로, 따지고 들어서는 안 되는 것임을 알고 있어야 했습니다. 침묵이 금이요, '삼손 앞에서는 힘 자랑하지 말라' 니까 말입니다. '네 콘텐다스 쿰 포텐티오리부스.' 항상 진리만을 말씀해오신 분의 말씀입니다."

신부가 말했다.

"여러분, 이 의사 선생이 입에 붙는 대로 생각 없이 말을 함부로 하는 바람에 화가 났습니다. 그렇지만 방금 한 말에는 정말 화가 나는군요. 말인즉슨 신부나 성직자라는 사람들은 누구나 다 이겨먹겠다고 든다는 뜻일진대, 이는 나뿐만 아니라 모든 성직자를 모독하는 발언이 틀림없습니다. 그렇지만 다시 말씀드리지만 저 양반 말하는 품새를 아는 고로 용서는 하여야겠지만 내친김에 정신을 좀 차리게 해야겠습니다."

신부는 나를 향해 돌아서더니 이렇게 말을 이었다.

"친구여, 당신 말과 같이 모든 사람들을 이겨먹으려 드는 성직자라는 사람들이 몇몇 있다는 사실을 부정하지는 않습니다. 그래도 그런 사람들만이 다는 아니라는 사실도 고려해야지요. 경솔한 한두 사람 정도가 이런저런 일로 자신의 무지를 드러내 얼굴에 먹칠을 하기도 합니다. 그렇다고 이상하게 볼 것은 아닙니다. 크건 작건 사람이 모이는 곳이라면 싸움꾼도 끼어들게 마련, 그 사람 하나로 모든 사람을 싸잡아 가늠할 수는 없는 일입니다. 제 주변에도 당신이 말하는 그런 사람들이 있습니다. 사실임을 인정합니다. 한 가지 덧붙이자면, 잘못을 알면서도 계속 고집하거나 고집하려고 드는 이유, 즉 신부로서 악을 행하고 평신도들을 망신시키는 것은 그런 짓이 몸에 배서 그러는 것은 아닙니다. 평신도도 신자이기 때문에, 당연히 자기들을 존경해줄 것으로 믿기 때문에 종종 악을 행하는 것입니다. 욕을 먹어 싸지요. 사회 질서를 위해 모두에게 요구되는 법만 지킨다고 해서 그런 짓거리가 용서받을 수 있다고 생각하면 안 되는 것이니까요. 당신이나 제 말을 듣는 여러분 모두 아실 것입니다. 저는 제 고집을 주장하여 사람들에게서 평판을 잃는 그런 사람이 아닙니다. 저와 사귀어본 사람은 잘 아는 사실입니다. 제가 당신한테 지나치게 굴었다면 용서하십시오. 당신의 경솔한 질책으로 인해 이런 말씀을 드리는 것이니까요. 하기야 저로서는 질책받을 것도 없긴 하지만. 저는 말입니다, 무엇에 대해 얘기를 할라치면 우선 제가 할 말에 대해 곰곰 생각해봅니다. 잘못됐다 싶으면 입도 뻥긋 안 합니다. 당신께 말씀드린 여러 가지 중에서 한 가지가 생각납니다. 당신은 뭔지도 모르면서 말만 한다는 것 말입니다(이게 바로 잘난 척이라는 겁니다). 여기 계신 여러분 앞에서 제 코를 납작하게 하신다면 영광이겠습니다. 다음 사항을 설명해주시겠습니까? 의학 분야 중에서 증후학이라는 것은 무엇입니까? 위액이라는 것과 췌장액이라는 것은 무엇입니까? 발기 현상이라는 병은 어떤 병입니까? 장간막 선이라는 것은 무엇입니까? 두통의 종류에는 어떤 것들이 있습니까? 상사병의 치료법에는 어떤 것들이 있습니까? 저는 이런 것들에 대해 잘 알고 있다는 사실을 명심하십시오. 제 장서에는 이런 것을 상세하게 설명한 책들이 있습니다. 저는 여기 계신 분들에게 잠깐 동안에 설명드릴 수 있습니다. 그러니 제가 모르겠거니 해서 얼렁뚱땅 넘어갈 수는 없을 겁니다. 저는 의사는 아니지만 워낙에 호기심이 강한지라 모두 재미있게 읽어보았단 말입니다. 한마디로 저는 팔방미인이지만 자격증은 하나도 없는 셈입니다. 그러니 한번 봅시다. 제 질문에 정확하게 대답하시면 담배 값이라도 하시라고 이 금덩이를 드리겠습니다. 만일 그러지 못할 경우에는 제가 입만 가지고 떠드는 그런 성직자가 아님을 인정해주시기만 하면 되겠습니다. 저는 제가 무슨 말을 하는지, 무엇에 관해 따지는지를 잘 알기 때문이지요."

신부의 제안에 내 피가 몽땅 빠져나가는 것 같았다. 나는 내가 입에 올린 것에 대해서는 쥐뿔도 몰랐으니까. 사부의 집에 얹혀사는 동안 그 빌어먹을 이름만 외워둔 것이었으니까. 나는 이름만 기억하고 있다가 폼나게 지껄이면 의사가 되는 줄로, 아니 적어도 의사처럼 보이겠거니 생각했던 것이다. 나는 신부에게 이렇게 얘기할 수밖에 딴 도리가 없었다.

"신부님, 용서하십시오. 이런 유의 시험은 받아들일 수 없습니다. 의학 당국에서 저를 시험하여 인정했습니다. 허가증과 자격증에 나와 있는 것처럼 말입니다."

"좋습니다. 아주 쉽게 빠져나가시는군. 하지만 좋습니다. 저도 자격이 없는 의사나, 혹은 제가 보기에 자격이 없는 것처럼 보이는 의사에게 제 몸을 맡길 수 없습니다. 좋습니다, 선생님. 이제까지 해왔던 것처럼 제 몸이라면 제 자신이 의사 노릇 하겠습니다. 제가 제 몸에 실수한다고 누가 뭐라 하겠습니까. 건강을 유지하는 분야를 다루는 의학 분야, 전문가들이 위생학이라고 부르는 것으로 저는 만족하겠습니다. 살레르노 대학에서 영국 왕에게 보내준 처방전만 지키면 될 것입니다. 이런 것입니다. 포도주를 줄이고, 식사량을 줄이고, 운동을 즐기며, 낮잠은 절대 불가, 배는 가볍게 하고, 근심 걱정을 떨쳐버리고, 화를 내지 않는다. 저는 여기에 목욕을 자주 하고, 필요한 경우 천연 약재를 쓸 것을 덧붙이고 싶습니다. 보시다시피 저는 건강하고 당당한 체격입니다. 그렇지만 모든 의사들이 제대로만 한다면 저는 누구보다 먼저 의사에게 달려가 그 처분에 맡길 것입니다. 그러나 불행하게도 얼치기나 돌팔이들뿐, 훌륭한 의사를 찾아낼 수가 없습니다. 무슨 학문이든지 돌팔이들이 넘쳐나게 마련입니다만 의학 분야만큼 심한 곳이 없습니다. 평범한 사람은 강단에 서서 감히 설교를 할 수 없고, 고해실에 앉아 죄 문제를 해결할 수 없고, 재판정에서 소송을 감당할 수 없습니다. 더 말할 필요가 있습니까! 재단사도 아닌 사람이 연미복을 지을 수 있으며, 제화공이 아닌 사람이 구두를 지을 수 있겠습니까? 그럴 수 없습니다. 분명합니다. 그러나 약을 짓는 일에 있어서는? 아무도 망설이지 않습니다. 이 역시 분명합니다. 신학자 · 교회법 학자 · 법학자 · 천문학자 · 재단사 · 제화공 우리 모두는 기회만 있다 하면 의사 노릇을 하려듭니다. 그렇습니다. 우리 모두 주님께서 주신 은사라도 되는 양 처방을 쓰고 한단 말입니다. 뭘 하는지도 모르면서. 단지 그렇게 하는 것을 봤기 때문에, 그렇게 해서 나은 적이 있으니까 그러는 겁니다. 사람마다 체질이 다르다는 사실은 안중에도 없죠. 부작용이라는 것은 전혀 생각지도 않습니다. 후안에게 약이 되는 것이 페드로에게는 독이 될 수도 있다는 점은 전혀 고려하지도 않습니다. 자, 봅시다. 어떤 종류의 뇌일혈에는 사혈이 반드시 필요하고 효과적입니다. 그러나 사혈을 했다가는 큰일 나는 경우도 있습니다. 예를 들어볼까요. 임신부의 뇌일혈에 그랬다가는 필경 유산이 되고 말 것입니다. 진짜 의사가 아닌 사람들은 이런 불편을 감당하기 싫으니까 경망스럽게 달려들어 환자를 죽이는 것이지요. 물론 의도야 좋았겠지만. 이곳 아메리카 법이 그렇게나 끈질기게 민간 요법을 금지시킨 것도 다 이유가 있어서입니다. 관심이 있으시면 법령집 6부 5권 4장과 5장을 읽어보세요. 바로 이 얘기가 나와 있습니다. 훌륭한 의사 스스로도 돌팔이 의사를 강도 높게 비난하고 있습니다(티소는 「국민에게 고함」이라는 글을 썼습니다).

　이제 아시아 여러 지역에서 의사들이 지키고 있는 방법을 살펴보고자 합니다. 아시아의 의사들은 환자들을 찾아가 진찰을 하고, 심혈을 기울여 약을 지어서 환자에게 복용시킵니다. 환자가 나으면 그에 합당한 대가를 지불하고, 환자가 죽으면 의사는 개, 벼룩이나 잡아주어야 했지요. 이렇게 적한 조치를 취하다 보니 아주 좋은 결과를 얻을 수 있었습니다. 의사들은 연구에 연구를 거듭하게 되어 외과 내과를 다 보고, 화학자도 되고, 식물학자도 되고, 간호사 노릇까지 하는 것입니다."

　신부는 웃으면서 말을 계속했다.

　"인상 쓰지 마십시오. 이와 비슷한 일이 우리 에스파냐에도 있었습니다. 옛 재판법 중에 제2권을 보면 물리학자와 환자라는 항목이 있습니다. 이런 내용입니다. '물리학자(그러니까 의사 말입니다)는 치료 대가에 대해 합의한다. 환자가 치료되면 대가를 지불하고, 피를 뽑는다 하여(이건 다른 실수도 다 포함하는 것입니다) 병을 악화시키면 의사는 자신이 저지른 잘못에 대해 보상하여야 한다. 환자가 죽으면, 그가 자유인일 경우 의사는 유족의 처분에 맡겨지고, 환자가 노예일 경우 그 주인에게 죽은 자의 가치에 합당한 금액을 보상하여야 한다.'

　이 법이 좀 억지스럽다는 점은 저도 인정합니다. 의사의 잘못을 따지는 일도 결국 다른 의사가 해야 하는 일이 아니겠습니까? 어떤 의사가 경쟁자 의사를 나쁘게 보지 않겠습니까? 아무튼 사람이란 언젠가는 죽게 마련인데, 수명이 다해 죽었다 해도 의사에게 뒤집어씌우기는 여반장이었겠지요. 더구나 환자가 노예였다면 더했겠지요. 주인은 의사 하나 희생시켜 자기 손해를 벌충하고자 했을 테니까 말입니다. 그러니 이런 법을 지금에야 쓸 수 없는 노릇이지요. 아시아인들은 이런 방법을 사용했던 것 같은데 저는 아주 마음에 듭니다."

시장과 손님들은 모두 신부의 장광설에 아주 질려 있었다. 그래서 2천 페소나 되는 판돈이 걸린 노름을 시작하여 신부의 말을 중간에서 잘랐다. 그 노름으로(미리 알려주는 것이지만) 나는 그 동안 애써 모았던 돈을 몽땅 털리고 알거지로 남게 되었다.

그날 밤 춤판과 다과회가 장소가 허용하는 한도 내에서 최대로 화려하게 펼쳐졌다. 나는 돈을 몽땅 털리고 나서도 한동안 억지로 남아 있었다. 나는 새벽 2시에 집으로 돌아와 하녀에게 부아를 터뜨리고, 조수놈을 두들겨 팼다. 밖에서 기분 나쁜 일이 있으면 집으로 돌아와 그 분풀이로 불쌍한 하인들이나 못살게 굴고, 마누라나 자식새끼나 들볶는 그런 못난 주인 행세를 그대로 따라했던 것이다.

그럭저럭, 좋았다 나빴다 하면서 몇 개월이 더 흘렀다. 그러던 어느 날, 어느 부잣집 할망구 일로 불려갔다. 어느 농장주의 마누라였는데 열병을 앓고 있었다. 그 집에서 신부와 마주쳤다. 저승 사자를 보는 듯 섬뜩했다. 그러나 나는 내 입에 재갈을 물리지 못한 채, 걱정할 일이 아니다, 그럴 준비까지 할 필요가 없다고 떠들어대고 말았다. 앞에서 보았겠지만 의술이라면 나보다 더 정통한 신부는 이렇게 말했다.

"보십시오, 환자는 노인네입니다. 열병을 앓은 지 벌써 5일쨉니다. 아주 심한 상태이며 정신을 잃기까지 합니다. 때로 헛소리도 하고, 보랏빛 반점도 보입니다. 당신들이 피하 출혈이라고 하는 거지요. 부패 혹은 악성 발열 같은데, 고통당하는 걸 더 지켜보다가 성례를 베풀 수는 없을 것 같습니다. 그런데 선생, 어떻게 의사라는 양반이 이런 확실한 것도 모를 수 있단 말이오? 의사가 확신이 없으면 환자에게 희망을 갖게 하거나 확신을 주지 않아도 좋단 말이오? 이걸 아셔야지. 1429년 파리 주교 회의에서 의사들에게 이런 명령을 내렸소. '의사는 위급한 환자에게 먼저 고해 성사를 하도록 유도해야 한다. 그후에야 육신의 치료를 가할 수 있다. 이 충고에 따르지 않으면 치료를 거부할 수도 있다.' 같은 해 토르토사 주교 회의는 의사들에게 명령하기를 '고해를 하지 않은 환자는 세 번 연속 진료해서는 안 된다' 고 했소. 1215년 레트란에서 열린 제2차 주교 회의에서는 이런 규정을 두었소. '환자를 치료하기 위해 부름을 받은 의사는 무엇보다 먼저 영혼의 의사가 환자를 만나게 해야 한다. 그리하여 영혼의 건강을 위한 치료를 먼저 받게 해야 한다. 영혼의 치료가 육신의 치료보다 더 소중한 것이다' (규정 24). 이것이 교회가 그 거룩한 주교 회의를 통해 우리에게 주시는 말씀이오. 우리 환자가 고해를 하고 성례를 받는다고 해서 잃을 게 뭐겠소. 지금 상태 그대로일 거요."

나는 신부의 그 장황한 지식에 어안이 벙벙해 이렇게 말했다.

"신부님, 옳으신 말씀입니다. 신부님 말씀대로 하시지요."

사실 말이지 신부는 시간을 적절히 맞추었다. 신부는 노인네의 고해를 듣고 성례를 베풀었다. 그런 다음 나는 일에 착수했다. 나는 부식제 · 안마 · 겨자 · 냉수 마찰 등을 써보다가 그만 손을 놓고 말았다. 노인네는 이틀 만에 예수 그리스도의 품에 안기고 말았던 것이다.

그러나 이 죽음도 다른 죽음과 마찬가지로 치유 불가능한 것이었다고 둘러댔다. 주님의 뜻에 따라 정해진 시간에 죽음이 찾아온 것이라고. 주님의 뜻이라면 의사도 어쩔 수 없다. 의사에게 무슨 용빼는 재주가 있더냐, 신학자들 말마따나 환자들은 적절한 치료로 병을 이겨낼 수 있을 때조차 죽기도 한다. 그러나 그 당시 나는 그런 신학이 있었는지도 몰랐고, 있었다 해도 알고 싶지도 않았다. 나중에 가서야 알았다. 환자에게 완화제를 듬뿍 사용했더라면, 음식과 땀 흘리는 것만 주의해 살폈더라면 아마 죽지는 않았을 것이다. 그러나 그때는 배운 것이 없었으니 인간의 몸에 대해 알 턱이 없었다. 그저 걸려드는 대로 돈이나 뜯어내려 했으니.

이런 식으로 몇 달이 흘렀다(그러니까 내가 툴라에 머물렀던 기간을 다 합치면 15 내지 16개월쯤 될 것이다). 그때 내 죄로 인한 저주인 듯 마을에 지독한 흑사병이 돌았다. 나로서는 도무지 이해할 수 없는 병이었다. 환자들은 갑작스럽게 열이 오르면서 먹은 것을 토해내고 정신을 잃었다. 그러다가 4,5일 만에 끝장을 보았다.

나는 내가 가지고 있는 책은 다 찾아보았다. 티소트, 푸케 부인, 그레고리오 로페스, 부한, 바네가스 등이 편찬한 책을 말이다. 그러나 전혀 소용이 없었다. 환자들은 무더기로 죽어갔다.

결국 내 불운에 종지부를 찍을 양으로, 나는 설사약 의사를 흉내내어 환자들에게서 사악한 체액을 뽑아내기로 했다. 그러기 위해서는 강력한 설사약이 필요했다. 그러다 보니 허약한 가난뱅이들만이 죽어갈 뿐이었다. 나는 장폐색이라는 병을 고치려 했던 것인데 결과적으로 환자들을 독살하고 말았던 것이다.

나는 토주석을 평소보다 많이 처방했다. 거의 12그레인이나 되는 양이었다. 그로 인해 환자들은 말 못할 고통 속에서 숨을 거두었다.

운수 사납게도 원주민 추장 부인에게도 같은 일이 벌어지고 말았다. 나는 토주석을 처방했다. 부인은 죽었다. 다음날 나는 좀 어떤가 싶어 찾아가보았다. 집에는 원주민 남자, 원주민 여자, 원주민 꼬마들이 바글거렸는데 모두 목놓아 울고 있었다.

나는 멍청한 만큼 뻔뻔스럽게 집 안으로 들어갔다. 나는 우연찮게 내 나귀를 타고 갔다. 사실은 내 것이 아니라 설사약 의사 것이었지만.

목놓아 울던 사람들은 나를 보자마자 웅성거리는가 싶더니 내게 벼락 같은 고함을 질러대기 시작했다. 나를 도둑놈, 살인마라고 몰아붙였다. 나는 도저히 막을 수 없었다. 거기 모여 있던 마을 사람 모두가 눈물을 쏟으며 욕지거리를 퍼부으며 돌멩이를 집어들어 줄기차게 내게 던지기 시작했다. 솜씨가 일품이었다. 사람들은 떠들어댔다. 나쁜 놈, 돌팔이, 마을 전체를 죽이고 말 놈.

나는 내 나귀에 박차를 가해 있는 힘껏 달렸다. 나는 가발과 스카프로 무장하고 있었다. 어느 자리에서나 존경을 받으려고 항상 착용하고 다녔던 것이다.

그 빌어먹을 원주민놈들은 내 집도 잘 알고 있었다. 그래서 그리로 도망치는 것은 신부에게 도망치는 것만큼도 안전하지 못했다. 원주민놈들은 내 하녀와 조수를 족쳐서 그 동안의 내 잘못을 실토하게 만들었다. 놈들은 집을 엉망으로 만들고, 몇 안 되는 가구를 박살내고, 책과 약병을 발코니로 집어던졌다.

마을 사람들의 소동이 워낙 크고도 살벌했던지라 시장은 사제관으로 피신하여 신부와 함께 발코니에서 그 소동을 지켜보았다. 신부가 시장에게 말했다.

"걱정하지 마십시오. 모든 원한은 오로지 의사 양반에게 있는 겁니다. 이런 일이 돌팔이들에게 자주 있어야 세상에 돌팔이 수도 줄겠건만."

이것이 내가 의사로서 겪었던 모험의 화려한 결말이다. 나는 한 마리 토끼처럼 내달렸다. 나귀놈도 이틀 동안 그렇게 먼 길을 내달리다 보니 틀랄네판틀라라는 마을에서 죽어 나자빠지고 말았다. 인과응보는 당연한 노릇.

결국 나는 안장과 엉덩이 덮개를 서둘러 처분했다. 가발과 스카프도 꼴불견이다 싶어 도랑에 버렸다. 나는 어깨에는 망토를 걸치고, 손에는 지팡이를 짚고 걸어서 멕시코에 도착했다. 그곳에서 무슨 일이 있었는지는 진실하면서도 허망한 이야기를 담은 이 책의 제4장을 읽어보면 알리라.

4. 그릇 장수와의 어처구니없는 모험과 누더기 거지와의 만남이 이야기되는 장

귀신이나 유령이라 할지라도 죄의식만큼 사람을 확실히 또 끊임없이 괴롭히지는 못한다. 언제 어디서든 죄의식은 사람을 몰아세우고 윽박지른다. 감추고 있는 죄가 얼마나 크냐에 따라 조금 차이가 나기는 하지만. 운이 좋아서 죄인을 쫓는 사람도 없고, 다행스럽게 범죄 사실이 드러나지 않았다 해도 마찬가지다. 죄인이라면 어디를 가든 주눅들고 안절부절못하게 마련이다. 아주 작은 소리, 자기 그림자에도 깜짝 놀라 심장이 얼어붙어, 아, 이제 보복자의 손에 걸렸구나, 적어도 곧 걸려들겠지 생각하게 된다. 이런 사람은 사는 게 괴로움이요, 먹는 게 쓴맛이요, 돌아다니는 것이 우환이다. 꿈조차도 공포와 발작으로 방해받게 마련이다. 내가 멕시코에 들어설 때의 심정이 꼭 이랬다. 내딛는 발걸음 하나하나가 마치 몽둥이질을 당하는 기분이었고 그 발걸음 하나하나가 나를 감옥으로 끌고 가는 것 같기도 했다. 검은 옷을 입은 사람은 모두 찬파이나 같았고, 할망구들은 모조리 이발사 마누라로 보여 조마조마했다. 약사만 봐도, 의사만 눈에 띄어도⋯⋯ 무슨 말을 더 하리오! 나귀조차도 질겁하게 만들었다. 모두 내 못된 짓거리를 일깨워주었으니까.

양심이 바른 사람이 즐기는 마음의 평화가 때로 머리를 스치기도 했다. 호라티우스가 푸스코 아리스티오에게 한 말이 생각났다.

> 바르게 살아 아무에게도
> 해를 끼치지 않은 사람은
> 방패도 필요 없고
> 독화살도 필요 없네.
> 어떠한 위험도
> 상관없이 지나가니
> 그 바른 마음이
> 튼튼한 갑옷일세.

　그러나 이런 생각조차도 그저 스쳐 지나갈 뿐 내 마음에 뿌리내리지는 못했다. 나는 못난 생각에 빠져 진정한 반성이라는 것을 해보지 못했다. 오로지 나를 욕하는 사람들로부터 벗어나고만 싶었다. 그래서 우선 나는 내 범죄 행위에 대한 자명한 증거를 없애버리기 위해 의사로부터 훔친 망토를 처분하기로 했다. 나는 멕시코에 도착한 바로 그날 오후 벼룩시장이라는 곳을 찾아가 망토를 처분했다. 벼룩시장이라는 곳은 진짜 가난뱅이들이 애용하는 곳으로, 더럽고 구역질나고 하잘것없는 물건을 취급할 뿐만 아니라 장물이라는 것도 취급하는 곳이었으니까.
　나는 어느 집 현관에서 문제의 망토를 접었다. 나는 모자에 검은 옷 차림이었는데 도망쳐 나온 학생 꼴이었다. 나는 벼룩시장에서 가장 신용이 좋다는 사람을 찾아갔다.
　운수 사납게도 그 사람은 설사약 의사로부터 부탁을 받아놓고 있었다. 설사약 의사의 본명은 셀리도니오 마타모로스, 즉 회교도 살인자였다. 사실적으로 이야기하자면 마타크리스티아노스, 즉 기독교도 살인자

가 더 어울릴 것이다. 벼룩시장 상인은 누군가가 의사의 망토를 팔러 오
면 의사에게 알려주기로 했다. 의사는 상인에게 자기 망토에 대해 여러
가지 특징을 말해주었다.

그 특징들 중의 하나가 푸른색 비단으로 덧댄 자국이 있다는 것과
목 부분에 파란색 천으로 기운 자국이 있다는 것이었다. 나는 평생 그런
시시껄렁한 일에는 신경을 쓰지 않는 위인인지라 얼굴에 철판을 깔고
망토를 팔아치우러 갔다. 재수가 없으려니까 그 상인은 부탁받은 일을
기억해내고 말았다. 망토를 펼쳐보이기도 전에 푸른색 비단으로 덧댄
자국을 발견했던 것이다.

내가 망토를 내밀며 거저 주는 것과 다름없다고 하자 상인은 덧댄
자국을 보고는 이렇게 말했다.

"이 사람 보게나, 이 망토는 설사약 의사라는 듣기 거북한 이름으
로도 알려진 내 친구 셀리도니오 씨 것이 분명한데 그래. 목 부분에 파
란색 천으로 기운 자국만 있으면 진짜 확실해."

상인은 망토를 펼쳐 살펴보고는 이내 기운 자국을 찾아냈다. 그러
자 상인은 이것이 내 것인지, 누구한테서 산 것인지, 아니면 심부름으로
팔러 왔는지를 따져 물었다.

나는 깜짝 놀라 할 말이 없었다. 나는 내 것이 아니다, 누구한테서
산 것도 아니다, 그저 심부름 온 것이다, 맹세할 수 있다고 대답했다.

"누가 팔아 오라고 시켰어? 이름은 뭐야? 어디 살지? 지금 어디 있
어?" 상인이 물었다.

나는 대답했다. 방금 전에 만난 사람이다. 그 사람은 나를 알고 있
는지 모르겠다. 이 망토에 문제가 있는지는 몰라도 나는 착한 사람이다.
내게 심부름시킨 사람은 저쪽에 있다.

상인은 가게에 있던 친구에게 말했다. 나를 따라가서 누가 망토를

팔아 오라고 시켰는지 알아봐달라. 나는 착한 놈인 것 같다. 이 망토는 셀리도니오 씨 밑에 있는 놈이 훔쳐간 것이다. 놈의 이름은 페리키요 사르니엔토라고 하더라. 놈은 이 망토와 함께 안장을 지우고 재갈을 물리고 엉덩이 덮개를 씌운 나귀며, 가발이며, 스카프며, 책이며, 돈이며 그 밖의 것들을 훔쳐갔단다. 그러니 진짜 도둑놈이 누군지 불면 풀어주고, 불지 않으면 나를 감옥에 처넣어야겠다.

이런 결정이 내려지고 나는 감시꾼 하나를 뒤에 달고 길을 나섰다. 나는 감시꾼을 이 거리 저 거리로 끌고 다녔다. 놈은 도둑놈은 잡지도 못하고 줄곧 내 곁에 붙어다녔다. 그러다 낡은 망토를 뒤집어쓰고 어느 집 현관에 웅크리고 있는 가난뱅이를 하나 발견했을 때 역전의 순간이 왔다.

나는 그야말로 형편없는 누더기를 발견하고는 그 사람을 도둑놈으로 짚었다. 누더기를 걸친 사람은 모두 도둑놈이기라도 한 듯. 나는 그 명예 경찰에게 저 사람이 바로 내게 망토를 팔아 오라고 시킨 사람이라고 했다.

이 미욱한 놈은 대번에 내 말을 곧이듣고는 그 즉시 나와 함께 진짜 경찰을 찾아 나섰다. 경찰은 거절하지 않았다. 그래서 우리는 대장 하나에 네 명의 경찰과 함께 누더기를 체포하러 돌아왔다.

그 애꿎은 사람은 "항복하라"는 고함 소리에 깜짝 놀라더니 자리에서 일어나 이렇게 말했다.

"아이고 항복입니다. 하지만 제가 뭘 어쨌다고, 무슨 연유로 항복해야 합니까?"

"절도죄다." 경찰이 말했다.

"절도죄요? 잘못 아신 게 틀림없습니다."

"우리는 잘못 안 것이 아니다." 벼룩시장 상인을 대신한 놈이 말했다. "네 도둑질에 대한 증인이 있다. 네놈 꼬락서니나 차림새를 보니 어떤 놈인지 알겠다. 놈을 붙잡으시오."

가난뱅이가 하소연했다.

"여러분. 세상에는 닮은 사람도 많지 않습니까. 여러분께서 찾는 사람이 필경 저는 아닐 겁니다. 저를 지목하는 증인이 있다고 하지만 그건 터무니없는 수작일 겁니다. 우리도 잘 알고 있지 않습니까. 선량한 사람에게 죄를 뒤집어씌우기 위해 돈 몇 푼에 팔려 증인으로 나서는 놈들이 쌔고쌨지 않습니까. 어쨌든지 가난하고 옷매무새가 형편없다고 해서 도둑놈으로 몰아댈 수는 없습니다. 옷차림이 사람을 바꾸는 것이 아니지 않습니까. 여러분, 제가 이 꼴을 당하는 것은 제 옷차림이 형편없어서거나 망나니 한두 놈이 돈에 팔려 증거도 뭐도 없이 떠들어대서 그런 걸 겁니다. 이건 법에 어긋나는 짓입니다. 제가 누구인지도 모르지 않습니까. 그저 옷차림으로 판단한 것뿐이지 않습니까. 물론 형편없는 옷차림을 한 고주망태도 있겠죠. 하지만 비록 겉모습은 망가졌어도 어느 모로 보나 고귀한 사람이 있을 수도 있는 것 아닙니까."

"그래, 그렇다고 치자." 명예 경찰이 말했다. "하지만 네가 이 청년(나를 가리키며)에게 망토 하나를 팔아 오라고 시키지 않았느냐? 그 망토와 함께 나귀와 엉덩이 덮개, 스카프, 가발 등속을 훔치지 않았느냔 말이야. 바로 이 청년이 너를 지목했거든. 네가 이 모든 도난품에 대해 설명을 할 거라고 말이야."

"망토, 나귀, 가발이라니? 스카프나 엉덩이 덮개는 또 뭐야? 뭔 소리를 하는지 하나도 모르겠소!"

"그래, 네가 이 사람에게 망토를 팔아 오라고 시켰지. 이 사람이 너라고 했어. 망토를 팔아 오라고 시킨 사람이니 다 알 것 아냐?"

그 가엾은 양반은 기가 막힌다는 듯이 내게 말했다.

"이봐요, 당신 나 알아요? 내가 망토를 팔아 오라고 시켰다고? 당신 나 본 적이나 있어요?"

나는 두려웠지만 용기를 내서 말했다.

"예, 이 망토를 팔아 오라고 하지 않았습니까. 제 아버지 하인이었잖아요."

"이런 세상에! 뭔 놈의 망토를 팔아 오라고 했단 말이오? 또 난 당신 아버지를 전혀 모른단 말이오."

"사실입니다. 부정하고 싶겠지만 망토를 팔아 오라고 시켰습니다."

"더 알아볼 필요도 없군 그래." 명예 경찰이 말했다. "저 양반을 붙잡아요. 두고 보면 알겠지."

그래서 진짜 경찰이 그 가엾은 양반을 체포해서 감옥으로 데려갔다. 나는 풀려났다. 법이라고는 쥐뿔도 모르는 주제에 법을 돕겠다고 나서는 놈들 때문에 항상 이런 일이 벌어진다.

나는 별 탈 없이 살아날 수 있었다. 벼룩시장 상인을 간단하게 속여 넘길 수 있었다는 점에 있어서는 기분이 좋았으나 망토를 잃고 돈도 받지 못했다는 점에 있어서는 아쉬움도 남았다. 이 따위 말도 안 되는 생각으로 시간을 때우고 있을 때 등 뒤에서 고함 소리가 들렸다.

"잡아, 저놈 잡아."

순간 나는 내가 막 누명을 씌워 집어넣은 사람이 누명을 벗고, 그래서 사실 규명을 위해 경찰들이 이번에는 나를 잡으러 오는 것이 틀림없다고 생각했다. 고개를 돌려보니 사람들이 쫓아오고 있었다. 나는 더 이상 생각해보고 자시고 할 것도 없이 콜리세오 거리를 한 마리 토끼 새끼처럼 내달리기 시작했다.

내가 삼십육계 줄행랑에는 일가견이 있다는 이야기는 이미 했을 것이다. 그러나 그날 오후에는 힘도 빠지고 당황하기도 해서인지, 모퉁이를 돌 때 그릇을 지고 가던 원주민 그릇 장수를 보지 못해 보기 좋게 쿵 박치기하고 말았다. 상대는 바닥에 꼬꾸라졌고 나는 그릇 더미 위로 나자빠졌다. 그 바람에 코에 상처가 나고 말았다. 바로 이때 나와 그릇 장수를 스칠 듯이 재갈 풀린 말 한 마리가 달려갔다. 바로 이놈을 잡으라고 외쳤던 것이다.

이런 사실을 깨닫고 나니 마음이 편해졌다. 잡으려고 하는 대상이 내가 아니었던 것이다. 이런 마음의 안정도 그 빌어먹을 원주민놈이 깨뜨리고 말았다. 놈은 도마뱀처럼 꼼지락꼼지락하여 그릇 운반용 지게 밑에서 기어 나오더니 내 목덜미를 움켜잡고 꼭대기까지 화가 치민 듯 소리쳤다.

"자, 이제 그릇 값을 계산하실까. 지금 당장 계산하란 말야. 안 하면 너 죽고 나 죽는 거야, 지금 당장, 바로 여기서!"

"놀고 있네, 버러지 같은 놈 주제에. 계산은 뭔 놈의 계산? 내 상처 난 것과 내 멍든 것은 어느 놈이 보상할 거야?"

"내가 너더러 한눈팔고 다니라 했냐? 내가 그렇게 발정난 수캐마냥 날뛰라고 했느냔 말야."

"네놈이야말로 더러운 갈보 새끼 아냐? 더럽고 치사하고 야비한 놈 같으니라고."

나는 이런 사랑스런 밀어를 속삭이며 놈의 콧잔등을 주먹으로 한 방 갈겼다. 어찌나 세게 갈겼던지 코피가 줄줄 흘렀다.

이런 이야기가 있다. 원주민들은 자기 피를 보면 기가 죽는다는 것이다. 그런데 이놈은 그렇지가 않았다. 이놈은 한 방 얻어맞고 나자 기가 살아나 에스파냐어와 원주민 말을 섞어가며 소리쳤다.

"틀라카테코틀, 마귀 새끼, 날치기, 그래, 누가 이기는지 한번 해 보자."

놈은 이런 소리를 지껄이며 목덜미를 더욱 바싹 비틀기 시작했다. 나는 숨이 막혀 죽는 줄 알았다. 놈은 한 손으로는 그릇이며 냄비를 집어 들어 내 머리에 대고 박살이 나게 내리쳤다. 얼마나 화가 났던지 잽싸게도 내리쳤다. 다행히도 두께가 얇은 그릇이었고 냄비도 가벼운 것이었다. 쿠아우티틀란에서 만들어진 것들 같았다. 그곳이라면 이제 아주 지긋지긋하다.

나는 모가지가 졸려 숨이 막힐 지경이면서도 도망칠 생각도 않고 입을 한껏 벌려 여보란 듯 버텼다. 그릇은 바로 우리 손 닿는 곳에 있었다. 놈이 하나를 집으면 나도 하나를 집어 서로 사이좋게 상대 머리통에 대고 박살을 냈다.

이내 한 떼의 사람들이 몰려들어 우리를 둘러쌌지만 싸움을 말리기는커녕 오히려 신이 나서 응원을 해댔다.

이 바보 멍청이 관객들이 몰려들자 우연히 그곳을 순찰하던 순찰대가 주목하게 되었다. 순찰대는 총의 개머리판을 휘둘러 길을 뚫고 우리 두 사람에게로 다가왔다. 임전무퇴로 독이 오른 두 싸움꾼에게로.

등 뒤에서 들려온 일련의 총소리에 놀라 우리는 서로 떨어져 숨을 골랐다. 원주민놈은 중사에게 내가 무슨 못된 짓을 저질렀는지, 그러니까 아무 이유 없이 자기를 들이받는 바람에 입은 손해에 대해 일러바쳤다. 중사는 나를 피고로 지명하며 그릇 장수의 주장대로 그릇 값으로 4페소를 지불할 것을 명령했다. 나는 한 푼도 없다고 했다. 사실이 그랬으니까. 허섭스레기 몇 개 판 것으로 돈이 좀 있기는 했지만 도중에 다 써버렸던 것이다.

중사가 말했다.

"그렇다면 바지로 대신 지불하시오. 반 값은 될 것 같군. 그렇게 하지 않으면 당장 감옥으로 끌고 가겠소. 이 불쌍한 양반에게 피해를 입힌 데다 주먹질까지 하고도 돈을 주지 않으면 안 되지. 바지를 벗어주든지 감옥으로 가든지 하시오."

나는 차라리 바지를 벗어주면 주었지 감옥으로는 갈 수 없어 아직도 쓸 만한 바지를 벗어주었다. 원주민놈은 마땅찮은 표정으로 바지를 받았다. 값이 얼마나 나갈지 의심스러워서였겠지. 놈은 쓸 만한 그릇 조각을 모아 자리를 떴다.

나도 자리를 뜨려고 모자를 찾아보았다. 싸움질 도중에 벗겨졌던 것이다. 모자를 찾을 수 없었다. 최후의 심판 날까지 찾아 헤맨다 해도 찾을 수 없을 것 같았다. 그 빌어먹을 구경꾼 중 한 놈이 땅바닥에 떨어진 모자를 보고 내가 싸움에 열중한 틈을 타 집어간 것이 틀림없었다. 천 년쯤 후에나 돌려줄 심산으로.

내가 사람들의 비웃음을 참아가며 이리 묻고 저리 묻고 하여 모자를 찾아 헤매는 동안 원주민놈은 한참이나 멀어져갔다. 순찰대도 물러가고, 구경꾼들도 각자 제 갈 길로 흩어졌다. 나 역시 바지도 모자도 없이 내 갈 길로 갔다. 얼굴에는 할퀸 자국이요, 머리에는 혹투성이에 찢어진 곳도 두세 군데 있었다.

이로써 그릇 장수와의 어처구니없는 모험도 끝이 났다. 나는 기분이 착잡했다. 싸움에서 얻어맞은 자리도 욱신거렸다. 밤을 어디서 보낼지가 걱정이었다. 이런 일이라면 생경할 것도 없는 것이었지만.

나는 과거의 내 처지와 지금의 내 처지를 비교해보았다. 2주일 전만 해도 나는 툴라에서 하인을 거느리고, 집을 지니고, 옷도 제대로 입고, 존경까지 받던 의사 나리였다. 그런데 지금은 불쌍하고, 외롭고, 망토도 모자도 없이 맥 풀린 신세, 얻어터진 채 내 고향 멕시코에서 머리 둘 곳 하나 없는 신세로 전락하고 말았다. 다음과 같은 오래된 시 구절이 하나 머리에 떠올랐다.

꽃들이여, 내게 배우라,

어제에서 오늘까지 어떤지를 보라.

어제 활짝 피었던 내가

오늘 그림자조차 없구나.

그래도 가장 속상했던 것은 바로 원주민놈들 때문에 최근 두 차례 나 못 볼 꼴을 당했다는 것이었다. 나는 속으로 한탄했다.

"낌새가 사나운 날것이 있는 것이 사실이라면, 내게는 원주민놈들 이야말로 가장 운수 사납고 더러운 놈들이로군. 놈들 때문에 이 무슨 꼴이란 말인가."

밤이 으슥할 즈음 나는 고개를 떨구고 혼이 쏙 빠진 채 아무 생각 없이 걷고 있었다. 그런데 어느 집 앞에 서 있던 남자가 내 정신을 돌려놓았다. 내가 집 앞을 지날 때 그 사람은 내 목덜미를 낚아채서는 단번에 나를 집 안으로 밀어붙였다. 나는 엉겁결에 집 안으로 떠밀렸다. 남자는 문을 잠갔다. 방 안은 아주 깜깜했다. 조그만 창으로 희미한 빛이 새어들 뿐으로 겨우 서로의 얼굴을 알아볼 정도였다.

남자는 화가 머리 꼭대기까지 치민 채 내게 소리쳤다.

"이 날건달놈, 나를 기억하시겠지?"

나는 옳게 걸렸구나 싶어 겁에 질려 더듬거렸다.

"모르겠는데요, 누구신지?"

"나를 몰라?" 남자는 화가 나서 소리쳤다. "날 본 적이 없어? 날 기억 못 해?"

"모르겠습니다." 나는 황망히 말했다. "주님께 맹세코 모르겠습니다."

이런 질의 응답이 오가는 동안에도 남자는 내 목덜미를 놓아주지
않았다. 오히려 말마다 당겼다 밀었다 했다. 그러다 보니 나는 별수없이
남자에게 절을 해대는 꼴이 되고 말았다.

이때 한 노파가 등불을 들고 나타났다. 노파는 이런 광경을 보고 남
자에게 소리쳤다.

"아이고, 얘야! 이게 무슨 일이냐? 이 사람은 누구냐? 네게 무슨
짓을 저질렀어? 도둑놈이냐?"

"어떤 놈인지는 저도 모릅니다. 하지만 건달놈인 건 확실해요. 자,
이제 불이 있으니 내 얼굴을 똑바로 보고 날 알아보겠는지 말해봐. 자,
이놈아, 알겠어? 말해봐, 벙어리라도 된 거야? 조금 전에 나를 봤었지.
내가 네 아비 종이었다며 망토를 팔아 오라고 시켰다지 않았어. 처음 봤
을 때하고 모습이 조금 달라졌다고 해서 내가 못 알아볼 것 같아. 나는
아까 차림새 그대로인데 왜 날 못 알아보는 거지?"

밝아진 데다 이런 말까지 듣고 보니 내가 조금 전에 누명을 씌운 사
람임을 확실히 알 수 있었다. 나는 잘못을 고백하지 않을 수 없었다. 나
는 나 때문에 화가 꼭지까지 차오른 그 사람이 무슨 짓을 할까 두려워
그 앞에 무릎을 꿇었다. 나는 제발 용서해달라고 애원했다. 나는 머리에
떠오르는 대로 온갖 이유를 붙여가며 사정하고 매달렸다. 그걸로 충분
했다. 나는 말했다. 그 망토는 훔친 것이다, 그걸 팔아 오라고 시킨 사
람은 의사의 조카로 내 친구이며 학교 동창이기도 하다, 나는 친구를 배
신할 수가 없어 어쩔 수 없이 당신을 걸고넘어졌던 것이다.

"그럴 수도 있겠지." 누명을 쓴 사람이 말했다. "그런데 왜 다른 사
람이 아닌 나를 걸고넘어진 거야?"

"선생님, 그러니까 사실은 단지 변변치 않은 옷을 걸치고 혼자 있
던 사람으로는 선생님이 처음으로 눈에 띄었기 때문이었습니다."

"좋소." 누더기가 말했다. "일어나시오. 나는 우러러볼 만한 그런 성인이 아니오. 당신 생각은 그런 거군요. 차림새가 점잖지 못하면 모두 망나니라고. 그러니 심성도 고약할 거라고 쉽게 생각했겠지요. 그래서 내 누더기만으로 나를 도둑놈으로 몰았던 것이지요. 그래도 앙갚음을 당할 거라는 생각은 쉬 들지 않던가요. 내가 당신에게 앙갚음을 하겠다고 마음먹은 것은 정당한 일이오. 내 지금 당장이라도 몽둥이질을 해대고 싶지만(그럴 만하지 않소) 그만두겠소. 나를 잡아갔던 사람들한테서도 사과를 받고 싶고, 그래서 명예를 회복하고도 싶지만 또 그만큼 당신 잘못을 고쳐주고 싶기도 합니다. 보기에 괜찮은 집안 출신인 것 같은 백인 청년이 그렇게나 젊은 나이에 우리 사회에 해를 끼치는 고약한 길로 빠져든 것을 보니 실로 안타까울 뿐이오. 당신은 여기 앉으시오. 그리고 어머니는 가서 제 애들을 좀 데려다 줘요."

누더기는 이렇게 말하고 나서 노파와 속닥거렸다. 속닥거리기를 마치고 노파는 부엌으로 들어가 바구니를 하나 집어 들고 밖으로 나갔다. 그러자 누더기가 문을 열쇠로 채웠다.

나는 누더기와 단둘이 갇혔다 싶자 온몸이 얼어붙었다. 나는 다시 무릎을 꿇고 싹싹 빌며 매달렸다.

"선생님, 용서해주십시오. 제가 잘못했습니다. 무슨 짓을 하는지도 몰랐습니다. 선생님, 이미 지나간 일이 아닙니까. 저를 봐서라도, 제 어머니를 봐서라도, 제 두 여동생을 봐서라도 용서해주십시오. 제게 손을 대시기라도 하면 모두 가슴이 터져 죽을 것입니다. 오, 제발, 성모 마리아시여! 제발 선생님 모친을 생각해서라도 용서해주십시오. 고해도 못 하고 죽을 수는 없습니다. 맹세컨대 저는 사탄 마귀와 같이 죄 많은 놈입니다."

"자자, 친구여, 일어나시오. 무슨 그런 말씀을 하시오. 나는 당신을 죽일 생각이 없어요. 나는 해결사도 아니고, 그 중간 다리도 아니오. 자, 앉아요. 당신에게 당했을 때 어떻게 앙갚음할까 궁리했던 것을 들려주고 싶었던 거요."

나는 그 말에 마음을 좀 진정시키고 자리에 앉았다. 누더기도 내 곁에 앉았다. 누더기는 내가 누구며 어떻게 지내왔는지, 또 왜 지금 이 모양 이 꼴인지에 대해 이야기해달라고 했다. 나는 수천 가지 거짓말을 섞어 누더기를 간단히 속여 넘겼다. 나는 누더기의 심성이 곱다는 점을 알아차렸다. 누더기는 내 고난에 동정을 표하기도 했다. 나는 다시 수없이 용서를 빌며, 당신은 어떤 사람이며 어떻게 살아왔는가 이야기해달라고 부탁했다. 가난뱅이는 싫다고도 않고 다음과 같이 살아온 내력을 늘어놓기 시작했다.

"당신이 또다시 사람을 판단하는 데 있어 그 사람의 심성이나 행실을 보지 않고 외면만을 보는 실수를 하지 않으려면 내 말을 잘 들으시오. 사람들이 귀족 가문이라는 것을 뽐내도 욕을 먹지 않는다면 말인데, 나 역시 귀족 출신이오. 이 점을 입증해줄 만한 증인은 멕시코에 많이 있소. 증인뿐만 아니라 아직 살아 있는 친척들도 있다오. 이것은 자연적으로 이루어진 것이지요. 여기에 운수만 좋았더라면, 그러니까 내가 내 형 다미안보다 먼저 태어났더라면, 부자까지 되었을 것이오. 그런데 다미안이 무슨 공로를 세워 선택받은 것도 아닐진대 나보다 먼저 태어나 합법적인 상속자가 되었단 말이지요. 그래서 나와 다른 형제들은 아버지가 돌아가실 때 남겨주신 재산의 5분의 1을 조금씩 나눠 가지게 되었던 것인데……"

"죄송합니다, 선생님." 나는 말을 끊었다. "어떻게 부친께서 형제들을 가난뱅이로 놔두실 수 있었습니까. 장자에게만 몽땅 상속하고 다른 형제를 빈궁에 처하게 하셨다는 말씀입니까?"

"그렇소, 친구." 누더기가 대답했다. "그렇게 되었지요. 지금도 이런 일이 벌어지고 있어요. 이런 어처구니없는 일은 오로지 과거의 방식만 좇아 그런 거지 무슨 근거가 있거나 법이 그래서는 아니지요. 당신도 놀랍지요. 놀라는 게 당연하지. 유럽에서 가장 문명화된 나라에서도 이런 일이 벌어지고 용납된다고 하더군요. 이런 일은 부당할 뿐만 아니라 횡포로도 보일 거요. 아니 다 같은 자식인데 다른 자식보다 장자를 더 우선하다니. 이런 어처구니없는 일이(나는 이런 짓거리를 합법적인 용어를 사용해 말하고 싶지는 않아요) 현명한 사람들 사이에서도 마땅찮게 여겨진다는 사실을 알면 더 놀랄 거요. 많은 군주들이 이런 짓거리를 종식시키겠다는 원대한 포부로 엄격한 제재를 수도 없이 가했지요. 사실 말이지 이런 것이 아닙니까. '장자 상속제란 가족을 지속적으로 고스란히 보존한다는 조건 하에서 최고 장자가 유산을 상속하는 권리를 말한다.' 하지만 나보고 장자 상속권을 정의해보라고 한다면 나는 이렇게 하겠습니다. '장자 상속권은 장자에 대한 부당한 편애에 불과하다. 장자 상속권은 모든 자식들이 동등한 권리를 가진 재산을 장자 혼자 몽땅 차지하게 만든다.' 이 정의가 좀 가혹해 보일 수도 있겠지요. 하지만 나는 장자만 아니라면 누구라도 납득시킬 수 있어요. 장자라면 뻔하겠지요. 이해한다고 해도 결코 사실이라고 인정하려들지는 않을 거요. 이봐요, 친구, 내가 장자들을 욕한다고 볼지 모르지만 내 말이 옳아요. 내가 경험자니까. 내 아버지는 장자를 위해 유서에 장자 상속권을 거론했을 때 다른 생각은 없었소. 가문의 영광이 지속되기만을 바랐어요. 이로 인해 다른 자식들이 겪게 될 고생은 헤아리지 못했던 거지. 내가 요 모양 요 꼴이 되기 전에 내 형과 얼마나 싸웠는지 모를 거요. 아버지가 유서에 남긴 내용에 따라 내게 할당된 양식을 얻어내기 위해 말이오! 그게 소용이나 있었겠소? 천만에! 돈 가진 놈이 장땡이라고, 무슨 수를 써도 형이 옳다는 판결을 받게 마련이었으니까!

　　자식 된 도리로서는 아버지가 그 부당한 편애로 다른 자식들에게 입힌 손해에 대해서는 용서해드리고 싶어요. 하지만 사람으로서는 아버지가 잘못했다고 털어놓을 수밖에 없어요. 제가 아버지를 용서하듯 주님께서도 이 모든 잘못을 용서하실지요! 저만 봐도 그렇지 않소. 지금은 먹을 것도 없어요. 그래도 전혀 신경 쓰지 않지요. 우리는 4남매입니다. 다미안이 장남이고, 밑으로 안토니오, 이사벨, 그리고 나요. 다미안은 돈이 좀 있다고 거들먹거리며 나쁜 친구들의 꼬임에 빠져 자기 하고 싶은 대로 하면서 온갖 못된 짓을 저지르고 있지요. 불행히도 도박과 술에 빠져 있는 거지요. 노름판을 돌아다니며, 술집을 전전하며 돌아가신 아버지를 팔아먹고 다닌단 말이오. 더럽고 지저분하고 정신이 반쯤 나갔어요. 그런 짓거리에 빠져 식사마저 거르고 있는 실정이란 말이지. 내 형 안토니오는 소명도 없이 아버지에 떠밀려 교회에 들어갔는데, 이제 문제만 일으키는 멍청한 게으름뱅이 신부가 되고 말았다오. 윗사람들이 보기에 아주 골치 덩어리였지요. 지금은 풀려나 있지만 감옥 드나들기를 제 집 드나들듯 했었으니까. 내 누님인 이사벨은 참 가엾은 여자요. 누님의 꼬인 삶을 생각하면 안타깝기 그지없소. 이 불행한 여자도 장자상속제의 희생양이란 말이지. 아버지는 누님을 억지로 수녀원에 집어넣으려 했소. 다미안의 재산을 확실히 지켜주기 위해서 말이오. 아마도 트리엔트 공의회에서 결의한 내용은 안중에도 없었을 거요. 자기 딸자식을 억지로 수녀원에 집어넣는 아비들을 엄중히 경고하며 파문시킨다고 하지 않았소. 무식한 게 고집만 세다 했던가. 누님은 아버지의 결심을 알아차리고는 아버지에게 모든 걸 고백해야만 했소. 옆집에 사는 청년과 결혼하기로 약조했다. 가문도 비슷하고, 교육 수준도 같고, 나이도 같다. 아주 착실한 청년이다. 세무서에 다닌다. 얼굴도 잘생겼다. 가장 중요한 점은 누님을 지극히 사랑한다는 것이다. 누님은 이렇게 고백하면서 아버지에게 애원했지요. 제발 하고 싶지 않은 일을 억지로 시키지 말아달라, 그 사랑스러운 청년과 결합할 수 있도록 허용해달라, 그 청년과 함께라면 한평생 행복할 것이다.

아버지는 이성에 굴복할 사람이 전혀 아니었지요. 아버지는 누님이 누구와 결혼하고 싶어하는지 알고 나서는 화를 벌컥 내며 누님에게 험악한 욕을 퍼붓기 시작했지요. 이건 미치광이 헛지랄이다, 그런 생각을 하기엔 나이가 아직 어리다, 네가 좋아하는 놈은 놈팡이 날건달이다, 놈은 너를 데려가자마자 차버릴 것이다, 겉모습은 그럴듯하게 보일지 몰라도 가난뱅이에 불과하다. 그러면서 누님이 갖고 있던 호감을 여지없이 깎아내려버렸지요. 아버지는 결론적으로 이렇게 말했지요. 어쨌든 나는 아버지로서 딸자식에게 무엇이 좋은지는 다 안다, 넌 입 다물고 내 말만 들으면 된다, 내 말을 거역하거나 입만 뻥긋하기만 하면 두들겨 패거나 소년원에 처넣어버릴 것이다.

이런 처분에 처해진 가엾은 누님은 그야말로 어쩔 수가 없었지요. 하염없이 우는 수밖에 없었지만 그렇다고 사태가 바뀌지는 않았지요.

그때부터 아버지는 일을 서둘렀고, 그래서 이사벨은 3일째 되는 날에는 이미 수녀원에 들어가 있게 된 거지요.

누님이 사랑했던 청년은 이 사실을 알고는 누님에게 편지를 써서 그 경거망동을 나무랐지요. 하지만 호시탐탐 누님을 감시하던 아버지는 연인의 손에 들어가기 전에 편지를 가로챘어요. 아버지는 그 편지를 구실로 돈으로 미심쩍은 변호사를 하나 사서 청년을 옭아맸지요. 어찌나 단단하게 준비했던지 청년은 더 못한 꼴을 당하기 전에 직장도 버리고 멕시코를 뜰 수밖에 없었지요.

이 모든 일이 진행되는 동안 아버지는 아무것도 누님에게 알려주지 않았지요. 오히려 아버지는 아주 교묘한 술수를 써서 누님의 마음을 돌려놓으려 했지요. 아버지는 그 청년이 보내는 것처럼 거짓 편지를 누님에게 보냈죠. 정말 어처구니없는 내용이었지요. 미친년, 못난이, 천한 년이라고 누님을 규정한 다음, 너를 다시는 생각지 않겠노라고 못을 박고, 난 이미 아주 아리따운 처녀와 결혼했노라고 확인 사살했던 거지요.

이 편지가 멕시코 바깥에서 쓰여진 것처럼 만들었지요. 이 편지는 아버지가 원했던 방향으로가 아니라 엉뚱한 방향으로 작용했지요. 예민하고, 순진하고, 사랑에 빠진 심정이라면 다 그랬을 거요. 누님은 비탄에 잠겼고, 질투심에 불탔고, 절망에 몸부림쳤고, 완전히 삶의 의욕을 상실하고 말았죠.

그런 고통 속에서 수련 수녀 기간이 끝났죠. 누님은 자유를 잃고 수녀가 되었죠. 강단에서 설교자가 외치듯 기꺼이 주님을 따라간 것이 아니라 아버지의 추잡한 욕심과 고집에 이끌려 간 것이었지요.

이 가엾은 희생양은 헌신 예배 때 하염없는 눈물을 흘렸죠. 모인 사람들은 그 눈물을 열심과 헌신적인 마음에서 우러나오는 것으로 착각하여 많은 감동을 받았죠. 하지만 내 부모님과 나는 그 눈물의 사연을 잘 알고 있었지요. 아버지는 그 하염없는 눈물을 냉혹하게 바라보았지요. 내가 보기에는 아버지는 복종과 두려움의 희생양이 내는 신음 소리를 즐기는 것 같기도 했지요(아버지, 나를 용서하세요). 폭군 팔라리스가 청동으로 커다란 소를 만들어 사람들을 그 속에 집어넣고 밖에서 불을 지필 때 새어 나오는 고함 소리와 신음 소리를 즐겼던 것처럼 말이오. 하지만 어머니와 나는 누님과 똑같이 울었지요. 우리의 눈물은 이사벨의 고난으로 인한 것이었지만 사람들은 그것을 신실한 신앙심으로 인한 것으로 받아들였지요.

헌신 예배는 의례적인 장엄한 예식으로 끝났죠. 우리는 집으로 돌아왔고 누님은 감옥에 갇혔지요. 나는 마음이 맞는 사람에게는 수녀원을 이런 식으로 말하죠.

누님을 괴롭혔던 그 마음의 소용돌이는 마침내 정신적 차원을 벗어나 육신적인 차원에서도 나타나게 되었지요. 지독한 열병이 갑작스레 몰려왔단 말이지요. 누님은 일주일 만에 살아 있는 사람들에서 제외되었지요. 아아, 사랑하는 이사벨! 사랑하는 누님! 허영이라는 더러운 날개가 드리운 장자 상속제라는 그늘 아래 희생된 죄 없는 희생양! 아버지의 몰지각을 누님의 그 부드러운 그림자로 감싸줘요. 내가 누님을 얼마나 사랑했는지, 내가 누님의 불행을 얼마나 안타까워했는지, 얼마나 가슴에 사무치는지 알아줘요. 아, 그리고 친구여, 이야기가 자연스럽게 빗나간 것이니 용서해주시오.

고해 신부가 와서 아버지에게 누님의 사망 소식을 전하며 편지 한 장을 건네주었죠. 이런 내용이었소.

아버지 보십시오. 죽음이 제 눈을 덮어갑니다. 이 꽃다운 나이에 죽어가는 것은 바로 아버지 때문입니다. 아버지의 말을 따르느라…… 아니, 아닙니다. 저는 아버지의 위협에 못 이겨 주님의 부르심이 없음에도 이 자리를 받아들였습니다. 저는 어쩔 수 없이 불경스럽게도 제단 발치에서 제 마음을 주님께 바쳤습니다. 그러나 제 마음은 이미 마음을 다하고 힘을 다하여 하코보 씨에게 바쳐졌던 것입니다. 저는 그분께 저를 바칠 때 주님께 제 진심을 맹세했습니다. 이 맹세는 항상 지켜질 것입니다. 제가 죽어가는 순간에도 그 맹세는 깨지지 않을 것입니다. 하지만 이젠 공연한 소망. 저는 고통 속에 죽어갑니다. 열병 때문이 아닙니다. 제가 세상에서 가장 사랑했던 사람과 하나가 되지 못한 아쉬움 때문입니다. 이 지독한 고통

속에서도, 아버지에게 매여 있는 이 노예 생활도 이제 끝이라 생각하니 위안이 됩니다. 얼마나 고통스러운지! 바로 제 아버지가 아무 잘못 없는 저를 정죄하시다니! 주님께서 저를 긍휼히 여기시길 바랍니다. 주님께서 아버지에게도 그 한없는 자비를 베푸시기를 빕니다. 아버지의 불행한 자식, 세상에서 가장 불행한 처녀, 이사벨 올림.

아버지는 이 편지를 읽고 경악과 슬픔에 뒤덮이고 말았소. 밤의 장막이 지상의 온갖 아름다움을 뒤덮듯이 말이오. 그날로부터 아버지는 방 안에 틀어박혔소. 그 방에는 수녀복을 입은 누님의 초상이 걸려 있었지요. 아버지는 하염없이 울었소. 항상 초상을 꼭 껴안고 시도 때도 없이 입을 맞추곤 했소. 아무리 친한 친구가 찾아와도 만나주지 않았고, 집안일도 나 몰라라 했지요. 상에 올려진 맛있는 음식은 거들떠보지도 않았고, 온갖 오락거리를 저주했소. 잠마저도 달아나버렸소. 무슨 위로라도 모욕이라도 받는 듯 질겁했고, 어머니와는 방마저 따로 썼소. 한마디로 하자면, 마음이 온통 칠흑 같은 슬픔으로 가득했다는 거요. 안색도 창백하게 변했지요. 아버지는 3개월 후에 무덤으로 갔소. 슬픔과 고통의 나날을 90일 간이나 끌고 다니다가 말이오. 아버지의 고통이 누님을 희생시킨 죄에 대해 보상이 되었다면 기뻐하시겠지요.

아버지가 죽고 나자 다미안 형은 장자로서 모든 것을 차지하게 되었소. 형은 이미 결혼한 상태였소. 어머니와 막내인 나는 형 집으로 갔소. 처음 며칠 간은 잘 대해주더군요. 그런데 며칠 만에 마누라 등쌀에 태도가 돌변하고 말았소. 형수는 우리를 좋아하지 않았지요. 그래서 싸움이 시작되었소.

나는 형 내외가 어머니를 박대하는 것을 보고 참을 수 없었소. 그래서 나는 우리가 미움받는 집에서 어머니를 모셔 내오기로 했지요. 아버지는 내가 부잣집 자제라고 어떤 일도 못 하게 했던 이유로 나는 살아갈 방도가 없었소. 나는 누추한 방 하나를 얻어 그곳에서 어머니를 먹여 살려야 했지만 형에게 찾아가 인색한 도움이나마 청하는 방법 외에는 달리 도리가 없었소.

그런 빈궁한 처지에서도 어느 처녀 하나를 사랑하게 되었소. 500페소의 재산을 지닌 처녀였소. 그 처녀 자체보다는 500페소에 빠졌다고나 할까요. 솔직히 말해 그 돈을 차지할 수 있다는 것에 마음이 끌렸소. 다른 무엇보다 내 불쌍한 어머니를 돕기 위해서는 돈이 필요했으니까. 나는 그 처녀와 결혼해서 지참금을 받아냈소. 화무십일홍이라! 내 처지는 더 곤란해지고 말았소. 갈수록 태산이지요. 대번에 어머니에, 마누라에 자식새끼가 셋이나 딸리게 되었으니.

불행은 날이 갈수록 가중되었소. 이 누추한 집에서 가족 수마저 줄이지 않을 수 없게 되었소. 형이란 사람이 이젠 더 이상 날 도와줄 의무가 없다는 판결을 받아냈던 것이지요. 덕스럽고 자상했던 마누라는 내 불행을 더 이상 이겨내지 못했소. 꼭 죽을 것만 같은 고단한 삶에 그만 두 손 들고 말았지요. 그래, 까놓고 이야기해서, 주리고 헐벗고 고생고생하다 그만 죽고 말았단 말이오.

나는 그런 지경에서도 노름이나, 술이나, 사기나, 도둑질은 생각도 해보지 않았소. 불행은 줄기차게 나를 좇았소. 그래도 어릴 때 교육을 잘 받아서인지 나쁜 짓에는 빠져들지 않았소. 나는 쓸모없는 놈이오. 그래도 그건 내 잘못이 아니라 아버지의 허영심 때문이지요. 하지만 나는 명예가 무엇인지 아는 놈이오. 장자 상속제 때문에 나를 망칠 수는 없소 (내 형을 두고 하는 말이오).

이걸로 내 삶이 어땠는지 대충 짐작이 갈 거요. 이제 정당하게 평가

해보시오. 전에 판단했던 것처럼 내가 망나니 같소, 아니면 내 말처럼 선량한 사람 같소? 사람이란 겉모습만으로는 알 수 없다는 걸 알아야지요. 세상에는 겉보기에 학자인 것 같아도 속으로는 일자무식쟁이들이 있는 법이오. 옷은 신사복을 입고 있어도 하는 짓거리는 속된 사람들도 있지요. 경건한 차림에 경건한 척하는 사람들 중에도 가면을 쓴 범죄자들이 있게 마련이지요. 또…… 하긴 더 얘기해봐야 입만 아플 뿐이지. 겉차림새와 하는 짓이 다른 사람들이 세상에 얼마나 많은지 모른단 말이오? 전혀 그렇지 않은데 칭찬을 받는 사람은 또 얼마나 많소. 굳이 차림새 때문에 그런 것만은 아니지만. 그러니 사람은 그 행동을 봐야지 외모만을 보고 판단해서는 안 되는 것이지요."

이때 누더기의 어머니 되는 노파가 문을 두드렸다. 누더기가 문을 열었다. 노파는 세 명의 꼬마를 데리고 들어왔다. 꼬마들은 아버지에게 달려가 인사했다. 누더기는 자상한 아버지의 면모를 보이며 아이들을 안아 잠시 쓰다듬어준 다음 나를 향해 이렇게 말했다.

"우리 부부 금실이 맺은 열매를 보시오. 이 빈궁한 처지에서 위안이 되는 유일한 것이지요."

잠시 이런 얘기를 나누고 있을 동안 노파가 안으로 들어가더니 소주병과 헝겊을 들고 나와 내 머리에 난 상처를 치료해주었다. 잠시 후에 저녁이 나와 우리 모두는 사이좋게 나누어 먹었다. 식사가 끝나자 내게 볼품없는 이불을 하나 내주었다. 가족 중의 한 사람 것인 듯했다. 나는 자리에 누워 조용히 잠들었다.

다음날 아침 일찍 나를 깨우더니 초콜릿을 주었다. 내가 초콜릿을 마시고 나자 누더기가 말했다.

"친구여, 어제 당신이 내게 저지른 일에 대해 내가 어떻게 앙갚음을 하려 했는지 아셨을 거요. 이건 단지 용서해준다는 의미일 뿐이지 다른 의도가 있는 것은 아니오. 보잘것없는 것이지만 내 정성만은 받아주오. 단지 부탁하고 싶은 것은 이 거리를 지나다니지 말라는 거요. 당신이 나를 도둑놈으로 몰았다는 사실을 아는 사람들이 당신이 다니는 것을 보면 우리가 서로 짜고 그런 일을 했을 거라 생각할까 봐 그러는 거요. 그러면 내 평판이 떨어질 테니까. 판사도 나를 죄 없다 했단 말이오. 단지 부탁은 이것뿐이오. 주님의 가호가 있기를 빌겠소."

이토록 영웅적이고 자비로운 행위에 내가 얼마나 감격했는지는 필설로 다하지 못한다. 나는 거듭 고맙다고 했다. 나는 내 마음을 표현하기 위해 있는 힘껏 누더기를 껴안았다. 나는 이토록 자비로운 은혜를 베푼 은인이 누구인지 알고자 하니 이름만이라도 가르쳐달라고 했다. 그러나 이름을 알아낼 수 없었다. 누더기는 내게 이렇게 말했다.

"이름은 알아서 어쩌자는 거요? 나는 내 마음에 맞추기 위해 자선을 행하는 것이 아니라 그것이 의무이기 때문에 행하는 거요. 나는 복수를 하기 위해 원수들을 알고자 하지도 않고, 나로 인해 은혜를 입은 사람들이 나를 알아주기도 바라지 않아요. 나는 사람들이 내게 감사하는 것을 원치 않소. 자선이란 바로 그 자체 내에 상급이 있기 때문이지요. 사람의 마음 속에 달콤한 만족감을 주지 않습니까. 만일 그렇지 않다면, 이 세상에서 어떻게 주님을 모르는 우상 숭배자들이 이웃을 향한 사랑의 본보기를 그렇게나 많이 보여줄 수 있었겠소. 그러니 당신도 이상하게 여기지 마시오. 잘 가시오."

나는 본인의 입을 통해서는 그가 누구인지 알아내기 틀렸다 싶어 아쉽게 그와 헤어졌다. 내가 감옥에 있을 때 나를 보살펴준 안토니오 씨가 생각났다. 나는 밖으로 나왔다.

5. 페리키요는 뜻밖의 횡재를 만난다. 서기 찬파이나의 종말, 루이사와의 재결합 등 독자들의 구미에 맞는 이야기가 펼쳐진다

나는 누더기의 집을 나왔다. 그렇게 험한 꼬락서니 안에 그토록 숭고한 정신이 숨어 있다는 사실을 제대로 이해할 수 없어 얼떨떨하기도 했고 부끄럽기도 했다. 그러나 내 두 눈으로 똑똑히 목격한 일이 아닌가. 어떤 말쟁이들이 와서 떠든다 해도 부정할 수 없는 사실이었다.

그래서 나는 누더기와 내 친구 안토니오 씨 생각에 잠겨 이 거리 저 거리를 돌아다녔다. 모자도 없이, 바지도 없이, 돈 한 푼 없이. 돈이 없다는 것이 가장 고약한 문제였다.

오전 11시가 되자 배가 고파 눈에 보이는 게 없었다. 어디 더 고생해봐라 싶었는지 마침 알카이세리아를 지나가지 않을 수 없었다. 아시겠지만 그곳은 노점상들이 판을 치고 있는 곳이다. 먹을 것들이 문지방에 줄을 서는 그 풍기는 냄새로 사람 애간장을 녹인다는 이야기다. 내 밥통은 조바심을 치며 튀긴 빵과 야채볶음을 달라고 아우성이었다. 허기에 지치고, 침을 흘리며, 될 대로 돼라 하고 나는 그 거리에 있던 허름한 당구장으로 들어갔다. 노름판이 벌어지고 있었다. 그래, 좋다, 있

는 대로 이야기하지 뭐. 하누아리오와 함께 찾은 적이 있는 그 뒷방이라는 곳이었다.

나는 들어갔다. 그리고 판에 끼어들어 조끼를 벗어들고 판매에 나섰다. 일은 쉽게 해결되었다. 질이 좋았던지라 6레알에 팔아치울 수 있었다.

나는 그 중에서 2레알은 점심 값으로 구두 속에 감추고 나머지 4레알로 노름을 시작했다. 아주 조심스럽게 솜씨를 부리기도 했지만 운도 따라주어 두 시간 만에 6페소를 딸 수 있었다. 그런 처지에, 그런 노름판에서라면 그야말로 600페소 정도로 가치가 있어 보였다. 나는 더 이상 욕심 부리지 않고, 물 좀 빼야겠다는 핑계를 대고 빠져나와 싸구려 식당을 찾아 내달렸다.

나는 음식이 담긴 그릇을 코를 벌름거리며 힐끔거리면서 식당으로 뛰어들었다. 개새끼도 그렇게까지는 하지 않았을 것이다. 점심을 주문했다. 나는 술과 콩요리를 번갈아가며 대여섯 접시나 비워냈다. 허기를 다스린 후에 모자를 살 계획으로 다시 당구장으로 갔다. 쉽게 싼값으로 모자를 구할 수 있었다. 지랄 맞게도 이곳에서의 성과는 배를 채우고 모자를 얻은 것뿐이었다. 다시 판에 끼어들어서는 아까 딸 때만큼 수월하게 몽땅 날렸던 것이다. 내 운수라고는 돈을 잠시 쥐고 온기를 불어넣는 것이 고작이었다. 잘 계산해보니 아주 딱 맞아떨어졌던 것이다. 모자 사는 데 2레알, 점심 먹고 담배 사는 데 4레알 들었는데, 조끼 판 값이 6레알이었던 것이다. 노름꾼들은 노상 이런 식이다. 돈을 따는 꿈을 꾸지만 결국에 가서는 다른 사람의 돈을 잠시 맡아주는 것뿐이다. 이렇게만 되어도 괜찮은 편이다. 많은 경우 딴 돈은 이자가 붙어 나가니까.

나는 빈털터리가 되고 말았기 때문에 저녁 식사를 건너뛸 수밖에 없었다. 그래도 당구장 주인이 봐주어서 당구장 걸상에서 밤을 보낼 수는 있었다. 벼룩이니 쥐새끼니 빈대가 설치고 다녀도 상관없었고 동료들의 드르렁거리는 코 고는 소리도 음악처럼 들렸다. 돼지우리 같은 고약한 입냄새도, 내 머리맡에 죽치고 있던 빌어먹을 수탉의 주절거림이나 꼼지락거림도, 거친 나무 바닥도, 임시로 얻어걸린 이 잠자리의 그 어떤 불편함도 나를 방해할 수는 없었다.

결국 날이 밝았다. 모두 일어나 늘 그렇듯 해장술을 마셔댔다. 나는 코밑에 있는 주둥이에 뭐라도 집어넣고 싶어 안달이 났다. 타고난 팔자인지, 내 위장은 돌멩이라도 삭히겠노라고 아우성이었으나 그 요구에 응할 만한 것이 하나도 없었다.

그런 처연한 상황에서, 아직 내게 은붙이가 달린 로사리오 묵주 하나와 거의 새것이나 다름없는 속옷이 남아 있다는 사실이 생각났다. 나는 구석으로 가서 모두 벗어 들고는 너무 배가 고파 아주 헐값에 넘겼다. 어떤 놈이 두 가지 다 해서 1페소를 주겠다고 나서서 나는 얼른 넘겨주고 말았다. 어물거리다간 놈이 생각을 바꿀 수도 있는 노릇이니까.

나는 찻집으로 가서 커피 한 잔과 흑빵 한 조각을 주문했다. 찻집을 나올 때 아침 값으로 미리 2레알 반을 주인에게 맡겼다. 나는 반 레알어치 담배를 사고 나머지 4레알을 들고 당구장으로 갔다. 배가 차니 기분도 좋았다. 아침은 확보됐겠다, 하루 종일 피울 담배도 수중에 있었던 것이다.

노름의 왕자 브리한을 추종하는 무리들이 사당으로 모여들었다. 놈들은 정족수가 채워지자 신나게 노름판을 벌였다. 나도 4레알 전부를 걸고 좋은 위치를 확보했다. 카드가 돌기 시작했다.

나는 형편에 따라 반 레알도 걸었다 1레알도 걸었다 했다. 따는 횟수가 늘어감에 따라 거는 돈의 액수도 높아갔다. 나는 이내 4페소를 손에 넣었고 조금 전에 넘겼던 은붙이도 다시 확보했다.

나는 어제처럼 금세 또 털리는 그런 꼴은 당하고 싶지 않았다. 그래서 슬그머니 자리를 빠져나와 아침을 먹으러 갔다.

아침을 먹은 후에는 이곳저곳 정처 없이 거닐었다. 아는 집도 없고 아는 사람도 없었다. 무엇을 할 것인가, 어느 집에서 식사와 잠자리를 해결할 것인가가 문제였다.

나는 오전 내내 이런 생각으로 돌아다녔다. 12시쯤 되자 뱃속에서 기별을 알려왔다. 점심 접수 준비 완료, 시원한 것이 필요함. 나는 그런 요구를 무참히 거절할 수 없어 어느 여관의 식당으로 들어갔다. 나는 4레알어치 음식을 시켜 먹었다. 어쩌면 저녁을 못 먹을지도 모른다는 생각이 들었다.

식사를 마치고 나자 공연히 돌아다녀 피곤도 했고 그래서 잠시 쉴까 해서 당구장을 찾아갔다. 빈대떡이나 먹으면서 당구나 한판 칠 생각이었다. 그런데 사람들이 당구 대신 한쪽 구석에서 카드놀이를 하고 있었다.

나는 카드놀이라면 그래도 운이 좀 있었던 터라 무안을 무릅쓰고 판에 끼어들었다. 판을 벌이고 있던 놈들은 돈깨나 있는 촌놈들이었으며, 나처럼 꾀죄죄하니 넝마를 걸친 놈은 하나도 없었던 것이다.

하지만 놈들은 내가 첫판부터 1페소나 걸고 돈을 따는 것을 보고는 정식으로 자리를 내주었다. 나는 한번 신나게 놀아보기로 했다.

내 생각은 적중했다. 나는 50페소와 비단 손수건 한 장, 여행 가방 하나, 과달루페 성모 마리아 복권 한 장을 땄다. 이만큼 땄다 싶자 자리에서 일어나 밖으로 나가고 싶었지만 좀더 버텼다. 두 가지 이유에서 그랬다. 운도 좋고 돈도 많고 하다 보니 욕심이 배 밖으로 나와 나를 그 자리에 묶어두었던 것이다. 그러나 나를 따라주던 행운도 힘이 다했는지 카드가 나를 배반하기 시작했다. 나는 판판이 실수를 저질렀다. 스무판에 걸쳐 땄던 돈이 열두어 판 만에 나가고 말았다. 돈만 믿고 덤빈 것이 탈이었다.

결국 오후 4시쯤에 모조리 털렸다. 여행 가방도, 비단 손수건도, 은붙이까지도. 복권 한 장이 달랑 남았는데 아무도 사려 하지 않았다. 단 1레알도 쳐주지 않았던 것이다.

판이 끝났다. 각자 제 갈 길로 흩어졌다. 나도 개평으로 얻은 몇 레알을 가지고 밖으로 나왔다.

나는 안면이 있는 알카이세리아 당구장을 찾아갔다. 나는 잠자리 값으로 1레알을 지불했다. 달리 할 일도 없고 해서 다시 나와 거리를 돌아다녔다. 9시쯤 반 레알로 저녁을 때우고 자러 갔다. 지난밤과 같이 개 같은 밤이었다. 다음날 자리에서 일어나 10시경까지 당구장 문지방에서 해바라기를 했다. 그 시간까지 나를 점심에 초대하는 놈은 하나도 없었다. 나는 뭘 해야 할지조차 알 수 없었다. 옷이나마 걸치고 있다는 것이 다행이라면 다행이랄까. 그 옷이라는 것도 거의 벗은 것이나 다름없었지만. 나는 이런 속담을 염두에 두고 길을 나섰다. "게으른 개새끼 뼈다귀도 없다."

나는 이 거리 저 거리를 돌아다녔다. 정처도 없었다. 이렇게 돌아다닌다고 뾰족한 수가 생기는 것도 아니었다. 티부르시오 가를 지나다가 한 집에 많은 사람들이 모여 있는 것을 보게 되었다. 그 집 마당에는 천막이 쳐져 있었고 그 천막 안에 알림판과 의자와 경비병들이 있었다. 너도나도 들어가는지라 나도 들어가 물어보았다. 무슨 일이오? 과달루페 성모 마리아 복권 추첨이 있을 것이라 했다. 나는 순간 내 복권을 생각해냈다. 나는 평생 그런 요행수를 믿지 않았지만 나는 마당에 남아 있었다. 다른 무엇보다 장엄하게 펼쳐지는 추첨 행사가 눈길을 잡았던 것이다.

추첨이 시작되었다. 열두어 차례 공을 굴리자 내 번호가 나왔다 (7596번이었다고 기억한다). 상금이 3천 페소였다. 숫자를 외칠 때 나는 귀를 쫑긋 세웠다. 알림판에 숫자를 붙였을 때 나는 눈을 씻고 숫자를 살폈다. 보고 또 봐도 내 번호와 똑같은 번호였다. 그때 기쁨에 돌아버리지 않은 것이 지금도 신기하다. 내 생전 처음 보는 거액이었으니까.

나는 주님이 부활하셨을 때보다 더 신이 났다. 나는 당구장으로 달려갔다. 알고 있는 사람이라고는 당구장 주인과 노름 패거리가 고작이었으니까. 물론 친구라고 할 만한 놈들을 자주 사귀기도 했다. 내가 만나보기 창피해 슬그머니 피한 친구도 있었다. 나를 보기 싫어 피해 가는 친구놈들이 더 많기는 하지만. 내 꼴이 더러워서 피하는 놈들도 있었고, 행여 내가 뭐라도 달랄까 봐 피하는 놈들도 있었다.

그래서 나는 체면치레 없이 만날 수 있는 친구를 찾아갔던 것이다. 가보니 벌써 꾼들이 모여 있었다. 내 친구 주인장은 돈궤와 장부를 살피며 카드, 비누, 가위 등 필요한 물품을 정리하고 있었다.

돈이란 사람을 하염없이 우쭐거리게 하는 물건인지라 나는 전과 같이 삐죽거리는 대신 의기양양하게 큰 소리로 사람들에게 인사말을 건넸다.

"여, 주인장, 요즘 어떠신가? 안녕하쇼, 여러분!"

주인장과 꾼들은 눈을 들어 힐끔 나를 쳐다보았다. 화사하게 차려입은 아가씨가 못 볼 것을 본 듯한 표정이었다. 놈들은 내게 일언반구 대답도 않고 하던 일을 계속했다.

그래 나는 내 허영심에 박차를 가했다. 놈들이 내 행운을 알아주지 않으면 미쳐버릴 것만 같았다. 나는 외쳤다.

"안녕. 아니 내 인사를 받는 사람이 하나도 없나? 그럴 순 없을 텐데. 운수 대통, 큰돈이 생겼으니 당신들이야 필요 없지."

그날 판에 끼여 있던 꾼들 중의 하나가 나를 알아봤다. 내 초등학교 동창놈이었던지라 내 별명을 알고 있었다. 놈은 내 호언장담에 나를 쳐다보더니 빈정대는 투로 이렇게 말했다.

"아니, 페리키요 아냐! 너 맞아? 이런 세상에! 갑부가 되었다고? 이리 와, 친구. 내 옆에 앉아. 어찌 됐든지 자네 돈이 있다니 구미가 당기는데 그래."

놈은 자리를 내주었다. 나는 놈의 호의를 받아들였다. 그러나 열 번 남짓 패가 돌아도 내가 한 푼도 걸지 않자 놈이나 다른 꾼들이 의아해했다. 동창놈이 내게 물었다.

"그런데 돈은 어디 있어, 페리키요?"

"어음으로 있지."

"어음으로?"

"아주 확실한 거야. 잔돈푼짜리가 아냐. 3천 페소짜리야."

나는 이렇게 말하면서 복권을 보여주었다. 모두 웃음을 터뜨렸다. 내 말을 도무지 믿으려들지 않았다. 그때 마침 복권 상인이 목록을 들고 당구장으로 들어왔다. 나는 상인에게 내 복권 번호가 나와 있는지 보여달라고 부탁했다.

그래서 당구장 주인과 꾼들은 내 말이 사실임을 확인할 수 있었다. 순식간에 상황이 역전되었다. 노름은 중단되었고 모두 자리에서 일어났다. 나를 껴안는 놈, 입을 맞추는 놈, 악수를 청하는 놈, 모두 서로 다투어 내게 잘 보이려고 안달이었다.

곧 돈을 거머쥐게 될 것이라는 소식 하나로 나는 그 순간부터 땡전 한 푼 쓰지 않아도 좋았다. 성대한 점심상을 차려 내왔고, 질 좋은 담배가 두세 갑 선물로 들어왔고, 노름을 하자며 돈을 빌려주기도 하는 등 당구장 주인과 꾼들이 서로 돕겠다고 난리였다. 나는 그것들을 받아들일 수 없었다. 나는 부자 기분을 내며 감사를 표했다. 놈들이 이러는 것은 뭔가 바라는 것이 있기 때문이었으니까. 수중에 돈 한 푼 없었지만 머리엔 헛바람이 가득 차 있었던 것이다. 그래도 누더기 거지들의 우정이 심금을 울리기는 했다.

그렇지만 적어도 그날 하루는 그럴 수밖에 없었던지라 나는 그들과 함께 있으면서 나중에 다 갚아주겠다고 약속했다. 속으로는 약속을 지킬 생각은 추호도 하지 않았지만. 놈들은 내게 앞다투어 알랑방귀를 뀌었다. 3천 페소를 모두 알랑방귀 뀐 것에 비례하여 나누어 가질 줄 아는 모양이었다. 놈들은 자기들이 쓴 돈을 일일이 다 계산하고 있었을 것이라는 생각이 지금도 든다.

어쨌든 나는 돈 한 푼 들이지 않고 진종일 낮에는 먹고 마셨고, 밤에는 씹고 들이부었다. 밤이 되자 주인이 지난 이틀 밤과 같이 거친 걸상에서 자도록 놔두지 않았다. 주인은 자기 침상을 내게 내주고 자기는 당구대 위에서 잤다. 수탉 소리가 좀 거슬린다는 낌새를 보이자 이내 닭을 밖으로 내쫓았다.

시트가 깔린 썩 부드러운 요 위에서 이불을 덮고 베개까지 차지했지만 잠을 이룰 수 없었다. 나는 장래를 설계하느라고 꼬박 밤을 새웠다. 새벽 4시쯤 나는 잠이 들었다. 그리고 오전 8시쯤 자발적으로 잠을 깼다. 벌써 꾼들이 모여 판을 벌이고 있었다. 아주 조용했다. 놈들에게서는 보기 드문 일이었다. 나는 놈들 모르게 자는 척하며, 비록 두런거리는 소리였으나 놈들이 나에 대해 뭐라고들 하는지 들어보았다.

한 놈이 말했다.

"이번 복권으로 해서 저당 잡힌 것을 몽땅 찾았으면 해."

이런 놈도 있었다.

"그 돈으로 비옷이나 하나 맞춰야지, 평생 가져본 적 없거든."

또 이런 놈도.

"주님께 비나이다, 페리코 씨가 돈을 찾으면 우리 모두를 도와주게 하옵소서."

주인이 말했다.

"물론 그럴 테지. 잘난 척하는 놈이니 잘된 거지. 알랑거리기만 하면 된다고."

이런 식으로 그 가난뱅이놈들은 3천 페소에 대해 의견을 늘어놓았다. 나는 돈을 찾을 시간이 대충 되어간다 싶어 기지개를 켜며 잠에서 깨어나는 척했다. 고개를 들고 아침 인사를 채 마치기도 전에 커피·초콜릿·소주·빵 등을 가져와 입에 맞는 대로 아침 식사를 하라고 했다. 나는 커피를 마시고 두루 감사했다. 나는 돈을 찾으러 나섰다.

그 교활한 놈들이 10여 명이나 나를 따라가겠다고 우르르 나섰다. 나는 단지 내 동창놈만 따라오라고 허용했다. 놈은 이미 나를 페리키요가 아니라 페드리토로 부르고 있었다. 놈에게 운수가 좋았던지 나는 놈이 내 돈에 대해 일언반구 언급하는 것을 들을 수 없었다.

나는 놈과 함께 돈을 찾는 곳에 도착했다. 그렇지만 그곳 사람들은 우리 몰골을 보고는 우리에게 돈을 내주지 않았음은 물론 어디서 훔치지 않았나 의심했다. 사람들은 번호를 맞춰보고 영수증을 끊어주기 전에 먼저 보증인을 세워야 한다고 했다.

하지만 이런 일로 누가 나를 위해 보증을 서주겠는가? 3천 페소는커녕 단돈 4레알이라도 보증 서지 않을 것이다. 그렇지만 나는 절망하지는 않았다. 나는 이틀 전에 노름을 하고 복권을 사고 한 그 여관집으로 쫓아갔다. 내가 들어서자 노름꾼들과 점원이 나를 알아보고는 반기고 난리였다. 복권 상인이 들러 이곳에서 판 복권이 3천 페소 상금에 당첨되었다고 일러주었던 것이다.

나는 내가 원하던 것을 얻을 수 있을까 해서 그들에게 말했다.

"여러분, 환대해주신 것에 대해서는 곧 답례해 올리겠습니다. 우선 복권 판매소에서 요구하는 보증인 한 사람이 여러분 중에서 필요합니다. 제가 가난하다고 제 말을 믿지 않습니다. 복권이 내 것인데도 믿지 않고 돈을 내주지 않고 있습니다."

"그게 무슨 대수요?" 점원이 말했다. "이 자리에 있는 우리 모두 당신이 사는 걸 목격했는데. 복권을 판 상인도 우릴 배반하지 않을 거요."

이때 여관집 주인이 들어왔다. 주인은 사건의 전말을 듣고는 손수 마차를 불러 같이 타고 가자고 했다. 우리는 복권 판매소로 갔다. 여관집 주인이 보증을 섰고 나는 돈을 받았다.

돌아오는 마차 안에서 돈을 찾게 도와준 양반이 내게 말을 걸었다.

"친구여, 당신이 언젠가 무슨 착한 일을 해서 주님께서 이렇게 풍성하게 은혜를 베푸시는 걸 거요. 방탕하지 말고 기회를 잘 이용하시오. 운이라는 것은 변덕이 아주 심하거든. 아껴주지 않으면 곧 달아나버린다오."

그 양반은 내게 이런저런 충고를 해주었다. 나는 충고해준 것에 감사하며 돈을 좀 보관해달라고 부탁했다. 그 양반은 선뜻 수락했다. 어느덧 여관에 도착했다. 그 양반은 내가 요구한 1백 페소만 남기고 돈을 가지고 위로 올라갔다. 나는 그 중 20페소로 점원과 노름꾼들에게 한턱 푸짐하게 인심을 쓰고 내 하인이자 동창인 로케라는 놈과 한판 걸게 먹었다.

오후에 나는 놈과 파리안에 가서 저고리며 바지며 조끼며 망토며 모자며 내게 필요한 온갖 것을 장만했다. 물건을 사는 데 로케의 도움이 컸다. 놈은 나를 대단히 치켜세웠다. 우리는 여관으로 돌아왔다. 나는 방을 하나 잡았다. 비록 침대는 없었지만 저녁을 먹고 늘어지게 한숨 자고 다음날 느지막이 잠에서 깨어났다.

아침을 먹은 다음 나는 5백 페소짜리 영수증 하나를 써서 내 돈을 맡고 있는 양반에게 보냈다. 돈은 즉각 도착했다. 나는 1백 페소를 가지고 밖으로 나갔다. 조금 걷다가 집을 하나 발견하고 월세 25페소로 얻었다. 집이 너무 마음에 들어 즉석에서 계약을 했던 것이다.

그 다음에 로케는 나를 경매장으로 데려갔다. 그곳에서 가구를 2백 페소어치 장만했다. 다음날 집에 배달해 설치까지 해준다는 조건이었다. 계약금 조로 20페소를 걸었다. 그 다음 우리는 솜씨 좋은 재단사를 찾아갔다. 나는 최고급 양복 두 벌을 주문했다. 나는 재단사에게 착하고 믿을 만한 침모 한 사람을 구해달라고 부탁했다. 재단사는 자기 집에서 해결해주겠다고 했다. 그래서 나는 최고급 속옷 네 벌, 비단 저고리 몇 장, 그 밖의 것들을 주문했다. 나는 재단사에게 계약금으로 80페소를 지불하고 헤어졌다.

로케는 나를 도와 시종이면 시종, 비서면 비서 등 무엇이든지 시키는 대로 하겠다고 했다. 놈의 옷 꼴이 말이 아니었다. 나는 도와주겠다고 했다. 우리는 숙소로 돌아왔다.

우리는 걸게 먹고 낮잠을 즐겼다. 오후 4시에 나는 주머니에 다시 1백 페소를 집어넣고 로케와 함께 파리안으로 갔다. 나는 로케에게 옷가지 몇 벌을 사주었다. 나는 시계도 하나 샀다. 정확히 얼마를 줬는지도 몰라도 아마 1페소 이상은 들었을 것이다. 장을 다 보고 나서 우리는 한 잔하러 갔다. 우리는 여관으로 돌아와 다시 돈을 꺼내 들고 극장을 찾아갔다.

극장에서 나와서는 식당에 들러 저녁을 먹고 포도주를 마신 다음 잠자리에 들었다.

노닥거리며 신나게 돈을 쓰는 것으로 4, 5일이 지났다. 이 즈음에 재단사가 여관으로 찾아왔다. 훌륭한 천으로 지어진 멋들어진 양복 두 벌, 내가 바라던 대로 잘 나온 속옷 네 벌을 가져왔다. 그런데 셈을 치르는데 보니 1백 페소가 넘는 액수였다. 나는 이런저런 생각 할 것도 없이 현금 박치기로 계산했다. 거기다 팁까지 얹어주었다. 공으로 생긴 돈은 얼마나 술술, 얼마나 제멋대로 빠져나가는 것인지!

재단사와 헤어지고 얼마 되지 않아 경매인이 찾아와 입주 준비를 마쳤다고 했다. 이젠 침대보와 하인만 있으면 되겠으니 원하는 대로 해주겠다고 했다. 그러자면 돈이 필요하다며.

나는 그렇게 하라고 했다. 시트·요·매트리스, 새 베개, 솜씨 좋은 식모, 말 잘 듣는 하인, 그것도 가능한 한 빨리. 나는 그가 요구하는 대로 돈을 지불했다. 그는 갔다.

그날도 다른 날처럼 빈둥거리며 지냈다. 경매인은 이내 돌아왔다. 이제 몸만 들어가면 된다고 했다. 나는 로케에게 마차를 불러오라고 했다. 나는 돈을 맡아주고 있던 양반을 찾아갔다. 나는 처음과는 딴판으로 너무나 산뜻하게 꾸미고 있었기 때문에 나를 첫눈에 알아보지 못했다.

나라는 사실을 알아차린 후 그 양반은 이렇게 말했다.

"그렇게 산뜻하게 차려입은 것을 보니 나쁘지는 않군요. 그래도 당신 신분·처지·위치를 고려했더라면 좋았을 것을. 첫째, 그렇게 사치스러운 옷은 당신에게 어울리지 않는다고 봅니다. 둘째, 가진 돈에 비해 너무 과용하신 것 같아요. 그렇게 열 벌이 넘는 옷에 돈이 거의 다 들어가지 않았소. 사람들이 이런 소리를 하는 것도 다 이유가 있는 거요. '이름에 걸맞게 옷을 입어라.' 당신이 페드로 사르미엔토라면 돈이 아무리 많아도 페드로 사르미엔토처럼 옷을 입어야 하는 거요. 그러니까 가난하지만 품위 있는 사람처럼 말이오. 그런데 옷차림을 보니 무슨 후작처럼 보이는구려. 후작은커녕 그럴 만한 자질도 없지 않소. 사람들이

이 단계에서 저 단계로 그렇게 서둘러 건너뛰려 하기 때문에, 적어도 이미 과거의 내가 아니라는 것을 과시하려고 하기 때문에 집안이 망하고 신세를 조지게 되는 겁니다. 이 도시에 가난뱅이들이 왜 그렇게나 많이 넘쳐나는지 똑똑히 아셔야지요. 모두 주제를 모르고 낭비를 일삼기 때문입니다. 이건 불을 보듯 뻔한 사실이오. 예를 들어봅시다. 누군가가 직장이다 장사다 사업이다 해서 1년에 5백 페소를 번다고 합시다. 그러면서도 1천 페소 정도로 사치를 부린단 말이오. 그러면 필연적으로 나머지 5백 페소는 사기를 칠 수밖에 없지 않겠소. 불법적인 짓을 벌이거나 남부끄러운 짓을 해야겠지요. 옛말에도 이러지 않았소. '가진 것보다 많이 쓰는 사람은 도둑놈 소리 들어도 어쩔 수 없다.' 칠칠치 못한 여자들도 철모르는 허영심으로 집안을 망쳐먹는 데 한몫 단단히 하죠. 그런 여자들은 대부분 잘난 체하느라고 사치를 부리는 거요. 의사나 변호사, 뭐 그런 종류의 직업인 마누라나 딸래미들은 저택, 하인, 그에 어울리는 우아한 생활을 원하게 마련이죠. 적어도 부자 후작 부인처럼 보이려든단 말이오. 남편이나 아비는 그 입에 발린 사랑 타령에 놀아나 무슨 수를 써서라도 해주려들 것이고, 조만간에 빚은 늘어날 것이고, 빚쟁이들이 알량한 빚잔치에 몰려들 것이고, 신용은 떨어질 것이고, 집안은 거덜나게 되지요. 누가 죽었을 때 벌어진 빚잔치를 구경한 적이 있는데, 그 빚잔치에서 단연 두각을 나타낸 사람들이 바로 재단사·미용사·구두장이였소. 내가 보기엔 심지어 침모나 물장수도 있는 것 같았소. 온통 빚 천지였으니까. 그런 떼거리들이 있을진대 불쌍한 자식놈들에게 국물이라도 남겠소? 전혀 아니지요. 그놈들도 다른 비슷한 놈들과 마찬가지로 고통을 겪었지요. 아비 살아생전에 마차며, 오페라 지정석이며, 손님 접대며, 저택이며, 예복이며, 그런 허랑방탕한 낭비벽을 충당할 수 있는 수입이 없었다면 무슨 일이 벌어지겠소? 종양은 점점 심해지겠지요. 직업이 있으니까, 또 빚쟁이들에게 우정을 다짐하고 구워삶고 해서 한동안은 빚을 갚지 않아도 견딜 수 있겠지요. 그러다 갑자기 죽어버리면, 빚쟁이들은 돈을 잃는 판에 체면이 문제겠습니까? 그나마 남아 있는 알량한 재산에 달려들겠지요. 그러면 미망인과 자식들은 알거지로 남는 거죠. 내가 당신에게 이런 얘기를 하는 이유는, 눈을 크게 뜨고 당신 그 알량한 재산을 사치스런 옷이나 사는 데 낭비하지 말고 잘 간수하기를 바라기 때문입니다. 낭비를 일삼다 보면 생각지도 않은 순간에 팔아먹기도 곤란한 옷 몇 벌만 남게 될 것이오. 물론 주머니엔 돈 한 푼 남아나지 않겠지요.

 잘 보십시오. 돈으로 겉모양을 꾸미려드는 짓은 미친 짓거리예요. 겉모습만 꾸미려들다가는 망신당하기 십상이지요. 이런 걸 '부자 행세하다 쪽박 찬다'라고 합디다. 그런 옷을 입고 있으니 당신을 잘 모르는 사람은 속여 넘길 수 있겠지요. 의심할 여지도 없는 거죠. 오늘은 이런 옷을 차려입고 내일은 또 저런 옷을 차려입고 하는 것을 보는 사람이라면 당신 가진 돈이 2천 페소 조금 넘는다고는 보지 않을 거요. 무슨 광산이나 목장이 있다고 생각하겠지요. 그런 사람에게는 아부꾼이나 돈벌레들이 따라붙게 마련, 당신 앞에 줄을 서서 온갖 주접을 다 부릴 거요. 그러다 당신이 막판에까지 이르게 되어서, 내 충고를 듣지 않으면 필경 그렇게 될 것이오만, 양말조차 없이 맨발로 다니게라도 된다면, 당신이 부자가 아니라 허풍쟁이 빈털터리임을 알게 될 것이오. 그러면 호감은 혐오감으로, 칭찬은 욕지거리로 돌변하겠지요. 내 우정으로 감히 혀를 놀려 충고한 것이오. 내 예를 하나 들어드릴까 하는데, 나도 한 2천 페소쯤 생겼을 때가 있었는데, 그때 이런 유혹이 옵디다. 마누라에게 좋은 집을 한 채 사주고 마차를 한 대 구하자. 당신 보다시피 아주 쉬운 일이지요. 하지만 아직 결정 못 하고 있어요. 그런데 당신 하는 일을 보니 정말 나는 비교도 안 되는구려. 내가 돈을 아끼는 것이 궁색해서일 거라고 생각할지 모르지만 전혀 그렇지 않소. 나도 사람 자식이다 보니 자존심도 허영심도 조금은 있지요. 그래도 나는 허영심에 한도를 둡니다. 믿을 수 있겠소? 이런 식이오. 마차를 구하자면 저택이 필요하다. 저택에는 하인이 많이 필요하다. 좋은 대접을 받으려면 월급을 많이 줘야 한다. 단기간에 끝내지 않기 위해서는 장기적으로 월급이 나간다. 여기에 좋은 옷이 많이 필요하다. 멋있는 가구도 들여야 하고, 그릇은 적어도 은그릇이어야 하며, 오페라 지정석도 있어야 하며, 꽃 장식한 마차가 또 필요하고, 싱싱하고 튼튼하고 잘빠진 나귀도 두세 마리 있어야겠고, 마부며 다른 고생 모르는 부자들이 가진 모든 것이 필요하다. 나는 한 나흘 동안 이런 욕심이 간절했죠. 하지만 나흘이 지나자 내 돈으로는 어림없다 싶어 마차니, 하인이니, 나귀니, 옷이니 몽땅 구겨버렸습니다. 막판까지 간 가난뱅이들이 당하는 수치를 겪느니 그냥 생긴 대로 꾹 참고 살자 싶었던 것이지요.

이런 식으로 나는 아직 해결을 보지 못하고 있습니다. 달리다 쉽게 지치기보다는 천천히 걷는 게 좋지요. 내가 절약해서 주제를 지키고 있는 것이 무슨 덕이라는 생각은 안 합니다. 어쩌면 엉큼한 허영심인지도 모르죠. 그래도 효과는 만점입니다. 나는 아무에게도 빚진 게 없거든요. 나는 사람에게 꼭 필요한 것은 다 가지고 있습니다. 내 가족도 남부럽지 않을 정도로 만족하며 삽니다. 나를 들볶는 근심 걱정도 없습니다. 나는 아주 만족하게 삽니다. 마차 한 대 굴리기 위해서라면 내가 말한 그런 허무맹랑한 것들이 필요치는 않다고 말씀하실지 모르지만, 일반적으로 사람들 생각이 그렇다는 겁니다. 나는 이런 식은 아닙니다. 마차를 굴리면서도 식모 월급을 못 주는 사람들도 있지요. 그래서 내 생각에는 마차를 굴리려면 충분한 돈이 있어야 한다고 보는 겁니다. 한쪽으로는 사치를 부리면서 한쪽으로는 궁색하게 굴게 된다면 웃기지 않겠습니까. 마차를 굴리는데 그 마차를 끄는 나귀 갈비뼈가 훤히 드러난다면, 마부라는 놈들이 거지발싸개처럼 보인다면, 저택에서 사는데 집주인이 따로 있다면, 한편에서는 춤판이 벌어지는데 반대편에 빚쟁이며 전당포 주인이며 주먹을 흔들고 있다면 웃기는 일이 아닙니까. 나는 그런 것은 딱 질색입니다. 정말 한심한 일은 이런 일이 멕시코나 다른 지역에서 비일비재하다는 겁니다. 어느 기술자나 다른 사람들 얘기도 더 듣고 싶습니까? 어떤 사람 얘기를 하나 해봅시다. 어떤 사람이 자기 월급을 몽땅 털어 재산가나 되는 것처럼 연미복에 그에 어울리는 장식을 잔뜩 달고 일요일 우리 앞에 나타납니다. 그런데 월요일에는 반 토막짜리 망토가 전붑니다. 오막살이에 살면서 집세도 두세 달 밀린 데다 마누라는 홑치마 하나 달랑 걸치고 자식놈들은 들판의 허수아비보다 험한 꼴인데, 본인은 산보 나가 점심 값으로 10페소나 날리며 다음날 아침 값으로 옷을 저당 잡혀야 하는 사람에 대해 뭐라고들 하겠습니까? 그런 놈들은 정신이 없는 놈이요, 헛바람 든 놈이요, 미친놈입니다. 당신에게도 이런 일이 벌어진다면 똑같이 부르겠소. 당신을 위해 충분히 얘기한 것 같으니 잘 알아서 하시오."

나는 아무런 반감 없이 그렇게나 좋은 충고를 해준 사람에게 홀딱 반했다. 그러나 그 양반의 충고를 따를 생각이 전혀 없었다. 나는 고맙다, 명심하겠다고 했지만 혀만 놀린 것이었다. 나는 돈을 달라고 했다.

그 양반은 돈을 내주며 영수증을 써달라고 했다. 나는 답례로 25페소를 건네주었다. 그 양반은 몇 차례 사양했다. 나는 끈질기게 받아주기를 간청했다. 결국 그는 돈을 받았다. 그 양반은 못과 망치를 꺼내더니 바로 내 면전에서 돈에 하나하나 표시를 하고 책상 서랍에 집어넣었다.

나는 왜 그런 예식을 치렀느냐고 물었다. 그 양반은 돈은 필요 없다고 했다. 가지고 있다가 불쌍한 사람에게 동냥이나 하겠다고 했다.

나는 따졌다.

"하지만 돈이라고 다 같은 것은 아니지 않습니까. 지금 표시하신 돈 말고 다른 돈으로 불쌍한 사람을 도울 수도 있지 않습니까?"

"그게 아주 신비로운 일이지요. 주님께서 당신이 깨닫지 못하게 하시기를 빕니다."

나는 그 양반과 헤어졌다. 오래 얘기를 나누다 보니 피곤했다. 나는 로케에게 돈을 주고 경매인과 함께 마차에 올랐다. 경매인은 나를 기다리느라 지친 것 같았다.

내 집에 도착했다. 집은 신기할 정도로 깨끗하게 잘 정돈되어 있었다. 드디어 나는 집을 가지게 되었다. 나간 돈이 만만치 않았다. 시시껄렁하게 따지지는 않았지만 아무튼 상당한 돈이 들었다. 옷값이며, 빈둥대며 쓴 돈이며, 팁이며, 가구 값이며 해서 4일 동안 1,200페소가 나갔다.

재수머리도 없었는지 경매인이 소개시켜준 식모가 다름아닌 바로 그 루이사였다. 찬파이나와 내게 공동으로 애인 역할을 했던.

경매인이 소개를 시키자마자 나는 알아보았다. 루이사 또한 나를 확실히 알아보았다. 그러나 우리는 서로 모르는 척했다. 경매인은 돈을 받고 자기 집으로 돌아갔다. 나는 로케에게 시가를 사오라며 밖으로 내몰았다. 나는 루이사를 불렀다. 나는 루이사에게 신이 나서 이야기 보따리를 풀었다. 루이사도 이야기 보따리를 풀었다. 내가 서기 집에서 도망쳤을 때 서기도 나를 쫓아 나왔다. 루이사도 나처럼 달아났다. 루이사는 나를 찾아 헤매고 다녔다. 나를 너무나 사랑했기에 나 없이는 살 수 없었단다. 찬파이나는 루이사가 집을 나간 사실을 알았다. 그도 루이사를 너무나 사랑했기에 화병이 나 이내 죽고 말았다. 루이사는 이집 저집 식모로 전전하며 살았다. 마지막으로 경매인의 집에 식모로 있었는데 내 집에 소개시켜주었다. 지위란 버릇조차 고치는 것이라. 루이사는 말했다. 비록 가난할 때 알았으나 지금은 부자니 식모로라도 섬길 수 있다면 만족하겠노라.

루이사가 앙큼하기도 했지만 나 또한 이전 망나니 버릇을 버리지 못해 루이사에게 말했다. 그럴 수는 없다, 루이사는 섬기기보다 섬김을 받아야 마땅하다.

이때 로케가 왔다. 나는 로케에게 말했다. 이 아가씨는 내 사촌이다, 그러니 내가 보호해주어야 한다. 로케 역시 영악한 놈이었던지라 내 수작을 눈치 채고는 내 말대로 따라주었다. 놈은 루이사에게 좋은 옷도 사주고 식모를 구해주기도 했다. 루이사가 안방 마님으로 등극했던 것이다.

나는 루이사와 함께 있게 되어 몹시 좋았다. 그러나 여전히 창피하기는 했다. 어쨌든 식모로 이 집에 들어온 것이 아닌가. 내가 로케에게 아무리 루이사가 사촌이라고 우겨도 놈은 그런 수작에 넘어갈 놈이 아니었다. 내 말을 믿기는커녕 속으로 내 어쭙잖은 꼴을 흉이나 보고 있었을 것이다.

나는 마음이 초조하여 놈이 내 어쭙잖은 꼴을 어떻게 보고 있는지 직접 들어보고 싶었다. 그래서 어느 날 단둘이 있게 된 기회를 이용해 놈에게 물어보았다.

"로케, 내 사촌에 대해 어떻게 생각해? 분명 내 사촌이라고 보진 않겠지. 우리 서로 대하는 꼴이 사촌 같지는 않잖아. 사실 말이지 네가 그렇게 생각했다 해도 그건 네 잘못은 아냐. 그렇지만 이봐, 저 가엾은 여자가 한때 내 은인이었다면 어떻게 하겠어? 나 때문에 직장도 잃고 얻어도 맞고, 그보다 더 험한 꼴을 당했다면 말이야. 이제 돈이 좀 있다고 저 여자를 내치면 내 체면이 뭐가 되겠어. 그래도 조금 부끄럽기는 해. 어쨌든 내 식모로 있는 거니까."

내 생각을 간파한 로케가 말했다.

"부끄러워할 일은 아냐, 페드리토. 첫째, 백인에다 예쁘잖아. 입고 있는 옷만 봐도 후작 부인쯤으로 알겠지, 누가 식모라고 하겠어. 둘째, 널 무척이나 좋아하잖아. 충실한 데다가 집안일도 아주 잘하고 말이야. 셋째, 저 여자가 네 식모였지만 네 호감을 사서 높은 자리에 올랐다는 사실을 사람들이 안다 해도 말이지, 저 여자의 품성을 알게 되면 자네 욕은 안 할 거야. 세상에 이런 일이 어디 한두 번인가. 얼마나 많은 침모나 몸종이 루이사와 같이 집에서 주인과 정을 통하고 있는지 다들 알잖아! 그러니 마음 쓸 것 없어. 즐길 수 있을 때 즐기는 거야. 다들 그러잖아. 이제 곧 늙고 가난하게 되면 인생의 맛도 보지 못한 채 모든 게 끝이야."

정말이지 사탄 마귀라 할지라도 로케만큼 엉큼한 충고를 해주지는 못할 것이다. 알다시피, 못된 친구놈들은 엉터리 예와 허망한 충고를 하는 것에 발 빠른 사탄 마귀들이다. 놈들은 자기 심보를 만족시키기 위해서는 뭐라도 사양치 않는다. 그래서 두타리와 같은 선현이 이런 말을 남겼다. 우리는 다른 무엇보다도 먼저 무섭지 않은 마귀를 피해야 한다. 이 무섭지 않은 마귀란 바로 나쁜 친구들이다.

로케란 놈이 바로 그런 놈이었다. 나는 놈의 면전에서 대놓고 루이사를 내 마누라나 되는 듯이 노골적으로 다루었다. 나는 한껏 즐겼다.

내 집에서는 거의 매일 춤판이니, 노름판이니, 오찬이니, 만찬이니, 모임이니 하는 것들이 벌어졌다. 친구놈들은 어김없이 찾아왔다. 친구놈들이란! 내가 가난했을 때 나를 도와주기는커녕 내게 인사하는 것조차 창피스러워했던 바로 그 건달들이었다.

　바로 그놈들이 발 빠르게 나를 찾아와서 축하한다느니 하며 옆에 착 달라붙어 온종일 알랑방귀를 뀐 놈들이었다. 그렇다면 나는 놈들의 그런 수작이 조금이라도 나를 존경해서 그런 것이 아니라 단지 자기들 욕심만 채우기 위해서 그런 것이었다는 것을 몰랐을 만큼 바보 멍청이였단 말인가? 그랬다. 나는 놈들의 알랑방귀에 혹해서 놈들의 입에 발린 말을 비싼 값으로 셈해주었다.

　친구들과 오랜 지기들만이 나를 부추겼던 것도 아니었다. 행운조차도 나에게 꼬리를 치는 것 같았다. 노름판에서도 돈을 잃는 경우가 드물었다. 따는 경우가 많았는데 3백, 5백, 1천 페소까지 따는 경우도 있었다. 나는 그 돈을 호탕하게 썼다. 그리고 모두가 나를 호인이라고 치켜세우는 바람에 나는 분별없이 돈을 써댔다. 그런 명예를 잃고 싶지 않았으니까.

　만일 루이사가 내 이 미친 짓거리를 이용해먹을 수 있었다면 진짜 필요한 때에 대비해 한몫 떼어두었을 것이다. 그러나 루이사는 공주병에 빠져 내가 자기를 좋아한다고만 생각하고는 물색없이 돈을 탕진했다. 자기의 아름다움이 언제 시들지, 내 사랑이 언제 식을지, 진절머리 나는 불행이 언제 닥칠지에 대해서는 전혀 생각도 없었다. 루이사도 별수없는 요부에 지나지 않았다. 그러니 생각도 자기들 패거리와 같았을 수밖에.

　나는 전혀 신경 쓰지 않았다. 알랑방귀가 일용할 양식이었다. 내 주변에 몰려 있던 거머리들은 내 단순함을 알아차리고 알랑방귀 뀌는 법과 돈을 우려내는 방법을 갈고닦아 나에게 꼬리 치며 마음껏 돈을 우려내 갔다.

　머리가 아프다고만 해도 모두가 의사로 돌변해 저마다 갖은 처방을 내려주었다. 노름으로 돈이라도 따면 그건 행운 탓이 아니라 내 박식함 때문이라고 우겼다. 잔치라도 베풀면 나를 알렉산드로스보다 더한 호인이라고 치켜세웠다. 과음하여 취하면 자연스런 흥취라고 했다. 말도 안 되는 억지를 쉴 새 없이 떠벌려도 무슨 연설을 듣는 듯 경청하고 내 이 귀한 재능은 세기에 세기를 걸쳐 기려져야 할 것이라고 칭찬을 늘어놓았다. 한마디로 이야기해서, 내가 하는 모든 행동, 내가 하는 모든 말, 내가 사는 모든 물건, 내 집에 있는 모든 것, 심지어 부스럼투성이 개새끼나 시끄럽고 볼품없는 앵무새조차도(이놈은 얼마나 시끄러운 놈이었는지 그렇게나 인내심이 강했던 욥이라도 참아내지 못했을 것이다) 내 이 비싼 친구들(얼마나 비싸게 먹히는 놈들인지!)에게는 감격과 찬탄의 대상이었다.

　루이사는 또 어땠던가? 루이사 또한 나와 함께 그 분에 넘치는 알랑방귀에 신이 나 있었다. 사실 그럴 만도 했다. 내게 가구를 마련해준 경매인은 내 친구가 되었다. 이 경매인은 내가 주문하는 가구를 팔러 부지런히 내 집을 드나들다가 내가 루이사를 다루는 태도를 보고는 자기가 루이사를 식모로 소개시켜준 사실마저 잊어버리고 루이사에게 잘 보이려 애를 썼다. 상을 차리는 일도 거들어주고, 틈만 나면 아주 정중하게 마님으로 부르기도 했다.

　네댓 달 동안 나는 호탕하게 즐기면서 승리를 구가하며 돈을 뿌렸다. 그러다 갑자기 행운이 나를 배반하는 것 같았다. 그래 기독교인으로서 이야기하자. 신의 섭리가 작용했던지, 내 방탕함에 대한 합당한 징벌이었던지, 아니면 은혜를 베풀어 내 방탕함에 재갈을 물리신 것인지 아무튼 그와 같은 일이 벌어졌던 것이다.

　내 집을 드나들던 부인네들 중에 참한 노인네가 한 사람 있었다. 이 노인네는 루이사보다 훨씬 예쁜 열여섯 살쯤 되는 아가씨를 데리고 다녔다. 루이사에게는 안된 일이지만, 나는 이 아가씨 비위를 맞추기 위해 기를 쓰다 급기야 사랑에 빠지고 말았다. 나는 이 아가씨도 다른 여자들처럼 쉽게 정복할 수 있으리라고 생각했다. 그러나 그렇지가 않았다. 아주 당돌한 아가씨였다. 그 아가씨는 말하기를, 사랑이라면 몰라도 정욕에 몸을 팔지는 않겠노라고 했다.

　아가씨는 나를 시큰둥하게 대하며 나날이 내 욕망에 불을 지피고 내 열정에 부채질을 해댔다. 아가씨는 내가 자기 때문에 정신이 나간 것을 알아차리고는 이렇게 말했다. 돈이 있으니 공주라도 사귈 수 있을 것이다. 자기는 명예밖에는 가진 게 없다, 하지만 이 세상 살아가는 데 있어 명예를 가장 소중한 것으로 생각한다, 정말이지 존경하고 마음 써주는 것에 대해 감사히 생각한다, 그러나 원하는 즐거움을 드릴 수 있을 것 같지 않다, 처음 만나는 사람이 아무리 가난하다 해도 착한 사람이라면 그와 결혼할 것이다, 어느 부자의 노리갯감이 되기 전에.

　나는 이 깨우침으로 절망에서 벗어났다. 이 아가씨를 차지하기 위해서는 이 아가씨와 결혼하는 수밖에 없다. 나는 즉시 결혼 문제를 꺼냈다. 눈 깜짝할 사이에 미래의 부부가 탄생했다.

　마리아나라는 내 약혼녀는 우리가 약혼한 사실을 자기 어머니에게 알렸다. 약혼녀의 어머니는 세 배나 좋아했다. 나는 삼촌의 자격으로 마리아나를 보호하고 있던 덕망 높은 성직자에게 약혼 사실을 정식으로 비밀스럽게 알렸다. 결혼 허락을 받아내는 일은 어렵지 않았다. 그러나 막상 결혼을 성사시키기 위해서는 적지 않은 어려움을 극복해야 했다. 루이사를 어떻게 떨쳐내느냐가 문제였던 것이다. 아무리 막 나가도 손해 볼 것 하나 없었던 루이사가 어떤 식으로 나올지 두려웠다.

　어떻게 하면 좋을까 궁리에 궁리를 거듭하던 중에도 결혼에 필요한 모든 준비를 진행시켜 나갔다. 서류를 작성하기 위해서 친척들을 찾아다닐 필요도 있었다. 친척들은 내 처지를 알고 내가 더 이상 가난뱅이가 아니라는 사실을 확신하고는 꿀에 파리 몰리듯 내 집을 뻔질나게 드나들었다. 모두가 나를 친척으로 인정했다. 그 못돼먹은 변호사 삼촌조차도 나를 찾아와서 시시때때로 내 돈으로 배를 채웠다.

이제 대강 준비가 끝났고 두 가지 일만 남게 되었다. 내 장래 신부에게 줄 예물을 준비하는 일과 루이사를 집에서 쫓아내는 일. 첫번째 일에는 돈이 부족했고, 두번째 일에는 두려움이 넘쳐났다. 그래도 다음 장에서 보게 되는 것처럼 나는 로케의 도움을 받아 모든 문제를 해결했다.

6. 페리키요가 어떻게 루이사를 집에서 쫓아냈으며, 마리아나 아가씨와 어떻게 결혼하게 되었는지에 대해 이야기하는 장

서류를 제출하고 교회에서의 결혼 허가를 얻고 나니 이제 결혼을 하기 위해서는, 이미 말했듯이, 두 가지 일만 남았다. 내 사랑하는 여인에게 줄 예물을 준비하는 일과 루이사를 집에서 쫓아내는 일 말이다. 그 두 가지 일은 도저히 해결이 불가능할 것처럼 보였다. 나는 로케에게 비밀을 지켜달라며 내 결혼 계획을 털어놓은 적이 있었다. 그러나 내 곤란한 처지에 대해서는 말하지 않았다. 로케 또한 왜 그렇게 시간을 끄는지 묻지 않았다. 나는 더 이상 참지 못하고 내 계획을 실행하는 데 방해가 되는 점을 모조리 이야기했다.

로케는 내 말을 듣고 나서 이렇게 말했다.

"아니, 그 따위 일로 겁을 먹고 내게까지 숨기려 했다니, 난 네 종이요 동창이요 친구가 아냐? 내가 그렇게나 충실하고 자상하게 도와준 일을 겪어봤으면서? 야, 나라면 안 그래. 그래, 성질은 나중에 부리고. 용기를 내. 곤경에서 쉽게 벗어날 수 있어. 예물에 대해서는 말야, 아주 근사한 것을 하고 싶어하는 것 같은데, 안 그래?"

"물론이지. 너도 알다시피 돈을 너무 많이 써버려서 날마다 노름을 한다 해도 소용이 없어. 이제 궤짝엔 3백 페소밖에 없어. 결혼식 비용도 겨우 치를 정도야. 이 돈으로 예물을 사버리면 결혼식은 꿈도 꾸지 못하게 된단 말이야. 결혼식 비용으로 남겨두자니 마누라한테 뭐 하나 해줄 수 없지. 정말 얼굴 뜨거운 일 아냐. 똥구멍이 찢어지는 놈도 결혼하는 날에는 신부에게 뭔가를 주려 하는데 말야. 그러니 이거 정말 난처한 일이잖아."

로케가 신중하게 말했다.

"그렇지. 어디 누구한테서 외상으로 구할 수는 없어? 금은방 주인한테서 보통 해주는 보석 꾸러미를 말야."

"그쪽이라면 생판 얼굴도 내밀지 않았는데 누가 날 믿고 외상으로 주겠어?"

"이런 정말 멍청한 놈이로군. 접시 물에 코나 빠져 죽겠다. 마세타 변호사가 네 삼촌 된다고 했지?"

"그래, 삼촌이야."

"꽤나 유명한 사람이지?"

"그래, 멕시코에서는 꽤 유명해."

"그럼 됐어. 자 이제 이 난국을 헤쳐 나가는 거야. 최고로 잘 차려 입고 마차를 부르는 거야. 내가 알고 있는 포목점 주인이나 금은방 주인에게 데려가주지. 네가 원하는 물건을 찾아 값이 얼마냐고 묻는 거야. 물건을 고르고 매듭을 짓는 거야. 매듭이 지어지면 주인에게 말하는 거야. 15일이나 20일 내로 농장에서 돈이 온다고 했는데, 지금 급히 결혼을 해야 하기 때문에 신부에게 줄 예물이나 선물로 이 옷이 당장 필요하다, 그러니 우선 좀 돌려주면 감사하겠다. 직접 작성한 지불 보증서를 써드리겠다. 주인은 이런저런 이유를 들어 거절할 게 틀림없어. 널 알지 못하니까 도저히 믿을 수 없을 거야. 그때 너는 물어보는 거야. 마세타 변호사를 아시는지, 그 사람이 얼마나 신용이 좋은 분인지 아느냐고 말야. 주인은 안다고 하겠지. 그럼 그 사람을 보증인으로 내세우는 거야. 주인은 돈벌이 욕심에 안전하다 싶어 일절 의심 없이 받아들일 거야. 금은방에서도 마찬가지로 하면 되는 거야. 자 이제 골치 덩어리가 해결된 거야."

"괜찮은 계획 같은데, 삼촌이 보증을 서지 않겠다면 어쩌지? 그럼 더 쪽팔리는 일이잖아."

"왜 보증을 서지 않는다는 거지? 네가 부자라고 생각해서 그렇게나 뻔질나게 드나들면서 꼬리를 치는데."

"다 좋아. 하지만 삼촌은 지독한 구두쇠란 말이지. 너 알아? 언젠가 한번 다른 조카놈이 길거리에서 2백 대의 채찍질을 당하게 될 지경에 놓여 있었을 때도 전혀 신경 쓰지 않았던 사람이야. 정나미 떨어지는 편지 한 장 달랑 써보냈지. 돈을 써서 곤경을 벗어날 수 있다 해도 자기와는 상관하지 말라, 그냥 당해라, 당해도 싸니까라고 했단 말이야. 넌 이 일을 어떻게 생각하냐?"

"그거야 가난뱅이 조카니까 그랬던 거지. 내 장담하건대 너와 같은 조카에게는 그렇지 않아. 이봐 페드리토, 지독한 구두쇠는 대개 지독한 욕심쟁이야. 자기 꾀에 자기가 넘어가는 경우도 많지. 그래 이런 속담도 있잖아. 욕심이 자루 찢는다고. 이런 말도 있지. 변비 걸린 놈이 설사병으로 죽는다고. 어쨌든 한번 해보는 거야. 밑져야 본전이지. 이렇게 말하는 거야. 지금 금고에 2천 페소쯤 있다, 일을 좀 잘 처리할까 해서 외상을 좀 하려고 한다, 15일이나 20일 내로 농장에서 돈이든 가축이든 부쳐 올 것이다. 둘러댈 수 있는 대로 둘러대는 거야. 숙모한테 뭐 예쁜 걸로 선물도 하고 부부 동반으로 초대도 하는 거야. 그리고 난 다음에 말하는 거지. 지금 보증인이 없어서 결혼 예물을 찾지 못하고 있다, 밑고 드리는 부탁이니 실망시키지 않으실 줄 믿는다. 이 말은 식사를 마치고 난 다음에, 술이 몇 순배 돌고 난 다음에 하는 거야. 마차가 문 앞에 대령해 있을 때 말이야. 우리 계획대로 안 되면 내 목이라도 자르지."

나는 로케의 충고를 받아들여 그 충고대로 해보기로 결심했다. 모든 일이 로케가 예견한 그대로, 그야말로 문자 그대로 진행되었다. 나는 삼촌의 승낙을 얻자마자 행여라도 삼촌이 번복할까 싶어 마차를 타고 상점으로 내달렸다. 그리고 다음과 같은 삼촌 명의의 지불 보증서를 내밀었다. "변호사 니카노르 마세타 본인은 이 서류로 니카시오 브룬두린 씨에게 본인의 조카 페드로 사르미엔토가 신부 예물용으로 귀사에서 외상으로 구입하는 물품 대금 1천 페소를 지불할 것을 보증합니다. 상기 본인의 조카가 지불 능력이 없을 경우에 한 달 이내로 지불할 것입니다. 위 내용을 확인하며 서명하는바……"

니카시오 씨는 보증서에 만족해했고, 나는 내 물건을 마차에 실었다. 그런 다음 우리는 금은방으로 갔다. 그곳에서도 똑같은 장면이 연출되었다. 나는 5백 페소가 넘는 휘황찬란한 귀고리와 반지를 손에 넣었다.

나는 예단을 양장점에 맡겼다. 주인에게 신부 집 주소를 알려주며 신부를 찾아가 치수를 재 옷을 맞추고 내 대신 보석도 좀 전해달라고 부탁했다.

일을 마치고 나는 삼촌과 집으로 돌아왔다. 삼촌은 마차를 타고 오는 동안 계속해서 이러는 것이었다.

"조심해라, 페드리토. 제발이지 잘못되면 안 돼. 난 가진 것도 없잖니."

나는 앙큼하게 대답했다.

"걱정 마세요. 저는 정직하기도 하고 돈도 있어요."

우리는 집에 도착해 가볍게 목을 축였다. 삼촌은 집으로 돌아갔다. 저녁을 먹었다. 루이사가 잠자리에 들자 로케를 불렀다.

"이 친구, 팔방미인이 분명한데 그래. 첫번째 곤란에서 벗어나게 해준 그 놀라운 솜씨에 대해 감사를 표해야겠어. 그래도 아직 두번째가 남았는데. 어떻게 루이사를 집에서 내보내느냐 말야. 알다시피 고양이 두 마리에 생선 뼈 하나면 그 싸움이 오죽하겠어. 루이사는 이 집에서 나와 같이 있을 수 없어. 시기심이 대단한 데다 마리아니타도 만만치 않거든. 그야말로 아수라장일 텐데. 성경에서조차 시기심 많은 여자를 전갈에 비유하는 형편인데. 그리고 여자의 성깔만큼 사나운 것은 없다고 하잖아. 시기심 많은 여자하고 사느니 사자나 용하고 사는 게 훨씬 낫다고 말야. 시기심에 성깔 사나운 여자 둘과 같이 살면 내 꼴이 뭐가 되겠어? 이봐, 로케, 한지붕 밑에서 루이사와 마누라를 같이 데리고 살 수는 없는 노릇이잖아. 마누라가 진짜 좋긴 좋은데 루이사를 쫓아낼 방법을 알 수 없단 말이야. 무슨 구실이라도 있어야 하는데 그것도 없어. 루이사를 당연히 집에서 내보내야 하는데 그 방법을 몰라."

"그건 문제도 아냐. 내가 루이사를 꼬셔도 돼?"

"원한다면."

"그렇다면 다 끝난 걸로 봐도 좋아. 바위보다 단단한 여자가 있을까? 한 방울의 물이라도 끊임없이 떨어지면 바위에 구멍을 뚫는다는 얘기지. 사흘 내로 무릎 꿇게 할 것을 약속하지. 루이사를 좋아하는 것은 아니지만, 널 위해서 최선을 다해 꼬셔보도록 하지. 루이사를 꼬셔서 시간을 끌고 있을 때, 그러니까 은밀한 곳에서 수작을 부리는 우리 둘을 네가 발견하는 거야. 그 다음엔 네 마음대로. 몽둥이질을 할 수도 있지. 당연하잖아. 그리고 그 즉시, 뭐라고 변명하기 전에, 집에서 쫓아내는 거지."

로케의 계획은 너무나도 더럽고 치사해 보였다. 하지만 나는 동의했다. 다른 수가 없었던 것이다. 나는 루이사를 집에서 쫓아낼 수 있는 그 순간을 애타게 기다렸다.

로케는 근본적으로 나쁜 놈은 아니었지만 교활한 면이 있기는 있었다. 로케는 내가 진행비 조로 건네준 돈으로 아무것도 모르는 루이사를 꼬시기 위해 잔머리를 굴려 온갖 수작을 벌였다. 놈으로서는 별로 어려운 일도 아니었다. 루이사 자체가 그런 공격을 막아내는 데 서툴렀던 것이다. 로케가 쏜 몇 방의 총알에 루이사의 꿀같잖던 정절의 성채는 무너져 내렸다. 승리한 장군은 어느 날, 어느 시, 어느 장소로 입성할 것인지를 알려왔다.

우리는 의기투합하여 계약을 맺었다. 가엾은 루이사가 음모로 가득 찬 새로운 애인의 품안에서 정신을 잃고 있었다. 불시에 등장한 나는 참을 수 없는 질투와 분노를 꾸며내 루이사의 뺨따귀를 올려붙이고 옷 꾸러미를 안겨 문으로 끌고 갔다.

가엾은 루이사는 내 앞에 무릎을 꿇고 울며불며 나를 진정시키기 위해 갖은 애를 썼다. 나는 진정할 수 없었다. 내가 필요했던 것은 루이사의 변명이 아니라 루이사가 없어져주는 것이었으니까. 마침내 루이사는 울며 떠났다. 나와 로케는 한바탕 웃음으로 우리의 승리를 축하했다. 내 결혼을 가로막고 있던 막강한 귀신 덩어리가 이제 사라졌으니까.

루이사가 떠난 지 일주일 후에 결혼식을 올렸다. 최대한의 사치도 부렸다. 결혼식이라면 으레 빠지지 않는 풍성한 축하연과 춤판도 물론 베풀었다.

축하연에는 친척들과 친구들뿐만 아니라 얼굴도 모르는 사람들이 엄청 밀려들었다. 얼마나 뻔뻔스럽게 입에 발린 칭찬을 해대는지 얼굴이 뜨거워서라도 차마 내치지 못했다. 이 사람들 때문에 정식으로 초대받은 사람들도 음식을 제대로 먹지 못했고 음식을 준비한 사람들은 맛도 볼 수 없었다.

식사가 끝나자 춤판이 벌어져 새벽 3시까지 계속되었다. 요상스럽고 위험천만한 일이 벌어져 중단되었기 망정이지 그렇지 않았다면 날을 꼬박 샜을 것이다.

이런 일이었다. 거실은 사람들로 가득했다. 잘은 모르지만 어떤 여자를 두고 벌어진 일인 듯했다. 갑자기 점잖게 차려입은 두 남자가 자리에서 벌떡 일어섰다. 두 남자는 잠시 욕지거리를 주고받더니 손찌검에 이르게 되었다. 한 사람이 상대방의 머리채를 낚아챘는데 가발이 손에 잡혀 나왔다. 상대방은 옷차림으로 봐서는 평신도로 보였지만 알고 보니 삭발 수도사였던 것이다.

그러자 상대방은 화를 죽였다. 싸움의 원인이었던 여자는 춤판에서 모습을 감추었다. 싸움으로 겁을 먹고 있던 사람들이 모두 웃음을 터뜨렸다. 수도사는 개미라도 되어 양탄자 밑으로 숨고 싶어 안달이었다.

이런 어처구니없는 상황에서 진짜 성직자가 의복을 갖추고 등장했다. 내 마누라 삼촌 되는 사람이었다. 이 양반은 조카의 결혼식을 기회로 다른 사람들과 식사도 하고 춤도 조금 추다가 방 안에 틀어박혀 있었다. 이 양반은 방에서 나와 엄격하게 가짜 수도사를 향해 말했다.

"당신을 수도사라고 해야 할지 평신도로 봐야 할지 알 수가 없구려. 지금 이 순간에는 그 둘 다 같으니 말이지. 우화에 나오는 박쥐와 같지 않소. 날짐승으로 취급받고 싶으면 날개가 있다고 우기고, 길짐승으로 취급받고 싶으면 젖이 있다고 하는 것 말이오. 머리를 보면 성직자 같고 몸을 보면 평신도니. 다시 말하지만, 당신을 어떻게 보고 어떻게 대해야 할지를 알 수가 없구려. 자세히 보니 성직자인 것이 분명하긴 한데. 성직자가 평신도의 옷을 입고 춤판에 끼어드는 것이 평신도가 머리를 깎고 춤판에 끼어드는 것보다는 더 그럴듯하니까. 당신은 성직자이면서도 성직자 복장을 하고 춤판에 끼어드는 것이 부끄러웠단 말이오? 왜, 춤판에는 어울리지 않는 차림이라? 그런 것이 당신의 태만함과 신앙을 배신하는 것임을 모른단 말이오? 이건 순종의 서약을 깨뜨리는 짓이오. 만일 당신 형제들이나 평신도들이 알아보시오, 얼마나 큰일이겠소? 성직자란 춤판에서도 쉽게 드러나는 법이지. 부당하게도 윗사람들의 평판을 떨어뜨리는 일이지. 속 좁은 사람들은 이렇게 생각할 거요. 윗사람들이 눈감아주었거나 제대로 단속을 못 해서 이런 어처구니없는 일이 벌어지는 거라고. 그러다 보니, 우리가 성직자로서 다른 사람들을 지도해야 하는 입장에서 아무리 노력해도 많은 경우 사악한 사람들을 바로잡을 수 없어요. 우리가 아무리 열심히 살펴도 끝내 빠져나가는 그 지옥에 빠진 영혼을 구할 수 없단 말이오. 단지 세속인의 옷을 입고 춤판에 낀 것만으로도 이럴진대 여자를 달고 다니며 여자 때문에 시기가 나서 싸움이라도 벌이고 한다면 도대체 어찌 될 것이오?

지금 여기서는 당신이 누구인지, 어느 교단 소속인지 알고 싶지 않소. 당신이 성직자라는 것만으로 충분하오. 나도 성직자로서 당신의 그 무분별한 행동에 부끄럽기 그지없소. 그러나 형제여, 수도를 맹세하고, 세상과의 결별을 선언하고, 욕망을 억제하겠노라 서약한 성직자가 누구보다 먼저 추악한 본보기를 보인다면 싸움질을 좋아하는 평신도는 도대체 어쩔 것 같소? 여기 이 자리에 계신 신사 분들께서 뭐라고 하시겠소? 생각이 깊으신 분들이야 그걸 인간이라면 어쩔 수 없는 인간적인 약점 탓으로 돌리겠지요. 수도사뿐만 아니라 사도들도 역시 그런 면이 있으니까. 그러나 믿음이 없고 미욱하고 생각이 짧은 사람들은 당신의 경박함을 욕할 뿐만 아니라 당신의 종교까지 업신여기며 이럴지도 모르지요. 저쪽 수도사들은 연애한대. 객기가 있던데. 아주 빼기고 다녀. 춤이 일품이야. 당신이 지금 보여준 개인의 잘못으로 당신의 성스러운 종교를 싸잡아 욕한단 말이오. 있을 수 없는 일이지.

어떤 종교들은 이런 이유로 해서 방탕한 사람들의 은밀한 놀림거리가 되기도 하겠지요. 그러나, 은밀하다니, 어림도 없지. 거의 모든 종교가 노골적으로 모든 사람들로부터 조롱을 받아왔기 때문에, 그 결과 우리 자식들이 망나니가 되고 불효자가 된다는 말이오.

내가 이런 말을 한다고 해서 나는 전혀 문제가 없는 사람이라고는 생각지 마오. 나도 성인은 아니오. 나도 죄인이오. 죄를 짓지 않도록 노력은 하지요. 당신의 처신이 내 평생 처음 보는 것도 아니고 또 가장 역겨운 것도 아니오. 나도 압니다. 성직자들도 부득이 춤판에 낄 수 있어요. 그렇다 해도 복장은 갖춰야지요. 성직자 복장을 했다 해서 그게 꼴불견입디까. 성직자가 윗사람의 정식 허가를 얻어 춤판에 끼는 것 자체는 잘못이 아닙니다. 그러나 그 틈을 이용해 일반 평신도처럼 노름을 하고, 춤을 추고, 싸움질을 하고, 여자를 꼬시고, 문제를 일으킬 수는 없는 일이지요. 그전에 말이지, 이런 춤판이나 모임을 이용해 사람들을 교화하고 선교를 할 수 있는 좋은 기회로 이용해야지요. 폼이나 잡고 얼굴이나 찡그리는 대신 말이오. 내가 소속된 교단 사람들도 마찬가집니다. 별로 힘들이지 않고도 성과를 올릴 수 있지 않습니까? 괜히 성직자라고 티를 내지 않고도 말이오. 정책적으로나 다른 이유로 해서 일반 평신도들 집회에 참석하게 된다면 말입니다.

나는 평신도와 접촉할 수 있는 모든 모임을 잘못으로 보는 그런 완고한 사람은 아니오. 그런 사람이 아닙니다. 성직자라고 해서 사람들을 만나지 말라는 법은 없으니까. 만남은 모든 사람에게 자연스럽고 떳떳한 겁니다. 오히려 우리는 더 요란한 모임에도 자주 찾아다녀야 합니다. 사교성이 없다느니 잘난 척한다느니 하는 얘기를 듣기 싫으면 말이죠.

예를 들어볼까요. 집을 짓거나 농장을 세우면 축하해주러 갑니다. 누가 취직하면 축하하러 가죠. 누가 돈을 벌어도 축하하고. 미사 · 세례식 · 결혼식 등 이와 유사한 모임을 자주 찾는다는 얘기죠.

한마디로 합시다. 내 생각은 이렇소. 성직자가 이런 모임에 참석하는 것은 잘못이 아니지만 너무 뻔질나게 다니는 것은 잘못이오. 성직자 복장 그대로 참석하는 것은 잘못이 아니지만 평신도처럼 변장을 하고 가는 건 잘못이란 말이오.

덕이라는 것은 만남과 상치되는 것이 아니오. 삶의 모범을 친히 보여 우리를 천국의 길로 인도하시기 위해 강림하신 예수 그리스도께서도 이러한 사실을 인정해주셨습니다. 예수님께서는 사람들이 초대하면 혼인 잔치에도 식사 자리에도 나가셨습니다. 예수님께서는 사마리아 여인이나 세리와 같은 사람들과도 친하게 지내셨습니다. 어떻게 주님께서 그런 자리에 참석하셨을까요? 왜 그러셨을까요? 주님께서 참석하셔서 얻으신 결과가 무엇입니까? 예수님께서는 존엄 그 자체이셨습니다. 예수님께서는 본보기를 보이고, 교훈을 가르치고, 사람들에게 은혜를 끼치기 위해 참석하셨습니다. 주님께서 그렇게 참석하신 결과 수많은 죄인들이 회개하게 되었습니다. 아! 세속인의 잔치에 참석한 성직자들이 사람들에게 착실한 모범만 보일 수 있다면, 사람들은 성직자에 대해 얼마나 달리 생각하겠습니까? 성직자의 그 존경스러운 모습만으로도 한심하고 죄 많은 행위들이 꼬리를 감출 텐데!

참! 이 정도면 충분하겠지. 형제로서 한도를 넘는 비난일지는 몰라도 이건 알아두시오. 이건 당신을 놀리기 위해서가 아니라 반성시키기 위한 질책일 뿐이오. 굳이 이 자리에서 이러는 이유는 당신이 여기서 잘못을 했기 때문이지. 공개 석상에서 잘못을 했으니 공개적으로 고쳐야 하는 거요. 마지막으로 여러분에게 말씀드립니다. 제가 드린 말씀은, 문제를 일으키는 어쭙잖은 성직자가 몇몇 있기는 하지만 문제를 혐오하고 좋은 모범을 보이는 많은 성직자가 있다는 사실을 알려드리기 위해서입니다. 계속 즐기시고 좋은 밤 보내십시오."

처삼촌은 이런 말을 남기고 시뻘겋게 달아오른 수도사의 손을 잡고 자기에게 배당된 방으로 들어갔다. 춤꾼들은 대부분 돌아가고 없었다. 설교가 지긋지긋했으니까. 연주자들은 잠에 빠져 있었다. 내 들러리들과 나는 잠을 자고 싶었다. 그래서 로케는 연주자들에게 수고비를 줘서 모두 집으로 돌려보냈다. 우리는 잠자리에 들었다.

다음날 나와 마누라는 느지막이 일어났다. 일어나보니 처삼촌은 수도사를 수도원으로 데려가고 없었다. 나중에 안 일이지만, 그저 친구처럼 방까지 따라가기만 했을 뿐 윗사람에게는 아무 말도 않았다고 했다. 수도사는 걱정깨나 했겠지만.

한 보름쯤 마누라와 함께 즐겁게 지냈다. 날이 갈수록 마누라가 좋았다. 예쁜 데다 활기까지 불어넣어주었으니까. 이 세상 삶에는 영원한 즐거움이란 없다 했던가. 슬픔과 절망이 언제나 행복의 치맛자락을 짓밟는다는 말은 진정이었나 보다. 포목점 주인과 금은방 주인에게 약속한 시간이 오고야 말았다. 두 사람 모두 돈을 달라고 졸라대기 시작했다.

나는 갚을 길이 전혀 없었다. 아주 뿌리째 거덜났던 것이다. 마누라 몰래 집 안의 물건도 수시로 전당포로 빼돌려야 했다. 내 주머니가 그렇게나 얄팍하다는 사실을 서둘러 알리기 싫었으니까.

빚쟁이들은 한두 번의 청구로 돈이 들어오지 않자 변호사 삼촌에게 매달렸다. 삼촌은 입도 대지 않은 것에 돈을 줄 수는 없는지라 쪽지다 편지다 하여 나를 못살게 굴었다. 나는 삼촌의 독촉에 간단하지만 착실하게 대답했다. 기다려달라, 나 대신 먼저 갚아주면 나중에 갚겠노라.

그러나 이 일이야말로 삼촌이 가장 싫어하는 일이었다.

빚쟁이들은 더 이상 끌려 다니기를 포기하고 판사를 찾아가 변호사를 상대로 소송에 걸었다. 내가 갚지 못할 경우 대신 지불할 의무를 주장한 것이다. 알 만한 것을 알고 있던 판사는 의무라는 것을 보고는 웃으며 원고에게 이렇게 말했다. 그 의무라는 것은 불법이다. 당신들이 한 일을 생각해보라. 돈은 잃은 것이다. 법에 이렇게 써 있다. 현재 진행되고 있는 결혼식으로 인한 무절제한 폐단을 시정하기 위해 다음과 같이 명한다. 포목 상인, 귀금속 상인, 일반품 상인 및 기타 사람은 제삼자를 포함시키지 않고 당사자 간에 직접 거래를 해야 한다. 결혼식을 위해 외상 구입한 사람의 사회적 지위, 가문, 재정 상태가 어떠하든지 간에 제삼자가 나서 거래를 주선한 경우 그 사람에게 물품 대금을 요구할 수 없다.

이 말에 가엾은 빚쟁이들은 얼어붙었다. 그래도 용케 졸도까지는 않고 지방 법원에 항소를 제기했다. 두 명의 적에 의해 심각한 재판에 내몰리게 된 변호사는 자신을 변호하기 위해 법조문을 찾아 유리한 조항을 찾아냈다. 그러나 소용없는 일이었다. 지방 법원에서는 변호사가 요구된 액수를 벌금으로 물도록 판결했던 것이다. 나쁜 의도가 있었든 무지에서 비롯됐든 벌을 받아야 한다. 나쁜 의도가 있었다면 의도적으로 원고를 속인 것이요, 법을 몰라서 그랬다 해도 배운 사람으로서 용서받을 수 있는 일이 아니다.

이런 판결에 따라 가엾은 삼촌은 마지못해 돈을 토해놓고 내게 돈을 요구하기 시작했다. 상황을 잘 알고 있었던 나는 형편이 풀리면 갚겠다고 버티면서, 돈을 갚지 않아도 되는지 알기 위해 바로 그 법에 호소했다. 결론은 삼촌의 요구가 합법적이지 않다는 것으로 나타났다.

이로써 사건은 종료되었고 삼촌만 돈을 날렸다. 나는 삼촌에게 돈을 한 푼도 갚지 않았다. 내가 생각해도 못된 짓이었지만 그 변호사 양반의 탐욕과 아첨과 인색함에 대한 응분의 벌이었다.

그렇게저렇게 다시 3개월이 지났다. 이때는 마누라에게 돈이 한 푼도 없다는 사실을 감출 수 없었다. 그러다 보니 이제 길들여진 분에 넘치는 극장 구경을 계속 하기 위해서는, 친구들에게도 길들여진 식사, 춤판, 기분풀이 등을 계속 제공하기 위해서는, 우리 두 사람의 옷이나 보석을 팔거나 저당 잡힐 수밖에 없었다.

마누라만이 옷장이 텅 빈 꼴을 참아내지 못했다. 마누라는 자기가 생각한 것처럼 내가 부자 청년이 아니라 허황하고 게으르고 쓸모없는 가난뱅이로 머지않아 자신을 비참한 처지로 몰아갈 것을 눈치챘다. 마누라는 사랑보다는 돈에 끌려 나와 결혼했기 때문에, 돈이 떨어진 사실을 알고 난 이후에는 쌀쌀한 태도를 보이며 이전처럼 나를 다정하게 대해주지 않았다.

나도 마찬가지였다. 처음과 같은 열정적인 사랑을 마누라에게서 느끼지 못하게 되었다. 그래서 가엾은 루이사가 한없이 그리웠다. 알다시피 나도 사랑 때문에 결혼한 것이 아니라 좀 순수하지 못한 이유로 결혼한 것이었으니까. 나는 마리아나의 미모에 빠져 꼭 차지하고야 말겠다는 욕심 때문에 결혼했다. 욕심이란 바라던 것을 손에 넣으면 식게 마련, 사랑은 시나브로 시들어갔다. 더구나 이제는 마누라에게서 처녀로서의 상큼한 매력을 찾아볼 수 없게 되었다. 간단하게 이야기하자면, 일단 육체적인 욕구를 채우고 나자 처음 봤을 때의 그 매력을 반도 찾아보지 못하게 되었다는 것이다. 마누라는 내가 알거지이기 때문에 처음 약속처럼 흥겨운 생활을 보장하지 못할 것을 알고 나를 대하는 태도를 바꿨다. 우리는 서로를 사갈시하는 것으로 시작해 경멸하는 수준에 이르더니 급기야 죽도록 미워하게 되었다.

파국에 가까이 이르렀을 당시, 나는 집세를 넉 달이나 못 내고 있었다. 집주인은 나를 뻔질나게 찾아다녔지만 한 푼도 받아낼 수 없었다. 친구놈들조차도 집주인에게 내가 돈이 떨어졌으니 조심해야 한다고 일러준 모양이었다. 하기야 그런 이야기를 하지 않았다 해도 내 궁핍함이 입은 옷을 통해 나타나게 된 마당에야. 이제는 예전에 입던 사치스런 옷이 없었으니까. 집주인은 뻔질나게 찾아왔다 금방 가곤 했다. 마치 문둥이를 대하듯 했다. 마누라는 나들이옷이 없었기 때문에 허드레 옷을 입고 다녔다. 집에 남아 있는 가구라고는 의자 · 긴 등의자 · 탁자 · 책상 · 옷장, 칸막이 여섯 개, 펌프, 성화 네 장, 내 침대, 그 밖에 별로 값어치 없는 잡동사니가 전부였다. 갈 데까지 간 형편이었다. 보증을 섰던 삼촌은 내게 영원한 의절을 공언했을 뿐 아니라 나를 불구대천의 원수로 선언했다. 나를 알고 있던 사람들은 모두 삼촌이 나 때문에 한 재산 날렸다는 사실을 한 사람도 빠짐없이 알게 되었다. 삼촌은 떠들고 다녔다. 이제 다시 돈을 찾을 수 없게 되었다, 저놈은 이제 알거지에다 허풍이나 치는 알아주는 망나니다.

그렇다고 삼촌을 비열한 사람이라고 볼 수는 없다. 사람들은 마찬가지다. 누구나 빚을 준 사람이 누구며, 얼마며, 어떻게 빚을 줬는지 떠들어대지 않으면 직성이 풀리지 않는 것이다. 그러면서도 어떻게 하면 받아낼까 주의를 게을리 하지도 않는다. 그래서 우리의 현인 보칸헬도 이렇게 말하고 있다.

    못난 놈한테 빚을 지지 말라.
    빚을 지고 있는 동안에
    먼저 네 명예를 앗아가고
    다음 네 돈을 거두어간다.

내가 가난하다는 사실을 그렇게나 떠벌리고 다녔으니 집주인이 돈을 받기 위해 안달이 날 것은 뻔한 일이었다. 꼭 그랬다. 내가 돈은 내지도 않지, 집은 계속 붙잡고 있지, 형편은 갈수록 사나워지지, 법에 의지하지 않고는 아무리 떼를 써도 소용없지, 그래서 집주인은 드디어 판사에게 달려갔다. 판사는 내 형편을 듣고 나서 3일 내로 돈을 갚으라고 선언했다. 돈을 갚지 않을 경우에는 차압해서 경매 처분하겠다는 경고도 내렸다.

나는 다투기 귀찮아 아멘 하고 말았다. 나는 로케와 함께 집으로 돌아왔다. 로케는 이렇게 충고했다. 내게 가구를 팔았던 경매인에게 가구를 전부 팔아라. 그 사람보다 더 후하게 쳐줄 사람은 없을 것이다. 돈을 받으면 침대, 부엌 살림, 꼭 필요한 것만 갖춘 조그만 방으로 옮겨라. 지금 사는 동네에서 멀리 떨어진 곳이어야 한다. 아는 사람이 있으면 곤란하니 내일 하인 둘을 내보내라. 식사는 식당에서 하면 된다. 이렇게 일을 처리한 다음 차압이 들어올 바로 전날 야반도주하면 된다. 열쇠는 경매인에게 맡기고.

나는 로케의 충고를 그대로 실행할 준비가 되어 있었다. 나는 이번에도 로케의 지극한 도움을 받아 그 말을 그대로 따랐다. 로케는 집을 구하러 나가더니 집을 구해왔다. 나는 이틀 동안 침대와 값비싼 가구를 옮길 준비를 했다. 3일째 되던 날 로케가 경매인을 불렀다. 경매인은 즉시 달려왔다. 나는 경매인에게 말했다. 다음날 반드시 멕시코를 떠나야 할 일이 생겼다, 집에 있는 가구를 사고 싶지 않으냐, 당신이 사서 처분했으면 한다, 여기에 돈이 얼마나 들었는지 당신만큼 아는 사람이 없으니까, 싫으면 싫다고 해라, 다른 사람을 찾아야 하니까, 중요한 점은 계약이 오늘 중으로 이루어져야 한다는 것이다, 내일이면 떠나야 하니까.

경매인은 즉석에서 좋다고 했다. 그런데 팔 때에는 입 다물고 있더니 이제 와서는 오만 가지 트집을 잡기 시작했다.

"이건 구식이고, 이건 요즘 쓰질 않고, 이건 망가진 것을 수리한 것이고, 이건 반나마 좀이 슬었고, 이건 일반 목재에다, 이건 땜질한 거네, 이건 한쪽이 부족하고, 이건 짝이 맞지 않고, 이건 칠이 벗겨졌고, 이건 평범한 그림이고."

이러면서 흠집을 찾아내 내게 보여주는 것이었다. 나는 화가 치밀었지만 160페소에 산 가구를 단 80페소에 넘기지 않을 수 없었다. 결국 계약은 체결되었다. 경매인은 밤에 돈을 갖다 주겠다고 했다.

경매인은 약속을 지켰다. 돈을 갖고 제시간에 찾아왔다. 돈을 주며 영수증을 요구했다. 내가 어떤 어떤 가구를 팔았는지를, 가구마다의 특징을 조목조목 영수증에 쓰라는 것이었다. 나는 돈을 어서 받고 떠나고 싶은 조바심에 경매인이 원하는 대로 해주었다. 열쇠도 건네주면서 집주인에게 돌려줄 것을 부탁했다. 나는 지체 없이 돈을 갖고 마누라와 함께 마차에 몸을 실었다(로케가 이미 준비해두었다). 나는 경매인에게 인사를 하고 로케가 마부에게 일러준 새로운 집을 향해 출발했다.

집에 도착했다. 새 집은 마누라가 결혼 전에 살던 집보다 더 형편없고 옹색한 집이었다. 가구도 없었고 일손을 거들 아가씨도 없었다. 마누라는 기가 막혀 어쩔 줄 모르더니 있는 대로 성깔을 부렸다. 나도 마누라의 성깔에 성질이 나서, 지참금도 가져오지 않은 주제에 말이 많다고 퍼부었다. 우리는 처음으로 싸우면서 속에 있는 감정을 모조리 토해냈다. 그때부터 우리는 서로를 노골적으로 증오하게 되었다. 우리 불행했던 부부 관계에 대해서는 이 정도만 해두고, 예전에 살던 집에서 다음날 무슨 일이 벌어졌는지 보도록 하자.

불길한 사건은 대부분 악마의 부추김을 받아 비극의 가장 결정적인 순간에 나타나는 것 같다. 셋쨋날, 경매인이 열쇠를 가지고 가구를 가지러 갔을 바로 그 시간에 집주인도 서기와 함께 집에 도착했다. 내 재산을 서둘러 차압에 붙이려고 왔던 것이다.

경매인은 가구를 옮기기 위해 문을 열고 짐꾼들과 함께 집으로 들어섰다. 이때 집주인과 서기도 필요한 사람들을 이끌고 집으로 들어섰다. 딱 마주쳤던 것이다. 두 사람은 왜 이 집을 찾아왔는지에 대해 서로 이야기하다가 누구에게 우선권이 있느냐 하는 문제로 다투기 시작했다. 집주인은 판사의 명령을 내세웠고 경매인은 내가 써준 영수증을 내밀었다. 서로 일리가 있었는지라 두 사람은 법에 호소하기로 했다. 그러나 오로지 한 사람만이 내 가구를 차지할 수 있었다. 내 가구로는 두 사람을 다 만족시킬 수 없었던 것이다. 집주인은 사이좋게 나누어 반씩 갖자고 제안했다. 그러나 이미 돈이 나간 경매인에게는 씨알도 안 먹힐 소리였다.

부질없는 다툼이 한없이 이어진 끝에 마침내 두 사람은 가구를 그냥 집에 두기로 합의했다. 판사의 판결이 날 때까지 명세서를 만들어 가장 신용 있는 이웃에게 맡기기로 했다. 판사는 모든 가구가 경매인 것이라고 선고했다. 그 이유는 내게서 가구를 샀다는 확실한 증거를 가지고 있기 때문이라고 했다. 집주인에게는 내게 지불 능력이 생길 때 다시 소송을 걸 수 있는 권리가 쥐어졌다. 이런 사실은 모두 로케를 통해 알았다. 로케는 내 수작이 어떻게 끝을 보는지까지 알아봐주었던 것이다. 소동은 끝났다. 나는 이제 안전하다 싶었다. 일단 파산 선고를 받았으니 집주인으로서도 내게 어쩔 수 없을 것이란 생각이 들었다. 나는 마누라에게 신경 쓰지 않고 그저 노는 데 힘썼다. 남편으로서의 의무라는 것은 안중에도 없었다. 나는 그런 못된 짓거리로 80페소를 다 쓸 때까지 신나게 즐겼다. 80페소가 다 떨어지자 가엾은 마누라는 지독한 가난에 시달리게 되었다. 말이나 나귀같이 아무 생각 없이 사는 남자와 결혼했음을 깨닫게 되었다. 그래서 당연하게도 마누라는 점점 더 잔소리가 심해져갔으며 급기야 증오심마저 드러내보였다. 나 또한 마누라를 갈수록 증오하게 되었다. 마누라 역시 대단한 여자였던지라 잠자리를 같이하기는커녕 먹을 것조차 주지 않았다.

　이런 다급한 상황에서 장모조차 마누라의 말을 듣고 나를 어지간히 못살게 굴었다. 날이면 날마다 끝없는 비난과 질책이 쏟아졌다. 그런 비난과 질책에는 이런 말이 꼭 따랐다. "자네가 어떤 사람인지 알기나 했다면 정말이지 내 딸자식을 주지 않았을 텐데. 자네보다 나은 신랑감이 얼마나 많았는데." 불난 집에 부채질하는 격이었지. 나는 그 정나미 떨어지는 질책에 마누라를 사랑하기는커녕 더 미워하게 되었던 것이다.

　나는 내 천성이 못나서 마누라를 미워한 것이지 마누라의 성질이나 외모 때문은 아니었다. 장모의 몰지각한 행실도 한몫 거들기는 했다. 사실 말이지 마누라는 천박한 여자는 아니었다. 내가 우리 앞집에 사는 이웃 남자에게 지독한 질투까지 느꼈던 것이 그 증거가 될 것이다.

　나는 연놈이 서로 눈짓을 주고받는다는 사실을 눈치챘다. 그래서 더 이상의 증거는 필요 없다 하고 마누라를 볶아대기 시작했다. 정숙한 여자를 부인으로 맞아놓고도 엉뚱한 질투심으로 부인을 닦달하는 그런 못난 남편들처럼.

　마누라는 사치와 방탕을 좋아하기는 했지만 아주 정숙한 여자였다. 마누라는 앞집 남자 때문에 내가 질투심에 빠져 닦달을 한다 싶자, 내가 마누라에게 상처를 입힌 똑같은 칼날로 내게 복수를 하고자 했다. 마누라는 앞집 남자에게 신경을 쓰는 척했다. 나를 떠보려는 것 같았다. 마치 자기를 정숙하지 못한 여자로 봐달라는 듯했다. 어리석은 짓이었다. 내 터무니없는 질투심 때문에 생긴 일이었다. 이런 더러운 열정에 놀아

나는 남편들에게 내가 뭐라고 충고할 수 있겠는가? 꿈이 현실로, 의심이 사실로 돌변하는 경우가 얼마나 많은가 말이다.

아무 이유 없이도 질투하고 못살게 굴고 하였는데, 이제 마누라가 나를 떠보려 달려들었으니 오죽했겠는가? 쉽게 짐작이 갈 것이다. 마누라에 대한 경멸감과 나를 옭아맨 질투심을 어떻게 설명해야 할지 나는 모른다. "사랑이 없으면 질투도 없다"는 격언은 분명 진실이니까. 내가 질투심에 불탄 것은 확실히 아니었을 것이다. 질투심이라는 것은 우리 이기적인 허영심에 의해 촉발된 격렬한 경쟁심일 뿐이다. 어떠한 것이든 우리에게 속한 것을 우리 경쟁자가 탐을 낸다는 사실을 알아차리거나 짐작하게 될 때 우리는 미칠 듯한 분노에 사로잡힌다. 이 경우 우리의 질투심은 사랑 때문이 아니라 모욕을 받았다는 생각 때문에 생겨난다. 사랑 없는 질투심은 이렇게 설명될 수 있다. 그래서 위에 인용한 격언은 사실무근임을 증명할 수 있는 것이다.

나는 먼저 산타아나 변두리 지역에 있는 음습하고 형편없는 오두막으로 집을 옮겼다.

한적한 곳으로 마누라를 데려다 놓은 다음, 나는 더 이상 팔 것도 저당 잡힐 것도 없어 로케에게 다른 집을 찾아보라고 했다. 당시 형편으로는 로케에게 빈대떡 하나 제대로 대접 못 하고 있었던 것이다. 로케는 즉시 떠났다. 이제 마누라에게는 위안거리마저 없어졌다. 심부름도 해주고, 위로도 해주고, 때로는 돈푼이나 갖다 주며 도와주던 사람마저 떠나버린 것이다. 이런 걸로 보면 로케는 천성적으로 나쁜 놈은 아니었다. 어렵게 살다 보니 그렇게 된 것이지. 놈이 빠져들었던 나쁜 짓거리나 내게 해준 옳지 못한 충고도 가난한 처지에서 나와 사귀어보려는 놈의 눈물겨운 노력의 일환이었던 것이다. 그런 반면에 놈은 아주 충실했고 조심성도 있었고 공손했으며 감사할 줄도 알았다. 더구나 심성도 여려 불쌍한 사람을 보면 욕지거리부터 먼저 나왔지만 동정할 줄도 알았다. 나는 살아오면서 로케와 같은 사람을 많이 만나보았다. 그러니까 천성적으로는 착하지만 가난에 쫓겨 악의 구렁텅이로 빠지고 마는 사람들 말이다. 정말이지 사람은 지독한 고생 끝에 죄를 저지르고 마는가 보다. 그래서 나는 지독한 가난 끝에 저지른 죄는 언제라도 용서해줄 준비가 되어 있다. 그러나 천성이 불량해서 죄를 저지른 놈들은 벌에 벌을 더해야 할 것이다.

결국 로케는 내 집에서 나갔다. 그래서 가엾은 마누라는 자신을 지독하게 미워하는 못난 남편의 행패에 시달리게 되었다. 마누라 또한 나를 달래기 위해 신중을 기하기는커녕 오히려 그 뻣뻣하고 사나운 성미로 내 화를 더욱더 부추겼다. 마누라 역시 나를 이제 더 이상 사랑하지 않으니 당연한 일이었다.

날이면 날마다 입씨름이요 신경전이요 육박전이었다. 갈수록 엉망이었다. 꼭지가 돌면 발길질에 손찌검이 따랐다. 그렇게 분을 삭였다. 마누라는 울며불며 널브러지고 나는 집을 나와 기분을 풀었다.

싸움 끝에 여드레나 열흘씩 집을 비운 적도 있었다. 그런 다음에는 무슨 꼬투리를 잡아서라도 다시 싸움을 걸어 바람이나 피우지 않나 트집을 잡았다. 그렇게 트집을 잡고 하면서 나는 마누라에게 양식 값으로 한 푼도 내놓지 않았다. 진짜 악랄한 짓이었다. 이런 점에서 볼 때 나는 부인들을 하녀처럼 부려먹으면서도 의심이나 하며 어떻게 생계를 꾸려나가는지 전혀 신경 쓰지 않는 그런 낯 두꺼운 남편놈들과 똑같다. 안주인의 위엄은 부엌에 있다. 아궁이나 굴뚝에서 연기가 나지 않으면 남편들은 집 안에서 소리칠 권리가 없다. 우리 가엾은 여자들이 절개의 귀감이 되는 루크레티아보다 훨씬 더 정결하다 해도 카멜레온과 같이 공기만으로 배를 불릴 수는 없는 노릇이니까.

가엾은 마누라는 나를 미워하는 일 외에도 헐벗음과 일거리로 죽도록 고생하면서도 차마 장모와 함께 살려고 하지는 않았다. 장모만이 유일하게 마누라를 찾아와 위로하고 도와주고 했다(어쨌든 자기 자식이었으니까). 두 여자는 나를 무척이나 무서워했다. 집을 나가기만 하면 죽여버리겠다고 공갈을 치곤 했으니까.

성직자인 처삼촌조차 우리 일에 끼어들려 하지 않았다.

내 많은 단점 중에 장점을 들라면 그건 인정이라고 말한 바 있다. 만일 마누라가 처음부터 뻣뻣하게 굴면서 내 성미를 돋우는 대신, 바람을 피운 것 같은 인상을 심어주는 대신, 상냥하고 분별 있게 대했다면 나도 마누라에게 그렇게까지 심하게 굴지는 않았을 것이다. 하지만 방정을 떨어 좋은 남자를 놓치는 여자가 얼마나 많은가.

병도 들고 살기도 어렵다 보니 마누라의 상태는 날이 갈수록 고약하게 되었다. 거기다 임신까지 보태졌다. 그러다 보니 비쩍 마르고 창백해지고 주근깨투성이가 되더니, 모든 것을 귀찮아하고 화만 내며 자포자기 상태로 빠지고 말았다.

그 지경에까지 가서도 나는 마누라를 더욱더 미워했다. 외박도 자주 했다. 어느 날 밤 어쩌다 집에 있게 되었다. 마누라는 머리가 아파 죽겠다고 하소연하면서 장모를 불러달라고 애걸했다. 아주 죽을 지경이라고 했다. 마누라와는 어울리지 않는 고분고분한 말투에 신음 소리까지 곁들이게 되니 기분이 아주 이상했다. 나는 마누라를 측은히 바라보았다. 그 지랄 같던 사나운 성미도 생각나지 않았다. 나는 장모를 데리러 달려갔다. 장모는 마누라의 몸부림과 고통으로 난산이 될 것을 내다보고 산파가 필요하다고 했다.

나는 마누라의 병이 깊어 전문가의 도움이 필요하다는 사실을 깨닫고 이웃집 여자에게 산파를 데려다 달라고 부탁하고 돈을 구하러 갔다.

이웃집 여자는 달려가 산파를 찾아 집으로 데려왔다. 나는 망토를 잡혔다. 내게 남아 있던 가장 좋은 보물이었다. 상태도 나쁘지 않은 것이었다. 나는 5페소를 돌려준다는 조건으로 4페소를 빌렸다. 귀신이나 잡아갈 굳건한 신념으로 사는 고리대금업자에게 모두 감사할지어다!

나는 4페소를 들고 안심하고 집으로 돌아왔다. 그 시간에 철저히 무식한 산파는 손톱과 괴상망측한 기구를 사용하여 태아를 파헤치고 있었다. 산파가 속으로 창자를 헤치는 바람에 엄청난 피가 흘러나왔다. 솜씨 좋은 외과 의사가 실력을 발휘한다 해도 막을 수 없을 정도였다. 마누라는 이튿날 죽고 말았다. 영혼에 휴식을 가져다 준 것이었다.

오, 죽음이여! 피치 못하게 다가온 너는 얼마나 많은 신비스러운 일을 우리에게 드러내는가! 가엾은 마리아나가 엉망진창이 된 침대에 싸늘하게 누워 있는 광경이 눈에 들어왔다. 침대라고 해야 누더기가 몇 점 깔린 멍석일 뿐이었다. 장모의 눈에서 떨어지는 눈물 소리. 장모가 내 정신을 일깨워주었다. 장모는 마누라에게 하염없이 말을 건네고 있었다. 아이고, 불쌍한 내 딸년! 아이고, 생때같은 내 새끼! 누가 이런 꼴로 죽으리라 알기나 했겠나. 어울리지 않는 사내놈과 결혼까지 시켰으니, 남편이 아니라 원수요 폭군이었으니.

여기에 더욱더 사납고 더욱더 날카로운 넋두리가 보태졌다. 내 마음은 무너져 내렸다. 나는 도저히 배겨날 수 없었다.

그 순간 나는 깨달았다. 나는 부부의 그 신성한 목적을 위해 결혼한 것이 아니라 지각도 없는 말이나 나귀처럼 결합했다는 사실을. 나는 알았다. 마누라가 천성적으로 정숙하고 착한 여자였다는 사실을. 내가 부당한 행패를 부림으로써 마누라를 괴롭혔고 그래서 마누라의 성질이 사나워졌다는 사실을. 나는 마누라를 쳐다보았다. 아름다웠다. 죽은 마누라의 얼굴은 숨결도 핏기도 없는 모습이었지만 불행하게 살다 간 청춘의 아름다움을 드러내고 있었다. 나는 내가 이 처참한 비극을 연출한 장본인임을 깨달았다.

그때 만약…… 그렇지만 너무 늦었다. 나는 내 못난 짓거리를 후회했다. 내가 생각했던 것처럼 마누라는 밉상도 아니었고 성질이 나쁜 것도 아니었다. 마누라가 나를 사랑하지 않았다면 그건 아주 당연한 일이었다. 내 자신이 천사가 될 소질이 있는 물건으로 악마를 빚어냈으니까. 내 마음은 고통과 고뇌로 끓어올랐다. 나는 마누라의 싸늘하게 식은 몸뚱이 위로 무너져 내린 채 내 모든 고통과 고뇌를 토해냈다.

아아! 내 지쳐빠진 심정으로는 이 음산하고 무시무시한 순간을 감당하기 힘들도다! 얼마나 품에 안았던가! 얼마나 그 보랏빛 입술에 입맞추었던가! 얼마나 달콤한 속삭임을 나누었던가! 내 칭찬에도 감사하지 않고 내 욕질에도 주눅들지 않던 이 몸뚱이에 나는 전혀 용서를 구하지 않았다! 아아, 불쌍한 내 반쪽, 주님께 내가 못되게 군 것에 대해 죄를 묻지 말아다오. 티 한 점 없는 제단 앞에서 내 우리 자비의 주님께 널 위해 기도할 것이니 이로 위로를 삼으렴.

결국 내가 자세히 설명할 수는 없지만 한바탕 소동을 치른 다음에 사람들이 억지로 나를 마누라에게서 떼어냈다. 마누라는 나 모르게 장사되었다. 장례는 성직자였던 처삼촌이 맡아서 처리한 것으로 짐작된다.

장례가 끝나자(내장이 빠진 채 장례를 치렀다 한다) 장모는 내게 영영 작별을 고했다. 딸자식을 잘 보살펴주어서 고맙다고도 했다. 그날 밤 나는 본성을 이길 수는 없었던지라 방구석에 틀어박혀 외로운 홀아비 신세를 한탄하며 울었다.

나는 서럽고도 서러운 생각에 잠겨 밤새 한잠도 이룰 수 없었다. 겨우 눈을 감는가 싶으면 몸서리가 쳐지며 잠에서 깨어났다. 양심의 가책으로 정신이 산만했다. 마누라가 생생한 모습으로 나타나곤 했다. 꼭 내 옆에 있는 것 같았다. 마누라는 나를 쏘아보며 이렇게 소리쳤다.

"짐승 같은 종자! 어쩌려고 나를 꼬셔서 사랑하는 어머니 품으로부터 뺏어냈지? 어쩌려고 나를 사랑한다느니 나와 다정다감하게 지내겠다고 큰소리쳤던 거지? 어쩌려고 자기 잘못으로 유산될 아이의 아버지 소리를 듣고 싶어한 거지? 끽해봐야 부인이나 아이의 원수일 수밖에 없었을 텐데!"

이런 비난이 가엾은 마누라의 냉랭한 입에서 들려오는 것 같았다. 나는 두려움과 비탄에 잠겨 태양이 떠올라 이 밤의 어두운 장막을 거두어주기를 학수고대했다. 내 못난 짓거리를 끊임없이 일깨워주는 이 무서운 방에서 어서 나가고 싶었던 것이다.

결국 날이 밝았다. 아무리 둘러봐도 값나가는 물건 하나 없었기 때문에 나는 방을 나가 열쇠를 옆집 여자에게 줘버렸다. 그 음산한 곳에서 완전히 벗어나야겠다고 마음먹었던 것이다.

7. 페리키요가 루이사에 대해, 피 튀기는 모험에 대해, 그 밖에 심심풀이로 즐길 수 있는 일들에 대해 이야기하는 장

나는 마음먹은 대로 했다. 나는 정처 없이 길을 걸었다. 마음은 어수선했다. 돈은 한 푼도 없었고 어디서 생길 구석도 없었다. 배가 무척이나 고팠다. 어제 저녁을 굶고 오늘 아침을 건너뛰었던 것이다.

나는 그런 곤란한 처지에서 내 옛 보금자리, 알카이세리아에 있는 당구장을 찾아갔다. 내가 아는 사람 중에 내 처지를 동정해줄 만한 사람이 당구장에 있을까 싶었던 것이다. 어떤 방법으로든 나를 도와줄지도 모르고, 적어도 배는 채워줄 것으로 기대했다.

처음에는 예상이 맞아들었다. 당구장에 옛 친구들이 대부분 나와 있었던 것이다. 그러나 놈들은 나를 알아보고 내 처참한 상황을 전해 듣고는 나를 동정하기는커녕 내 불행을 신이 나서 놀려댔다. 놈들은 이렇게 떠벌렸다.

"아, 페드로 선생! 우리 같은 가난뱅이야 몹쓸 냄새나 풍길 뿐이지 뭘 어쩌겠소. 돈깨나 있을 때는 우리나 우리에게 빚진 것을 까맣게 잊고 있지 않았소. 길에서 만나도 거만한 눈으로 인사도 없이 지나치지 않았느냔 말이오. 우리 중 누가 말을 걸어도 모르는 척했지. 우리가 초대를 해도 로케를 보내 무시하고 말야. 당신 그 간신배놈도 지금 아주 형편없던데 그래. 어쨌든 돈깨나 있을 때는 우릴 한없이 깔봤단 말이지. 페드로 선생, 돈이란 참 요상한 물건이지. 가난하다면 친한 친구조차도 까맣게 잊게 만든단 말이거든. 당신도 돈깨나 있을 때는 우리가 가난하다고 우리와 어울리려 하지 않았지. 이제 거덜났다고 해도, 왜 그 요란하게 차려입은 신사들이나 찾아가시지. 노름할 돈이 없으면 이곳엔 발도 들여놓지 마시오. 당신과 같이 잘난 양반하곤 상종하기 싫으니."

이런 식으로 모두 나름대로 실컷 나를 놀려댔다. 나는 떠날 수밖에 없었다. 흔히 이야기하듯 가랑이 사이에 꼬리를 감추고. 놈들 이야기는 모두 옳은 소리였다. 그래도 내 허영심과 허튼수작으로 인한 열매를 받아들이기는 힘이 들었다.

나는 배가 너무나 고팠기 때문에 내 옆에 달라붙어 내 돈으로 즐거움을 만끽한 친구들을 찾아가 도움을 요청해보기로 했다.

친구들은 쉽게 찾을 수 있었다. 하지만 추한 몰골로 창피를 무릅쓰고 그들 앞에 나서 내 비참한 상황을 설명하고, 얼굴 가득 처연한 빛을 띤 채 열심히 동정을 호소해보았지만 그들로부터 얻어들은 것이라고는 경멸과 빈정거림과 농담이 전부였다. 어찌나 화가 치밀고 내 자신이 한심스럽던지!

어떤 놈들은 이렇게 말했다.

"지금 이 꼴이 된 것은 당신 책임이지. 방탕하지 않았으면 먹을 것이라도 남았겠지."

이러는 놈들도 있었다.

"친구여, 나도 겨우 가족을 먹여 살리오. 당신은 아직 젊고 힘도 있잖소. 군대라도 들어가시지. 국왕이야말로 가난한 백성의 어버이가 아니오."

아주 놀란 척하며 이렇게 떠드는 놈들도 있었다.

"이런 세상에! 아니, 어떻게 그렇게 빨리 바닥이 났을까?"

나는 이유를 설명했다. 그러면 이렇게 못을 박았다.

"그렇게나 낭비하고 허영을 부렸으니 그렇게 끝난 것이 당연한 노릇인데 그래."

또 이런 놈들도 있었다.

"그 따위 불평은 부자한테나 가서 하시오. 나 같은 가난뱅이가 아니라 부자한테나 가서 동냥이나 구하란 말이오."

모두 이런 식으로 나를 피했다. 내 요량으로는 마음씨가 착해 내 불행에 동정해주겠거니 믿었던 놈들이 그 모양이었다. 그래도 어쩔 수 없는 노릇이었다.

나는 슬픔에 젖고 원한에 사무친 채 배고픔에 허덕이며 사방을 쏘다녔다. 내 친구라며 내게 알랑방귀를 뀌던 놈들 중에서 내게 초콜릿 한 사발 사줄 놈은 하나도 없었던 것이다.

이런 배은망덕이라면 내게는 새삼스러울 것도 없는 것이었다. 과거를 교훈 삼지 못한 것은 내 불찰이었다. 나는 생각해보았다. 세상에서 친구라고 하는 것은 사람을 보고 사귀는 것이지 돈을 보고 사귀는 것이 아니지 않은가. 그 당시에도 그랬지만 그 이후에도 나는 많이 겪었다. 친구는 많아도 진정한 우정은 아주 희귀하다.

거짓 우정은 이 세상만큼 역사가 깊은 것이다. 가장 신성하고 진실된 책인 집회서에서도 이런 말씀을 읽을 수 있다. "어떤 친구는 자기에게 이익이 있을 때에만 우정을 보이고 네가 불행하게 되면 너를 버린다. 또 어떤 친구는 너의 식탁에는 잘 와서 앉으나 네가 불행하게 되면 너를 버린다." 이런 말씀도 있다. "진정한 친구를 찾은 사람은 행복하여라. 친구가 불행할 때 신의를 지켜라. 네 이웃이 가난할 때에 신의를 지켜

라. 나는 친구를 보호하는 것을 수치로 여기지 않으며 그와 만나는 것을 피하지도 아니하리라. 내가 그 때문에 해를 입어야 한다면 해를 입으리라." 좋은 친구를 칭찬하는 말씀도 있다. "성실한 친구는 안전한 피난처요, 그런 친구를 가진 것은 보화를 지닌 것과 같다." 마지막으로 한 말씀만 더 들어보자. "성실한 친구는 무엇과도 비길 수 없으며 그 우정을 금이나 은으로 따질 수 없다."

그렇다면 과연 누가 공평무사하며 용의주도하고 신의를 지킬 줄 아는 진정한 친구인가? 집회서에는 또 이렇게 나와 있다. "주님을 두려워하는 사람만이 이런 친구를 얻을 수 있다."

그 당시에는 이런 말은 도통 알 수도 없었고 이 세상이 내게 지워준 징벌을 이용해먹을 수도 없었다. 그저 당시 나를 내리누르는 즉각적인 고통만을 느낄 뿐이었다. 내 거짓된 친구에게 걸었던 기대는 끝장났고, 어느 곳에서도 위로나 위안을 구할 수 없었다. 시간이 갈수록 배고픔은 더해 하는 수 없이 바지를 벗어 팔아치웠다. 나는 점심을 해결했다. 돈은 한 10레알 정도 남았다.

밤은 또 어디서 보낼까 궁리하며 나머지 하루를 보냈다. 막상 밤이 되었을 때는 하늘로 이불을 삼고 땅으로 요를 삼을 수밖에 없었다. 몸을 누일 오두막조차 구하지 못했던 것이다.

그 지경에 이르자 나는 예전에 내 옷을 지어준 재봉사 집을 찾아가보기로 했다. 제발 하룻밤만 재워달라고 떼를 써볼 요량이었다.

나는 마음을 굳히고 메소네스 거리로 갔다. 어느 오두막에서 루이사를 발견했다. 깔끔한 차림새였다. 그 어느 때보다 예뻐 보였다. 나는 루이사의 우정이나마 붙잡아야겠다, 루이사로 내 고통을 달래보겠다 하고 문으로 다가가 정감 넘치는 목소리로 말을 걸었다.

"루이사, 내 사랑 루이사, 나 알아보겠어?"

루이사는 분명히 내 목소리를 알아들었다. 그러나 확인이라도 하려는 듯 내게 물었다.

"모르겠는데요, 누구세요?"

나는 대답했다.

"나 페드로 사르미엔토야. 널 정말 사랑했던 그 페드로 말야. 돈이 있을 때 근사하게 대해주곤 했잖아. 네 처지로서는 생각지도 못할 정도로 말야."

앙큼스러운 루이사가 말했다.

"아, 그래요! 당신 페리키요 사르니엔토 씨. 한때 죽은 찬파이나의 머슴이었고, 자기 집에서는 나를 두들겨 팬 바로 그 사람이군요. 기억하지요. 아주 넌더리가 날 정도로 고마워하고 있지요."

"그만 됐어, 루이사. 네가 로케와 놀아나는 바람에 그런 소동이 벌어진 거잖아."

"이제 다 지난 일이에요. 그런데 무슨 일이죠?"

"무슨 일이라니? 다시 잘 지내보자는 거지."

"말이나 되는 소리예요? 가세요. 날 놀리지 말아요. 부정한 여자와는 놀지 말아요. 어서 가세요. 남편이 와서 나와 노닥거리는 꼴을 보면 좋지 않아요."

"아니, 이봐, 뭐, 결혼한 거야?"

"그래요, 결혼했어요, 아주 착실한 남자하고요. 날 아주 사랑하고 나도 그 사람을 아주 사랑해요. 그래 뭐죠? 나는 못 할 것 같았어요? 아닙니다. 당신은 나를 내뱉었지만 다른 사람이 구해주었죠. 어쨌든 당신과 말하고 싶지 않아요."

루이사는 이런 말을 남기고 안으로 들어갔다. 나는 루이사의 새로운 처지를 도저히 믿을 수 없어 아직 용기 충천하기도 했지만, 루이사가 내 앞에서 문을 꼭 잠갔더라면 루이사를 쫓아 집 안으로까지 들어가지는 않았을 것이다.

나는 집 안으로 들어갔다. 가엾은 루이사는 혼비백산하여 집 밖으로 도망가려 했다. 그러나 그럴 수 없었다. 내가 루이사의 두 팔을 꽉 잡고 늘어졌던 것이다. 두 사람의 몸싸움이 시작되었다. 빠져나오려는 루이사와 붙잡고 늘어지는 나. 나는 루이사를 침대에 내동댕이쳤다.

루이사는 몸을 지키기 위해 소리를 높이기 시작했다. 비명에 가까운 소리로 내게 애원했다.

"가세요, 페리코 씨. 오, 악마 같은 양반. 결혼한 몸으로 남편을 욕먹일 수 없어요."

오두막 문은 반쯤 열린 채로 있었다. 나는 눈이 멀어 신경도 쓰지 않았다. 갈수록 높아가는 루이사의 고함 소리가 거리를 지나는 사람들을 불러모아 내가 곧 뜨거운 맛을 보게 될 줄은 생각도 못 했다.

그때 그 정도에서 그쳐야 했었는데! 하늘은 내 죄에 지극히 합당한 벌을 준비하고 있었다. 산초인지 마르틴인지 하는 작자를 등장시켰던 것이다. 루이사의 남편이 집 안으로 들어왔다. 루이사는 오로지 내게서 벗어나려는 일념으로 정신이 없었고, 나는 다시 한번 루이사를 굴복시켜 내 육욕을 채워야겠다는 욕심에 정신을 팔고 있었다. 그래서 우리 두 사람은 루이사의 남편이 문까지 닫고 이 광경을 지켜보고 있다는 사실을 알아차리지 못했다. 남편은 자기 마누라의 결백과 내 가증스러운 욕심을 확인하기까지 충분한 시간을 보냈다.

두 가지 사실을 만족할 정도로 확인한 남편은 구름에서 떨어지는 번갯불처럼 내게 달려들었다. 이 말 한마디를 던지면서. "이 나쁜 놈, 정숙한 부인을 욕보이다니." 남편은 화가 치민 만큼 힘껏 내 갈비뼈 사이에 비수를 내리꽂았다. 웬만했으면 손잡이까지 몽땅 들어갔을 것이다.

"예수님, 살려주소서!"

피를 쏟으며 바닥으로 고꾸라질 때 내가 터뜨린 소리였다.

나는 벌렁 나자빠진 채였다. 화가 치민 남편은 일단 시작한 일은 끝장을 봐야 한다는 듯이 다시 한번 칼을 심장에 날리기 위해 칼 든 손을 치켜들었다. 나는 겁에 질려 소리쳤다.

"오 성모 마리아의 이름으로, 제발 먼저 말이나 하게 해주시오, 그 다음엔 죽여도 좋소."

성모께서 그 이름 외침을 용납하시고 도움의 손길을 베푸셨는지 모르겠지만, 이 소리에 그 살기등등하던 남자가 주춤하더니 칼을 내던지고 내게 말했다.

"내 평생 염원해온 그 성스러운 이름 때문에 목숨을 구한 줄 알아라."

그때 집 안은 사람들로 가득했다. 야경꾼들이 남편을 진정시켰다. 가엾은 루이사는 놀라 정신을 잃고 있었다. 그리고 내 옆에는 고해 신부가 대기하고 있었다.

나는 떠듬떠듬 고해했다. 어떻게 했는지도 모르겠다. 상처로 인한 고통과 죽음에 대한 공포를 겨우 이겨 나가고 있던 사람이 그렇게 짧은 순간에 고해랄지 참회랄지 소망이랄지 하는 것을 어떻게 제대로 표현해 낼 수 있단 말인가?

고해식이 끝났다. 나는 아무 생각 없이 내 입으로 내 원수를 용서했다. 내 원수는 부당하게도 자기 마누라와 함께 감옥으로 끌려갔다. 주변에서는 내가 어쩔 수 없이 죽게 되었다는 말만 들렸다. 내가 피를 너무 많이 흘렸다는 것이었다. 피가 흐르는 것을 막아주거나 상처를 덮어주는 사람 하나 없었다. 우연으로라도 그곳을 찾은 외과 의사 하나 없었다. 사람들은 이렇게 위급한 경우에는 사법부가 개입해야 한다고만 떠들었다.

피를 너무 많이 흘렸기 때문에 갈수록 힘이 빠졌다. 속이 울렁거리는 걸로 봐서 곧 죽을 것만 같았다. 사람들은 축 늘어진 내 모습을 보고는 모두 마음을 움직여 나를 도와주려고 했다. 그러나 어느 누구도 선뜻 양심이 명하는 바에 따라 내게 도움을 손길을 건넬 결심을 못 하고 있었다. 나를 그 장소에서 옮기려고도 하지 않았다. 주님께 감사하게도 마침내 판사의 명령에 의해 들것이 도착했고, 나는 감옥으로 옮겨졌다.

나는 의무실에 수용되었다. 밤이었기 때문에 외과 의사가 도착하기까지 시간이 걸렸다. 의사는 와서 나를 엎드리게 하더니 상처의 깊이를 재는 바늘을 쑤셔넣었다. 칼을 맞는 것보다 더 고통스러웠다. 의사는 폐를 다쳤는지 알아보기 위해 상처에 촛불을 갖다 대는 등 오만 가지 수선을 피웠다. 온갖 수선이 끝나자 그제야 의사는 내 상처를 지혈하겠다고 나섰다. 아주 쉬운 일이었다. 이미 충분히 흘리고 난 다음이었으니까.

일이 끝나자 옥수수 우유인지 뭐 그 비슷한 기운 나는 약을 가져다주며 상처는 죽을 정도는 아니라고 알려주었다.

나는 그 밤을 주님께서 원하시는 대로 보냈다. 다음날 나는 병원으로 옮겨졌다. 병원에 있다 보니 답답했던 감옥 의사나 의무실에서 받은 도움 따위는 전혀 생각도 나지 않았다.

나는 병원 침대에 누워 진술서와 해명서를 작성했다. 내 진술서와 해명서가 루이사의 것과 내용 일치를 보였으므로 루이사는 남편과 함께 거뜬히 풀려났다.

20일 동안 지내다 보니 외과 의사도 나를 잘 보게 되었고 판사들도 내 변명에 귀를 기울이게 되었다. 아직 상처가 채 아물지도 않았는데 나는 풀려났다. 루이사의 집 문지방을 두번 다시 넘지 말라는 경고가 주어졌다. 나는 절대 명심하겠노라 맹세했다. 한 번 당한 것으로 충분했던 것이다.

병원에서 나왔으니 내 형편이 어떠했겠는가. 이전처럼 텅 빈 주머니로 길거리로 나앉은 것이다. 야경꾼들인지, 감옥 간호사들인지, 병원 간호사들인지는 잘 모르지만 누군가 내 아랫도리를 팔아 남아 있던 그 알량한 돈을 훔쳐간 것 같았다. 놈들 중의 누군가가 틀림없었다.

나는 병원에서 나와 먹을 것이나 얻을까 해서 여기저기 찾아다녔다. 그러다 산미겔 교구 교회 미사에 참석해보자는 생각이 갑자기 떠올랐다.

나는 경건하게 미사를 올렸다. 교회에서 나오다 입구에서 오래된 친구 하나를 우연찮게 만나게 되었다. 나는 친구에게 일거리를 부탁했다. 친구는 말하기를 이 교회에서 성구 담당자로 일하고 있는데 보조자가 필요하다, 내가 원한다면 그 일을 알선해주겠노라고 했다. 나는 즉각 대답했다. 우선 먹을 것이나 좀 줄래, 배고파 죽겠어.

순진한 친구는 그렇게 했다. 나는 친구에게 빌붙었다. 이제 성구 담당자 보조가 된 것이다.

8. 페리키요가 성구 담당자가 된 과정, 시체로 인한 소동, 거지 조합에의 가입 등 재미있고도 진지한 사건에 대해 이야기하는 장

만일 세상 모든 사람들이 나처럼 간단명료하게 자신의 인생을 글로 써서 세상에 알린다면 이 세상은 온통 페리키요 같은 놈들로 넘쳐나겠지만, 인생의 부침과 성공과 고난은 대부분 감춰지게 마련이다. 모두가 자신의 실패는 감추고 싶어하니까.
애들아, 내가 이제까지 너희에게 일러준 것과 앞으로 써나가야 할 내 인생 역정은 격정적이라거나 희귀하다거나 황당무계하다거나 하는 것과는 거리가 멀다. 아주 자연스럽고 일반적이고 확실한 것이다. 유독 나만 그런 일을 겪은 것은 아니다. 내가 겪은 대부분의 일은 시치미는 떼고 있지만 부끄러움을 아는 페리코와 같은 사람들에게 나날이 일어나는 일들이다. 다시 한번 부탁하거니와 내 삶을 그저 심심풀이로 읽지 말기 바란다. 내가 겪은 탈선 행위, 우스꽝스러운 사건, 곁가지로 흐른 지루한 여담, 어처구니없는 싸움을 통해 굳건한 도덕을 가르치는 격언을 배우도록 하여라. 왜, 곳곳에 뿌려져 있지 않느냐. 덕을 발견하면 따라 배우고, 악을 보면 피하여라. 징벌을 받은 나쁜 놈들의 머리 속에 무엇이 들었는지 항상 살펴보아야 한다. 짚단에서 곡식 알갱이를 골라내는

일과 같은 것이다. 이와 같은 마음으로 이번 장과 계속 이어지는 장을 재미로만 읽지 말고, 읽어 결실을 얻도록 해라.

나는 성구 담당 보조로 적응해 나갔다. 월급도 적었고 상관이 나누어주는 음식도 형편없었다. 나는 상관이 시키는 일이면 뭐든지 다 했다.

상관 비위 맞추기는 쉬운 일이었다. 상관에게는 열두 살짜리 아들이 하나 있었다. 놈은 내가 해야 할 일을 가르쳐주었을 뿐만 아니라 부수입을 올릴 수 있는 방법까지 가르쳐주었다. 나는 대번에 여분의 초를 빼돌리는 법을 익혔을 뿐만 아니라 자루째 빼돌려 팔아먹기까지 했다. 신부들의 포도주를 쏙싹했고, 결혼식 신랑 신부와 세례식 대부 대모를 귀찮게 만들어 수고비를 얻어냈고, 더 대담한 사기질에 도둑질까지 익히게 되었다. 그런 일을 하면서도 조금도 걱정하지 않았다.

나는 곧 정식으로 성구 담당이 되었다. 성구 담당 우두머리는 내게 전혀 신경 쓰지 않았다. 내가 처음 일을 할 때 나타났던 내 덕성과 단점은 그 짧은 보조 기간 동안 영 잊혀지고 말았다.

내 덕성은 성상과 성물에 대해 내가 지니고 있던 대단한 경외심이었고, 내 단점은 시체에 대한 지독한 두려움이었다. 그러나 이제 모든 것이 해결되었다. 신출내기 때는 감실 앞을 지나갈 때마다 두 무릎을 꿇었고, 한밤에 일어나 불을 살리러 갈 때마다 두려움으로 몸을 떨었다. 내 그림자나 고양이 소리마저 무덤에서 몸을 일으킨 시체처럼 보이기까지 했던 것이다. 그러나 배짱을 부리기 시작하면서부터는 성구실 앞을 지나면서도 원주민 무희처럼 깡충거리게 되었고, 불경스럽게도 배짱을 보인다고 제단 위에 드러눕기까지 하였다.

장엄한 성체·성상·성구, 제단 장식도 함부로 다루게 되었다. 시체에 대한 두려움도 그런 식으로 떨쳐버렸다. 나는 유령이 나타나면 놈들을 무덤으로 쫓아 보낼 자신을 가졌다.

내 동료 보조는 내게 많은 도움을 주었다. 내가 일을 시작할 무렵 놈은 벌써 수완을 발휘하고 있었던 터라 나를 대담하고 무례하게 만들어줄 수 있었다. 나 또한 그 답례로 놈이 몰랐던 도둑질을 한두 개 전수해주었다.

그 중 하나는 미사 비용을 거둘 때 한몫 챙기는 방법이었고, 다른 하나는 돈깨나 있는 사람 장례식에서 유족들을 뜯어먹는 방법이었다.

그렇게 잘 나가던 어느 날 밤 사건이 터지고 말았다. 목숨은 겨우 살렸지만 직장은 날아가고 말았다.

이런 일이었다. 어느 오후 나는 동료 꼬마와 함께 갑작스럽게 죽은 부잣집 마나님 장례를 치르고 있었다. 마나님을 막 입관시키려는데 수의 소매 끝으로 반쯤 나와 있던 손에서 반짝하는 것이 눈에 띄었다. 나는 즉시 시치미 뚝 떼고 소매 속으로 슬쩍 밀어넣었다. 나는 관례상 그렇듯이 그 위에 석회를 한 줌 뿌렸다. 장례식에 참석한 사람들의 곡소리가 이어지고 합창단이 곡조를 더하는 동안 나는 틈을 이용해 동료에게 말했다.

"이봐, 너무 세게 박지 마. 전리품이 생겼어, 기막힌 거야."

우리는 대강 적당히 관에 못질을 하고 마나님을 장지에 묻었다. 관 위에 흙이 많이 올라가지 않도록 신경도 썼다. 파내기 쉽도록. 매장이 끝났다. 유족과 손님은 시체가 더없이 단단히 매장되었겠거니 믿고 집으로 돌아갔다.

나와 성구 담당 보조 둘만 남게 되었을 때 나는 보조에게 시체 손에서 본 것을 이야기해주었다. 쓸 만한 보석 반지가 틀림없다. 정신이 없어서였거나 그 무슨 사고로 손에서 빼내지 못했을 것이다.

꼬마놈은 의심이 가는 모양이었다. 놈이 이렇게 말했다.

"보석 반지가 아니라 해도, 죽은 여자가 부자니까, 적어도 로사리오 묵주도 있고 옷가지도 좋은 것으로 했겠지요. 굴러 들어온 복을 놓칠 수는 없는 일이지요. 관에서 못을 뽑는 일은 일단 벌여놓은 일이고. 자국이나 났을지 몰라. 그러니 기회를 놓칠 수 없는 일이죠."

우리 두 사람은 이렇게 합의를 보고 자정이 되기를 기다렸다. 그 시간이면 성구 담당 우두머리는 누가 업어가도 모를 잠에 빠진다. 자정이 되자 우리는 촛불 하나를 켜 들고 교회로 내려갔다.

우리는 흙을 파내는 작업에 돌입해 드디어 관에 이르게 되었다. 우리는 관을 꺼내 조심스럽게 못을 빼냈다.

뚜껑을 열고 시체를 밖으로 끄집어내 바로 세웠다. 동료 꼬마가 시체를 근처에 있던 제단에 올려놓았다. 놈은 갖은 애를 써서 시체 등을 가슴으로 안았다. 어쨌든 우리의 전리품이었으니까. 시체는 이상할 정도로 딱딱하게 굳어 있었다.

나도 일손을 거들었다. 나로서는 구미가 당기는 일이었다. 나는 시체의 오른손을 꺼내 살펴보았다. 정말이지 아주 반듯한 보석 반지가 하나 있었다. 반지를 꺼내는 데 땀깨나 쏟았다. 왠지는 모르지만 그런 일을 하면서도 전혀 두렵지가 않았다. 나는 동료를 도와주는 일에 열심을 보였던 만큼 반지를 빼내는 데도 열심을 보여야 했다. 주먹이 거진 쥐어진 상태였던 데다 손가락은 부어올라 오므라들어 있었던 것이다. 그러나 어찌 됐든 마침내 나는 반지를 손에 넣었다.

우리는 옷가지도 어떤가 살펴보았다. 동료놈이 좋은 옷일 거라고 예상했던 바가 적중했다. 저고리는 질이 좋은 것이었고 속치마도 마찬가지였다. 겉치마는 중국산 비단으로 거의 새것이나 다름없었다. 비단 허리띠, 옥양목 손수건, 뭔지는 몰랐지만 메달이 달린 로사리오 묵주, 비단 양말도 있었다.

동료 꼬마가 말했다.

"모두 은으로 만든 거예요. 하지만 어떻게 벗기죠? 이 빌어먹을 시체가 통나무보다 더 뻣뻣하니 원."

"서두르지 마라. 팔을 붙잡고 벌려. 십자가 모양으로 잡아. 내가 비단 허리띠를 벗길 테니. 이건 시작에 불과해."

동료 놈은 있는 힘을 다해 팔을 벌렸다. 시체의 팔 신경이 죽었을 때 있던 상태로 돌아가려고 버팅기고 있었으니까.

죽은 여자는 반늙은이로 근엄한 얼굴을 하고 있었다. 우리는 벌 받아 마땅한 짓을 벌이고 있었다. 어둡고 한적한 묘지 한가운데서 우리는 겁에 질렸다. 우리는 될 수 있는 한 많이 거두기 위해 서둘렀다.

나는 허리띠를 풀기 위해 안간힘을 썼다. 허리띠는 뒤로 매듭이 져 있었다. 막무가내로 애만 쓰다 보니 도저히 매듭을 풀 수 없었다. 나는 동료에게 내가 팔을 붙들고 있을 테니 대신 매듭을 풀라고 했다. 팔을 붙들고 있는 편이 훨씬 편할 것 같았다.

즉시 합의가 이루어졌다. 나는 팔을 붙들었다. 동료는 수의를 들추고 허리띠를 풀기 시작했다. 하지만 놈도 나와 마찬가지로 아무 성과도 거두지 못했다.

작업이 진행됨에 따라 놈은 시체 위에 찰싹 달라붙게 되었고, 나도 시체를 붙들고 있기 힘에 부쳐 온몸으로 시체를 받치게 되었다. 그러다 무게를 이기지 못하고 시체 밑에 완전히 깔리고 말았다. 그 꼴이라니, 완전히 샌드위치였다.

동료 놈이 위에서 누르지, 또 우리 둘이 함께 밀치지 하다 보니 시체 위 속에 남아 있던 공기가 한 줌 밖으로 새나왔다. 지금 생각에 그렇다는 이야기다. 당시 그렇게나 다급했던 상황에서는 시체가 한숨을 쉬었다, 내 코에 역겨운 냄새를 내뿜었다고 생각할 수밖에 없었다. 나는 느닷없이 터져 나온 냄새와 소리에 혼비백산하여 힘이 쏙 빠진 채 시체의 팔을 놓치고 말았다. 시체 팔은 원상태로 돌아가며 내 목덜미에 휘감겼다. 이때 빌어먹을 놈의 고양이가 제단에 뛰어올라 촛불을 넘어뜨렸다. 순간 을씨년스러운 희미한 불빛에 우리 모습이 깜박 드러났다.

이런 말을 해서 어떨지 모르지만, 마치 시체가 내게 달려드는 것 같았다. 나는 완전히 얼이 빠져 무덤 어귀 시체 밑에서 정신을 잃고 말았다.

애를 쓰고 있던 동료는 죽은 마나님이 한숨을 토해내면서 나를 얼싸안고 내 품에 쓰러지는 것을 본 데다, 재수 없는 고양이마저 옆에서 알짱거리자, 우리 못된 짓을 벌 주려고 악마가 우릴 부르러 온 줄 알고, 마지막 장면을 볼 틈도 없이 시체 옆에 말없이 쓰러졌다.

너무나 강한 충격이어서 우리는 쉽게 깨어날 수 없었다. 우리는 새벽 4시까지 시체 옆에 정신없이 널브러져 있었다. 그 시간은 성구 담당이 자리에서 일어나는 시간이었다. 성구 담당은 우리가 방에 없는 것을 확인하고 성구실에서 신부를 도와 미사 준비를 하고 있는 것으로 생각했다. 신부 또한 새벽잠이 없는 사람이었다.

이런 생각으로 성구 담당은 성구실로 향했다. 그곳에서도 우리를 찾지 못하자 다시 교회로 갔다. 그 충격이 어떠했을까! 무덤은 파헤쳐져 있지, 시체는 도굴되어 땅바닥에 널브러져 있지, 우리 또한 한가지로 살아 있는 낌새조차 보이지 않지. 성구 담당은 그 즉시 신부에게 달려가 사건을 보고했다. 신부는 우리 꼴을 보고는 하인들을 불러내 우리를 안으로 옮기게 했다. 그 와중에 시체도 다시 묻었다.

일이 수습되자 신부는 우리를 되살리기 위해 애를 썼다. 알칼리, 흡입기, 붕대, 불에 그을린 동물의 털 등 이 경우에 필요하다고 생각되는 모든 것을 총동원시켰다.

이런저런 도움으로 우리는 다시 정신을 차리고 신부가 마시는 초콜릿을 한 잔씩 얻어 마셨다. 우리가 일단 위기를 넘겼다 싶자 신부는 왜 우리가 정신을 잃게 되었는지, 자신이 목격한 난리판의 원인이 무엇인지 우리에게 물었다.

나는 변명이 불가능한 일임을 깨닫고 곧이곧대로 털어놓고 반지를 신부에게 내주었다. 신부는 우리 이야기를 듣고 웃음을 참기 위해 무진 애를 썼다. 신부는 이 허무맹랑한 짓에 자신도 책임이 있음을 깨닫고, 내 동료에 대한 징벌은 자기 아버지에게 맡기고, 나한테는 그날 중으로 떠나라고 했다. 우리를 감옥에 보내지 않은 것만으로도 나는 신부에게 거듭 고마워했다. 감옥에 끌려갔더라면 법에 규정된 무덤 도굴죄, 시체 발굴죄, 의복 보석 기타 물건 절도죄에 대한 벌을 고스란히 받아야 했을 판이었으니까.

신부가 말했다.

"벌을 생각하시오, 다시는 죄를 범하지 않도록 말이오. 무덤이 무력으로 손상을 입게 되면 범법자들은 사형에 처해지고, 지금처럼 은밀하게 무덤을 파헤치면 왕의 농장에서 강제 노동을 해야 합니다. 하지만 나는 자비롭게 그 벌을 면제시켜주겠소. 하지만 당신이 이 교회에 있게 할 수는 없소. 반지를 훔치기 위해 시체까지 파헤치는 사람이니 언젠가는 성상이나 제단까지 훔치려들 것 아니겠소. 그러니 떠나시오. 다시는 내 교구 내에서 보지 않게 되길 바라오."

이 말을 남기고 신부는 물러났다. 동료는 아버지로부터 호되게 채찍질당했다. 나는 무슨 일이 벌어지기 전에 서둘러 밖으로 내뺐다.

나는 다시 몸에 밴 정처 없는 모험길을 터덕터덕 걸었다. 당구장·길거리·주점·여관이 내 일상의 보금자리였다. 친구라고 해야 노름꾼·술주정뱅이·게으름뱅이·좀도둑, 모두 천박한 종자 일색이었다. 놈들이나 되니까 내게 싸늘하게 식은 입질거리, 넉넉한 술, 옹색한 잠자리나마 제공해주었던 것이다.

나는 성구 담당으로 일한 4개월 동안 착실하게 뒷주머니를 불렸다. 쥐꼬리만한 월급 외에 가외로 생긴 그 돈으로 변변치 않은 옷을 사 입었는데 그 옷마저 쫓겨난 지 보름 만에 누더기가 되고 말았다.

지금도 생각난다. 먹을 것 하나 없던 어느 날, 플로레스 대로 근처 대성당 앞에서 친구 하나를 만나게 되었다. 나는 친구에게 반 레알만 빌려달라고 했다. 친구가 말했다.

"한 푼도 없어. 내 꼴도 너와 마찬가지야. 알카이세리아에 같이 가서 밥 좀 사줘. 주점 할멈 얘기로는 네가 2, 3레알 맡겨놨다고 하던데."

"진짜 그렇군. 노다지가 생기는 바람에 깜박했어. 그 주점 할멈 다시 봐야겠는데. 다른 여자 같았으면 벌써 날아간 돈인데."

우리 둘은 주점으로 가서 실컷 먹었다. 다 먹고 나서 친구는 자기 길로 가고 나도 내 가던 길을 계속 갔다.

어려운 삶을 살아오다 보니 내 모습은 주름살투성이에 더럽고 마르고 안색도 좋지 않고 병색마저 있었다. 나는 나와 같이 누더기를 걸친 사람을 하나 친구 삼아 내 불운한 이야기를 들려주었다. 교회에까지 의지해보았지만 소용없었다. 나는 이 세상에서 최고로 다루기 힘든 죄인인 것 같다. 친구는 내게 알선해주고 싶은 일이 있다고 했다. 큰돈은 못 벌어도 적어도 놀고 먹을 수는 있다. 일도 아주 쉽고 일을 구하는 데도 한푼 들지 않는다. 그 일로 살아가는 친구도 몇 명 있다. 딱 그 일을 하기 좋은 상태다. 일단 시작하면 절대 후회하지 않을 것이다.

"싫기는 왜 싫어요? 굶어 겔겔거리며 산 채로 이들한테 뜯기는 판에."

보푸라기투성이가 말했다.

"좋소. 집으로 갑시다. 9시에 제자들이 옵니다. 저녁 식사 후에 내

강의를 들으시고 내 학생들의 솜씨를 들어보시오."

나는 따라갔다. 우리는 밤 8시에 오두막에 도착했다. 네카티틀란 근처 옥수수차 파는 아낙네들이 모여 사는 그런 단칸방 집이었다. 누추하고 더럽고 냄새도 고약했다. 방이라고 해야 우리가 풍로라고 부르는 흙으로 빚은 화로 하나만 덜렁하니 있었다. 벽에는 대여섯 개의 돗자리가 둘둘 말려 걸려 있었고, 나무로 만든 등받이 의자가 하나, 한쪽 벽면 서까래 아래 무슨 목판화가 한 장, 녹이 슨 주발이 두세 개, 신발장이 하나, 한쪽 구석에 목발이 다수, 또 다른 구석에는 몇 개의 고리짝과 냄비가 한 다발, 북, 기름, 고약 등 잡동사니가 널린 식탁이 하나 있었다.

집을 둘러보고 형편없는 세간을 확인하고 나니 그 누더기가 조금 전에 이야기한 사업이 실현 가능할까 의심이 들기 시작했다. 누더기는 찡그린 내 표정을 보고 내가 의심한다 싶었던지 이렇게 말했다.

"페리코 씨, 알 만합니다. 집구석이라고 누추하지만, 여기 돗자리나 세간은 보시는 것처럼 형편없거나 몹쓸 것은 아닙니다. 이 모두가 사업에 도움을 줍니다. 이유인즉슨……"

이때 떠돌이들이 하나둘씩 기어들기 시작하더니 이내 아홉 명 남짓이 모이게 되었다. 하나같이 헐벗고 더럽고 고약을 덕지덕지 바른 몰골로, 그야말로 엉망진창이었다. 내가 가장 황당스러웠던 것은, 어떤 놈들은 집 안으로 들어오자 목발을 구석에 두고 두 발로 당당히 걸어다녔고, 어떤 놈들은 고약을 벗겨내 말짱한 피부를 내보였고, 내가 보기에 나이깨나 먹었겠다 싶던 놈들은 요란한 수염과 하얀 머리 가발을 벗어던지고 청년의 모습으로 돌아왔고, 몸이 뒤틀린 놈은 집에 들어오는 순간 바로 되었고 곱추는 허리를 폈던 일이었다. 모두 집 문 앞에서 병과 저주를 떨쳐냈던 것이다. 모두 남자인가 했는데 여자도 하나 들어왔다. 남자들은 군대에 가도 좋을 만큼 건강했고, 여자는 타작 마당에서 힘깨나 쓸 수 있을 것 같았다. 내가 황당해한 것은 지극히 당연한 일이었다. 그래 나는 누더기 친구에게 물어보았다.

"이게 뭐요? 아니 당신은 그 모습만으로도 기적을 행하는 성자란 말입니까? 절름발이·장님·외팔이·반신불수·문둥이·영감탱이·병신이 이 시큼한 방 문지방을 밟자마자 예전 같은 건강을 회복했을 뿐만 아니라 회춘까지 하니 말입니다. 기적을 행하는 데 능력 있는 성자에 대해 들어보기는 했지만 이 같은 기적은 없었소."

누더기는 호탕하게 웃어젖혔다. 입이 귀밑까지 달라붙었다. 그 패거리도 박장대소했다. 누더기는 잠시 숨을 고른 뒤에 이렇게 말했다.

"친구여, 나와 내 동지들은 성자도 아니며 성자라곤 만나본 적도 없소. 그냥 믿으시오. 맹세할 것도 없는 일이오. 당신을 놀라게 한 기적은 우리가 행한 것이 아니오. 믿음이 좋은 기독교인들이 행하는 기적이지. 그들의 자비심에 의지해 오전 중으로는 병에 들고, 밤이면 모든 병마를 떨쳐버리는 거요. 신자들이 그렇게 자비롭지 않다면 우리 또한 그렇게 쉽게 병이 들거나 낫거나 하지 못할 것이오."

"이거 더 헷갈리는데요. 이런 기적이 어떻게 가능하며, 또 기독교인의 자비심 때문에 가능하다니, 도대체 왜 그런지 꼭 알고 싶습니다. 제발 부탁이니 이 궁금증에서 헤어날 수 있게끔 도와주십시오."

"이 보시오, 친구여. 믿을 만해서 하는 얘기니까 비밀을 지켜야 하오. 우리는 밖으로 나돌아다닐 때처럼 장님도, 절름발이도, 곱사등이도 아니오. 우리는 가난한 거렁뱅이라오. 이야기 보따리를 풀고, 간절하게 애원하고, 눈물로 호소하고, 끈질기게 달라붙고, 그러니까 사람들을 쥐어짜서 어쨌든 뭐라도 얻어내지요. 우리는 먹고, 마시고(물은 아니다), 놀고, 아니타(이 아니타가 바로 조금 전에 아기를 품에 안고 들어온 그 통통하고 얼굴도 괜찮게 생긴 여자로서 내게 말을 하고 있는 대장인지 왕초인지의 정부였다)처럼 애첩까지 둔 놈도 있지요. 장님인 양, 반신불수인 양, 절름발이인 양, 문둥이인 양, 나름대로 병신 흉내를 내는 것뿐이오. 울고, 보채고, 애원하고, 수작을 붙이고, 길거리에서 욕질을 하거나 지랄 발광을 부리고, 하여간 가능한 모든 수를 써서 단물을 뽑아먹을 만한 사람에게 매달려 끝내 뽑아먹는 거지요. 당신이 굶어 죽지 않도록 제가 추천하는 그 위대한 사업이 바로 이 기적과 같은 일이오. 이 일을 하기 위해 바보가 될 필요는 없소. 바보란 아무짝에도 쓸모없으니까. 좋은 일에나 나쁜 일에나 말이오. 내 충고대로만 하게 되면 먹고, 마시고, 뭐든 하고 싶은 것은 다 할 수 있어요. 당신 재주에 달린 거요. 일한 만큼 버니까. 바보거나 부끄럼을 타거나 소심한 사람은 성공할 수 없어요. 여기 있는 사람들은 나 때문에 솜씨가 늘긴 했지만 자기 할 일은 다 알고 있어요. 이제 보게 될 것이오."

모두 돌아가며 자신의 경험담을 이야기하며 그날 하루 수입에 대해 얘기했다. 각자 나름대로 사람들에게 얻은 음식 찌꺼기가 담긴 냄비를 보여주었다. 대부분 돈도 몇 푼씩 섞여 있었다.

마지막으로 바로 그 아니타 차례가 되었다. 아니타는 달랑 5레알을 내보이며 이렇게 말했다.

"저 빌어먹을 애새끼가 빳빳하게 구는 바람에 종일 먹지도 못하고 돈도 조금밖에 못 벌었어요. 내일 벌충할 거예요."

나는 그 소리에 놀라 자빠졌다. 어떻게 저 연약한 아이를 거지 사업에 끌어들일 수 있는지 도무지 이해가 가지 않았다. 저 뻔뻔한 엄마, 무정한 여자가 구걸할 때, 아이의 맹렬한 울음 소리로 사람들의 마음을 움직여 자비를 베풀게 하기 위해 저 가엾은 아이를 꼬집어 뜯는다는 사실을 알고 억장이 무너져내렸다.

나는 그 인정머리 없음에 비위가 뒤틀렸지만 사업이 쉽고도 거칠 것 없다 싶어 꾹 눌러 참고 당장에 견습생으로 입문하기로 결심했다.

극히 야박한 호주머니로부터 돈을 울궈내기 위해 사용한 방법에 대해 거렁뱅이들이 나누는 대화는 아주 흥미로웠다. 장님인 척했다고 하는 놈, 모욕을 당했다고 우겼다는 놈, 얼간이 시늉을 했다는 놈, 문둥이처럼 굴었다는 놈, 모두 배고파 죽는 시늉을 했단다.

일당의 왕초인지 사부인지 내 친구가 내게 이렇게 말했다.

"보셨죠? 내가 바로 이 가난뱅이놈들 하나하나한테 살아갈 방도를 가르친 사람이오. 정말이지 내 충고를 따랐다고 후회하는 놈은 하나도 없소. 내 생활도 꾸리라고 놈들이 내게 조금씩 주지만 그걸로 만족이오. 나는 이미 은퇴했고 이제는 쉬고 싶소. 열심히 일했거든요. 당신도 하고 싶으면, 필요한 것을 구하기 위해 어떤 모양을 하면 좋을지 말해보시오. 절름발이가 되고 싶다면 목발을 드리고, 반신불수가 좋다면 가죽 깔개를 드리고, 종양 환자를 원한다면 고약과 기름 걸레를 드리죠. 꼬부랑 영감탱이가 좋다면 수염과 가발을 드리고, 바보 얼간이를 원한다면 필요한 걸 채워주겠소. 우리 패거리에 들면 뭘 원하든지 다 갖출 수 있어요. 고리짝·냄비·넝마·지팡이·목발, 필요한 건 다 가질 수 있어요. 우리와 함께 지내게 되면 구걸하는 데 어쭙잖게 굴면 안 되고, 한번 거절당했다 해서 쉽게 물러나도 안 되오. 이걸 명심해야 하오. 사람들이 항상 주님의 뜻에 따라 동냥을 주는 것은 아니오. 자기 몸 생각해서 주는 경우가 대부분이고 허풍 떠느라고 주는 경우도 있어요. 자기 몸 생각해서 주는 경우란, 싫다고 면박을 줘도 아랑곳없이 줄곧 치근거리는 사람을 떼어내기 위해 주는 것이오. 허풍 떠느라고 주는 경우란, 남들한테 잘 보이려고, 호탕하다는 소릴 듣고 싶어서 주는 것이오. 특히 여자들 앞에서 말이오. 나는 이 어엿한 일을 하느라고 평생을 보냈소. 그래서 나는 경험으로 아는 거요. 마음에 드는 아가씨를 꼬시려고 꼭 그 아가씨

앞에서가 아니면 거지에게 한 푼도 주지 않는 사람도 있어요. 그러면 아가씨들이 좋게 봐주니까 말이오. 귀찮은 증인들을 쫓아내기 위해 주는 경우도 있지요. 연인끼리 사랑의 밀어를 속삭이는데 끈질기게 달라붙는다거나 은밀한 속삭임을 방해하거나 하면 말이오. '제발'이라는 첫마디에 주눅들지 말라고 하는 말이오. 돈이 있다 싶으면 끈질기게 계속 추적하는 거요. 끝내 지쳐 뭔가 토해낼 때까지 포기하면 안 되오. 찰거머리가 되시오. 그럼 뭔가를 얻을 것이오. 혼자 다니는 사람보다는 여자를 달고 다니는 사람을 우선적으로 공략하시오. 군인·성직자·학생·누더기 차림 사람들한테는 구걸하지 마시오. 이런 사람들은 모두 고결한 빈곤에 대해 늘어놓기 일쑤요. 자기네들도 못 하면서 말이오. 마지막으로, 동지들의 본보기도 놓치지 마시오. 동지들이 당신이 해야 할 일을 가르쳐줄 것이오. 꾸미는 모양에 따라 방법이 다르니까 그 방법을 익혀야 하오."

나는 강의를 베풀어준 내 새로운 사부에게 감사를 표했다. 나는 장님이 되겠다고 했다. 장님인 양 지팡이를 짚고 더듬더듬 걷는 것이 수월해 보이기도 했고, 장님만큼 동정을 자아내는 거지를 보지 못했기 때문이기도 했다.

땟국이 절절 흐르는 지도자가 내게 물었다.

"좋습니다. 그래, 무슨 얘깃거리라도 아는 게 있소?"

"어떻게 알겠습니까? 이런 일은 처음인데."

"이런. 알아야 하오. 이야기 보따리 없는 장님이란 소득 없는 명예요, 은혜 없는 가난이요, 영혼 없는 육체니까 말이오. 그러니 좀 알아야 합니다. '공의로운 심판 이야기'나 '육체와 영혼의 이별' 같은 걸 말이오. 거짓 장님이나 진짜 장님들이 우려먹은 이야기가 많아요. 동지들을 통해 듣고 마음에 드는 것을 골라 가르쳐달라시오.

절기마다 요일마다 구걸하는 방법이 다르니 그 또한 알아야 하오. 월요일에는 신의 섭리, 성 카예타노, 연옥의 영혼을 의지해 구걸하고, 화요일에는 파도바의 성 안토니오에 의지하고, 수요일에는 보혈의 피에 의지하고, 목요일에는 성체에 의지하고, 금요일에는 성모 마리아의 고뇌에 의지하고, 토요일에는 성처녀의 순결에 의지하고, 주일에는 천국에 의지해 구걸하는 거요.

좀더 헌신적인 성자에 의지해 구걸하는 것도 소홀히 말아야 하오. 특히 그 성자의 날일 경우에는 말이오. 그러니 교회 연감을 보고 성 후안 네포무세노, 성 호세, 성 루이스 곤사가, 성녀 헤르투르디스 등의 축일이 언제인지 알아두시오. 또 절기에 따라 구걸하는 법도 알아야 하는데, 성 주간에는 주님의 수난에 의지하고, 죽은 자의 날에는 축복받은 영혼에 의지하고, 12월에는 과달루페의 우리 성모에 의지하고, 모든 절기마다 거기 해당되는 그날 기념하는 성인에 의지해 구걸해야 하는 거요. 기억이 나지 않으면 다른 동지들이 하듯, 그냥 '오늘은 축일이오니 부탁합니다' 라고 하시오. 이런 것들이 하찮아 보이겠지만 우리 사업에 없어서는 안 될 꾀라오. 시기 적절하게 구걸해야 더 많은 동정과 헌신을 꼬드기게 되고 그래서 자비로운 신자들의 돈을 우려낼 수 있는 거라오."

여기서 거렁뱅이들이 이야기 보따리를 풀어놓기 시작했다. 정말이지 황당무계한 이야기의 연속이었다. 제각기 나름대로 어거지 타령 일색이었다. 믿는 사람으로서 듣기 민망한 이야기도 있었고 시종일관 욕지거리도 있었다.

한꺼번에 떠들어대는 그 억지 소리를 듣고 있자니 정신이 없었다. 나는 속으로 생각했다. 어떻게 이런 짓거리를 아무도 막지 않는단 말인가. 이런 미친 짓거리에 재갈을 물릴 수 있는 사람이 어떻게 하나도 없는가? 둘러앉은 이놈들은 모조리 멍청이 바보들이 아닌가? 놈들은 서로 떠드는 소리에 어떻게 그렇게 쉽게 속아 넘어갈 수 있단 말인가? 그렇게나 귀가 얇단 말인가? 아니, 놈들이 떠들어대는 이런 황당무계한 허튼소리가 바보들에게 동정을 베푸는 주님의 긍휼하심에 대한 맹목적인 믿음을 심어줄 수 있다는 사실을 왜 모른단 말인가? 때로는 전능하신 주님 이상으로 성인들을 더 기리게 될 수도 있지 않겠는가? 놈들 머리 속은 온통 거짓과 유령과 기적과 기사로 가득 차 있지 않은가? 정말이지 이 모든 것에 주의를 기울여 고쳐 나가야 한다. 이야기로 구걸하는 장님들은 모두 마을 신부를 찾아가 이야기 내용을 검사받도록 해야 할 것이다. 수도나 다른 큰 도시라면 이야기 심사 담당 성직자를 찾아가야겠지. 이 심사 위원들은 기독교 교리를 설명하는 이야기 외에는 다른 어떤 것도 허용하지 않는다. 성인이나 평신도에 대한 역사적 사건, 여러 왕국이나 도시에 대한 지리적인 설명 등과 같은 것, 그러나 어떤 이야기든 잘 다듬어진 멋들어진 운문으로 된 것이어야 한다. 우리에게 '이야기책'이란 이름으로 팔아먹는 허튼 이야기는 절대 엄금.

내 생각이 고리타분해 보이겠지만 그렇게 하면 언젠가는 무식한 사람들에게 좋은 결과를 가져다 줄 것이다. 실수도 그만큼 줄어들 것이다.

혼자 이런 생각에 빠져 있는데 저녁을 먹으라고 불렀다. 배가 고팠던 터라 싫지는 않았다.

우리는 돗자리 위에 둥그렇게 둘러앉았다. 맨 갈대 바닥에 달리 깔 것도 없었다. 아니타가 상을 차렸다. 치즈를 탄 고추전골이 큰 냄비로 나왔다. 계란, 왕순대, 새끼순대도 나왔다. 충분히 튀기고 충분히 익힌 것들이었다. 세상에서 가장 까다로운 입맛이라도 그 냄새만으로 구미를 당길 만한 것이었다.

냄비가 한차례 돌고 나서 사탕수수로 빚은 소주가 가득한 커다란 호리병과 잔이 하나 나왔다. 기름과 양파와 치즈와 고추를 듬뿍 넣어 튀긴 강낭콩 요리도 나왔다. 빵을 먹는 데 필요한 것도 다 나왔다.

우리는 각자 접시를 들었다. 호리병이 원을 돌기 시작했다. 모두 흥취에 젖어들었을 때 거지 왕초가 내게 말했다.

"어이 동지, 이런 인생 어때요? 백작보다 낫지 않소?"

"왜 아니겠습니까. 너무 마음에 드는데요. 내가 철들면서부터 그렇게나 찾아 헤매던 것을 이제 찾게 되어 주님께 감사할 뿐입니다. 뭐냐하면 놀고 먹는 것이지요. 먹어야 사는 것 아닙니까. 아니면 죽었을 테니 말입니다. 매번 그랬습니다. 일은 얼마나 많았던지, 창피는 얼마나 당했던지, 못된 주인놈들한테 또 얼마나 시달렸던지, 위험은 얼마나 많았는지 모릅니다. 내게 알랑방귀 뀐 놈도 많았고, 위협을 받고 몽둥이질을 당한 적도 적지 않았죠. 그러나 지금은, 여러분, 나는 정말이지 행복합니다. 이 위대하신 거지 양반들 틈에 낀 나를 보고 어느 누가 부러워하지 않겠습니까? 일하지 않고도 여러분과 함께 잘 먹고 잘 마시니 말입니다. 옷도 있고, 놀기도 하면서 아무 위험 없이 나돌아다닐 수도 있고. 처음에는 좀 창피하기는 하겠지만, 그 창피함만 벗어던지면 안락한 생활을 즐길 수 있는 거지요. 극복할 겁니다. 나로서는 힘든 일이 아닙니다. 그 빌어먹을 것만 넘어서면 만사가 땡이지요. 나는 왕초 및 여러 친애하는 동지들에게 천번 만번 감사드립니다. 그 강력한 손길 아래로 나를 받아주시기를 간청합니다. 주님께서 인생을 허용하는 마지막 순간까지 이 거룩한 모임을 배반하지 않고 합당하게 보상할 것을 맹세합니다. 내 인생을 걸어 자유 분방한 여러분을 모실 것을 약속합니다."

내 요령부득의 장광설이 끝나자 모두가 웃음을 터뜨렸다. 모두 우정을 다짐하고 충고도 하고 재주도 전수해주었다. 다시 호리병이 한차례 돌았다. 이윽고 호리병도 바닥을 드러냈고 냄비 또한 바닥을 드러냈다.

우리는 돗자리 위에서 잤다. 돗자리란 잠을 자기에는 아주 불편한 자리다. 옷도 제대로 입지 않으면 더 그렇다. 그러나 우리는 몽롱한 술기운으로 몸을 길게 뻗고 달게 잤다.

다음날 아니타가 가장 먼저 일어났다. 아니타는 잠이 든 아이를 놔둔 채 옥수수차와 빵을 구해왔다. 우리는 아침을 먹었다.

엉성한 아침을 먹고 난 다음 모두 나름대로 치장을 하고 거리로 진출했다. 나는 머리에 더러운 넝마를 두르고, 어깨에 냄비 하나와 바구니 하나를 달고, 지팡이를 짚고, 나를 인도할 훈련된 개 한 마리와 함께 내 길로 나섰다.

처음에는 구걸하기가 조금 힘들었다. 그러나 차근차근 전투를 치르다 보니 어느새 훌륭한 장교가 되어 있었다. 보름 동안은 잘 먹고 잘 마시고도 저녁때 6, 7레알 정도 집으로 가져올 수 있었다. 그보다 많을 때도 있었다.

한동안은 내 사랑하는 형제 동지의 자비에 의지해 살았다. 나는 낮에 내 일을 멋지게 해치웠을 뿐만 아니라 밤에는 솜씨를 더욱더 빛냈다. 그때는 한 점 부끄러움을 모르게 되어 세상 아무에게라도 앵앵거리며 졸라댈 수 있었고, 안쓰러운 애걸로 녹여낼 수 있었다. 내게 돈을 주지 않고 빠져나갈 수 있는 사람은 거의 없었다.

어느 날 밤 나는 레푸히오 성상 옆에 서서 죽어가는 시늉을 하며 구걸을 하고 있었다. 그럴싸하게 꾸며 온종일 굶었노라고 외쳤다. 이미 빵빵하게 배를 채우고 술까지 몇 잔 걸친 뒤였지만. 점잖게 차려입은 사람이 내 앞을 지나갈 때 나는 몸에 밴 넋두리를 늘어놓았다. 이 사람이 걸음을 멈추고 내 이야기를 듣더니 이러는 것이었다.

"형제여, 당신을 돕고 싶지만 지금은 주머니에 가진 게 없소. 괜찮다면 같이 갑시다. 힘들지는 않을 거요."

"주님께서 복을 내리시기를. 선생님의 자상하신 마음을 받들어 같이 가겠습니다. 하지만 오래 참으셔야 할 것인데, 눈이 보이지 않으니 선생님께서 붙잡아주셔야겠습니다."

"그건 일도 아니오. 형제여, 당신을 돕고 싶소. 장님 시종을 한다고 체면이 깎이는 것은 아니니까요. 자, 갑시다."

신사는 내 손을 잡고 집으로 데려갔다. 집에 도착하자 신사는 나를 자기 방에 들이더니 식탁 맞은편에 나를 앉혔다. 아주 밝은 곳이었다.

기가 막힐 일이었다. 이 신사 양반이 누구였는가 하면, 내가 여관에 있을 때 여러 충고도 해주고 돈도 맡아주고 했던 바로 그 양반이었다. 그래도 그때 내가 장님인 양하고 있었던고로 신사는 이런 식으로 말을 꺼냈다.

"친구여, 당신이 눈으로 나를 확인하지 못하는 것이 다행이오. 눈이 멀어 구차하게 구걸이나 하고 있으니 참 안타깝군요. 당신도 동냥을 베풀 처지에 있을 수도 있었을 텐데 말입니다. 책망하는 거라고 생각지는 마시오. 당신을 돕고 싶지만 충고도 해주고 싶어요. 당신이 눈만 멀지 않았다면 내가 당신을 알아보듯 당신도 날 알아볼 것이오. 여관에서 당신 돈을 맡아줬던 바로 그 사람임을 알 수 있을 테지요. 그래요, 알아보겠지요. 오래 전 일도 아니니까. 나는 어두운 데서도 당신을 알아볼 수 있었소. 누더기를 걸치고 있긴 했지만 목소리만으로도 알 수 있었소. 자, 이 밝은 빛 속에서 나를 찬찬히 보시오. 입고 있는 옷도 예전과 같소. 목소리를 들어봐요. 이게 무슨 표시인지 알겠소? 그래도 모르겠소? 당신이 정말 육신의 눈이 멀었다고 생각할 만큼 내가 바보라고 생각지는 마시오. 그 하고 있는 꼴을 보니 당신은 영혼의 눈이 먼 거요. 당신 처지가 도둑질을 피하기 위해서는 이런 못난 일이라도 해야 할 정도로 절박할 것이라는 것은 충분히 이해가 됩니다. 그러나 친구여, 이걸 아셔야지. 이건 법에 걸리지 않는다 뿐이지 범죄 행위나 같은 거요. 나라의 피를 빨아먹는 행위며, 차마 어쩔 수 없어 봐주는 도둑질이오. 아주 형편없는 도둑질로 준엄한 심판을 받아 마땅한 짓이오. 가난하지만 올바르게 살아가는 사람들을 빨아먹는 일이잖소. 그런 겁니다. 당신이나 파렴치한 당신 동료들은 진짜 도움을 필요로 하는 사람들에게 갈 도움을 중간에서 가로채고 있는 겁니다. 나나 나와 같은 생각을 가진 사람들은 거지한테 푼 돈도 주지 않아요. 바로 당신들과 같은 사람들이 있기 때문이지요. 구걸로 살아가는 많은 사람들이 일을 해서 사회에 유익이 될 수도 있다고 우리는 생각하기 때문이지요. 하지만 대부분 일은 팽개치고 그저 생각이 잘못된 사람들의 자비에 의지해 살려고만 듭니다. 함부로 동정을 베푸는 것을 자비라고 생각하는 사람들도 잘못이지. 그게 아닙니다. 자비란 절도가 있어야 해요. 물론 동냥은 베풀어야지요. 하지만 먼저 누가, 어떻게, 언제, 왜, 어디서 동냥을 구하며 또 동냥받은 돈을 어디다 쓰는지를 알아보아야 합니다. 동냥을 구한다고 해서 모두 가난한 것은 아닙니다. 곧 죽게 생겼다고 해서 모두 꼭 그런 것도 아닙니다. 동냥질로 살아가는 사람들이 모두 꼭 동냥질로 살아가야 하는 것은 아니란 말이지요.

은혜를 베푼다고 생각하는 순간에 해를 끼치는 경우가 대부분입니다. 이러한 해악이 우리나라에 중대한 문제로 부각했다는 사실이 정말이지 문제가 아닐 수 없습니다. 진짜 가난한 사람들을 도와주어야 할 것으로 게으름뱅이 나쁜 놈들이 살아가니까요. 진짜 가난한 사람들이 사람들의 도움을 받아 마땅한데 말이오. 나만 이렇게 생각한다고 하지는 마시오. 올바른 정책을 위해 노심초사했던 현인들도 이 점에 대해 많은 글을 남겼소. 좀 들어보시오.

어떤 이는 이렇게 말합니다.

'상습적인 거지 행세는 수치심을 잊게 하고 사람을 일과 원수지게 한다. 진정한 거지는 일을 할 수 없는 사람이다. 능력 있는 사람에게 동냥질을 허용하는 것은 그 사람이나 국가로부터 노동 생산력을 빼앗는 것과 같다. 자발적인 거지로 인해 동냥이 잘못 베풀어지면 모든 덕의 총화인 자비가 변질되며, 죄인들이 보호받게 된다. 많은 사람들이 동냥질로 확실한 밥벌이를 하게 되면 사람들은 부지런히 일하지 않게 될 것이다. 사람들이 일을 하지 않으면 죄악이 늘고 정신이 황폐화되어 지극한 타락의 길로 접어들고 말 것이다(마치 당신에게 일어난 일처럼 말입니다). 공부하지 않고 일하지 않으면 사람은 무능해지고 지각이 마비된다. 균형 잡힌 정치 권력이라면 동냥질을 육성해서는 안 되며 철저한 야만으로 몰아붙여야 한다.'

멜초르 라파엘 데 마카나스 씨는 국왕 펠리페 5세에게 보낸 글에서 사람들을 죽음으로 내몬 그 유명한 질병에 대해 말하고 있어요. 우리가 주의 깊게 살펴보고 개선시켜야 할 또 다른 해악도 다루고 있죠. 전반적인 대책에 대한 일반적인 경고를 하고 있는 겁니다. 거지에 대해서는 이렇게 말합니다. '거지를 용납해서는 안 된다. 낮에는 반신불수이던 사람이 밤에는 도둑질을 할 정도로 건강해지기 때문이다. 거지는 어느 곳에서도 허용될 수 없다.' 이 말 바로 전엔 이런 말도 있습니다. '동냥질로 잘살게 되면 일을 하지 않게 된다. 쉽게 자포자기에 빠지고 급기야 죄를 저지르게 된다.'

이러한 경고는 상당히 설득력이 있지만 우리가 성경으로 알고 있는 바에 비하면 아무것도 아니오. 주님께서는 첫 사람에게 얼굴에 땀이 흘러야 식물을 먹을 것이라고 말씀하셨소. 일하는 자가 품삯을 받는 것은 당연하다고도 하셨소. 밭을 가는 소에게(이스라엘 민족이 지켜온 율법에 대한 얘기요), 밭을 갈거나 곡식을 떠는 소의 입에 망을 씌우지 말라고도 하셨소. 이걸로 보아 우리는 일하는 사람은 자신의 일로 먹고 살아야 한다는 사실을 알 수 있소. 주님을 섬기는 사람이 주님을 섬기는 일로 먹고 살아야 하듯이 말이오.

마지막으로, 사도 바울은 성도들의 자비로운 도움을 받을 만했지만 성도들에게 의지하고 않고 스스로 일을 하여 생활을 꾸려나갔소. 사도는 데살로니카인들에게 보낸 둘째 편지 3장에 이렇게 썼소. '누구에게서든지 양식을 값없이 먹지 않고 오직 수고하고 애써 주야로 일함은 너희 아무에게도 누를 끼치지 아니하려 함이니 [……] 누구든지 일하기 싫어하거든 먹지도 말게 하라.' 쿠오니암 시 쿠이스 논 불트 오페라리 넥 만두세트.

그러니 친구여, 게으름뱅이 남자나 여자가 신자들의 잘못된 자비심을 이용해먹으면서 무슨 변명을 할 수 있겠소? 도움을 받아 마땅한 사람들 것을 훔치면서 말이오.

일하고 싶어도 일거리가 없다고 한다면 내 대답하리다. 농사나, 장사나, 뱃일이나, 공장일이나 일거리가 없어 노는 사람도 물론 있겠지요. 그러나 그런 사람들은 생각만큼 많지 않아요. 거리에서 노숙하는 그 많은 떠돌이들을 생각해봅시다. 술에 취해 거리에 널브러져 있는 사람, 길모퉁이에 기대 앉은 사람, 당구장이나 술집에 처박혀 있는 사람, 남자도 있고 여자도 있어요. 그들에게 물어보면 대부분 일거리가 있다는 걸 알게 될 거요. 일거리가 없는 남자나 여자도 일을 할 수 있는 근력과 건강은 갖추고 있지요. 그건 그렇고 시내를 한번 둘러봅시다. 직공을 필요로 하는 공장도 있고 남녀 하인을 필요로 하는 집도 많아요. 누구라도 원하기만 하면 일거리를 구할 수 있단 말입니다. 따라서 이렇게 결론지을 수 있지요. 떠돌이와 범죄자(여기에는 가짜 거지들도 포함됩니다)가 넘쳐

나는 이유는 그들 말마따나 일거리가 부족해서가 아니라 그들이 빠져든 게으름에 있는 겁니다.

거지 행각을 근절시킬 수 있는 방법은 얼마든지 제시할 수 있어요. 적어도 우리나라에서 말입니다. 많은 사람들이 얘기해온 겁니다. 경제 전반에 대한 계획을 얘기할 생각은 아니오. 다만 친구로서 당신에게 개인적인 충고를 해주고 싶을 뿐이오.

자, 당신이 지금 하고 있는 그 추잡한 일을 버리고 착실하게 일할 용의가 있다면 내 변변찮지만 당신을 기꺼이 도와주겠소. 어쩌면 당신 경험이 도움이 될 수도 있을 거요. 복권으로 3천 페소까지 번 적도 있잖소."

나는 이 착한 양반이 들려주는 진실한 호소에 부끄럽기도 하고 착잡하기도 하여 눈을 번쩍 뜨고 말했다. 뭐든지 다 하겠다, 맹세할 수 있다, 그러나 어찌할 바를 모르겠다.

내 글 쓰는 솜씨를 잘 알고 있던 신사 양반은 자기 친구를 한 사람 소개시켜주겠다고 했다. 그 친구는 이제 막 틱스틀라에 판사로 임명되었는데 나를 서기로 데려가도록 하겠다는 것이었다. 나는 호의에 감사했다. 신사는 금고에서 50페소를 꺼내 내 손에 쥐어주며 이렇게 말했다.

"25페소는 내가 주는 것이고 나머지 25페소는 되돌려주는 거요. 내가 당신 앞에서 표시를 해두었던 돈이오. 이런 일이 있을 것이라고 항상 생각해왔지요. 어찌 됐든, 당신이 가난에 쫓긴다거나 어쩔 수 없는 형편에 몰려 조만간 내게 도움을 구할 것이라는 생각이 들더군요. 우연히 당신을 만나게 되어 미리 이루어졌을 뿐이오. 자, 받으시오. 그럼 어떻게 거지가 되었는지 들어봅시다. 무슨 꼬임에 빠진 것 같은데."

나는 지난 일을 미주알고주알 들려주었다. 아이를 울리고는 배고파

우는 것처럼 보이게 하여 순진한 사람들의 동정심을 사기 위해 죄 없는 자식을 꼬집어 뜯는 무정한 아니타의 독살스런 성질머리도 빼먹지 않고 얘기했다.

이 비인간적인 행실에 대해 듣는 순간 신사는 분노로 발을 굴렀다. 신사는 함께 가서 그 집을 가르쳐달라고 했다. 나에 대해서는 이름도 불지 않겠다고 다짐했다.

나는 신사의 부탁을 거절할 수 없었다. 내 자신도 동료들을 유감스럽게 생각했던 것이다. 50페소도 내 자비로운 은인의 부탁을 받아들이라고 나를 독촉했다. 그래서 나는 신사가 준 옷으로 갈아입고 낡은 망토를 걸쳤다. 우리는 집을 나와 시장의 집을 곧장 찾아갔다. 우리는 자초지종을 이야기했다. 시장은 내 은인에게 서기 한 명과 경찰 열둘을 붙여 주었다. 우리는 이 사람들을 데리고 지체 없이 가짜 거지들의 누추한 오두막으로 향했다.

나는 경찰들 틈에 숨었다. 경찰들은 가짜 거지들을 일망타진해서 줄줄이 엮어 감옥으로 끌고 갔다. 고약·기름·목발·바구니도 몰수했다. 서기는 이 모든 것을 죄인들과 함께 가져가야 한다고 했다. 범행에 사용된 증거물이니까.

거지들은 감옥에 갇혔다. 나는 은인의 집으로 돌아왔다. 판사(이 사람은 나중에 나를 서기로 받아들였다)가 여행 준비를 하는 동안 나는 내 은인을 몸종 노릇 하며 섬겼다.

거지들에 대한 재판은 신속히 간략하게 끝났다. 아니타는 자식을 산 루카스에 맡겨야 했고 나머지 거지들은 산후안 데 울루아 성채 공사에서 밥벌이를 해야 했다.

나는 50페소로 당장 급한 것을 구했다. 나는 멕시코를 떠나기 전부터 판사의 호감을 사기 위해 애를 썼다. 드디어 틱스틀라를 향해 떠나야 할 날이 되었다.

    나는 은인과 작별을 나누었다. 나는 마땅히 고마워했다. 나는 새로운 주인과 함께 길을 나섰다. 그 길에서 무슨 일을 겪었는지는 다음 장에서 읽게 될 것이다.

9. 페리키요가 판사와 겪은 사연, 판사의 성격과 그 못된 행동거지, 교구 신부의 심술, 판사의 몰락, 재판일을 맡게 된 과정, 마을에서 쫓겨나는 과정을 이야기하는 장

학생 시절 친구놈들은 내게 페리키요 사르니엔토(옴 붙은 수다쟁이)라는 몹쓸 별명을 붙여주었을 뿐만 아니라 페리코 살타도르(천방지축 수다쟁이)라는 별명으로도 불렀다. 이제 와서 이야기지만 내 운명을 정확히 내다보고 있었나 보다. 나는 시시각각으로 직업을 바꾸었을 뿐만 아니라 지옥과 천국을 수시로 드나들기도 했던 것이다.

자, 한번 봐라. 성구 담당에서 거지로, 거지에서 틱스틀라 판사의 서기로 변모하지 않았느냐. 판사는 처음 며칠 동안은 나를 잘 대해주었다. 진한 애정을 보여주기도 했다. 나는 정말이지 최고로 행복했다. 그리고 잠시 후에는 판사의 고문으로까지 격상되었다. 우리는 서로 완벽하게 죽이 맞았다.

내 주인은 인색하고 이해타산에 밝은 판사들 중의 하나였다. 내게 했던 말로 보면, 주인은 그 자리를 얻기 위해 들인 돈을 벌충할 뿐만 아니라 5년 간 판사로 있으면서 한 재산 거머쥘 생각까지 하고 있었다.

주인은 이런 확실하고 노골적인 의도로 주머니를 불리는 데 어느

것 하나 소홀히 하지 않았다. 아무리 옳지 못하고 불법적이고 금지된 것이라도 아랑곳하지 않았다. 주인은 장사꾼이기도 했다. 자기 물건도 지니고 있었다. 주인은 농부들에게 물건을 외상으로 주고 추수 때 현 시가로 현물로 갚게 했다. 주인은 빚이라면 정확하고도 무자비하게 받아냈다. 주인은 자기 돈만 받으면 그뿐 다른 채권자들의 일은 신경도 쓰지 않았다. 주인을 자기들 빚 다툼에 끌어들이기 위해서는 주인에게 돈을 안기는 수밖에 없었다.

통상적으로 음란죄를 저지르고 벌금을 물게 될 때 판사들이 거두어들이던 '은본위 제도'에 의한 지불이 금지되었음에도 불구하고, 주인은 이를 무시한 채 정탐꾼까지 두고 그들을 통해 마을 사람들의 은밀한 사생활을 꿰차고 있었다. 주인은 음란죄로 걸린 사람들한테 '은본위 제도'에 의해 벌금을 물렸을 뿐만 아니라 죄인의 능력에 따라 터무니없는 벌금을 물리게도 했다. 주인은 돈을 받고야 죄인들을 풀어주었고, 또 다시 걸리면 두 배로 벌금을 물릴 테니 조심하라고 충고까지 했다. 집으로 돌아갔다 해도 그것으로 모든 게 끝난 것이 아니었다. 주인은 죄인들을 며칠 간 조용히 놔둔 다음 다시 부지불식간에 덮쳐 더 많은 돈을 우려냈다. 불쌍한 농부들은 벌금을 무느라고 한 해 농사를 고스란히 토해냈다. 벌금 때문에 집까지 날린 사람도 있었고, 가게를 날린 사람도 있었고, 그도 저도 없는 가난뱅이는 옷까지 벗어야 했다.

주인은 이런 일에는 재주가 용한 사람이었다. 아랫사람을 쥐어짜는 데도 신통방통했다. 재판을 이끄는 일에는 영 젬병이었지만, 원수들로부터 자기 몸을 지키는 데는 귀신이었다. 주인의 원수는 차고도 넘쳤다. 그 따위로 처신했으니 당연하지 않겠는가!

이런 식이던 주인은 내 도움을 받으면서부터 더욱 대담해졌다. 이제 모든 것을 주관하게 되었던 것이다. 주인은 백성들을 빨아먹는 찰거

머리일 뿐이었다. 서명 하나로 재판을 치르고 사무를 처리하고 했다.

사실 주인은 뭐가 뭔지 잘 모르는 사람이었다. 고발장을 쓸 줄도 몰랐고, 유언장을 작성할 줄도 몰랐고, 편지에 대한 답장조차 제대로 쓸 줄 몰랐다.

나는 이때가 기회다 싶어 소송장도 만들고 중앙 정부에 보낼 답장도 만들어보았다. 주인은 내 솜씨에 대단히 탄복했다. 주인은 그날로부터 나를 자기 고문으로 삼고 전적으로 나를 신뢰하게 되었다. 그래서 나는 주인의 속임수와 사기술을 낱낱이 알게 되었다. 내 얄팍한 잔머리도 주인의 속임수에 한몫 보탰다.

우리는 수월하게 죽이 맞았다. 주인은 내가 자신의 치부를 속속들이 알고 있었기 때문에 내 속임수도 눈감아줘야 했다. 이전까지는 주인 혼자 악마였지만, 이제는 주인과 내가 쌍을 이루어 불쌍한 백성들로서는 어찌해볼 수 없는 악마짓을 저질렀던 것이다. 주인은 주인 나름대로 판을 벌였고 나 또한 내 나름대로 판을 벌였다.

우리 한 쌍의 멋진 망나니는, 하나는 권위에 편승해 있었고, 하나는 파렴치한 가면을 뒤집어쓰고 있었다. 우리는 불쌍한 원주민들을 들볶았다. 모든 사람들이 괴로워했다. 백인들은 불평을 토로했고, 가난뱅이들은 절망했고, 돈깨나 있는 사람들은 욕질을 해댔다. 사람들은 어쩔 수 없어 공공연하게 우릴 욕하지 못했지만 뒤에서는 저주를 퍼부었다.

1년이 못 되는 기간 동안 우리 두 사람이 저지른 악행을 내가 여기서 모두 털어놓는다면 여러분은 눈을 감고 귀를 막아야 할 것이다. 그만큼 잔인하고 흉포했던 것이다. 그래서 그렇게 지독하지 않은 것만 몇 가지 이야기하고 넘어가겠다. 독자들의 궁금증을 어느 정도는 풀어줘야 할 테니 말이다. 덜 지독한 악행을 보면 우리가 저지른 더 지독한 악행을 능히 짐작할 수 있을 테니까.

어느 마을에나 판사에게 잘 보이기 위해 전심전력을 다해 안달하는 못난 놈들이 있게 마련이다. 이놈들은 자기보다 강한 놈들에게 몸을 팔아 자기 욕심을 채운다.

판사는 이런 놈들 중 하나를 시켜 돈을 주고는 노름판을 벌이라고 했다. 그리고 어디서 판이 벌어지는지 알려달라고 했다. 건달놈은 돈을 받아 수단껏 사람들을 불러모아 판을 벌이며 우리에게 장소를 알려왔다. 놈의 정보를 입수한 우리는 순찰대를 조직하여 노름판을 덮쳤다. 우리는 놈들을 감옥에 처박아놓고 마음껏 돈을 우려냈다. 이런 짓거리는 수도 없었다. 그 건달놈은 우리가 원할 때마다 바람잡이 노릇을 해주었다.

우리는 원주민을 보호하기 위해 내려진 왕명을 깡그리 무시해가면서 불쌍한 원주민을 밥으로 삼아 우리 욕심을 채웠다. 우리는 원주민을 마음껏 부려먹으면서 품삯을 가로챘다.

우리는 어떠한 구실을 붙여서라도 포고문을 내리곤 했다. 우리는 포고문으로 벌금을 부과하고 위반자로부터 가차 없이 벌금을 받아냈다. 뚱딴지같이 포고문은 웬 포고문? 그 내용은 이런 것이었다. 나귀·돼지·닭은 농장 밖으로 나올 수 없다. 가게 주인은 고양이를 키워야 한다. 맨발로 미사에 참석할 수 없다. 온통 이런 식이었다.

우리 두 사람이 사이좋게 이런 짓거리를 자행했다고 했는데 사실이 그랬다. 우리 두 사람은 상부상조로 마음이 가는 대로 일을 해치웠다. 나는 고문 노릇을 했고 판사는 해결사 노릇을 했다. 사람들만 죽어날 판이었다. 그 마을에서 실력 있는 서너 사람을 빼곤 모두가 애를 먹었다.

마을 실력자들은 우리에게 걸림돌이었다. 판사도 실력자들 때문에 애깨나 먹었다. 그들은 고리대금업자와 전매 상인들이었는데 가난한 마을 사람들을 등쳐먹고 살기는 마찬가지였다. 돈 많은 상인과 지주도 있었다. 거만하기 이를 데 없었던 이놈들은 가난한 원주민들이 자기 노예이기나 한 듯 함부로 대하고 몽둥이질을 하기도 했다. 품삯을 준다는 이유로, 슬슬 피한다는 이유로, 덜 난폭한 주인을 찾아 도망갔다는 이유로.

이놈들은 판사의 용인 하에 왕 노릇을 했다. 놈들은 판사를 구워삶아 재판이나 감옥도 마음대로 주물렀다. 하고 싶다면 정말 하찮은 일로도 사람들을 감옥에 집어넣었다.

그래도 그렇게 인색하다거나 옹졸하지는 않아서 사람들이 크게 문제삼지는 않는 모양이었다.

놈들 중 두 명이 뻔뻔스럽게도 집에 정부를 두고 있었다. 놈들은 정부를 대동하고 판사 양반 집을 방문하기도 했다. 판사는 또 그런 순간을 영예롭게 여겼다. 판사는 정부 중 하나가 곧 애를 낳게 되는데 세례식에 참석해달라는 초청을 받기도 했다. 판사는 정말로 세례식에 참석했다.

우리는 이 네 망나니만은 존경했다. 나머지는 마음껏 깔아뭉개고 수단껏 볶아댔다. 죄인에게 돈이나 예쁜 여동생이나 딸이나 애인이 있으면, 저지른 죄가 무엇이건 간에 확실히 무죄로 풀려날 수 있었다. 내가 판사의 비서요 서기요 서사요 고문이요 뚜쟁이였으니까. 나는 내 마음대로 재판을 주물렀고, 죄인들은 내가 짚어주는 운명을 따라야 했던 것이다.

변호사는 내가 꾸민 대로 읊조릴 뿐이었다. 내가 꾸민 서류를 판사의 동의를 얻어 읽어주면 정리는 그대로 발표했다. 그러니 판결은 엉망진창이 될 수밖에 없었다. 변호사가 무식해서도 아니었고 판사들이 글러먹어서 그런 것도 아니었다. 단지 판사와 그 고문의 차고 넘치는 재간에 의한 것이었다.

더 몹쓸 짓거리도 있었다. 죄인들은 도저히 용서받지 못할 죄를 지어도, 보호막이 되는 돈이나 치마 두른 여자만 있으면, 소송을 제기한 사람들이 아무리 떠들어도 미리 준비한 비용만으로 자유의 몸이 되었다. 그러나 가난하거나 부인이 정절을 지키겠다고 우기고 나오면 그걸로 끝이었다. 우리는 철두철미하게 법을 적용시켰다. 그래서 그리 큰 죄가 아니라도 10여 개월은 착실히 감옥살이를 해야 했다. 그러다 보면 서류 더미에 파묻히게 되지만, 질기게 이어지는 노래 사설처럼 우리는 이 일을 끝까지 붙잡고 늘어졌다.

한편 가난한 마을 사람들을 쥐어짜는 데 있어서 신부가 우리와 경쟁을 벌이게 되었다. 이 신부의 못된 심보에 대해서는 입을 다물어야 하겠지만, 내가 마을에서 쫓겨나게 된 일과 관계가 있기 때문에 몇 가지 이야기하지 않을 수 없다.

신부는 학식이 높은 사람이었다. 교회법 박사요, 평판도 좋고 예의도 깍듯한 사람이었다. 그러나 이러한 미덕은 추잡한 이해타산과 노골적인 탐욕 앞에서는 꼬리를 내리고 말았다. 신부에게는 자비심이라고는 조금도 없었다. 자비라는 굳건한 반석이 없으면 미덕이라는 아름다운 성은 도무지 쌓을 수 없는 법이다.

우리 신부가 꼭 이 모양이었다. 신부는 설교에 있어서 열성적이었고, 직무에 있어서 정확했으며, 대화에 있어서 감미로웠고, 처신에 있어서 사근사근했으며, 집에서는 다정했고, 밖에서는 점잖았다. 이 세상에서 돈만 몰랐다면 그야말로 훌륭한 신부가 될 수 있었을 것이다. 신부는 자신의 윤리적이며 사회적인 덕성으로 사악한 재물을 발견해낸 시금석과 같은 인물이기도 했다. 신부는 자기 보수에 만족해하고 있다며 겉으로는 태연한 척했다. 사실 신부가 받는 보수는 별 볼일 없는 것이었다. 그런데 그 별 볼일 없는 보수로 자기 주머니가 강탈당하고 있다는 생각이 들자 우정도 예의도 감미로운 속삭임도 상냥한 마음도 다 팽개치고 말았다. 모든 것이 안녕이었다. 신부는 돌변했다. 이제 극도로 잔인해져서 예의도 버리고 신자들에 대한 자비심도 버렸다. 불행한 과부와 처량한 고아의 눈물도 이제 신부의 마음을 움직일 수 없게 되었다.

세상에는 온갖 별종이 다 모여 있다는 사실을 보여주기 위해, 내가 목격한 많은 사건 중에서 하나만 이야기해보고자 한다.

틱스틀라에 축제가 벌어지던 때였다. 우리 신부는 칠라파의 신부를 초대했다. 칠라파의 신부는 베니그노 프랑코 박사로 현인이요, 위선을 모르는 덕망가요, 발도 넓은 사람이었다. 이 신부가 축제를 보러 왔다. 어느 오후 두 사람의 신부는 사제관에서 카드놀이를 즐기고 있었다. 식사를 하러 갈 무렵쯤 가난뱅이 여자 하나가 품에는 젖먹이를 안고 손에는 세 살배기 아이를 달고 사무치게 울어젖히며 뛰어들었다.

눈물로 보아 진짜 슬픈 것 같았고, 걸친 누더기로 진짜 가난뱅이 같았다.

틱스틀라의 신부가 여자에게 물었다.

"자매여, 무슨 일인가?"

가난뱅이 여자는 눈물을 삼키며 대답했다.

"신부님, 어젯밤 남편이 죽었습니다. 제게 남긴 것이라곤 이 애들밖에 없습니다. 팔 것도 없고 수의를 입힐 만한 것도 없습니다. 남편 옆에 켜둘 양초조차 없습니다. 동냥질로 겨우 12레알을 모아 여기 가져왔습니다. 지금까지 저나 이 아이나 아무것도 먹지 못했습니다. 제발 부탁이오니 장례를 치러주옵소서. 실을 자아서라도 매주 2레알씩 갚아 나가겠습니다."

"자매여, 그래 남편이 어떤 사람이었지?"

"에스파냐 시민권이 있는 사람이었습니다, 신부님."

"에스파냐? 그렇다면 법령에 맞추기 위해서는 6페소가 필요해. 정가표에 나와 있는 거야. 자 읽어보게."

그러면서 정가표를 손에 쥐어주었다. 가련한 과부는 고통의 눈물을 퍼부으며 신부에게 말했다.

"아이고, 신부님! 이 종이가 무슨 소용입니까, 읽을 줄도 모르는데. 신부님께 바라는 것은 주님의 자비로 남편을 묻어달라는 것입니다."

"그래, 자매여. 이제 알겠네. 하지만 그럴 수 없어. 나도 먹고 살아야 하고 보좌 신부에게 월급도 줘야 하거든. 가서 블라스 씨나 아구스틴 씨나 돈 있는 사람을 찾아. 일을 해서 갚겠으니 돈을 돌려달라고 해. 그럼 장례를 치르도록 해줄 테니."

"신부님, 벌써 모두 찾아보았습니다만 모두 싫다고 하더군요."

"그럼 삯일이라도 해. 일을 하란 말이야."

"신부님, 애들까지 달고 있는데 누가 절 원하겠습니까?"

신부는 부아를 터뜨리며 소리쳤다.

"그렇다면 그냥 가. 맘대로 해. 날 귀찮게 하지 마. 내가 내 돈 쓰려고 신부가 된 줄 알아? 가게 주인놈도, 푸줏간 주인놈도, 어떤 놈도 외상이 안 된단 말야."

가련한 여자가 매달렸다.

"신부님, 시체가 벌써 썩기 시작했어요. 이웃 사람들이 참지 못할 거예요."

"그렇다면 먹어치워버리든지. 정확하게 7페소 반을 가져오지 않으면, 아무리 울고 짜고 해도 장례를 치러줄 수 없어. 꿈도 꾸지 마. 너희 같은 철면피에 거짓말쟁이를 누가 모를 줄 알아! 남편이 살아 있을 때는 난리 법석으로 먹고 마시고, 날이면 날마다 신발이네 속옷이네 갈아치우고 했으면서 이제 불쌍한 신부에게 값도 제대로 쳐줄 수 없다니. 썩 꺼져. 더 이상 귀찮게 굴지 마."

가련한 여자는 신부가 그렇게 냉혹하게 대하자 어리둥절 괴로운 심정으로 부끄러움에 쫓겨 나갔다. 신부의 냉혹함과 무자비함에 그 장면을 지켜본 우리 모두는 놀라 자빠졌다. 과부는 나간 지 얼마 안 되어 서둘러 돌아와 탁자 위에 7페소 반을 내려놓고 신부에게 말했다.

"돈 여기 있습니다, 신부님. 보좌 신부님을 보내 남편 장례를 치르도록 해주세요."

우리 신부는 칠라파의 신부를 대화에 끌어들이기 위해 말을 걸었다.

"신부님, 신부님은 이 일을 어떻게 보십니까? 내 교구 신자들, 정말이지 하나같이 망나니가 아닙니까? 저 여편네를 보시오. 돈이 있으면서도 없는 척한단 말이오. 내가 속아서 제 남편 장례를 공짜로 치러주겠지 하고 말이오. 나와 같이 풍부한 경험이 없는 신부라면 저 거짓 눈물에 속아 넘어가지 않았겠소?"

프랑코 신부는 자기 동료를 나무라는 듯이 눈을 내리깔고 잠자코 얼굴색만 시시때때로 붉히고 있었다. 프랑코 신부는 때때로 가련한 과부를 열심히 살폈다. 과부에게 무슨 하고 싶은 말이 있는 듯싶었다.

우리 모두는 이 장면에 주목하고 있었다. 우리는 프랑코 신부가 왜 불안해하는지 그 이유를 알 수 없었다. 틱스틀라의 신부는 여자를 잔뜩 쏘아보며 돈을 주머니에 챙겼다. 그리고 여자에게 말했다.

"좋아, 이 뻔뻔한 여자야. 남편 장례를 치러주지. 네 속임수에 대한 벌로 장례는 내일이야. 순 사기꾼 같으니라고."

가엾은 여자는 애절하게 말했다.

"저는 사기꾼이 아닙니다, 신부님. 저는 불행한 여자입니다. 돈은 방금 전에 동냥질로 얻어온 거예요."

"방금 전에? 또 거짓말이야. 그래, 누가 돈을 주던가?"

여자는 손을 잡고 있던 아이를 내치고 품에 안고 있던 아이를 한 팔로 안더니 칠라파의 신부 발치에 무릎을 꿇고 신부의 무릎을 감싸 안았다. 여자는 신부의 무릎에 머리를 기대고 통곡을 해댔다. 말도 제대로 하지 못했다. 아장아장 걸어다니던 여자의 딸래미도 엄마가 우는 것을 보고는 울음 꼭지를 터뜨렸다. 우리의 신부는 아연실색했다. 칠라파의 신부는 눈물을 떨구며 몸을 굽혀 여자를 일으켜 세우려 했다. 우리는 그 장면에 넋을 잃었다.

결국에 가서 여자는, 잠시 통곡 소리를 멈춘 후 침묵을 깨고 자기 은인에게 이렇게 말했다.

"신부님, 저로 하여금 감사의 표시로 발에 입을 맞추게 하시고 제 눈물로 발을 씻게 허락하옵소서."

여자는 우리를 둘러보면서 말을 이었다.

"그렇습니다, 여러분. 여기 계신 신부님께서는 단지 한 분의 신부님일 뿐만 아니라 하늘에서 내려오신 천사이십니다. 신부님께서는 제가 밖으로 나가자 저를 복도로 따로 부르셔서 제게 12페소를 주시면서 울먹이시며 이렇게 말씀하셨습니다. '자, 자매여, 장례비를 치르시오. 누가 도와주었는지는 말하지 마시오.' 하지만 누가 이렇게 큰 은혜를 베풀었는지 밝히지 않는다면 저는 세상에서 가장 은혜를 모르는 사람이 될 것입니다. 말씀드린 것을 용서해주십시오. 제가 이런 말씀을 드리는 이유는 모든 분들 앞에서 신부님께 감사를 드리고 싶었고, 저를 사기꾼 취급하며 마구잡이로 대한 신부님 때문에 억장이 무너져 내렸기 때문입니다."

두 사람의 신부는 동시에 얼굴을 붉혔다. 서로 쳐다보지도 못하고 안절부절못했다. 틱스틀라의 신부는 인색하다고 욕을 먹어서 그랬고, 칠라파의 신부는 은혜롭다고 칭찬을 들어서 그랬다. 보좌 신부가 재치 있게 당장 장례를 치르겠다며 여자를 끌고 나갔다. 판사는 손님들을 자리에 앉히고 노름판을 벌였다. 모두 노름에 빠져들었다.

앞에서 말했다시피 나는 이 장면을 직접 목격했다. 이 밖에도 우리 신부가 돈 상자를 채우기 위해 벌인 허튼수작을 여러 차례 목격했다. 그들 중 하나로 원주민들에게 세금을 부과하는 일도 있었다. 성 주간 동안 '성상 행렬'이라는 행렬에 원주민들이 들고 나가는 예수님의 형상에 따라 각각 세금을 부과했던 것이다. 세금을 거둬서 자선을 행하거나 교회 비용으로 쓰는 것도 아니었다. 이런 비용은 따로 거뒀다. 그저 세금이라는 명목으로 형상의 크기에 따라 돈을 거뒀다. 예를 들자면, 두 자 크기 예수님 상은 2페소, 반 자 크기는 12레알, 3분의 1짜리는 1페소, 이렇게 크기에 따라 차등을 두어 반 레알짜리까지 있었다. 나는 정가표를 눈곱까지 떼고 살펴보았지만 그 따위 세금은 찾아낼 수 없었다.

성 금요일에는 예수님의 죽음을 기리는 행렬이 있었다. 원주민들은 이 행렬에 조종이라는 작은 기념물을 들고 다녔는데 이 때문에도 상당한 돈을 뜯겼다. 신부는 매번 "주님의 영혼을 위해 기도합시다"라며 돈을 챙기면서 성 십자가 기도를 읊었다. 그러면서도 신부는 불쌍한 원주민들을 무식한 상태로, 미신에 가까운 믿음 생활을 하는 대로 그냥 방치해두었다. 원주민들의 신앙 상태는 이런 식이었다. 원주민들은 누군가의 기일이 되면 집에 제물을 잔뜩 차려놓았다. 과일·옥수수떡·옥수수차·고기 요리 등 먹을거리가 많을수록 죽은 친지들의 영혼이 행복할 것이라고 믿었던 것이다. 정말 바보 같은 원주민도 많았다. 교회에 와서 무덤 틈바구니로 먹을 것 따위를 쑤셔 넣는 사람조차 있었다. 다시 말하지만, 신부는 이런 어처구니없는 일들이 어디서부터 시작되었으며 왜 계속되는지 잘 알고 있었다. 그러나 신부는 그런 짓을 나무라지도 않았고 애써 막지도 않았다. 입을 다물고 있음으로써 미신을 부채질했고, 오히려 장려하는 것 같기도 했다. 불쌍한 원주민들이 장님으로 남아 있는 것이 유리했으니까. 원주민의 실수를 일깨워줄 수 있는 사람은 하나도 없었다. 그런 어처구니없는 일은 오로지 틱스틀라에서만 또 그 당시에만 있었다면 좋으련만, 오늘날에도 틱스틀라 같은 곳이 쌔고쌨다는 사실이 정말이지 안타깝다. 주님께서 여러 신부님들의 열심과 자비와 능력을 이용하셔서 이 나라 방방곡곡에서 이 따위 바보짓을 깨끗이 씻어주시기를!

우리 판사가 지독한 욕심쟁이였던 것에 비해 신부도 그에 못지않아 둘 사이에는 불화가 끊이지 않았다. 두 사람은 항상 서로 죽이겠다고 으르렁거리며 다녔다. 생선 뼈 하나를 놓고 두 마리 고양이가 사이좋게 지낼 수는 없는 노릇이니까. 두 사람은 앞을 다투어 일을 벌여 나가며 나름대로 사람들을 쥐어짰다. 그러다 보니 하는 일마다 다투게 되었고, 불평과 입씨름이 생겼다. 예를 들자면, 신부는 음란죄를 범하고 풀려난 사람들을 주제넘게 쫓아다니며 어떻게 해서든 결혼을 시켜 돈을 뜯어내려 했다. 판사는 판사대로 벌금을 받으려 했다. 신부가 사람들을 잡으면 세속 판사가 이의를 제기했다. 신부는 다시 항소했다. 그래서 드디어 재판정에서 한판 대결이 벌어지게 되었다.

신부와 판사가 어떤 형식으로 다투든 죽어나는 사람은 가난뱅이들이었다. 가난뱅이들은 정기적으로 억울한 누명을 쓰고 감옥에 갇히고 주머니를 털렸다. 불쌍한 원주민은 두 사람 장사꾼의 주머니를 채워주는 확실한 밥이었다.

돈으로 유전 무죄를 주장할 수 있었던 안하무인 격인 네 명의 졸부를 제외하고 아무도 신부나 판사에 맞설 수 없었다. 멕시코에 가서 이 두 사람의 악행을 고발한 사람도 있기는 했다. 그러나 고발은 간단하게 기각되었다. 그 두 망나니의 편을 들어 고발 내용을 뒤집는 증인들이 항상 대기하고 있었으니까. 오히려 고발을 한 사람들이 무고죄를 뒤집어

썼다.

그러나 죄가 벌을 받지 않고 오래갈 수는 없는 법. 드디어 지도자급 원주민들이 추장과 함께 수도를 찾아갔다. 판사들의 학정에 시달릴 대로 시달린 원주민들은 일단 신부를 제쳐두고 판사를 정식으로 고소했다. 최고 법정에 판사에 대한 소름 끼치는 내용의 고발장을 제출했던 것이다. 고발장에는 다음과 같은 죄목이 열거되어 있었다.

판사는 장사를 하며 자기 가게도 지니고 있다.

마을 젊은이들에게 강제로 외상 거래를 하게 하고 현물가 종자로 빚을 갚게 했다.

품삯을 마음대로 정해 마을 젊은이들을 부려먹었으며, 반론을 제기하거나 일을 하지 않으면 매질을 하고 감옥에 가두었다.

공공연히 음란죄를 범한 죄인도 벌금만 물 수 있다면 몇 번이라도 풀어주었다.

살인 죄인을 5백 페소를 받고 석방시켰다.

제삼자를 시켜 노름판을 벌이게 하고 급습하여 돈을 뜯어냈다.

원주민을 자기 집에 데려다가 품삯도 주지 않고 부려먹었다.

원주민 여자들을 부려먹었다. 주번이라는 구실로 매주 세 명의 원주민 여자를 부려먹었으나 품삯은 일절 주지 않았다. 추장의 딸도 이 봉사에서 제외될 수 없었다.

원주민에게 에스파냐 사람과 동등한 세금을 물리게 했다.

장이 서는 날이면 귀한 물품을 싹쓸이하여 자기 가게에 쟁여놓고 이후에 값을 올려 가난한 사람에게 팔았다.

마지막으로, 국세를 장사에 유용했다.

이러한 내용이 고발장에 쓰어진 혐의였다. 고발장의 결론은 이랬다. 해명을 위해 판사를 수도로 소환하라. 특무 위원을 선발하여 특무 경찰과 함께 틱스틀라로 파견하여 사실 여부를 확인하라. 고발 내용이 사실로 드러나면 관직을 박탈하고, 마을 청년들에게 입힌 손해를 보상하도록 명령하라.

최고 법정은 원주민들의 요구 사항을 받아들였다. 특무 위원이 파견되었다.

이런 폭풍이 멕시코에 휘몰아치는 동안 우리는 아무것도 모르고 있었다. 원주민들이 마을을 빠져나갔다는 사실은 알고 있었지만 그런 일이 벌어지리라고는 짐작조차 못 했다. 원주민들은 성상을 주문하러 간다고 둘러댔던 것이다. 어느 오후 판사가 청사 복도에서 음료수를 마시고 있을 때 특무 위원이 작성한 통고장이 주인에게 날아들었다. 지금 이 순간부터 직무를 중단한다. 대리인을 지명하라. 3일 내로 마을을 떠난다. 일주일 내로 수도에 도착하여 고발 내용에 대해 해명해야 한다.

주인은 통고장을 받고 얼어붙었다. 서둘러 떠나는 수밖에 달리 도리가 없었다. 주인은 나를 대리인으로 지명했다.

나는 나 홀로 전권을 확보하게 되자 내 마음대로 권력을 휘두르기 시작했다. 나는 우선 몸을 팔아 살아가던 예쁜 아가씨를 마을에서 추방했다. 소문이 그랬다는 것이다. 하지만 진짜 이유는 내가 법으로 지켜주겠다고 그렇게 꼬셨건만 내 청을 들어주지 않았기 때문이었다. 또 3백 페소의 뇌물을 받고 어느 가난뱅이에게 죄를 뒤집어씌웠다. 이 사람의 죄는 예쁘지만 바람기 있는 마누라를 뒀다는 것이었다. 나는 손을 써서 남편을 감옥으로 보냈고, 마누라는 연인과 함께 한껏 놀아났다.

나는 이런 죄를 뒤집어씌울 만하다 싶으면 아무에게나 공갈을 쳐댔다. 내 수완을 알고 있던 사람들은 마누라와 헤어지는 것이 겁나 내가 요구하는 대로 벌금을 물었고, 이내 다시 물릴까 싶어 선물도 주고 했다.

나는 정식 서류는 보류시켰고, 유언장은 뒤집어엎었고, 차용증이나 담보물 같은 합법적 수단을 도용하는 등 이런저런 악행을 계속 저질러 나갔다.

나는 대리 판사로 있던 한 달 동안 주인보다 더 심하게 굴었고, 그래서 마을 사람 모두로부터 원망을 듣게 되었다.

나는 내 욕심을 한껏 채우기 위해 청사에서 대놓고 노름판을 벌였다. 내가 돈을 잃은 밤이면, 밤 12시 노름꾼들이 각자 집으로 돌아간 다음, 나는 다른 곳에서 즐기는 노름꾼들을 찾아 순찰을 돌았다. 길거리에서 노름을 하다 내게 걸린 놈들은 모조리 감옥에 갇혔다. 나는 놈들에게 벌금을 물려 내가 잃은 돈 전부 또는 대부분을 벌충했다.

어느 날 밤 일이 벌어지고 말았다. 나는 수중에 돈이 한 푼도 없어 공금 상자를 열었다. 그리고 상자 속에 있던 돈을 몽땅 잃었다. 게다가 조심성 없이 일을 처리하는 바람에 사람들이 신부와 지사에게 이 사실을 알리고 말았다. 신부와 지사에게도 그 돈에 대한 책임이 있었던 터라, 신부와 지사는 내가 별수없이 걸렸다 싶었는지, 마을 유지들뿐만 아니라 특무 위원으로 증언을 받아 고발장을 만들어 수도로 달려갔다. 어찌나 비밀스럽게 일을 처리했던지 나는 냄새조차 맡을 수 없었다.

신부가 지사를 꼬드겨, 증언을 수렴하고 고발장을 만들어 멕시코에 보낸 장본인이었다. 앞에서 말했듯이 신부가 바로 내 패망을 주도한 주인공이었던 것이다. 마을 사람들을 사랑해서도, 시기심이 날 만큼 자비심이 강해서도 아니었다. 공금의 대부분을 교회를 짓는다는 명목으로 신부 자신이 차지할 것으로 예상하고 있었기 때문이었다. 신부는 원주민들에게 교회를 짓겠다고 했고, 원주민들은 그 말을 곧이곧대로 믿었던 모양이었다. 신부는 내 짓거리로 인하여 돈이 날아갔다 싶자 들고일어나 나를 망치려들었고 끝내 성공했다.

엎친 데 덮친 격으로, 판사는 원주민들과 마을 사람들이 고발한 혐의에서 빠져나갈 구멍이 없게 되자 다른 바보 멍청이에게 죄를 뒤집어 씌웠다. 판사는 이렇게 변명했다. 그런 일이 죄가 될 줄은 꿈에도 몰랐다. 자기는 무식한 놈이다. 자기는 판사일을 한 적도 없고 아무것도 모른다. 나를 고문으로 채용했을 뿐이다. 그 모든 악행은 모조리 내가 일러준 것이다. 그러니 책임은 내게 있다. 자기는 나를 전적으로 믿은 죄밖에 없다.

능숙한 변호사에 의해 꾸려진 항의서는 최고 법정 전원 심리에서 받아들여졌다. 그렇다고 판사를 무죄로 보는 것은 아니었지만 적어도 죄를 경감시켜주기는 했다. 최고 법정 판사들은 어처구니없게도 나에게 대부분의 책임을 돌렸다. 공교롭게도 이런 판결이 내려진 그 순간에 신부의 고발장이 날아들었다. 판사들은 신부의 고발장을 보고 판사의 짓거리를 무색하게 만드는 내 악행을 알게 되었다.

그렇게 되자 판사들은 주인을 노리던 그 법을 내게 엄격하게 적용시켰다(나라도 그렇게 했을 것이다). 주인을 바보 멍청이, 판사로서의 부적격자로 판단하여 죄를 대부분 용서해주고 관직에서 해임시켰다. 보증인들로 하여금 국고를 상환하도록 했고, 판사에게 재산이 생길 경우 보증인들이 그 입은 손해를 보상받을 수 있는 권리를 위임했다. 그 당장 판사에게 지불 능력이 없었으니까. 그리고 7명의 군인을 틱스틀라로 파견하여 나를 멕시코로 압송하도록 했다. 족쇄를 채워 바늘방석에 앉힌 채로.

나는 무슨 일이 벌어질지 도무지 몰랐다. 군인들이 들이닥친 오후에 나는 신부와 특무 위원과 함께 1레알짜리 카드놀이를 즐기고 있었다. 나는 어영부영 빠져나간 돈을 벌충할 생각밖에 없었다. 패가 기가 막히게 들어와 잔뜩 기를 세우는 찰나 군인들이 거실로 밀어닥쳤다. 군바리들이란 예의를 모르는 족속인지라 인사도 없이 대뜸 누가 대리 판사냐고 물었다. 군인들은 내가 대리 판사임을 알고 체포하겠다고 통고했다. 군인들은 내가 손 놀릴 틈도 주지 않고 나를 탁자에서 일으켜 세우더니, 신부에게 종이 한 장을 건네고 나를 감옥으로 끌고 갔다.

그 서류에는 최고 법정에서 발한 특명이 담겨 있었다. 서류 수령인은 마을의 책임자가 되어야 했다. 나는 감방에 갇혔다. 죄수들은 신이 나서 나를 놀려댔다. 놈들은 잠시 잠깐 사이에 한 달 동안 내게 당한 것에 대해 보복을 가해왔다.

다음날 일찍 아침도 굶긴 채 군인들은 내게 족쇄를 채우고 바늘방석에 앉혀 멕시코로 압송했다. 나는 법원 감옥에 갇혔다.

누추한 감방에 들어갈 때, 내가 처음으로 감옥에 가는 영광을 누렸을 때 다른 죄수들이 내게 뒤집어씌운 오줌 벼락이며, 감방 왕초의 험악했던 대우며, 친구 안토니오 씨며, 새끼독수리며 온갖 불운이 머리에 떠올랐다. 나는 내 자신을 위로했다. 다시는 그런 일은 없을 것이다. 주머니에 돈도 6페소나 있다. 찬파이나는 이미 죽었다. 그놈 손에 걸릴 위험은 없다.

그러나 6페소도 이내 바닥이 나고 말았다. 나는 빈털터리면, 특히 감옥에서라면 어쩔 수 없이 겪게 되는 새로운 경험을 피할 도리가 없었다.

그 동안 내 재판은 신속하게 진행되었다. 나는 변명할 여지가 없었다. 나는 이실직고했다. 최고 법정은 내게 마닐라 의용군으로 8년 간 복무하라는 판결을 내렸다. 당시 마닐라 의용군은 멕시코에 주둔하고 있었다.

드디어 나는 감옥에서 나왔다. 그리고 징병소를 거쳐 군부대에 끌려갔다.

나는 신병 옷을 껴입었다. 어느새 군인이 된 것이다. 이런 급전직하로 인하여 나는 법이라는 것을 더욱더 두려워하게 되었다. 내 하는 꼴로 봐서는 법이야말로 최선의 것이었다.

나는 빼도 박도 못하게 되었다 싶자 운명에 따르기로 했다. 나는 내 운명이나 군 생활이 지극히 만족스럽다고 떠벌리고 다녔다.

나는 착실히 적응했다. 4년 동안 군대라는 것을 완전히 파악했다. 점호·사열·보초, 어떤 노역이라도 어김이 없었다. 깨끗하고 산뜻한 모습을 보이려고 애썼다. 대령의 호감을 이끌어내기 위해 최선을 다했다. 나는 대령의 수호 성자 기일에 어디서 시를 하나 베껴 내가 쓴 것처럼 꾸며 대령에게 보냈다. 대령은 내 글씨와 재주에 탄복하여 나를 모든 작업에서 열외시켜주며 자기 당번병으로 임명했다.

그제야 나는 만족했다. 나는 군대에서 오만 가지 것을 보고 배웠다. 어떤 것인지는 다음 장에서 알게 될 것이다.

10. 페리키요가 대령 부관으로 있으면서 누린 행운, 대령의 인간성, 마닐라로의 출항 및 기타 재미있는 일들을 이야기하는 장

사람들은 이성적으로 자신을 단속하지 못할 때면 처벌을 당할지도 모른다는 생각으로라도 자신을 단속해야 한다. 그 당시 내가 그랬다. 나는 전우들 몇몇이 당하는 처벌을 나도 받게 될까 두려워 있는 힘을 다해 착실하게 굴려고 노력했다. 그래, 적어도 그렇게 보이려고 했다. 그래서 군율에 따른 모진 꼴은 당하지 않을 수 있었다. 나는 눈속임과 감언이설로 대령의 호감을 샀다. 앞에서 말한 바와 같이 대령은 나를 사택으로 데려가 자기 따까리로 삼았다.

군대 내에서 나를 보호해줄 사람이 하나도 없었을 때 나는 상관들의 호감을 사기 위해 무진 애를 썼다. 이제 적절한 눈속임으로 대령의 호감을 샀다고 해서 더 못 할 이유도 없지 않는가? 쉽게 짐작이 갈 것이다.

나는 대령을 위해 내가 할 수 있는 일이라면 뭐든지 다 했다. 집안 심부름을 신속 정확하게 해치웠다. 면도도 해주고 원하는 모양대로 이발도 해주었다. 나는 우두머리 하인으로서 생활비를 정확하고 효과적이고 경제적으로 관리했다. 그에 대한 보상으로 나는 밥도 얻어먹었고 대

령이 쓰다 남긴 잡동사니도 물려받았다. 잡동사니라 해도 상당히 좋은 것으로 장교들에게 준다고 해도 황감해했을 것이다. 때때로 돈도 생겼다. 작업에서 전적으로 열외된 것도 무시할 것은 아니었지만, 마음대로 나돌아다니며 대령으로부터 칭찬을 듣는다는 점이 진짜 내 마음에 쏙 들었다. 어쨌든 처음 시작은 훌륭했다. 나는 돈을 챙기기보다는 정을 확보하는 데 주력했다. 드디어 나는 대령을 아버지처럼 사랑하며 존경하게 되었고, 대령은 아버지의 사랑으로 내 애정에 응답하기에 이르렀다.

그만큼 나를 사랑했던 탓인지, 아니면 내가 비서직도 겸하고 있었던 탓인지, 나는 거의 매일 대령과 겸상으로 밥을 먹었다. 또 그만큼 나를 믿었다는 것인지, 회의가 있을 때도 나를 불러들였다. 그래서 나는 대체적으로 사병은 물론이고 장교들조차 제대로 모르는 비밀 사항까지 알게 되었다.

대령의 성격은 신중하고 자상하고 빈틈이 없었다. 나이는 한 50이나 됐을까 하는 정도였다. 공부도 많이 한 사람이었다. 대령은 훌륭한 군인이었을 뿐만 아니라 대단한 법률가이기도 했다. 그래서인지 날이면 날마다 다른 부대의 고급 장교들이 대령의 사택을 뻔질나게 찾아왔다. 장교들은 대령에게 뭔가를 의논하기도 하고 이야기를 나누기도 하고 재미를 보기도 했다. 내가 들은 바로는, 적어도 내가 느낀 바로는, 다음과 같은 것들이 의논거리들이었다.

어느 날 간부 두 명이 사택을 찾았다. 상사 한 명과 대위 한 명이었다. 의례적인 인사가 오간 후에 상사가 입을 열었다.

"대령님, 어쩌다 보니 대위님과 함께 찾아뵙게 되었습니다. 대위님과 저는 대령님의 조언이 필요합니다. 이왕 번거로울 바에야 한꺼번에 끝내자고 같이 왔습니다."

"할 수만 있다면야 기꺼이 도와주지. 그래, 무슨 일인지 말해보게."

"거두절미하고 말씀드리겠습니다. 사병 하나가 정당방위로 민간인을 하나 죽여 군법 회의가 곧 열리게 됐습니다. 죽은 사람과 자기 부인에 대한 질투로 죽였다고 합니다. 사실 현행범으로 놈을 체포한 것은 아닙니다. 죽은 사람이 여자와 은밀하게 놀아났다는 혐의 내지 흔적이 분명해서 유죄를 선고할 수 없게 되었습니다. 하지만 저는 이 사건의 검찰관으로서 놈에 대한 변호 내용을 그 어느 것 하나 용납할 수 없습니다. 오히려 놈의 죄를 물어 사형을 언도해야 합니다. 변호인은 놈을 살리기 위해 유리한 예외 규정을 수도 없이 들고 나올 것입니다. 제가 검찰관으로 할 논고가 무시당할 것이 분명하지 않습니까. 그래서 변호인이 제 논고를 우습게 보지 않게 하려면 무슨 죄목으로 고소를 해야 할지 조언을 듣고자 이렇게 찾아뵌 것입니다."

"이 경우라면 해줄 말이 많지. 첫째, 이 사건은 간통으로 인한 살인이오. 간통이란 이런 의미지. 비올라티오 알테리우스 토리(이웃의 침상을 욕보이는 짓). 부인은 남편이 편히 쉴 침상이니까.

우리 법에는 간부들을 벌하는 많은 조항이 있소. 옛 소송법이지만 3권 4장 3항에 이렇게 나와 있소. 간부들은 남편의 처분에 맡긴다. 남편은 임의로 간부를 처벌할 수 있다. 다른 법도 마찬가지요. 한 가지 추가된 사항이 있다면, 남편은 하나만 죽이면서 하나는 살려둘 수 없다 하는 정도지. 법 7부 17장 15항에는 간통을 저지른 여자는 결혼 보증금과 지참금을 포기하고 감금된다. 법령 8권 20장 5항, 남편이 간부들을 임의로 죽이면 부인의 재산에 대한 권리를 잃는다. 이 법은 남편들이 함부로 날뛰는 것을 막기 위한 것이오. 옛 소송법 3권 4장 4항과 7부 17장 13항에서 남편들이 간부들을 죽여도 좋다고 했던 것을 개정한 것이지.

법이란 것이 있어도 시대가 깨임에 따라 형벌은 수정되었소. 남편이 임의로 처리하도록 간부들을 남편에게 넘겨준 적도 있었다는 사실은 처음 듣는 얘기일 거요. 대체적으로 남편들은 용서받지요. 간부들을 죽인 것에 불과하니까. 이렇게 얘기할 수도 있을 거요. 상황에 따라 교수형보다는 추방시킬 수도 있다고. 어쩔 수 없는 상황이었다면 완전히 자유롭게 풀어주는 것이 정당할 수도 있지요. 부인에게 아무 잘못도 하지 않았는데 범행 현장을 목격한 것으로 확인이 되면 말이오. 간부들에 대해서는, 베르니 박사가 『형법 실천』에서 제시한 것처럼, 대체적으로 여자는 수도원에 감금시키고 공범 남자는 추방시키지요. 중간 계층 사람이라면 말이오. 일반 평민일 경우는 여자는 감옥에 가두고 남자는 변방 감옥으로 쫓아내지요. 이것도 고소가 받아들여져 판결이 나야 해요. 고소는 간통을 저지른 여자의 남편이나 부친, 형제나 삼촌 정도가 가능한 일이지 아무나 하는 것도 아니지요. 여자는 체면을 다칠까 봐 남편을 간통으로 고발도 할 수 없어요. 법령 7부 17장 1항에 나와 있는 것처럼 말이오. 그러나 오늘날 법정은 여자 쪽의 고소를 받아들여 적절한 조치를 취하지요.

간통죄를 범한 어느 한쪽만을 걸어 고소할 수는 없소. 두 사람 모두 고소해야 하는 거지.

방금 전에 인용한 베르니 박사는 자기의 책 8쪽에서 적절하게 지적하고 있소. 간통이란 증인이 있는 자리에서 벌어지는 일이 아니므로 심증에 의해 죄를 물을 수 있다. 그러나 심증은 확실하여 범죄를 확인할 수 있는 것이어야 한다. 확실치 않을 경우 혐의자는 즉각 석방된다. 간통을 확실히 보증하는 심증은 다음과 같다. 한 집에 사는 사람일지라도, 확실히 믿을 만한 증인이 아무개 아무개가 같은 침대에, 혹은 은밀한 구석에, 혹은 아무도 없는 곳에서 단둘이, 혹은 둘이 방에 숨어서, 혹은 옷을 벗고, 혹은 입맞춤을 하고, 혹은 껴안고 있는 것을 목격했다고 증언하는 경우이다. 그러나 이 증언 내용에 대해 여러 각도로 해석해보아야 한다.

간통을 저지른 여자에게 유리한 예외 규정이란 이런 것이오. 첫째 남편이 간통으로 인해 부인과 다투고 더 이상 부인과 같이 살려고 하지 않을 때, 둘째 남편이 판사 앞에서 부인의 행위나 그 따위 일에 신경 쓰지 않기 때문에 고소하지 않겠다고 선언했을 때, 셋째 남편이 자기 부인이 간통을 저지른 사실을 알고도 부인을 침상으로 맞아들였을 때, 넷째 남편이 부인의 간통을 알고도 묵인했을 때(이 경우에 남편은 부인을 고소하는 원고의 입장이 아니라 매매춘 알선 혐의로 피고가 되지요), 다섯째 여자가 강간을 당했을 때, 여섯째 여자가 속임을 당하여 자기 남편이겠거니 하여 간통이 이루어졌을 때, 일곱째 남편이 믿음과 기독교 신앙을 저버리고 회교나 유대교 기타 이교로 개종했을 때(이 경우 간통을 저지른 여자는 남편의 고소로부터 자유로울 수 있지. 법령 7부 17장 7항과 8항, 4부 9장 6,7,8항에 의해 보호받을 수 있지요) 등이오.

귀관이 보다시피, 간략히 말하자면 간통이란 이런 것이오. 그 벌이 어떤 것인지, 누가 간통죄로 고소를 할 수 있는지, 여자에게 유리한 예외 규정이 무엇인지, 확실한 심증이란 무엇인지 알 수 있을 거요. 귀관이 재판을 맡았다 하니 이걸 참고하면 어떻게 고소를 해야 할지 판단할 수 있겠지."

"심증은 확고부동합니다. 죽은 남자가 사병 마누라와 함께 있는 것을 목격한 증인이 있을 뿐만 아니라 사병이 죽은 남자에게 자기 집을 드나들지 말라고 경고까지 했다고 합니다. 그랬는데도 집 안으로 기어들었다는 겁니다. 사병이 군에 있겠거니 하고 그 마누라와 단둘이 있다 발각되어 당한 겁니다. 사병놈은 질투심에 불타 탈영했습니다. 그리고 자기 집에 빗장이 걸려 있자 부수고 들어갔답니다. 바로 이 점 때문에 제 고소가 필연적으로 약하게 되지 않을까 싶습니다."

"귀관은 어찌하여 피고가 죽어야 한다고 우기는 거지? 그럴 필요도 없는데."

"아닙니다, 대령님. 죽기를 바라는 것이 아닙니다. 검찰관으로서 변명을 일소하고, 예외 규정을 무시하고, 죄를 확정해야 하기 때문입니다. 이것이 제 의무입니다."

"상사, 귀관은 잘못 생각하고 있는 거요. 피고에게 죄를 씌우는 것이 귀관의 임무는 아니오. 검찰관도 법의 수호자일 뿐이오. 임무를 다하기 위해서라고 해서 고소를 당한 사람을 모두 범인으로 몰아서는 안 될 일이지."

"그렇다면, 제가 대령님과 같은 얼굴 표정으로 군사 재판정에 나가 적당한 형을 선고하라고 요구하는 것이 제 임무를 다하는 것이겠습니다. 그저 군법상 탈영에 해당되는 죄만 물어달라고 말입니다."

"귀관이 바로 그렇게 해야 한다고 생각하오. 탈영에 대한 죄목도 상황이 고려되어야 할 거요. 질투심에 불타다 보니 그렇게 된 게지, 그렇지 않았다면 탈영도 하지 않았을 거요. 그러니 변호인은 이렇게 변호하겠지. 탈영죄는 다른 경우에서라면 태형을 가하거나 사형까지 시킬 수 있지만, 정황으로 보아 우발적으로 일어난 일이기 때문에, 또한 벌은 범의의 정도에 따라 가중될 수도 경감될 수도 있는고로, 군법 회의는 틀림없이 군법에 규정된 것보다 가벼운 벌을 내릴 것을 기대한다. 국왕 알폰소 폐하께서 친위대에 관한 군법에서 말씀하신 내용을 고려해야 할 것이다. '사람의 마음을 자극하는 충동은 제어할 수 없다.'"

"이제 안심했습니다. 검찰관의 임무가 피고를 정죄하는 것이 아니요, 어거지로 죄인을 만드는 것도 아니요, 오로지 법을 수호하는 것임을 자상하게 일깨워주신 것에 대해 감사드립니다. 대령님께서는 검찰관보다는 변호인에게 훨씬 더 잘해주실 수 있을 것 같습니다."

이제 대위가 나섰다.

"이제 알게 되겠지요. 저는 고의로 한 남자를 살해한 사병의 변호를 맡고 있습니다. 어떻게 해야 무죄를 받아낼 수 있을지 모르겠습니다. 무죄를 이끌어내는 것이 정확히 제 임무인데 말입니다."

대령이 대답했다.

"귀관도 잘못 생각하고 있소. 귀관 의뢰인이 살인범이니까 그러는 모양인데, 고의성이 밝혀졌으면 변호를 해봐야 소용이 없을 거요. 변호란 항상 양심에 따라 해야 하는 거요. 하나님께서, 「창세기」 9장에서 '무릇 사람의 피를 흘리면 사람이 그 피를 흘릴 것이니'라고 말씀하시지 않았소. 정당방위가 아니고, 부지중에 우연히 살인을 저지른 경우도 아니고, 간통이나 뭐 그 비슷한 명예 훼손에 대한 정당한 보복이 아니고, 고의에 의한 살인이나 위에 든 예외에 포함되지 않는 살인은 명백한 거요. 국법에 따라 사형에 처해져야 하는 거지. 고의로 사람을 해친 자는 하나님께서 만들어주신 도피성에도 들어갈 수 없소. 귀관 자신이 고의적인 살인이라고 하는 마당에 그런 자를 변호해서 무슨 결과를 볼 것 같소."

"그렇습니다. 그러나 변호에 써먹을 수 있는 강력한 예외가 있습니다. 대령님께서는 말씀 안 하셨지만. 저는 적어도 사형을 피할 수 있을 것으로 믿습니다. 저야 무죄 석방을 위해 변호하는 것이지만, 군 복무를 처음부터 다시 시작하라는 판결만 받아도 만족할 겁니다. 저는 꼭 그렇게 만들고자 합니다. 그래서 대령님을 찾아뵌 겁니다."

"그래, 그 강력하다는 예외가 대체 뭐요?"

대령의 질문에 대위는 만취한 상태에서의 살인이었다고 대답했다.

대령은 껄껄 웃으면서 말했다.

"술에 취했다면 미친 것과 진배없지. 귀관은 성공하겠구려. 취했다고! 술에 취해! 키케로가 변호하겠다고 나서도 놈은 골로 가야 마땅해."

"왜 그렇습니까? 범의의 정도에 따라 벌이 가중될 수도 경감될 수도 있다고 대령님께서 말씀하시지 않았습니까. 그 원칙에 따르자면 이렇습니다. 제 의뢰인이 살인을 저지를 당시 만취 상태였다는 사실이 입증되었다. 이로 보아 살인은 고의가 아니었다. 따라서 사형은 면할 수 있다."

"얼른 생각하기에 그렇게 보일 수도 있지. 법은 선고에 앞서 먼저 판단을 해야 하겠지. 우연히 술에 취한 것인지 아니면 다른 의도가 있었는지, 상습적인 술꾼인지 아닌지를 말이오. 첫번째 경우, 이성을 잃고 죄를 저질렀다면 벌을 경감시켜줘야 하며 상황에 따라 무죄가 될 수도 있소. 두번째 경우에는 말짱한 정신으로 죄를 저지른 것이기 때문에 처벌받아야 마땅하오. 만취 상태라도 전혀 인정할 수 없는 거지. 그렇다고 벌을 가중시킬 수는 없을 거요. 피타코가 제정한 법을 다시 살려 편파적으로 적용시킬 수는 없을 테니까 말이오. 피타코는 음주 상태에서 저지른 죄를 이중으로 처벌했지요. 범죄에 대해 처벌했을 뿐만 아니라 음주에 대해서도 처벌했단 말이지.

여기서 아리스토텔레스의 말을 인용해보는 것이 좋을 듯싶소. 귀관들도 익히 알고 있는 내용일 거요. 이교도 정객은 이렇게 말했소.

'무지에 의해 죄를 저지르거나, 고의가 아닌 상태에서 죄를 저지르면 정죄되지 않는다. 그러나 죄를 범한 당사자가 무지를 이용해 고의로 죄를 범한 경우라면 정죄되어 처벌받아야 한다. 이러한 범죄는 술꾼들에게서 자주 발견된다. 술꾼들은 술에 취해 행악을 벌이고 피해를 입힌다. 이는 당사자들이 고의로 무지를 유발했다고 볼 수 있다. 취할 정도로 마시지 않을 수도 있었을 테니까.'"

변호인이라는 대위가 말했다.

"그렇다면 야단났습니다. 제 의뢰인이 살인을 저지를 당시 만취 상태였다고 증언한 사람들이 놈이 습관적으로 술을 마신다고 하니까 말입니다. 이런 식이라면 예외도 별무소용일 것 같습니다."

"소용없지. 술에 취해 죄를 범한 사람은 어떠한 경우라도 벌을 받아야 마땅하다고 본인은 생각하오. 사람이란 어떠한 경우라도 이성을 잃어서는 안 되는 노릇이니까. 곰곰이 따져보면, 술에 취해 죄를 범했다고 해서 용서해주고 하다 보면 이 사회 전체를 간접적으로 은밀하게 파괴하는 꼴이 될 것이오. 사람들은 술에 취하면 불평 불만을 늘어놓게 되지요. 그러다 보면 누군가의 명예를 손상시키는 일까지 생기게 된단 말이지. 두 가지 이유에서 그래요. 첫째, 술에 취하면 입이 가벼워져. 경험으로 아는 바인데, 혀 꼬부라진 소리로 억지 소리 않는 사람이 하나 없어요. 둘째, 같은 이유로 주정꾼 상대하는 사람도 하나 없지.

범죄 행위에 다른 정황이 끼어들면 여지없지. 범인이 고의적으로 범죄를 저질렀음을 확실히 보여주는 그런 정황 말이오. 살인 사건 같은 경우. 가해자는 무장을 하고 화풀이를 할 대상을 찾아 나서지. 이건 복수다 하고, 정신이 말짱한 사람이나 할 수 있는 것처럼 강하고 정확하게 치명타를 날리는 거지. 술에 취했다고 해서 다른 사람의 생명을 앗아가는 놈들을 나는 결코 용서하지 않을 것이오. 술고래들이 잃는 것은 바로 수치심이라는 거지. 조금만 마시고도 아주 취한 척하는 놈들이 있어요. 이런 식으로 꾸며 오만 가지 죄를 저지르고도 마땅히 받아야 할 벌을 피해 가는 거지. 이런 놈들은 도저히 용서할 수 없어요. 진짜 정신이 헤까닥했다 해도 말이오. 조금도 용서할 수 없어요. 정신이 없었다 해도 저들 잘못이지. 그래서 앞서 말했다시피 이중으로 벌을 받아도 싼 거지.

술 주정이 일시적인 미친 짓이라는 것은 사실이오. 하지만 세네카

말처럼 의도적인 미친 짓이오. 그러니 살인에 대한 책임을 물어야지. 주정꾼이 스스로 목매달아 죽어도 죄를 물어야 하오. 제가 좋아서 마신 술이니까.

어쨌든 내 생각으로는 오로지 한 가지 경우에서만 술꾼이 용서받을 수 있을 것 같소. 죄를 범하거나 다른 사람에게 해를 끼칠 상태가 아닐 경우지요. 어떤 경우가 이런 경우일까? 넘어져 혼수 상태에 빠진 경우겠지. 그러니까 움직일 수도, 들을 수도, 사람을 알아볼 수도, 말을 할 수도, 아무리 해도 자리에서 일어날 수 없는 상태에 있을 경우, 말을 해도 혀가 굳어 무슨 말인지 못 알아들을 때 정도일까. 앞뒤가 맞지 않는다 싶을지 모르지만, 내 평생 생각하는 모양이 이렇소. 술 취한 놈이 말도 하고, 걸어다니기도 하고, 사람도 알아보고, 성깔을 부리며 위험에서 쏙 빠져나갈 궁리까지 하면서, 흔히 얘기하듯이 정신을 잃을 정도로 취했다고 한다면 그건 거짓부렁이지. 적당하게 골라가며 정신을 잃은 척하는 것이지만, 알고 보면 말짱한 정신으로 계획에 따라 신중하게 처신하고 있단 말이거든. 적어도 나는 술꾼이 지붕에서 몸을 던지는 꼴은 보지 못했소. 칼 손잡이까지 박아가며 사람을 죽이는 꼴을 보지도 못했고, 상대가 헷갈려 애꿎은 놈을 죽이는 꼴도, 그 비슷한 것도 보지 못했소. 사실 말이지 놈들은 미친놈들이오. 그러나 아무리 미쳤다 해도 불을 삼키는 놈은 없어요. 마지막으로 말하지. 나는 재판관 역할을 할 때, 술꾼의 의도가 분명했는지 아닌지, 놈들의 연이은 행동이 계획적인 것이었는지 무계획적인 것이었는지, 범죄를 저지른 전후 사정이 어떠했는지, 범행을 저지르기 위해 발을 놀렸는지, 받아야 할 벌이 무서워 범행 후 달아나기 위해 또 발을 놀렸는지를 판단하기 위해 나름대로의 기준을 마련했어요. 나는 판단을 내리는 데 있어서 동정을 베푼 적이 결단코 없소. 생각을 단속하기보다는 발을 단속하기가 쉬운 법이니까. 여기까지 얘기했으니 귀관은 귀관 의뢰인에게 무슨 특별한 점이 없나 알 수 있을 거요. 귀관 생각대로 변호하시오. 하나님이나 법이 명하는 바에 따라 변호할진대 그 못난 놈을 변호하기는 틀린 일이지 싶소."

"훌륭한 변호인라면 자기 의뢰인이 무슨 죄를 저질렀건 간에 마땅히 받을 형벌로부터 의뢰인을 풀어줘야 하지 않습니까? 임무 수행을 위해 수단 방법을 가리지 않고 무죄 석방을 위해 노력해야 하지 않습니까?"

"그게 아니오, 대위. 변호인의 임무는 범죄에 대해 합당한 판결이 내려졌는지를 살피는 거요. 피고를 고소하는 증거가 얼마나 유력한 것인지를 살피고, 증인들과 증인들이 고소하는 방법을 철저히 검토하고, 증인들이 사실을 말하는지를 따지고, 사건이 벌어진 시간·장소·방법·인물·원인·종류에 있어 증인들의 증언이 일치하는지를 살피고, 한편으로는 뇌물을 먹고 입을 맞춘 것은 아닌지 조사해보는 일이오. 선고 내용에 상위점이나 거짓은 없는지도 살펴야지. 변호인은 의무적으로 의뢰인을 위해 의뢰인에게 유리한 예외 규정이라면 뭐든지 주장해야 하기 때문에, 예외 규정에 의해 변호함으로 해서 재판을 무효화시킬 수는 없는지도 연구해보아야 하지요. 그렇다고는 해도, 증인을 매수한다거나, 위조 문건을 제출한다거나, 검사를 부당하게 비난한다거나, 이 비슷한 일을 꾸민다거나 하는, 은밀하고 불법적인 방법을 이용하는 것은 안 되오. 그건 정의와 윤리에 도전하는 행위요."

이때 상사가 대위에게 말을 걸었다.

"그렇다면 대위님, 우리가 의논차 대령님을 찾아뵙지 않았다면 우리 둘 다 낭패를 당하고 말았겠습니다. 대위님은 죄인을 살리려들었을 것이고, 저는 죄 없는, 적어도 제가 생각했던 만큼 죄가 크지 않은 놈을 정죄하겠다고 대들었을 테니 말입니다."

변호인이 말을 받았다.

"그러니 어느 한쪽 말만 들으면 안 된다는 거지요. 인간사 속속들이 헤아려야 하고, 나라의 안녕도 생각해야지요. 우리들처럼 좋은 의견이라면 겸허하게 받아들이고 말입니다. 대령님, 시기 적절하게 일깨워 주셔서 정말 감사합니다."

검찰관도 말했다.

"제게 해당되는 충고에 저도 역시 감사드리는 바입니다."

여기서 화제가 바뀌었다. 잠시 대수롭지 않은 대화가 이어진 후 손님들은 떠났다.

나는 이런 상담을 몇 차례 목격했다. 나는 지식욕을 강하게 느끼기 시작했다. 나는 그 지혜로운 대령의 언변과 잘 갖춰진 책에 힘입어 조금씩 깨우쳐 나가기 시작했다. 책은 비록 많지는 않지만 정선된 것으로 단순한 집 안 장식용이 아니라 대령의 지식을 대변하는 것이었다. 거의 언제나 대령의 손에는 책이 들려 있었다. 대령은 자주 내게 이렇게 말했다.

"이보게, 학문은 군인에게 별스런 것이 아니네. 사람은 무슨 일을 하건 사람일 뿐이야. 사람은 지식과 공부로 이성을 살찌워야 하는 거야. 복무 규정이나 군법에만 신경 쓰는 간부들을 몇 명 아는데, 이 친구들은 공부나 독서는 전혀 모를 뿐만 아니라 다른 책이라면 거들떠보지도 않아, 마치 무시하는 것 같단 말이야. 생각이 틀려먹었어. 군인이란 모름지기 자기 직업에 대해서만 알면 되지 다른 것은 알 필요가 없다고 생각한단 말이야. 사아베드라가 『기획 6』에서 쓴 내용을 모른단 말이지. '다른 직업에 대한 정보가 없는 직업인은 무식한 사람과 같다.' 내가 본 바로, 이 친구들은 박식한 사람들과 대화나 나눌라치면 돌부처처럼 입을 꼭 다물고 있을 수밖에 없는 거야. 흔히 하는 말로, 꿰다 놓은 보릿자루처럼 입도 뻥긋 못 하는 거지. 이 친구들은 눈치 빠르게 대화에 끼어들기는 해도 배운 바가 없으니 곧 밀려나고 만단 말이지. 입을 벌리는 순간 온갖 무식이 튀어나오니 그럴 수밖에. 무식하다는 소리를 들어도 싼 친구들이야.

페드로, 자네도 언젠가는 장교가 될 테니 책을 읽어 지식을 키우도록 해. 자신이 없는 일은 무시해버려.

만물 박사가 되라는 얘기는 아냐. 공부한다고 의무를 게을리하라는 얘기도 아니고. 책을 무시하지 말고, 군인이란 대화를 나누다 엉뚱한 소리를 해도 용서받을 수 있다는 생각도 하지 마. 군인이 엉뚱한 소리를 해서 남들이 알게 되면, 사람들은 군인을 바보나 잘난 척하는 놈으로 보게 된단 말이야. 무식한 놈은 자기 조상들까지 욕을 먹이게 된단 말이야.

그런 반면, 유식한 군인은 어딜 가나 대접을 받아요. 현명한 사람들 속에 끼게 된단 말이지. 우아하게 처신하여 조상들 면목도 세우고. 족보를 들고 다니면서 확인시키지 않아도 되는 거지.

다시 말하지만, 학문은 군인에게 별스런 것이 아냐. 학문이 군인에게 미덕이요 구원이 된 적은 과거에도 많았고, 지금도 그래. 나폴리의 왕이었던 돈 알론소는 '학문과 군대 중 어느 것에 더 의지하셨습니까?'라는 질문에 '나는 책을 통해 군과 군의 권리에 대해 배웠다'라고 대답했지. 학문에 정통한 군인들이 많아요. 이 사람들은 군에 헌신하는 만큼 학문에도 힘써. 또한 이 사람들은 그들이 검술에 능한 만큼 필설에도 능했음을 보여주는 영원불멸의 작품도 많이 남겼지. 프란시스코 산토스 같은 인물들, 헤라르도 로보스 같은 인물들, 에르시야 같은 인물들, 아주 많아요.

자네가 어떻게 처신해야 할지 한번 생각해보세. 자네는 신중해야 하네. 깔끔하게 차려입어야 하지만 여자들처럼 입으면 안 돼. 대범해야 하지만 헤프면 안 돼. 전장에서는 용맹스러워야 하지만 사람들과 사귈 때는 재기 발랄해야지. 말은 절제하고 행동은 모범을 보여야지. 못난 놈들을 본받지 말고, 그저 예쁜 아도니스의 자식으로 보이기보다는 용감한 마르스의 친구처럼 보이도록 해야지. 호들갑을 피우거나 허세를 부려도 안 돼. 사람들이 군인은 으레 그런다고 잘못 생각하고 있지만, 거친 말을 입에 담아서도 안 되고 거칠게 굴어서도 안 돼. 군인답다는 것은 이런 것이 아냐. 못 배우고 뻔뻔하다는 소리만 들을 뿐이야. 장교는 신사야. 신사라면 어떠한 경우라도 신중하고, 자상하고, 예의 바르고, 조신해야지. 왕이 장교를 임명하는 이유는 도전적이고, 무모하고, 믿음도 없고, 욕심만 부리는 그런 망나니들을 키우기 위해서가 아니라, 명예를 소중히 여기는 사람들의 지휘 하에 우리 기독교, 왕위, 국가의 안녕과 평화를 확고히 지키기 위해서야. 이걸 명심해.

아까 얘기한, 이중의 벌을 받아 마땅한 사병을 생각해봐. 만일 장교였다면 사중으로 벌을 받아야 할 거야. 사병은 근본도 모르고, 배운 바도 없고, 평범한 재능조차 없는 평민이기 때문에 잘못을 저질러도 어느 정도는 봐줄 수도 있지. 그 반면에, 가문도 좋고, 교육도 받았고, 재능도 있다는 장교의 잘못은 더 큰 죄를 물어야 할 거야. 뻔히 알면서 잘못을 범한 것이니까. 장교라면 일반 사병보다 죄를 범하지 않기 위해 두 배는 노력을 했어야지.

마지막으로 한 가지만 더. 자네도 그렇게 될 경우, 그러니까 장교가 된 뒤 운이 나빠 잘못을 저지르는 경우도 없지는 않겠지. 내 충고하는데, 자네 가문을 자랑하지 말며, 이미 흙으로 돌아간 훌륭한 조상들의 이름을 공공연히 거론하지 말 것이야. 그렇게 으스대봤자 점잖은 사람들 눈에는 가증스럽게 보일 뿐이니까. 자네 조상들이 훌륭했으면 훌륭했을수록 자네가 더욱 꼴사납게 될 테니까 말일세. 자네 스스로 못난 꼴을 드러내게 되는 거야. 훌륭한 부모 밑에서 흉악한 자식 나왔다고 스스로 떠벌리는 격이지. 좋은 부모를 만나는 것은 이 세상에 흔치 않은 일이므로 고마워해야 할 일이야."

대령이 곧잘 들려준 충고는 바로 이런 것이었다. 대령은 내 상관이요, 내 주인이요, 내 아버지요, 내 친구요, 내 은혜로운 사부님이었다. 사람좋은 대령은 내게 이 모든 역할을 해주었던 것이다.

그렇지만 내 덕이라는 것이 원래 근본이 없는 것이었던지라, 이 덕이라는 것이 그저 내 악을 교묘히 감추고 있는 것이었던지라, 나는 대령 몰래 시시때때로 잘못을 저지르는 것을 그만두지 못했다. 나는 친구들을 찾아다녔다. 당시 친구들은 모두 군바리들이었다. 사귀고 싶어도 민간인은 볼 수 없었던 것이다. 때로는 막사로 찾아갔고, 때로는 식당으로 찾아갔다. 전우들이 나를 주점이나 사창굴로 데려가기도 했다. 나는 연달아 노름을 즐기기도 했고, 색시들을 꼬시기도 했다. 나는 이런 단순 무식한 정거장을 줄기차게 전전했지만, 대령이 집에 있을 때면 집에 틀어박혀 책을 읽는다, 예복을 손질한다, 군화에 광을 낸다, 입에 발린 아부를 한다 하며 수선을 피웠다.

사병들과 줄곧 사귀다 보니 놈들의 행실이 몸에 배고 말았다. 입이 거칠어졌고, 뻔뻔스러워졌고 버릇이 없어졌으며, 무모해졌고, 아주 천박하게 되었다. 때로 대령이 보여준 모범과 건전한 가르침이 떠오르기도 했다. 그러나 남들이 다 하는 짓거리를 어떻게 그만둘 수 있었겠는가? 놈들 앞에서 대령의 충고에 따른다고 망나니짓 하기를 꺼려하고 육두문자 쓰기를 망설였다면 놈들이 나를 어떻게 생각했겠는가? 내 입을 통해 하나님·양심·죽음·영원, 하나님의 상급과 징벌이라는 말을 듣는다면 놈들은 나를 얼마나 한심한 놈으로 봤겠는가? 말로 설득을 한다거나 좋은 본보기를 보이면서 내가 조심성 없이 놈들을 훈계하려들었다면 놈들은 나를 얼마나 놀려댔겠는가? 틀림없이 지독하게 놀려댔을 것이다. 그래서 나는 그 좋은 친구들의 반감을 사지 않기 위해 놈들이 무슨 잘못을 저질러도 함께했다. 놈들을 좋은 친구라고 하는 이유는 놈들은 결코 나를 얼간이, 고문관, 호박씨 까는 놈이라고 부르지 않았기 때문이다. 사실 비위에 거슬리는 일도 있었지만 나는 망나니 중에 망나니로 두각을 나타내기 위해 애썼다. 하나님에 대한 것이거나 사람에 대한 것이거나 존경심이라는 것은 깡그리 짓밟았다. 그 대신에 나는 놈들의 선망의 대상이 될 수 있었고, 수단꾼·왈패·날쌘돌이·싸움꾼이라는 감미롭고 명예로운 별명을 얻어듣게 되었다. 친구놈들이 내 영광을 위해 붙여준 별명은 그외에도 많았다. 내가 유일하게 연구한 것이라고는 대령에게 내 망나니짓을 들키지 않을 방법에 대한 것이었다. 들키게 되면 마땅히 벌을 받아야 할 것이며, 내 경험으로 보아 더 이상 좋을 수 없는 기회를 잃을 게 뻔했으니까.

사병들과 이야기를 나누다 보면 하사관들이 도마에 올라 떠들썩한 입질을 당하는 경우가 종종 있었다. 잔인한 놈 소리를 듣는 하사관도 있었고 도둑놈 소리를 듣는 하사관도 있었다. 도둑놈 하사관들은 자기들 돈으로 옷가지나 군화를 헐값으로 사서는 사병들에게 비싼 값으로 넘긴다고 했다. 어쨌든 하사관들은 수도 없이 입질을 당했다. 나는 하사관에 대한 일들이 중상모략이거나 괜한 허풍일 거라고 생각했다. 그래도 놈들에게 따질 수는 없었다. 나는 하사관들을 충분히 알 수 있을 만큼 그 밑에 있어본 적이 없어 시시콜콜 따지고 들 형편이 아니었던 것이다.

그렇게 몇 달이 흘렀다. 드디어 우리가 아카풀코를 향해 출발해야 할 날이 왔다. 우리는 마닐라로 파병될 신병들을 이끌고 아카풀코를 향해 출발했다.

도중에 사고는 없었다. 우리는 왕들의 도시, 항구 요새 아카풀코와 산디에고에 기분좋게 도착했다. 그 귀하다는 타마린드 열매도, 그 도시 자체도 놀라울 게 없었다. 건물들은 형편없으며, 기후도 지랄 같았고, 상황도 최악의 상태였다. 내가 보아온 원주민 마을보다 못한 것 같았다. 이런저런 이유로 씁쓸한 기분이었던 반면에, 생전 처음으로 바다와 성채와 선박을 구경할 수 있었다는 것은 기쁘기 그지없는 일이었다. 나는 배라면 모조리 산디에고 만에 정박해 있던 산 페르난도 푼타아레나스 같을 거라고 생각했다. 거기다 그 지역의 피부색이 가무잡잡한 아가씨들을 보는 것도 큰 즐거움이었다. 아가씨들은 순 멕시코내기가 보기에는 좀 무뚝뚝해 보일지 모르지만 사근사근하고 나긋나긋하기 그지없었다.

내 입은 신선한 물고기로 호강을 누렸다. 맛있는 물고기가 무진장이었다. 나는 맛있으면서도 값싼 물고기로 지랄 같은 기후 때문에 뒤틀린 심사와 친구가 없어 외로웠던 심정을 다독일 수 있었다. 그 도시에는 놀거리도 없었고 배를 타야 할 일도 걱정이라 심사가 꼬였다. 배를 타야 할 일이 정말이지 난감했다. 생전 배라고는 타본 적이 없는 놈이 성질머리 사나운 바람과 지조라는 것을 모르는 바다에 몸을 맡겨야 한다는 사실이 진짜 난감한 일이었다. 억울한 생각이 끊이지 않았다.

마침내 돛을 올려야 하는 날이 왔다. 우리는 어거지로나마 선장에게 몸을 맡길 수밖에 없어 배에 올랐다. 닻이 올려지고 밧줄이 끊어졌다. 부두에 남아 있던 친구들과 구경꾼들이 외치는 "잘 갔다 와" 하는 소리와 함께 우리는 강 어귀를 벗어나 망망한 대해로 방향을 잡았다.

첫날부터 하늘은 즐거운 항해를 보장하는 것 같았다. 항구를 조금 벗어나면서부터 부드러운 바람이 일어 완전히 펼쳐진 돛을 가득히 부풀렸다. 우리는 매끄럽게 나아갔다. 더 이상 매끄러울 수는 없을 것 같았다. 항해 네 시간 만에 맨눈으로도, 망원경으로도 남부 지방에서 가장 높은 봉우리, 바다에서 가장 먼저 눈에 들어오는 땅인 '코유카의 젖꼭지'마저 볼 수 없었다.

조금 서글퍼졌다. 앞으로 가야 할 길이 멀고 험함을 알고 있었던 것이다. 끊임없이 멀미가 났고, 구역질이 멈추지 않았고, 머리가 지끈거렸다. 항해라고는 첫 경험이었으니까. 괴로움도 끝이 있는 법, 곧 나는 즐거운 여행을 계속했다.

11. 페리키요가 어느 이기주의자의 정나미 떨어지는 언동, 배가 좌초되면서 빚어진 이기주의자의 불행한 결말, 이 일에 대한 대령의 충고, 흥겨운 마닐라 입항에 대해 이야기하는 장

어느 정도 항해에 익숙해지자 나는 갑판으로 올라가보았다. 이미 육지는 시야에서 사라졌다. 하늘과 바다와 우리가 타고 있는 배만 있을 뿐이었다. 여전히 두렵기만 했다. 나를 둘러싸고 있는 온갖 위험을 떠올리자 더욱 겁이 났다. 사나운 폭풍이 몰아치지 않을까, 바람이 불지 않거나 좌초라도 하게 되면 굶어 죽을지도 모른다는 생각이 퍼뜩 머리에 떠올랐다. 배는 암초에 걸려 산산이 부서질 것이다. 우리는 총알 구멍으로 튀어나가 암수 불문하고 상어떼의 밥이 될 것이다. 해적을 만날지도 모르고, 무시무시한 선상 폭동이 벌어질지도 모른다. 불을 소홀히 다룰 수도 있다는 생각이 들자 내 눈앞에서 배가 불타올랐다. 배에 칠한 역청은 녹아내리고, 모든 것이 활활 타오르는 불길 속에서 사라져갔다. 아무리 물을 퍼부어도 소용없었다. 불길은 태풍과 화염의 여신에 경의를 표하고, 우리 모두는 하나님의 입김에 의해 날려가 최후 심판의 날에나 불려와 심판을 받아야 할 것이다.

나는 처음 며칠 동안은 이런 방정맞은 생각과 으스스한 두려움을

떨쳐버릴 수 없었다. 그러나 한 달이 지나도록 사고는 전혀 일어나지 않았다. 나는 조금씩 두려움을 떨어낼 수 있었다. 흔히 하는 말로, 나는 두려움에 맞서 싸웠고, 이겼고, 그래서 항해를 즐기는 단계까지 이를 수 있었다. 달이 뜨는 밤이면, 물결 위에 비추는 달빛은 마치 거울인 양 물결을 희롱하고, 수평선 너머 층층이 쌓인 저녁노을은 우리로 하여금 감탄을 자아내게 했다. 배의 꽁무니 쪽에서 불어오는 바람은 우리 가는 길을 가볍게 해주었고, 그런 바람이 부는 때는 북쪽에서 불어오는 폭풍 걱정을 하지 않아도 좋았다. 그런 때는 뱃사람들도 잠시 일손을 놓을 수 있었다. 아름다운 밤을 만끽하기 위해 갑판으로 올라온 상인들, 장교들, 고급 승객들이 나누는 대화를 훔쳐 듣는 것도 우리 모두의 기쁨이었다. 반주에 맞춰 흥겹게 노래도 불렀다. 항해 기간 동안 보아온 고즈넉한 자연 경관에 우리 모두는 감탄했다.

지금도 기억한다. 상인들 중 한 사람이 내게 말을 걸어오더니 나와 친구로 지내자고 했다. 상인은 마닐라에서 대령의 도움을 필요로 했는데, 내가 대령의 귀염을 받고 있음을 눈치 챈 모양이었다. 나는 상인에게 내가 거쳐온 인생 역정을 별 생각 없이 거짓말을 조금 보태 모두 이야기해주었다.

상인은 내 이야기를 덤덤히 들었다. 그 꼴이 내 속을 뒤집었다. 나는 천성이 그런 놈인지 아니면 부러 그러는 척하는 것인지 확인해보기 위해 이렇게 말해보았다.

"우리 죽을 수밖에 없는 인생들은 참으로 불행하다고 할 수 있지요. 우리는 태어나면서부터 얼마나 많은 악한 것들에 둘러싸여 살며, 또 얼마나 많은 손해를 봐야 합니까! 이건 한 사람 한 사람의 문제가 아니라 자자손손 이어지는 일이지요!"

상인은 발끈해가지고 이렇게 말했다.

"그래서 어쨌단 말입니까? 손해라도 보셨소?"

"내가 손해를 봤다는 얘기가 아니라, 내 가까운 이웃이 손해를 보는 것이 안타깝다는 겁니다. 나는 내 이웃을 내 형제, 아니 내 몸의 일부라고 생각한단 말입니다."

"오호, 그래요! 당신도 세상에 널린 쓸데없는 걱정꾼 중의 하나로군. 알겠어. 당신은 배운 것 없고 별 볼일 없는 군바리야."

이런 소리를 듣고 있자니 짜증이 났다. 그래서 나는 말했다.

"내가 당신 생각처럼 그렇게 멍텅구리가 아닐 수도 있지요. 군바리들이면 모조리 별 볼일 없는 출신에다가 배운 바 없는 무지렁이가 아니라는 사실을 보여줄 수도 있어요. 말해보시오, 왜 나를 쓸데없는 걱정꾼으로 보는 거요? 내가 이웃이 당하는 고통이 내 형제, 내 몸의 일부가 당하는 고통인 양 아파한다고 해서요?"

"그렇소이다. 그렇게 믿는다는 것이 쓸데없이 걱정한다는 것이니까. 우리 자신이 우리 형제인 거지. 다른 사람들 일에 참견하지 않고 우리 자신 일만 돌보기도 바쁜 세상에, 친구라고 이용해먹을 수 없는 놈 사귀어 무슨 이득이겠소."

"말인즉슨 우리에게 이익이 되거나 언젠가는 이익이 될 싹수가 보이는 사람과만 사귀어야 하겠네?"

"에누리 없이 꼭 그래야 하지. 여기 딱 들어맞는 속담이 있어요. '얻어낼 것 없는 친구, 날이 무딘 칼, 없어도 본전.' 속담이 작은 복음서라는 말 당신도 들었겠지."

"속담이라고 다 그런 건 아니지요. 무시해도 좋을 엉터리 헛소리도 많아요. 당신이 인용한 속담도 거기 포함되는 거요. 우정밖에 줄 게 없다 해도 아주 유익한 친구도 많은 거요. 충고도 해주고 모르면 가르쳐주기도 하니까. 이런 친구를 잃는다는 것은 그 가치를 아는 사람에게는 가슴 아픈 일이지요."

"말이 좋아 충고·우정·가르침이지, 돈이 아니거나 값어치가 없는 것은 모조리 애들이나 좋아하는 노리갯감일 뿐이오. 뭐 하나 쓸 만한 구석이 있나. 나로 말하자면 그 따위 친구는 딱 질색이오. 나는 그런 친구라면 찾지도 않을 거요. 돈 없는 친구라면 있다가 없어도 아쉬울 거 없지."

"그렇다면 당신한테는 돈 되는 친구밖에 없겠구먼?"

"돈 없는 놈은 내 우정을 받을 가치도 없지. 돈 있는 친구들의 불행은 내게도 영향을 미치니까 안타까운 거고, 돈 없는 놈들이야 자기 등 가려우면 자기 손톱으로 긁어야지."

나는 그 입에 담기 거북한 말을 듣고는 정나미가 떨어져 화제를 바꾸어 몇 마디 더 나누고는 자리를 빠져나왔다.

다음날 나는 대령의 머리를 빗겨주면서 전날 상인과 나눈 이야기를 들려주었다. 그러자 대령이 이렇게 말했다.

"그토록 냉혹한 상인을 만났다고 해서 놀랄 것 없다, 페드로. 상인의 탐욕과 이해타산에 신경 쓰지 마라. 그 친구와 같이 생각하고 처신하는 치들은 세상에 널렸다. 지독한 욕심쟁이지. 욕심이 큰 만큼 배짱도 좋고, 잔인하면서도 알랑방귀도 잘 뀐다. 세상이 자기들만을 위해 돌아간다고 생각하는 치들이 대개 그렇게 뻐딱하게 굴지. 그 친구, 이기주의자일 뿐만 아니라, 복이 없으려니 미웁하기도 한 모양이구나. 자기 못난 본색을 뽐내며 고스란히 드러내니 말이다. 그래서 자네가 황당해했던 모양이지. 그 따위 못난 짓은 세상에 널렸다는 사실을 알아야지. 백 사람을 꼽는다면 그 중 이기주의자가 아닌 사람이 한 사람이라도 있을까 싶구나.

자네도 알겠지, 이기주의자란 물색없이 자기 자신만을 생각하는 사람이라는 것을. 자기 만족을 위해서라면, 자기 욕심을 채우기 위해서라면 가장 신성한 것이라도 함부로 짓밟아버리는 치들이 바로 이기주의자들이다. 이로 보건대 이기주의란 무서운 죄악일 뿐만 아니라 가장 혐오스러운 죄악이기도 하지. 우리 죽을 수밖에 없는 인생들에게 매일 일어나는 수많은 불행의 원인이 되기 때문에 무서운 거고, 이 세상에서 벌어지는 모든 범죄의 뿌리가 되기 때문에 혐오스러운 거지. 사람은 먼저 이기주의자가 돼야 죄도 저지를 수 있으니까. 모두 자기 사랑에 빠져 자기만족을 노리기 때문에 죄를 범하게 돼. 모두 이기주의자이기 때문에 죄를 범한다 해도 좋을 거야. 남보다 더 심한 이기주의자는 남보다 더 큰 죄를 범하겠지. 이건 불문가지의 진실이야. 자네도 이 세상에 이기주의자가 아닌 사람이 극히 희귀하다는 사실은 알고 있겠지. 이기주의자라고 다 같은 것은 아니야. 참아줄 만한 이기주의자도 있고 도저히 참을 수 없는 이기주의자도 있어. 내 설명해주마. 사람들은 대부분, 아니 거의 전부가 물색없이 자신을 사랑하지. 선한 일을 하고 악한 일은 하지 않는 것도 다 자기 이익을 위해서 그러는 거야. 그럴듯한 명분을 붙이기는 하겠지만 파고들어가 보면 굴뚝 같은 욕심뿐이지. 이러한 종류의 이기주의자들은 때로 사회에 해를 끼치기도 하지만, 대부분 사회에 도움이 안 되는 작자들이야. 이런 작자들도 다른 사람들과의 관계를 생각하지 않을 도리가 없으니 때로는 도와주겠다고 나서기도 하지. 그것도 자기들을 은혜롭다고 생각해달라고 공연한 허세를 부리는 것에 불과하지만. 이런 작자들이 바로 참아줄 만한 이기주의자들이야.

다른 부류의 이기주의자들은 저마다 세상을 주름잡아보겠다고 나서는 작자들이지. 자기를 사랑하는 정도가 심히 몰지각하여 욕심을 채우기 위해 가장 신성한 것도 발로 차버리는 작자들이야. 이 작자들에겐 율법도 소용없고, 혈연이나 지연에 의해 아무리 가까운 사이라 해도 전혀 먹히지 않는다. 자기 일이 아니면 어느 것 하나 거들떠보지 않지. 남들이 무슨 고통을 당해도 눈 하나 깜짝 않는다. 심성이 썩은 데다 거만하고, 이해타산에 밝고, 질투심이 강하고, 잔인하기까지 하지. 아까 그 상인 친구가 바로 이런 부류에 드는 이기주의자지. 그 친구 말에 자네가 놀란 것도 당연한 일이지. 그런 사고방식에 질리기도 했을 테니 그 작자한테 물들지 않도록 조심해라. 자기 사랑에 빠지다 보면 스스로 보기에 자기 결점은 아무것도 아닌 것 같고, 오히려 장점으로 보일 수도 있으니 말이다. 모두 이기주의를 경멸하기는 하지. 그러나 이기주의가 세상에 만연해 있는데도 어느 누구 하나 스스로를 이기주의자로 인정하지는 않는다. 자네가 이기주의자가 아닌 것을 확인해보기 위해서는, 자네가 이웃에 대해 마음을 쓰고 있는지, 형제의 일을 위해 내 일을 잠시 접어둘 수 있는지를 알아보면 될 거야. 이 기준에 합당하다 싶으면 나는 이기주의자가 아니다 하며 마음 편하게 살 수 있겠지."

내 마음씨 좋은 사부는 항상 이런 식으로 나를 가르쳤다. 사부는 이건 가르쳐야겠다 싶으면 기회를 놓치지 않았다. 그러나 불행하게도 당시 사부는 거친 땅에 씨를 뿌리고 있었다. 그렇지만 내가 망나니짓을 접고 난 후에는 사부의 가르침이 큰 도움이 되었다.

나는 산은 험하고 바다는 잔잔하다는 생각에 맘 편하게 항해를 계속했다. 그런데 사고가 일어나는 바람에 이 태평스런 오해에서 깨어날 수 있었다. 능란한 뱃사람도 어쩔 수 없었던 사고가 발생했던 것이다.

어느 날 밤 일등 항해사가 몸이 불편해 이등 항해사에게 나침반을 지키고 있으라고 했다. 이등 항해사도 방향타를 잡는 일에 있어서는 선수였지만 치명적인 실수를 범하고 말았다. 졸음을 이기지 못해 그만 의자에 쓰러져 잠이 들고 말았던 것이다. 아무도 알 수 없는 일이었다. 우리 모든 승객은 지금까지 그래왔던 것처럼 날씨가 좋으리라 믿고 평상

시와 같이 놀았다.

이등 항해사가 잠에 빠지자 배는 재갈 풀린 말처럼 자유를 구가하며 바람이 부는 대로 방향을 잡아 나갔다. 우리는 세상 모르고 잠을 자다 째지는 듯한 소리에 잠을 깨었다. 배의 용골이 모래사장을 스치면서 내는 소리였다.

사고를 가장 먼저 알아챈 사람은 통증이 심해 잠을 이루지 못하고 있던 일등 항해사였다. 일등 항해사는 사고를 알아차린 즉시 선실에서 고함을 치기 시작했다.

"바람 쪽으로, 바람 쪽으로, 좌현으로…… 좌초되었다…… 모래톱이다, 모래톱."

전 승무원, 선장, 승객, 모든 사람이 잠에서 깨어 수선을 피웠다. 그러나 노련한 항해사가 처음 내린 처방으로는 고칠 수 없는 병이었다. 방향타를 붙들어매고 돛을 내리고 해서 배가 모래톱으로 더 깊이 빠져드는 것을 겨우 막을 수 있었다.

뱃사람들은 이런 경험이 풍부했던지라 우리가 어떠한 곤경에 빠져도 책임져줄 것이었다. 어떤 사고인지가 밝혀지자 전원에게 식사량을 줄이겠다는 명령이 떨어졌다. 그 명령에 우리 모두 기가 죽었다. 특히 하루에 일곱 끼를 먹던 나는 더 절망했다. 모두 수심이 가득한 얼굴에 풀이 죽은 모습이었다. 그 시간부터 잠을 자는 사람이 없었다. 모두 겁에 질린 채 모래톱에 말뚝 박혀 굶주림과 갈증으로 죽어갈 것을 걱정했다. 우리가 씁쓸하게 나누는 대화는 온통 이 이야기뿐이었다.

항해사와 장교들이 참석하는 비상 회의가 열렸다. 이 위험으로부터 벗어날 수 있을 성싶은 모두 조치가 강구되었다. 그 일환으로 구명정과 거룻배가 내려져 본선을 밧줄로 묶고 끌어보았지만 어림도 없었다. 그래서 최후의 방법을 써보기로 결정이 났다. 화물을 버리기로, 그러니까

배를 가볍게 하기로 했다. 배가 모래톱에서 떠오를 때까지 짐을 바다에 내던져버리기로 했던 것이다.

중국 배는 아카풀코에서 귀항할 때면 식료품과 은화만 싣고 간다는 것은 누구나 알고 있던 사실이었다. 따라서 식료품을 바다에 버릴 수는 없는지라 버려야 할 것은 은화였다. '고정 수입'이라고 불리는 국왕의 재산은 제외되었다. 뱃사람들은 돈이 든 상자와 궤짝을 손에 잡히는 대로 공평하게 바다에 내던지기 시작했다.

내 사부요 상관인 대령은 자기 궤짝을 열어 서류와 갈아입을 옷 두 점을 꺼내고는 손수 나와 함께 궤짝을 바다에 내던졌다. 대령이 솔선수범하자 거의 모든 장교들과 상인들이 대령이 보여준 본보기에 따랐다. 기꺼운 심정은 아니었으리라. 그 누가 기꺼운 심정으로 손해를 보려 했겠는가. 어쩔 수가 없었으리라. 달리 살아날 방도가 없었으니까.

대령은 절도 있고 경쾌하게 모두를 응원했다. 배가 가벼워져 움직이기 시작하자 잠시 일손을 멈추고 좀 먹고 마시라는 명령을 내렸다. 먹고 마시기가 끝나자 다시 처음과 같이 열심히 작업이 속행되었다.

내 주인에게는 더 이상 잃을 게 없었다. 무쇠로 만든 야전 침대마저 바다에 버렸던 것이다. 대령이 보인 과감한 모범이 좋은 결과를 가져왔다.

대령은 숨이 가쁘게 일을 하면서 이렇게 말했다.

"광산은 쌔고쌨습니다, 여러분. 조금만 있어도 살아가기에 충분합니다. 이 경우 여러분의 재산은 보장받을 수 있습니다. 모든 책임에서도 자유로울 것입니다. 잃는 것은 오직 이윤뿐입니다. 하지만 우리는 이윤을 희생시킴으로 해서 우리 미래를 보장받을 수 있습니다. 우리 생명을 돈으로 사는 겁니다. 생명이 가장 소중한 재산이며, 우리가 가장 우선적으로 지켜 나가야 할 것임을 알게 될 겁니다. 돈이나 금붙이 따위는 희귀한 돌멩이 조각에 불과합니다. 사람은 그런 것 없이도 행복하게 살 수 있습니다. 잃을 게 없으니 얼마나 자유롭겠습니까. 금이나 은이라는 하얗고 노란 티끌로 우리는 우리 생명과 우리를 따르는 다른 많은 사람들의 생명을 구하고 있는 것입니다. 우리는 욕심쟁이 부자들처럼 돈을 끌어안고 죽을 수 없습니다."

내 존경스런 대령은 이런저런 설교로 자기 재산을 손수 땀 흘려 깊은 바다 속에 파묻고 있던 사람들의 축 늘어진 기분을 달래주었다. 모두 그야말로 바닥을 기듯이 자기를 죽임과 동시에 살리는 일에 매달려 있었다. 각자 자기 재산을 바다에 내던지며, 각주구검이라고 그 버린 장소를 표시하기도 했다. 그러나 이기주의자의 상자나 궤짝에는 한동안 손도 댈 수 없었다. 이놈은 상자를 깔고 앉아 그 광경을 차갑게 째려보고 있었다. 놈은 악을 쓰고, 용을 쓰고, 욕을 쓰고, 뇌물을 쓰고 하는 등 자기 것을 지키기 위해 지랄 발광을 다했던 것이다. 그래도 소용없었다. 가난한 뱃사람들은 이런 경우라면 피도 눈물도 없이 굴게 마련, 놈을 밀쳐내고는 놈의 상자와 궤짝을 모조리 바다에 내던져버렸다.

아마도 놈의 상자와 궤짝이 배에 있던 것 중에서 가장 무거운 것이었으리라. 놈의 것을 처분하고 나자 배가 물위로 떠올랐던 것이다. 우리는 도르래를 이용하여 구명정으로 배 후미를 끌어 대번에 모래톱을 빠져나왔다.

거의 빠져나오기 힘든 위험으로부터 벗어났을 때 우리 모두의 심정이 얼마나 기쁨으로 넘쳤는지는 상상도 할 수 없다. 많은 사람들이 별수 없이 굶어 죽겠구나 생각했던 것이다. 잠꾸러기 이등 항해사와 비열한 이기주의자만이 넋을 잃고 있었다. 이기주의자는 그야말로 낭패였다. 놈은 울며불며, 저주하며, 머리칼을 쥐어뜯는 데 진을 빼고 있다가 자기 보물을 버린 장소에서 배가 움직여 나가자 분노와 원망이 가득한 채 이렇게 외쳤다.

"돈 없이 살아 무엇하리오!"

놈은 이렇게 외치면서 바다로 뛰어들었다. 바로 옆에 있던 우리들조차 손을 쓸 수 없었을 만큼 잽싼 행동이었다.

구명정을 내려보았지만 소용없었다. 놈은 헤엄을 칠 줄 몰랐던 터라 납덩어리처럼 이내 가라앉아 우리 시야에서 사라졌던 것이다. 우리는 측은하기도 했고 감격스럽기도 했다.

물 깊이를 재는 줄을 줄곧 붙들고 있던 항해사는 배가 모래톱을 벗어나 안전한 지대까지 빠져나오자 닻을 내려 배를 정박시켰다. 돛이 내려지고, 방향타가 고정되고, 전마선과 구명정과 거룻배가 내려졌다. 항해사는 도움이 될 만한 사람들과 솜씨 좋은 잠수부들을 데리고 나가 버린 짐을 회수하기 시작했다. 성과는 훌륭했다. 좋은 날씨 덕도 있고 해서 꼬박 하루 만에 돈 상자와 궤짝을 모조리 건져낼 수 있었다. 그 불행을 자초한 욕심쟁이 이기주의자의 짐까지 건져냈다. 놈의 몸뚱이는 놈의 돈보다 운수가 사나웠다. 아니, 놈의 영혼이 놈의 몸뚱이보다 더 운수가 사나웠을지 누가 알겠는가.

배에 짐이 다시 올려지고 짐표에 의해 각각 주인이 가려진 다음 우리 모두는 성모 마리아께 약속했다. 베풀어주신 은혜에 대한 보답으로 자선을 행하겠노라. 이기주의자의 재산은 대령이 보관하고 있다가 놈의 불쌍한 가족에게 전달해주기로 했다. 놈의 재산은 가족이 차지하는 것이 마땅한 일이었으니까.

사고가 일어난 지 15일이나 20일쯤 지나자 에스파냐 제국의 수호신인 천사들의 여왕 성모 마리아의 무원죄 수태의 날이 되었다. 그래서 배에 휘장을 치고 하루 온종일 반복해서 엄숙하게 예포를 쏘았다. 내게는 신선한 충격이었다. 나는 생전 처음으로 각양각색의 깃발을 휘날리며 항해하는 배를 본 것이었다. 만국기와 바다에서 사용하는 특이한 장식이 가득한 깃발들이었다. 그것도 일시에 걸었다가 치웠다가 하는 것을 보니 겉으로 드러내진 않았지만 이만저만 놀라운 일이 아니었다. 대령이 일러주기를, 뭔가에 놀라 호들갑을 피우는 짓은 나 바보요 하는 것과 같다, 그러니 아무리 놀라운 것을 보더라도 대리석처럼 냉정해야 한다고 했던 것이다.

이 양반에 대한 기억은 생생하다. 이 양반은 앞서 말했듯이 나를 가르칠 기회를 놓치지 않았다. 이 양반의 그 은혜로운 가르침에 나는 결코 충분한 보상을 해줄 수 없었다. 어느 날 이발을 해주고 있을 때 이 양반은 이기주의자의 불행한 종말이 생각났는지 이렇게 말했다.

"자네, 안셀모라는 그 모자라는 친구 기억하지? 불쌍한 친구! 바다에 몸을 던져 삶을 마감한 친구 말이야. 돈을 잃었다고 영혼을 내팽개치다니. 돈이란 인생을 일시적으로 또 영원히 망치는 지랄 같은 것이야! 어리석게도 이교도들이 탐욕을 신성한 것으로 일컬은 때가 있었지(사악한 것으로 불러야 하는데도). 그리고 이렇게 호언장담했지. 돈으로 누구인들 못 사로잡으랴! 자네는 결코 은이나 금에 의지하면 안 돼. 욕심에 따라 뜻을 움직여서도 안 돼. 돈이란 일시적인 소용에 닿는 것으로 여겨야지 살아가는 데 유일하고 필수적인 것으로 여기면 못쓴단 말이지. 하나님께서 그 충만한 지혜로 인간을 창조하셨을 때 사는 데 필요한 모든 것을 공급하셨지. 돈이라는 것은 생각도 않으셨어. 이해를 돕기 위해 이렇게 말하는 거야. 하나님께서는 사람들에게 필요한 것은 모두 이 자연 속에 만들어주셨어. 돈이라는 것은 물론 돈을 만드는 조폐 공장도 짓지 않으셨단 말이야. 이게 사람이 살아가는 데 돈은 필요 없다는 사실을 증명하지. 사람이 오로지 자연에만 의지해도 필요를 충족시킬 수 있었을 때는 돈 따위는 전혀 아쉬울 게 없었지. 그러다가 부에 탐닉하게 되면서 돈을 이용해야만 얻을 수 있는 것을 손쉽게 얻기 위해 돈을 필요로 하게 되었던 거지. 돈을 사용하는 것이 잘못됐다는 얘기가 아냐. 돈이 유용하다는 점은 인정하지. 그래도 부란 돈에 있는 것이 아니라 땅의 소산, 공장의 생산물, 사람들의 노동에 있음을 보여주는 사고방식에 매료된단 말이지. 우리가 땅의 표면에서 자유롭게 향유할 수 있는 것을 대수롭지 않게 생각하면서 땅속에 있는 부를 찾겠다고 나서는 짓은 정말 가소로운 짓이야. 영국의 어느 현인은 말했지. 들판에서 행복과 풍만을 바라지 않고 다른 데서 바라는 것은 부질없는 짓이라.

금광이나 은광 하나 없이도 부를 누리는 나라들은 과거에도 많았고 지금도 많아. 아메리카 여러 나라에서 가져간 것을 자기 나라 공장에서 가공해 부를 쌓는단 말이지. 영국·네덜란드, 아시아의 몇 나라가 이 사실을 극명하게 보여주고 있지. 우리 아메리카의 여러 나라는 자기 보물을 유럽·아시아·아프리카에서 탕진하고 있는 꼴이야. 정말이지 한심한 형편이야.

위에 덮여 있는 돌멩이만 살짝 걷어내면 그 아름다운 쇠붙이를 차지할 수 있다는 것이 내 보기에는 나라 전체가 앓고 있는 역병 중에 가장 심한 역병이야. 이러한 부는 세상 사람 모두에게 감칠맛 나는 환상을 심어주고, 이방인들의 탐욕을 부추기고, 자국민의 노동 의욕을 저하시키기 때문이지.

내 주장은 공연한 공염불이 아니라 진리의 문을 두드리는 말이야. 어느 지역에서 한두 군데 노다지 광산이라도 발견되면 그 마을 사람들 땡잡았다고 하지만, 실은 화를 뒤집어쓴 것과 같아. 광맥을 파낼수록 물가는 올라가지, 부는 쌓이지, 마을은 사악한 이방인들로 넘쳐나지, 그놈들이 마을 사람들을 타락시키니까. 마을은 금세 범죄의 소굴로 돌변하고 말아. 도처에 노름판이요, 술 주정이요, 쌈박질이요, 부상이요, 강도요, 살인이요, 난리판이 되고 만단 말이야. 법을 제아무리 엄격하게 적용시켜보았자 범죄를 막을 수도 뿌리를 뽑을 수도 없게 되는 거지. 광산을 하는 작자들이 대체적으로 흉악하고, 도발적이고, 거만하고, 불량스럽다는 사실은 누구나 알고 있어. 광산을 하다 보면 그럴 수도 있지 않으냐고 하겠지. 그렇다고 사실이 변하나. 불 보듯 뻔한 일이야. 충분히 증명할 수 있어.

이외에도, 노다지 광산이 나오면 전문가들이 부족하게 돼. 몇 명 있다 해도 터무니없는 보수를 요구한단 말이지. 농사짓는 사람도 수가 줄어들지. 농부들이 너도나도 쇠붙이 장사에 나설 테니까. 땅을 갈기에 충분한 일손을 구할 수가 없어지는 거야. 마을은 금세 생필품이 부족하게 되어 이웃 마을에 의존할 수밖에 없어지지.

가난한 젊은이나 이제 곧 어른이 될 아이들이 일을 배우려 하지 않고 부모들도 일을 가르치려들지 않아. 그저 쇳덩이나 나르는 것이나, 흙덩이를 고르는 일로 만족하는 거야. 자식놈들에게 게으른 한량질 시키는 거나 진배없어.

이것이 노다지 광산에서 볼 수 있는 광경이야. 노다지는 한두 사람 광산주에게 쌓이고 나머지 사람들은 겨우 입에 풀칠이나 하게 되는 거지. 나는 노다지 광산 어귀에서 굶어 죽은 사람을 수도 없이 봤어.

무슨 말이냐 하면, 광산 마을에서 벌어지는 일은 금은이 풍부한 나라에서 벌어지는 일과 꼭 같다는 말이지. 우리 아메리카 여러 나라처럼 더 험악한 결과를 가져오기도 해. 스물 내지 서른 명 정도가 힘을 쓰고 4,5백만 명이 겨우 살아가는 거지. 그 중에는 찢어지게 가난한 사람도 많아.

내가 잘못 보지 않았다면 한 나라와 한 마을을 비교하는 것은 충분히 타당한 일이야. 한 마을에서 각 개인으로 넘어가 봐도 똑같은 원인과 결과를 볼 수 있지. 우리가 마음대로 조종할 수 있는 두 명의 젊은이가 있다고 하자. 한 놈은 '없는 놈'으로, 또 다른 놈은 '있는 놈'으로 하지. '있는 놈'은 여유 있게, '없는 놈'은 빠듯하게 교육을 시킨다 하자.

'있는 놈'은 부족한 것이 없기 때문에 당연히 아무 일도 안 하고 아무것도 알려고 들지 않을 것이다. 그 반대로, '없는 놈'은 의지할 것이 없기 때문에, 모든 것이 부족하기 때문에 어떻게 하면 형편이 좀 나아질까 해서 여러 가지를 시도해보고 마침내 자기 얼굴에 배어나온 땀으로 목표를 성취할 것이다. 자, 이제 우리는 다음과 같이 생각할 수 있다. '있는 놈'에게 '있는 놈'이라는 별명을 무색하게 만드는 불행이 떨어진다. '있는 놈'은 인생 밑바닥으로 추락한다. 이런 경우는 흔히 볼 수 있지. 이율배반적으로 보일지도 모르는 일이지만. '있는 놈'은 가난뱅이가 되고, '없는 놈'은 부자가 된다. '있는 놈'이었던 놈은 '없는 놈'이었던 놈보다 더 가난하게 된다. 가난하게 태어난 놈은 과거보다는 더 부자가 되는 거야. 뜻밖의 행운을 구걸해서가 아니라 자기 노력으로 부자가 된 것이다.

광산에 의지하는 나라와 산업·농업·상업에 힘쓰는 나라를 이와 같은 방법으로 비교할 수 있어. 후자는 전도가 양양하겠지만 전자는 이내 망하고 말 것이다.

아메리카에 있는 식민지만 그런 것은 아니야. 에스파냐 자체가 이러한 사실을 명확하게 입증하고 있지. 많은 정치인들이 에스파냐의 산업·농업·국민성·인구·상업의 몰락을 식민지에서 들여온 부 때문이라고 지적하고 있다. 만일 그게 사실이라면(물론 나는 사실이라고 믿는다), 내 장담하거니와, 아메리카 금은 광산의 씨가 마르면 아메리카는 행복하게 될 것이다. 그때가 되면 사람들은 농사에 뛰어들 것이고, 지금처럼 그 넓은 땅이 미개간인 채로 남아 있지 않고 기름진 옥토로 변할 것이다. 가난하지만 즐겁게 살다 보면 이방의 배들이 금과 바꾸기 위해 물건을 싣고 와 우리에게 팔려고 해도 우리는 돈을 낭비하지 않게 될 것이다. 그 물건들이야 우리도 가지게 될 테니까. 우리는 필요에 의해 산업을 일으켜 부를 나누고 안락한 생활을 누리게 될 것이다. 농부들이나 기술자들의 수가 늘고, 그래서 끝없이 결혼이 이어지겠지만 지금처럼 쓸모없이 호화로운 예식은 치르지 않을 것이다. 결혼이 많아지면 당연히 인구도 늘어날 테고, 우리 비옥한 땅에 방방곡곡 퍼질 것이고, 우리나라 각계각층에 유능한 인물이 넘치게 될 것이다. 대자연이 오로지 아메리카에만 풍성하게 베풀어준 보물, 즉 곡물·목화·설탕·카카오 등은 수익성 좋은 품목으로 여러 나라들을 끌어들여 채산성 있는 무역을 활발하게 진행시킬 것이다. 우리나라를 중심으로 온 세계를 하나로 묶는 상황이 연속되어 우리나라와 우리 수도를 코르테스와 피사로가 이 나라를 정복한 이래 가장 부유하고, 가장 행복하고, 경쟁자로부터 가장 존경받는 곳으로 만들 것이다.

이야기의 발단이 되었던 주제에서 엉뚱하게 벗어난 얘기로 듣지 마라. 내가 이런 얘기를 하는 이유는, 금이나 은이 아무리 많아도 우리 인생들의 진정한 행복과는 별 상관이 없다는 사실을 알라고 하는 것이다. 오히려 도덕적으로 타락하게 만드는 빌미가 될 뿐이다. 나라의 정치가 망하는 것도 다 돈 때문이다. 따라서 우리는 돈을 함부로 써서도 안 되고, 돈을 벌려고 열심히 애써도 안 되고, 그렇게 아옹다옹 붙들고 있어서도 안 되지. 돈이란 우리를 가장 끔찍한 지경으로 몰아갈 수도 있어. 그 못난 안셀모에게 그랬던 것처럼 말이다.

그 못난 친구는 자기의 행복이 오로지 그 반짝이는 잡동사니에 달렸다고 믿었던 게지. 돈을 잃으니 그 욕심 많은 심보에 검은 구름이 드리워졌고, 자기 분에 못 이겨 그 가당치도 않은 절망 속에서 바다로 뛰어든 게지. 일시에 명예도 목숨도 날아간 거지. 하나님께서도 그 영혼을 용서하지 않으시리라.

자네도 그 끔찍한 광경을 목격했겠지. 자네는 그 친구가 생각날 때마다 돈이 우리 행복을 결정해주지 않는다는 사실, 탐욕이 가장 몹쓸 악이라는 사실, 우리는 어떠한 수를 써서라도 탐욕을 물리쳐야 한다는 사실을 명심해야 해.

내가 이교도 철학자들의 교묘한 말솜씨를 빌려 돈을 경멸하라고 한다고 생각하지 말게나. 이교도 철학자들이야 돈 벌 기회가 없었으니까, 못 먹는 감 찔러나 본다고 돈에 대해 나쁘게 말을 한 것이지. 그렇다고 가난을 구름 높이 띄워 자네에게 추천하는 것도 아냐. 하나님의 은혜로 가난을 겪어보지 못한 내가 그럴 수는 없지. 나는 위선자가 아냐. 세네카도 여유 있게 살면서 이렇게 말하지 않았겠나. '스스로 가난하다고 생각하는 사람이 가난한 사람이다. 사람이란 빵과 물만으로도 행복을 누릴 수 있다. 빵과 물뿐이라면 어느 누구도 가난하지 않다. 소박한 생활을 거부하는 자, 그가 바로 죄인이다.' 그 밖에도 그야말로 씨알도 안 먹히는 소리를 많이 했다. 사실 말이지, 세네카가 이 따위 글이나 끼적거리고 있을 때는 네로 황제의 귀여움을 듬뿍 받고 있었지. 황제 여편네의 정부이기도 했고, 수입도 어마어마했고, 휘황찬란한 궁전에 살면서 아름다운 정원에서 놀이를 즐기기도 했지.

'이런 매혹적인 화술로 덕을 가르치고 설법하는 일은 얼마나 감미로우냐!' 라고 말하는 작자들도 있다. 언젠가는 죽을 수밖에 없는, 본향을 그리워하는 나그네야말로 완벽한 사람이라고 떠드는 것은 사기에 불과해. 덕을 찬양하기란 덕을 행하기보다는 쉽지. 작가들이란 사람을 본 모습 그대로 그리는 것이 아니라 이상적인 모습으로 그려낸단 말이다. 그러다 보니 우리가 이 세상에서 아무리 많은 책을 살펴보아도 사람의 본래 모습을 발견하기 힘든 거지. 세네카조차도 이 점을 알고 있었는지 이랬단 말이다. '제아무리 잘났다 해도 완벽한 덕을 지닌 사람은 없다. 가장 훌륭한 사람이란 남보다 결점이 적은 사람일 뿐. 즉 프로 옵티모 에스트 미니메 말루스.' 그러니 내가 자네한테 부귀를 완전히 멸시하라고도, 하릴없이 가난이나 붙들고 있으라고 강요할 수도 없는 노릇이지. 돈이 많아 삐까뻔쩍하게 살다 보면 사람은 마음이 삐뚤어지기 쉽지. 뭐든 쉽사리 제멋대로 할 수 있을 테니까. 돈이 없어 옹색하게 살다 보면 가증스런 범죄를 범할 수도 있고 말야.

가난이 현자나 덕망가를 만든다는 얘기가 절대 아냐. 호라티우스는 자기 시종 플로로에게 그렇게 말했는지 모르지만. 가장 가난한 사람이 제멋대로 사는 사람보다 행복한 사람이라는 얘기도 아니야. 옹색한 품팔이들의 삶이 부럽다고 그렇게 떠벌린 사람들도 있기는 해요. 유베날리스가 자기『풍자시집』제3권에서 '가난한 사람들의 경이로운 자유'에 대해 내린 엉뚱한 정의가 생각나는군. 그 따위 자유라면 부러울 것도 없어. 그 깜찍한 작자가 이랬단 말야. '가난한 사람의 자유, 자기를 욕하는 사람에게 용서를 구하고, 이빨이 몽창 뽑히도록 얻어맞고도 그 주먹에 입을 맞출 수 있음이여.' 가난한 사람들이 누리는 자유, 정말 대단하지 않으냐! 수치심도 없이 그저 덤덤히 그런 축에 끼여 고생고생할 수도 있겠지. 자네는 그렇게 되면 안 돼.

내가 자네한테 충고하는 바는 자네 행복을 돈에만 걸어서는 안 된다는 거야. 돈 욕심을 부린다거나 돈을 차지하려고 혈안이 되면 안 된다는 얘기지. 돈이 있다 해도 돈에 눌려 돈의 노예가 돼도 못써. 내 또 충고하건대, 살기 위해서는 일을 해야 해. 그저 중간 정도로만 바라고 그로 만족해야지. 편안한 인생을 보내기 가장 좋은 상태거든.

이 충고는 하나님께서 아굴이라는 현자의 입을 통해 주신 말씀이야. 「잠언」 30장 8절에서 9절 말씀에 나와 있지. '나로 하여금 가난하게도 마옵시고 부하게도 마옵시고 오직 필요한 양식으로 내게 먹이시옵소서. 혹 내가 배불러서 하나님을 모른다 여호와가 누구냐 할까 하오며 혹 내가 가난하여 도적질하고 내 하나님의 이름을 욕되게 할까 두려워함이니이다.'"

이야기가 여기까지 이르렀을 때 갑판 위에서 흥분해 외치는 뱃사람들의 박수 소리와 아우성이 들려와 대화가 중단되었다.

"육지다! 육지!"

청아하게 울려 퍼지는 그 아우성에 우리 모두는 하던 일을 멈추고 갑판으로 올라갔다. 어떤 사람은 망원경으로, 또 어떤 사람은 맨눈으로, 어떤 사람은 자기 눈으로, 또 어떤 사람은 남의 눈을 빌려 뱃사람들의 아우성이 사실인지를 확인하려들었다.

배가 해안으로 다가감에 따라 모두 사실임을 확신하게 되었다. 그러자 선장은 그날 선원들에게 마실 것을 충분히 주고 식사는 정량의 곱빼기로 주도록 명령했다. 선원들은 흡족해했다. 원기를 회복한 일등 항해사는 하나님의 도우심과 순탄한 바람으로 다음날 카비테에 입항하게 될 것이라고 장담했다.

그날 밤과 다음날 오전은 노래와 놀이와 유쾌한 잡담 속에 지나갔다. 드디어 오후 5시, 우리는 바라 마지않던 항구에 정박했다.

정박 즉시 높은 사람들이 먼저 배에서 내렸다. 나도 대령을 따라 먼저 내릴 수 있었다. 다음날 전원이 배에서 내렸다. 모두 거처가 있는 마닐라로 향했다. 우리가 선두에 섰다. 대령에게는 다른 볼일이 없었던 것이다.

우리는 마닐라에 도착했다. 대령은 도형수들을 지사에게 인계했다. 대령은 이기주의자의 짐을 그 가족들 손에 넘겨주었다. 신중한 사람이었던 터라 이기주의자의 비참한 죽음에 대해서는 입을 다물었다. 우리는 대령의 관사로 갔다. 나는 그곳에서 대령을 8년 간 섬겼다. 내 복무 기간이 8년이었던 것이다. 이에 대한 보상책으로 나는 그 기간 동안에 한 재산 장만했다.

12. 페리키요가 마닐라에서의 처신, 영국인과 흑인 사이에 벌어진 결투, 가볍게 볼 수 없는 난상토론을 이야기하는 장

우리 사람들은 때때로 우리 내부에서 윤리관이 변하는 것을 경험한다. 왜 그런 일이 벌어지는지는 모른다. 물질 세계, 즉 대자연에서도 우리는 많은 변화를 목격하지만 변화를 초래한 원인에 대해서는 알지 못하는 것과 같다. 아직까지 우리는 자석과 정전기의 인력 작용에 대해 모르지 않는가. 그래서 어느 시인은 사물의 원인을 아는 사람은 행복한 사람이라고 한 모양이다.

그러나 원인이야 알건 모르건 우리가 자연 현상의 결과물을 이용하듯이, 나는 마닐라에서 왜 내 윤리관이 변했을까는 따지지 않고 그저 그 변화로 인한 결과만을 이용해먹었다.

이런 식이었다. 조국을 멀리 떠나, 8년 간의 군 복무 기간 중 당하게 될 불편에서 풀려났다 싶자, 내 스스로 번 벌이였지만 확실히 대령이 나를 보호해줄 것이기 때문에, 나는 대령의 믿음에 보답하기 위해 노력했다. 나는 마닐라에서는 어느 모로 보나 착실한 사람이었다.

날이 갈수록 나에 대한 대령의 사랑과 믿음은 깊어만 갔다. 드디어 나는 대령의 모든 재산을 관리하게끔 되었고, 내 마음대로 돌려쓸 수 있게도 되었다. 나는 잔머리 굴리는 데 소질이 있었다. 내가 대령의 재산을 탕진했을 거라 싶겠지만, 오히려 나는 확실한 장사를 통해 대령의 재산을 상당히 불려주었다.

대령은 내가 무슨 짓을 하는지 눈치 채고 있었지만, 내가 나를 위해서는 한 푼도 쓰지 않고, 게다가 '주인님 재산 관리 대장'이라는 제목으로 장부를 하나 만들어 상 위에 둔 것을 보고는, 흡족해하며 나를 친자식처럼 귀여워해주었다. 마음씨 착한 대령은 정말이지 나를 자식으로 여겼다.

마닐라의 지도자 급 인사들은 대령이 나를 대하는 태도, 내게 대한 신망, 내게 보인 애정을 보고, 모두 내게 우의를 다짐해보였고, 나를 단순한 당번병 이상으로 대우해주었다. 점잖은 사람들로부터 평가를 받다 보니 나는 자중하여 마닐라에서 얘깃거리를 만들지 않을 수 있었다. 확실히 이기심이라는 것도 잘만 조절하면 악이 아니라 덕의 근본이 될 수도 있다.

8년 동안 착실하게 살다 보니 위험한 일도 없었고 위험을 무릅쓸 만한 일도 없었다. 이미 이야기했듯이 착실한 사람에게는 얘깃거리가 되는 사건 사고는 거의 없다. 그러나 특이한 사건을 목격하기는 했다. 그 중 하나가 이런 사건이었다.

어느 해인가 몇 명의 이방인이 장사차 항구에서 도시까지 들어온 적이 있었다. 돈은 많았지만 피부가 검은 상인 한 명이 길을 걷고 있었다. 대단히 화가 나서 정신없이 걷고 있던 것으로 보아 아주 중요한 일이 있는 듯싶었다. 허둥거리며 걷던 상인은 그만 참하게 생긴 원주민 아가씨를 꼬시고 있던 영국군 장교와의 정면충돌을 피할 수 없었다. 얼마나 심하게 들이받았는지 마닐라 아가씨가 붙잡아주지 않았다면 꼴사납게 나뒹굴고 말았을 것이다. 넘어지지는 않았지만 모자가 날아가고 정성껏 빗은 머리가 흐트러지고 말았다.

속 좁은 장교는 그러한 모욕을 참아내지 못하고 칼을 빼 들고 그 당장에 흑인에게 달려들었다. 가엾은 흑인은 기겁을 했다. 무기가 없었으니까. 어쩌면 오늘이 제삿날이구나 싶었는지도 모른다. 아가씨와 장교와 함께 있던 사람들이 장교를 말렸다. 장교는 깜둥이에 의해 손상된 명예를 회복하기 위해 오만 가지 욕질을 해가며 끊임없이 공갈을 쳐대고 있었다.

죄 없는 흑인은 깜둥이라느니 하는 욕을 먹고는 영어로 장교에게 이렇게 말했다.

"선생, 조용히 합시다. 내일 공원에서 권총 결투로 만족시켜드리겠소이다."

장교는 받아들였다. 그걸로 사건은 종료되었다. 아니 종료되는 듯싶었다.

그 광경을 목격하고 반쯤은 영어를 알아들을 수 있었던 나는 결투가 벌어질 시간과 장소를 알아내고는 정확한 시간에 가서 어떻게 끝나는지 보기로 했다.

정말이지 정해진 시간에 두 사람이 도착했다. 각자 들러리를 하나씩 달고 왔다. 서로가 본인임을 확인한 다음 흑인이 권총 두 자루를 꺼냈다. 흑인은 장교에게 권총을 보여주며 이렇게 말했다.

"선생, 어제 나는 선생의 명예를 실추시킬 의도가 없었소. 선생과 부딪친 것은 예기치 못했던 실수일 뿐이오. 선생은 욕으로도 모자라 나를 해치려고, 아니 죽이려고까지 들었소. 선생이 노발대발하던 그때는 내게 맞서 싸울 무기가 없었고, 또 시간을 끌다 보면 사고도 피하고 선생도 진정될 것이라 생각했소. 이제 선생 생각을 확실히 알았으니, 선생이 원한다면 이미 얘기했듯이 권총으로 결투하여 끝을 봅시다."

241

"거 좋소. 끝을 봐야지. 깜둥이와 겨뤄 용기를 시험한다는 점이 꺼림칙하고 점잖지 못하긴 하지만. 그래도 건방진 상놈을 혼쭐나게 하기 위해서라도 대결을 받아들이지. 자, 총을 골라보시지."

"좋소이다. 그렇지만 이건 알아두시오. 어제도 모욕을 줄 생각이 아니었고 오늘도 그럴 생각으로 이곳에 온 것이 아님을. 선생 같은 부류의 사람이 그런 하찮은 일로 자기 목숨을 버리거나 남의 목숨을 앗아가는 일에 대든다니, 내 보기에 그건 명예로운 일이 아니라 방정맞은 일로 보이오. 예기치 못했던 실수로 욕을 본 것이 뻔한데도 말이지. 내가 이런 식으로 비위를 맞춘다고 무슨 소용이오. 틀림없이 자기가 죽거나 남을 죽이거나 할 텐데. 나는 살인범이 되기도 싫고 죄 없이 목숨을 내놓을 생각도 없소. 선생이 나를 맞추거나 내가 선생을 맞추면 그렇게 될 게 아니오. 그러니 결투를 피할 수 없다면 운 좋은 놈이 살아남겠지요. 운명은 정당한 사람을 편들겠지. 자, 둘 중에서 하나를 고르시오. 하나에는 두 발이 장전되어 있고 다른 하나는 빈 총이오. 자, 마음대로 섞어보시오. 그리고 아무것이나 주시오. 자, 갑시다. 모든 것은 운에 달렸지."

장교는 흑인의 대답에 기겁을 했다. 증인들은 이건 결투의 요령이 아니다, 당사자 공히 같은 조건의 무기로 싸워야 한다 어쩐다 했지만 우리 흑인은 지지 않았다. 흑인은 자기 식대로 결투를 해야 한다고 고집을 피웠다. 그래야 상대방을 죽였을 때 위로가 될 것이라고 했다. 이건 하늘이 내린 명령이다, 명령은 아니라 해도 이렇게 하길 바랄 것이다, 자신이 죽더라도 잘못은 없다, 배가 침몰하면 모두 어쩔 수 없는 것과 같은 이치다. 또 덧붙였다. 이 결투는 아무에게도 이롭지 않다, 장전된 총이 누구에게 돌아갈지 둘 다 모르니까, 내 제안을 거절한다면 겁쟁이라는 욕을 먹어도 싸다.

성질머리 사나운 청년 장교는 이 말을 제대로 듣지 못했다. 장교는 증인들이 떠드는 소리에 귀도 기울이지 않고 총을 이리저리 섞더니 이거다 싶은 것을 골라잡고 남은 것을 흑인에게 주었다.

두 사람은 등을 지고 섰다. 몇 걸음 걷다가 돌아서 얼굴을 마주보는 순간 장교는 방아쇠를 당겼다. 딸깍. 장교가 고른 총은 빈 총이었던 것이다. 장교는 순간 혼비백산했다. 증인 임석 하에 야속한 흑인에게 속절없이 당한다 싶었을 것이다. 그러나 흑인은 정이 절절 넘치는 목소리로 이렇게 말했다.

"선생, 우리 둘 다 살았소. 결투는 끝났소. 선생은 내가 제안한 조건을 받아들일 수밖에 없었고 나 또한 마찬가지요. 쏘느냐 마느냐, 내 재량에 달렸소. 하지만 선생을 해칠 생각이 전혀 없었는데, 이제 와서 비무장인 사람을 어떻게 해치려들겠소? 친구가 됩시다. 선생이 원하면 그럴 수 있소. 굳이 내 피를 보고야 말겠다면, 장전된 총이 있으니 내 가슴에 대고 쏘시오."

이러면서 그 흉악한 무기를 장교에게 넘겨주었다. 장교는 흑인의 너그러움에 감동하여 총을 받아 허공에 대고 발사했다. 그리고 흑인 발치에 엎드려 두 팔을 벌려 흑인을 감싸 안으며 정감이 넘치게 말했다.

"그렇습니다, 선생. 우리는 친구입니다, 영원한 친구입니다. 제 자만심과 제 정신 나간 짓을 용서해주십시오. 흑인들이 이렇게 아름다운 영혼의 소유자인지 미처 알지 못했습니다."

"그런 편견을 가진 사람들이 여전히 많습니다."

흑인도 장교를 열렬하게 얼싸안았다.

그 자리에 있던 우리 모두는 새로운 우정이 맺어지는 장면을 관심 있게 지켜보았다. 그들 사이에서는 이방인이었던 나도 친구 삼자고 선뜻 나설 수 있었다. 나는 그 사람들에게 나를 제삼의 증인으로서 받아달라, 가까운 찻집에서 펀치나 산그리아를 대접하고 싶으니 초대에 응해 달라고 요청했다.

모두 내 초대에 감사했다. 우리는 카페로 갔다. 나는 푸짐하게 술을 주문했다. 우리는 흥겹게 마음껏 마셨다. 나는 흑인에게 말을 시키고 싶어 이렇게 운을 뗐다.

"여러분, 저로서는 선생의 마지막 말이 아직도 이해가 안 됩니다. 흑인들이 아름다운 영혼의 소유자임을 몰랐다는 말 말입니다. 이 말에 또 선생은 그렇게 생각하는 것이 일종의 편견이라고 하셨지요. 사실 말이지, 저도 이때까지 대위님과 같은 생각이었습니다. 이제 그런 생각이 왜 편견인지 확실한 이유를 선생의 입을 통해 들었으면 합니다."

신중한 흑인이 입을 열었다.

"신의를 지키면서도 감사를 드려야 하겠으니 참 고역입니다. 뭔가를 비교해 말한다는 것은 불쾌한 일입니다. 명확하게 말씀드리려면 비교할 수밖에 없기 때문입니다. 그렇게 되면 우리 친구 장교 분께서 또 화를 내실 수도 있습니다. 그리하여 또 다투게 될지 모르지요. 그래 선생이 언짢아하실지라도 우정을 지키기 위해 실례를 무릅써야 할 것 같습니다. 그러니까……"

장교가 나섰다.

"아니, 아닙니다. 선생을 기쁘게 해드리고도 싶고, 또 제 자신이 진짜 편견에 빠져 있는 것은 아닌지 알고도 싶습니다. 저도 막돼먹은 놈은 아닙니다. 가능하다면 편견에서 헤어나고도 싶습니다. 여기 계신 여러분께서도 이 주제에 대한 선생의 의견을 듣고자 하는 것 같으니 실망시킬 수야 없지 않습니까. 선생과 저 사이에 문제를 제기한 제삼자가 있으니 말씀하셔도 상관없겠지요."

흑인이 나를 향해 말했다.

"정 그러시다면, 말씀드리지요. 흑인이 백인에 비해 열등하다는 생각은 이성의 원칙, 인간성, 윤리 도덕에 위배되는 편견입니다. 어떤 특정 종교 단체에서 그렇게 생각한다든지, 무역 거래에 있어서 그렇게 생각한다든지, 야망이나 허세나 횡포로 인해 그렇게 생각한다든지 하는 것은 지금 문제로 삼지 않겠습니다.

여러분 중에 제 생각과 반대되는 의견이 있으신 분은 얼마든지 반박해도 좋습니다. 지금 우리가 사는 이 시대에 씌어진 제 의견과 일치하는 현명하고 분별력 있는 많은 글들을 알고 있습니다. 그러나 이런 주장이 아직까지는 순전히 이론으로 남아 있다는 사실도 압니다. 실천적인 면에서 볼 때, 17세기 유럽인들이 흑인들을 대했던 태도와 오늘날 흑인을 대하는 태도 사이에 어떤 차이점도 발견할 수 없기 때문입니다. 유럽인은 탐욕에 차서 배를 타고 우리나라로 쳐들어와서 사람들을 잡아갔습니다. 돈을 주고 꼬시기도 했고 힘으로 잡아가기도 했습니다. 그리고 자기 나라로 돌아가 항구에 흑인들을 풀어놓고 잔인하고 참혹하게 팔아넘겼습니다.

항해 중에는 우릴 어떻게 다뤘는지 아십니까? 지독하게 인간 대접을 하지 않았습니다. 여러분 동국인들이 양심에 따라 쓴 글을 인용하고 싶지는 않습니다. 알고 계실 테니까 말입니다. 공연히 양심의 가책을 느끼게 하고 싶지도 않습니다. 이런 일도 있었습니다. 항해 중에 배 안에서 불쌍한 흑인 여자의 갓난아이가 울었습니다. 아무것도 모르는 아이의 울음 소리가 선장의 잠을 깨웠습니다. 화가 난 선장은 그 가엾은 아이를 바다에 내던져버리라고 명령했습니다. 천인공노할 일이 아닙니까? 이 얘기를 그 어느 누가 아무 고통 없이 들을 수 있단 말입니까?

우리 동포들과 또 다른 흑인들이 그들을 산 주인들을 섬길 때는 어쨌는지 아십니까? 잔인하기 이를 데 없었습니다. 오늘날 산토도밍고라 불리는 아이티에서, 쿠바 아바나에서, 식도락가 주인들이 노예들을 데려다 일을 시키면서도, 노예를 사는 데 쓴 비용을 벌충하기 위해 노예들에게 날마다 일정한 세금을 바치게 했습니다. 세금을 낼 수 없는 노예들을 어쨌는지 아십니까? 채찍질이었습니다. 품을 팔 수 없었던 흑인 여자들은 어쨌는지 아십니까? 몸을 팔았습니다. 아바나의 동굴에서! 과나바코아 광장에서! 자, 말해보시오.

반반한 몸뚱이로 주인집에 빌붙어 살던 흑인 여자들은 어쨌을까요? 아무 일도 하지 않았습니다. 몸을 더럽게 놀려 얻은 것으로 행복하게 살았습니다. 주인은 무슨 돈으로 흑인 여자를 먹여 살렸겠습니까? 다른 흑인한테서 빼앗은 돈이었지요.

아바나에서와 같은 일이 도처에서 벌어졌다는 것이 정말이지 안타까운 일입니다. 저는 지난 세기와 현재를 비교해 볼 때 차이점을 발견할 수 없습니다. 지난 세기에는 잔혹하고 무례하고 인간성에 먹칠을 하는 행위들이 자행되었습니다. 오늘날에도 인간성에 먹칠을 하는 무례하고 잔혹한 행위들이 자행되고 있습니다. 구실은 똑같습니다.

그 유명한 뷔퐁은 이렇게 말했습니다. '탐욕이 불러들인 그 혐오스러운 작태에 인간성이 소리친다. 우리의 법률이 노예 주인들의 잔인함에 재갈을 물리지 못하면, 노예들의 비참한 상황을 호전시키지 못한다면, 아무리 세월이 흘러도 달라지지 않을 것이다. 많은 일을 시키면서 먹을 것은 조금밖에 주지 않는다. 최저 양식도 안 주는 것이다. 주인들의 주장은 이렇다. 노예들은 배고픔에 잘도 적응한다. 유럽인의 한 끼 식사분만 먹어도 3일을 견딘다. 조금 먹고 조금 자도 여전히 늠름하여 여전한 힘으로 일을 한다. 인간성이 조금이라도 살아 있는 사람이라면 그런 어처구니없는 주장을 무슨 진리인 양 받아들이고, 돈 욕심에 아무리 잔인한 일을 벌여도 떳떳하다고 주장할 수 있겠는가? 우리는 그런

악독한 행위를 벗어던져야 하며······.'

사실상 선진 정부는 이 불법적이고 부끄러운 노예 매매를 반대했습니다. 에스파냐 정부야말로 가장 강력한 반대 세력이었습니다. 선생(여기서 흑인은 나를 주목했다), 선생은 에스파냐 사람으로서 역대 에스파냐 왕들이 노예 매매를 제한해온 사실을 잘 알고 계실 겁니다. 카를로스 3세가 노예 매매에 대해 어떤 명령을 내렸는지도 아실 것입니다. 그러나 그 모든 조치도 더러운 노예 매매를 막기에는 역부족이었습니다. 놀라운 일도 아니지요. 탐욕이란 원래 그런 것이니까 말입니다. 탐욕을 채우기 위해서라면 무슨 일을 못 하며, 무슨 죄든 범하지 못하겠습니까? 놀랍고도 기가 막힐 일은 노예 매매가 허용된다는 사실입니다. 이 사악한 거래가 여러 나라에서 용인되고 있다는 사실입니다. 평화를 희구하는 종교가 지배하는 나라에서, 자기 자신처럼 이웃을 사랑하라고 권하는 나라에서 말입니다. 제발 여러분, 이 수수께끼를 풀어주십시오. 사악한 이익을 위해 가엾은 흑인을 사서 노예로 부려먹으면서, 세금까지 매기고, 난폭한 주인의 행복과 건강을 위해 노예의 희생을 강요하고, 때때로 짐승만도 못한 대접을 하면서, 이웃을 내 자신처럼 사랑하라고, 미워도 이웃에게 해를 끼치지 말라고 권면하는 종교 교리를 제가 어떻게 해야 지킬 수 있겠습니까? 다시 말씀드리지만 저는 모릅니다. 이런 불공평한 상황에서 어떻게 해야 그 성스러운 의무를 수행할 수 있을지를. 여러분께서 확실한 방법을 알고 계신다면, 가르쳐주시면 대단히 감사하겠습니다. 누가 알겠습니까, 언젠가 저도 기독교인이 되어 망아지를 사듯 흑인들을 사게 될지를. 국가의 안녕을 위해서라느니 뭐 어쨌다느니 하면서 기독교인들이 이런 얘기를 대놓고 하지 못하게 한 것도 정말 꼴불견입니다. 그게 사실이라면 그 따위 종교는 평생 가야 마음에 안 찰 것입니다. 기독교를 싫어하는 사람들의 중상모략이겠거니 합니다.

이쯤에서 결론을 내야 할 것 같습니다. 흑인들이 지금까지 당해왔고 지금도 당하고 있는 부당한 대우와 가혹한 처사와 경멸은 모두 백인들의 교만에서 비롯된 것일 뿐입니다. 백인들은 교만한 심정으로 흑인들을 천성적으로 열등한 인종이라고 생각합니다. 이미 말씀드렸듯이 뿌리 깊은 불합리한 편견입니다.

당신들 유럽인들은 모두 전인류의 조상으로 오직 한 사람만을 인정합니다. 적어도 기독교인들은 아담 이외의 조상은 인정하지 않습니다. 아담으로부터 큰 나무에 가지가 뻗어나듯 온 인류가 나왔다는 것이지요. 만일 그렇다면, 그렇게 믿고 그렇게 확신한다면, 단지 피부색이 다르다고 해서 인종을 구분하는 일은 멍청한 짓이 되겠지요. 피부색은 기후나 음식, 혹은 대대로 이어지면서 섞인 여러 가지 피에 의해 바뀔 수도 있는 일이니까 말입니다. 만일 누가 흑인들은 피부가 흰 백인들을 경멸한다고 하면 여러분은 틀림없이 그 사람을 멍청이 취급할 겁니다. 그러나 백인들이 흑인들을 경멸한다 하면 그저 당연한 일로 여깁니다.

흑인들을 열등하다고 하는 것은 당신들이 야만적이라고 하는 흑인들의 풍속 때문입니다. 교육을 받지 못했다고 해서, 유럽과 같은 문명을 이루지 못했다고 해서 흑인을 열등하다고 하는 거지요. 만일 그렇다면 다른 나라 풍속은 모조리 야만적이고 교양 없는 것이라고 해야 할 겁니다. 교양 있는 유럽인이 세네갈이나 콩고 같은 곳에 가면 야만인이 되겠지요. 그곳의 종교적인 의식도, 그 법률 제도도, 그 지방 풍속도, 그 언어도 모를 테니까 말입니다. 파리 출신 궁중 학자가 그런 나라에 있다고 칩시다. 꿔다 놓은 보릿자루 같을 겁니다. 그 양반은 아무리 손짓 발짓을 다해도 배고프다는 뜻을 전달할 수 없을 것입니다. 종교마다 나름대로의 의식이 있고, 나라마다 나름대로의 법이 있고, 지역마다 독특한 풍속이 있습니다. 우리 생각과 다른 것을 싸잡아 미련한 것으로, 야만적인 것으로 도외시한다는 것은 용납할 수 없는 오류입니다. 우리 생각이 가장 합당하다고 해도 그렇습니다. 어쩔 수 없이 모를 수도 있는 법, 나무랄 수는 없지 않습니까.

저는 사람의 마음 속에 악한 씨와 선한 씨가 골고루 뿌려져 있다고 봅니다. 마음이 밭입니다. 본성이나 교육에 따라 선한 열매를 맺을 수도 있고 악한 열매를 맺을 수도 있습니다. 기후, 섭생, 각 개인의 나름대로의 상황이 영향을 끼칠 수도 있지요. 종교, 정부, 나라마다의 관습, 부모의 보살핌 정도 같은 것 말입니다. 나라마다 풍속이 다르다는 사실은 전혀 이상할 게 없습니다. 기후도 다르고, 종교 의식도 다르고, 관습도 다르고, 정부도 다를 테니까 말입니다.

우리의 관습과 다르다고 해서, 우리의 관습을 모른다고 해서, 우리의 관습을 받아들이려 하지 않는다고 해서, 그런 나라 사람들 하나하나를, 그 나라 전체를, 그 국민 전부를 야만이라고 하는 것은 당연히 오류란 말이지요.

한 나라의 가장 고상한 풍속은 유구한 역사를 거쳐 정착된 것입니다. 과거에 절대적인 것으로 여겨지던 것도 시간의 흐름에 따라 시대착오적인 것으로 드러나면 다른 것으로 교체되어온 것입니다. 유럽의 가장 고상하고 문명화된 나라도 마찬가집니다.

따라서 이렇게 결론지을 수 있을 것입니다. 피부색이 다르고, 종교가 다르고, 풍속이 다르다고 해서 흑인을 경멸하는 행위는 오류다. 위와 같은 이유로 흑인을 학대하는 짓은 야만적인 행위다. 흑인은 윤리 도덕을 개발할 정도로 생각이 깊지 못하다고 믿는 것은 심히 뒤틀린 편견일 뿐이다. 제가 장교님께 드린 말씀과 같습니다. 여러분이 경험으로 충분히 깨칠 수 있는 편견입니다. 현명한 흑인, 용감한 흑인, 정의로운 흑인, 불편부당한 흑인, 양식이 있는 흑인, 은혜로운 흑인, 존경해 마지않을 흑인 영웅이 여러분 사이에 많이 나타나지 않았습니까."

흑인이 입을 다물었다. 뭐라고 대답할 바를 모르던 우리 역시 입을 다물었다. 한참 후에 장교가 입을 열었다.

"선생 말이 진리임을 인정합니다. 선생의 논리보다는 제시하신 예를 보고 승복하는 겁니다. 흑인도 백인과 똑같은 사람이다. 우리처럼 악할 수도 있고 선할 수도 있다. 피부색 하나만 가지고 지성이 있는 동물의 본성을 평가하여 좋다느니 나쁘다느니 할 수 없다는 점을 오늘로부터 명심하겠습니다."

판이 깨질 판이었다. 나는 여전히 흑인의 이야기를 더 듣고 싶어서 잔을 채워 우리와 똑같은 사람인 흑인들을 위해 건배를 들자고 제안했다. 건배가 끝나고 나서 나는 우리 흑인에게 말했다.

"선생, 우리 모두는 하나님 이후 첫 인간인 아담의 후손입니다(선생들은 그를 어떻게 부를지 모르지만). 이 자연 법칙에 의할 것 같으면, 우리 모두는 혈족이라는 끊을 수 없는 관계로 긴밀하게 연결되어 있다는 것도 사실입니다. 독일 황제가 어쩔 수 없이 이 세상 가장 사악한 도적이요, 우리나라에서 반드시 몰아내야 할 쓰레기인 프랑스 국왕의 친척인 것과 같이 말입니다. 서로를 모르고 서로를 인정하지 않는다 해도 그렇습니다. 이 말은 모든 사람이 서로서로 피를 나눈 일가붙이라는 말과 같습니다. 우리 첫 조상의 피가 우리 모두의 몸 속에 흐르고 있으니 말입니다. 이 점에 비추어 볼 때, 선생 말처럼, 흑인을 흑인이라고 해서 경멸하는 행위는 일종의 편견 내지는 망상이 되겠지요. 흑인을 사고 파는 짓은 비열한 짓이요, 흑인을 학대하는 짓은 눈감아줄 수 없는 횡포겠지요.

저는 기꺼이 인정합니다. 그런 행위는 이성을 지닌 사람으로서 도저히 용납할 수 없으니까 말입니다. 그러나 선생이 경멸이라고 부르는 것을, 왕이 신하를 대하는 태도, 상관이 부하를 대하는 태도, 고위 성직자가 하위 성직자를 대하는 태도, 주인이 하인을 대하는 태도, 귀족이 평민을 대하는 태도에 국한시켜 본다면, 이러한 태도는 세상을 질서 있게 꾸려 나가기 위해서는 꼭 필요한 것으로 여겨집니다. 우리 모두가 같은 아버지의 자식이요, 우리는 한가족이다 하면서 서로 차별 없이 대하다 보면 각자의 의무, 상하 질서, 명령 복종 관계가 무너질 것이 뻔하고, 누구나 높은 자리를 차지하겠다고, 왕이 되겠다고, 판사가 되겠다고, 귀족이 되겠다고, 대법관이 되겠다고 나서며 복종하는 사람이 하나도 없게 되면 세상은 뒤죽박죽이 되고 말겠지요. 그렇게 되면 어느 누가 법을 적용할 것이며, 어느 누가 처벌을 무기로 사악한 사람을 제압할 수 있겠습니까? 또 누가 백성들의 안전을 보장할 수 있겠습니까? 모든 것이 뒤죽박죽일 겁니다. 평등과 자유의 의미가 무정부와 방종과 같은 의미로 전락할 것입니다. 누구나 다른 사람들 위로 스스로를 높일 것입니다. 누구나 천성적인 교만으로 무자비한 짓을 떳떳하게 자행할 것입니다. 종교는 모두로부터 외면당할 것이고, 정부에 굴복하는 사람도 없을 것이며, 법에 의지하는 사람도 없을 것입니다. 모두가 입법자나 교황이 되겠다고 나설 테니 말입니다. 우울하지만 이렇게 가정해놓고 보면, 선생도 보시다시피, 모두가 살인자·강도·행악자, 하나님을 깔보는 자, 범죄자가 되고 말 것입니다.

그래도 다행이랄까, 사람은 애초부터 그런 방종한 상태를 심히 해로운 것으로 여겨왔던 터라 마지못해서가 아니라 자발적으로 순종해왔습니다. 종교와 정부를 인정했고, 법을 지켰고, 왕이나 공화국 지배자의 멍에를 달게 졌습니다.

자중 자애하는 이기주의에 의해 의한 것이긴 하지만 이 순종으로부터 이 나라 모든 분야에서 우리가 인정하는 상하 관계가 나왔습니다. 구별은 정당한 것입니다. 주인이 하인을 엄격하게 대하는 것을, 하인이 주인에게 순종하는 것을 잘못이라고 보지 않습니다. 흑인 노예들이 돈에 팔려 특별한 권리에 의해 하인이 되었다면 주인에게 속박되어 순종하며 사는 것이 당연하지 않겠습니까. 주인에게는 흑인을 부릴 수 있는 이중의 권리가 있는 겁니다."

"에스파냐 양반, 저는 아부할 줄 모릅니다. 제가 고지식하여 불편하시더라도 용서하십시오. 선생 말에도 일리가 있습니다. 부정하지 않습니다. 선생도 선생 말로 어떤 결론을 내리시려 하겠지만 저는 전혀 동의할 수 없습니다. 이 세상에 위계 질서가 확고부동하게 서 있다는 점은 분명합니다. 흑인들이나 당신들이 야만족이라 부르는 사람들 사이에도 사회라는 것이 있습니다. 이 사회라는 것은 당신들 종교와 마찬가지로 온갖 잘못이 씨 뿌려져 있다 할지라도 다음 사실을 증명합니다. 야만의 상태에 놓여 있는 사람도 존엄성이 무엇인지도 알고 서로 의지해 살아야 한다는 것도 압니다. 당신들 유럽인들이 사회 생활이라고 하는 겁니다. 이로 볼 때, 상하 관계를 인정해야 하고 법을 지켜야 합니다. 자연과 우리의 운명 자체가 어떤 사람들에게는 순종을 강요하고 어떤 사람들에게는 지배권을 보장합니다. 아무리 야만적인 나라라 하더라도, 부모는 자식에게 명령할 수 있고, 자식은 부모의 명령에 순종하도록 훈육되어야 한다는 점을 인정하지 않는 나라가 있겠습니까? 저는 이런 타고난 품성을 도외시하는 나라에 대해서는 전혀 듣도 보도 못했습니다. 남편과 부인의 관계도 마찬가집니다. 부인이 남편에게 순종해야지요. 주인과 하인의 관계, 왕과 신하의 관계도 그렇습니다. 모두 마찬가지란 말입니다. 재차 하는 얘기지만, 야만이라고 불리는 나라라 해도, 어느 나라 어느 민족이 이런 관계 없이 사람들을 서로 묶을 수 있단 말입니까? 전혀 없습니다. 남자가 있으면 여자가 있고, 자식이 있으면 부모가 있고, 노인이 있으면 젊은이도 있는 법이니까요. 이 세상에 이런 나라가 존재할 수 있겠습니까. 사람들이 절대 자유를 누리고, 자기 기분대로 멋대로 할 수 있는 방만한 자유를 만끽하고, 다른 사람을 존경하여 순종하는 따위는 전혀 모르는 그런 나라 말입니다. 꿈도 꿀 수 없는 일이지요. 모험가들이 뭐라고 허풍을 쳐도, 그런 나라는 존재한 적도 없고 존재할 수도 없습니다. 그런 나라가 있다 해도, 사람이란 일평생 내내 오만 방자하기 때문에 무슨 수를 써서라도 자기 욕심을 채우려들 겁니다. 누구나 자기 욕심을 채우기 위해 다른 사람을 지배하려들 것입니다. 그러다 보면 아수라장이 될 것이고, 그래서 국민 모두 죽어날 것이 뻔한 노릇일 테니 말입니다. 여기까지는 선생 생각이나 제 생각이나 일치합니다. 주인이나 윗사람이 아랫사람을 엄하게 대한다 해도 경우에 어긋난 일은 아닙니다. 그게 질서라는 것이겠지요. 모두 평등하게 대할 것 같으면 아랫사람은 윗사람을 공경하지 않게 되겠지요. 공경하지 않으면 순종하지 않을 것이고, 순종하지 않으면 대들게 될 것이고, 대들게 되면 야단법석이 일어나겠지요. 그렇지만 엄하거나 진지하다는 것이 꼭 인상을 쓴다거나 거만을 떤다거나 방자하게 구는 것은 아니라고 봅니다. 엄하거나 진지하게 대하면 사이가 좋겠지만, 인상을 쓴다거나 거만을 떨면 욕이나 먹게 되겠지요. 엄한 것은 친절한 것과 반대다라는 생각도 일종의 편견입니다. 이 둘이 조화를 이루어 윗사람을 자상하고 존경할 만한 인물로 만드는 것입니다. 윗사람이 아랫사람과 허물없이 지내면서 아랫사람으로부터 존경받지 못하는 짓을 하는 것이야말로 진짜 꼴불견입니다. 윗사람이 매번 아랫사람 앞에서 목에 힘을 주는 것도 역겨운 일입니다. 듣기 민망한 욕을 퍼부으며, 눈에 불을 켜고, 불독처럼 있는 인상 없는 인상 다 쓰는 것도 그렇습니다. 그건 덕은커녕 추탭니다. 그건 엄한 것이 아니라 꼴사나운 짓입니다. 아무도 다른 사람의 마음을 윗사람보다 더 싸게 살 수는 없습니다. 윗사람은 몇 푼 안 들여도 자기 품위를 높일 수 있습니다. 부드러운 눈길, 친절한 대답, 온전한 대우, 힘들지 않게 사람의 마음을 사로잡을 수 있는 방법입니다. 그러나 불행하게도 힘께나 쓰는 사람들에게서 이런 친절을 찾아보기는 힘듭니다. 때로 친절하기는 하죠. 하지만 자기가 아쉬운 사람한테만 친절하지 자기를 필요로 하는 사람한테는 국물도 없습니다.

저는 유럽을 몇 군데 둘러보았는데 어딜 가나 마찬가지였습니다. 권력자들뿐만 아니라 돈 좀 있다는 사람들은 모조리…… 돈 좀 있다는 사람들이란 사무실 직원, 대저택 집사, 회계사, 그러니까 주인이나 상사의 보호를 받고 있는 사람들 말입니다. 힘으로 누를 수 있는 사람에게는 거만을 떠느라고 오만 방자하게 굴더란 말입니다. 한심한 놈들이지요. 놈들은 자기들이 못살게 구는 사람들이 찻집이나 거리나 모임에서 누구보다 먼저 저희들 꼴사나운 짓을 욕하고, 저희들 잘난 인간성을 씹고 한다는 사실을 모른단 말입니다. 저희들 출신이 어떤지, 얼마나 잘나서 그렇게 뻐기는지를 속속들이 캐내는 것도 전혀 모르지요.

여러분, 얘기가 좀 샛길로 빠진 것 같은데, 그래도 잘 알아들으셨을 겁니다. 주인이든 윗사람이든 누구든 간에, 엄하다는 것과 친절하다는 것과 모든 사람에 대한 인간적인 대우가 잘 어울린다는 사실을 말입니다. 에스파냐 양반, 선생은 사회가 정한 법과 오만으로 인한 편견이 전혀 별개의 것이라는 사실을 알았을 것입니다. 주인이 흑인 노예를 이중의 권리로 부릴 수 있다는 선생의 주장에 대해서는 말씀드리지 않겠습니다. 그저 지나가는 말로 한 것이겠지요. 선생도 아시겠지요. 살아 있는 사람을 사고 파는 행위를 정당화하는 권리는 하늘에도 없고 땅에도 없다는 사실을 말입니다."

이 말을 끝으로 우리 흑인은 자리에서 일어났다. 흑인은 유구무언

일 수밖에 없었던 내게 대답을 바라지도 않고 우리 모두와 함께 마지막 건배를 들었다. 우리는 서로 껴안고 서로를 소개하고 우정을 다짐했다. 우리는 각자 집으로 돌아갔다.

    며칠 후, 나는 장교와 흑인을 다시 만나볼 수 있는 복을 누렸다. 나는 두 사람을 대령의 사택으로 초대했다. 대령은 두 사람을 반겨주었다. 화무십일홍, 다음 장에서 이야기하게 되겠지만, 두 사람은 그 다음 달 배를 타고 영국으로 떠나버렸다.

13. 우리 작가 양반이 마닐라에서 착실하게 굴어 행운을 잡은 일, 제대, 대령의 죽음, 그 장례 등과 심심풀이로 읽을 수 있는 사건을 이야기하는 장

나는 대령과 함께 한세월 동안 성실하게 살았다. 나는 대령이 나를 믿는 만큼 나도 신의를 저버리지 않았다. 그렇게 살다 보니 내게 많은 좋은 일들이 생겼다. 대령은 부자였고 나를 사랑했다. 나는 대령의 허락을 얻어 이문이 많이 남는 물건을 사서 상인들을 통해 아카풀코에 내다 팔았다. 당시에는 중국에서 나온 상품이나 특별히 허용된 몇몇 상품을 잘만 이용하면 곱절 장사도 할 수 있었고 그보다 많은 이문을 남길 수도 있었다. 누워서 떡 먹기였다. 나는 네 차례 거래로 대리점까지 차릴 수 있었다. 나는 1천 페소로 시작하여 8년 동안 8천 페소에 달하는 재산을 모았다. 쉽게 번 돈이었지만 착실하게 모았다. 돈을 쓸 데도 없었고 돈을 쓰라고 꼬드기는 친구도 없었다.

내가 멕시코에서 코가 페어 군에 입대한 날로부터 계산하여 8년이라는 내 복무 기간이 끝나는 날, 대령은 나를 불러 이렇게 말했다.

"죄과로 인해 군에서 의무적으로 복무해야 할 기간을 내 곁에서 어느덧 다 채웠구나. 멕시코에서 자네가 저지른 잘못에 대한 응분의 보상이었지. 자네는 나와 함께 있는 동안 훌륭하게 처신했다. 나는 정말로

자네를 좋아했다. 그 사실을 내 몸소 보여주지 않았는가. 자네는 조국에서 멀리 떨어진 땅에 유배되었지만 조국에서 자유를 구가할 때는 결코 얻을 수 없었던 참교훈을 하나 배웠다. 그것은 행운을 능가하는 것이다. 앞으로는 이 교훈에 따라 처신해야 할 것이다. 자네도 이제는 명심했겠지. 사람이 할 수 있는 최선의 방법은 바르게 처신하는 것임을. 진정한 조국이란 사내대장부답게 헌신할 수 있는 곳임을. 자네는 지금까지 당번병이라는 명칭으로 불렸다. 물론 정식은 아니었다. 지금 이 순간부터 그 임무로부터 면제되었다. 자, 이제 자유다. 여기 제대증이 있다. 자네 돈 8천 페소는 내가 맡아주마. 귀국할 마음이 있으면 출항 시기에 맞춰 미리 준비해둬라."

나는 대령의 자상함에 감격했다.

"대령님, 대령님께서 베풀어주신 그 많은 은혜와 그 많은 호의에 어떻게 감사를 드려야 할지 모르겠습니다. 대령님의 말씀에 마음이 너무 아픕니다. 정말이지 군에서 제대하게 되어 기쁘기 한량없기는 하지만 대령님 곁을 떠나고 싶지는 않습니다. 저를 가장 보잘것없는 머슴으로 여기신다 해도 대령님 곁에 머물러 있고 싶습니다. 대령님 곁을 떠난다는 것은 대장, 주인뿐만 아니라 은인, 가장 친한 친구, 아버지를 잃는 것이나 진배없기 때문입니다."

"그런 얘기는 그만두거라. 내 말은 그런 뜻이 아니다. 자네가 못마땅해서 내 집에서 쫓아내려는 것이 아니다(자네도 이제 집을 가져야지). 자네에게 완전한 자유를 주고자 함이다. 자네가 나를 어버이로 섬긴 것은 사실이지만 자네는 죄수로 여기 온 것이다. 그 동안 어쩔 수 없이 마닐라에 있었다는 얘기다. 애국심이라는 것이 일종의 선입견에 불과하다 하더라도, 애국심은 그저 해롭지 않은 선입견이 아니라, 사람이라면 갖추어야 할 윤리 덕목의 기초가 되는 것이다. 내가 줄곧 말해왔고 자네도 익히 아는 바다. 철학자들은 주장한다. 사람은 모름지기 이 세상에서 세계주의자, 그러니까 만민의 동포가 되어야 한다. 철학자들은 이 세상 전부를 조국으로 삼는 사람들이다. 그러나 모든 사람이 다 철학자는 아니다. 그래도 이제는 한물가긴 했지만 철학자들의 사상을 적어도 용납은 해줄 필요가 있다. 철학자들의 주장을 한마디로 표현하기란 불가능한 일은 아닐지라도 대단히 어려운 일이다. 우리가 태어난 장소에 대해 특별한 애정을 갖는 일은 역사가 깊은 일이다. 오래 전부터 모든 사람들에 의해 신성시되어온 생각이다. 오비디우스가 흑해에 유배되었을 당시 얼마나 심란해했는지 자네도 읽어보았을 것이다. 기후가 불순해서도, 야만적이고 호전적이고 잔인한 이웃 나라를 두려워해서도 아니었다. 자기 조국 로마를 떠나 있다는 것에 고통스러워했단 말이다. 오비디우스의 편지를 읽어보았을 테니 알 테지. 오비디우스는 유배지를 조금이라도 로마와 가까운 곳으로 하기 위해 온갖 노력을 다했다. 온갖 아부를 떠는 일도 마다하지 않았고, 자신을 추방한 아우구스투스 황제를 신으로 부르기까지 했다. 애국심에 대한 예를 들기 위해 이 따위 얘기를 해서 어쩌자는 것인지 나도 모르겠지만, 익스타칼코 마을 원주민 한 명이 자기는 자기 오두막을 멕시코 총독의 궁궐과도 바꾸지 않겠다고 했다는 이야기를 자네도 알고 있겠지. 사실 선입견이든 아니든 자기가 태어난 땅에 대한 사랑은 이상하게도 아주 강렬한 것이다. 이 사랑을 극복하기 위해서는 철학자가 돼도 백 번은 돼야 할 것이다. 진짜 어처구니없는 일은 우리가 이 특별한 의무를 저버리면 배은망덕한 놈이니, 비열한 놈이니, 배신자니 하는 오명을 반드시 뒤집어써야 한다는 사실이다. 페드로 군, 그래서 나는 자네에게 자유를 주고자 했던 것이다. 벌써부터 자유롭지만. 나는 자네가 조국으로, 친구나 친척의 품 속으로 돌아가기를 원한다고 생각했던 것이다."

"옳으신 말씀입니다, 대령님. 사람이라면 마땅히 조국을 사랑해야지요. 자기가 태어난 곳이니까, 사람들을 하나로 묶어주는 끈이니까 말입니다. 그러나 자신을 조국의 자식으로 여기는 사람들에게나, 조국이 모국으로서의 역할을 해준 사람에게나 해당되는 것이겠지요. 저는 아닙니다. 조국은 저를 의붓자식 취급했습니다. 친구놈들은 하나같이 자기 욕심만 채우려들었습니다. 돈푼깨나 있을 때는 친구놈들이 차고 넘쳤습니다. 돈이 다 떨어지니까 싹 돌아서 절망에 빠진 저를 거들떠보지도 않았습니다. 제가 말을 거는 것까지 꺼려했습니다. 친척들도 저를 완전히 외면했습니다. 고향 사람들도 철저하게 배은망덕하게 굴었습니다. 그런 조국을 제가 어떻게 동포라는 생각으로 사랑할 수 있겠습니까? 저는 못합니다, 대령님. 그 여러 지방이나 그 경관을 생각하면 모국으로 인정할 수는 있습니다. 오리야, 익스타칼코, 산타아니타, 산아구스틴 데 라스쿠에바스, 산앙헬, 타쿠바야 등으로 인해 사랑할 수는 있습니다. 대령님께 자신 있게 말씀드리는 바이지만 그외의 이유로는 조금도 아쉽지 않습니다. 사람들이라면 눈곱만큼도 아쉬울 게 없습니다. 산티아고의 축제, 카니타와 나나 로사의 노점상들은 꿈에서조차 선명하게 떠오르지만 말입니다."

"자네 생각을 납득시키기 위해 그렇게 애쓸 필요는 없어. 그래도 자네 지금 너무 지나치게 어리광을 피우고 있다는 사실은 알아야 해. 사실 조국은 자네뿐만 아니라 많은 사람들을 의붓자식 취급한다. 국민 모두에게 균등한 기회를 제공하지 못하는 정치적 이유를 제외한다면, 많은 사람들이 자기 나라에서 동포들이 은혜를 베풀어도 자기 잘못 때문에 고생한다는 점을 자네는 인정해야 해. 방탕하고 사악한 젊은이에게 돈을 주고 자기 집을 내줄 사람이 어디 있단 말이냐? 아무도 없어. 그런 형편에 그 망나니들이 자기 조국에 대해, 자기 동포에 대해 불만을 늘어놓을 수 있겠느냐? 자신의 난잡한 행실을 탓해야지.

자네 자신이 이러한 진리를 몸소 보여주지 않았는가. 자네는 내게 지난 삶을 얘기해주었지. 자네 삶을 되돌아보고 멕시코에서 겪었던 불행이 어땠는지 곱씹어봐. 감옥에 갇히고, 도둑놈 소리를 듣고, 결국 이런 도형수 생활까지 하게 되지 않았는가. 그걸 자네 조국이나 동포들의 사악한 심보 탓으로 돌리면 안 되는 거야. 자네 짓거리와 불량한 친구들을 탓해야지."

대령이 이와 같이 엄격한 훈계를 늘어놓는 동안 나는 내 인생 비망록을 한장 한장 되짚어보았다. 대령의 말처럼 꼭 그랬다. 나는 속으로 인정했다. 나를 망친 그 많은 불량한 친구놈들이 생각났다. 하누아리오, 마르틴 펠라요, 새끼독수리, 또 그 밖의 친구들. 바른 소리로 나를 바른 길로 인도하려고 애쓴 친구들도, 자기 돈을 써가며 나를 도와주었던 친구들도 생각났다. 안토니오 씨, 여관집 주인, 누더기 신사, 또 그 밖의 친구들. 나는 속으로 뉘우치며 대령에게 말했다.

"대령님께서 하신 말씀은 의심의 여지 없는 사실입니다. 아직까지 제가 우매하다는 사실을 인정하겠습니다. 대령님께서 참된 가르침이라는 쇠망치로 저를 단련시켜주시기 바랍니다. 그러니 저를 제발 내치지 말아주십시오."

"자네를 내칠 이유가 없지. 지금까지처럼만 처신한다면 자네 집처럼 지내도록 하게. 나도 자네를 내 친자식처럼 여기니까."

나는 감격하여 대령을 힘껏 껴안았다. 이로써 일련의 담판이 종결되었다. 나는 지금까지 누려왔던 것처럼 대령의 신임을 듬뿍 받으며 옆에 머물러 있게 되었다. 그러나 이 행운도 이내 끝장날 판이었다. 행운은 잽싸게 달아났다.

나는 민간인으로 두 달을 보냈다. 어느 날, 대령은 식사를 마치고 나서 뇌일혈을 일으켰다. 손을 쓸 수 없을 정도로 졸지에 벌어진 일이라 종부 성사, 즉 죄를 고하여 그 동안의 잘못을 용서받을 수 있는 기회도 얻지 못했다. 밤늦은 시간, 대령은 내 품에서 숨을 거두었다. 나를 절망과 고통 속으로 내팽개치고.

마닐라의 유지들이 곧 대령의 사택으로 몰려들었다. 사람들이 시체를 군대식으로 염을 한다 하며 필요한 일을 처리했다. 나는 손가락 하나 까딱할 수 없었다.

돈이란 악마의 노리개란 말인가. 사람들은 하나같이 누가 대령의 유산을 상속할 것인지에 대해 떠들어댔다. 대령이 아무런 유언도 남기지 못하고 죽었다는 사실을 알고 있었던 모양이었다. 대령의 고해 신부가 즉시 확인하겠다고 나섰다. 신부는 내게 대령의 개인 서류함 열쇠를 내놓으라고 했다.

나는 열쇠를 내주었다. 불과 며칠 전에 대령이 작성한 봉인된 유언장이 나왔다. 유언장이 낭독되었다. 내용이 밝혀졌다. 대령의 유산은 대령의 대부인 산 티르소 백작이 맡아 처리하도록 되어 있었다. 백작은 나역시 존경해 마지않는 훌륭한 인품의 신사였다.

유언장의 내용은 대충 이랬다. 대령이 죽으면 대령의 유산으로 우선적으로 채권자들에 대한 채무를 청산한다. 나머지 재산은 3등분하여, 에스파냐의 부르고스에 사는 질녀에게 한몫, 내가 끝까지 함께할 경우 내게 한몫, 마닐라나 대령이 숨을 거두는 지역의 가난한 사람들에게 한 몫이 돌아간다. 내가 대령 곁에 없을 경우에는 내 몫으로 정해진 것은 가난한 사람들에게 추가로 배정된다.

이로써 유언장이 없겠거니 해서 가슴 설레던 사람들은 찬물을 뒤집어쓰게 되었다. 장례식이 거행되었다.

다음날, 대령이 죽었다는 소식이 온 시내에 퍼지고 나자마자 집은 사람들로 바글거렸다. 사람들이라니! 가난한 아가씨들, 비참한 과부들, 의지가지없는 고아들, 또 그런저런 불쌍한 사람들. 내 주인은 이 많은 사람들을 입 꼭 다물고 도와왔던 것이다. 대령의 은혜가 그들을 이제까지 먹여 살렸던 것이었다.

대령은 관 속에 누워 있었다. 방 한가운데, 은인이 죽어 고아 신세가 된 것을 한탄하며 울며불며 설치는 가엾은 사람들에 둘러싸인 채. 사람들은 대령의 손을 안쓰럽게 쓰다듬어본다, 손에 입을 맞춘다, 절망의 눈물을 뿌린다 하며 넋두리를 쏟아놓았다.

"우리 은인, 우리 아버지, 우리 가장 친한 친구가 죽었네…… 누가 우리를 위로하리오, 누가 그를 대신하리오?"

시의 유지들이 의리상 이런 야단법석을 진정시키려 아무리 달래고 타일러도 소용없었다. 그 가엾은 사람들은 이렇게 생각했던 것이다. 이 제는 의지할 곳이 없다. 이제는 가난이라는 그 무거운 멍에에서 헤어날 도리가 없다. 하나같이 울며불며 헐떡이며 한숨지었다. 잠시 울음 소리가 그친다 싶으면 가난한 사람과 함께했던 은인의 공덕을 치하하는 데 침이 말랐다.

사람들은 대령이 땅속에 완전히 묻히기까지 질기게도 따라붙었다. 장례 음악이 가난뱅이들의 구슬픈 하소연과 장단을 맞추어 세상에 둘도 없는 아름다운 소리로 울려퍼졌다. 이 사람들이야말로 고인의 진정한 상제들이었다. 거룩한 신전의 납골당은 진정에서 우러나오는 최후의 안간힘을 넉넉히 받아들였다.

이 엄숙한 종교 의식이 마무리되자 나는 처연한 심정으로 집으로 돌아왔다. 9일 간이나 나는 조문객조차 제대로 맞을 수 없었다.

그 기간도 지나갔다. 유언 집행인은 유산을 정리했다. 모두 이루어졌다. 모든 것이 유언자의 뜻에 따라 집행되었다. 나도 내게 정해진 몫을 받았다. 3천 페소가 넘는 거액이었다. 나는 그 돈을 왜 받게 되었는지를 알았기 때문에 돈을 받으면서도 마음이 착잡했다.

근 석 달을 나는 근신하며 지냈다. 내 아버지요 은인인 대령 생각은 별로 나지 않았다. 나는 다른 생각에 한동안 빠져 있었다. 일단 사람이 죽으면 고인의 자식이나 부인이나 친구들, 아니 연인들조차도 대부분 고인을 금방 잊어버리고, 고인에 대해 생판 몰랐다는 듯이 뻔뻔스럽게 놀아난다. 몸에 걸치고 있는 상복이 끊임없이 고인에 대한 추억을 상기시킬지라도.

나는 1만 1천 페소라는 거액의 재산가로 마닐라에 소문이 나 있었다. 나는 대령 살아생전에 배우고 익힌 인생관을 지켜 빗나가지 않도록 노력했다. 사람좋은 부자에게 으레 따라붙게 마련인 변변치 못한 친구들이 아무리 꼬시고 달래도 나는 의연하게 처신했다. 돈을 쓰기도 싫었고, 내가 가까스로 얻은 사람좋다는 평판을 잃고 싶지도 않았던 것이다. 돈에 대한 집착과 자기밖에 모르는 이기심은 덕은 아닐지라도 우리로 하여금 자중하게 하여 악한 행실에 몸을 파는 일을 막아주기는 한다.

이런 명확한 원리에서 필연적으로 이런 결과가 나온다. 사람이란 잃을 것이 없을 때에는 가장 형편없는 망나니가 된다. 설사 지금 당장은 아니라 할지라도 가장 형편없는 망나니가 될 가능성은 충분하다. 그래서 어느 나라에서나 가장 가난하고 가장 볼품없는 사람들이 가장 형편없고 가장 악랄한 사람들이 되는 것이다. 가난한 사람은 잃고 어쩌고 할 돈도 명예도 없으니까. 그러니 무슨 죄인들 마다하겠으며, 그 어떤 추잡하고 가증스러운 짓인들 마다하겠는가. 제대로 생각할 줄 안다면 명심해야 할 것이다. 어른들은 아랫사람들이 빗나가 무용지물이 되는 것을 방지하기 위해 최선을 다해야 한다는 얘기다.

하지만 이 따위 생각이야 다른 사람을 부릴 자격이 있는 사람이나 신경 쓸 일. 내 자신에 대해 얘기하자면 이렇다. 마닐라에는 아는 사람도 없겠다, 돈은 있겠다, 나는 조국으로 돌아가고픈 마음이 간절했다. 내 환골탈태한 모습을 동포들에게 자랑하고 싶었다. 멕시코에서 한껏 폼을 잡으며 살고 싶었다. 머리를 굴려보니 충분히 그럴 수 있겠다 싶었던 것이다.

그래서 나는 신중에 신중을 기해 돈을 관리했다. 절약에 절약을 했다. 배가 아카풀코를 향해 출항하게 되었을 때, 나는 내 친구들, 내 친구의 친구들, 대령의 친구들에게 작별을 고했다. 나는 다른 것은 다 제쳐두고 대령을 위해 성대한 기념 미사를 올리게 했다. 꼭 그렇게 해야 할 것만 같았다. 미사를 마치고 나는 전재산을 끌어안고 배에 올라 카비테를 향했다.

14. 우리 작가 양반이 아카풀코까지 배를 타고 오면서 겪은 일, 조난당한 일, 어느 섬에 표류하여 환대받은 일, 그 밖에 재미있는 사건을 이야기하는 장

우리가 우리 나름대로 상상의 나래를 펴서 무릉도원을 날고 있다고 생각해보라. 얼마나 기가 막힌 일이겠는가! 아무런 방해 될 것 없이 깜냥껏 살아갈 수 있다면, 어떠한 문제도 없을 것이라는 확신 속에서 살 수 있다면, 아니 더욱 확실하게, 우리 주님께서 우리가 바라는 일이라면 무엇이든지 이루어주실 것이라는 믿음으로 살 수 있다면 말이다!

한 재산 거머쥐고 아카풀코를 향하여 마닐라를 출발할 때 내 기분이 꼭 그랬다. 여기서는 1만 1천 페소에 불과하지만 멕시코만 가면 2만 8천 내지 3만 페소의 가치가 있을 것이다. 이 돈을 베라크루스에서 장사로 굴리면 한 2년 만에 5만 내지 6만 페소는 문제없을 것이다. 그런 돈이라면 바보도 아니고 인물도 괜찮겠다, 나만한 지참금을 가진 아가씨와 결혼하지 못할 이유도 없지 않겠는가? 그 합친 돈을 추저분할지라도 아끼고아끼면 또 한 2년 만에 떼돈을 모을 수 있으리라. 그 돈으로 마드리드로 달려가 백작이나 후작의 지위를 사지 못할 이유도 없겠지? 나는 돈을 조금만 쓰고도 작위를 산 사람을 분명히 많이 알고 있었다. 좋다. 백작이나 후작이라는 작위를 갖고도 장사꾼 노릇을 하면 쪽팔리

는 일일 것이다. 사람들은 나를 알레펀 후작이나 무셀리나 백작으로 불러야지. 그렇게 한다고 대수리오. 이 같은 사닥다리를 타고 작위를 얻고 최정상에 오른 놈들이 어디 한둘인가? 그래도 생계를 위해서는 다른 구멍을 마련해야 한다. 시기심이 난 말쟁이들이 나를 가만두지 않을지도 모르니까. 어떤 구멍이 좋을까? 농장, 바로 그거다. 후작에게 적당하고도 폼나는 것이 농장 외에 뭐가 있겠는가? 훌륭한 농장을 몇 개 마련하자. 말 잘 듣고 똑똑한 관리인에게 맡기면 되는 거지. 우리나라 땅이야 워낙에 기름지니까 수확도 엄청나겠지. 이걸 계속 불려가면 멕시코에서 힘깨나 쓸 수 있겠지. 사람들은 내게 온갖 아양을 떨 것이고. 마누라는 기가 막힌 미인에다 품위도 있어야 해. 모든 여자들이 주목하게 될 테지. 총독의 비라도 쳐다보지 않을 수 없어야 한단 말이지. 아무렴 그렇지. 마누라는 외모뿐만 아니라 그 머리로도 사랑을 받아야지. 바위라도 구워삶을 만하게 늘어붙어 그 줄을 꼭 붙여둔단 말이지. 총독의 비가 마누라와 단짝만 되면 빽이야말로 끝내주는 빽이지. 이제 빽을 매고 총독에게 엉기는 거야. 총독의 눈도장을 받으면, 돈을 조금 써서 군대를 하나 맡겨달래야지. 나는 대령이다. 일취월장, 환골탈태. 메달이 주렁주렁, 집채만하게 몸을 세우면, 그 앞에서 각하, 각하!

이걸로 족하리오? 천만의 말씀! 농장에서는 풍성한 산물이 쏟아져 나오고, 돈궤는 넘치는 금화로 몸살을 앓고, 내 친구 총독이 에스파냐로 귀국할 때 나도 동행한다. 한편으로 국왕을 구워삶으며 또 한편으로 돈으로 밀어붙이면 아메리카 담당 사법성 장관 자리 하나는 따놓은 당상이겠지. 국무장관 비위도 신경 써서 맞춰야겠지. 조금만 신경 써서 2년 안에 멕시코 총독 자리를 차지하는 거야. 따놓은 당상이요 손 짚고 헤엄치기지. 그렇게만 된다면…… 아하! 내 조국에서 총독의 자리에 오르게 되는 그날, 홍감할지어다!

아하! 나를 아는 놈들은 모조리 내 앞에서 발발 기겠지! 친척이나 친구놈들은 모조리 내 앞에 조아릴 것이고, 나를 무시했던 모든 놈들이 모조리 내 분노에 노심초사할 것이라!

이것뿐이랴! 광대 무한한 내 조국을 다스리며 지내는 나날들은 또 얼마나 감미로우랴! 한 재산 꼬불칠 수 있는 기회는 또 얼마나 차고 넘치랴! 무슨 짓인들 못 하리오! 내 행악을 최고의 미덕으로 추앙하며 내게 엉겨붙는 무리들은 또 얼마나 되랴! 집으로 돌아가 제정신이 들면 나를 싹 잊고, 혹은 내 불구대천의 원수가 된다 할지라도! 아무렴 어떠랴! 몇 년 안 된다 할지라도 환호작약하며 살게 될 터인데! 아등바등 돈을 아껴 그 돈으로 원수놈들의 주둥이는 막고 친구놈들의 주둥이는 사버리는 거다. 친구놈들은 입에 침이 마르도록 나를 칭찬할 것이요, 원수놈들은 내 잘못에 입을 다물게 되겠지. 귀족이요, 돈도 좀 있다 하는 여기 이 페리키요가, 그래 둘째가라면 서러워할 이 망나니가, 총독과 선한 사람으로 개과천선했다. 비록 속으로는 몇몇 얄미운 놈들을 향해 복수를 주장하고 있지만.

내가 배를 타고 귀국할 당시 처음 며칠 간의 생각이라는 것이 똑 이랬단 말이다. 주님께서 내 터무니없는 욕심을 어느 정도만 허락하셨어도 세상 모든 사람은 오늘날 절망 속을 헤맬 것이며, 내 가문은 사람들의 모욕거리가 되었을 것이며, 나 또한 교수대에서 목이 날아갔을 것이다.

우리는 일주일 간 항해했다. 그 기간 동안 내 머리는 오매불망 총독에 대한 상념으로 가득했다. 휘황찬란 어깨띠, 알록달록 비단 자수, 일심 단결 충성 복종, 진수 성찬 대연회, 보배롭다 사발 쟁반, 여유롭다 산보길, 편안하다 금마차, 신실하다 하인 머슴, 으리번쩍 대궐 궁전, 이것들이 모두 어지러운 내 머리 속에서 끊임없이 춤판을 벌였다. 내 어리석은 기대가 신물이 나게 재미를 보았던 것이다.

나는 완전히 단순 무식함에 빠져 제정신이 아니었다. 모래 위에 짓는 집, 바닥에 놓을 돌멩이 하나 없었다. 나는 다시 거만을 뒤집어쓰고 있었다. 많이 모자라는 페리키요라는 인생 하나 주체 못하면서 총독 자리를 탐내고 있었던 것이다. 그래서 나는 같은 배를 탄 한다하는 사람들과는 말도 행동도 조심스럽게 했다. 나와 비슷한 처지에 있는 놈들은 거들떠보지도 않았고, 나보다 못한 놈들에게는 있는 폼을 다 잡았는데 그 꼴이 가관이었다.

사람들은 내 싹 변한 태도를 금세 눈치 챘다. 며칠 전만 해도 명랑하고 사근사근하게 놀던 놈이 4일 만에 귀찮다는 듯이 폼을 잡고 붙임성 없이 굴었으니 그럴 수밖에. 나를 욕하는 사람도 있었고, 내 앞에서 안면 몰수하는 사람도 있었다. 하나같이 나를 미워했는데 그건 당연한 처사였다.

나도 사람들이 인색하게 구는 것을 눈치 챘다. 그래도 나는 속으로 생각했다. 이 자식들이 나를 무시해? 총독에게 이 따위 자식들이 무슨 소용이랴? 네놈들, 지금 나를 피하는데, 내가 권력만 잡으면 내게 아양 떠느라고 누구보다 먼저 저희들 수염마저 잡아뺄 놈들인 주제에. 이렇게 우리 새로 나신 돈 키호테께서는 헛된 망상 속을 계속 헤맸다. 시시때때로, 날이 갈수록 망상은 부풀어만 갔고, 주님께서 적절한 순간에 바람을 일으키시어 흩어놓지 않으셨다면 장차 산이폴리토 정신 병원에서 한자리 차지하게 될 판이었다. 사단이 났던 것이다. 항해 일주일째 어스름이 내릴 무렵, 하늘이 잔뜩 찌푸려지더니 빽빽한 먹구름이 몰려와 사방이 어둠 속에 파묻히기 시작했다. 우리가 가는 방향과는 반대로 북동풍이 일었다. 순식간에 먹구름이 몰려와 사방이 어둠에 잠기고 말았다. 엄청난 소나기가 쏟아지기 시작했다. 쏟아지는 빗줄기를 가르며 천둥

번개가 사방을 휘저었다. 우리 눈에는 공포가 가득했다.

그러기를 여섯 시간. 갑자기 세찬 남동풍이 일었다. 바다는 시시각 각 부풀어오르며 산더미만한 파도를 토해냈다. 하나만 걸려도 배는 추풍낙엽이 되기에 족할 것 같았다. 험악한 회오리바람에 배는 한정 없이 흔들리고 불이란 불은 모조리 꺼져버렸다. 뱃사람들은 더듬더듬 애를 썼다. 번쩍이는 번갯불에 우리 마음은 더더욱 졸아들었다. 우리는 허옇게 질린 서로의 표정 속에서 죽음의 그림자를 엿볼 수 있었다. 때로는 죽음이 그립기도 했겠지만.

그런 상태에서 파도 한 방에 방향타가 날아갔다. 계속된 연타에 뱃머리 가로대가 날아갔다. 바람을 업은 연이은 강타에 가운데 돛이 날아갔다. 갈기갈기 찢어진 돛폭에 망연자실한 가로대며 밧줄이 구슬프게 목을 놓았다. 뱃사람들이라도 용빼는 재주는 없었다.

바람은 천방지축으로 불어대지, 방향타는 날아갔지, 배는 물결이 이는 대로 속수무책으로 떠다녔다. 내리치는 파도로 배에 물이 차는 것을 막기 위해 해치를 닫아보았지만 어림없는 일이었다. 아무리 펌프질을 해도 물을 뺄 수조차 없었다.

상황은 속수무책이었다. 우리가 얼마나 낙심천만했는지는, 우리가 얼마나 안절부절못했는지는, 우리가 얼마나 아등바등했는지는 뻔할 뻔 자였다.

그렇게나 절박하고 안쓰러운 상황에서, 드디어 뱃사람들을 희생양으로 바쳐야 하는 숙명적인 시간이 도달했다. 아이들이 가지고 노는 공인 양 이리 차이고 저리 차이던 배가 엄청난 힘으로 암초에 부딪쳤다. 산산조각. 석류알 터지듯 선미에서 중갑판까지 쩍 벌어졌다. 밀려드는 물결. 주님께 의지하여 참회의 기도를 올리는 수밖에 다른 도리가 없었다.

신부가 나서 우리 모두의 죄를 싸잡아 용서해주었다. 우리 모두는 어쩔 수 없이 운명을 받아들였다.

나는 배가 잠기기 시작하자 한 마리 고양이인 양 갑판으로 뛰어올랐다. 오, 주님께서는 나무판자 하나를 나를 위해 예비해두셨다. 나는 전심전력으로 나무판자에 매달렸다. 조난당했을 경우에는 나무판자가 장땡이라는 말을 들어 알고 있었던 것이다. 나는 나무판자를 붙잡고 물 위로 떠올랐다. 나는 황급히 사그라지는 번갯불 틈으로 내 눈앞에서 꼴까닥 잠겨드는 배를 목격했다.

두려움은 한층 더해졌다. 동행인들은 이제 다 죽었구나. 나도 머지않아 같은 꼴을 당할 것이다 싶었던 것이다.

그러나, 사람에 대한 집착과 마지막 순간까지 우리와 동행하는 한 줄기 희망이 내 기진맥진한 몸뚱이에 힘을 불어넣었다. 나는 나무판자에 기를 쓰고 매달려, 맹세에 맹세를 거듭하며 과달루페 성녀의 보호 하에 있게 하시기를 우리 주님의 어머니께 간구했다. 나는 물결과 바람이 함부로 까부는 대로 물위를 둥둥 떠다녔다.

파도에 밀려 물속으로 빠져들기도 하고 나무판자 세포 구멍 속을 알차게 채우고 있던 공기 덕으로 물 밖으로 나오기도 했다.

아무런 희망도 없이 꼭 죽을 것만 같은 절박한 심정으로 한 시간 반 동안은 사투를 벌였으리라. 이윽고 먹구름이 걷히고 물결이 잦아들었고 바람도 숨을 죽였다. 여명이 밝았다. 상황이 상황이었던지라 그렇게 아름다울 수가 없었다. 지상 천국이 있다면 바로 그런 광경이었을 것이다. 머지않아 태양도 그 아름답고 상큼한 얼굴을 내밀었다. 나는 거의 벌거벗은 상태였다. 막막한 바다가 눈앞에 놓여 있었다. 나는 그 끔찍했던 지난 일에 잔뜩 주눅이 들어, 이 망망한 바다에서 죽고 말 것이라는 생각에 기가 질려, 이 아름다운 대자연의 장관을 제대로 맛보지도 못했다.

나는 나무판자를 부여잡고 어쨌든 떠 있는 일에만 매달렸다. 고기를 즐기는 물고기가 공격해오지 않을까 전전긍긍했다. 바로 그때 사람의 목소리가 귓전을 울렸다. 나는 고개를 들고 멀리 살펴보았다. 쪽배를 탄 어부들이 나를 소리쳐 부르고 있었다. 나는 간절히 쳐다보았다. 어부들이 내게 다가왔다. 저 선량한 사람들이 나를 구하러 날아오는 모습을 목격했을 때, 내가 붙들고 늘어지던 나무판자에 배를 갖다 대고 손을 내밀어 나를 배로 끌어올렸을 때, 내 심정이 어떠했는지 나는 필설로 옮기지 못한다.

나는 거의 벌거벗은 채로 정신마저 오락가락했다. 그런 나를 어부들은 뒤집어엎어놓고 그 동안 들이켠 물을 토해내게 했다. 그런 다음 천으로 내 몸을 골고루 문지르기 시작했다. 어부들 중 한 명이 어찌나 세게 박박 문질러대던지 원. 어부들은 나를 보듬어 안고 가까이 있던 섬의 선착장으로 데려갔다.

어부들이 배에서 나를 끌어 내리는 순간 나는 정신을 차렸다. 나를 꼼짝 못하게 했던 경기로부터 풀려났다고 해야 할까. 나는 눈을 떴다. 그 다음에 벌어지는 일들.

어부들은 선착장에 심어져 있던 울창한 나무 밑에 나를 뉘었다. 금세 사람들이 삼삼오오 내 주위로 몰려들었다. 유럽인들도 몇몇 눈에 들어왔다. 하나같이 나를 쳐다보며 온갖 질문을 던져왔지만 순전히 궁금증 때문이었지 어느 놈 하나 진정으로 내 생각을 해주는 놈은 없었다. 우리나라에서라면 반 레알 값어치도 없는 동전 하나를 던져준 놈이 겨우 하나 있기는 했다.

다른 놈들은 입으로만 실컷 동정을 베풀고는 이런 소리나 늘어놓으며 돌아섰다.

"저런 세상에! 불쌍한 일이다! 아직 젊은 놈이."

이 따위 영양가 없는 말뿐이었다. 입으로야 실컷 도와주었으니 흡족해하며 자리를 떴다.

가난한 섬사람들도 나를 쳐다보며 눈가를 붉히는 것 같았으나 뭐 하나 주지 않았다. 다행히 질문을 해대며 귀찮게 하지도 않았다. 말이 통하지 않아서였거나 유럽 놈들보다 더 점잖아서였겠지.

섬사람들은 가난했다. 그래도 차와 빵을 갖다 준 사람도 있었고, 헌 것이나마 망토를 하나 갖다 준 사람도 있었다. 나는 손짓 발짓 해가며 감사를 표했다. 나는 기꺼운 마음으로 망토를 걸쳤다. 알몸뚱이로 추워 죽을 뻔했으니까. 장래 멕시코 총독이 될 사람의 꼬락서니가 그 모양이었다. 장래의 멕시코 총독은 필리핀에 사는 되놈이 건네준 옷 한 벌에 감지덕지했다. 그것밖에 없었으니까. 사실 당시로서는 왕국이니, 왕궁이니, 제복이니 하는 것들은 꿈도 꿀 수 없는 것이었다. 나는 표정 관리도 할 수 없었고, 말을 아낄 수도 없었다. 나는 누구나 좋아해줄 만한 표정을 연구하기에 바빴다. 남의 동네에 와서 꼬리 내린 개새끼마냥 나는 세상에서 가장 불쌍한 표정을 지었다. 인간이란 족속은 돈푼께나 있을 때는 얼마나 기고만장해지는가! 인간이란 족속은 돈이 떨어져야만 인간다워지고 고분고분해지는 법이다!

나는 족히 서너 시간을 어디로 갈 바도 모른 채 커다란 나무 밑 그늘에 찌그러져 있었다. 이 낯선 땅에서 어찌해야 할지도 몰랐다. 이때 한 남자가 다가왔다. 차림새로 보니 섬사람이었고, 잘 차려입었다 싶으니 부자였다. 통이 넉넉한 겉옷, 그러니까 푸른색 물을 들인 도포라는 것을 입고 있었는데, 가장자리는 금실로 수를 놓았고 소맷부리에는 담비 털이 달려 있었다. 진자줏빛 어깨띠 역시 금실로 수를 놓은 것으로 발치까지 늘어져 있었다. 도포 밑자락이 살랑거릴 때마다 황금빛 우단으로 지은 샌들인지 구두가 눈에 들어왔다. 한 손에는 주먹만한 금덩이가 달린 중국산 갈대, 즉 대나무 지팡이를, 또 다른 손에는 대나무 곰방대를 들고 있었다. 맨머리에 대머리나 다를 바 없었지만, 우리나라 여자들 뒷머리에서 팔랑대는 댕기마냥 정수리 바로 아래서 어설픈 상투 하나가 달랑달랑했다. 상투는 반짝이는 테로 멋을 부리고 있었고, 그 당시로서는 자세히 몰랐지만 무슨 기장 같은 것도 하나 달려 있었다.

그 남자는 네 명의 하인을 달고 왔다. 하인들은 상전 앞에서 허리도 제대로 펴지 못했다. 하인 중 하나가 저희들 말로 하면 '그늘집,' 우리말로 하면 '양산'이라는 것을 들고 있었다. 양산이라는 것도 연짓빛 천으로 된 것으로 금줄이 주렁주렁했다. 차림새로 보아 유럽인 같은 사람도 하나 따라왔다. 그 사람은 진짜 유럽인으로 에스파냐어 통역일을 하고 있을 뿐이었다.

남자는 내게 다가와 안쓰럽다는 듯이 쳐다보았다. 어느 정도 내 불행을 동정한다는 뜻이었다. 남자는 통역을 통해 내게 말했다.

"낙심하지 말지어다, 가련한 조난자여. 바다의 여러 신이 그대를 벨라 섬으로 데려가지 않은 것만도 다행이니라. 그곳에서는 바다가 용서한 자를 노예로 삼나니. 자, 내 집으로 가자."

남자는 이렇게 말하고 하인에게 명하여 나를 업도록 했다. 바로 그때 구경꾼들 사이에 술렁임이 일더니 이윽고 만세 소리와 환희의 외침이 터져나왔다.

나는 이 남자가 아주 특별한 존재임을 이내 알 수 있었다. 남자가 지나갈 때면 모두 머리를 조아렸던 것이다.

내 예상은 적중했다. 집이라고 도착해보니 바로 왕궁이었다. 그것도 최고위 계층의 왕궁. 나는 우아하게 꾸며진 방으로 안내되었다. 남자는 내게 먹을 것과 자기가 입던 옷을 건네주었다. 입던 것이라 해도 기막히게 좋은 것이었다. 남자는 나를 나흘 동안이나 쉬게도 해주었다.

닷새째 되던 날, 내가 조난으로 인해 상했던 건강을 완전히 회복했다는 소식을 듣고 남자는 통역과 함께 내 방을 찾아와 이렇게 말했다.

"음, 좋아, 에스파냐 친구. 그래 바다보다는 내 집이 낫지? 그래, 여기선 편한가? 어때, 지낼 만한가?"

"어르신, 베풀어주신 호의, 백골난망이옵니다. 어르신의 거처는 왕궁이요, 저를 고난으로부터 구원하여주신 피난처요, 제가 조난 이후에 발견한 가장 안전한 항구이옵니다. 어찌 제가 만족할 수 없겠으며, 어찌 제가 어르신의 관대한 은혜를 모르겠나이까?"

그때부터 섬사람은 나를 애지중지하게 되었다. 섬사람은 날마다 나를 찾았고 말을 배우라고 선생도 붙여주었다. 나는 곧 어느 정도 알아듣게 되었다. 섬사람도 에스파냐어, 영어, 프랑스어를 조금씩 했다. 자기나라 말에 양념 정도로 간간이 섞어 쓰는 정도였지만.

섬사람의 에스파냐어 솜씨보다야 내 새로 배운 말솜씨가 더 훌륭했다. 나는 그곳에 있어야 했고, 섬사람들과 어울려 지내려면 말을 배울 필요가 있었으니까. 우리 모두 알다시피 다른 나라 말을 배우는 데 있어서 왕도란 없다. 필요에 쫓겨 그 나라 사람들과 어울려 열심히 배우는 길이 최선의 길이다.

2,3개월 만에 나는 통역 없이도 섬사람과 자유자재로 뜻을 통할 수 있게 되었다. 그때에야 섬사람은 자신이 그 지방의 투탄, 그러니까 부왕의 동생이라고 자기 소개를 했다. 사우체오푸라는 이 섬이 바로 이 지역의 중심지라 했다. 자기는 부왕의 서열 2위 보좌역을 맡고 있으며 이름은 리마호톤이라고 했다. 나도 그 보답으로 즉석에서 내 이름, 왜 그곳 바다로 항해를 하게 되었는지, 내 조국이 어디인지를 알려주었다.

나는 시시콜콜하게 다 이야기했다. 섬사람은 내 재수 옴 붙은 팔자를 동정해주었다. 섬사람은 우리나라, 즉 멕시코에 대해서도 상당한 관심을 나타냈다.

이런 대화가 오간 다음날, 섬사람은 나를 자기 형에게 소개시켜주었다. 나는 지금까지 배우고 익힌 모든 솜씨를 발휘해 정중하게 예를 올렸다. 투탄이라는 사람도 나를 정중하게 대했다. 투탄은 다정하게 이렇게 말했다.

"그래, 귀공은 무슨 일에 재주가 있는고? 비록 이 지역에서 우리나라를 방문하는 가난하거나 가난하지 않은 모든 이방인을 선대하고 있다고는 하나, 우리 도시에 머무르고자 하는 이방인에 대해서까지 관용을 베풀기는 힘든 법. 일정한 시간이 지나면 그 능력과 재주를 헤아려 마땅한 일에 종사시키고 우리 또한 우리가 모르는 바를 그로부터 배우고자 함이로다. 이곳에서는 손수 일하여 벌지 못하는 자는 예외 없이 우리 농산물도, 우리 부드러운 쇠고기도, 물고기도 먹을 수 없음이라. 그런고로 아무 재주도 능력도 없는 자는 우리가 지도하여, 1, 2년 이내로 주군의 재산으로 살찌운 바를 갚아 나갈 수 있게 함이라. 그러니 무슨 재주가 있는지 말할지어다. 과인의 아우가 일을 소개하여 귀공으로 생활하게 할지니."

나는 그 말에 난감했다. 내 손으로 할 수 있는 유익한 일이란 전혀 없었던 것이다. 그래서 나는 투탄에게 대답했다.

"전하, 소인은 소인 나라에서 귀족이옵니다. 그리하여 천한 노동에 대해서는 전혀 아는 바가 없나이다. 신사가 육체 노동을 한다는 것은 천박하기 이를 데 없는 일이올시다."

내 변명에 그 고관대작 나리는 점잖은 체통을 단념하고 배를 잡고 웃기 시작했다. 양 옆에 놓여 있던 방석 위를 떼굴떼굴 굴렀다. 한참 만에 진정되었는지 이렇게 말했다.

"귀공의 나라에서는 손으로 일하는 것이 천박한 짓이렷다? 귀공의 나라에서 귀족은 모두 투탄이나 군후라고 한다면 모든 귀족이 매우 부자렷다?"

"아니올시다. 귀족이라고 하나같이 군주도 아니요, 부자도 아니올시다. 찢어지게 가난한 귀족도 수를 헤아릴 수 없을 만큼 차고 넘치나이다. 그리하여 가난한 귀족은 무지렁이 평민과 구별할 수 없을 정도이옵니다."

"어허, 그러하다면 귀공의 나라에서는 모두가 헛된 망상에 빠져 있다고 봐도 좋으렷다. 날이면 날마다 가난한 사람은 귀족 알기를 우습게 알 것이요, 부자라도 금세 가난뱅이가 될 것이요, 그러면 귀족이라도 힘을 쓰지 못할 터, 자식을 생산해도 게으름뱅이가 될 것이 뻔한 노릇, 자식들도 언젠가는 가난에 발목 잡히리라는 어처구니없는 생각에 물들지 아니하겠느뇨? 그건 그렇다 하더라도, 귀공의 나라에서 귀족들이 생활을 위해 스스로 손을 놀릴 줄 모른다면 다른 사람을 부리지 못할 것도 당연지사. 고할지어다. 귀공의 나라에서 귀족이나 부자(내 보니 귀공은 이 둘을 하나로 보는 것 같은데)는 무슨 일을 하는고? 그래, 이 사람들은 자기 겨레를 어떻게 섬기는고? 부자든 귀족이든 귀공의 나라에 고약한 거침돌이 될 것은 뻔한 노릇."

"아니올시다. 귀족이나 부자는 그들 선친들로부터 두 가지 고상한 일을 배우게 되옵니다. 그 하나가 무용이요, 다른 하나가 학문이옵니다. 무용이든 학문이든 사회에 커다란 유익을 끼치는 일이올시다."

"그럴듯하구나. 그러하나 무용과 학문이 귀족의 유익과 장래를 위해 뭐가 어쨌단 말인가? 과인은 그 말을 이해할 수 없노라. 그래, 무용과 학문이 어떤 직업인지 고할지어다."

"전하, 무용과 학문은 일개 직업이 아니옵고 소명이옵니다. 만일 무용과 학문을 직업이라 이름한다면 천박하게 되어 아무도 종사하려들지 않을 것이옵니다. 무용이라 하는 것은 고귀한 젊은이들이 수학 연구의 도움에 힘입어 전쟁의 기술을 연마하는 것이옵니다. 수학은 축성술, 요새 공략술, 대칭적인 부대 배치술, 도시 폭격술, 해상 전술 등을 연마하는 데 유익하옵니다. 이 학문으로 무장한 귀족은 훌륭한 장군이 되어 적의 침공을 막아내며 국가에 이바지하옵니다."

"그 과학이라는 것, 그 자체로는 고상하고 시민들에게는 매우 유익할 것이로다. 개인 각자는 살아남기 위해 자기 몸을 보호하는 것에 몸 바칠 것이니, 병사라는 직업은 매우 고상하고도 존중할 것이라. 하나 고 할지어다. 어찌하여 귀공의 나라 병사들은 그리 훌륭한고? 그래, 모든 시민이 병사가 아니란 말이더냐? 이곳에서는 모든 시민이 병사일진대. 귀공 또한 우리와 함께할 동안에는 병사로서, 이 섬이 적들로부터 침공을 당하면 우리 모두와 함께 무기를 들어야 할 것이야."

"전하, 소인의 나라에서는 그러하지 아니하옵니다. 군무에 복무할 사람들은 일정 수가 정해져 있어 국왕으로부터 봉록을 하사받고 있나이다. 군인 혹은 군대라 이름하옵니다. 오로지 이 사람들만이 적과 맞서 싸울 의무를 지며 다른 사람들에게는 그러한 의무를 지우지 않사옵니다. 군무를 지지 않는 사람들은 민간인이라 하여 군대를 유지하기 위하여 병역세를 내옵니다. 그것도 평상시에는 아니고 다급한 상황에서 그러하옵니다."

"귀공의 나라에서 벌어지는 일, 정말 어처구니없노라! 임금이 불쌍하도다! 병사도 불쌍하고, 시민 또한 가련하도다! 임금은 어디서 비용을 충당한단 말인고! 그 병사들 꼴이 어떠할 것인가! 삯으로 산 병사들에 의지하는 시민들은 얼마나 불안할 것인가! 전쟁이 발발하면 전시민이 국가 수호라는 기치 아래 물심양면으로 하나로 뭉쳐야 하는 것이 아닌가? 그리하면 불굴의 투지로 싸울 것이고, 그 단합된 모습을 보고 적들은 가히 두려워하지 않겠는가? 임금이 여러 수고와 많은 돈을 들여 전장에 내보내는 백만 대군은 건실한 5백만 백성으로 이루어진 한 나라 기력의 5분의 1에도 미치지 못할 것이라. 작은 나라이나 더 많은 병사를 모을 수 있을 것이며, 더 용감하고 더 과감하며 잘 뭉칠 것이라. 적은 비용으로 큰 효과를 보는 것이지. 적어도 짐의 나라에서는 이렇게 행하노라. 타타르인이 쳐들어와도, 페르시아 군대가 쳐들어와도, 아프리카인, 유럽인이 쳐들어와도, 우리는 천하무적이라.

하나 이 모든 것, 말의 성찬에 불과한 것. 과인은 귀공 나라의 임금이나 다른 유럽 임금들이 행하는 정책을 이해할 수 없노라. 물론 유럽 국가들에 대한 식견이 부족함도 사실이라. 나라를 다스리는 임금이라면 누구보다도 관심이 클 터이니 그렇게 하는 것도 다 이유는 있을 테지. 그래도 과인으로서는 우리 방식을 최선으로 꼽는 바이니라. 그래, 귀공이 귀족이라 하니, 귀공도 병사인가?"

"아니옵니다, 폐하. 소인은 글공부를 하는 서생이옵니다."

"좋지. 그래, 글공부, 학문이라면 무엇을 공부하는지 말해줄 수 있겠느냐?"

이 작자도 바보 멍청이로군 싶었다. 내가 지금껏 들은 바로는 에스파냐 말을 모르는 사람은 하나같이 바보 멍청이라고들 했으니까. 나는 신학자라고 대답했다.

"그래, 신학자는 뭐 하는 것인고?"

"전하, 신학자란 우리 주님에 관한 성스러운 학문을 연구하는 학자이옵니다."

"아하! 이 친구, 영원무궁 공경받을 인물이로다. 그래, 귀공 주님의 본질이 무엇인지는 깨우쳤을 것이라? 귀공 주님의 속성과 완벽함이 어떠한 것인지도 파악했으며, 그 비밀을 가리고 있는 장막을 거둘 수 있는 자질이나 능력도 부여받았을 것이랴? 지금 이 시각으로부터 귀공은 절대 존경받아야 할 인생이로다. 자, 과인의 곁에 자리하라. 과인의 조언자가 될지어다."

나는 이 황당무계함에 다시 한번 어안이 벙벙해졌다. 그래 나는 이렇게 고했다.

"전하, 소인 나라 신학자들은 주님이 어떠한 분이시온지 알지 못하오며 이해할 능력도 없사옵니다. 주님의 그 깊이를 알 수 없는 속성은 헤아리지도 못하오며 그 비밀을 찾아낼 수도 없나이다. 다만 주님의 주님 되심과 저희 종교의 신비를 평민에 비해 자세히 설명할 수 있을 뿐이옵니다."

"말인즉슨 귀공 나라에서는 탁발승이나 대덕 혹은 승려를 신학자로 이름한다는 말이렷다. 과인의 나라에서는 이런 사람들이 우리 신들에 대해, 우리 종교에 대해, 혹은 그 교리에 대해 깊이 있는 각성을 이룬 자니라. 이 사람들은 단지 깨닫는 것으로 그치지 않고 그 깨달은 바를 다른 사람에게 가르침으로써 유익을 끼치느니라. 귀공 나라에서 신학자 노릇을 하여 귀공에게 무슨 유익이 있겠느냐."

진퇴양난이었다. 나는 허허실실 전법으로 공격에서 벗어나기로 했다. 상대방도 나만큼 미욱한 놈이다 싶었던 것이다. 나는 의사 노릇도 한 적이 있다고 말했다.

"아! 훌륭한 학문이로다. 귀공이 직업이라는 말을 싫어하니 학문이라고 칭하노라. 의원! 선한 일이지! 다른 사람의 생명을 연장시켜주고, 병의 질곡에서 해방시켜주니, 그 거하는 곳의 보배로다. 예전에 알지 못했던 새로운 의술을 착안해낸 훌륭한 의원들을 위해서는 과인의 돈궤는 항상 열려 있노라. 과인의 나라에서 의원은 학자가 아니라 자유 직업인이야. 현철하고 경험이 많은 이들만이 종사할 수 있는 일이지. 귀공도 의원으로서 솜씨를 발휘하면 크게 성공할 것이라. 솜씨를 한번 구경해 볼까."

되놈 왕은 이러더니 정원에 있는 제10번 화단에서 풀을 한 포기 가져오라고 명령했다. 풀이 왔다. 투탄은 내 손에 풀을 쥐어주며 이렇게 말했다.

"이 풀은 어느 병에 유용한고?"

난처한 질문이었다. 오래 전 틀라네판틀라에서도 이 빌어먹을 것 때문에 곤욕을 치렀었다. 내가 식물학에 대해 아는 것이라고는 혜성에 대해 아는 것만큼이었다. 한마디로 쥐뿔도 몰랐다는 말이다. 그래도 나는 자존심은 살아 있는 놈이었다. 나는 풀을 들고, 찬찬히 뜯어보고, 냄새도 맡고, 잎을 뜯어 먹어보기도 했다. 나는 자신 있게 말했다.

"이 약초는 소인 나라에 서식하는 개물통이인지 티앙기스페페틀라인지 하는 식물과 유사하옵니다. 정확한 명칭은 기억하지 못하오나, 모두 해열제로 사용되옵니다."

"뭣이라, 해열제라고?"

투탄이 물었다. 나는 오한이나 신열에 특효가 있다고 대답했다.

투탄이 말했다.

"과인이 보기에 귀공은 신학자나 병사만큼이나 의원으로서도 훌륭한 것 같도다. 이 약초는 열을 내리는 데에는 전혀 사용된 바가 없느니라. 오히려 열을 북돋우는 데 특효였노라. 한 종지 물에 대여섯 잎 달여 복용하면 복용하는 자마다 심히 열이 올랐느니라."

내 무식은 이렇게 쪽팔리게 들통이 나고 말았다. 나는 잽싸게 주워섬겼다.

"전하, 소인 나라 의사들은 약초 하나하나마다의 특성을 파악하고 있을 의무가 없사옵고, 약초 하나하나의 특성을 고려하여 일반 원리를 이끌어내지 않아도 되옵니다. 5백 내지 6백 개의 이름을 기억하는 것으로 충분하오며, 이것 또한 전문 저술가의 도움을 통해 아는 것이옵니다. 병자들도 전통으로 내려오는 처방을 숙지하고 있어 약제사의 도움으로 쉽게 구할 수 있사옵니다."

"귀공 말처럼, 귀공 나라 의원들이 약초에 대해 하나같이 그리 무식하다는 점을 짐에게 납득시키기는 귀공에게 쉬울 성싶지 않으렷다. 귀공 같은 의원이라면 내 어찌 아니라 우기리요. 그러나 의원이라는 이름에 합당한 의원들은 그런 엄청난 무지 속에 파묻혀 있지도 않을 것이라. 자기 소임을 더럽히는 일일뿐더러 그 나라에 끝없는 재앙을 초래하는 원인이 될 터이니."

"통촉하시옵소서, 전하! 소인 나라에서 가장 천대받는 학문이 의술이옵니다. 라틴어·철학·신학·민사법을 가르치는 학교는 많사옵니다. 화학·실험 물리학·광물학 즉 금이나 기타 광물질이 포함된 돌을 구별해내는 기술을 가르치는 학교도 많사옵니다. 그러하나 의술은 어느 곳에서도 가르치지 않사옵니다. 대학에 예과·본과·임상과라는 3단계 과정이 개설되어 있음은 사실이오나, 가르치는 바도 깊지 못하오며, 오전 중 잠깐 가르칠 뿐, 그것도 날마다 가르치는 것도 아니옵니다. 목요일, 축제일, 기타 여러 이유로 휴강하는 날이 많사옵니다. 대개 학생들은 젊은이들이라 학문을 공부하기보다는 놀기를 더욱 즐겨 하나이다.

이런 이유도 있고 다른 이유도 있고 하여 소인 나라 보통의 의사들은 진정 명실상부할 수가 없사옵니다. 의사라는 이름에 명실상부한 의사가 있다면 밤을 새워가며 열심히 노력했기 때문이옵니다. 의사로서의 영광을 위해 이것저것 다른 재주는 모조리 희생해가면서 말이옵니다.

이에 더하여, 소인 나라에서는 의사도 여러 종류이옵고 의학도 여러 분야로 나뉘어 있사옵니다. 종기·골절·상처 등 밖으로 드러난 병을 치료하는 의사를 외과 의사라 하오며, 이들은 다른 종류의 병은 치료할 수 없사옵니다. 다른 의사의 동의 없이 치료를 하였다가는 욕을 먹을 수밖에 없사옵니다. 열병·늑막염·부종 등의 병을 치료하는 의사는 내과 의사로, 외과 의사보다는 치료가 어렵기 때문에 존경은 더 받고 있사옵니다. 또한 의사는 아무리 지식을 많이 쌓아도 문학 학사 혹은 박사라는 명목상의 학위가 주어질 뿐이옵니다.

외과 의사에게도 내과 의사에게도 피를 뽑는 보조자가 있사옵니다. 이들은 가벼운 상처를 치료하며, 흡입기를 사용하거나 거머리를 사용하여 혈을 뽑사옵니다. 이들은 내복약을 처방하는 이외의 의술을 베푸는 것이옵니다. 이들을 일컬어 이발사, 사혈 전문가라 하옵니다.

약을 조제하고 처방하는 이들도 있사옵니다. 이들은 화학과 식물학(이곳에서는 본초학이라 이름하는 것이옵니다만)을 익혀 단시일 내로 솜씨를 낼 수 있사옵니다. 이들은 식물의 암수를 구별할 수 있사오며, 꽃받침·수술·암술을 쉽게 구분하옵니다. 이들은 약초의 특성과 효용에 대한 전반적인 지식을 습득하는 것으로 가치를 뽐내옵니다. 이들을 약제사라 하오며, 이들 또한 의사의 보조자 역을 감당하옵니다."

"과인도 아는 바니라. 저들은 자연을 탐구하여 약초의 종류와 효용을 밝혀 의술에 절대 필요한 역을 감당하느니라. 귀공의 나라에도 의사보다 정확하게 병을 고치는 약제사가 많으렷다.

귀공이 하는 말을 들으니 놀랍도다. 이제 과인도 나라마다 행하는 바가 다르다는 사실을 알게 되었노라. 과인의 나라에서는 의술을 베푼다 해서 모두 의원으로 인정하지는 않노라. 사람 몸의 구조에 대해, 앓고 있는 병의 원인에 대해, 자신이 처방하는 약이 어떤 작용을 할 것인지에 대해 통달해 있는 자만 의원이라 이름하는 것이니. 그리고 귀공의 나라에서는 분야별로 나뉜다고 하나 짐의 나라에서는 그렇지 아니하니

라. 내과든 외과든 이발사든 약제사든 보조자든 병을 고치는 자는 모두 의원이니라. 병자를 살펴 드러난 병이든 골병이든 고통을 호소하는 병을 치료하는 이가 바로 의원이니라. 의원이란 모름지기 약방문을 써야 하고, 약을 지어야 하며, 약을 공급해야 하며, 치료를 위해 필요하다고 판단되는 모든 노고를 아끼지 말아야 하느니라. 병자가 회복되면 사례를 받고, 그렇지 못하면 곤욕을 치러야 하느니라. 물론 나라마다 다를 것이라. 확실한 것은 귀공이 의원이 아니라는 사실. 귀공 나라의 의술을 가르칠 만한 입장도 아니라는 사실. 그러니 먹고 살 만한 다른 방도가 있는지 묻지 않을 수 없노라."

그 되놈이 말마다 붙잡고 늘어지는 통에 죽을 맛이었다. 나는 변론 분야에서는 쓸모가 있을 것이라고 했다.

"변론가라? 그건 무슨 일인고? 변에 대해 논문이라도 쓰는 기술인가?"

"아니옵니다, 전하. 변호사란 많은 사람들이 종사하는 직업으로, 자국의 법을 배우고 익혀 판사들 앞에서 고객의 권리를 대변해주는 일이옵니다."

투탄은 이 말을 듣고 손으로 두 눈을 가리며 탁자에 몸을 기댔다. 한참 동안 말이 없었다. 이윽고 고개를 들고 내게 말했다.

"한 나라의 법을 익혀 돈을 준 사람들을 위해 투탄이나 판관 앞에서 그 법을 이용하여 항변하는 이들을 귀공 나라에서는 변호사라 이름한다는 것이렷다?"

"바로 그러하옵니다, 전하."

"오호 통재라! 귀공 나라 백성들은 어찌 그리 무지몽매할 수 있단 말인가? 자신의 권리가 무엇인지, 어떤 법이 악한 것이고 어떤 법이 선한 것인지도 모르는 처사라. 유럽인들이 보여주는 가장 못난 생각이로다."

"전하, 누구라도 그 많은 법에 통달하기란 지난한 일이옵니다. 하물며 법을 해석하기란 생각도 못 할 일이옵니다. 오로지 변호사만이 자격을 얻어 법을 해석할 수 있을 뿐이옵니다. 그런고로 변호사를 면허 취득……"

"그래, 해석이라니 그 무슨 해괴한 말인고? 말인즉슨 법이 법에 씌어진 대로 적용되지 못한단 말인고? 법이 이리저리 마구잡이로 휘둘릴 수 있다는 말인고? 만일 그러하다면 귀공 백성들에 대해 동정을 금할 수 없노라. 변호사들의 아는 바, 역겹기 그지없노라.

그래, 그건 그렇다 치고, 귀공이 짐에게 고한 일 외에 더 이상 아는 바가 없다면 귀공은 무지한 자요, 전혀 쓸모가 없느니라. 짐의 나라에서는 무위도식할 수 없으니 무언가 배우기에 힘쓸지니라. 리마호톤, 이 이방인에게 실을 잣고, 물을 들이고, 비단을 짜서, 수를 놓는 일을 가르치도록 하라. 과인에게 손수 짠 벽걸이를 가져오면 그때 부자로 만들어줄 것이라. 거두절미하고, 고국에서나 이방 땅에서 벌어먹고 살 수 있는 방법을 가르치도록 하라."

투탄은 이런 말을 남기고 자리를 떴다. 나는 얼굴이 시뻘게져서 후견인과 함께 물러나왔다. 나 페리키요같이 쓸모없고 흐리멍덩한 종자는 절대 용납하지 않는 이 이국 땅에서 늘그막에 무슨 일을 배우랴 싶었다.

15. 우리 페리키요가 섬에서 백작 노릇을 한 일, 즐거웠던 나날, 섬에서 목격한 일, 식사 중에 이방인들과 나눈 이야기, 깡그리 무시할 수만은 없는 사건을 이야기하는 장

너희도 기억할 것이다. 내가 어려서부터, 아니 철이 들기 전부터 물색없는 어머니 품에서 응석받이로 자라왔다는 사실을. 나는 일 배우기를 거부했고, 일이란 모조리 경멸했다. 나는 그때부터 벌써 놀고 먹는 한량 생활을 해왔던 것이다. 그러니 내가 죽을 지경으로 고생하게 된 이유도 다 그로부터 연유한 것임을 알 수 있을 것이다. 고생을 하다 보니, 사귀느니 천하에 둘도 없는 망나니들이요, 놈들의 본보기를 따르다 보니 행악에 몸을 팔았을 뿐만 아니라, 자유를 박탈당할 정도로 혹독한 대가를 치르기도 했다. 하는 짓마다 친척들로부터, 심지어 망나니 친구놈들로부터도 외면당하는 일이요, 짐승마냥 얻어터진 경우는 또 몇 번이며, 위신도 돈도 체신도 없이 도둑으로 몰리기는 또 얼마였던가. 나는 이제까지 땟국이 좔좔 흐르는 피곤한 인생을 질질 끌고 왔던 것이다. 이제 서른을 넘겼다고 생각해보아라. 벌거벗은 몸뚱이로 겨우 살아나, 섬에서 후한 대접을 만끽하고 있는 그 순간에, 호구지책으로서뿐만 아니라 부자가 되라고 일을 시키려들다니! 너희도 이렇게 생각하느냐. 아버

지는 여기서 어쩔 수 없이 정신을 차렸을 것이다. 아버지는 과거 불행의 근본 원인을 알아차렸을 것이다. 장래에 그런 욕을 다시 치르지 않기 위해서는 이 길밖에 딴 도리가 없으니 손수 흘린 땀으로 밥을 구하기 위해, 다른 사람에게 더 이상 의존하지 않기 위해, 기꺼운 마음으로 일을 배울 것이다.

정신이 올바로 박혔다면 당연히 그렇게 생각할 것이다. 나 또한 당연히 그래야 했다. 그러나 나는 그런 놈이 아니었다. 나는 일이라면 무슨 일이건 간에 딱 질색이었다. 나는 시종일관 어영부영하며 착하고 부주의한 사람들 등이나 쳐먹고 살고 싶었다. 찬파이나의 따까리, 성구 담당 노릇을 하며 한때 일이라고 하는 시늉을 낸 적이 있지만 그건 굶어 죽을 수는 없는 노릇이어서 그랬던 것이다. 약방 조수, 의사 조수, 대령 당번병 노릇을 한 것은 조금 일하고 풍족한 생활을 누릴 수 있다는 기대로, 아니 더 나아가 한몫 잡아보겠다는 꼼수가 있어서 그랬던 것이다.

어쨌든지 간에, 나는 전혀 예기치 않았던 행운으로 고인이 된 대령 밑에서 지상 낙원을 경험할 수 있었다. 지상 낙원이란 아무나 경험할 수 없는 것, 날이면 날마다 누릴 수도 없는 것. 나는 섬에서 그 점을 깨달아야 했다. 나는 내 자신을 위해서도, 어디서든 서로 부대끼며 사는 여러 이웃을 위해서도, 쓸모 있는 사람이 되도록 노력해야 했다. 그러나 그러기는커녕, 일이 하기 싫어서, 속임수라면 자신 있다 싶어서, 내게 일을 알선해주려고 열심인 리마호톤에게 이렇게 말했다. 이곳에 오래 머물 생각이 없으니 일을 배우지 아니하겠노라. 고국으로 돌아간다 해도 일을 배울 필요가 없으니 본인이 바로 백작이기 때문이라.

아시아 친구는 깜짝 놀라 물었다.

"귀하가 백작이란 말이오?"

"그렇소이다, 소인은 백작이올시다."

"그래, 백작이란 뭐 하는 겁니까?"

"백작이란 귀족으로 부자이올시다. 왕을 섬기므로, 선대로부터 왕을 섬겨왔으므로 왕이 그에 갚음하여 이러한 작위를 내리는 것이지요."

"귀국에서는 백성으로서 개별적으로 주군을 섬기지 않을 수도 있단 말인가요? 선조가 주군을 섬긴 것으로 후손이 당대 주군의 관용과 함께 영예를 얻는 일이 가능하단 말인가요?"

이 친구 역시 질문 공세였다. 나는 응수했다.

"우리 관대하신 국왕께서는 실제적으로 자신을 섬긴 자뿐만 아니라 그 자손 대대로 호의를 베푸십니다. 소인은 용맹스런 어느 장군의 후손이올시다. 그분께 국왕께서도 많은 은덕을 베푸셨지요. 소인은 그분 자제로 태어난 덕에 장자 상속으로 거부가 되었습니다. 게다가 백작이라는 작위까지 물려받았습니다. 소인이 백작이 된 것은 모두 부친의 은덕이지요."

"그렇다면 귀하는 장군이기도 하겠습니다그려?"

"장군은 아니올시다. 백작이기는 합니다만."

"이해할 수 없는 일이오. 귀하의 부친께서는 성채를 공격했고, 도시를 점령했으며, 적군을 격파했소. 한마디로 해서, 주군의 머리에 월계관을 씌웠단 말이지요. 전장에서 목숨을 잃었을 수도 있지 않았겠소. 그런데 귀하는 단지 그 용맹하고 충실한 장군의 자제라는 이유만으로 하루아침에 백작에 거부까지 되었소. 전쟁의 위험도 감수하지 않고, 조신들이 하는 일이 무엇인지도 모르는 채로. 보아하니 귀하 나라에는 우리나라보다 귀족이 흔할 것 같소이다. 그렇다면 말해보시오. 아무 공로 없는 세습 귀족이 귀국에서 종사하는 일은 무엇이오? 전쟁에도 나가지 않고 왕자들의 몽학 선생 노릇도 못한다면, 그러니까 평화 시에도 전쟁 시에도 불필요한 존재들이라면, 붓을 쓰지도 못하고 검도 쓰지 못한다면, 도대체 무슨 일을 한다는 것인지 얘기해보시오. 무슨 일로 시간을 보내오? 무슨 일에 신경을 쓰오? 군주나 국가가 그들로부터 무슨 이득을 보오?"

나는 짧은 생각이나마 붙잡고 늘어졌다.

"무슨 일을 꼭 해야만 하는 것은 아니지요. 오락을 즐기고, 산보도 하고, 돈 드는 일이 아니라면 일도 하지요. 우리나라 백작이나 귀족들의 저택을 보신다면, 그 잔치에 참석해보신다면, 그 화려함을 보신다면, 그 많은 하인들이 잘 차려입고 있는 모습을 보신다면, 그 현란한 마차를 보신다면, 마부의 성장한 모습을 보신다면, 많은 돈을 들여 아름답게 장식한 마차 내부를 보신다면 감격할 것이오."

"아이고, 하늘이시여! 귀국의 백작이나 귀족의 재산이 우리나라 군주 재산의 3분의 1보다 승하구려! 사실 나도 귀족이오. 귀국에서라면 백작쯤 되겠지요. 내가 이 작위와 연금을 얻기 위해 무슨 수고를 했는지 아시오? 전쟁 시에는 온갖 고생 온갖 위험을 무릅써야 했고, 평화 시에는 온갖 잡사에 시달려야 했소. 나는 이 지역 일인자인 투탄의 보좌관으로 이인자이기도 하오. 나는 명예도 있고 연금도 받소. 그러나 군주의 충실한 하인일 뿐이오. 내가 지금 누리고 있는 이 자리를 차지하기 위해 내 스스로 발벗고 나서지 않았다면, 이 명예를 잃지 않고 지켜 나가기 위해서는 노심초사 전전긍긍일 것이오. 진심에서 하는 말이거니와 내 나라에서 장군으로 있느니 귀국에서 백작으로 있는 것이 나을 성싶소이다. 그건 그렇다 치고, 귀하는 멕시코로 귀국하겠다는 거요?"

"그렇소이다, 어르신. 간절합니다."

"그렇다면 심려하지 마시오. 원하는 바를 손쉽게 얻을 수 있을 것이오. 우리나라 강 어귀에 이방인 배가 한 척 정박해 있소. 귀하가 재난을 당하기 며칠 전 근해에서 풍랑을 만나 거의 부서진 채 들어온 배라오. 수리가 거진 마무리 단계에 있는 모양이오. 배를 타고 온 사람들은 시내에 머물고 있소. 바람이 자기를 기다리고 있는 거지요. 배도 수리되고 바람도 자면, 지금으로부터 달이 세 번만 더 뜨면 될 것 같소이다만, 우리 출발하도록 합시다. 내 나라를 벗어나 더 넓은 세상을 경험하고 싶소이다. 형님께서도 허락해주셨소. 나는 부자이니 가능한 일이오. 하나 귀하만 알고 있으시오. 승객 중에 두 명을 사귀어놨는데, 저들 말로는 나를 무척이나 좋아한다는구려. 매일 와서 나와 식사를 함께 하는 친구들이지요. 귀하를 그 친구들에게 지금껏 소개시키지 않은 이유는 내 귀하를 가난한 평민으로 오해했기 때문이오. 귀하도 그 친구들처럼 귀족에 부자니 오늘 당장 함께 식사합시다."

중국인이 말을 마쳤다. 식사 시간이 되자 나는 커다란 방으로 안내되었다. 그곳에서 식사가 준비되는 모양이었다.

사람들이 바글바글했다. 나는 사람들 틈에서 리마호톤이 일러준 두 명의 유럽인을 찾아낼 수 있었다. 내가 방으로 들어가자 리마호톤이 나를 불렀다.

"여러분, 여기를 보십시오. 여러분의 이웃인 백작님이십니다. 벌거벗은 채로 우리 해변으로 밀려오셨지요. 고국으로 돌아가시고자 하십니다."

"각하를 모시게 되어 영광이옵니다."

이방인 중 하나가 말했다. 에스파냐 양반이었다. 나는 사의를 표했다. 우리는 자리에 앉아 음식을 들기 시작했다.

다른 이방인은 재기 발랄한 영국 애송이였다. 내가 겪은 조난에 대해 말들이 많았다. 에스파냐 양반이 내게 어느 나라 출신이냐고 물었다. 나는 대답했다. 우리는 내 조국의 여러 특성에 대해 이야기를 풀어가기 시작했다.

중국인은 새로운 화제에 흥미진진하게 귀를 기울이고 있었다. 어찌 하든지 내게 잘 보이려고 애쓰는 것이라고는 생각지도 못했다. 그것도 잠시 잠깐, 나는 에스파냐 양반의 호기심에 금세 싫증이 났다. 이런 질문을 했던 것이다. 멕시코 어느 지역 백작이신지요? 대부분 안면들이 있어서 말이죠. 나는 그 질문에 가슴이 덜컥 내려앉았다. 내 가공의 백작 영지를 무슨 이름으로 둘러대야 할지 얼른 생각이 나지 않았다. 그래도, 호랑이에게 물려가도 정신만 차리면 산다 이거지. 나는 루이데라(유명짜) 백작이라고 둘러댔다.

"그러하십니까! 멕시코를 떠나온 지 이제 막 3년인데, 멕시코에서 돈 많은 영사로 있다 보니 귀족들과 자주 어울려 대부분 알고 있습니다. 유명짜 백작이시라면 유명하신 분일진대 기억에 없습니다."

"그 정도는 아니올시다. 작위를 받은 지 이제 겨우 1년째올시다."

"그렇다면 신종 작위라는 말씀이신지?"

"그렇소이다, 선생."

"작위명이 좀 엉뚱한 것 같은데, 무슨 사연이라도 있으신지요?"

"내 원칙은 이렇습니다. 백작이라면 거주하는 지역에서 유명짜해지기 십상이지요. 돈이 있으니 말입니다. 그래서 작위명을 유명짜로 정했습니다."

에스파냐 양반은 싱긋이 웃으며 이랬다.

"재미있는 발상이로군요. 계속 유명짜해지시려면 돈깨나 들겠습니다그려. 백작이라고 모두 그렇게 야단스러운 작위명을 얻을 수는 없는 일이지요. 이런 얘기가 있습니다.

백작의 집이 종종 떠들썩해도
빈 호두가 요란한 것과 일반!"

"허허, 선생. 지금 이때까지 내 집은 알차게 여문 호두라오. 언젠가 선생 두 눈으로 확인할 수 있기를 바라오."

"축하할 일이로군요."

에스파냐 양반이 말했다. 여기서 대화가 끊겼다. 식사도 끝났다. 두 친구는 정중하게 인사했다. 우리는 헤어졌다.

밤에 하인 하나가 에스파냐 장사꾼이 보내준 궤짝을 가져다 주었다. 속옷과 겉옷이 들어 있었다. 조정에서나 입는 새 옷이었다. 하인은 내게 쪽지 하나를 건네주었다. 이런 내용이었다. "백작 각하, 보내드린 의복을 착용하시기 바랍니다. 이곳 핫바지보다야 잘 어울릴 것입니다. 변변치 않사오나 우선 쓰시라는 것이니 양해하시기 바라옵니다. 각하의 충복, 오르도녜스 올림."

나는 궤짝을 수령했다. 쪽지 뒷면에 사의를 걸쭉하게 써보냈다. 저녁을 먹고 잠자리에 들었다.

다음날 나는 유럽인 복장으로 나타났다. 식사 시간에 영국 애송이 녀석과 유쾌한 대화를 나눴는데 애송이 녀석은 끝내 욕을 먹어야 했다. 앞서 이야기했듯 재기 발랄한 놈이었다. 에스파냐어 실력은 귀신이 물어갈 정도로 형편없었다. 놈은 경박스럽게도 자기 나라 것이라면 뭐든지 자랑이었다. 그것도 섬에서 나는 산물과 꼬치꼬치 비교까지 해가면서. 그것도 리마호톤 면전에서. 리마호톤은 애송이 녀석의 비교 분석을 불쾌해했다. 애송이 녀석이 빵을 한입 물고 뭐라고 궁시렁거리자 중국인은 더 이상 참을 수 없었던 모양이었다. 노발대발이었다. 지금까지 겪어온 바로는 상상도 못 한 일이었다.

"선생, 나는 수일 간 당신을 내 식탁에 초대하는 영광을 베풀었소. 나는 수일 간 당신이 내 앞에서, 이 나라 물산이 어떻다느니, 이 나라 사람이 어떻다느니, 내 나라 사람은 안 그런데 하며 찧고 까부는 꼴을 지켜봤소.

　당신이 내 나라 풍속·종교·정부·먹을거리를 이상하게 여기는 것을 나무라는 것이 아니오. 당연한 일일 테니까. 내가 런던에 가도 매일반일 것이오. 당신이 당신 나라 법·풍속·물산을 자랑한다고 나무라는 것은 더더욱 아니오. 모름지기 사람이란 자기 조국을 마땅히 사랑할 테니까. 조국의 풍속·기후·먹을거리에 길들여 있을 테니 세상 어떤 것보다 좋아할 것은 당연한 일이지. 그러나 지금 있는 이 땅을 깔아뭉개면서 자기 조국 자랑만 일삼는다는 짓은 옳지 못하오. 그것도 당신을 초대한 내 앞에서 말이오.

　종교를 얘기해도 내 나라 것은 욕이요 영국 것은 상찬이요, 법을 얘기해도 왕실을 들먹이며 무안을 주고, 인구를 얘기해도 런던에는 백만 명이 산다는 얘기요, 사원을 얘기해도 세인트폴 성당이 어떻고 웨스트민스터 사원이 어떻다느니, 공원을 얘기해도 세인트제임스 광장은 어떻고 그린 파크가 어떻다느니…… 런던 지도가 아예 내 머리 속에 자리잡고 있을 정도요. 이제까지 내 나라를 깔아뭉개면서 선생 나라 자랑하는 데 실컷 재미를 보았을 테니, 이제 묻는 말이나 화제가 되는 점만 얘기해도 족하지 않겠소. 칭찬을 하든 비교를 하든 그건 듣는 사람들에게 맡겨두시오. 그러면 뭐라고 할 사람 누가 있겠소. 내 나라 음식을 먹으면서 내 나라 음식이 형편없다느니, 선생 나라 것이 더 좋다느니 하고 떠드는 짓은 듣기 민망한 망발이오. 누가 들어도 민망해할 것이오. 선생의 그 잘난 체하는 꼴, 아주 진절머리가 날 지경이오. 모두 아이고 저 친구 누가 안 데려가나 할 것이오. 이곳이 불편하다면 순풍에 돛 달고 당장이라도 뜨면 될 것 아니오. 내 누누이 말해온 바이지만."

　이러면서 리마호톤은 식사도 채 끝내지 않고 자리에서 일어섰다.

리마호톤은 노발대발하여 아무에게도 인사 없이 나가버렸다.

우리 모두는 창피해 죽을 지경이었다. 에스파냐 양반은 어찌나 창피했던지 애송이 녀석에게 아시아인의 말뜻을 조리 있게 설명해주고는 이렇게 덧붙였다.

"여보, 욕을 먹어도 싸요, 싸. 선생은 도가 지나쳤소. 남의 나라에 와서, 그것도 그곳 사람들의 호의를 입을 때는 그 풍습이랄지 모든 것에 순응해야 하는 거요. 맘에 안 차면 떠나면 그만인 거지 욕을 해서도, 여기보다는 우리나라가 낫다고 허풍을 쳐도 안 되는 거요. 저 양반 말이 백번 옳아요. 런던, 마드리드, 멕시코 음식이 여기 것보다 훌륭하다 해도 현재로서는 여기 것이 그 어느 것보다 유용하고 훌륭한 것이오. 지금 우리가 먹는 것이니 말이오. 배은망덕이란 천박한 짓이지. 그것도 은인을 앞에 두고 면박을 주다니. 내가 만일, 멕시코산 풀케라는 선인장 술을 맛없다 하면서 내 나라 루카르산 포도주를 자랑한다면, 우리 유명짜 백작께서 어떻게 생각하겠소? 만일 내가 엘 에스코리알 수도원, 세비야 성당 및 에스파냐의 고적을 자랑 삼으면서 멕시코의 포플러 광장, 궁정 등에 대해, 아니 멕시코를 싸잡아 멕시코 사람들의 그 유명한 공갈포, 꼴사나운 수염에 대해 궁시렁거리기라도 한다면 말이오. 그것도 초대받은 집에서 극진한 대접을 받으면서 그런다면 말이오. 나를 극진히 대접하는데 내 어찌 바보 멍청이, 무뢰한, 파렴치한처럼 굴 수 있단 말이오? 사정이 이럴진대 리마호톤의 눈 밖에 나지 않도록 하시오. 내 바른 판단으로 보건대 리마호톤이 그럴 만했어요."

애송이 녀석은 중국인의 질책으로 넘어졌고 에스파냐인의 확인 사살로 완전히 뻗어버렸다. 비록 녀석은 덜렁대는 구석이 있긴 했지만 수긋한 구석도 있었고 말귀도 잘 알아들었다. 녀석은 잘못을 뉘우치고 에스파냐 양반과 함께 중국인을 달랠 방법을 모색했다. 쇠뿔도 단김에 뺀다고, 곧 쫓아가 나오시기를 간청했다. 이 중국인은 진짜 양반이었던 터라 흔쾌히 사과를 받아들였다. 우리는 다시 이전과 같이 막역지간으로 돌아갔다. 영국내기 철부지 녀석은 다시는 자신이 빌붙어 사는 나라에 대해 어떤 험담도 늘어놓지 않았다.

우리는 며칠 동안 시내에 머물며 신나게 지냈다. 그 중 내가 으뜸이었다. 내 가짜 작위로 인하여 온갖 존경과 환대를 한 몸에 받았으니까. 그런 기발한 속임수를 개발해낸 것에 대해 내 자신이 기특하기 이를 데 없었다. 누구라도 그러러니 믿어주는 바람에 나는 가짜 작위가 늘어뜨리는 시원한 그늘 속에서 옷도 잘 입었고, 대접도 잘 받았고, 그 작위에 어울리는 거드름은 다 피웠다. 애정과 환대와 존경이 내게 쏟아졌다. 특히 에스파냐 양반과 중국 양반이 심한 편이었는데, 내가 멕시코에서 무슨 큰 영광이나 베풀어줄 줄 아는 모양이었다. 땅에서도 바다에서도 대접받기는 일반이었다. 만일 그들이 페리키요 사르니엔토라는 내 진짜 작위명을 알았더라면 언감생심이었으리라. 그러나 인생들이란 사람의 본모양보다는 말 모양으로 다른 사람을 평하는 경우가 비일비재라.

내가 이렇게 이야기한다고 해서 거짓으로 꾸며대는 짓이 바르다는 것은 아니다. 거짓으로 꾸며 어떠한 덕을 볼 수 있다 해도 그렇다. 뚜쟁이나 마약상은 능청을 떨고 사기를 쳐야 살기 편하다. 그러나 정당한 수법은 아니다. 내가 이 이야기로 너희가 알았으면 하고 바라는 것은 바로 이거다. 어느 꾀돌이 망나니가 귀족입네, 능력 있네, 부자네, 쓸모 있네 하며 우리를 속이려들면 우리는 속절없이 속아야 하는 세상을 살고 있다는 것이다. 우리는 꼬임에 넘어가고, 그래 그 교언영색이라는 것에 녹아나고, 놈은 수단껏 우리를 발가벗겨먹고, 기회만 오면 속여먹는다. 이거 사기로구나 할 때면 이미 때는 늦으리. 얘들아, 어쨌든지 인생은 그 마음속을 살펴보고 연구하고 통찰해야 한다. 겉에 무슨 옷을 입었든, 작위가 어떻고 연금이 얼마든 싹 무시하고 먼저 하는 짓거리를 주시해라. 그리하여 항상 정직히 말하고 쇠붙이가 자석에 달라붙듯 돈에 달려들지 않는 사람을 만나면 그 사람을 믿어라. 이 사람은 정직한 사람이다. 나를 속이지 않을 것이다. 이 사람 때문에 손해 보는 일은 없을 것이라고 생각해도 무방하다. 그러나 이런 사람을 만나려면, 통 속의 현인 디오게네스로부터 참된 인간을 구별할 수 있는 초롱불을 빌려야 할 것이다.

각설하고 내 이야기나 하자. 아시아 양반은 나를 귀족으로 인정하고 나서는 스스럼없이 나를 다른 사람들에게 소개했다. 이 양반은 여러 날 동안 나를 달고 다니며 시내의 진풍경을 눈요기시켜주기도 했다.

내가 처음으로 중국인 양반과 함께 나들이를 나갔던 날, 길모퉁이에 박혀 있던 대리석에 새겨진 글자를 종이에 조심스럽게 탁본을 뜨고 있던 사람이 호기심을 끌었다.

나는 친구에게 저 양반 뭐 하는 거냐고 물었고, 친구는 저 양반 틀림없이 어디다 써먹을 나라의 법을 탁본하고 있다고 대답했다.

"아니, 그럼 귀국에서는 국법이 길모퉁이에 써 있단 말인가요?"

"그렇소이다. 시내에 모든 법이 게시되어 있소이다. 시민들이 법을 알도록 하기 위함이올시다. 이런 연고로 내 형님께서 선생이 선생 나라의 변호사 얘기를 꺼냈을 때 그렇게 놀랐던 것이지요."

"다 이유가 있었구먼요. 우리는 법 앞에서 우리 권리를 주장하기 위해서라도 우리를 다스리는 법을 알고 있어야 합니다. 그렇게 되면 우리 일을 대신 해줄 제삼자를 통하지 않아도 되겠지요. 이런 방법을 쓴다면 소송 당사자들도 보다 나은 판결을 구할 수 있겠습니다. 보다 신중하게 변호에 임할 것이고, 간자니 대리인이니 변호사니 기록관이니 하는 자들에게 들어갈 엄청난 비용도 아낄 수 있겠고 말입니다. 이러한 귀국의 관례가 괜찮아 보입니다. 유사 이래 전례가 없는 전대미문의 것도 아니지요. 플로티노스라는 사람의 글을 읽은 적이 있는데, 세상에 쓸모없는 것들, 적어도 무시해도 좋을 것들을 논한 글이었습니다. 관례로 평화로운 땅에서 법은 무용지물이라고 했지요. 한번 읊어보자면,

〔……〕 오이 미세로이 에티암
아드 파리에템 순트 피소이 클라비스 페레이스, 우비
말로스 모레스 아드피지 니메스 푸에라트 오이키우스."

중국 양반은 인상을 써가며 내 말을 경청했다. 그리고는 이렇게 말했다.

"백작, 나는 에스파냐어도 잘 모르고 영어라면 더 형편없습니다만, 방금 하신 말은 도무지 종잡을 수조차 없습니다. 한 마디도 못 알아듣겠단 말이지요."

"오 이런! 이는 현인들의 말, 아니 언어올시다. 라틴어라는 것으로, 들으신 말은 이런 의미입니다. '못으로 벽에 박혀 있는 법이란 가련한 것이라, 하기야 못된 풍속이 걸린 것보다야 낫긴 하겠지만.' 로마 시대에는 법이 벽에 공시되어 있었음을 증명하는 것이지요. 이 나라에서처럼 말입니다."

"라틴어로 하신 말씀이 바로 그런 뜻이라는 말씀이신가요?"

"예, 그런 뜻이올시다."

"그렇다면 백작 나라 말로 알고 또 설명할 수 있는 것을 어찌하여 내가 모르는 말로 말씀하셨는지요?"

"라틴어란 현인들의 언어라고 말씀드리지 않았습니까? 내가 라틴어에 능통함을, 기억력이 우수함을 어찌 알려드릴 수 있겠습니까? 플로티노스가 한 말을 그대로 인용함으로써 이도 아시는 바 되었고, 또 저의

해박한 지식의 일면목도 알게 되신 것이지요. 내 나라에서는 현인들 축에 끼려면 때때로 어쭙잖은 라틴어나마 주워섬길 수 있어야 하는 것이지요."

"그러니까, 현인들끼리 모여 얘기하는 자리가 종종 있고, 또 백작 말씀마따나, 라틴어가 현인들의 언어일진대 서로 라틴어로 말한다 이거로군요. 그래도 라틴어를 모르는 사람들 사이에서 라틴어를 말하는 것은 관례가 아닐 터인데요."

"리마호톤 어른, 세상사를 잘 모르시는 모양이로군요. 라틴어를 모르는 사람들 앞에서도 라틴어로 침을 튀겨야 하는 것입니다. 그래야 식자로 통할 수 있으니까요. 라틴어를 아는 사람들 앞에서 오히려 조심해야지요. 인용을 잘못한다거나, 케케묵은 말을 한다거나, 길게 끌어야 하는 말을 짧게 한다거나, 그 밖의 자잘한 실수를 범하기라도 하면 무식쟁이로 낙인찍힐 테니까 말입니다. 라틴어를 모르는 사람들, 부녀자들 앞에서는 그렇지 않습니다. 식견과 라틴어 실력이 확실히 보장됩니다. 내 나라에서는 부녀자들 모임에서 로마법이 어쩌네, 프톨레마이오스의 학설이 어쩌네, 르네 데카르트의 사상이 어쩌네, 뉴턴의 과학이 어쩌네, 전류가 무엇이네, 원소가 무엇이네, 혼돈이 무엇이네, 인력은 뭐며 항력은 뭐네, 유성은 이거고 도깨비불은 저거네, 북극광이 이렇고 하며 떠드는 작자들이 아주 많습니다. 모두 하나같이 라틴어로 씌어진 글에서 인용하는 거지요. 아무것도 모르는 순진한 아가씨들은 입을 헤벌쭉해가지고 이러는 겁니다. '어머 어쩜!'"

"모국어와 외국어를 자유자재로 구사하시니 놀랍기만 하군요. 단지 내가 몰라서가 아니올시다. 내 평생 현인으로 모시겠소. 그러나 현인이 되시기에는 아직 많이 부족한 것 같소이다. 현인이란 모름지기 누구든지 들어 뜻이 통하도록 말을 해야 하니 말이오. 내가 백작 나라에 가서 그런 대화에 끼게 된다면 나는 그만둘 것이오. 말을 지껄이는 놈들은 모두 시건방진 무식쟁이들이요, 넋을 빠뜨리고 말을 듣는 놈들은 모두 바보 멍청이들일 테니까. 알아듣지도 못하면서 흐뭇해하고 감탄하고 그럴 거 아니오."

괜히 잘난 체하다 비위나 긁어놓았다 싶었지만 도중에 멈출 수는 없었다. 나는 시치미를 떼고 이 나라 풍속에 대해 입에 침이 마르도록 칭찬해가며 중국 양반을 구슬려보려 애썼다. 나는 이렇게 말해보았다.

"어쨌든, 시내 중심가에 법을 게시하는 이 아름다운 고장에 매료되고 말았소이다. 그 어느 누구도 보호법이나 징벌법에 대해 몰랐노라 주장할 수는 없겠소이다. 아이들은 일찌감치 나라 법을 습득하게 되겠지요. 내 나라에서는 법이란 몇몇 법률가들에게나 비밀리에 전수되는 비술인 양 취급되는데 말입니다. 그러다 보니 고약한 변호사 놈들이 법에 대한 무지를 이용하여 불쌍한 소송인들을 뻔질나게 협박하고 희롱하고 벗겨먹는단 말입니다.

그렇다고 법에 대한 무지가 입법자들의 심술 때문이라고는 생각지 마시오. 백성들이 게으르다 보니, 나름대로 법을 해석하는 작자들이 차고 넘쳐 그런 겁니다. 법이라는 것은 또 얼마나 지루하고 진저리가 나는 것인지요. 해당 사건에 대해 결론을 내린다기보다는 오히려 혼란만 가중시키는 꼴이지요. 예를 들어 이혼 소송의 경우, 대형 2절판 책으로 열 권이나 됩니다. 이만합니다. 아주 이만하다 이겁니다. 쳐다보기만 해도 열어볼 엄두가 나지 않아요."

"그렇다면, 변호사들 중에도 가당찮은 말과 입담으로 잘난 척하는 위인들이 있소이까?"

"물론이지요. 돌팔이가 설치지 않는 학문이 어디 있겠소이까. 제 친구 중에 얼마 전 마닐라에서 고인이 된 대령이 있는데, 그 양반 소장

도서 중 어느 작자가 한 말을 들어보시면 배꼽을 잡으실 겁니다."

"그래요? 뭐라고 했는데요?"

"뭐라고 했겠소! '돌팔이 현인들에게 고함'이라는 제목으로 자그마한 책을 하나 썼지요. 이 책에서 돌팔이 문법학자·철학자·고고학자·역사학자·시인·의사 등을 모조리 싸잡아 질타했어요. 한마디로 말해, 학문이라는 이름으로 엉터리 수작을 부리는 모든 놈들을 총괄하고 있다고나 할까요. 고약한 변호사, 엉터리 변호사, 돌팔이 변호사도 빠뜨리지 않았어요. 아주 점잖게 표현했다는 것이 이런 식입니다. '마구잡이로 인용을 즐기는 놈들만 그런 것은 아니다. 배운 놈들은 대개가 다 그렇다고 볼 수 있다. 모든 분야에 잘난 척하는 놈들 천지다. 법 관련 분야에 그런 놈들이 얼마나 많은지 그 해악을 이루 헤아릴 수 없다. 그럴듯하게 보이고, 어쨌든 결론을 내야 하기 때문에, 많은 작자들이 나름대로 꼼수를 쓴다. 인용문으로 산을 쌓고 서류 여백을 꽉꽉 채운다. 온갖 작자들로부터 온갖 쓸모없고 엉뚱한 내용을 베껴오는 솜씨만 부리면 큰 상을 받으리라 여기는……'

우리는 여기서 아리스토텔레스가 '거짓말하는 기술'이라고 이름한 변호사들의 사기술에 대해서도 알아봐야 하겠지요. 좀 모자란 변호사, 그러니까 법률 지식이 없는 변호사는 무식한 사람들 간에 이름을 날리기 위해 이상야릇하게 말을 꾸미고, 점잖지 못한 궤변을 늘어놓고, 변호문을 무슨 연설문인 양 작성하고, 호들갑스럽게 조목조목 따지고 하는 등 가증스러운 돌팔이로 최고의 기술을 발휘합니다. 뻔뻔스럽게 상투적인 문구나 합법적인 해석을 교묘하게 끌어다 함정을 파기도 하지요. 이 조항을 저 조항이라고 우기고, 옛날 것을 새로운 것이라 고집하고, 소송을 지연시키고, 판사들의 판단력을 흐리게 하고, 고위층 인사를 매수하고, 결정권자의 눈을 어둡게 하기 위해 명확한 증거를 왜곡시키거나 바꾸고 하는 것이오. 다 더러운 벌이를 위해, 추잡한 이익을 의해, 다른 어떤 불온한 속셈 때문에 그러는 것이지요. 변호사놈들은 그러니까……"

"그만 됐습니다. 너무 복잡스런 얘기인 데다 남의 험담을 나는 더 이상 듣지 못하겠소이다."

"아니올시다, 로이샤, 험담이 아니올시다. 저자의 정당한 비판입니다. 험담가나 독설가는 정죄되어야 마땅합니다. 이웃의 명예를 실추시키려는 비열한 동기로 다른 사람의 약점을 들추어내는 자들이니 말입니다. 그래서 항상 남의 약점을 잡아 헐뜯으려고 안달이지요. 하지만 풍자가 심하다 해도 양심적인 비판가는 글을 쓸 때 특정 인물을 지목하지 않습니다. 세상에 만연한 악습을 나무라거나 비꼴 뿐입니다. 악습을 추방하려는 고상한 동기로 말입니다. 내가 들려드린 글을 쓴 후안 부차르도는 변호사들을 욕한 것이 아니라 많은 변호사들에게서 보이는 폐단을 꼬집고 있는 것입니다. 모두 다 그렇다는 얘기가 아닙니다. 현명하고 정직한 변호사는 해당되지 않습니다."

"그렇다면 현명하고 정직한 변호사도 있단 말씀인가요?"

"철저한 훈련을 거쳐 올바른 처신을 보여주는 훌륭한 변호사도 많습니다. 판결에 있어서 솔로몬과 같은 지혜로운 변호사도 많고, 웅변에 있어서 데모스테네스와 같은 대가도 많습니다. 이와 같은 인물들은 욕을 먹기보다는 우리의 존경과 신망을 누려야 마땅합니다."

"사정이 그러하다면, 백작이나 그 저자라는 양반도 고약한 돌팔이 변호사에게 걸리면 소송은 볼 장 다 보는 것이겠구려."

"욕 좀 먹었다고 원한을 품게 되면 그렇겠지요. 놈들은 멍청할 뿐만 아니라 법도 마구 어깁니다. 책의 저자도 나도 아무개 아무개 하며 이름을 들먹이지는 않습니다. 변호사가 우리에게 원한을 품는다 하면 그건 가소로운 짓입니다. 우리가 지명하지 않았는데 내가 그런 놈이오 하고 나서는 꼴일 테니까 말입니다."

"그거야 어쨌든지 간에, 나는 내 나라 풍속에 만족하외다. 우리는 변호사가 필요 없어요. 일이 닥치면 누구나 스스로 변호할 수 있으니까. 적어도 보통의 경우엔 그렇소이다. 아무도 나름대로 법을 해석할 수 없고, 법을 몰랐다 하여 법을 어길 수도 없는 일이오. 황제께오서 법을 폐기하거나 어떤 식으로라도 개정할 경우에는 구법은 신법에 의해 조속히 교체되어야 하지요. 구법은 더 이상 자리를 차지할 수 없소이다. 이 나라의 모든 부모는 의무적으로 자식들에게 읽기와 쓰기를 가르쳐야 하오. 만일 어길 경우 큰 벌을 받게 되오. 그리고 만 10세가 되기 전에 지방 수령 앞에서 그 교육 정도를 검사받아야 하오. 따라서 이 나라에서는 어느 누구라도 법을 모르려야 모를 수가 없는 거지요."

"그러한 조치는 무척 아름다울뿐더러 매우 효율적이고 쉽게 실행할 수 있는 것이로군요. 유럽의 여러 도시가 백성의 복지를 근본 원리로 삼은 이 사법 정책에 감탄할 것이 분명합니다. 누구나 스스로 나서 변호를 할 수 있으니 대리인이나 변호사 등 먹물 관리들의 사취도 막을 수 있고 말이오. 내 나라라면 꼼짝없이 뜯기고 말 터인데.

그래도 앞서 말씀드렸듯, 내 나라나 유럽에서 백성들이 법을 몰라 겪는 고통은 왕의 잘못이 아니오. 왕은 군신들의 행복뿐만 아니라 복종에도 지대한 관심을 가지는바, 모든 백성이 법을 알기를 원하여 법이 제정되는 즉시 거리에 널리 게시하기를 바라고 있소이다. 문제는 이곳과 같이 돌판에 새기는 것이 아니라 종이쪽에 쓴다는 것이지요. 종이쪽이란 상하기 쉬운 것, 수명이 길지 못하지요.

병사들에게는 몰랐다는 핑곗거리를 주지 않기 위해 복무 규칙이나 군법 조항을 읽히기도 합니다. 어쨌든 에스파냐 법전을 보면 군주들의 의지를 명확히 볼 수 있습니다. 수많은 법 조항 중에 다음과 같은 것도 있습니다. '우리 영토에 거주하는 모든 신민은 다음과 같은 우리나라 법을 반드시 숙지해야 한다. 법은 공지되어야 한다. 모든 신민은 법을 이해하여 법으로 인한 손해를 당하지 않도록 한다.'

이 말은 다음 사실을 증명하는 것이지요. 백성들이 자기 권리도 모른 채 살다가 가르침을 구걸하게 될 경우 법을 공부한 사람들의 도움을 구할 수밖에 없는데, 이는 군주의 의지가 박약해서가 아니라 백성들이 게을러서이며, 변호사가 자격이 있기 때문이다. 더 큰 이유는 이것이 전통적인 관례라는 것이며, 이 전통적인 관례는 대항하기 벅찬 것이다."

"백작, 백작이 날 감동시켰소. 참 알 수 없는 인물이구려. 때로는 천방지축인 것 같아도 또 때로는 지금처럼 정확 무오하니. 정말 속을 알 수가 없소이다."

우리는 궁정에 도착했다. 이로써 우리 대화도 마감되었다.

16. 우리 페리키요가 그 도시에서 목격한 몇 가지 처형 장면, 형법에 대해 중국인과 에스파냐인 사이에 있었던 재미있는 대화 한 토막을 이야기하는 장

다음날 우리는 이제는 몸에 밴 나들이 길을 나섰다. 나는 복잡한 저잣거리를 거닐며 리마호톤에게 이렇게 말했다. 시내를 온통 둘러봐도 거지 하나 없다는 사실이 놀랍다고. 이에 리마호톤이 대답했다.

"이곳에는 가난한 사람은 있어도 거지는 없소이다. 아무리 가난하다고 해도 대부분 자기 밥벌이는 가능한 직업이 있으니 말입니다. 직업이 없는 사람은 정부가 강제로라도 일을 가르치지요."

"일이 있는 사람과 일이 없는 사람을 정부가 어떻게 알 수 있는지요?"

"간단합니다. 우리가 만나본 사람마다 머리 상투 장식 끝부분에 다양한 표지를 달고 있는 점을 주의해 보지 않았소?"

생각해보니 중국 양반의 말이 사실이었다.

"정말 말씀대로 그렇군요. 그 점은 신경 쓰지 못했습니다. 그 표지가 뭘 나타내는 것인지요?"

"설명드리지요."

우리는 사람들이 모여 웅성거리는 곳으로 다가갔다. 왠지는 모르지만 널찍한 마당에 사람들이 모여 있었다. 그곳에서 친구는 이렇게 말했다.

"보시지요. 이마에 진주 비단으로 만든 넓은 천을 두르고 있는 사람이 판관이오. 노란색 천은 의원, 하얀색 천은 승려, 푸른색 천을 두른 사람은 무당, 파란색 천은 상인, 검붉은 색은 점쟁이, 검은색 천은 악사, 모두 넓은 비단 천에 자수가 놓인 것이오. 색실이나 금은으로 수를 놓은 사람들은 가장 중요한 학문과 예술의 대가들이오.

고위층 관리나 정치 및 군무로 정부와 관계를 맺은 사람들도 여기에 포함되지요. 종교에도 서열이 있듯이, 그 서열은 상투 장식물에 단 보석의 종류로 나타납니다. 보석의 종류, 장식물의 형태로 그 등급을 알 수 있단 말이지요.

부왕, 즉 황제 다음의 이인자인 제 형님께서는, 이미 만나보셔서 아시겠지만, 왕관 꼭지점, 그러니까 왕관 가장 상층부에 찬란한 장식을 달고 있지요. 나는 샤엔, 그러니까 부왕의 명의로 언제나 방문이 가능한 나 또한 빛나는 장식을 달고 있지만 부왕의 것보다는 좁고 뒤쪽으로 처져 있지요. 저기 홍옥 장식을 한 사람이 대판관, 벽옥 장식은 주지승, 황옥 장식은 대사, 그런 식으로 구분하는 거요.

비단 겉옷, 즉 도포를 걸친 사람들이 귀족들이고, 전쟁 장면을 금실로 수놓은 옷을 걸친 사람들이 무사며, 평민들은 면직물이나 모직물로 지은 것을 입지요.

장인들은 색으로 구분하는데, 모직물로 짧게 지어 입지요. 흰색 띠를 맨 사람들이 직물공으로 무색 삼베를 짭니다. 파란색 띠는 모든 종류의 비단을 짜는 사람들이죠. 푸른색 띠는 자수하는 사람, 붉은색 띠는 재봉사, 노란색 띠는 신기료 장수, 검은색 띠는 목수, 이런 식이지요.

형장의 망나니들은 띠도 없고 머리 장식도 없어요. 민머리에 오랏줄을 허리에 매고 있지요. 거기에 칼을 차는 겁니다.

지금 보신 것 외에도 차이가 아주 다양하지요. 남자도 여자와 일반인데, 흰색 띠를 두른 사람은 독신이거나 아직 장가들지 않은 사람, 이거야 자기 능력에 달린 거지만 붉은색 띠를 두른 사람은 부인과 첩을 둔 사람, 검은색 띠는 홀아비올시다.

이러한 구별법 말고도 쉽게 확인할 수 있는 특징도 몇 있지요. 다른 나라 다른 지역에서도 사용한다고 하는데, 우리나라에서는 특수한 경우에 사용하는 방법이지요. 예를 들자면, 혼인·장례·명절 등을 당하면 알 수 있지요. 하나 지금까지 일러준 것만으로도 충분히 이해하셨을 겁니다. 누가 직업이 없는지 정부는 척 보면 한눈에 알 수 있는 거지요. 아무도 속이려들지 않으니까 말입니다. 우리나라에 많이 있는 하급 판관들은 누구나 직업이 있다고 주장하는 사람들을 불러 확인할 수 있는 권한을 부여받고 있지요. 의심이 간다 싶으면 간단히 불러들여 그 주장하는 일에 대한 솜씨를 면전에서 직접 확인하면 되는 거지요. 잘하면 평화요, 일에 대한 보수까지 줍니다. 잘못하면 감옥행이요, 곤욕을 치른 후에도 감옥 안에서 일을 배워야 하는 거지요. 대가들이 이제 나가 백성을 위해 일할 만하다는 확인을 하기까지 말입니다.

판관들만 이런 판결을 내리는 것이 아니지요. 각각의 일에 대가인 사람들도, 표지로 일이 있다고는 하나 진짜일지 미심쩍은 사람들을 불러다가 확인할 수 있는 권한을 부여받고 있어요. 이러니 우리나라에서 전혀 쓸모없는 숙맥을 찾아보기는 지난하다는 것이올시다."

"귀국의 경제를 상찬하지 않을 수 없소이다. 이 나라 방방곡곡에서 지금 들려주신 말씀처럼 유익하고 권장할 만한 방법으로 다스린다면 귀국은 세상에서 가장 행복한 나라일 것입니다. 아리스토텔레스, 플라톤,

그 밖의 정객들이 최상의 공화 정부를 이루기 위해 꿈꿔왔던 사상들이 실현된다는 얘기올시다."

"가장 행복할지 어떨지는 모릅니다. 다른 나라를 보지 못했으니까. 이 세상 천지 어디에나 있다는 범죄도 죄인도 이 땅에는 없으리라고 생각하시는 것은 잘못이지요. 이곳 사람들도 다른 나라 사람들과 같은 인생일 뿐이니 말이오. 법을 제정하여 범죄 예방에 힘쓰며 죄인을 혹독하게 다룬다는 것이 차이라면 차이겠지요. 바로 명일이 처형이 있는 날입니다. 얼마나 엄한 벌을 내리는지는 내일 보시면 아시겠지요."

이런 말을 나누며 우리는 집으로 돌아왔다. 그날은 그럭저럭 지나갔다. 다음날 미명에 나는 대포 소리에 일찍 잠에서 깨어났다. 성벽 위에 포진되어 있던 대포를 쏜 모양이었다.

나는 깜짝 놀라 일어났다. 창밖을 내다보니 사람들이 인산인해를 이루어 이곳저곳 황급히 밀려다니고 있었다. 나는 하인에게 물어보았다. 백성들이 들고일어난 것이냐, 아니면 적들이 밀고 들어오기라도 한 것이냐. 하인이 대답했다. 안심하시라, 오늘 처형이 있다고 저 난리다, 자주 있는 일이 아니어서 다른 지방에서까지 이곳으로 떼거리로 몰려든다, 그러다 보니 거리가 만원이다, 이런 날은 성문을 폐쇄하기 때문에 아무도 들락날락할 수 없다, 이런 이유도 한몫한다, 처형이 마무리되기까지는 상점도 열 수 없고 일도 할 수 없노라. 이런 소리를 듣고 있자니 어안이 벙벙해졌다. 나는 기대했다. 이거 진짜 기막힌 눈요기를 할 수 있겠구먼.

사실 말이지, 얼마 안 있어 세 발의 포성이 울렸다. 판관들이 자리를 잡는 시간이었다. 그때 중국인이 나를 불렀다. 우리는 서로에게 정중히 예를 표하고 처형이 행해지는 광장으로 갔다.

판관들은 모두 널쩍한 평상에 올라앉아 있었다. 점잖은 이방인들도 끼여 있었다. 이방인을 초대한 것은 관례에 따른 모양이었다. 다시 세 발의 포성이 울렸다. 70명의 죄수가 망나니들과 옥졸들에 둘러싸여 옥에서 밀려나오기 시작했다.

판관들은 죄수들에 대한 소송장을 재검토하기 시작했다. 저 가련한 인생 중에 한 가닥이나마 빠져나갈 빌미가 있는 자도 있지 않을까 살펴보는 것으로 찾지 못하면 처형하라는 신호를 보냈다. 처형이 시작되었다. 얼마나 끔찍한 처벌이었던지 우리 타지인들은 하나같이 소름이 죽죽 끼쳤다. 찔러 죽이기, 목매달아 죽이기, 물먹인 등나무로 장딴지에 치도곤, 벌도 가지각색이었다.

우리를 진짜 놀라게 한 벌은 달군 인두로 얼굴을 지지는 것이었다. 얼굴을 지진 다음에는 오른팔을 잘랐다.

그 불쌍한 죄수들은 고통을 못 이겨 하늘에 대고 울부짖었다. 그러는 동안 평상 위에 자리한 판관들은 곰방대를 피운다, 잡담을 나눈다, 마실 것을 즐긴다, 아낙네들을 희롱한다 하며 저 가련한 희생자들의 신음 소리를 외면하려고 기를 썼다.

그 처절한 광경은 오후 3시에 끝났다. 우리는 밥을 먹으러 갔다.

식사 중에 사람들 사이에서 형법에 대해 논란이 일었다. 모두 형법을 훤히 꿰차고 있는 것 같았다. 내가 보기에는 특히 에스파냐 양반이 그랬다. 에스파냐 양반이 입을 열었다.

"그렇습니다, 여러분. 판관이 된다는 것은 힘든 일입니다. 특히 이곳에서는 말입니다. 관례가 그렇다 하여 죄수들의 처형을 지켜보아야 하며, 그래서 정의로 인해 희생되는 사람들의 신음 소리에 마음을 다칠 수밖에 없습니다. 자고로 우리 심성은 우리 이웃이 피도 눈물도 없는 잔혹한 망나니 손에 넘어가 고통을 당하는 꼴을 차마 지켜보지 못합니다. 망나니들이란 대개의 경우 고통에 모욕을 덤으로 얹어 인생의 생명을 앗아갑니다.

저 불쌍한 죄수, 교수형으로 꼴사납게 죽어야 할 죄수, 사람들이 지켜보는 가운데 혹독한 치도곤과 함께 욕까지 당해야 하는 죄수, 혹은 유배를 당한다거나 도형수로서 강제 노동에 시달려야 하는 죄수, 다감한 심성을 마구잡이로 해치는 것이지요. 죄수들이 몸뚱이로 느끼는 물리적인 자극만을 얘기하는 것이 아닙니다. 실추된 명예, 회복에 대한 완전한 절망으로 그 영혼이 겪는 부담까지 얘기하는 겁니다. 절망이지요. 그래도 우리나라에서는 죄수라도 공공 근로라 하여 밖에 나와보지 않습니까.

생각만 해도 진저리가 쳐지는 일입니다. 마음이 여린 사람은 이런 생각을 떨쳐버리지 못합니다. 여러 이웃과 부대끼며 사는 사람이라면 누구나 마음 아파할 그런 특별한 감정을 외면하기에는 마음이 너무 여리다는 것이지요.

아! 저 가련한 죄수, 얼마나 고통스러울까! 마음속으로나마 이렇게 외칩니다. 옥졸이 사랑하는 지어미의 품에서 난폭하게 그를 끌어낼 때, 토끼 같은 자식들에게 다시는 입맞춤도 할 수 없게 되었을 때, 가까운 친구들과 더 이상 이야기도 나눌 수 없게 되었을 때, 모두가 단번에 그를 저버리고, 자기로서는 그 모두를 어쩔 수 없이 포기해야만 할 때, 그 심정이 오죽하겠는가! 어떻게 포기할 수 있으랴! 아이고! 지어미는 과부에, 가난뱅이에, 쓸쓸히 기가 죽을 것이고, 자식들은 박복한 고아로 헐벗을 것이고, 친구들의 이야깃거리가 될 것이고, 어쩌면 친구 삼은 것마저 분해할지 모를 것입니다.

우리 사람이 이런 생각만으로 그치겠습니까? 아닙니다. 그 가련한 가족에게까지 생각이 갑니다. 이리 생각해보고, 저리 궁리해보고, 벽을 통해 들여다보고, 고통과 수치와 절망에 빠진 죄수 가족을 보면, 가슴이

미어져 무너져 내릴 것이고, 그런 정도일진대, 대단한 선이라도 베푼다 싶어, 할 수만 있다면 망나니 손에서 죄수를 빼내어 사랑하는 가족 품에 고스란히 돌려주고자 할지도 모르지요.

우리는 얼마나 가련한 인생입니까! 우리 심성을 잘못 이해하여 사법관들의 머리와 붓을 잘못 인도한다면 말입니다! 어떤 범죄도 처벌할 수 없겠지요. 법이란 무용지물이 되겠지요. 누구나 자기 좋을 대로 하겠지요. 백성들은 자기 몸 하나 제대로 지키지 못하고 다른 사람의 광란, 폭력, 안하무인의 희생양이 되겠지요.

이렇게 된다면 종교를 이용하여 무슨 제방을 쌓는다 해도 넘쳐나는 범죄를 다스릴 수 없을 것입니다. 어떤 형태의 정부를 구상한다 해도 헛일이지요. 정의는 외면될 것이고, 이성은 욕을 볼 것이고, 신성은 영원무궁히 거부될 것입니다. 종교도 정부도 이성도 정의도 신도 없는 인생이 과연 무엇이겠습니까? 세상이 존재할 수 있을까요? 세상은 범죄와 추행이 들끓는 아수라장이 되고 말 것이 뻔합니다. 누구나 기회만 오면 남을 지배하려들 겁니다. 아비는 자식을 돌보지 않을 것이며 자식은 아비를 우습게 볼 것이고, 지아비는 지어미를 사랑하지 않을 것이며 지어미는 지아비에게 순종하지 않을 것입니다. 이런 가증스러운 원리가 지배하는 사회라면 서로에 대한 정이나 감사는 모조리 무너져내리겠지요. 가장 힘센 자가 가장 약한 자의 생명을 좌지우지할 것입니다. 힘센 자는 약한 자를 희생시켜 자기 욕심을 채우겠지요. 재산, 부인, 자식, 자유, 심지어 목숨까지 빼앗겠지요.

정의가 준엄하게 지켜지지 않는 세상에서 득세한 전제주의가 보여주는 것이 이와 같은 가공할 풍경입니다. 더 분명히 말씀드리죠. 법이라는 재갈을 물려 정의가 사람들을 순종하게 하여 바른 생각과 참한 행실을 심어주어야 할진대, 그러지 못할 경우 이런 일이 벌어진다는 것입니다.

    이런 주장을 듣고 나서, 여린 심성의 소유자가 가장 가증스러운 죄수의 목을 베는 광경조차 덤덤하게 볼 수 없게 된다면 반가운 일이지요. 나는 이렇게까지 주장하고자 합니다. 바로 판관 나리들이 사형 판결문에 먹으로 서명하기 전에 먼저 그 붓을 자신의 눈물로 적셔야 한다고 말입니다. 그 오싹하고 피비린내 나는 범죄 행위는 고상한 환경에서 자란 사람들에게는 혐오스러운 일이겠지요. 그렇지만 판관이라고 법을 임의로 적용할 수는 없습니다. 판관들은 법을 준수해야 하며, 죄수의 사정을 고려하여 사면을 한다든지 하며, 정의의 실현을 방기해서도 안 됩니다. 그러나 당연히 측은지심을 가져야 하는 겁니다. 내 나라에서는 판사들이 처형에 참관하지 않습니다. 바로 이런 이유에서 말입니다.

    그렇다고 해서, 그 무서운 광경에 우리 심성이 충격을 받았다고 해서, 우리 이성이 처형이란 온 백성을 위해 정당하지도 유익하지도 필요하지도 않다고 주장합니까? 천만의 말씀. 심성이 여린 사람은 교수대에 매달린 사람을 죄인으로 보는 것이 아니라 자기 이웃으로, 자기와 같은 사람으로 보는 것이 문제입니다. 그래서 이것이 정의의 실현을 위한 고통이라는 사실을 깜박하는 것이지요. 그저 고통만을 생각합니다. 이성으로 감정을 다스릴 수 없기 때문이지요.

    나 역시 그런 경험을 한 적이 있습니다. 처형장으로 끌려가는 가련한 죄수를 보고 안쓰러워 하염없이 눈물을 흘렸습니다. 죄수가 저지른 그 흉악한 죄에 대해서는 미처 생각지 못한 처사였습니다. 그러나 죄에 대해 생각이 미치자 나는 여러모로 생각해보았습니다. 냉혹한 복수를 위해, 아니면 강도질을 하다가, 어쩌면 좀도둑질을 하다가 착한 사람을 죽였을지도 모른다. 대가족을 부끄럽지 않게 먹여 살리려다 보니 그랬을 수도 있고, 찢어지게 가난하다 보니 자포자기로 죄를 범했을 수도 있고, 저 순진하고 가엾은 사람이 우리 종교(가톨릭교를 말하는 것입니다)가 보장한다는 영혼의 구원을 평생 갈구해왔는지도 모르고, 그래서 저런 꼴을 당하는 것이다. 그렇다면 나라도 사형 판결문에 기꺼이 서명할 것이다. 분명 사형을 시키는 것이 이 사회에 유익하기 때문이다. 당연한 일이지. 숙련된 외과의가 병균이 온몸으로 퍼져나가는 것을 막기 위해 환자의 팔을 잘라내는 것과 같은 이치다.

사리 분별이 분명한 사람들은 모두 이렇습니다. 이 사람들은 알고 있습니다. 나라와 백성의 안전을 위한 정의 실현을 위해 고통스런 희생이 필요한 것임을.

우리 모두가 공정한 법을 준수하면, 우리 모두가 올바른 이성의 판단에 따라 행하면, 벌이란 사라질 것입니다. 그러나 불행하게도, 우리는 감정에 좌우되고, 이성을 잃고 합니다. 우리 인생은 심지가 곧지 못하여 감정을 위하여 이성을 저버리는 경우가 너무나 많습니다. 종잡을 수 없는 충동의 노예가 되지 않기 위해서는, 우리는 두려움을 알아야 합니다. 재산도 명예도 자유도 심지어 목숨까지도 잃을 수 있음을 우리는 두려워하는 마음으로 명심해야 합니다.

우리는 여기서 공의롭고 필요 불가결하며 성스러운 법인 형법이 왜 생겨나게 되었는지를 쉽게 확인할 수 있습니다. 만일 인간에게 하고 싶은 대로 하라고 한다고 칩시다. 짐승보다 잔혹하게 굴 겁니다. 짐승이란 잔혹한 점에 있어서는 이성을 상실한 인간과는 비교도 되지 않습니다. 밥 주는 사람에게 감사해하지 않는 개란 없습니다. 재갈에 굴복하지 않는 말도 없습니다. 혼자 자식을 낳아 키운다고 불평을 늘어놓는 암탉도 없습니다. 짐승이란 본디 이렇습니다.

육식 짐승이라 하여 같은 종끼리 서로 잡아먹기 위해 떼로 몰려다니는 것을 본 적이 있단 말입니까? 그러나 인간이란! 얼마나 자주 충의, 은혜, 효심, 윤리 도덕을 저버립니까? 또 얼마나 자주 기회만 주어지면 같은 인간을 잡아먹기 위해 떼를 지어 몰려다닙니까?

말은 박차 한 번으로 충성합니다. 나귀는 몽둥이를 치켜들기만 해도 짐을 나릅니다. 그러나 인간이란! 일단 이성을 상실하면 말 안 듣는 것이 나귀나 말은 새 발의 피입니다. 그 필연적인 결과로, 인간을 잡아채기 위해서는 혹독한 자극이 필요합니다. 가장 소중한 것, 즉 목숨까지 잃을지 모른다고 공갈을 쳐야 하는 것입니다.

정의 혹은 선한 법에 따라 정의를 베푸는 판관은 복수가 아니라 필요에 의해 죄수의 자유나 목숨을 박탈합니다. 이 아무개가 저 아무개를 죽였으니까 이 아무개도 죽어야 한다는 식이 아닙니다. 이 아무개는 처형을 당함으로써 자기 죗값을 치르는 것입니다. 그러면 백성들은 국가가 자신들의 안전을 지켜준다고 믿게 됩니다. 백성들은 이 아무개가 처형당했다는 사실을 알면 자기들도 같은 죄를 저지르면 똑같이 처형된다는 사실을 알게 되는 겁니다. 이것이 바로 일벌백계라는 것이지요.

나라마다 이런 원리 원칙을 통찰하여 형법을 채택한 것입니다. 이 법은 창조 이래로 줄곧 전해지는 법입니다. 하나님께서 우리 인생을 창조하셨습니다. 하나님께서는 우리 인생들이 주님의 계명에 불복종하리라는 사실을 미리 아시고, 우리 인생이 불복종하기 전에 불복종에 따른 징벌을 알려주셨습니다. 하나님께서 가라사대 '선악을 알게 하는 나무의 실과는 먹지 말라, 네가 먹는 날에는 정녕 죽으리라.' 이렇게 벌이 있으리라는 경고와 함께 우리 인생들에게 율법을 준수할 것을 명하신 것입니다.

그러나 징벌이 건강한 효력을 내기 위해서는, 죄의 성질에 따라 다양한 징벌이 필요하게 됩니다. 죄에 합당한 징벌이 있어야 하는 것이지요. 공개적이고, 신속하고, 용납할 수 없고, 필수 불가결하고, 가능하다면 덜 엄격하고, 정상을 참작한 징벌이 있어야 하는 것입니다. 그리고 가장 중요한 점입니다만, 징벌은 법 조항에 명시되어야 합니다.

우리가 방금 목격한 처형 장면에서는 그러한 정상 참작이 부족했다고 봅니다. 중용을 지켰다고는 할지라도. 사실 말이지 내 보기에는 심히 잔인했습니다. 특히 달군 인두로 죄수들의 얼굴을 지지고 오른팔을 자르는 벌이 말입니다.

내 보기에 그 형벌은 극히 잔혹합니다. 죄수에게 고통을 가했을 뿐만 아니라 평생 지워지지 않는 더러운 자국을 남기기 때문입니다. 또한 팔을 잘라놓았으니 일을 시키는 데도 문제가 있어 사회에 쓸모없는 가련한 인생으로 내몬 것이지요.

이런 잔혹한 형벌을 처음 보는 것이라 놀라는 것이 아닙니다. 바사, 즉 페르시아에서는 고리대금업자는 망치로 이빨을 부러뜨렸다 하고, 속임수를 쓴 빵장수는 풀무 불에 던져졌다 합니다. 투르크, 그러니까 터키에서는 초범과 재범에게는 곤장을 치고 벌금을 물렸지만 세번째가 되면 자기 집 문설주에 목을 매달아 3일 동안 방치했다 합니다. 모스크바에서는 담배 전매 업자가 사기를 치다 잡히면 뼈가 드러날 때까지 곤장을 쳤습니다. 우리나라 법에도 의도적으로 부도를 내는 자, 절도액이 50페소에 이르는 가정 절도범은 사형에 처하도록 규정하고 있습니다. 신성모독죄를 범한 자는 혀를 자르고 곤장이 100대, 이런 식입니다. 그러나 이것도 시절이 변하고 사는 형편이 나아지니 지금은 적용하지 않습니다.

로이샤, 내가 이런 말씀을 드리는 이유는 투탄과 상의해보라고 하는 겁니다. 이 형벌을 좀 덜 잔혹한 것으로 바꿀 수 없는지 투탄이 황제와 상의하도록 말입니다. 어떤 죄수도 형벌에서 면제될 수는 없습니다. 하지만 그렇게까지 잔인하게 다룰 수도 없는 일이지요."

에스파냐 양반은 이 말을 끝으로 입을 다물었다. 중국인이 입을 열어 응수했다.

"이방인 친구, 선생이 심히 자비로우며 훌륭한 교육을 받았음을 알 수 있겠소이다. 그러나 백성의 안전과 국가의 건강을 사수하는 것이 모든 인간 사회의 첫째 중요한 목표일진대, 그 자명한 결과로 형벌의 첫째 총괄적인 목적 또한 백성의 안전과 국가의 건강을 사수하는 것임을 알 수 있지 않소이까. '국가의 건강이 최고의 법이다' 라는 말이 있지요.

이 총괄적인 목적 외에도 이 목적에 수반되는 다른 개별적인 목표도 많소이다. 이 개별 목표 또한 필수 불가결한 것이요, 이 목표를 이루지 못하면 총괄적인 목적을 이룰 수 없는 것이지요. 그 목표 중 하나로 죄수들의 교도가 있소. 가능하면 죄수를 교도하여 다시는 사회에 해를 끼치지 않도록 하는 것입니다. 죄수에게 형벌을 가하는 이유는 죄짓지 않은 백성들이 죄를 멀리하도록 본보기를 보여주려는 것이오. 개개인의 안녕도 보장해야 하고 백성들의 재산도 보호해야지요. 사회 질서가 문란해지거나 가정의 법도가 무너지면 바로잡아야 하는 것입니다.

이 모든 목표를 고려한다면, 선생이 보기에는 도를 넘는다 싶을지 몰라도, 우리 형벌은 모두 이 목표를 달성하기 위해 적당한 것임을 이해하시겠지요. 죽은 사람들은 자기가 흘린 피에 대해 죗값을 치르는 것이 올시다. 그 사람이 얼마나 잔인하게 살인을 저질렀느냐를 참작하여 그 비슷하게 벌을 내리는 것이올시다. 모든 형벌이 죄에 합당한 것이어야 한다면, 독물이나 교살이나 혹은 더 잔인한 다른 방법으로 살인한 자의 경우에는 한 번의 칼질로 희생자에게 고통을 비교적 적게 주며 살인한 자보다는 더 심한 고통 속에 죽어야 하지요. 우리나라에서는 살인자는 반드시 죽어야 합니다.

치도곤을 맞은 죄수들은 초범 내지 재범인 도둑놈들입니다. 인두질을 당하고 팔이 잘린 죄수는 도저히 치유 불가능한 도둑놈들이고요. 그렇게 했다고 해서 이놈들에게 모욕을 줬다고 생각하면 안 됩니다. 다시는 훔치지 못하도록 불구로 만들었을 뿐이지요. 이놈들은 전혀 쓸모없는 놈들이니까요. 도둑질에나 쓸모 있지요. 세상은 그 따위 쓸모라면 증오합니다. 도둑놈은 하나같이 사회에 해를 끼치지 못하도록 병신을 만들어야 한다고 요구합니다. 그래서 정의 실현을 통해 남들이 쉽게 알아볼 수 있게 병신을 만들고 인두로 지져놓고 하면 안심하는 겁니다. 팔 하나가 없다 해도 조심한다면 남아 있는 팔마저 잘려 나가지 않도록 지킬 수도 있는 것입니다.

유럽에서는 도둑일지라도 재범인 경우는 교수형에 처한다고 하더군요. 우리나라에서는 단지 지지고 자르기만 할 뿐입니다. 나는 이러는 것이 더 좋은 결과를 가져온다고 봅니다. 죄수는 우선 형벌을 받고 강제로 교도되고 나서 삶이라는 최고의 재산을 향유하도록 놓여납니다. 백성들은 도둑놈에 대해 안심하게 되고, 죄수를 본보기로 보고 배운 것은 오래도록 효과를 지속합니다.

런던이나 파리, 그 밖에 다른 나라에서는 도둑놈을 교수형에 처한다고 하니, 어디 한번 물어봅시다. 다들 그렇게 알고 있습니까? 본 적은 있습니까? 왜 사람을 목매다는지 이유는 알고 있습니까? 아닐 것입니다. 교수형 장면을 보지도 못했을 것이며 무슨 죄로 교수형에 처하는지 알지도 못할 겁니다. 일단 죄수가 죽어버리니 왜 죽어야 했는지 도무지 알 수 없을 것입니다.

이곳에서는 그렇지 않습니다. 이곳에서는 죄수는 일단 풀려나면 먹고 살아야 할 테니 문전걸식을 하고 다녀야 합니다(우리나라에서 구걸이 허용된 유일한 사람들이지요). 정의가 어떻다는 것을 보여주는 걸어 다니는 선전판인 것입니다. 죄를 지으면 이렇게 된다 하는 것을 보여주는 걸어다니는 증거물, 사람들이 죄에 대한 유혹을 물리칠 수 있도록 도와준다는 말입니다.

유럽에서는 도둑이 교수형을 당해도 그 모습이 사람들에게 잠깐 보여질 뿐이므로 사람들의 두려움도 잠깐이겠지요. 그 험악한 모습에서 눈을 떼자마자 형벌에 대한 생각도 사라지고 말 것입니다. 그러니 반성은 고사하고 다시 죄로 빠져들겠지요.

유럽에서는 죄수가 일단 벌을 받고 나면 도시에서 멀리 떨어진 곳에 격리된다고 하더군요. 만일 그렇다면, 어린아이들이란 아직 두뇌가 여물지 않아 귀로 들은 것보다는 눈으로 본 것으로 더 충격을 받습니다. 도둑놈들이 어떤 벌을 받는지 보지 못하고 항상 도둑놈에 대해 나쁘게 얘기하는 소리만 듣는다면, 도둑놈들을 무서워하기는 하겠지요. 미친개를 겁내듯 말입니다. 하지만 도둑질을 절대 해서는 안 될 무서운 것으로 보지는 못할 것입니다.

여기서는 모든 것이 정반대입니다. 범죄자는 선한 사람과 악한 사람과 어울려 삽니다. 그러니 그 사는 동안 본보기를 보여주는 것입니다. 다른 도시나 마을에 유배되지 않고 사람들 사이에서 사방을 돌아다닙니다. 그래서 아이들은 도둑질을 무서워하게 되고, 형벌을 두려워하게 되는 것이지요. 확실한 교훈을 두 눈으로 확인하게 되니 말입니다.

이제 도둑놈을 교수형에 처하는 것이 나은지, 지지고 자르고 하는 것이 나은지 비교해보십시오. 내가 이렇게까지 장광설을 늘어놓았다 해도 교수형이 낫다고 주장할 수도 있겠지요. 선생 사고방식에 반기를 드는 것이 아닙니다. 나라마다 법이 다르고 풍속도 다를 테니까 말입니다. 쉽게 무시할 수도 새로운 것으로 갈아치울 수도 없는 일이지요. 이제 이쯤 해둡시다. 시절의 변화에 따라 법에 문제가 생기면 그건 입법가들이 알아서 처리하도록 맡겨둡시다. 우리는 지금 시행되는 법을 준수만 하면 되는 거지요. 형벌이 두렵다면 말입니다."

　　모두 중국 양반에게 박수를 쳤다. 식사가 끝났다. 각자 집으로 돌아갔다.

17. 우리 페리키요가 중국인에게서 얻은 신망, 멕시코까지의 동행, 백작 노릇을 하며 중국인과 함께 흥청망청 돈을 써가며 지낸 행복한 나날에 대해 이야기하는 장

나는 새로운 친구와 함께 경탄할 만큼 만족스러운 나날을 보냈다. 나를 후하게 대접해준 것에 만족했고, 날이면 날마다 진심에서 우러나온 듯 솔직하게 만사를 이야기하는 것에 경탄했다. 사실 말이지, 중국 양반의 어투는 내가 지금 쓰고 있는 어투와 같지 않았다. 품위도 있었고 우리 귀를 즐겁게 해주는 표현으로 가득했다. 목소리 또한 타고난 것으로 연설을 한층 돋보이게 했다.
어쨌든 나는 생을 만끽했다. 나는 중국 양반의 비호 아래, 그 우정을 이용하여 내 나름의 사업을 벌여 나가는 일에도 주의를 게을리하지 않았다. 나는 말로 구슬리고 떼를 쓰고 했다. 내 모든 노력은 자주 결실을 거두었다. 빈손인 채 돌아선 적은 한 번도 없었다. 운이 좋은 만큼 수입도 짭짤하여, 나는 궤짝 하나를 온갖 값비싼 선물로 가득 채울 수 있었다.
이 모든 것은 순전히 내 은인 덕이었다. 그 양반은 진짜 완벽한 인물이었다. 만일 내 장난질을 알아차렸더라면 나는 그 도시에서 빠져나

오지 못했을 것이다. 그 양반이 손수 나를 손봤을 테니까. 그러나 윗사람으로서는 앞에서 달래고 뒤에서 뽑아먹는 짓을 쉽게 알아차릴 수 없는 노릇인 데다 자기가 애지중지하는 사람이 그럴 경우 더더욱 모를 일, 배은망덕한 놈은 내 세상이다 싶어 계속 일을 꾸며나가고, 윗사람들이 제정신 차리기는 백년하청.

나는 이 비결을 터득하고 있었던 것이다. 나는 신중을 기해 지극히 겸손하게 중국인을 매번 로이샤라고 불렀다. 나는 정의의 수호자임을 선언했다. 인정 많고, 지나칠 정도로 사심이 없으며, 공동의 선을 위해 열심임을 보여주었다. 모든 생각을 중국인이 생각하는 대로, 모든 일에 중국인 입맛에 맞게 처신했다.

현명하고 분별력이 있는, 어느 모로 보나 선한 사람이었다. 그러나 나는 착한 사람들을 이용해먹고 언제라도 속여먹는 일에 이골이 난 놈이었다. 중국인을 속여먹기는 일도 아니었다. 나는 중국인의 기질을 연구해보았다. 정직하고, 정이 많고, 욕심이 없다. 나는 매번 이런 약점을 파고들었다. 내 소망은 번번이 성취되었다.

나는 노다지를 긁어모으는 한편, 이제 멕시코 총독 자리는 물 건너갔다고 생각하니 아쉽기 그지없었다. 나는 가짜 백작 노릇으로는 도저히 만족할 수 없었다. 백작님이라는 귀에 알랑대는 호칭이 거슬리지는 않았지만. 날이면 날마다 중국인을 찾아오는 이방인들은 하나같이 이랬다. 백작 각하, 들어보시지요, 백작 나리, 여기 보십시오, 백작 어른, 여기 좀. 여기서도 백작, 저기서도 백작, 윗놈도 백작, 아랫놈도 백작, 온통 백작 타령이었다. 하나같이 그러니 그 가엾은 중국인도 마지못해 나를 백작님이라고 불렀다. 모두 나를 존경과 애정으로 대하는 것을 보고는 백작을 자기 나라 투탄이나 터키의 수상에 버금가는 지위로 여기는 모양이었다. 중국인은 이런 오해로 인해 멕시코에 가면 내가 그에게 아주 쓸모 있으리라고 넘겨짚기까지 했다. 그래서인지 나를 비호하는 데 앞장을 섰고, 깜냥껏 내 비위를 맞추는 데 열심이었다. 중국인의 보호가 필요했던 이방인들은 중국인이 나를 좋아한다는 사실을 파악하여, 중국인에게 잘 보이려고 내게 경의를 표했다. 닭이 먼저인지 달걀이 먼저인지, 뭐가 뭔지 모르고 저들끼리 눈치를 살피다 보니, 본의 아니게 나로 하여 그나마 남아 있던 꼴같잖은 판단력마저 상실하게 하고 말았다. 하도 백작이니 각하니 하는 바람에 정신이 빠졌던 것이다. 듣느니 알랑방귀요, 보느니 사근사근한 태도였다. 나는 이렇게까지 생각했다. 나는 진정코 백작의 핏줄을 이어받았다, 다만 지금까지 모르고 있었을 뿐이다.

나는 생각했다. 어찌하여 나는 백작인데도 백작임을 몰랐던가! 내가 자칭 백작임은 분명하다. 그러나 백작이면 됐지 자칭이든 타칭이든 무슨 상관이랴! 이름을 주니 만물이 소생하도다! 그렇다면 자타가 공인하는 최고의 백작이 되기 위해 뭐가 더 필요한가? 품위? 없지 않다. 나이? 충분하다. 학문? 더 이상 필요 없다. 의욕? 차고 넘친다.

없는 것은 돈과 훈장뿐이다. 하찮은 것들이지. 백작이라고 하나같이 부자에 공로자들인가? 둘 다 갖추지 못한 백작도 많을 것 아닌가? 힘내라, 페리코. 콩 하나 더 넣었다고 뚝배기가 터지지는 않는다. 내 기질로 보아 나는 백작으로 태어났다. 나는 이제 백작이며 앞으로 백작으로 살 것이다. 온갖 고난이 몰아친다 해도. 백작만 될 수 있다면 물불을 가리지 않을 것이다. 개 같이 벌어 정승같이 쓴다고 하지 않더냐.

나는 때때로 이런 쓰잘 데 없는 생각에 사로잡혀 희희낙락했다. 나는 그런 생각에 푹 빠져 있었기 때문에 자주 방구석에 틀어박혀 있었다. 중국인은 자주 전갈을 들려 하인을 내게 보내야 했다. 조신들이 식사를 위해 대기하고 있나이다. 나는 깊은 잠에서 깨어난 사람처럼 퍼뜩 정신을 차리고 울부짖었다.

"아이고 맙소사! 이 따위 쓰잘 데 없는 생각을 머릿속에서 지우지 못하면 지금보다 더한 미치광이가 되고 말겠구나!"

다행히도 주님께서는 내 기도를 가납해주셨다. 나는 백작이라는 칭호 때문에 내 삶을 망치지 않아도 되었다. 멕시코 총독 자리에 대한 미련은 버렸다. 멍청한 놈들이나 헛바람이 들어 뜬구름에 매달리지.

며칠 후에 이방인들이 배가 준비되었다고 알려왔다. 투탄의 허락이 떨어지기를 기다린다고 했다. 투탄의 동생이 간단하게 허락을 얻어냈다. 이제 떠날 준비가 다 된 것이다. 중국인은 자신의 계획을 표명했다. 아시아 황제의 특별한 은총으로 허락을 얻어 아메리카를 방문하겠노라.

승객들은 모두 식탁에 앉아 중국인의 계획에 찬사를 보내고 축배를 들었다. 모두가 남보다 뒤질세라 충성을 다짐했다. 어쨌든 모두 출신이 좋은 사람들이었던지라 은혜를 어떻게 갚아야 하는지 알고 있었던 것이다.

드디어 출항할 날이 왔다. 우리 모두는 갑판에 나와 중국인의 짐을 기다리고, 혹은 기대하고 있었다. 중국인은 하인 하나에 접침상 하나, 궤짝 하나, 뭔지 모를 잡동사니 하나만 달랑 들고 나타났다. 놀라운 일이었다.

중국인이 배에 오르자마자 에스파냐 장사치가 물었다. 궤짝에 금괴가 가득하겠지요.

"아니올시다. 기껏해야 한 2백 정도."

"계획하신 여행 경비에 훨씬 못 미칠 터인데요."

중국인은 웃으면서 말했다.

"멕시코를 둘러보고 유럽까지 가기에 충분한 돈입니다."

"으레 알아서 하시겠습니다만, 거듭 말씀드리지만 너무 적은 액수입니다."

"충분합니다. 선생 돈도 있고, 함께 여행하는 선생 동포들의 돈도 있고, 선생 나라 부자들 돈궤에 있는 돈도 있지 않습니까. 내 그 돈을 당당하게 쓸 수 있을 것이니 매사에 충분하겠지요."

"요령부득이오니 깨우쳐주시지요. 우정을 따진다면 내 돈이나 동료들 돈은 확실히 사용하실 수 있겠지요. 하지만 거래로 따진다면, 무슨 수로 돈을 구하실지 알 수 없소이다."

"돌멩이 몇 개와 짐승들 병이면 되오. 더 이상 따지지 맙시다. 멕시코에 가면 궁금증을 풀 수 있을 것이오."

이 말에 우리 모두는 어안이 벙벙했다. 닻이 올려졌다. 우리는 물결에 몸을 맡겼다. 비옵나니 즐거운 항해가 되게 하옵소서. 순풍에 돛 단 듯, 우리는 3개월 만에 한물간 항구 도시 아카풀코라에 도착했다. 한물간 도시라 해도 그 모래사장에 입을 맞춘 순간만큼은 수도 멕시코보다 훨씬 아름다워 보였다. 고생고생하다가 조국의 산골짜기나 오막살이가 눈에 들어오면 마음이 벅찰 것이 당연하지 않은가.

우리는 신이 나서 배에서 내렸다. 우리는 일주일 간 휴식을 취하고 나서 마차를 타고 멕시코를 향해 출발했다.

여행 중에 생각이 복잡했다. 내가 가짜 백작이라는 사실을 들키지 않고, 사기꾼에 배은망덕한 놈임을 들키지 않고, 이 중국인과 다른 떨거지들을 떨어낼 방법은 없을까. 이 궁리 저 궁리 다 해보았지만 마음속 근심 걱정을 떨쳐버릴 수 없었다.

우리는 이렇게 하루에 수십 리 길을 갔다. 드디어 멕시코에 도착했다. 우리 모두는 에라두라의 어느 여관에 방을 잡았다.

내 나라 풍속에 무지했던 중국인은 모든 것이 신기한 모양이었다. 중국인은 온갖 것을 물어대며 내 혼을 빼놓았다. 생판 처음 보는 것들이었으니까. 중국인은 뭔가 감을 잡을 때까지만이라도 함께 있어달라고 매달렸다. 나는 약속했다. 중국인과 나는 죽이 잘 맞았다. 하지만 다른 이방인 놈들은 내 백작이란 감투를 꼬투리 삼아 물고늘어졌다. 특히 에스파냐내기가 심했다. 이러는 것이었다.

"백작 각하, 멕시코에 온 지 벌써 이틀째이옵니다. 하인도 마차도 코빼기도 안 보이니 언제 댁으로 가시나이까. 정히 백작이시올진대…… 각하, 심려 마시옵소서. 그러하오나 왕실의 백작이실진대, 왕실의 귀인께서 어찌하여……"

나는 이 말에 심려 마실 수가 없었다. 나는 말했다.

"내가 진짜 백작인지 의심이 가는 모양이오만, 상관없소이다. 내 집은 과달라하라에 있소. 그곳으로부터 예까지 오려면 한 시일 걸리는 일이지요. 그 동안이야 당신 입맛에 맞게 증명할 수도 없는 노릇이니 원. 때가 되면 알 수 있겠지요."

에스파냐내기는 입을 다물고 다시는 백작이니 뭐니 따지지 않았다. 중국인은 출항 당시 약속한 수수께끼 풀이를 위한답시고 으리번쩍한 보물이 가득한 통 하나와 정교하게 깎인 진주가 가득한 상자 하나를 꺼냈다. 중국인이 에스파냐내기에게 말했다.

"에스파냐 양반, 이런 통이 열다섯이오, 이 상자 같은 것이 사십이오. 그래 이만한 양이면 돈으로 쳐서 얼마나 되겠소?"

장사치는 그 보물 단지에 입이 헤벌어지고, 큼직한 다이아몬드와 가지런하고 본새 있고 듬직한 진주 덩어리를 칭찬하는 데 입에 침이 말랐다. 장사치는 넋을 빼고 대답했다.

"다이아몬드나 진주가 하나같이 꼭 이와 같다면, 또 양도 그만하다면, 2백만 페소는 문제도 아닙니다. 엄청나군요! 기가 막힙니다! 절정입니다!"

"이 따위 돌멩이나 상처 입은 조개가 흘려낸 분비물이 굳은 것에 불과한 이 따위 것들에 사족을 못 쓰는 사람들이 어리석고 모자라고 미욱하게 보입디다그려. 진주는 사람으로 따진다면 그 오줌보에서 키운 것이 아닌가요. 보세요, 사람들은 아름다운 것보다는 어려운 것을 높이 봅니다. 물론 다이아몬드는 아름답기도 하지만 부싯돌보다 강하기도 하지요. 반짝이는 것으로만 따진다면 이 돌멩이에 버금가는 것은 쌔고도 쌨습니다. 이 다이아몬드란 돌멩이는 단지 빛을 일곱 빛깔 무지갯빛으로 빚어내어 그 빛을 우리 눈에 전달해준다 이 말이지요. 더도 덜도 아니올시다. 수정 조각도 이런 빛을 빚어낼 수 있어요. 유리 조각을 몇 개 나란히 세워보세요. 진주야 새 발의 피지요. 그러나 다이아몬드는 흔한 물건이 아닙니다. 진주는 바닷속 깊은 곳에 숨어 있고. 바로 이런 이유로 인하여 귀하게 여겨지는 것이올시다. 사람이 바른 정신만 차려도 그 헛된 망상으로 인해 귀하게 여기던 것들을 가볍게 볼 수 있는 거지요. 당신이 배 안에서 내게 빌려준 책을 몇 권 보니 이런 해괴한 내용이 있습디다. 클레오파트라라는 여인네가 마르쿠스 안토니우스라는 남정네에게 빠져 포도주 잔에 식초에 절인 진주를 한 알 줬다고 하더군요. 얼마나 알이 굵고 질이 좋은 것이었던지 도시 하나를 살 만한 것이었다고 말입니다.

누구라도 이렇게 여길 겁니다. 그 클레오파트라라는 여인네 완전히 맛이 간 데다 헤프기는 하늘을 찌른다고. 하지만 나는 그 여인네를 그리 탓하고 싶지 않아요. 여인네들이란 사치스럽기 그지없는 법, 거기다 남자한테 눈이 멀었으니 그 엄청난 진주로 마음을 잡을 수 있다고 여겼던 거겠지요. 지닌 것 중에 가장 값진 것이었을 테니 말입니다. 사랑에 눈 먼 여인네라면 이상한 일도 아니지요. 여인네들이 평판이 좋고 대범하며 건강하면 클레오파트라라는 여인네의 진주 따위는 견줄 바도 아닙니다. 그런데도 여인네들은 애욕으로, 눈길 한번 주지 않는 남정네를 애타게 기다리며 나날이 건강과 대범함과 명예를 해치고 있단 말이지요.

내가 해괴하다는 것은 클레오파트라라는 여인네의 대범함이 아니라 진주의 값어치올시다. 앞서 나온 얘기지만, 사람들은 일평생 희귀한 것에 목을 맨다는 사실을 여지없이 보여주는 것이지요. 어쨌든 내가 지금 알아보고 싶은 것은 당신이 이것으로 돈을 좀 만들어줄 수 있는지 하는 것이오."

"물론 쉬운 일이옵니다. 사람 사는 곳이라면 다이아몬드나 진주를 살 사람은 꼭 있게 마련이니까요. 거기다 여자들까지 끼면, 보석을 얻기 위해 남자 삶아먹기를 우습게 아는 여자들은 넘쳐나는 법이니까 말입지요. 오늘 오후 보석상에게 넘기면 1만 내지 1만 2천 페소는 손에 들어오겠습니다."

식사 시간이 되었다. 장사치는 식사를 마치고 밖으로 나갔다. 장사치는 이내 눈치가 빨라 보이는 사람을 하나 달고 나타났다. 다이아몬드 몇 개, 진주 목걸이 네 줄, 귀고리 세 개가 흥정에 올랐다. 대금 지불은 현찰 박치기였다.

장사치는 사흘 동안 코빼기도 내비치지 않았다. 중국인과 나, 중국인 하인과 내가 심부름시키기 위해 고용한 멕시코내기 하인 하나, 이렇게 네 사람만 남았다.

친구는 여전히 나를 백작으로 여겼다. 틈만 나면 이런 소리였다.

"백작, 언제나 고향에서 백작을 맞으러 사람들이 올까요?"

나는 우선 생각나는 대로 주워섬겼다. 중국인은 곧이곧대로 믿었다. 그러나 멕시코내기 하인놈은 아니었다. 내가 옷은 뻔지르르하게 입고 있어도 백작으로서의 품위는 없었던 모양이었다. 놈은 궁금증을 도저히 억누를 수 없었던지, 어느 날 불쑥 이렇게 따지고 들었다.

"어르신, 저, 죄송한데요, 궁금해서요. 진짜 백작님이세요, 아니면 성씨가 그런 거예요?"

"내 성이 그렇다."

나는 그 당장에 그 '나 잘난 박사' 녀석을 내쫓았다.

나는 이런 식으로 내 백작과 내 안 백작 사이를 오가며 중국인과 잘 지냈다. 날이 갈수록 정이 깊어졌다. 나는 중국인의 신뢰를 한 몸에 받는 한편 중국인의 돈을 한 손에 받아 마음껏 뿌렸다. 나는 노름판 소굴에서 알거지가 되는 것이 겁나기도 했지만 나 또한 당신을 믿네 하는 속셈으로 내 열쇠와 다른 잡동사니를 중국인 손에 맡겼다. 나를 위해 보관해달라, 필요할 때마다 조금씩 용돈을 달라 하면서. 중국인은 막무가내로 받으려 하지 않았다. 내가 떼를 쓰자 중국인은 심각한 표정을 짓더니 그 몸에 밴 솔직함으로 이렇게 말했다.

"백작, 내가 내 돈을 지키고 있다고 며칠 전부터 그러는 모양인데, 원하신다면 내 것도 맡으시오. 나는 백작을 믿어요. 백작이 귀족이기 때문이지요. 귀족을 어찌 불신할 수 있겠소. 모름지기 귀족일진대 명실상부하게 살려 하지 않겠소. 가난한 귀족일지라도 매한가지일 거요. 사람 사는 세상에서 백작으로 알려진 사람으로서 당연히 그래야 하지 않겠소? 자, 열쇠가 여기 있으니, 내 편의와 품위 유지를 위해 필요하다 싶으면 재량껏 사용하시오. 가령 이 집이 너무 협소하고, 불편하고, 더럽고, 대접도 시원치 않고, 식사도 형편없어 내 심히 불편해한다 싶으면 나를 위해 더 좋은 곳으로 옮길 수도 있겠지요. 귀국의 여관이 하나같이 이 모양이라면, 말씀해주시오, 어쩔 수 없이 맞춰가야 할 테니."

나는 그렇게까지 믿어줘서 고맙다고 했다. 양반이시니 양반 대접을 받고 싶으실 것이라, 돈도 있겠다, 나한테 맡기만 주시라, 염려 놓으시라, 일주일 내로 모두 정상 궤도에 올려놓겠노라.

이때 내 동포 하인놈이 이발사와 함께 방으로 들어섰다. 이발사는 나를 알아보고는 두 팔을 활짝 벌리고 나를 향해 달려들었다. 어찌나 목덜미를 세게 끌어안았던지 숨이 막혀 죽는 줄 알았다. 이발사가 소리쳤다.

"오, 주여, 감사하옵니다! 주인님, 이렇게 다시 뵙게 되다니, 신수가 훤하십니다. 그 동안 어디 계셨습니까? 그 빌어먹을 툴라 원주민놈들로부터 욕을 보신 후로 주인님에 대해 전혀 소식을 듣지 못했습니다. 어느 친구 분을 만나 들어보니 도형수로 병정질 나갔다고 하더군요. 틱스틀라에서 대체 무슨 사단이 있었는지요. 그후로는 깜깜무소식이었습니다. 그래, 주인님, 그 동안 어찌 지내셨습니까?"

놈은 이러면서 나를 겨우 놓아주었다. 내가 예전에 몹쓸 꼴을 당하게 한 그 꼬마 안드레스였다. 개새끼 털을 깎고, 원주민들 껍질을 벗겨먹고, 노인네들 턱뼈를 빼고 할 그 당시 나를 도와 심부름도 해주던 놈이었던 것이다. 사실 말이지 나도 놈을 만나 기뻤다. 그래도 착한 놈이었던 것이다. 하지만 하필 여기서 예전보다 훨씬 더 뻔뻔한 떠버리가 되어 중국 양반 코앞에서 떠들어대는 바람에(물론 부러 그런 것은 아니었지만) 내 얼굴은 홍당무요, 내 백작 감투는 진흙탕을 뒹굴게 되었다. 하기야 그 순진해빠진 놈이야 내가 가짜 감투를 쓰고 남의 돈으로 사기를 치고 있다는 사실을 알 턱이 없기도 했지만. 그래도 중국인은 아무 말 없이 면도를 했다. 면도가 끝나자 나는 안드레스에게 면도 비용으로 1페소를 줬다. 남의 돈으로 인심 쓰기란 어찌 그리도 수월한 일인지.

안드레스는 다시 나를 껴안으며 말했다. 다시 만나고 싶다, 풀어놓을 이야기가 한 보따리다, 이발소는 메르셋 가 시민 회관 옆에 있다. 안드레스는 이런 말을 남기고 물러갔다. 내 주인 되는 중국인은(나는 중국인을 당연히 주인으로 불러야 하리라) 침착하게 이렇게 말했다.

"자네가 부자도 백작도 아님을 이제야 알았네. 내 옆에서 잘살아보겠다고 사기를 친 모양이군. 뭐 그럴 수도 있는 일. 자네가 그 천진난만한 속임수를 써서 호강을 했다 해도 자넬 욕하진 않겠네. 자네가 가난한 데다 백작이 아니라 해서 내가 무시할 것으로 생각지는 말게. 내가 보기에 자네는 착한 사람이야. 그래서 자네가 맘에 들어. 지금처럼 변함만 없다면 계속적으로 내 신임을 받을 수 있을 걸세. 나는 어떤 사람이라도 착하기만 하면 백작보다 윗길로 보니까. 설사 진짜 백작이라 하더라도 함부로 놀면 나는 대접 못 해. 자, 부끄러워할 것 없네. 지금까지처럼만 하게나. 자, 봉급은 얼마나 줄까. 자네 나라에서 하인들이 얼마나 받는지 알 수 없으니 말일세."

나는 주인이 나를 대하는 태도가 백작에서 하인으로 급전직하한 것을 보고 조금 기가 죽기는 했다. 그러나 주인이 여전히 나를 믿고, 내 마음대로 봉급을 정하도록 하고, 또 돈을 손에 쥐여준 것에 대해 기분 나빠하지는 않았다. 나는 부끄러움을 타는 것 자체가 못난 생각이다 싶어 주인의 비위를 맞추고 기쁘게 하는 일부터 시작하기로 했다. 내 안락한 삶을 위해서.

나는 이렇게 다짐하고 집을 구하러 밖으로 나왔다. 나는 아름답기도 하거니와 필요한 세간이 고루 갖춰진 집을 하나 찾아냈다. 게다가 싸기도 했고 '돈후안 마누엘'이라는 환경이 좋은 거리에 위치하고 있었다.

나는 즉시 경매인을 불러 모았다. 과거 경험으로 어떻게 하는지 꿰고 있었던 것이다. 경매인은 신속하고도 우아하게 집을 단장해주었다. 나는 솜씨 좋은 주방장과 문지기를 고용했다. 마지막으로 나귀 한 쌍이 끄는 멋쟁이 마차도 구하여 마부와 조수를 채용했다. 나는 마부와 조수에게 내 마음에 드는 제복을 입혔다. 준비 완료, 나는 주인을 모시고 와 그 집의 소유주로서 거하시게 했다.

나는 내가 무슨 일을 저질렀는지 아무 말도 하지 않았다. 그 집이 주인 소유라는 사실도 밝히지 않았다. 그냥 이렇게 물어보았다. 집이 어떻습니까? 세간과 마차와 그 밖의 것들은? 근사하다, 이전에 유숙했던 곳은 집이라고도 할 수 없다고 했을 때, 기뻐하옵소서, 주인님 집이옵니다 하고 사실을 밝혔다. 주인은 사의를 표했다. 주인은 비용이 얼마나 들었는지 물었다. 치부책에 기록해두어야 한다면서. 주인은 대단히 만족해했다.

나도 기분이 나쁘지는 않았다. 내가 맞닥뜨린 행운에 불쾌해할 사람이 어디 있겠는가? 좋은 집에, 좋은 음식에, 폼나는 옷에, 마음대로 쓸 수 있는 돈에, 자유에, 타고 다닐 수 있는 마차에, 한 수 더 떠 일도 없고. 하는 일이야 고작 하인을 부리거나 생활비를 셈해주는 따위.

어쨌든 주인과 함께하는 삶이란 호박이 덩굴째 들어왔다고나 할까. 주인은 부자인 데다 호방했고 성격도 좋았다. 날이 갈수록 나를 아꼈다. 귀염받는 법을 내 나름으로 꾸준히 연구해왔으니까. 나는 주인 앞에서는 신중에 신중을 기했다. 나는 근검절약했다. 타다 남은 초 꽁다리 하나로 하인들을 다잡았다. 마당에 지푸라기 하나만 함부로 버려져 있어도 가만두지 않았다. 주인은 내가 자기 재산을 애지중지한다 싶어 마음을 푹 놓았다. 그러나 주인은 내가 홀로 나들이를 나갈 때면 주머니에 금화니 은화니 가득 채워 나가 친구놈들과 그들의 계집들과 흥청망청댄다는 사실은 꿈에도 몰랐다.

친구놈들은 내 행운에 감탄하며 꿀단지에 파리 몰리듯 내 주위로 몰려들었다. 계집년들은 걸신들린 개새끼가 먹음직한 뼈다귀에 달려드는 꼴이 무색하게 내게 꼬리를 쳤다. 나는 구름 위에 뜬 기분이었다.

어느 날 나는 점심 초대를 받고 나 홀로 마차를 타고 하마이카로 가고 있었다. 나는 생각했다. 우리 아버지 진짜 실수하신 거야. 먹고 살려면 일을 배워 쓸모 있는 직장을 구해야 한다고 했었지. 일하지 않는 놈은 먹지도 말랬다고! 아버지 때는 그랬을지도 모르지. 페리코 왕이 다스리던 그때는 말야. 세상 모든 사람은 일을 해야 하고, 쓸모없이 빈둥거리는 사람은 부끄러워해야 한다고 했던가. 부자는 물론이려니와 왕이나 그 부인네들도 경우에 따라 손수 일을 한다며 자랑하곤 했었지. 하기야 사람들이 통바지를 입고, 가진 것 없는 놈도 콧수염을 달고 다니던 때 일이지 뭐. 쇠몽둥이가 날뛰던 시절! 무식하고 멍청했던 시절이지!

주님 덕에 그 뒤를 이어 지금 우리 사는 황금이 날리는 시대, 계몽의 시대가 도래한 것이라! 귀족은 귀족, 상놈은 상놈, 부자는 부자, 가난뱅이는 가난뱅이가 확연히 구분되는 세상! 일이나 예술이나 학문이나 농사나 가난 따위야 상놈 비렁뱅이 몫이지. 우리야 시내에 살면서 마차나 굴리고, 나들이옷이나 차려입고, 하인이나 부리면 그만.

상놈들이 땅을 일궈 농사를 지어내 우리한테 갖다 바치면, 달라는 대로 돈을 주기만 하면 그 수고와 노력에 대해 대가는 지불하는 것. 우리는 노름판 구석에, 춤판에, 놀이 공원에, 온갖 허랑방탕에 몸 바쳐 두 손 가득한 돈이나 뿌리면 되는 거지.

아, 지금처럼 돈을 쓸 수 있는 바에야, 이렇게 공것으로 들어오는 돈인데, 학문은 닦아서 뭐 할 것이며 일은 해서 뭐 할 것인가? 입 좀 놀리고 운만 따라주면 그만이지 무슨 수고가 필요하단 말인가? 나 실로 백작은 아닐지라도 후작 따위는 거들떠도 안 본다. 아니 나처럼 돈 한 푼으로도 기분 낼 수 없는 백작 후작 떨거지도 있기는 있겠다. 한 푼 벌기도 힘든 세상, 그 한 푼 지켜내기도 만만찮은 일이겠다.

뻔할 뻔자. 어찌해도 부자가 될 놈이라면, 부자가 될 팔자를 타고난 놈은 일하지 않아도 부자가 된다. 농땡이에 짐승만도 못한 놈이라 해도 그렇다. 그래서 이런 속담도 있는 모양이다. 주님께서 베풀기로 정하신

놈은 엎어져도 꼭 돈밭에 엎어진다. 가난뱅이가 될 팔자를 타고난 놈은 솔로몬과 같은 지혜를 가졌다 해도, 아무리 착실하고, 아무리 낮이나 밤이나 땀을 흘려봐야 한 푼 생기지 않는다. 설사 돈이 따라붙어도 쓰지를 못해요. 물과 원수진 소금이랄까. 초가 있어도 아끼느라 깜깜한 데서 죽는단 말이지.

내가 오만 방자함에 정신을 빠뜨리고 허랑방탕함에 전력을 기울이는 동안 생각한 것이라고는 바로 요런 실성기가 농후한 궁리질이었다. 내가 부자도 아니며 내가 쓰는 돈도 내 것이 아니라는 생각은 조금도 없었다. 설사 내가 진짜 부자였다고 해도, 주님께서 나를 부자로 만드신 이유는 내가 가난뱅이 앞에서 폼이나 잡고 못살게 굴라는 것은 아니었을 테고, 노름이다 사치다 하여 함부로 쓰라는 것도 아니었을 것이다. 오히려 온유한 마음으로 가난한 사람들을 보살피라고, 내 형제인 가난한 이웃에게 덕을 끼치고 은혜를 베풀라고 나를 부자로 만드셨을 것이다.

그 당시에 이런 생각은 어림도 없었다. 오히려 돈만 있으면 무슨 특권이라도 부여받은 양 어떤 악랄한 짓이든지 뜻이 있고 능력이 있으면 스스럼없이 저지를 수 있을 거라고 생각했다. 이웃에게 덕을 끼쳐야 한다는 생각은 개미 눈곱만큼도 없었다는 이야기다. 이런 못돼 처먹고 위험천만한 생각을 품게 된 이유는 내 못돼 처먹은 성질머리 때문만은 아니었다. 몇몇 방탕하고 무익하고 부도덕한 부자들의 꼬락서니를 보고 배운 바도 큰 몫을 차지했다. 나는 그 부자놈들의 본보기에 따라 내 그 왕년에 농땡이 치던 버릇을 되살렸을 뿐만 아니라 점점 더 포악하게 변해갔다. 사실 말이지 그때까지 내 마음 한 귀퉁이에는 이웃에 대한 동정심이 비록 꽃은 피우지 못했다 해도 여린 씨앗인 채로 남아 있기는 했다.

나는 내 수중에 든 돈을 마음껏 쓸 수 있다는 사실로 한껏 우쭐해졌고, 폼나게 차려입었다는 것으로 목에 힘이 들어갔고, 집이나 마차를 공것으로 즐길 수 있다는 것으로 거드름을 피웠으며, 고만고만한 놈들이 끝을 모르게 조잘대는 사탕발림에 녹아났다. 놈들은 시도 때도 없이, 능력 있다, 고상하다, 멋지다, 화끈하다 하며 입에 침이 말랐으며, 나는 그 입발림에 비싼 값을 치렀다. 더욱 한심스러웠던 점은 나는 부자가 될 팔자로 태어났다, 총독 자리는 내 것이다, 적어도 백작 자리는 따논 당상이다라는 생각에 정신이 팔려 처지가 비슷한 놈들은 무시했고, 나보다 못한 놈들은 경멸했고, 가난뱅이 병자나 거렁뱅이나 병신들에게는 치를 떨었다. 내가 보기에 가난은 바로 욕먹어 마땅한 죄였던 것이다.

두말할 필요도 없이 나는 의지가지없는 사람을 단 한 번도 도와주지 않았다. 어쩔 수 없을 경우에는 말 동냥으로 때웠다. 빼도 박도 못해 말이라도 해야 할 경우에는 주전자 물 끓듯 새는 소리가 고작이었다. '그렇지, 그럴까, 내일이라면, 글쎄, 어쩜, 응, 아니, 다음에' 내지는 그 비슷한 툴툴거리는 소리가 내가 놈들에게 마지못해 대답해야 할 경우에 사용한 말이었다. 심히 거슬리지 않을 때, 한번 주름이라도 잡고 싶을 때면 바닥에 침을 뱉듯 한마디씩 찍찍 갈겼다. 마차 발판에서 썩 물러나지 않으면 큰코다친다 식으로 공갈을 칠 때도 이런 투였다.

거렁뱅이들이 내게 한 푼 줍쇼 구걸을 해서 그랬다고 생각지는 말 것이라. 그 골치 아픈 일로 놈들이 내게 접근하도록 나는 결코 틈을 주지 않았다. 이 잘난 몸에 정당하게 일을 해주고 대가를 요구하는 사람들, 그러니까 허드렛일꾼·재단사·이발사·구두장이·세탁부 등 직공이나 하인들에게 들어가는 돈도 모자랄 판에 거지에게 줄 돈은 없었던 것이다. 나중에 가면 밝혀지겠지만, 내가 산보네, 간식이네, 극장이네, 축제네 하면서 화끈하게 뿌린 돈에다 야금야금 달아놓은 외상으로 인해

주인은 막판에 가서 2천 페소가 넘는 돈을 갚을 수밖에 없었다.

산티아고든, 산타아나든, 익스타칼코든, 익스타팔라판이든, 축제라면 사내 계집 친구들과 안 돌아다닌 데가 없었다. 나는 축제에 갈 때마다 우아하게 돈을 뿌렸다. 좀 이름 있다 하는 식당은 친구들과 함께 안 가본 곳이 없었다. 결혼식이면 결혼식, 수호 성인 축제면 또 그것대로, 미사면 미사, 건수만 있으면 어디든 초대받았다. 생각보다 돈이 많이 드는 것도 아니었다.

어쨌든 나는 결혼식이라면 걸신들린 개새끼마냥 어디든 쫓아다녔다. 불쌍한 중국인은 되는 대로 둘러붙이기만 하면 속아 넘어갔다. 내 심장은 알랑방귀 도사들이 빨아먹기에는 꿀단지였고, 거렁뱅이들이 입을 대기에는 쑥단지였다. 언젠가 내가 마차에서 내릴 때 한 놈이 내게 말을 걸려고 했다. 차림새를 보니 거지였으나 면상을 보니 출신은 괜찮은 것 같았다. 놈은 신세타령을 늘어놓았다. 병은 들었지, 직업은 없지, 누구 하나 기댈 데도 없고, 자리보전하고 누워 있는 병든 마누라에 고만고만한 새끼들이 셋씩인데, 지금 오후 2시가 되도록 빈손 쥐고 있으니 먹을 것이나마 갖다 줄 수 없노라고 했다.

"주님께서 도와주시겠지요."

나는 건성으로 대답했다. 그러자 놈은 내 앞에 무릎을 꿇고 마차 발판에 몸을 기대더니 두 눈에 눈물이 그렁그렁하여 이렇게 애원했다.

"페드로 선생님, 제발 한 푼만 도와주십시오. 제 가족이 굶주려 죽어가고 있습니다. 저는 주변머리도 없어 문전걸식도 하지 못합니다. 거지인 주제에 수치심은 있다고 말입니다. 아주 조금이나마 도와주실 것이라 믿고 이렇게 간청하는 바입니다. 죽은 내 동생 마누엘 사르미엔토의 영혼을 생각해서라도 도와주십시오. 그가 누구인지 물론 아실 겁니다. 모르시겠습니까. 선생님 부친 말씀입니다. 이네스 데 타글레 부인의 부군 말씀입니다. 아글라 가에서 오래 사셨지요. 선생님도 그곳에서 태어났지요. 죽기는 티부르시오 가에서였습니다. 대법원 기록관직을 역임한 후에……"

"됐네요. 말을 들어보니 내 부친을 안다는 것 같은데, 내 친척은 아닌 모양이오. 내겐 가난한 친척은 없거든. 잘 가시오."

나는 이렇게 쏘아붙이고 계단을 올라갔다. 고린내 나는 돈 한 닢 주지 않았지만 말만은 그의 귀에 고스란히 틀어넣어주었다. 그는 내 정나미 떨어지는 태도에 무척이나 놀랐다는 듯이 나를 향해 잔인한 놈, 배은망덕한 놈, 잘나빠진 놈, 은혜를 원수로 갚는 놈이라고 욕을 바가지로 퍼붓는 것으로 위로를 삼았다. 하인놈들은 내가 욕을 바가지로 얻어먹는 꼴을 보고, 이번 참에 눈도장이나 확실하게 받아두자 싶었던지, 그에게 몽둥이질을 해댔다. 나는 복도에서 그 광경을 지켜보며 너무 신이 나 때굴때굴 굴렀다.

나는 점심을 먹고 오수를 즐겼다. 밤이 되자 노름판을 기웃거리다 거금을 잃고 말았다. 나는 조용히 집으로 돌아왔지만 조금도 부담을 느끼지는 않았다. 나는 거지가 된 삼촌을 도와줄 돈이라면 먹고 죽고 싶어도 없는 놈이었다. 그 당시의 나와 같이 구는 부자들이 오늘날에도 많다고 한다. 그게 사실이라면, 믿어야 별수 있나.

그렇게 두세 달이 흘렀다. 드디어 주님의 말씀이 내게 임했다. '이것으로 충분하다.'

18. 우리 페리키요가 꼴사나운 모습으로 중국인 집에서 쫓겨나게 된 사연, 괴상망측하지만 반드시 읽어 알아둘 필요가 있는 것들을 이야기하는 장

제아무리 못돼 처먹은 놈이라도 털고 털어보면 쓸 만한 구석이 하나쯤은 있는 법. 나 또한 비록 개망나니짓에 허랑방탕한 삶을 보냈다 할지라도 동정심이라는 씨앗 몇 개는 간직하고 있었다. 비록 거만함이라는 가시 떨기에 가려져 기운을 못 차리고 있긴 했지만. 나는 내 종교도 어느 정도는 존경했고 사랑하기도 했다. 나는 내 주인을 기독교인으로 만들어보겠다는 계산에서 몇몇 교회에서 벌어지는 장엄 무쌍한 교회 행사에 주인을 데리고 다녔다. 주인은 그 장엄함에 넋을 잃었다. 중국인이 감화 감동되어 큰 존경과 열심으로 행사에 참여하는 꼴을 지켜보는 것도 재미있는 일이었다. 중국인은 신실한 성도가 보여주는 본보기를 흉내나마 냈을 뿐만 아니라, 더 나아가 믿지 않는 자들에게도 겸손의 본보기를 보여주기도 했다. 중국인은 예배 중에 일단 무릎을 꿇으면 눈을 치켜뜨지도, 고개를 돌리지도, 잡담을 하지도 않았고, 그런 장소에서도 많은 기독교인들이 으레 하게 마련인 허튼짓을, 거룩한 장소를 더럽히고 신성한 예배를 욕되게 하는 그런 짓은 절대로 하지 않았다.

무슨 기도라도 하는 양 입술이 들썩이는 것도 볼 수 있었다. 중국인

이 우리 기도문에 문외한임을 알고 있던 나로서는 그 양반이 우리 종교를 믿는다고 생각할 수는 없었다. 나는 신경이 쓰였다. 마침내 어느 날, 나는 호기심을 풀어야 하겠기에, 교회에서 기도할 때 신에게 뭐라고 여쭙는지를 물어보았다. 중국인의 대답은 이 모양이었다.

"자네가 보여준 그 귀중한 성궤라는 곳에 자네들 신이 있는지 없는지 나로서는 알 수 없는 일이지. 그러나 자네도 그렇다고 하고, 또 모든 기독교인들이 하나같이 그렇다고 믿는 걸로 봐서는, 그걸 확신할 만한 확실한 이유나 증거나 경험이 있어서겠지. 게다가, 이게 사실이라고 할 경우에 말인데, 자네가 경배하는 신은 최고의 신 혹은 신들의 신이어야 하겠지. 다른 신들은 그 신의 발등상 밑에 복종하여야 할 것이고. 틀림없이 자네들 하늘의 주재자인 천지 주재신을 경배하는 모양이라 싶어 내 이렇게 기도하지. '크신 주여, 이 교회에서 제가 경배하는 신이여, 저를 긍휼히 여기소서. 주님을 아는 모든 이로 주님을 사랑하게 하사 그들로 행복하게 하소서.' 이런 기도문을 계속 반복하는 거야."

중국인은 이런 대답으로 나를 어리둥절하게 만들었다. 중국인은 이 기도로 깨우침을 얻어 우리 종교를 더욱 사랑할 수 있게끔, 좀더 착실히 양육될 수 있게끔 노력 중이라고도 했다. 나는 그 정도로는 어림도 없다 싶었다. 그래서 집에 개인 사제를 하나 들이는 것이 어떻겠느냐고, 주인님 정도라면 그렇게 하는 것이 어울릴 것이라고 떠보았다.

"개인 사제라니, 어떤 사람인고?"

나는 설명했다. 개인 사제란 귀인들과 함께 거하는 가톨릭교의 교역자다. 개인 사제는 귀인들의 집에서 미사를 올리고, 고해 성사를 행하고, 성만찬을 주재한다. 물론 주교나 주임 신부의 허락을 받아야 한다.

"아주 좋구먼. 자네들 기독교인들은 종교로 양육되는 모양일세. 그래서 교리에 절대 순종해야 하는 모양이지. 나같이 예배도 모르는 이방인에게는 해당 사항이 아닌 것 같은데. 내 그 교리에 절대 순종할 성싶지도 않고."

"아닙니다, 어르신. 집에 개인 사제를 두고 있는 사람이라 해서 한결같이 우리 종교 교리에 절대 순종하는 것은 아닙니다. 그냥 폼으로 개인 사제를 두고 있는 사람도 많습니다. 10년이 가도 고해 한번 안 하고, 스무 달이 가도 미사 한번 올리지 않는 사람도 많습니다."

"그렇다면 개인 사제가 무슨 소용인가?"

"쓸모야 많죠. 집에서 하인들에게 미사를 베푸니 하인들이 외출한다 하여 맡은 일을 게을리하지도 않을 것이며, 집에 개인 사제가 떡 버티고 있으면 보기도 좋고 폼도 날 것이며, 마나님들이 마차를 타고 내릴 때 손도 잡아주고 식사 시중도 들고 하지요. 경우에 따라 편지 심부름도 하고, 빚도 받아오고, 카드놀이 상대도 되고, 그런저런 일에 쓸 만합니다."

"말인즉슨 자네 나라 부자들은 신앙심에서보다 멋이나 부리고 허풍이나 떨려고 집에 종교 교역자를 둔단 얘기렷다. 그리고 또 이 교역자라는 이들은 주인이든 후견인이든 자기가 섬기는 사람의 잘못을 바로잡아주기보다는 비위나 맞추고 있다는 얘기고."

"아니, 그런 얘기가 아닙니다. 모두가 하나같이 그렇다는 얘기는 아닙니다. 제 말처럼 하는 집도 있긴 있습니다만. 성격상 품위를 상실한 못난 개인 사제들이나 고관대작이나 그 마나님에게 심부름꾼 내지는 시종 역할을 하며 알랑방귀를 뀐다는 얘깁니다. 그렇기는 하지만, 허드렛일에 쓰기보다는 신앙심에서 우러나와 개인 사제를 두고 있는 집도 많습니다. 그런 집에서는 사제란 고결한 직분이니 잘 섬깁니다. 그런 집에 있는 개인 사제들 역시 무늬만 사제인 것이 아니며, 옷만 사제복을 입은 떨거지들이 아닙니다. 거짓부렁을 입에 달고 사는 그런 놈들이 아니란

애깁니다. 한마디로 해서 형편없는 무식쟁이들이 아니란 말입니다. 형편없는 무식쟁이들이란 사람들로부터 욕을 먹어도 안면 몰수하고 자기 주인의 손을 잡고 지옥행 지름길을 질러가는 자들입니다. 해괴하게도 고해실에서조차 주인들 비위나 맞추고, 곧 죄를 짓겠다 고백해도 괜찮다 괜찮다 하고, 고리대금으로 돈을 긁어모아도 용서하고, 주인들 머리에 불확실하고 태만한 생각이나 집어넣고, 그 어떤 가증스러운 짓을 저질러도 응원이나 하고, 말뿐만 아니라 몸소 행동으로 나쁜 본을 보여 주인을 공범자로 만들고 마는 것이지요. 어떻겠습니까? 난잡한 생활을 하는 집의 사람들이, 예수님의 사도, 하나님의 사자와 같은 사제를 본다면, 사람들의 외양을 보지 않고 악에 대해 끊임없이 짖어대는 개를 본다면, 성도들의 행위를 고르게 하는 살아 있는 다림줄을 본다면, 법의 대가요, 천사요, 확실한 길잡이요, 밝은 빛이요, 집 안에 모신 수호신이요, 그야말로 진짜 사제를 본다면 어떻겠습니까? 그 집안 사람 모두 그 사제의 가르침에 따를 것입니다. 그러나 사제라는 사람이 옷에나 신경 쓰고, 춤판이나 노름판을 기웃거리고, 부잣집 응접실에서 아가씨들과 어울려 징글맞은 남자들로부터 찬사를 듣거나 애교 떠는 모양을 즐기며 무슨 짓을 저질러도 좋다 좋다 하는 꼴을 본다면 또 어떻겠습니까? 그 사제라는 사람을 본받겠습니까?

어르신께서는 그 따위 사제가 세상에 어디 있겠느냐, 또 그 따위 사제를 집에 둘 정도로 멍청한 주인들이 만상에 어디 있겠느냐 하시겠지요. 어디 있기는 어디 있겠습니까! 제가 그려보인 원본 그대로인 그 따위 사제들을 제 생전 많이도 겪었습니다. 그래도 그 따위 놈들이 있는 반면에, 제가 말씀드렸듯이, 신실한 집도 현명하고 덕스러운 사제들도 많습니다. 점잖고 바른 행실로, 아니 그 자리에 있다는 그 자체만으로도 하인이나 아랫사람을 다잡을 뿐만 아니라 심지어 주인들조차도 다잡습니다. 그 주인 되는 사람이 백작이나 후작이라 할지라도 말이지요. 저는 품행이 방정하고 주님의 영광을 위해 열심인 사제들을 많이 알고 있습니다. 이 사람들은 후견인에게 아무 주저 없이 진실을 얘기합니다. 준엄하게 악을 심판합니다. 설득도 하고 본보기를 보이기도 하여 후견인들의 덕성을 이끌어냅니다. 이 사람들은 진리에 어긋나는 짓이 발견되면 지체 없이 그 집을 떠나고 맙니다."

"그 양반들 마음에 드는구먼. 그렇다면 그런 사람을 하나 찾아보게나. 다짐하지만 현명하고 덕스러운 사람이어야 하네. 폼이나 잡으려고 두는 것이 아니니까. 가능하다면 나이가 지긋한 양반으로 알아보게나. 백발이라고 해서 학식이 있고 덕이 있다는 사실을 증명하지는 못하겠지만 적어도 경험이 있다는 사실은 보여주겠지."

나는 이런 다짐을 받고 신이 나서 사제를 구하러 나갔다. 뭔가 좋은 일을 한 건 올렸다 싶었다. 나는 생각했다. 주여 감사하나이다! 그 짧은 순간에 그 엄청난 진리를 쏟아내었나이다! 틀림없이 나라는 놈은 성직자로 타고난 놈인가 보다. 설교대에 설 기회도 있지 않았던가. 배불뚝이 산초가 약간 맛이 간 돈 키호테에게 이야기했듯이 아름다운 소식을 선포하며 주님과 동행할 기회도 있지 않았던가.

하지만 진리를 그렇게나 많이 알고, 또 그 진리를 전할 줄도 알고, 악을 처단하고 덕을 상찬할 줄도 알면 그래서 어떻다는 것인가? 나라는 위인은 망나니짓에 이골이 났지만 때로는 바르게 행할 줄도 안다. 하지만 나랑 무슨 상관인가? 내 평생 내 자신에게 쓸 만한 교훈이나마 준 적이 있기나 했던가?

내게 아르고스마냥 백 개의 눈이 있어 이웃의 죄를 모조리 찾아낸다 해도 무슨 소용인가? 또 외눈박이가 되어 내 죄를 하나 찾지 못한다 해도 그 무슨 상관인가? 어찌하여 나라는 놈은 이웃의 눈에서 티끌을 그리 잘도 찾아내면서 내 눈 속에 박힌 들보는 알아보지 못하는가? 내 끝 모르게 쌓아온 죄악에는 손 하나 대지 못하면서 세상을 구원하러 나서다니, 가당찮은 일이지 않은가? 그래, 어찌하여 나는 남들이 주는 충고는 한사코 외면하면서도 남에게 충고하기는 좋아하니 이 어찌 된 영문이란 말인가? 어쨌든 나는 악마의 속삭임에는 귀 기울이지 않노라.

그래 어떤가. 때로는 명백한 진리를 말하고, 악을 까내리지 않으면서도 덕을 기리고, 내 말을 듣는 사람에게 유익을 끼치고 하는 내가 놀랍지 않은가? 이것은 내가 하는 일이 아니라 모든 선을 풍성하게 베푸시는 주님의 역사가 아닌가? 그렇다. 분명하도다. 주님께서 나를 사용하셔서 중국인에게 선한 목자를 인도하시는 것이다. 중국인을 주님의 품으로 끌어오시기 위해. 주님께서 나를 사용하셨으니, 나보다 쓸모 있는 혹은 없는 다른 도구는 사용하실 수 없으셨단 말인가? 그 누가 의심하리오?

그러나 주님께서 어찌 되는 대로 일을 처리하실 것인가? 다 우리의 행복을 위해 만물을 창조하지 않으셨던가? 그렇다면 바로 주님께서 내 머리에 그런 생각을 불어넣으셨다고 생각해야 하지 않겠는가? 단지 중국인에게 세례를 주시기 위함이 아니라, 바로 나 자신이 개과천선하라고 말이다.

당연지사. 나는 지금 주님의 도우심을 함부로 낭비할 수 없다. 즉시 보답을 해야 한다. 그러나 나는 사탄 마귀다. 친구들이나 애인들이 눈에 보이지 않으면 나는 올바른 판단을 내릴 수 있다. 하지만 연놈들과 같이 있다 보면 기껏 지니고 있던 바른 생각은 속절없이 사라지고 왕년의 가락으로 돌아가고 만다.

이런 일이 처음은 아니다. 내 생전 처음으로 하는 자아 비판도 아니다. 허구한 날 이래봤지만 언제나와 같은 망나니 페리키요일 뿐이었다.

성경에 나오는 발람의 나귀와 같았단 말이다. 욕심쟁이 선지자 발람을 통렬하게 꾸짖기는 했지만 그후 금세 나귀 본연의 모습으로 되돌아간 그 나귀 말이다.

그렇다면 나는 언제까지나 고집불통으로 남아 있어야 한단 말인가? 한 번만이라도 양심의 호소에 귀 기울일 수 없단 말인가? 주님의 부르심을 끝내 외면할 것이란 말인가? 왜, 왜! 오, 페리코여, 거듭날지어다! 우리는 머리끝에서부터 발끝까지 죄인임을 명심할지어다. 우리가 죽어 마땅한 인생임을, 지옥이 존재함을, 영생이 있음을, 예기치 못했던 순간 도적처럼 달려드는 죽음이 있음을 명심할지어다. 아무 준비 없는 우리를 죽음이 낚아챌 것이며, 온갖 사탄 마귀가 떼거리로 몰려와 대번에 우리를 채갈 것임을 명심할지어다.

페리키요야, 그러길 원치 않을진대 참회할지어다. 회개할지어다. 세상살이란 오늘 있다가 내일은 사라지는 것. 사제를 구하리라. 사제에게서 학문과 품성과 경험을 배우리라. 사제에게 고백하리라. 사악한 생각은 떨쳐내리라. 안녕, 무익한 모임이여. 안녕, 산보여 극장이여 방문이여. 나나 로사에서의 식사도 안녕. 당구며 노름도 안녕. 안녕, 친구들이여. 이쁜이도 고쁜이도 안녕, 안녕. 사치도 방탕도 안녕. 안녕, 세상이여. 오늘부터 성인이 되는 거다, 성인이.

하지만, 날건달 친구놈들이나 나한테 목을 매고 있는 아가씨들이 뭐라고 할 것인가? 나더러 돌았다느니, 위선자라느니, 돈이 아까워 저 혼자 잘난 척한다느니 하고 떠들어대지 않겠는가? 속을 모르니 말이다. 그래도 무슨 상관이랴? 지껄이고 싶은 대로 지껄이라지. 저희들이 지옥에서 날 꺼내줄 것도 아닌데.

나는 이런 가상하지만 속이 없는 생각에 잠겨 프루덴시오 씨 집으로 들어섰다. 내 친구로 사람도 좋았고 집에서 모임도 자주 가졌다. 나는 사정을 털어놓았다. 프루덴시오 씨는 이렇게 말했다.

"당신이 찾는 조건에 안성맞춤인 사람이 하나 있소. 내 삼촌 되는 에우헤니오 보니파시오 박사라는 분인데 나이 지긋한 성직자지요. 품행이 방정하며 지혜의 샘이라고도 할 수 있지요. 아는 사람은 다 그럽디다. 지금은 아주 가난하오. 정직을 당했거든. 그래도 사람좋아요. 뭐 따지고 들고 하지 않았지요. 영혼의 평안이 세상 모든 금붙이보다 값지다는 거죠. 내 알아보리다. 기꺼이 응하리라 보오. 지금 당장 부르도록 하지요. 사람이 죽으면 바로 곡을 해야 하거든."

이런 말을 남기고 프루덴시오 씨는 자리를 비웠다. 초콜릿이 나왔다. 초콜릿을 마시고 있는데 종이 울렸다. 패거리들이 몰려들었다.

남녀 무리가 떼를 짓기 시작했다. 만돌린 소리가 잠잠하던 기운을 북돋웠는지 사람들이 발을 놀리기 시작했다.

밤 7시가 다 되었던 터라 분위기는 금세 무르익었다. 나는 춤도 뭐도 다 부질없다 싶어 아까 했던 그 가상한 생각에 몰두했다. 내가 그러고 있는 꼴이 모두에게 참으로 신기하게 보였나 보다. 나를 춤판에 끌어들이려고 이런저런 소리로 침깨나 버리더니 나중에는 아예 포기했는지 춤추자고 조르는 사람이 없었다.

나도 춤추고 싶어 미칠 지경이었다. 춤판이야말로 내 최고의 약점이었던 것이다. 다리가 들썩였다. 나는 이 기회에 나를 시험해보고 싶었다. 그 유혹의 손길에 의연한 모습을 보이고 싶었다. 나는 다짐했다.

안 돼, 페리코. 조심해야지. 낙심하지 말지니. 마지막까지 버티지 못하면 월계관은 날아가는 거다. 힘내! 일단 시작했으니 끝장을 봐야지. 굳세게 버텨!

나는 이렇게 속으로 궁시렁거렸다. 내 결심이 확고하다는 사실에 나는 기뻤다. 나는 두 시간 동안이나 춤의 유혹을 이겨냈던 것이다. 친구놈들의 감언이설에 버티기도 힘들었지만 나를 춤판으로 끌어들이기 위해 끊임없이 추파를 던져오는 아가씨들을 외면하기는 더더욱 힘들었다. 내 다리 놀림이 근사했을 뿐만 아니라 돈도 있었으니까, 아가씨들 사이에서 내 인기가 하늘을 찔렀다 해도 그건 당연한 일이었다.

아가씨들이 아무리 떼를 써도 나는 요지부동이었다. 이 세상 어떤 미인이 왔다 해도 마찬가지였으리라. 나는 내 결심을 깨뜨리고 싶지 않았던 것이다.

그러나 어찌하랴. 7시 반에 애교 덩어리 아니타가 방으로 들어섰다. 나 홀로 이쁜이요, 둘도 없는 싸움꾼이요, 내 사랑스런 귀염둥이였다. 나는 모임에 가도 이 귀염둥이 아가씨하고만 이야기를 나누었다. 춤판에서는 뗄 수 없는 한 쌍이었다. 나는 다른 놈들보다 두각을 나타내기 위해 매번 집까지 바래다 주곤 했다. 물론 식당으로 데려가 실컷 먹고 마시게 한 다음에. 그리고 다음날 쓰라고 용돈까지 쥐여줬다. 그러면 아가씨는 갖은 아양을 떨었다. 그래도 서로 품위는 지켰다. 항상 아가씨 고모가 들러붙어 있었으니까. 그 고모라는 양반, 꼬부랑 할멈이었다.

그날 밤에 내 사랑 아니타가 등장한 것이다. 호박직으로 짠 눈같이 흰 실장식이 달린 파란색 겉옷을 걸치고 하얀색 숄을 두르고, 역시 하얀색 구두를 신고, 촉촉한 모습으로, 낮에 하는 머리 모양을 하고. 간편한 차림이었다. 뭐를 입든 나는 좋기만 했다. 그날 밤 내 눈엔 여신처럼 보였다. 옷 색깔을 배경으로 아가씨의 황금빛 볼따귀, 자줏빛 입술, 새하얀 젖무덤이 유난히 빛을 발했다.

아가씨가 등장하고 나서부터 내 두 눈은 아가씨 꽁무니만 쫓아다녔다. 하지만 나는 내숭을 떨었다. 친구 한 놈과 이야기를 나누며 아가씨를 못 본 척했다. 아가씨는 내가 내숭이나 떨고 있다고 짐작한 모양이었다. 그러나 내가 춤추기 싫어한다는 말을 듣고는 이제 내가 자기에게서 아무 매력도 못 느끼는가 싶은지 계속 내게 추파를 던져댔다. 드디어 아가씨는 내게 다가와 버터보다 훨씬 나긋나긋한 목소리로 이렇게 말했다.

"페드리요, 나 못 봤어? 춤추기 싫다고 했다더니 아주 울적해 보이는데 무슨 일 있어?"

나는 아주 엄숙하게 대답했다.

"아무 일도 아닙니다, 아가씨."

"그럼 뭐야, 어디 아파?"

"그렇소. 아픔이 있습니다."

"아픔? 그럼 안 되는데, 자기, 자기 아프면 안 돼. 프루덴시오 씨가 날 아주 잘 보고 있으니까, 방에 들어가 쉬어. 사과물을 끓여 가든지 술을 한 잔 가져가든지 하라고 할 테니 마셔. 소화가 안 돼 아픈 거 아냐?"

"소화가 안 돼 아픈 게 아니오. 좀더 확실하지만 달콤한 아픔이오. 가서 춤이나 추시지요."

나는 내 죄로 인한 고통을 말하고 있었지만 아가씨는 내 육신의 아픔으로 받아들였다. 아가씨는 갖은 애교를 떨어가며 지겨울 정도로 내게 달라붙었다. 끝내 내가 무덤덤하게 버티자 아가씨는 성깔을 부리더니 나를 내버려두었다. 아가씨는 항상 나와 다투고 있던 땅딸막한 놈을 끼고 돌았다. 땅딸이놈은 이제나저제나 내가 고무신 거꾸로 신을 날만 학수고대하고 있었다.

아가씨가 안겨들자 땅딸이놈은 아가씨 옆에 바싹 붙어 앉아 온갖 수작으로 아가씨를 꼬시기 시작했다. 내가 놈보다 나은 점이 있었다면 놈보다 부자였다는 점이었다. 앞으로 4, 5분 후에는 결판이 나고 말겠지만, 어쨌든 놈은 나보다는 착실한 놈이었다.

아나, 엿이나 먹어라 하는 것 같은 아가씨의 태도와 내 적수라는 놈이 신이 나서 열을 올리고 있는 꼴을 보자니 내 심장은 질투심으로 불타올랐다. 똑바로 살자라니, 웬 헛소리. 올바르게 살자라니, 호랑이나 물어가라.

나는 성난 사자마냥 벌떡 일어섰다. 나는 애먼 땅딸이놈에게 달려가 입에 담기 거북하고 듣기 민망한 욕설을 마구잡이로 토해냈다. 말괄량이이기는 했지만 그래도 나보다는 철이 들었던 아가씨는 땅딸이놈의 수작을 쌍수를 들고 변명했다. 얼마나 내 앞에서 애교를 떨었던지 싸움이 되지 않았다. 우리는 예전과 같은 막역지우로 돌아갔다.

나는 한때 마음먹었던 바를 깔아뭉개버리고 춤추고 마시고, 방금 전에 약올랐던 것을 벌충이라도 하려는 듯 아니타와 엉겨붙어 주물럭 타령에 사랑 타령을 주고받았다. 아니타는 싸움질은 금지되어 있다, 게다가 상대도 안 되는 놈하고 다퉈 무엇 하냐고 애교를 떨었다.

내가 한창 신이 나서 떠벌리고 있을 때 프루덴시오 씨가 삼촌 되는 박사가 도착했다고 알려왔다. 방에 있으니 가보라, 무슨 일인지 직접 듣기를 원한다고 했다.

나는 박사 따위와 이야기할 기분이 아니었다. 나는 한동안 시간을 끌다가 방으로 들어가 신속하게 일을 처리했다. 나는 신부에게 다음날 8시에 데리러 오겠다고 약속했다.

가엾은 신부는 조카에게서 들은 이야기를 다시 찬찬히 들었으면 했다. 그러나 나는 신부의 요구에 응하지 않았다. 내일 다시 만나면 원 없이 들려주겠다고 했다. 나는 서둘러 방을 빠져나왔다. 사람좋은 신부가 보기에는 별 상놈 다 본다 싶었을 것이다.

나는 신부와 헤어져 아니타에게 돌아갔다. 밤 9시, 주인을 모시고 있는 처지로서는 통행금지 시간이었다. 나는 생각나는 대로 주워섬기면서 언제나와 같이 정중하게 아가씨를 집까지 데려다 주었다. 그리고 집으로 돌아왔다.

집에 도착했을 때 주인은 잠들어 있었다. 나는 한 상 걸게 차려 먹고 잠자리에 들었다.

다음날 약속 시간에 나는 박사 신부를 데리러 갔다. 박사는 프루덴시오 씨 집에서 벌써부터 기다리고 있었다. 나는 박사를 마차에 태워 주인 앞으로 안내했다.

이 점잖은 신부는 호리호리한 큰 키에 피부는 하얗고 이목구비가 단정한 사람이었다. 까만 두 눈은 생생히 살아 있었고, 표정은 근엄하면서도 붙임성이 있어 보였다. 머리는 백설이 뒤덮인 산봉우리 같았다. 나는 주인이 자리하고 있던 방으로 들어가 아뢰었다.

"어르신, 어제 나눈 말씀에 따라, 이 신부님을 개인 사제로 추천하는 바이옵니다."

중국인은 신부를 보고 안락의자에서 몸을 일으켜 두 팔을 활짝 펼쳐 신부에게 다가갔다. 중국인은 두 팔로 신부를 공손하게 껴안고는 이렇게 말했다.

"기쁘기 그지없소이다, 신부님. 이제 이 누추한 집을 축복해주러 오셨으니 내 집이다 생각하시지요. 신부님의 그 순백한 머리처럼 품행이 반듯하고 지혜가 넘칠진대, 나 신부님을 둘도 없는 친구로 모시지요. 이 나라에서는 전통적으로 귀족들이 집에 개인 사제를 모신다 하기에 내 신부님을 모셔온 것이오. 나는 내 나라를 떠나오기 전부터 이렇게 생각해온 사람이오. 사람이란 모름지기 자기가 유숙하는 나라의 풍습을 신중하게 따라야 한다고 말입니다. 특히나 그 풍습이 해롭지 않을 경우에 말입니다. 이제부터 신부님께서는 여기 계시도록 하시지요. 신부님께서 믿는 신에게 내 건강을 위해 빌어주시고, 내 집의 모든 하속들이 바른 종교 생활을 할 수 있도록 도와주시오. 내 보기 민망한 일들이 있어 그러오. 그리고 내게 그 신앙과 교리도 가르쳐주시구려. 단지 궁금증일지는 모르나 알고 싶소이다. 한마디로 신부님께서는 내 스승이 되어 나를 가르치시오. 유람차 이 나라를 방문한 이방인이 반드시 알아야 한다고 판단되는 것은 무엇이든지 좋소. 이제 그 사례비에 대해 얘기해봅시다. 신부님이 원하시는 대로 드리리다."

개인 사제는 주인의 말을 경청했다. 사제는 힘이 닿는 대로 최선을 다해 집안을 바르게 이끌어나가겠노라, 기꺼이 가르침을 베풀겠노라, 기독교 원리뿐만 아니라 이 나라에 대해 알고자 원하시면 뭐든지 가르쳐드리겠노라, 사례비라면 먹여주고 입혀주기만 하면 족하겠노라, 필요에 따라 조금만 생각해주면 고맙겠노라, 집안을 책임 맡았으니 필요 불가결하게 하속들에 대한 어느 정도의 명령권을 허락해주시기 바라노라, 그래야 삐뚤어진 심성을 바로잡고 치유 불능한 자를 쫓아낼 수도 있으리라, 그래야 존경심을 가지고 가르침에 응하리라고 대답했다.

주인이 보기로는 이치에 합당한 대답이었다. 그래서 주인은 필요한 경우 조치를 취할 수 있는 주인과 같은 전권을 신부에게 위임했다. 신부는 침대며 궤짝이며 책이며를 가지러 갈 겸, 개인 사제 허락을 받을 겸 해서 물러갔다.

개인 물품은 그날 중으로 옮겨왔다. 허가증도 어렵지 않게 따냈다. 과연 2주일 만에 집에서 미사가 드려졌.

신부에 대한 주인의 신뢰와 애정은 날이 갈수록 두터워져갔다. 대부분의 하인놈들은 신부가 있어도 자기들 멋대로 살려 했다. 내가 다스릴 때는 그럴 수 있었으니까. 하지만 어림도 없는 일이었다. 놈들은 즉시 바깥 거리로 내쳐졌고 다른 착한 놈들이 그 자리를 대신했다. 집안 꼴은 마치 소규모 수도원을 연상시켰다. 날이면 날마다 미사가 드려졌고, 밤이면 밤마다 로사리오 기도가 드려졌다. 달에 한 번 성체 수령이 있었고, 외출을 할 수도 밤마실을 다닐 수도 없게 되었다. 수도원에서 절대 복종을 맹세한 그런 수도승 노릇을 하라고 나를 졸라댔다.

그런 집구석에서 내 처지가 어떠했을지는 가히 짐작이 갈 것이다. 절망 그 자체였다. 까마귀라도 하나 내려와 내 두 눈깔을 쪼아 먹어버렸으면 했다. 그러나 어쩔 수 없으니 지그시 참아내는 수밖에 없었다. 마음껏 쓸 수 있는 돈을 잃을 수는 없었으니까. 거리에서 거들먹거리는 멋을 포기할 수 없었으니까. 가끔이나마 타보는 마차를 팽개칠 수는 없었으니까.

신부에게 똥침이나 한번 놓아 내게서 손을 떼게 하고 싶었다. 그러나 결심이 서지 않았다. 주인이 신부에게 홀딱 빠져 있었으니까. 신부는 이 집으로 들어온 이후부터 뻔질나게 주인을 끌고 나들이를 다녔다. 마차를 타기도 했고 그냥 걸어서 다니기도 했다. 신부는 내가 그랬던 것처럼 주인을 교회로만 데리고 다니지 않았다. 야유회니, 무슨 모임이니, 정식 방문이니, 극장이니, 사람이 모이는 곳이면 빠짐없이 주인을 달고 다녔다. 그래서인지 주인은 불과 며칠 만에 멕시코 신사들을 여럿 사귀게 되었다. 멕시코 신사들은 주인을 찾아와 우정을 과시했다. 나는 그 집구석에서 볼품없는 처지로 내려앉았다. 그저 월급이나 많이 타먹는 한갓 청지기에 불과했다.

주인과 신부는 나들이에서 돌아와서는 방 안에 틀어박혀 이야기에 열중했다. 신부는 단시간에 주인에게 완벽한 에스파냐어를 말하고 쓸 수 있게끔 가르쳐주었다. 주인 역시 신이 나서 열심으로 공부에 매달렸다. 주인은 날마다 뭔가를 열심히 써댔다. 나로서는 뭘 쓰는지 알 수조차 없었다. 주인은 신부가 가져다 주는 책이라면 족족 읽어댔다. 공부한 보람은 풍성했다. 주인은 비상한 기억력의 소유자였던 것이다.

그 많은 강연과 훈육의 결과, 어느 날 주인은 나를 붙잡고 장황하게 자기 재산에 대해 셈을 해보기 시작했다. 주인은 산술을 완벽하게 꿰고 있었기 때문인지 이 왕국의 총재산이 얼마인지 파악하고 있었다. 나는 우수리는 빼고 큰 것만 보고했다. 셈을 끝내고 보니 두세 달 만에 8천 페소가 나갔다. 주인은 마차며, 옷가지며, 세간에 대한 재평가에 들어갔다. 생활비니, 식비니, 하인 월급까지도 따졌다. 모든 계산이 끝났다. 결론은 내가 3천 페소를 유용했다는 것이었다.

그러나 주인은 과연 신중했던 사람이라 계산서를 내게 확인시키고는 금고 열쇠를 압수했다. 주인은 열쇠를 신부에게 넘겨주며 신부를 그 집의 재무 장관으로 임명했다.

한 방 호되게 얻어맞은 꼴이었다. 열쇠를 빼앗겨 부끄럽기도 했지만 빈털터리가 되다니 분하기 그지없었다.

신부는 나를 처음 본 그 순간부터 나를 그렇고 그런 놈으로 알았던 모양이었다. 그러니까, 내가 망나니임을 척하니 알아봤다는 것이다. 나는 신부가 주인에게 찔렀겠거니 싶었다. 주인은 열쇠만 빼앗은 것이 아니라 나를 냉담하게 대했다. 아니, 혐오스럽다는 듯 째려보았다. 이 일이 내가 에덴 동산에서 추방당할 일의 전조로구나 싶었다.

나는 쫓겨날까 두려워 주인의 비위를 맞추기 위해 갖은 아양을 떨었다. 그렇게 노심초사하던 어느 날, 주인의 기분이 착 가라앉아 있었다. 마침 신부도 집에 없겠다, 나는 주인에게 웬 심려이십니까 하고 물어보았다. 중국인은 짤막하게 대답했다.

"도대체 어찌하여 너희 나라에서는 이방인은 집에 아녀자를 둘 수 없느냐?"

"둘 수 있습니다, 어르신. 원하는 사람은 집에 계집을 둘 수 있습니다."

"내 시중을 들고 내 기분을 풀어줄 곱상한 여인을 두세 명 데려와 보라. 돈은 후히 치르마. 마음에 들면 결혼이라도 할 수 있고."

나는 여기서 신부에게 똥침을 먹일 절호의 기회를 포착했다. 물론 비겁한 짓이었지만. 나는 주인에게 일러바치듯 말했다. 신부는 집에 계집을 두기를 원치 않을 것이다, 내가 우려하는 바가 그것이다. 멕시코에는 여자라면 넘쳐난다. 예쁘기 그지없고 돈도 많이 들지 않는다.

"그렇다면 데려와보아라. 자연의 섭리와 내 종교가 허용하는 즐거움을 신부가 어찌 빼앗을 수 있겠느냐."

"물론입니다, 어르신. 신부가 몽니를 부리는 거지요. 나들이 나갔다가 어느 계집한테 호되게 당한 후로는 계집이라면 꼴도 못 봅니다. 어르신께서 예뻐해주시니까 괜히 우쭐대기나 하고, 제가 아가씨들을 데려와도 앙갚음한답시고 아가씨들을 들들 볶을지도 모릅니다. 제아무리 예쁘고 어르신께서 아끼신다 해도 몽둥이질로 쫓아낼지도 모릅니다."

신부가 자기 오락거리를 방해한다 싶었는지 주인은 노발대발하여 분이 가득한 목소리로 외쳤다.

"어찌 감히 내가 아끼는 여인을 내 집에서 몽둥이질로 쫓아내겠느냐? 당돌하게도 그런 일을 벌인다면 내 손수 놈을 쫓아내리라. 가라, 가서 가장 아름다운 여인을 찾아 데려오너라."

옳거니, 나는 신이 나서 주인이 명한 계집을 찾아 나섰다. 이만큼 긁어놓았으니 신부가 쫓겨나는 일은 시간문제다 싶었다. 그렇게만 되면 나는 다시 주인의 신임을 한 몸에 담뿍 받게 될 것이다.

나는 뚜쟁이짓이라면 딱 질색이었다. 이런 분야에 소질이 있는지를 시험해볼 수 있는 기회도 평생 없었다. 계집 초모꾼으로 나서야 하는 신세가 아주 더러웠다. 나이가 든 것도, 헌털뱅이가 된 것도 아닌데 말이다. 이 짓거리로 무슨 욕을 먹을지 겁났다. 무엇보다도 계집년들이 촐랑

방정을 쳐서 내 신용이 떨어지지 않을까 하는 것도 걱정거리였다. 그렇지만 다시 돈 관리를 맡고 신부를 쫓아내기 위해서는 그나마 남아 있던 그 꼴같잖은 체면 따위는 잊어버려야 했다. 나는 결심을 굳혔다. 왔노라, 보았노라, 이겼노라. 율리우스 카이사르보다 더 윗길로 간단하게 처리했다. 야시시한 아가씨를 찾아 꼬셨다. 같이 가서 중국인에게 수청을 들라고. 간단한 일이었다.

나는 거리의 천사 셋을 뒤에 달고 위풍당당하게 중국인의 방으로 들어갔다. 마침 신부가 주인과 함께 있었다. 신부는 아가씨들을 살펴보고 그 옷차림으로 대강 짐작했다는 듯 상을 찡그리며 무슨 볼일이냐고 물었다.

아가씨들은 신부의 질문에 당황해했다. 아가씨들이 알기로는 신부란 고상한 성품의 소유자인지라, 말도 제대로 하지 못했다. 대답이라고 한다는 게 고작 이랬다. 내가 가자고 해서 왔다, 무슨 일인지도 모른다.

신부가 아가씨들에게 말했다.

"자매들이여, 가보시게나. 여기엔 자네들에게 해당되는 사람이 없어요."

아가씨들은 서둘러 방을 빠져나갔다. 내게 복수를 다짐하며. 신부는 나를 향해 이렇게 따졌다.

"지금 당장 짐을 꾸려 꺼져버려라, 이 더럽고 치사하고 야비한 놈아! 그래 그 망나니 짓거리로도 모자라 이젠 더러운 뚜쟁이 노릇까지 할 참이냐? 그래, 이 자상하신 분의 돈을 빼돌리다 못해 저 미친 계집년들에게까지 기회를 줄 참이었어? 아니 그래, 혼자 죄짓는 것이 부족해 다른 이들까지 끌어들이겠다는 거야? 이런 세상에! 경찰을 불러 네놈이 마땅히 가야 할 곳으로 끌어가라고 하기 전에 당장 꺼져!"

내가 그 집구석을 어떤 모양으로 빠져나왔을지 상상해보시라. 진짜 홍당무였다. 현관 앞에 짐꾼 둘이 있었다. 나는 짐꾼을 불러 가방이며 침대를 나르게 했다. 나는 인사도 못 하고 빠져나왔다.

나는 연미복과 지팡이를 들고 짐꾼 뒤를 따랐다. 내 자신이 보기에도 정말 한심스러웠다. 방금 전에 들었던 그 욕설, 들어 마땅했다. 내 그 어처구니없는 짓거리에 대한 응분의 보상이었다.

나는 친구놈 집에나 가보자 하고 모퉁이를 돌았다. 운수가 사나우려니, 바로 그곳에 방금 전에 나 때문에 쫓겨났던 아가씨들이 대기하고 있었다. 처음에는 나를 못 알아보는 듯싶었지만, 끝내 아가씨 하나가 내 머리끄덩이를 붙잡고 늘어졌다. 또 다른 아가씨는 소맷부리에 매달렸다. 세 명의 아가씨들은 나를 둘러싸고 물고 뜯고 할퀴고, 난리였다. 눈 깜짝할 사이에 머리털이 뭉텅 빠져나갔다. 얼굴에는 할퀸 자국, 바짓가랑이는 너덜너덜. 욕질을 하느라고 혀는 재게 놀았고, 뚜쟁이라는 영광스러운 호칭이 쉴 새 없이 쏟아졌다.

내가 호되게 당하는 꼴을 보기 위해 몰려든 점잖은 양반들이 뜯어말리는 바람에 나는 겨우 놓여났다. 세상에 이럴 수가! 짐꾼들은 한술 더 떴다. 놈들은 내가 당하는 꼴을 보고는 옳다구나 싶었는지 짐을 들고 줄행랑을 놓아버렸던 것이다. 나는 손도 쓸 수 없었다. 어디로 내뺐는지조차 알 수 없었다.

실컷 얻어맞아 걸레가 된 상태, 돈도 한 푼 없었다. 밤이 기울 무렵 나는 볼라도르 광장 맞은편에 있었다. 지나가는 사람들에게는 좋은 볼거리였다.

나는 어느 집 현관에 찌그러져 있었다. 밤 8시, 나는 목을 매겠다는 결심으로 자리를 털고 일어섰다.

19. 우리 페리키요가 목을 매는 장면, 목매기를 포기하게 된 동기, 친구놈의 배은망덕, 상가에서의 유령 소동, 도시를 떠나게 된 사연 등을 이야기하는 장

주님께서 자주 고난의 도가니에서 피조물을 연단하신다는 이야기는 진정 사실이리라. 믿음이 없는 사람들이야 더 자주 당하는바, 그 또한 스스로 번 매일지니. 사람들은 자신이 겪는 고통에 대해 얼마나 자주 불평을 토로하는가! 불행이 쫓아다닌다고 하면서. 자신의 못난 짓거리로 스스로 자초한 것이니 벌 받아 마땅하다는 점은 전혀 고려하지도 않고! 방금 전에 이야기한 바처럼 그런 처연한 상황에서 나는 이런 생각을 했다. 나는 사는 것이 허무하고 귀찮았다. 그래서 목을 매기로 했다. 나는 그 작업을 위해 눈에 띄는 대로 가게로 들어가 시계를 팔았다. 나는 독주를 한껏 들이켰다. 용기를 얻고 정신을 잃기 위해. 마찬가지 이야기지. 사탄 마귀가 나를 데려갈 때 느끼지 못하기만 하면 되니까. 술이란 이런 점에서는 용기를 북돋아주는 물건인 것이다.

나는 뱃속을 술로 가득 채우고 나서 반 레알어치 밧줄을 샀다. 나는 밧줄을 둘둘 말아 옆구리에 꼈다. 나는 밧줄을 옆구리에 끼고, 사악한 계획을 머리에 끼고, 오리야 공원을 향해 발걸음을 옮겼다.

밤 10시, 나는 만취 상태로 공원에 도착했다. 어둠, 인적이 끊긴 썰렁한 공원, 공원을 가득 채운 아름드리 나무들, 나를 파고드는 절망, 용감무쌍한 술내음이 그 돼먹지 못한 짓거리를 어서 실행하라고 부추겼다.

마침내 나는 결정했다. 밧줄을 묶었다. 나는 몸무게를 늘리기 위해 쩔쩔매면서까지 허리춤에 돌멩이를 매달았다. 나는 나무 옆에 있던 등받이 의자 위로 올라섰다. 좀더 쉽게 매달리기 위해. 중요한 부분은 다 끝났다. 나는 나무에 밧줄을 단단히 묶을 수 있을지 살펴보았다. 확실하게 매달리기 위해서는 높은 가지에 밧줄을 묶을 필요가 있었다.

나는 튼튼한 가지를 골라 밧줄이 걸리도록 있는 힘껏 밧줄을 던졌다. 제대로 되지 않았다. 갈수록 술기운이 올랐던 것이다. 다리에 힘이 빠지고 손이 떨렸다. 몸도 제대로 가눌 수 없을 지경이었다. 나는 번번이 밧줄에 휘감겨 바닥으로 굴렀다. 절망. 욕설이 터져나왔다. 이 중요한 임무를 완수할 수 있도록 도와달라고 염라대왕에게 호소했다.

그럭저럭하는 사이 두 시간이 흘렀다. 돌멩이도 매달았겠다, 일도 힘이 든 데다, 그전에 또 얻어맞기도 했겠다, 서 있기조차 힘이 들 지경이었다. 나는 날이 밝아 이 범죄 행위가 남의 눈에 띄게 될까 두려워 마지못해 포기할 수밖에 없었다. 나는 돌멩이를 떼어내고, 밧줄은 하수도에 던져버리고, 쉴 장소를 찾았다. 뱃속에 든 것을 몽땅 토해냈다. 나는 땅바닥에 몸을 눕혔다. 나는 세상 천지 가장 편한 침대에라도 누운 듯 달콤한 잠 속으로 빠져들었다.

술도 걸쳤던 타라 세상 모르게 잤다. 내 위로 마차가 지나갔다 해도 몰랐을 정도였다. 그러다 보니 누군가 나를 빨가벗겨가는 것도 느끼지 못했다. 갈보년들이 형편없이 찢어발겨놓은 옷이었을지라도 그나마 벗겨가는 놈도 있었던 것이다.

내 머리 속을 점령하고 있던 술의 요정들이 슬그머니 물러가고 난 다음, 나는 잠에서 깨어났다. 꼴이라고는 어머니 뱃속에서 기어나올 때의 그런 꼴이었다. 어처구니가 없었다.

그 시간, 그 장소, 그 꼬락서니를 생각해보시라. 지나가는 원주민놈들은 하나같이 내 꼴을 보고 웃음을 터뜨렸다. 놈들이야 별 생각 없이 웃는 것이었지만 나로서는 죽을 맛이었다. 나는 울화가 치밀었다. 목매달아 죽지 못한 것이 그렇게 억울할 수 없었다.

그런 꼴을 당하고 있을 때 불쌍하게 생긴 원주민 할멈이 하나 내게 다가왔다. 내 꼴이 측은하다 싶었는지 무슨 사연이냐고 물었다. 나는 대답했다. 어젯밤에 강도를 만났다. 불쌍하게 생긴 노인네는 측은지심을 발휘하여 나를 자기 골방으로 데려갔다. 차와 뜨거운 빈대떡, 옥수수빵이 나왔다. 노인네는 자식들이 안 입는 옷가지를 가져다 내게 입혀주었다. 안감이 없는 가죽 바지 하나, 낡고 닳은 면 저고리 하나, 짚으로 엮은 모자 하나, 가죽 덧신 한 켤레. 말인즉슨 가난뱅이 원주민 꼴로 만들었단 이야기다. 어쨌든 옷을 입혔으니 살을 가린 것이요, 살을 가렸으니 몸을 덮은 것이요, 몸을 덮었으니 나를 도운 것이다. 노인네는 자상하게도 보살펴주었다. 이 자상한 원주민 노인네가 생각날 때마다 내 마음은 저려온다. 노인네는 원주민들 사이에서 자비의 화신이었다. 나를 자상하게 돌봐주기만 했지 내가 무슨 큰 보상으로 갚거나 감사의 말을 표하거나 하는 일에는 신경도 쓰지 않았다. 오늘이라도 당장 만나 그 은혜에 보답하고 싶다. 우리나라 어느 구석에나 은혜로 가득한 영혼이 있게 마련이다. 은혜를 베푸는 것은 돈이 아니라 마음인 것이다!

어쨌든 나는 위에서 이야기한 것처럼 감동 감화되어 가난한 원주민 노인네에게 깊은 감사의 정을 표했다. 나는 노인네를 부드럽게 감싸 안고 그 주름진 얼굴에 입을 맞추었다. 나는 밖으로 나왔다.

나는 시내로 향했다. 귀신이나 물어갈 내 꼬락서니를 살펴보니 바로 어제까지만 해도 신사복 차림에 마차를 타고 다니던 일이 생각났다. 나는 때때로 걸음을 멈추었다. 한걸음 한걸음마다 몸이 천근만근이었다.

나는 두 시간 동안이나 산파블로 광장을 서성거렸고 샛길이란 샛길은 다 돌아다녔다. 시내로 들어갈 결심이 서지 않았던 것이다. 그렇게 주저하는 가운데 나는 마니토라 불리는 거리의 어느 집 현관 앞에서 걸음을 멈추었다. 나는 무슨 파수꾼인 양 오후 1시까지 현관에 주저앉아 있었다. 배꼽 시계가 요란하게 울렸지만 해결할 방도가 없었다. 이때 둘도 없는 친구 중 하나가 그 집으로 들어섰다. 바로 어제 내가 그 마누라니 손아래 처남들을 무더기로 초대해 점심을 냈던 친구였다.

놈은 나를 보더니 걸음을 멈추었다. 놈은 나를 찬찬히도 훑어보더니 나인 것을 알아보고는 시치미를 뚝 떼고 한마디 말도 없이 집 안으로 기어들려고 했다. 나는 놈에게서 무슨 위안거리라도 얻겠다 기대하고 있던 터라 놈을 순순히 보낼 수 없었다. 나는 원주민 차림새라 부끄럽기 짝이 없었지만 용기를 내 놈의 팔을 잡고 애원했다.

"나야, 안셀모. 날 모른 체하지는 않겠지. 나 페드로 사르미엔토야, 자네 친구란 말이야. 왜 그 기회 있을 때마다 자넬 대접하곤 했잖아. 재수가 없다 보니 이런 꼴이야. 외면하지 마, 모른 체하지 말라고. 바로 나란 말이야. 어제 같이 어울렸잖아. 내 평생 친구가 되겠다고 다짐하지 않았어. 영원히 변치 않을 우정 어쩌고 하지 않았냐고. 기회만 닿으면 내게 신세 진 것을 갚겠다고 했잖아. 이제 자네 차례야, 안셀모. 사르미엔토라는 가엾은 친구가 우연히 자네 집 문 앞까지 오게 된 거라고. 아주 비참한 지경이야. 누구 하나 쳐다볼 사람도 없고, 몸을 눕힐 골방 하나 없고, 배를 채울 빈대떡 한 장 없어. 원주민이나 입는 면 저고리에 볼품없는 짐승 가죽 바지를 걸치고 있단 말이지. 이것도 찢어지게 가난한 노인네가 내준 거야. 살은 가릴 수 있다 해도 꼴이 꼴인 만큼, 멕시코에서 이런 꼴로 친구를 붙잡고 애걸복걸하는 게 못마땅한 일이겠지. 자넨 내 친구잖아. 매번 우정을 다짐하곤 했잖아. 이제 우정을 보여줘. 낡은 옷가지나 상에서 떨어진 부스러기라도 있으면 좀 부탁해."

성질 더러운 친구놈은 질색을 했다.

"이 자식이, 웬 수작이야. 내가 너처럼 어수룩한 놈인 줄 알아? 어디서 돼먹지 않은 수작으로 공갈을 쳐? 페드로 사르미엔토라, 좀 닮기는 했군 그래. 그래, 그 친구는 내 친구지. 그 사람은 점잖은 사람이야. 사람좋은 양반이라고. 돈도 있단 말씀이지. 옷도 제대로 못 입는 망나니 거지라니 말도 안 돼. 썩 꺼져!"

놈은 대답도 기다리지 않고 집 마당으로 쏙 들어가버렸다. 내 코앞에서 문을 야멸스럽게도 닫아걸었다.

그런 모욕을 당한 내 기분이 어떠했을지 말할 필요도 없을 것이다. 독자 여러분께서 깜냥껏 헤아려주시기를. 이런 정도의 욕이야 세상에 흔한 일이니까. 어찌 필설로 그 기분을 헤아려 그려낼 수 있을런가. 그저 입 다물고 있는 편이 가장 적절한 표현이리라.

나는 부아가 치밀기도 했고 어처구니없기도 했고 비참하기도 했고 유감스럽기도 했다. 나는 방금 벌어진 상황을 곱씹어보며 현관에 쭈그리고 앉아 있었다. 나는 그 부근에서 도망치고 싶었다. 역겹기 그지없었다. 나는 안셀모를 기다렸다가 내 손으로 갈기갈기 찢어놓고 싶었다. 나는 분을 누르고 생각했다. 그래도 놈은 나를 좋게 평가했다. 나를 몰라본 것이다.

틀림없어. 놈은 내 친구고 나를 좋아해. 차림새도 요 모양이고 어제 당한 것도 있고 해서 몰골이 변해 나를 몰라본 것일 거야. 그래 여기서

기다려보자. 내가 페드로 사르미엔토인 사실을 확실히 보여주고 나서도 나를 외면한다면, 아이고 뜨거워라 하며 사라져줘야지. 우정은 무슨 놈의 우정, 이름 석 자에 욕이나 퍼부어주고 주님께서 원하시는 곳으로 가리라.

나는 밤이 기울도록 이런 생각으로 와신상담하고 있었다. 이때 안셀모라는 놈이 칼을 빼 들고 나타나 이렇게 쏘아붙였다.

"내 집에 말뚝이라도 박겠다는 심보야? 꺼져, 문을 닫아야겠으니."

"제가 처음에 말을 붙였을 때는 제 친구시니 저를 알아보시리라 싶었던 겁니다. 그래 그 거룩한 우정을 걸고 선생님께 매달렸던 것입니다. 이제 아무것도 원하지 않습니다. 다만 말씀만 드리지요. 선생님 말처럼 저는 망나니가 아니올시다. 페드로 사르미엔토라는 이름을 파는 것도 아니올시다. 제가 바로 그 사람입니다. 이걸 증명할라치면, 기억하시는지요. 어제 선생의 부인 되시는 마누엘리타 부인과 부인의 두 동생 분, 그리고 하인 하나와 동행으로 저와 함께 오리야에 있는 식당에 가지 않았습니까. 제가 점심을 냈지요. 옥수수부침, 영계백숙, 소금절임 돼지고기, 선인장 술을 드시지 않았습니까.

점심 값이 8페소였다는 건 기억하시는지요. 왜 제가 금화로 지불하지 않았습니까. 제가 손을 씻을 때 다이아몬드 반지가 하나 빠진 것은 기억하시는지요. 부인께서 마음에 들어하고, 손가락에 껴본다 하며 칭찬이 자자해 제가 선물로 드리지 않았습니까. 그러자 선생께서 그 너그러움에 감사를 표했고 제 호탕함을 높이 사지 않았습니까. 거 왜 선생과 저와 단둘이 산책한 일도 있지 않습니까. 그때 선생이 부인에게서 쉰내(선생이 사용한 말입니다)가 난다고 하셨죠 왜. 그래서 자주 다툰다고. 부인과 헤어질 생각이다, 부인을 케레타로에 데려다 줄 작정이다, 부인을 거기서 만났다고 하지 않았습니까. 그래서 제가 그러지 마시라, 그러는 것은 옳지 못할뿐더러 모욕을 주는 일이다, 부인을 참고 견디시라, 그저 모르는 척하시라, 의심할 만한 빌미는 주지 마시라, 다정하게 대하시라, 신중을 기하시라, 뭐니 뭐니 해도 선생 부인이며 아이들 어머니가 아닌가 하고 말씀드리지 않았습니까. 마지막으로, 제가 부인을 마차에 올려 태울 때 부인께서 받침대에서 겉옷 자락을 밟는 바람에 옷이 찢어지지 않았습니까.

사생활까지 이렇게 세세히 알고 있으니 제 말이 거짓이라고는 보시지 않겠지요. 몰골이 일그러지고 어울리지 않는 옷차림이긴 합니다만. 행운이 돌변하고 몹쓸 사람들한테 당하다 보니 이렇게 되었습니다. 내일 일이 어떨지 확실히 알 수 없는 법, 내일 당장 저보다 더 심한 변을 당하실지 알 수 없는 일이지 않습니까. 제가 이렇게까지 말씀드렸는데도 저를 외면하신다면 너무하시는 것이지요. 제 말소리도 충분히 들으셨을 테고요. 사람들 몰골이야 변할 수 있다 해도 목소리만은 한결같지 않습니까. 오래 사귀어온 사람을 목소리로도 알아보지 못하기란 지난한 일이지요."

"지금까지 해온 얘기를 죽 들어보니 당신 정말이지 지독한 악당이로군 그래. 그래, 내게 사기나 치려고 내게 달라붙어서 사생활이나 캐고 다닌단 말야. 보아하니 내 비밀을 알아내려고 내 친구 사르미엔토까지 음모에 끼워 넣은 것 같은데. 당신 완전히 헛다리 짚은 거야. 이제 진짜 국물도 없어. 진작에 엉큼한 사기꾼임을 알아봤어야 하는 건데……"

"그래, 그 칼로 날 죽여라. 차라리 날 죽여. 더 이상 네놈 혓바닥에 놀아날 수 없다. 친구라는 놈이 지껄이는 욕설을 참아낼 수 없단 말이다. 안셀모, 이게 네놈 우정이냐? 이게 네놈 대답이야? 진짜 네놈이 지껄이는 말이야? 그래 네놈은 그렇게나 고상한 척하면서 고작 이 따위로밖에 못 놀아? 호로 자식 같으니라고. 그래, 은혜는 못 갚을망정 신세

진 친구를 그렇게도 모른다고 잡아떼는 거야? 안셀모, 이 자식아. 한때 친구였다고 해서 동정할 수는 없어도 적어도 네놈 집 문을 두드리는 거지에게 갖는 만큼도 동정 못 해? 모름지기 기독교인이라면 친구나 원수에게도, 동포나 이방인에게도 자비를 베풀어야 한다는 사실은 잘 알고 있겠지. 그러니 친구로 생각하지 말고, 그저 거지라고 생각해서, 제발······."

"세상에. 썩 꺼져라 이놈, 날 저문다. 척척 둘러대는 걸 보니 어디 믿을 구석이 있어야지. 그래 알겠다. 도둑놈이로군 그래. 패거리들을 모아 내 집을 털어보겠다 이 말씀 같은데. 경비대를 부르기 전에 냉큼 물러가거라, 이놈."

"뭣이라, 도둑놈? 네놈이야말로 도둑놈에 망나니에 철면피다. 아니 꼽고 더럽고 치사한 새끼 같으니."

내가 걱정했던 것처럼 안셀모는 칼을 감히 휘두르지는 못했다. 그러나 혓바닥 칼은 마구 휘둘렀다. 놈은 느닷없이 고함을 치기 시작했다. 사람 살려······ 강도다······ 떼강도야······ 고함 소리가 칼보다 더 섬뜩했다. 사람들이 모여들면 또 이 짓으로 감옥행이다 싶어 나는 놈의 집을 빠져나왔다. 우정은 웬 놈의 우정. 이 세상 친구놈들 호랑이나 물어가라, 저 더러운 안셀모와 엇비슷한 놈들은 깡그리 싹싹.

어느덧 밤 8시였다. 나는 어둠에 묻혀 시내를 방황했다. 배고파 죽을 지경이었고, 그 더럽고 치사한 친구놈 때문에 울화통이 터져 미칠 지경이었다.

아! 어제 그 암퇘지년에게 갖다 바친 반지만 있었어도, 팔아먹든 구워먹든 허기는 면할 수 있었을 텐데. 하나, 지금은 도대체 뭘 어쩌란 말이냐. 몸에 지닌 것이라고 돈 되는 것은 하나 없고, 달랑 저고리 하나뿐이니. 저고리라도 팔아먹을 수 있을까? 어쩔 수 없지. 이것밖에 없으니. 그래 벗자.

나는 궁시렁궁시렁거리며 저고리를 벗었다. 깨끗한 데다 새것이나 진배없었다. 나는 거저 먹기로 저고리를 처분하고 8레알을 손에 쥐었다. 나는 그 돈으로 배가 터지도록 먹고 담배도 샀다.

팔고 먹고 하는 동안 시간은 속절없이 흘렀다. 대폿집을 나설 때 10시를 쳤다. 문이 열린 뒷방은 한 군데도 없었다.

단골로 다니던 뒷방을 찾을 수 없어 아쉬웠다. 나는 온밤을 정처 없이 무작정 헤매보기로 했다. 야경꾼 손에 걸릴까 봐 수시로 안절부절못했다. 천우신조, 산타아나 근방에서 상을 당해 밤샘을 하는 집을 하나 발견했다.

나는 누가 부르지도 않았지만 그 집으로 들어갔다. 망인을 둘러싸고 네 귀퉁이에 초가 밝혀져 있었다. 헌털뱅이 예닐곱 명이 빈소를 지키고 있었다. 할멈 하나는 손에 부채를 들고 부뚜막 앞에서 꾸벅꾸벅하고 있었다.

나는 살아 있는 사람들한테 정중하게 예를 표했다. 나는 장례비에 보태라고 반 레알을 부조했다.

내 자비심에 사람들은 감격해했다. 나는 감사의 말을 접수하고 그들과 금세 어울릴 수 있었다. 죽이 맞았던 것이다.

사람들은 내가 도착했을 때 이야기를 나누고 있었던 모양이었다. 자정이 되자 하품을 늘어지게 하면서도 로사리오 기도를 올렸다. 찬송가도 한 곡조 뽑았는데 가관이었다. 저마다 농익은 혼합주를 한 병씩 끼고 쭉쭉 들이켰다. 나도 구경만 하게 놓아두지 않았다.

새로 1시에 할멈은 잠자리에 들었다. 코를 고는 품새가 개나 다름없었다. 우리마저 잠들 수는 없는 노릇이었다. 이때 준비성 있는 놈 하나가 카드를 꺼냈다. 우리는 망자의 평안을 기원한다는 뜻으로 한쪽 구석에 노름판을 펼쳤다.

나는 금세 거덜나고 말았다. 끗발이 안 섰다. 행운의 여신이 날 외면하기로 결정한 모양이었다. 그렇지만 나는 이번 참에 솜씨나 늘려보자 싶어 패돌이로 계속 남아 있었다. 우리 초가 수명을 다했다. 다른 여분이 없었기 때문에 우리는 할 수 없이 망자로부터 초 한 자루를 빌려야 했다.

우리는 판을 벌이기 전에 문단속을 철저히 했다. 노름하다 야경꾼에게 들켜서는 안 되었으니까. 누가 문을 잠갔는지, 누가 열쇠를 가졌는지는 알 수 없는 일이었다. 방은 둥그런 모양이었고 창문이 하나 나 있었다. 창문 밑으로 역겨운 냄새를 풍기는 도랑이 하나 지나갔다. 망자는 형편없이 더러운 평상 위에 뉘어져 있었는데 미처 신경을 쓰지 못했는지 다리 하나가 없었다. 그래서 조문객 중 하나가 노름판에 끼려고 자리를 옮기다 그만 다리가 없는 쪽을 밟고 말았던가 보다. 그러니 그 무게로 인해 훌러덩 뒤집어질 수밖에. 실수를 저지른 놈이 평상을 바로하고 망자를 다시 일으켜세웠다. 노름에 정신을 팔다 언뜻 눈에 들어온 그 모습에 나나 다른 패거리가 혼비백산했다. 망자가 우리를 꾸짖기 위해 벌떡 일어선 것으로 보였던 것이다. 우리 모두는 자리에서 벌떡 일어나 좌충우돌하며 빠져나가기 위해 안간힘을 썼다. 알고 있는 기도문을 총동원해 소리소리 질러가며.

그런 난리 법석 속에 불이란 불은 다 꺼져버리고 우리는 어둠 속을 헤맬 수밖에 없었다. 망자에 가서 부딪치는 놈이 없나, 발밑에 깔리는 놈이 없나, 욕지거리가 난무했다. 애매한 할멈은 더욱 죽을 맛이었다. 일이 터진 순간 우리 모두가 할마시 위로 엎어졌던 것이다. 할멈은 이놈 저놈 깔아뭉개는 통에 이제 꼼짝없이 죽었구나 싶었다. 열쇠가 쉬 손에 잡히지 않아 갈수록 정신이 아뜩아뜩했다. 결국에 가서 한 놈이 창문을 생각해냈고, 창문을 열고 밖으로 튀어나갔다. 타산지석, 우리 모두는 도랑에 대해서는 생각할 겨를도 없이 그놈을 따라했다. 그 결과, 우리는 차례차례 도랑 속으로 나뒹굴었다. 구역질이 치미는 진흙탕투성이, 이보다 험악할 순 없었다. 어쨌든 우리는 탈출에 성공했다. 가엾은 할멈을 생각하는 놈은 하나 없었다. 할멈은 망자의 길동무로 남았던 것이다. 모두 제각기 집을 찾아갔다. 나는 다른 누구보다도 험악한 몰골이었지만 나를 안쓰럽게 여겨준 놈을 따라갔다.

놈은 집에 도착하자 자기 마누라를 두드려 깨웠다. 놈은 마누라에게 요령 좋게 유령 이야기를 늘어놓았다. 어떻게 망자가 자리를 털고 일어나 우리 하나하나를 호되게 갈겼는지를. 그놈 마누라는 곧이들으려 하지 않았다. 그놈 마누라는 고집을 피우며, 사실이든 아니든 잠이나 자라고 잘라 말했다. 다음날 밝은 빛 아래서 그놈 마누라는 유령의 존재를 믿었다. 시뻘겋게 부어오른 우리 얼굴을 보고 말이다. 도랑을 굴러 진흙탕투성이인 꼬락서니를 대하고는 더 이상 의심하지 않았다. 우리가 집에 들어서는 순간부터 코로 감지했을 것이다. 비록 어둠 속이었지만 마누라는 우리 꼬락서니를 눈으로 본 것보다 더 확실하게 짐작했을 것이다.

어쨌든 그놈 마누라는 남편 옷가지와 내 옷가지를 빨래터로 가져가 빨았다. 그놈과 나는 옷이 마르는 동안 낡은 모포를 뒤집어쓰고 집 안에서 뒹굴었다.

내 옷이라고 해야 달랑 두 개밖에 없었다. 조끼 하나와 바지 하나. 저고리는 팔아먹었고, 모자와 샌들은 갈보년들과 드잡이 놓는 통에 잃어버렸던 것이다. 가죽으로 지은 바지라서 그랬는지 마르는 데 꽤 시간이 걸렸다. 친구놈은 어느덧 옷을 걸치고 있었지만 나는 옴짝달싹할 수 없었다.

그놈 마누라는 내게 차 한 잔과 빈대떡 두 개를 건네주었다. 나는 억지로라도 먹을 수밖에 없었다. 밥을 먹고 난 다음 나는 울적한 기분이나 풀어보자 하고 석탄 조각을 뾰족하게 갈았다. 나는 내 옆에 뒹굴고 있던 판화 뒷면에 다음과 같은 시를 끼적거렸다.

인생들이여, 나를 보고 배우라.
어제의 내 모습과 오늘의 내 몰골,
어제는 백작이요 총독이요,
지금은 아무짝 쓸모없음이로다.

모두가 속으며 사는 세월,
행운을 잘도 믿는구나.
부귀라면 그대로 그대로,
그 성난 얼굴을 돌이키지 말지니.

모두가 근신할 것이요,
누구나 자신을 살펴야 하리라.
운명이란 속절없는 것,
변화무쌍 그지없구나.
나는 걸어다니는 광고판,
인생들이여, 나를 보고 배우라.

터무니없는 인생사
일장춘몽임을 내 어이 모르리오만,
살맛 나는 시절도 있었으니

그렇고 그런 세월일러라.

내 한번 정신 차렸더면

이 모양 이 꼴은

확실히 면했으리.

행복을 가볍게 무시한 말미

불행이 무겁게 누르는구나.

어제는 어제요, 오늘은 오늘이로다!

어제는 삐까번쩍

신사로 날렸으나

오늘은 짐승 가죽

헌털뱅이일세.

어제는 한 재산 하더니

오늘은 한 거지 신세로구나.

울자 울어, 가엾도다 내 팔자!

죽은 자식 불알 만진다고

미련이 미련하게 남아

왕년 타령 백작 총독.

조변석개 세상이여,

왕년에 한 가락이

의사, 군사, 이발사, 판사,

성물 지킴이, 약방문 매김이로다.

신부, 비서도 한 가락 있으나

지금은 거지발싸개도 아쉬운 신세.

무리를 거느리던 거상이요,
먹물 먹어 학사모도 썼었느니라.
애고애고, 왕년 타령에 밥이 나오랴,
지금은 아무짝 쓸모없음이로다.

나는 시라는 모양으로 글쓰기를 마치고 나서 그 내용을 머릿속에 갈무리하고는 시를 적은 종이쪽을 방문에 옥수수차를 풀 삼아 단단히 붙여두었다.

조끼는 이내 말랐으나 바지는 여전히 축축했다. 어서 나가 새로운 운명을 찾아보겠다는 일념에 초조하던 나는 바지가 햇볕에 마르기까지 마냥 기다릴 수가 없었다. 나는 바지를 걷어 아낙네가 빈대떡을 부치고 있던 아궁이 앞에 걸어두었다. 이제 말랐겠지 하고 보니 마르기는 말랐는데 온통 눌어붙어 있었다.

옷가지라는 것이 온통 그 모양이었으니 그 심정이 오죽했으랴. 친구는 내 곤란한 형편을 알고는 쇠기름을 조금 내주었다. 눌은 자리에 쇠기름을 바르면 좀 부드러워질 거라며.

나는 조치를 취했다. 좀 부드러워지긴 했으나 더 볼썽사납게 되고 말았다. 불이 직접 닿은 곳은 전혀 먹혀들지 않았던 것이다. 오히려 눌은 자국이 떨어져 나가버렸다. 처음보다 더 큰 구멍이 뚫렸음은 자명한 결과. 정말 한심 그 자체였다. 속옷이 없었으니까. 나는 바지를 입어보았다. 그을음투성이에 구멍투성이 바지를. 구멍으로 살이 훤히 드러났다. 꼭 한 마리 호랑이 새끼 꼴이었다.

정말이지 가관이었다. 나는 어떻게 좀 해보겠다고 재를 쇠기름에 이겨 반죽을 만들어 드러난 살에 발랐다. 훨씬 나아 보였다.

그 집구석 연놈들은 안쓰러워하기는 했으나 내 하는 짓을 보고는 웃음을 터뜨렸다. 놈들은 내가 청운의 꿈을 품고 그 즉시 멕시코를 뜨려 한다 하자 푸에블라로 가보라고 했다. 그곳에서 운이 풀릴지도 모른다며. 또 요기나 하라며 강낭콩을 내주었다. 친구 마누라는 빈대떡, 구운 고기 한 점, 고추 두세 개를 도시락이랍시고 더러운 천 쪼가리에 싸주었다. 나는 도시락 보따리를 허리춤에 잡아맸다.

나는 점심을 먹고 친구 부부에게 감사를 표한 후에 몽둥이 하나를 길동무 삼아 집어 들고 쓰레기장에 버려져 있던 닳고닳은 밀짚모자를 올려 썼다. 나는 친구 부부에게 작별을 고하고 산라사로 대문을 향해 길을 잡았다.

아요틀라라는 마을에 도착해 밤을 보냈다. 저녁을 도시락으로 때운 것 외에 별일 없었다.

다음날 나는 일찌감치 일어나 푸에블라를 향해 걸음을 계속했다. 시린 강물이라는 리오프리오에 닿기까지 동냥질로 연명했다. 그곳에서 겪은 일은 다음 장에서 보게 될 것이다.

20. 우리 페리키요가 도적떼를 만난 일, 도적떼의 정체, 도적떼로부터 받은 선물, 도적떼와 동행하며 겪은 일들을 이야기하는 장

얘들아, 지금까지 들어온 이야기는 전혀 터무니없는 이야기가 아니다. 전부 사실이며, 있는 그대로의 이야기며, 실제 내가 겪은 일이다. 나와 같이 허랑방탕하게 살면서 남의 등이나 쳐먹고 세상에 공갈포나 날리려 하는 사람이라면, 하는 일 없이 자기 땀을 흘려 형제에게 이바지할 만한 구석이라고는 눈을 씻고 찾아봐도 없는 그런 사람이라면 누구나 과거에 겪었거나 또는 현재 겪고 있거나 혹은 앞으로 겪게 될 일이란 말이다.

만일 모든 사람이 자신이 해온 짓거리를 허심탄회하게 털어놓아 교훈이라도 주고자 한다면, 그래서 자기 살아온 내력을 용기를 갖고 진실하게 써내려 한다면 분명 세상은 페리키요 같은 놈들로 차고 넘칠 것이다. 비록 놈들이 지금은 부끄러워서거나 체면을 차리느라고 짐짓 모르쇠를 잡아떼고 있지만 말이다. 내 말이 무슨 뜻인지 깊이 헤아려야 할지니, 이런 의미다. 착실하고 방정한 사람보다 악하고 게으르고 태평한 놈들의 팔자가 더 세단 뜻이다. 삶이란 고난이라, 누구나 팔자타령을 하겠지만, 나쁜 놈들은 이 나라 어느 구석에 박혀 있더라도 대책 없이 고단

한 삶을 산다는 뜻이지. 사물의 이치가 그런 거란다. 혹은 주님께서 내리시는 응분의 징벌로 그럴까. 주님께서는 이 처량한 인생에도 공의를 열심으로 베푸시는 모양이다.

나도 버린 자식 중 하나로서 내 팔자타령으로 눈물깨나 흘렸다. 내가 점점 더 깊은 악의 수렁으로 빠져들수록 팔자 또한 점점 더 험악하게 변해갔던 것이다. 우리가 세워온 원리 원칙에 따른 당연한 결과였지만 말이다.

푸에블라까지 어떻게 왔는지에 대해 이야기하다 말았지. 나는 헐벗고, 굶주리고, 지친 꼴이었다. 내 못된 짓거리를 훤히 알고 있던 사람들로부터 모욕을 당했고, 친구들로부터는 무시를 당했고, 세상으로부터는 버림을 받았다.

쓸쓸한 심정으로, 지나간 몹쓸 짓들이 떠오를 때마다 가슴이 저려오는 후회막급으로, 어느 날 저물녘에 리오프리오 근처 어느 여관에 도착했다. 나는 하룻밤만 쉬어 가게 해달라고 애원했다. 간신히 성공. 주님께서는 징벌을 하시되 자식들이 완전히 토라져 등을 돌릴 정도로까지는 고생시키지 않으시는 모양. 나는 주는 대로 먹고 짚더미가 쌓인 헛간 한구석에 몸을 뉘었다. 몸을 누일 수 있는 말랑말랑한 물건이 있다는 것, 그야말로 장땡이었다. 이전까지는 매일 밤 딱딱한 맨땅에서 자야 했으니까.

다음날 아침 나는 일찍 일어났다. 여관 주인은 내가 어디로 가는지를 듣고는 조심하라고 일러주었다. 가는 길에 도적떼가 있다는 말씀이었다. 나는 일러줘서 고맙다고 했다. 그렇지만 나는 중도에 포기할 수 없었다. 빼앗기고 뭐고 할 것 하나 없으니 배짱이었다. 도적떼 앞을 유유히 지나가리라. 유베날리스의 말마따나.

나는 마음 졸이며, 고개는 가슴에 파묻고, 몽둥이는 치켜들고, 길을 걸었다. 말들이 우왕좌왕하는 소리가 귀 가까이 들렸다. 고개를 들었다. 네 명의 사내가 중무장을 하고 말에 올라앉아 있었다. 놈들은 내 주위를 빙빙 돌면서 원주민이로구나 싶었던지 이렇게 말을 걸었다.

"어디서 오는 길이며 호적은 어디 두고 있는 놈이냐?"

"어르신들, 저 끝자락 여관으로부터 오는 길이옵니다. 멕시코내기로서 마침 어르신들을 뵙게 되었나이다."

놈들은 그때서야 내가 원주민이 아님을 알아차렸다. 언젠가 안면을 구경한 적이 있다 싶은 놈이 나를 지그시 바라보며 말에서 내렸다. 놈은 나를 다정하게 껴안았다. 그리고 하는 소리가 이랬다.

"너로구나, 페리키요, 네놈이로구나. 너 맞지, 페리키요? 그래, 틀림없구나. 하는 짓은 그대로구나. 친구를 못 알아봐서야 쓰나. 나를 모르겠어? 그 옛날 친구 새끼독수리를 기억 못 하겠어? 함께 감옥살이할 때 신세깨나 지지 않았나?"

그때에야 확실히 알아볼 수 있었다. 나는 옳다 싶었다. 기회가 찬스인 것이다. 나는 감격스럽게 놈을 품에 안았다. 새끼독수리는 숨이 막히는지 이렇게 외쳤다.

"됐네 이 사람아, 페리코, 내 형제. 제발, 목 졸려 죽기는 아직 일러."

나는 용기 백배하여 떠들었다.

"그래, 이번엔 진짜다. 이번엔 진짜 고생 끝이다. 야, 이거, 이런 환장할 친구, 억수로 덕을 본 친구를 만났으니 장땡이로다. 지금 내 이 궁색한 처지에서 벗어나도록 분명 도와주리라."

"그래, 그 동안 형편이 어땠는데, 이 친구야? 어떻게 지냈어? 몰골이며 형색이 딴판인 걸 보니 고생깨나 했겠구나?"

"어머니 뱃속에서 태어난 놈치고 나보다 더 재수 없는 놈 있으면 나와보라 그래! 내 친구 후안 라르고와 헤어지고 나서부터(어떤 친구냐 하면 너만큼 사람좋은 괜찮은 친구였는데) 잘 나갔다 넘어졌다 파란만장했다. 솔직히 말해 호강보다는 고생이 막심했지만."

백인 흑인 합작품이 내 말허리를 잘랐다.

"거 이야기가 길겠구먼. 내 말 엉덩이에 올라타라. 저 구릉으로 가서 거기서 한갓지게 얘기하자. 한길에 버티고 있어봤자 먹이감이나 쫓을 테니."

"먹이감을 쫓는다니 무슨 말인고? 한길에서 사냥이라니 듣느니 난생처음이다. 숲이나 인적이 드문 곳에서 하는 게 사냥 아닌가."

"모자라도 한참 모자라는 놈이로군. 우리가 토끼나 호랑이 꽁무니 대신 사람 꽁무니 쫓는 자임을 알진대 그것도 제대로 접수가 안 된단 말이냐. 자, 말에나 올라타. 어여 타기나 하란 말야."

나는 놈의 자발머리없는 명령을 따랐다. 나는 말에 올라탔다. 우리 모두는 길에서 멀지 않은 구릉을 향해 달렸다.

우리는 구릉에 도착해 말에서 내렸다. 우리는 기슭에 말을 감추고 덤불 사이에 자리를 잡았다. 사람들의 눈에 띄지 않고도 한길을 잘 내려다볼 수 있는 장소였다.

자리를 확보한 후, 새끼독수리 놈은 굵은 삼베로 지은 자루에서 질이 좋은 치즈 한 덩이, 빵 두 덩어리, 소주 한 병을 꺼냈다.

놈은 말 장화 속에서 칼을 꺼내 빵과 치즈를 잘랐다. 우리 모두는 차례대로 먹기 시작했다.

먹는 일이 끝나자 소주 한 잔씩을 나눠주었다. 얼마나 인색하게 줬던지 이빨 사이에 낄 정도였다. 내 두 눈은 술병을 좇았다. 딴 놈들도 일반이었다. 그러나 놈은 술병을 감추었다. 그리고 한다는 소리가 이랬다.

"술에 환장하는 것보다 더 미친 짓거리는 없어. 술에 정신을 잃으면 못쓴단 말이지. 특히 우리 같은 직업인에게 더욱 그래. 아주 위험해진단 말이지."

나는 어처구니가 없어 물었다.

"그래, 네 직업이란 게 뭔데?"

놈은 싱긋이 웃으며 대답했다.

"사냥꾼. 너도 알다시피 술에 취한 사냥꾼이 겨냥이나 제대로 하겠어?"

"술에 취한다면야 죽어라 쫓아다녀도 빈손 쥐게 되겠지. 하지만 네 말대로 위험한 건 아닐 텐데."

"위험하지. 서로를 잡을 수도 있으니까. 일없이 죽어 마누라들 호강시킬 수야 없는 일이지."

"제발 알아듣게끔 좀 말해라. 건 또 뭔 소리냐?"

"차차 알게 되겠지. 네 얘기나 해봐라."

"너도 알다시피, 내 감옥에 잡혀가 너를 만나는 행운을 누리지 않았냐. 친구놈들이 배반을 때리는 바람에 그렇게 된 거지. 후안 라르고라는 친구 꾐에 넘어가 어느 과수댁을 털기로 했었던 거지. 그놈도 야경꾼들에게 막 걸려들 판이었는데, 운수 대통이라고 칠면조새끼 쿨라스라는 겁대가리 없는 날쌘돌이와 함께 제때 바를 수 있었단 말이지. 칠면조새끼라는 놈, 하누아리오 말에 의할 것 같으면, 법이라는 것도 꽤차고 있었던 모양인데, 글쎄 글공부로 도둑질을 배웠다더군."

키가 껑충하고 코가 납작한 검둥이가 그것도 눈이라고 반짝이며 웃는 말을 던졌다.

"당신 팔자도 기구하구먼. 내가 바로 그 칠면조새끼요. 그리 칠면조를 닮은 구석은 없지만. 그래 기억나누만. 그날 밤 줄행랑치면서도 야경꾼에게 붙들린 당신을 볼 수 있었지. 그래 결국에 가서는 어땠소? 이제 중동무이된 사연이나 계속 들어봅시다."

그래 나는 내 살아온 내력을 미주알고주알 털어놓았다. 모두들 맞장구를 치며 야단이었다. 산적들은 어떻게 해서 하누아리오가 사람 사냥꾼의 왕초가 되었는지를 들려주었다. 놈은 여기서 그리 멀지 않은 곳에 판을 벌이고 있다고 했다. 놈들 일당은 놈들 외에 세 놈이 더 있다고 했다. 다른 세 놈과는 며칠 전에 길이 엇갈리고 말았는데, 노느니 일본다고, 기다리는 참에 심심찮게 이삭 줍기를 하고 있다나. 이놈들 중에 우두머리가 바로 새끼독수리다. 일을 척척 잘해낸다. 항상 위험이 따르지만 어쨌든 입에 풀칠은 하고 호강에 초를 칠 때도 종종 있다나. 칠면조새끼가 결론을 지었다.

"친구. 우리와 한 깃발 아래 뭉쳐 이런 생활도 겪어보고자 한다면 그럴 수 있는데 말야. 우두머리와 친구지간이겠다 싹수도 있어 보이니까. 병정질을 했다니 따분한 병정놀이다, 습격이다, 약탈이다, 퇴각이다 하는 것 따위야 새로 문제 될 것도 없을 것 같은데. 우린 매번 그렇거든."

"친구. 아량을 베푸셔서 초대해주시니 고맙소이다. 내가 꽤 쓸 만하다고 보시는 모양이오만 잘못 보셨소이다. 이런 싸움질이라면 워낙에 재주가 메주라, 끈 떨어진 나막신이랄까. 전혀 쓸모없어요. 평생을 두고 얻어맞는 건 딱 질색이거든. 되도록 그런 자리는 피하려고 애써왔단 말이지. 이런 식이니 쓸모는 무슨 놈의 쓸모. 내 입에 신발을 쑤셔박은 꼬부랑 할멈이 없었나, 어찌나 몽둥이질을 당했는지 똥을 싸면 몽둥이가 나올 지경까지 간 적도 있었고, 댁들 우두머리 새끼독수리와 감방을 나누어 쓸 때는 죄수 패거리들로부터 흠씬 얻어맞기도 했소. 거짓말이라면 새끼독수리가 가만있겠소? 칼침을 맞은 적도 있었는데 그 얘긴 관둡시다. 툴라 원주민놈들이 돌 세례로 돌림빵을 놓은 적도 있었고. 덜 떨어진 원주민놈에게 걸려 한 일흔 개 남짓 되는 흙 냄비를 머리통으로 받아낸 적도 있소. 갈보년들이 머리털을 홀라당 벗겨간 적도 있고. 심지어 상갓집에서 죽어 자빠진 시체한테 얻어맞은 적도 있단 말이지. 댁들도 보시다시피 형편없이 살다 보니 겁쟁이가 다 된 거요."

새끼독수리가 끼어들었다.

"됐네. 웬 약한 모습. 사내라면 모름지기 겁대가리는 졸업해야지. 애들만도 못해서야 원. 이봐, 겁쟁이 페리키요, 무슨 꿍꿍이속으로 그따위 수작으로 눙치는 거야? 빛나리 동산에는 모심기라도 했어? 그래, 갈빗대는 얼마나 나갔지? 그래, 손발이 떨어져 나가기라도 했다는 거야? 그런 일 전혀 없었지? 아주 말짱하신데 그래. 흠 하나 점 하나 없네 그려. 진짜 쪽팔리는 겁쟁이거나 도통한 처세 귀신 같은데. 내 보기에는 겁쟁이라기보다는 자기만 편히 살아보겠다는 건데. 위험은 싫다 편히 살자 하고 싶겠지. 속 보인다 야. 겁쟁이가 무슨 수로 바다를 건너. 고생을 해봐야 사람답게 된단 말이지."

"이봐, 단지 편히 살아보겠다는 게 아냐. 이제 아주 넌더리가 난단 말이야. 속으로 아주 골병이 들었어. 그래, 고생은 했어도 네 말처럼 창자가 빠진 것도 아니고 팔다리가 부러진 것도 아냐. 원주민놈과 한번 치고 받고 한 적은 있지만 어디 가서 힘 자랑을 했다거나 시비 걸고 한 적은 없어. 그러다 보니 겁쟁이가 된 거겠지. 실속 없이 거들먹거리지도 않고 시비를 피하고 했어도 이 꼴인데, 내가 어깨에 힘이나 주고 시비나 걸고 공갈이나 치고 다녔다면 어쨌겠냐? 진작에 골로 갔을 거다 분명. 잘됐댔자 초장에 짓이겨졌겠지. 이봐, 그러니까 나는 사냥질에는 젬병이란 말이지. 괜찮다면 머릿수나 채워주거나, 부엌데기 내지 요리 담당, 비품 담당, 의류 담당, 회계 담당, 말 시중꾼, 내 조금 알고 있는 내외과 주치의, 기술 고문, 이발사 뭐 그 따위 잡일은 해줄 수 있으나, 살벌한 일터에 나가 행인들과 다투는 일은 언감생심이야. 붙잡힌 놈들이나 자고 있는 놈들이라면, 당신들이 뒤만 받쳐주면 내 편에서도 손을 볼 수 있겠지만, 칼이나 권총이나 엽총을 가진 놈들과 일 대 일 대결이라니, 원 세상에나! 언감생심이야, 언감생심! 나 겁쟁이라고 했잖아. 사람이 겁쟁이라고 털어놓는 일은 말이야, 진짜진짜 쪽팔리는 일이야. 생각들 해보라고. 방금 자신이 착한 놈이라느니, 머리에 든 게 있다느니, 부자라느니 하던 놈이, 남들이 봐서 멋지다, 능력 있다, 부자다, 솜씨 좋다 해서 부러워하던 바로 그놈이, 그럼 배짱은 얼마나 되나 하고 보니 말짱 허깨비야! 주둥이로야 누구나 잘났지. 스키피오, 한니발이 문제겠어. 누구 하나 겁내는 줄 알아. 싸가지 없는 놈들은 다 지들이 무슨 대단한 놈이나 되는 줄 안단 말이지.

이게 무슨 말이냐, 사람이란 말이지 하나같이 용감하진 않다 해도 틈만 나면 용감한 척하려든단 말이거든. 지들이 겁쟁이인 것도 모르는데 어떻게 털어놔. 세상 최고 겁쟁이도 눈앞에 적만 없다면 최고 용감쟁이가 된단 말이야. 하지만 나는 예외다 이거지. 나 겁쟁이라고 털어놓잖아. 까놓고 말해서 내가 괜찮은 놈이라는 거지. 나 거짓말할 줄 모르거든. 보통 놈들한테서는 보기 어려운 칭찬받을 만한 점이지."

새끼독수리가 말을 받았다.

"참 말도 많다. 페리키요라는 별명이 공것이 아냐. 그래 지껄여봐, 어찌 병정질까지 한 놈이 겁쟁이야? 병정질에 겁쟁이라, 말이나 되냐? 천지 차이지."

"어려울 거 없지. 첫째, 난 뺀질이였으니까. 높은 사람 따까리나 하면서 놀고 먹었단 말씀이지. 전투가 뭔지, 병정질 가면 대체 뭘 하는지 아예 알 기회조차 없었다니까. 둘째, 군인이라고 다 용감한 건 아냐. 얼마나 많은 놈들이 어거지로 전장에 끌려 나가는지 알아? 적과 대치했을 때 장군들이 말이지, 이스라엘의 사사 기드온이 백성에게 일렀던 것처럼, 누구든지 두려워 떠는 자들은 집으로 돌아가라고 한다면 다 도망가고 말 거란 말이지. 내가 보건대 최강의 백만 대군이라 해도 진짜 용기 있는 놈은 3백도 채 못 될 거야. 찢어지게 가난한 집구석이라 전리품이라도 얻어야겠다는 욕심이 있으니 그나마 남아 있는 거지. 마지막으로 셋째, 용감하노라 자처하는 놈들도 무엇이 용감한 건지 모른단 말이야.

호쉬푸콜의 엠씨 가로되, '먹고 살기 위해, 단지 용감하다는 이유 하나만으로 군인이 된다는 것은 위험한 짓이다.' 그리고 엠씨는 여러 가지 용기를 논한 다음 이렇게 결론을 내렸단 말이지. '진정한 용기란 세상 사람들 앞에서 할 수 있는 일을 아무도 없는 자리에서도 해보이는 것이다.' 이걸로 봐도 군인이라고 해서 용감하다고 볼 수는 없는 일 아냐."

새끼독수리가 내 말을 비꼬았다.

"세상에, 페리키요, 아는 것도 많다. 그렇게 아는 게 많은 놈이 그 꼴이면 우린 너보다 엄청 많이 알겠다. 어쨌든 말을 끌고 우리 거처로 가보자. 있을 만하면 우리와 같이 있는 거지 뭐. 그래도 공으로 먹을 생각은 마라. 할 수 있는 일은 해야지."

도적놈들은 말을 끌고 와서 배대끈을 조였다. 나는 새끼독수리가 탄 말 엉덩이 부분에 올라탔다. 굉장했다. 우리는 자리를 떴다.

나는 솜씨 좋게 도적놈들을 속여먹을 수 있어 말을 타고 가는 중에 속으로 쾌재를 불렀다. 엄살을 떨긴 했지만 말만큼 그런 겁쟁이는 아니었던 것이다. 그래도 쌍판을 내놓고 노상 강도질에 나서기는 싫었다.

나는 연구해보았다. 이 도적놈들이 하는 짓거리가 위험하지 않다면 나도 얼씨구나 강도질에 뛰어들 테고, 그럼 영락없는 도적놈이 되는 거지. 그러다 잡힌다거나 총알 맛이라도 보게 된다면, 그럼 골로 가는 거야. 손가락 하나 다치지 않고 집구석에서 태평하게 도둑질하는 놈들은 얼마나 째질까! 부러워 죽겠구먼!

내 머리는 이런 어쭙잖은 생각으로 호강을 누리고 있었다. 우리는 구릉을 올라갔다, 비탈을 내려갔다, 이리 돌았다 저리 돌았다 해서 마침내 깎아지른 듯한 협곡 입구에 도착했다.

협곡을 조금 들어가자 멀리 판잣집이 몇 채 보였다. 우리는 판잣집으로 달려가 신이 나서 말에서 내렸다. 그러나 우리를 맞으러 나온 사냥꾼 세 놈이 오히려 더 신명을 냈다. 새끼독수리가 요 며칠 전에 길이 엇갈렸다고 했던 바로 그놈들이었다.

놈들은 새끼독수리를 보고는 얼싸안고 난리였다. 새끼독수리는 놈들 앞에서 거드름을 피웠다. 우리는 동굴로 들어갔다. 놈들은 새끼독수리에게 돈이 가득한 상자 두 개, 비싼 옷이 가득한 궤짝 하나, 그저 그런 옷감이 가득한 궤짝 하나와 함께 짐 운반용 튼튼한 나귀 한 필, 잘빠진 말 두 필을 자랑했다.

놈들 중 한 놈이 입을 열었다.

"이거, 자네와 헤어진 일주일 간의 사업 소득이야."

"자네들 귀신같이 해낼 줄 알았지. 어디 보자. 형제로서 공평하게 나누는 거야."

놈은 이렇게 말하면서 옷가지를 고루 나눠주고는 돈은 옆에 있는 궤짝에 무더기로 던져넣었다. 왕초는 또 덧붙였다.

"다들 알다시피 돈은 나눌 필요 없겠지. 필요하면 원하는 만큼씩 가져. 미리 내게 알리고."

그리고 나를 가리키며 말했다.

"저 불쌍한 놈은 모두 도와줘야 할 거야. 내 불알 친구거든. 우릴 믿고 찾아왔지. 지금은 겁쟁이지만 시간이 가면 털어내겠지. 지독한 겁쟁이이긴 해도 바보는 아니니까 기대해보자고."

그 사람좋은 놈들은 이런 추천사를 듣고는 남보다 뒤질세라 나를 열렬히 환영해주었다. 최상급 비단 저고리를 두 벌씩이나 주는 놈도 있었고, 금술과 장식끈으로 장식한 푸른색 고급 면 속옷을 주는 놈도 있었고, 반짝거리는 은단추가 달린 검은색 우단 바지를 주는 놈도 있었다. 한 가지 흠이라면 안감에 피가 조금 배어 있었다는 점. 어떤 놈은 양말이니 속바지니 허리띠를, 또 어떤 놈은 장화니 구두니 밧줄을, 어떤 놈은 챙이 넓은 모자 하나를 줬는데, 초콜릿 색에 아주 부드러운 바다삵 가죽으로 만든 것으로 챙에 알이 굵은 금덩이가 달려 있었다. 놈이 여기에 그 유명한 파나마 모자도 하나 덤으로 끼워줬다. 마지막 놈은 암홍색 천으로 만든 소맷부리 장식을 하나 줬다. 검은색 우단에 은술이 장식된 것이었다.

모두들 나서 내게 주고 싶은 대로 안겨주고 나자 새끼독수리는 자기가 타던 말을 내게 줬다. 잘빠진 잿빛 말이었다. 놈은 안장이랄지 등걸이랄지 재갈이랄지 하는 것을 하나 빼지 않고 고스란히 넘겨주었다. 오히려 그것도 모자란다는 듯이 기막힌 박차와 내 손으로 여섯 줌이나 되는 돈도 덤으로 얹어주었다. 놈들은 어서 빨리 옷을 걸쳐보라고 난리였다.

옷을 다 입고 나자 놈들은 호루라기로 무슨 신호인가를 보냈다. 그러자 잘 차려입고 얼굴도 쓸 만한 아가씨 넷이 튀어나왔다. 아가씨들은 사근사근하게 인사를 했다. 아가씨들은 곧장 먹음직한 상을 차려왔다. 저잣거리에서 그렇게나 멀리 떨어진 외진 구석에서 이런 일이 있으리라고는 상상도 할 수 없는 일이었다.

어느덧 식사가 끝났다. 놈들은 물었다. 저 아가씨들이 자기들 모두에게 수청을 드는 것이 어떠냐고, 사내놈들처럼 계집년들도 서로 형제지간인 양 지내는 게 어떠냐고. 예의범절은 없을지라도 그 고약한 질투라는 것을 모르고 사니 그야말로 고대 그리스의 아르카디아와 같은 낙원이 아니냐고.

이런 영양가 없는 이야기도 어느덧 끝이 났다. 새끼독수리와 칠면조새끼는 말에 안장을 얹으라고 명령했다. 먹을거리가 있는지를 보려고 다들 몰려갔다. 놈들이 나를 아가씨들 틈바구니에 홀로 남겨두고 가면서 하는 말이 이 모양이었다. 무기를 살펴보고 기름칠이나 하면서 시간을 때워라.

나는 평생 엽총이라고는 닦아본 역사가 없었다. 그러나 아가씨들이 가르쳐주겠다며 손을 거들고 나섰다. 아가씨들은 노동요랍시고 나에 대해 꼬치꼬치 물어왔다. 나는 온갖 거짓말을 지어내어 아가씨들을 웃겼다. 아가씨들은 내 말을 액면 그대로 믿었다. 아가씨들은 내 이야기에 보답한다고 각자 살아온 내력을 미주알고주알 털어놓았다. 한 가지로 꿰어보면 이런 이야기였다. 팔자가 사나우려니 결국 저런 성질 더러운 놈들을 만나게 되었다. 한 아가씨는 제 엄마와 싸운 끝에, 한 아가씨는 지아비가 의처증이 있어서, 한 아가씨는 칠면조새끼의 꾐에 넘어가, 마지막 아가씨는 헛것에 씌어서.

하나같이 음탕한 속내를 감추고 고상한 척했다. 하지만 나라는 인간은 알 만한 것은 다 아는 능구렁이였다. 나는 여자라면 바싹하니 꿰고 있었다. 삐뚜름한 계집들은 모조리 일반이다. 부모나 남편, 애인이나 기둥서방 말을 안 들어 저 모양인 것이다.

그래도 나는 속도 없는 놈인 양 무람없이 굴었다. 그래서 나는 내 백절불굴 동료들의 비법을 완전히 터득할 수 있었다. 아가씨들은 다 털어놓았다. 저 도적놈들이 어떤 놈들인지, 어떻게 도적질을 하는지. 놈들은 하나같이 무지막지한 놈들이라고, 빈손 쥐고 오는 경우란 거의 없다고, 이미 벌써 엄청난 부자들이라고.

아가씨들은 그걸 증명하겠다고 방 하나를 보여주었다. 옷이며, 보석이며, 돈궤며, 별의별 무기며, 말 안장이며, 재갈이며, 박차며, 별의별 것이 가득했다. 한눈에 봐도 진짜 도적이로구나 대충 감을 잡을 수 있었다. 그러나 왜 이 짓거리를 그만두지 못하는지에 대해서는 도무지 이해가 가지 않았다. 옳다고도 볼 수 없고 안전하지도 못할진대, 하나같이 살 만큼 지니고 있는 터에 말이다. 아가씨들 말이 걸작이었다. 양심에 찔리는 구석이 없지도 않을 테지만, 잡힐 염려도 없고 먹이로부터 당할 위험도 없을진대 도저히 이 짓거리를 그만두지 못할 거라는. 우선, 얼굴이 팔렸으니 나돌아다닐 수 없다. 다음으로, 도적질이란 음주 · 노름 · 흡연과 같은 습관성 버릇이다. 따라서 저 양반들을 도적놈의 길에서 이끌어내는 것은 노름꾼 손에서 카드를, 술꾼 입에서 술잔을 빼앗는 것과 같은 것이라나.

이런 이야기를 나누다 보니 어느덧 해가 기울어 무지막지한 놈들도 집으로 돌아와 말에서 내렸다. 노름이다 농담이다 하면서 서너 시간을 보낸 후에 우리는 함께 어울려 신나게 먹어댔다. 잠자리에 들었다. 나는 잠자리용 옷가지도 넉넉하게 받았고 무두질한 들소 가죽도 한 장 얻었다.

내 가만 보니 네 놈이 협곡 입구에 파수를 섰는데 군대에서 네 개의 조가 번갈아가며 보초를 서는 것과 같았다. 나는 안심하고 자리에 누워 세상 모르게 잤다. 예수님의 사도들과 함께하기라도 하는 양 든든했던 것이다. 새벽 3시쯤인가, 너도나도 내지르는 악다구니 소리에 잠을 깼다. 총을 찾는 놈, 말을 부르는 놈, 시쳇말로 호떡집에 불난 꼴이었다.

사내놈들은 우왕좌왕 난리지, 계집년들은 울고불고 난리지, 협곡 입구에서는 콩알 볶는 소리가 요란하지, 온통 난리 법석에 정신을 차릴 수 없었다. 나는 겨우 침대 머리에 나무 등걸인 양 우두커니 앉아 있었다. 나는 요란한 소동이 어서 그치기를 기다리고 있었다. 이때 아가씨 하나가 내가 있던 구석 자리로 뛰어들더니 나와 정면 박치기를 하고는 나를 알아보았다. 아가씨는 내가 한가하게 앉아 있는 꼬라지에 울화가 치밀었는지 목덜미를 한 대 보기 좋게 갈기는 것이었다. 그 통에 나는 벌떡 일어섰다.

"이 겁쟁이 양반아, 빨리 나가. 약골에 병신, 샌님아. 경찰들이 덮쳤어. 모두 싸운다고 난리야. 그런데 이 뺀질이 양반은 돼지 새끼처럼 처자빠져 있네그려. 밖으로 나가, 이 꾀돌이 양반아. 문 뒤에 있는 칼을 집어 들어. 안 그러면 이 총으로 배때기에 바람 구멍을 내줄 테니."

한밤의 잔치였다. 그래도 총을 더듬거리는 소리는 들을 수 있었다. 나는 번갯불처럼 튀어나왔다. 그 따위 신소리라면 지긋지긋했으니까.

저고리 바람에 아가씨가 안겨준 칼까지 척 들고 나서는 바람에 패거리들은 나를 알아보지 못했다. 놈들이 나를 재수 없게 경찰로 오인하여 칼싸움을 걸어오는 바람에 이제 막 세상을 하직할 판이었다. 놈들 원대로 했다면 나는 파리 목숨이었다. 한 놈이 이렇게 외치는 것이 아닌가. "찔러, 확실히 끝내, 확실히." 그러나 이때 하나님이 보우하사 아가씨 하나가 횃불을 들고 나타났다. 그래 놈들은 나를 알아보았다. 놈들은 방금 전에 친 장난질이 걸쩍지근했는지 나를 내 침대에 데려다 눕혔다.

잠시 후 소동이 진정되었다. 소동이 멎자 사내놈들은 깊은 침묵에 잠겼고 계집년들은 하염없는 울음바다에 빠졌다. 나도 얻어맞은 자리가 어느 정도 괜찮아졌다. 계집년들이 울부짖는 소리를 듣고 있자니 또 어떤 빌어먹을 년이 내게 쳐들어오지나 않을까 싶어 서둘러 일어나 옷을 되는 대로 걸치고 다른 방으로 기어들었다. 그 방에 사내놈 계집년 모두 모여 시체 하나를 둘러싸고 있었다.

초상을 치는 듯한 광경에 섬뜩했다. 치가 떨렸다. 얼마나 무서웠던지 놈들이 자초지종을 이야기해준 뒤에야 겨우 진정할 수 있었다. 이랬다는 것이다. 파수를 보던 놈들이 늑대 무리가 협곡을 향해 바로 코앞으로 지나가는 것을 보고는 경찰로 오인하여 총질을 했다. 총소리에 밑에 있던 놈들은 정신이 없었다. 그래서 무슨 일인가 보려고 위로 올라갔다. 놈들은 사고 보고를 위해 위에서 내려오던 패거리 두 놈을 경찰로 오인하여 솜씨 좋게 총알을 날렸다. 그 통에 한 놈은 다리 하나가 날아가고 다른 한 놈은 그 자리에서 숨통이 끊어졌다.

이런 우울한 이야기를 듣고 보니 내가 칼등으로 얻어맞은 것 정도는 양반 중에서도 양반이었다. 아픔 따위는 싹 날아가버린 듯했다. 알다시피, 우리 인생들이란 자기보다 나은 인생과 비교하면 자신이 그렇게나 못나 보이지만, 자기보다 못한 인생과 비교하면 위로를 얻고 고생 따위도 불평하지 않는 법이다. 문제는 우리 인생들이 자기보다 못한 놈들과는 잘 비교해보려고 하지 않는다는 것이다. 자기보다 훨씬 행복한 놈들과만 비교하려고 드니 이 고단한 삶이 훨씬 견디기 어려워지는 것이지.

어쨌든 날이 밝았다. 날이 밝았으니 밤샘도 끝, 시체를 파묻었다. 새끼독수리가 내게 한마디 했다.

"자네 의사 노릇 할 줄 안다고 했겠다. 저 부상당한 놈을 살펴보고 푸에블라에서 무슨 약을 사와야 할지 일러줘. 빠짐없이 구할 수 있을 거야. 장사꾼들 모두 친구요 한패거든. 잘해줄 거야."

나는 놈의 주문에 넋을 잃었다. 외과 수술은커녕 약에 대해서는 쥐뿔도 몰랐던 것이다. 어떻게 해야 할지 감을 잡을 수 없었다. 나는 속으로 투덜댔다. 이거, 외과 전문이 아니라 내과 전문이라는 말도 안 통할 텐데, 싹 다 안다 했으니까. 이거, 괜히 덧나게 해서 골로 보내는 거 아냐. 툴라에서보다 더 곤란한 지경인데. 이놈들은 나를 죽여놓고도 눈 하나 깜짝 안 할 놈들인데. 오, 성모 마리아님! 어찌하오리까? 일깨워주소서! 담대하게 하소서! 도와주소서! 수호신이여, 성 후안 네포무세노여! 내 혓바닥을 어루만져주소서!

나는 대답도 못 하고 속으로만 애간장이 녹고 있었다. 상처를 이모저모 살펴보고 있는 척할 뿐이었다. 내가 뜸을 들이는 데 화가 난 새끼 독수리는 내게 쏘아붙였다.

"이러다 날 저물겠다! 대체 뭐가 필요해?"

나는 더 이상 핑계를 댈 수 없었다. 할 수 없이 대답했다.

"이거, 다리를 맞출 수 없겠는데. 뼈가 산산조각났거든(사실이었다). 정강이뼈 이음 부분에서 절단해야겠는데. 그러자면 연장이 필요한데 지금 내게 없어."

"그래 무슨 연장이 필요한데?"

"둥그런 칼이 필요하고, 뼈를 자르고 뼈끝을 다듬자면 영국제 톱도 필요하고."

"좋아."

놈들은 사라졌다.

놈들은 밤에 돌아왔다. 제화공들이 쓰는 칼과 닭 모가지 자르는 톱을 구해왔다. 우리는 지체 없이 수술에 들어갔다. 세상에 맙소사! 그 불쌍한 놈, 고생깨나 했을 것이다. 기억하기도 역겨운 대수술이었다. 정육점에서 양고기 썰듯 다리의 살 부분을 발라냈다. 그 불쌍한 놈은 고통을 못 이겨 비명에 통곡으로 몸부림쳤다. 그러나 모두 달려들어 꼼짝 못하게 붙들고 있어 놈의 몸부림은 보람이 없었다. 나는 이제 뼈를 써는 작업으로 넘어갔다. 이 과정에서 놈은 고통을 이겨내지 못하고 정신을 잃었다. 정말 참기 힘든 고통이었으리라. 피도 엄청 쏟았다. 나는 피를 멈추게 할 방도를 찾지 못했다. 겨우 용설란 심줄로 혈관을 묶었다. 나는 놈이 혼절한 틈을 이용하여 달군 다리미로 살을 지졌다. 이때 정신을 차린 놈이 먹따는 소리를 질렀다. 그래도 그 덕에 피는 어느 정도 멎었다.

    결과적으로 볼 때, 발삼유도, 설탕도, 로즈메리 가루도, 말똥도, 이런 경우에 쓰이는 어떤 처방도 결국 소용이 없었다. 아무리 붕대를 감아도 피가 배어나왔다. 피가 시냇물처럼 흘러내렸단 말이다. 여기에 다른 부분에 대한 수술도 형편없었던지라 녹초가 된 환자는 급속히 탈진 상태에 빠지고 말았다. 환자는 이틀 동안 골골거리다 끝내 숨을 거두었다.

    도적놈들은 하나같이 나를 곱게 보지 않았다. 놈들은 내가 미숙했기 때문에 놈이 죽은 것으로 치부했다. 당연하고도 당연한 처사. 그래도 나는 도와주는 사람이 없어 그랬다며 짐짓 열을 올렸다. 결국 놈들은 내 말을 받아들였다. 우리는 시체를 파묻고 다시 친구가 되었다. 우리 인생들은 얼마나 자주 쥐뿔도 모르는 일에 참견함으로써 죽음까지도 부르는 그런 못난 짓거리를 저지르는가!

    그후로 별 탈 없이 두 달을 보냈다. 연애 편지를 대신 써주기도 했고, 면도도 해주었고, 낮으로는 주인이며 친구며 동료인 놈들의 첩들을 보살피기도 했다. 어느 날 밤, 다섯 놈이 나갔다가 네 놈만 부랴부랴 돌아왔다. 한판 붙는 바람에 한 놈을 잃었다고 했다. 그래도 놈들은 용기를 잃지 않았다. 오히려 내일 본때를 보여주겠다고 다짐했다.

    놈들은 떠들었다.

    "세 놈이었어. 새파랗게 젊은 놈이 세 놈. 놈들은 문제도 아냐. 승산은 우리에게 있어. 내 어머니 백골에 대고 맹세하는데 놈들 대가를 톡톡히 치르고 말걸. 내일 리오프리오를 건너겠지. 어디 두고 보자."

    놈들은 이런 공갈포를 쏘고 나서 저녁을 먹고 잠자리에 들었다. 나도 잠자리에 들었다. 하지만 찜찜했다. 패거리가 하나둘 떨어져 나간다 싶었다. 놈들 턱밑 수염 빠지듯 그렇게 빨리 솎아지는 꼴을 보고 있자니 이러다간 나도 언제 민숭이가 될지 두려웠던 것이다.

나는 탈출을 결심했다. 그러나 이 요지경 미로 속을 빠져나갈 구멍을 모르는바 함부로 나설 수는 없는 노릇이었다. 내 속내를 계집년들에게 털어놓을 수도 없었다. 일러바칠까 무서웠다.

나는 이런 궁리질로 밤을 지새웠다. 다음날 이른 시간에 놈들은 나를 두드려 깨우더니 옷을 입으라고 했다. 나는 뭉그적뭉그적 일어나 뭉그적뭉그적 옷을 입었다. 놈들은 내 말에 안장을 지우고, 권총 두 자루, 탄약통에 긴 칼까지 허리에 채워주었다. 게다가 장화에 식칼 하나를 찔러주고 손에는 장총까지 들려주었다.

나는 기가 막혀 물었다.

"이 많은 무기로 뭘 어쩌라고?"

새끼독수리가 말을 받았다.

"어쩌긴 뭘 어쩌겠어, 이 빙충이놈아, 치고 막고 하라는 거지."

"분명히 말하는데 소용없을걸. 치자니 용기가 없고 막자니 솜씨가 없는데. 난 말이야, 아니다 싶으면 순 발힘만 믿어. 뜀박질이라면 산토끼보다 윗길이거든. 그러니 이딴 것은 모두 별무소용이야."

새끼독수리는 꼬랑지 내린 나를 보고 벌컥 화를 내며 칼을 빼들고는 벼락 같은 소리를 질렀다.

"잘났다, 이 순 날건달 겁쟁이놈아. 말을 타고 우릴 쫓아오지 않으면 골로 가는 줄 알아!"

놈이 어찌나 심하게 꼬라지를 부리던지, 나는 짐짓 태연한 척, 웃자고 한 이야기인 양 은근 슬쩍 넘어갔다. 나도 공갈을 좀 쳤다. 돈 좀 있겠다 싶게 차린 놈이 나타나면, 설사 그놈이 마귀 할멈일지라도 쫓아나가 잡겠노라고. 놈들은 안심이 되는 모양이었다. 우리는 여행객을 맞이해서 털어먹고 죽여주겠다는 계획을 품고 길을 나섰다. 하지만 놈들의 계획? 어림도 없는 일이었다.

21. 우리 페리키요가 도적떼와 함께 겪은 일, 어느 사형수의 시체를 보고 느낀 비감, 개과천선하게 된 동기에 대해 이야기하는 장

하나님께서는 혹은 정직한 자를 연단하시기 위해 혹은 사악한 자를 징벌하시기 위해 악인이 나쁜 짓을 행하는 것을 간과하시지만 항상 악인의 마음의 경영이 실현되도록 허락하시지는 않으신다. 하나님의 섭리는 언제나 당신께서 창조하신 피조물의 생명을 굽어 살피시어 사악한 마음의 경영을 억제하시거나 파괴하신다. 이는 어떤 피조물의 사악함에 다른 피조물이 희생되지 않도록 하심이라.

우리가 행인들을 털어먹기 위해 출발한 바로 그날 아침에 새끼독수리와 그 패거리들에게 떨어진 섭리가 바로 이런 것이었다.

아마 6시쯤이었을 것이다. 우리는 높직한 구릉 정상에서 한길을 따라오는 사람들을 목격했다. 세 사람이 각자 손에 엽총을 꼬나 쥐고 앞장을 섰다. 그 뒤로 네 필의 빈 말, 그러니까 사람이 타지 않은 말이 따랐다. 그 뒤를 궤짝이니, 간이 침대니, 여행 가방이니를 잔뜩 실은 네 필의 나귀가 따랐다. 짐을 푸른색 천조각으로 가리긴 했지만 멀리서 봐도 척 알아볼 수 있었다. 젊은 놈 셋이 지척으로 다가왔다.

새끼독수리는 놈들을 알아보고는 복수도 겸하여 몽땅 털어먹겠다고 다짐했다. 놈은 우리더러 구릉 뒤편 자락 비탈에 몸을 숨기라고 했다. 놈이 입을 열었다.

"지금이 기회다. 동지들, 우리 용맹도 과시하고 한 건 올릴 수 있는 기회란 말이다. 베라크루스로 장사 가는 상인 놈들이 분명해. 짐은 모두 돈과 비싼 옷가지일 거야. 당황하면 안 돼. 용감하게 달려들어야지. 행운은 우리 편이라고 다짐하란 말야. 우린 다섯이고 놈들은 달랑 셋이야. 새파랗게 젊은 데다 품팔이 겁쟁이들이니 겁낼 것 없어. 총 한 방에 줄행랑칠걸. 자, 너 페리코, 나, 그리고 칠면조새끼가 사정 거리 안에 들어오면 정면을 칠 거야. 무슨 말이냐 하면 총질을 할 거란 말야. 왼빼와 납작코는 전열을 흩뜨리기 위해 후미를 공격한다. 고분고분 항복하면 무장 해제시키고 묶어서 저 산으로 끌고 간다. 그리고 어두워지면 풀어준다. 만일 덤빈다고 총질이라도 하면 인정사정없다. 다 죽는 거지 뭐."

놈들은 점점 다가오지, 이거 위험하지 않나 걱정은 되지, 주눅은 들었지, 나는 사시나무 떨듯 몸을 떨었다. 나는 두려움을 감출 수 없었다. 무서워하는 꼴이 고스란히 드러났다. 다리를 어찌나 떨어댔던지 장화 박차에 달린 쇠사슬이 등자와 어울려 누구나 들을 수 있는 노랫가락을 지어냈다. 노랫가락에 새끼독수리가 돌아보았다. 놈은 내 떠는 꼴을 보고는 눈에 불을 켜고 소리를 질렀다.

"뭐야, 너 떨고 있냐? 이 철면피, 색시 같은 놈아. 아니 무슨 사자 떼하고 싸우기라도 한다는 거야? 야 이 한심아, 보면 몰라? 너와 같은 사람이야. 그것도 달랑 셋, 우린 다섯. 너 혼자 하래? 사나이 중의 사나이 넷과 함께 하는 거 아냐. 우리도 위험하긴 마찬가지지만, 눈에 넣어도 아프지 않을 자식새끼처럼 널 보호해줄 거란 말야. 너만 돼지고 우린 말짱하기가 쉬운 일 같아? 어쨌든 오래 전에 총 맞아 죽은 셈치란 말야. 보다보다 별꼴이네 정말. 야 이 겁보 대장아, 저거 태어나자마자 갔어야 하는 건데. 그래, 적 그리스도가 올 때까지 살다가 직접 확인해라. 그래, 부자도 되고 싶고, 잘 먹고 잘 입고도 싶고, 좋은 말에 호강도 하고 싶고, 멋진 유리창 달린 집에서 살고도 싶으면서 위험한 짓은 싫다? 꿈 깨라, 이 자식아. 용감한 놈이 미인 얻는 거다. 이 자식 이거 한가하게 훔치고 나돌아다니는 놈들을 안다 했겠다. 맞는 말이다마는 하나같이 그런 건 아니올시다. 자기 몸뚱이 굴려 훔치는 놈들이 있지. 다시 말해, 허허벌판에서 목숨 내놓고 훔치는 놈이 있단 말이다. 그래, 우아하게 훔치는 놈도 있지. 다시 말해, 시내를 활보하면서 말이다. 목숨을 걸 필요도 없어. 학수고대하나 언감생심인 일이지. 그러니 겁대가리 따위 조심해. 말 뒷구녕만 보였다 하면 콱 쏴버릴 테니까."

나는 놈의 그 험악한 욕질과 그 섬뜩한 공갈포에 완전히 기가 질리고 말았다. 나는 겁내지 않는다고 우겼다. 추워서 떨었던 것이라고. 일단 공격에 들어가면 내가 얼마나 용감한 놈인지 보여주겠노라.

"잘해보셔. 믿음이 가야지 원."

이때 행인들이 새끼독수리가 점찍어둔 장소까지 다가왔다. 왼빠와 납작코는 우리에게서 떨어져 나가 후방으로 돌았다. 그와 동시 칠면조 새끼와 나와 새끼독수리는 총을 꼬나 쥐고 턱 하니 앞길을 막고 나서며 외쳤다.

"모두 제자리. 살고 싶으면 항복하라."

우리가 소리를 지름과 동시에 짐 속에서 네 사람이 총을 들고 튀어 나왔다. 놈들은 튀어나옴과 동시 빈 말을 잡아타고 왼빠와 납작코를 향해 달려갔다. 왼빠와 납작코는 놈들을 엽총 입술로 맞이했다. 놈들은 한 놈을 쓰러뜨리고는 줄행랑을 놓고 말았다.

선두의 세 놈이 우리를 향해 달려들었다. 첫 방에 칠면조새끼가 골로 갔다. 나는 무턱대고 총질을 했다. 겨우 맞췄다는 것이 말이었다. 말이 바닥에 나자빠졌다.

새끼독수리는 혈혈단신으로 남았다. 놈은 나를 축에 끼워주지 않았다. 놈은 외쳤다.

"중과부적. 한 놈 전사, 두 놈 후퇴. 적은 일곱. 삼십육계."

놈은 이렇게 외치고 말 엉덩이를 돌리려 했다. 소용없었다. 말이란 놈이 꼼짝도 하지 않았던 것이다. 우리는 허겁지겁 총알을 재서 허둥지둥 총을 갈겼다. 공연한 헛짓거리. 총알이 우리 위로 쏟아져 내렸다. 이거 육탄전이 벌어지지 않을까 걱정스러웠다. 세 놈이 전력을 다해 우리를 향해 쫓아오고 있었던 것이다. 총질을 해도 아랑곳하지 않고.

새끼독수리는 말에서 내렸다. 놈은 말 대가리에 개머리판으로 한 방 먹여 말을 죽여버렸다. 놈이 내 말 엉덩이에 올라타려는 순간 정조준된 총알 한 방이 놈의 가슴을 꿰뚫었다. 놈은 죽어 나자빠졌다.

총알이 스쳤다. 잠바 자락이 떨어져 나갔다. 불쌍한 새끼독수리가 흘린 피가 내 옷을 적셨다. 나는 단지 이렇게 위로해줄 수밖에 없었다.

"예수님이 함께하시길!"

사면초가에 적수단신. 나는 고삐를 죄어 길을 따라 살처럼 잽싸게 내빼기 시작했다. 운이 따랐던지 훌륭한 말이었다. 기대 이상으로 잘 달려주었다. 한 15분쯤 달리고 나니 추적자들은 코빼기도 보이지 않았다.

나는 샛길로 접어들었다. 집에 남아 있는 아가씨들에게 이 슬픈 소식을 전하고는 싶었지만 마음을 정할 수 없었다. 길을 몰랐던 것이다. 설사 길을 알았다 해도 그 빌어먹을 보금자리로 돌아가기가 영 내키지 않았던 것이다.

지치고 겁에 질려 정오쯤에 고즈넉한 숲에 도착했다. 말도 맥이 빠져 있었다.

나는 안장을 내리고 배대끈도 풀어주었다. 재갈도 풀어주었다. 나는 시냇가로 말을 끌고 가서 물을 마시게 했다. 나는 말을 푸른 초장에서 풀을 뜯게 하고 시원하게 그늘을 드리운 나무 밑에 주저앉았다. 나는 심각한 고민에 들어갔다.

틀림없다. 게으름·방종·악행은 진정한 행복을 확실하게 가져다주는 방법이 아니다. 이 인생살이에 있어 진정한 행복이란 어떠한 운명에 처해도 영혼이 평안함을 얻는 것이지 다른 어떤 것이 아니다. 죄를 저질러서는 영혼이 평안함을 얻지 못한다. 짧은 순간 육신의 정욕은 만족시켜줄지 모르지. 그러나 이 허망한 즐거움 뒤에는 참을 수 없는 권태가 반드시 따른다. 길고 지루한 불쾌감, 끊임없는 자책. 수많은 죄와 위험과 고난을 주고 산 그 하루살이 기쁨이라니. 그뒤에 겪는 지루하고 가슴 아픈 희생.

무엇이 옳은가 곰곰이 생각해볼 때마다 떠오르는 진리의 소리다. 아버지는 어려서부터 이 점을 일깨워주었다. 대령은 귀에 못이 박이도록 이야기해주었다. 책을 통해 알기도 했다. 어쩌면 교회 설교를 통해서도 무수히 들었을 것이다. 그래서 어쨌단 말인가? 이 세상이, 내 친구들이, 내 경험이 바로 영원한 선생이었다. 내가 삶을 꾸려오는 동안 줄곧 이 교훈을 내게 일깨워주었던 것이다. 그러나 나는 그 충고를 외면했다. 배은망덕.

이 세상, 그래, 이 세상, 내 못돼 처먹은 친구놈들, 내 인생 역정을 수놓은 불행, 이 모두가 한결같이 한패가 되어 내게 못된 생각을 집어넣었다. 비록 방법은 다양했지만. 거짓되고 경박한 이 세상, 사악하고 아부나 떨 줄 아는 못난이 친구들, 우리 방탕한 행실을 꼬드기는 불행, 이 세상살이의 온갖 죄, 이 모두가 우리로 하여금 우리 행실에 바른 줄을 긋게 하고 삶의 방식을 옳게 이끌도록 가르치는 선생인 것이다. 타산지석, 반면교사, 옳은 이야기다. 배신이나 때리는 친구, 바람난 여편네,

주위에 몰려드는 아부꾼들, 얼굴을 들고 다닐 수 없을 정도로 두들겨 맞기도 했다. 우리 잘못으로 인해 법이 명령한 감옥살이, 시절 모르고 날뛰다가 얻어걸리는 병마, 또 그렇고 그런 일들. 사실적인 이야기로 우리 영혼에도 우리 육체에도 보람 없는 짓이다. 그러나 어차피 있어야 하는 것이라면, 그 뿌리는 쓸지언정 그 과실은 달콤한 것으로 맺어야 하지 않나.

그 쓰라린 경험으로 우리가 딸 수 있는 가장 좋은 열매는 무엇이었단 말인가? 장래에는 정신 차리라고 매라도 벌었단 얘긴가? 친구란 어떤 친구가 좋은 친구인지를 몰라 함부로 사귈 것이 아니다. 우리는 아무 여자에게나 정을 주기 전에 먼저 여자를 조심해야 한다. 우리는 아부꾼들을 멀리해야 한다. 온순하지만 언제 달려들지 모르는 그런 야수와 같은 놈들이니까. 복수의 침을 맞지 않으려면 누구에게도 해를 끼치지 않도록 주의해야 한다. 힘겨운 감옥살이가 싫다면 조심해서 정직하게 행동해야 한다. 병마에 시달리기 싫다면 육신의 정욕을 다스릴 줄 알아야 한다. 결론적으로 이야기해서, 우리는 하늘 법과 세상 법을 준수하며 살아야 한다는 것이다. 이런 수고는 이제 버리고 진정한 행복을 얻기 위해서는 말이다. 다시 말하지만, 진정한 행복이란 올바른 양심의 열매인 것이다.

경험을 잘 이용할 줄만 알아도 우리는 진정한 행복을 얻을 수 있을 것이다. 그러나 아무리 많이 가르쳐도 익히지 못한다는 것이 안타까운 일이지.

그래 한번 따져보자. 그 어떤 수고, 그 어떤 푸대접, 그 어떤 창피, 그 어떤 배은망덕, 그 어떤 몰매, 그 어떤 감옥, 그 어떤 위험, 그 어떤 고뇌, 그 어떤 사고를 내가 겪지 않았단 말인가? 내가 그 어떤 위기에 빠진 적이 없었으며, 그 어떤 한심스런 상황에 빠지지 않았단 말인가?

학교 선생들로부터 얻어맞기도 여러 번, 욕먹기도 수차례, 소에 받히고 말에 차이기도 여러 번, 신발 바닥으로도 얻어맞아보았고, 펄펄 끓는 물을 뒤집어쓰기도 했다. 노인네들로부터 위협도 당했고 뻔뻔한 놈이란 욕도 먹었다. 못된 친구들로부터 배신도 당했고 놀림도 받았고 무시도 당했다. 촌구석 놈들로부터 몽둥이질도 당했고 귀족들로부터 업신여김도 받았다. 친척들은 배은망덕했고 이방인놈들은 치를 떨었다. 주인놈들은 나를 내쫓았고 건달놈들은 나를 학대했다. 법은 감옥살이를 시켰고, 원주민놈들은 냄비로 머리통을 쳐댔고, 유부녀를 건드리는 바람에 그 남편으로부터 칼침도 맞았다. 병원에서 땀을 뺐고, 갈보년들 손톱질도 받았다. 초상집에서 밤샘을 하다가 유령 소동도 겪었다. 망나니놈들을 만나 털리기도 했다. 이루 헤아릴 수조차 없이 불행의 연속이었다. 하지만 길을 바로잡아주기는커녕, 불행 하나가 끝난다 싶으면 이놈이 길잡이 역할을 한다고 다음 놈을 솜씨 좋게 척 하니 끌어들였던 것이다.

이제 더 이상 잃고 자시고 할 게 남았나? 나는 낯 뜨거운 짓거리로 우리 가문에 먹칠을 했다. 시절 모르고 날뛰다 보니 건강도 말이 아니다. 허랑방탕하다 보니 운 좋게 모은 재산도 다 날아갔다. 좋은 친구, 나는 모르는 바. 못된 친구, 나를 무시하고 버렸다. 내 양심은 내가 저지른 죄로 인하여 후회로 몸부림친다. 나는 마음의 안정을 누릴 수 없다. 내가 뒤쫓아가는 행복은 손에 쥐자마자 무너져내리는 허깨비나 다름없다.

그래, 나는 모두 잃었다. 적수공권, 몸뚱이 하나에 살아 있는 숨. 내게 달랑 하나 남은 것. 그러나 무엇보다 소중한 것이다.

하나님께서는 내가 이대로 끝장나는 것을 바라지 않으신다. 사람 손에 죽을 뻔한 적은 얼마며, 짐승들에 받혀 죽을 뻔한 적은 또 얼마였던가! 바다에 빠져 죽을 뻔한 적도 있었고, 손수 목을 매려 했던 적도 있었다. 셀 수도 없다. 바로 오늘도 인생 종 칠 뻔했다. 내 바로 코앞에 서 칠면조새끼와 새끼독수리가 쓰러졌다. 총알이 연이어 허공을 갈라 귓전을 스쳤다. 나를 겨누고 쏜 총알이었다. 죽음이 눈앞에 들락거리는 총알이었단 말이다.

놈들이 죽은 것처럼 왜 나는 죽을 수 없었는가? 그렇게나 정확히 놈들을 맞춘 총알이 왜 나는 피해 갔는가? 내가 착한 놈이라서 총알이 피해 갔고, 내가 솜씨가 좋아서 총알을 피할 수 있었던가? 당연히 아니지. 전능하신 하나님께서 그 의로운 손을 펴사 나를 붙들어 총알이 피해 간 것이다. 내가 이대로 끝장나지 않도록 긍휼을 베푸셨던 것이다. 내가 하나님의 보호를 받을 만한 무슨 공덕을 쌓았단 말인가? 오, 주여! 제 평생이 이 하나 빠지지 않은 죄악의 사슬이었음을 깨닫게 하시니 부끄럽기 짝이 없사옵니다. 저는 미친년 널 뛰듯 어린 시절과 젊은 시절을 달려왔습니다. 모든 신성한 권위를 무시하면서 말입니다. 이제 장년이 되고 보니 유년 시절과 청년 시절에 비해 더 많은 나이를 채우고 더 많은 죄를 키웠습니다.

죄 많고 타락한 30여 년을 꾸려왔다. 그렇다고는 하나 아직 늦은 건 아니다. 진정으로 개과천선할 수 있는 시간은 아직 남았다. 내 비록 오랜 세월을 게으름뱅이로 살아온 것이 통탄할 일이지만 성경 말씀으로 위로를 삼자. 담대하고 은혜로운 포도원 주인은 아침에 포도원에 들어간 자에게나 늦은 오후에 들어간 자에게나 공평하게 삯을 지불했다. 분명하다. 그러니 마음을 돌리자.

나는 두려움과 비탄에 잠겨 말에 안장을 지우고 올라탔다. 나는 마을을 향해, 산 마르틴 여관을 향해 출발했다.

밤 7시 즈음해서 여관에 도착했다. 나는 저녁을 청하고 말 안장을 벗기고 잘 보살펴달라고 했다. 외상으로. 한 푼도 없었으니까.

저녁을 먹고 나서 바람을 쐬기 위해 여관 문 앞으로 나갔다. 나그네 하나가 역시 바람을 쐬고 있었다.

우리는 정중하게 인사를 나눈 후에 이야기를 나누기 시작하자마자 금세 정이 들었다. 이야기로 주로 오늘 도적떼에게 일어난 일에 집중되었다. 나그네는 푸에블라에서 오는 길이며 아팜에 들러 잠시 일을 보고 칼풀랄판까지 간다고 했다.

나는 나도 아팜까지 간다, 그곳에 잠시 들른 후에 멕시코로 가려 한다, 말동무 삼아 같이 갔으면 한다, 도적떼를 만날까 걱정스럽다고 했다.

나그네가 대답했다.

"조심해야지요. 그래도 지난 주에 놈들이 이 근처에서 한번 털어 갔으니 금세 또다시 출몰하지는 않을 겁니다. 보통 그렇거든요. 며칠 사이에 여섯 놈을 붙잡았는데, 한 놈은 목이 달렸고 네 놈은 저 벌판에서 죽어 나갔지요. 많아봤자 열하나를 넘지 못했다니까 이런 식으로 나가다가는 며칠 안 있어 완전히 소탕될 겁니다."

목매달린 놈은 아는 바 없고, 이전에 죽은 놈이 둘인 것은 알겠고, 그때 우리는 겨우 다섯뿐이었다. 나는 미심쩍다는 듯 슬쩍 운을 뗐다.

"일리가 있는 말씀입니다마는, 뭐 잘못 들으신 것은 아닌지요. 죽은 도적놈의 수가 너무 많은 것 같은데요."

"아니, 잘못 듣지 않았소이다. 내가 확실히 알지요. 내가 종교 경찰 아코르다다의 중위요. 나는 정보통이란 말씀이지요. 놈들의 이름, 놈들이 출몰하는 장소, 놈들이 입힌 손해, 오늘 일어난 일까지 모조리 꿰고 있습니다. 내 말이 사실인지 아닌지 곧 아시게 될 겁니다."

중위라는 말을 듣는 순간 소름이 끼쳤다. 강도질이 평생 처음이었다 해도, 누구라도 혹시 나를 강도라고 집어 말할 수 있지 않을까 걱정이 되었던 것이다.

나는 중위를 믿기로 했다. 나는 다른 놈들은 어디서 잡았는지 물어보았다. 오툼바와 테오티우아칸 사이에서 잡았다고 했다.

우리는 다른 이야기도 한참을 나누었다. 나는 이야기 말미에 내가 왜 그렇게 호들갑스럽게 도적떼를 두려워하는지 아느냐, 놈들에게 쫓겨서 그렇다고 했다.

나는 정색을 하고 말했다.

"중위님, 내가 도적떼를 만난 건 아니올시다. 어젯밤 하인놈이 여행용 가방을 실은 나귀를 끌고 달아나버렸습니다. 나를 한 푼 없는 알거지로 만들어놓고 말입니다. 가방에 넣어둔 2백 페소가 전재산이었는데 그걸 훔쳐갔단 말이지요."

중위는 안타까워했다.

"저럴 수가! 아마 그놈도 놈들과 한패거리가 됐을 겁니다. 이름이 뭡니까? 무슨 특징이 있습니까?"

나는 떠오르는 대로 지껄였다. 중위는 비망록에 꼼꼼히 받아 적었다. 우리는 받아쓰기를 끝내고 잠자리에 들기 위해 안으로 들어왔다.

중위가 나를 자기 방으로 초대했다. 나는 승낙하고 중위 방으로 갔다. 중위는 내 권총을 구경하고는 마음에 들어하며 사겠다고 나섰다. 나는 속으로 사도 신경을 외며 25페소에 권총 두 자루를 넘겼다. 제발 원래 주인이 나타나지 않기를 바라며. 사실적 이야기로는, 나는 권총을 넘기고 돈을 받았다. 아무 생각 없이.

우리는 잠자리에 들었다. 다음날 일찌감치 우리는 길을 나섰다. 도중에 아무 일도 없었다. 우리는 아팜에 도착했다. 나는 친구를 찾는다는 핑계를 대고 나왔다. 다음날 우리는 헤어졌다. 나는 멕시코를 향해 여행을 계속했다.

그날 밤 나는 테오티우아칸에서 잤다. 그곳에서도 지난 주에 있었던 도적떼 소탕 작전에 대해 들을 수 있었다. 마을 들머리에서 우두머리를 처형했다고 했다.

이런 소식을 접하자 정말 무서웠다. 나는 밤새 잠을 이루지 못했다. 다음날 새벽 6시에 나는 말에 안장을 지우고 오로지 주님께 몸을 의탁하고 길을 나섰다.

한 10여 리 갔을까, 나무에 단단히 묶인 사람 꼴이 눈에 들어왔다. 시체 하나가 작대기로 받쳐져 있었다. 처형당한 시체였는데 하얀색 저고리에 두건을 뒤집어쓰고 있었다. 앞머리 부분 이마 위쪽에 붉은색 천으로 십자가를 수놓은 두건이었다. 두 손은 밧줄로 단단히 묶여 있었다.

나는 자세히 살펴보기 위해 다가갔다. 아, 그 일그러진 시체가 바로 내 불알 친구요 박복한 친구인 하누아리오라는 것을 알아보았을 때 내 심정이 오죽했겠는가? 머리칼이 곤두섰다. 피가 차갑게 식어 내렸다. 가슴이 팔딱팔딱 뛰었다. 혓바닥이 목구멍 속으로 파고들었다. 식은땀이 이마를 적셨다. 신경이 마디마디 조각나는 듯했다. 나는 무너져 내리는 심정으로 말에서 떨어져 내릴 판이었다.

그러나 주님께서 이 허물어져 내리는 심정을 붙잡아주셨다. 나 자신 전에 없이 용기를 냈다. 나는 나를 옥죄어오는 혼란을 조금씩조금씩 다독여나갔다.

그때 나는 놈의 그 비열한 행위, 호랑이나 물어갈 충고, 그 본보기며 그 악마의 속삭임을 상기했다. 나는 놈의 불행이 안타까웠다. 나는 놈을 위해 울었다. 어쨌든 친구로 지냈고 함께 자란 놈이었다. 나는 주님께 진정으로 감사드렸다. 놈과의 우정을 깨뜨려주셨음에. 놈과 사귀면서 계속 엇나갔다면 나 또한 꼼짝없이 놈과 같은 도적이 되었을 테니까. 어쩌면 지금 이 순간 나 또한 맞은편 나무에 매달려 있을 것이다.

나는 개과천선해야겠다는 결심을 더욱더 다지고다졌다. 바로 이 순간부터 세상이 주는 교훈을 명심하자, 다른 사람들의 악행과 불행에서 좋은 열매를 거두자. 나는 굳게 마음을 다잡고 식칼을 꺼냈다. 나는 하누아리오가 매달려 있던 나무에 다음과 같은 시를 새겨나가기 시작했다.

소네트(1)

죄란 결국 갚아야 하는 것,
너는 어찌 항상 고개 처들고
일 저질렀느뇨? 하누아리오, 비록 숨은 끊어졌어도,
이 나무 둥치에서 웅변으로 전하고 있구나.
오, 한창 나이에 죽다니! 이 낯선 땅이
바람잡이 너를 잡아 죽이고 말았구나.
이 무슨 수치스러운 죽음이냐, 아무리 당연하다 해도,
그나마 악연의 사슬은 끊어 다행이로다.
너 내게 허황한 이야기나 들려주었고
나 또한 수천 번 어김없이 따랐으니,
오늘은 오랏줄로 그네 타며 꿈속에서
깰지어다. 뻣뻣한 네 주검이
인생 무상 이야기하고, 네가 죽어 남긴 교훈
진정한 가르침일지라.

나는 소네트를 종결짓고 신령과 진정으로 주께 의지하며 길을 재촉했다.

나는 밤을 타서 멕시코 시내로 들어가고 싶었다. 나는 산토 토마스 여관에 들러 저녁을 먹었다. 저녁을 먹은 후에 안마당을 거닐고 있는데 어느 방에선가 아낙네들이 울부짖는 소리가 들려왔다.

궁금증이었는지 안쓰러움이었는지, 나는 문으로 다가갔다. 나는 문가에 기대어 귀를 모았다. 어느 노인의 말소리가 들렸다.

"자, 얘들아, 울지 마라. 어쩔 수 없는 일이다. 우리가 뭘 할 수 있단 말이냐? 법은 법대로 지켜져야 한다. 그놈은 어려서부터 버린 놈이다. 내 충고를 해도, 위협을 해도, 벌을 내려도 소용없었다. 놈은 스스로 몸을 망친 것이다. 이제 그 결론이 난 것일 뿐이다."

안타까운 노파의 목소리.

"그래도 안쓰러운걸요. 뭐라 해도 조카잖아요."

"유감스러운 건 나도 마찬가지요. 놈을 풀어주기 위해 내가 얼마나 애를 썼는지, 돈을 썼는지 알잖소. 그래도 보람 없었지. 오 주여, 불쌍한 우리 하누아리오를 굽어 살피소서! 얘야, 울지 마라. 자, 놈이 우리 친척이라는 건 아무도 모른다. 다들 집 없는 고아로 알고 있단 말이다. 가엾은 폰시아니타, 이 사연을 들으면 얼마나 부끄러워할까! 그래도 다행히 수녀가 됐기에 망정이지. 친척지간인 것이 알려져도 수녀 자리에서 쫓겨나진 않겠지. 주님께 맡기자꾸나. 새벽에 일찍 출발하려면 이만 자도록 하자."

옆방 손님들은 이야기를 끝냈다. 마르틴 씨와 그 부인임에 틀림없었다. 나는 잠자리에 들었다. 다음날 나는 그 사람들을 만나보기 위해 일찍 일어났다. 나는 시치미를 떼고 그 사람들에게 접근했다. 나는 나에 대해서는 전혀 언급하지 않고 그 사람들에 대한 정보만 충분히 얻어냈다. 농장에서 오는 길로 내지로 들어가 살 작정이란다. 나는 그 순하디 순한 사람들과 헤어졌다. 나와는 전혀 딴판인 사람들이었다. 이제는 돌아들 가셨을 것이다. 심적 고통에, 병마에, 세월도 한참 흘렀으니, 죽음 외에 그 무엇이 더 있겠는가.

나는 일찍 미사에 참석했다. 미사가 끝난 후에 아침을 먹었다. 나는 하루 종일 방구석에 틀어박혀 있었다. 내 지나간 삶을 더욱더 진지하게 되살펴보았다. 장래에는 확실히 마음을 돌이킬 수 있도록 마음을 다잡았다.

나는 전에 없이 확고한 계획을 세웠다. 말이니, 소매 장식이니, 모자니, 칼이니, 박차니 하는 것들을 처분하면 상당한 돈이 될 것이다. 모두 일류급들이니까. 하지만 망설여졌다. 어느 구석에선가 들통이 날지 몰랐으니까. 설사약 의사 망토 사건 때처럼 말이다. 또 사소하지만 확실한 이유가 있기도 했다. 내 물건이 아니었으니까. 내 것이 아닌 것은 팔아먹을 수도, 팔아먹어서도 안 되는 것이니까.

그래서 나는 고해 신부에게 고해하고 나서 넘겨줄 때까지 그 물건들을 간직하기로 했다. 권총을 처분한 돈이면 그럭저럭 견딜 만했다. 주님께서는 언제나 내게 필요한 것을 공급해주셨다. 아, 주님의 뜻을 헤아릴 수 있다면!

나는 이렇게 결심하고 밤이 으슥할 무렵 뚜렷한 목적도 없이 밖으로 나와 동네를 한바퀴 돌았다. 프로페사 수도원 앞을 지나가게 되었다. 예배당은 열려 있었다. 나는 예배당으로 들어가 뜨거운 마음으로 참회의 기도를 올리고 싶었다.

마침 기도문이 낭송되고 있었다. 나는 그 순간 신령과 진정으로 주님께 의지했다. 그리고 아주 박식해 보이는 사제의 설교를 들었다. 사제는 우리 인생들에게 절대적으로 필요한 도움을 멸시하는 사람들의 불행에 대해, 당연히 알아야 할 그 절대적인 필요에 대한 우리 인생들의 의심에 대해 설교했다. 사제는 결론을 맺었다. 그 도움이 언제나 우리와 함께 있었다. 그러니 우리는 그 도움을 받아들여야 한다. 그 어떤 도움도 마지막이라고 생각해서는 안 된다. 도움의 손길을 무시하지 말지니, 도움을 받아들이면 주님께서 우리를 죄악의 길에서 구원해내실 것이고, 도움을 무시하면 우리 심령을 강퍅하게 하사 마지막까지 불신자로 남아 있게 하실 것이라.

진리를 선포하는 그 담대함과 영적 능력이라니!

사제는 부러울 만큼 열심인 정열로 외쳤다.

"가장 큰 불행, 이 세상을 살아가면서 우리 피조물들이 당할지 모르는 가장 큰 불행은 마지막까지 불신자로 남는다는 것입니다. 불행한 상태에 처한 불신자에게는 천국도, 입을 크게 벌린 지옥도 전혀 상관할 바 없는 것이겠지요. 돌같이 굳은 심령은 하나님께 대한 사랑도, 영생에 대한 소망도, 영원한 상급과 영원한 징벌도 받아들이지 못합니다. 상급에 대한 소망도 없을 것이며 징벌로부터 벗어나고자 하는 노력도 없을 것입니다.

바로의 집과 애급에 재앙이 비처럼 쏟아졌습니다. 수많은 징벌이 떨어졌습니다. 그래도 바로는 막무가내로 고집을 피웠습니다. '바로의 마음이 강퍅하여' 그랬던 것입니다. 성경은 말씀하고 있습니다. 인두라툼 에스트 코르 파라오니스. 그러니 형제 여러분, 오늘 주님의 말씀을 들으셨으니 마음을 강퍅하게 해서는 안 됩니다. 주님의 도움의 손길을 느끼셨다면 무시하지 마시고 회개를 내일로 미루지 마십시오. 이 도움의 손길을 무시하는 것이 바로 마음을 강퍅하게 하는 것입니다. 선지자이며 왕인 솔로몬은 말합니다. '나의 법을 잊어버리지 말고 네 마음으로 나의 명령을 지키라.' 그러니 오늘, 바로 이 순간, 우리 마음의 문을 열도록 합시다. 주님의 은혜가 우리 마음을 일깨워주실 것입니다. 오늘 주님께서 부르시면 오늘 당장 대답해야 합니다. 내일로 미뤄서는 안 됩니다. 내일 우리가 살아 있을지 모르기 때문입니다. 내일 우리가 주님의 자비를 울며 간구할 때 주님께서 우리를 고집쟁이로 보시고 외면하실지 모르기 때문입니다. 우리의 모든 노력은 헛될 것이고, 무서운 저주, 우리 주님께서 그 완고한 죄인들을 책망하신 바로 그 무서운 저주가 우리에게 임할지도 모릅니다. 주님께서 죄인들에게 말씀하셨습니다. '내가 부를지라도 너희가 듣기 싫어하였고 내가 손을 펼지라도 돌아보는 자가 없었고, 도리어 나의 교훈을 멸시하며 나의 책망을 받지 아니하였은즉, 너희가 재앙을 만날 때에 내가 웃을 것이며 너희에게 두려움이 임할 때에 내가 비웃으리라.'"

내가 들은 설교는 실로 놀라운 설교였다. 섬뜩했다. 신부가 강단에서 내려와 안으로 들어가자 나도 따라 들어갔다. 나는 신부에게 내 참회의 고백을 들어주십사 빌었다.

마음 좋은 신부는 내 간구를 자상하고 자애롭게 승낙했다. 내 지나온 삶을 일목요연하게 정리하고 나자 신부는 내 참회가 진정에서 우러나온 것임을 알고 만족해했다. 신부는 다음날 새벽 5시 반에 다시 오라고 했다. 첫번째 미사가 끝나는 시간이라며, 바로 그 자리, 성구실 어두운 구석에서 기다리라고 했다. 우리는 약속을 정했다. 나는 한층 가벼운 마음으로 여관으로 돌아왔다.

다음날 일찍 일어났다. 나는 신부가 베푸는 미사를 듣고 지정된 장소에서 신부를 기다렸다.

그러나 신부는 그 당장 고해를 하지 말라고 했다. 전체 교인들의 고해를 들어야 한다는 것이었다. 신부는 말했다. 원한다면 아주 좋은 기회다, 오늘 오후부터 수련 과정이 시작된다, 수련 과정은 내가 맡아 한다, 원한다면 참여할 수 있도록 해주겠다.

"원하고말고요. 기다리고 있었습니다. 진짜 고해다운 고해를 하고 싶습니다."

"좋습니다. 준비를 해서 오후에 오도록 하시오. 문지기 신부에게 이름만 일러주면 됩니다."

이런 말과 함께 신부는 일어났다. 나는 어젯밤보다 더 개운한 심정으로 물러 나왔다. 문지기 신부에게 이름을 말하라고 한 점이 좀 의아하기는 했다. 고해 신부는 내 이름을 결코 묻지 않았던 것이다.

그러나 나는 더 이상 신경 쓰지 않았다. 여관에 도착했다. 때에 맞춰 끼니를 때우고 값을 지불했다. 나는 말을 좀 먹여달라고 부탁하고 나서 오후 3시에 프로페사 수도원으로 갔다.

22. 우리 페리키요가 프로페사 수도원에서 겪은 수련 과정, 로케와의 재회, 과거에 신세 진 친구와의 해후, 어느 여관에서 일자리를 구한 일 등에 대해 이야기하는 장

프로페사 수도원 정문에 도착해 수련 과정을 담당하는 신부 추천으로 왔다고 했다. 문지기는 내 이름을 물었다. 나는 이름을 댔다. 문지기는 서류를 훑어보고 말했다.
"좋습니다. 선생 침대를 준비해야겠군요."
"여기 있습니다. 내가 지고 왔습니다."
"그럼 들어가시지요."
나는 문지기와 함께 안으로 들어왔다. 문지기는 나를 어느 방으로 안내했다. 그 방에 또 한 사람이 있었다. 문지기는 말했다.
"여기가 선생 방이오. 저분은 방을 함께 쓰실 분입니다."
문지기는 이런 말을 남기고 갔다. 나는 한방 친구라는 사람과 이야기를 나누었다. 알고 보니 내 동창이요, 친구요, 한때 내 시종 노릇까지 했던 가엾은 로케라는 놈이었다. 놈도 나를 알아보았다. 우리는 정겹게 서로를 얼싸안았다. 우리는 서로 질문을 주고받으며 서로가 어떻게 살아왔는지 알게 되었다.

로케는 내 인생살이를 듣고는 감탄을 금치 못했다. 나는 놈의 인생살이에 그다지 놀라지 않았다. 놈은 놈인지라 놈의 살이는 내 살이보다 더 엇나가지도 않았고, 고생도 심하지 않았고, 그저 보통 놈들 살이에 지나지 않았던 것이다.

어쨌든 나는 놈에게 말했다.

"이런 성스러운 수도원에서 다시 만나게 되어 정말 기쁘다. 우리 비록 한때 사악한 길을 함께 달렸으나 여기서 다시 보게 되다니. 주님의 은혜를 갈구하는 그런 뜨거운 심정으로 말이야."

"나 역시 반가워. 게다가 네게 용서까지 구할 수 있게 되어 더욱 기뻐. 내가 이전에 했던 몹쓸 충고 말인데, 용서해주기 바라. 너무 형편이 어렵다 보니 네게 빌붙어 있고자 아양을 떨고 비위를 맞추고 한 것이긴 하지만. 변명이 아냐. 진작부터 좋은 충고를 했어야 하는 건데. 집도 친구도 잃게 만들고, 죄악에 빠지게 만들었으니."

"일없어. 걱정 마. 네 충고가 없었다면 이전처럼 못난 짓을 여전히 하고 다닐 텐데 뭘."

"너 지금 정신 차리겠다는 거, 진지하게 생각한 거야?"

"그러고 싶어, 분명해. 그런 결심으로 일주일 간 여기서 근신할 생각이야."

"정말 좋다. 그런데, 이봐, 너 말이야, 잘될까 모르겠다. 우린 이제 다 컸어. 너 말야, 이미 늑대를 보았지. 그것도 귀때기만 본 것이 아니라 몸뚱어리 전체를 봤단 말이지. 그러니 신중하게 생각해야 할 거야."

"네 열심이 맘에 든다. 넌 틀림없이 신부가 될 거야. 하긴 전도사로 타고났는지도 모르지."

"설교사가 될 생각은 없어. 배운 것도 없는 데다가 설교사로서 갖춰야 할 정신머리도 없으니. 그래도 수도사는 되고 싶어. 그래서 수련 과정에 참가하게 된 거야. 성 프란체스코 수도원에서 받아준다고 했어. 주님께서 도와주시고 또 이게 주님의 뜻이라면 여기서 나가는 즉시 견습 수도사로 들어갈 생각이야."

"잘했다, 로케, 잘했어. 제대로 생각한 거야. 이런 속담도 있긴 하지. 늑대란 놈은 고기에 물리면 수도사가 된다고 말야."

"진짜 말도 안 되는 엉터리 속담 중 하나지. 너 이런 말을 하고 싶은 모양인데. 청춘의 햇곡식은 세상에 바치고 이제 노년의 길로 들어서니 수도원에 들어가 순종하며 살겠다. 틀린 얘기도 아니지. 그래도 말이지, 우리가 어린 시절과 젊은 시절을 망나니로 놀았다고 늙어서까지 그래야 된다는 법은 없잖아? 아냐, 페리코. 때로는 신중해져야 할 필요가 있어. 정신 차리겠다는데 때가 문제겠어. 이런 속담도 있지 왜. 영 손 놓는 것보다 늦게라도 잡는 게 낫다고 말이지."

"이런, 화내지 마, 로케. 잘한 거야. 웃자고 한 얘기야. 내 성질 알잖아. 농 잘하기는 타고난 거잖아. 너처럼 믿음이 가는 친구에게는 더욱 심해. 그래 그렇게 생각한 것은 참 잘한 거야. 네가 그렇게 정색을 하니까 나도 뭐 좀 건져야지."

"정색이니 뭐니 무슨 헛소리야! 너 지금 날 가지고 노는 모양인데, 내 특별히 네게 말해주겠는데……"

이때 종소리가 들렸다. 우리는 예비 설교를 들으러 갔다.

그날 밤 수련 과정이 끝나고 나서 문지기가 우리 방으로 들어와 내 고해 신부가 보낸 전갈을 들려주었다. 예배당에서 첫 미사가 끝나면 성구실에서 기다려라. 나와 로케는 상위에 있던 경건 서적을 저녁 식사 때까지 읽었다. 저녁 식사를 끝낸 후에 우리는 잠자리에 들었다. 로케는 내게 담요 한 장과 베개 하나를 빌려주었다.

다음날 나는 일찍 일어나 첫 미사에 참석했다. 신부를 기다렸다. 신부를 만나 내 인생 전반에 대한 고해를 시작했다. 신중하고 자상한 고해 신부가 날이 갈수록 더욱더 마음에 들었다.

일곱째 날에 고해가 끝났다. 신부는 만족했고 내 영혼은 지극한 위로를 받았다. 신부가 말했다. 다음날 전체 성체 배령이 있을 것이다. 성체를 배령해야 할 것이니 아침을 먹으러 방으로 돌아가지 마라. 내 방으로 와라. 7호실이다. 예배당을 나서면 오른편에 있다. 나는 그러하겠노라고 약속했다. 우리는 헤어졌다.

이런 일에 대해 아는 게 없는 사람들은 믿을 수 없으리라, 그날 밤 내가 얼마나 큰 기쁨과 큰 평안을 지닌 채 잠자리에 들었는지. 마음의 근심이 싹 가시는 것 같았다. 어쩌면 내 마음을 짓누르고 있던 두터운 안개가 사라졌다고나 할까. 정말 그랬다.

다음날 우리는 자리에서 일어나 몸단장을 하고 예배당으로 갔다. 이제 익숙해진 수련 과정이 끝나자 은혜 미사가 장중하게 드려졌다. 먼저 신부가 성체를 배령했다. 우리 모두는 뭐라 형용할 수 없는 달콤한 기쁨에 충만하여 신부가 베푸는 성체를 받아먹었다.

미사가 끝나고 감사 기도도 끝났다. 모두 초콜릿 가게로 아침을 먹으러 달려갔다. 나는 로케와 석별의 정을 나눈 다음 고해 신부와도 석별의 정을 나누기 위해 신부를 찾아갔다. 신부는 자기 방에서 벌써부터 나를 기다리고 있었다.

정말이지 놀라운 일이었다! 내가 그저 신부이겠거니 생각했던 사람이, 여드레 간이나 함께 지내면서도 몰라보았던 그 사람이, 나를 바라보고 있던 사람이 바로 그 마르틴 펠라요일 줄이야! 내 오래 전 친구요 기막힌 조언자였던 그 친구일 줄이야!

예전의 마르틴 펠라요가 아니었다. 경망스럽게 춤이나 추고 다니던 그 청년이 아니었다. 이제는 현명하고 모범이 되며 진중한 한 사람의 신부였다. 생판 모르는 사람이 아닌 바로 그 친구에게 내 못난 인생살이를 다 털어놓았던 것이다. 얼굴이 뜨겁게 달아올랐다. 신부도 내 표정을 보고 내 심정을 짐작한 것 같았다. 신부는 내 기운을 북돋우기 위해서인지 이렇게 말했다.

"그래 날 기억하겠지, 페드리토? 날 한번 안아주지 않겠나? 자, 어서. 그래 좀더 세게. 내 얼마나 자넬 보기 원했으며 자네 소식이 궁금했는지 아는가? 경험도 없고 천방지축으로 날뛰는 그런 가엾은 젊은이가 겪을 것은 다 겪었더군 그래."

우리는 서로를 얼싸안았다. 친구는 자리에 앉아 초콜릿을 들라고 했다. 친구는 이야기를 계속해 나갔다.

"나한테 고해한 것이 부끄러운 모양이지. 다 괜찮아. 내가 자네보다 더 형편없었다는 사실은 자네도 알잖나. 얼마나 못되게 굴었으면 허랑방탕하는 데 자네 스승 노릇까지 했겠나. 내 못된 충고로 자넬 망쳐놨어. 그게 정말 가슴 아픈 일이네. 다행히 주님께서 나를 자네 영혼의 지도자로 삼는 영광을 베푸셨으니, 내 예전에 자네에게 했던 그 못난 충고를 이제 엄격한 도덕률로 보상하는 기쁨 또한 누리겠네.

영혼은 부끄러움 때문에 주춤거려서는 안 되지. 그래, 나는 항상 자네가 어둑한 곳에서 고해하도록 애썼네. 손수건으로 내 얼굴을 가리기까지 했다네. 그러나 이제 자네가 참으로 뉘우치는 것을 보고 자네 친구로서의 내 정체를 밝히기로 했다네. 자네 인생살이를 들었다 해도 뭐 새로울 건 없었네. 나 역시 자네처럼 그 모든 죄를 저질렀을 테니까. 나도 주님 앞에서는 죄인이라네. 단지 내가 자네보다 먼저 발을 뺐다는 거, 자네보다 조금 일찍 정신을 차렸다는 것뿐이지. 자네 심정 충분히 이해하네. 그러니 내 앞에서 부끄러워하지 말게나. 고해실에서는 자네 신부였지만 여기서는 자네 형제야. 고해실에서야 판관 노릇을 하긴 하지만,

여기서야 언제나처럼 자네 친구로 불리고 싶다네. 이거 양다리 걸친 것 같을지 몰라도, 여기서는 친구로 대하고 또 고해실에서는 신부로 대해 주게나."

그런 부드럽고 신중한 어투에 내 영혼이 되살아났다는 것은 쉽게 짐작이 갈 일이다. 나는 부끄러움을 서서히 떨쳐버릴 수 있었다. 존칭어도 쓰지 말고 친구니까 그저 예전처럼 너나들이를 하자고 했을 때는 더 이상 부끄럽지 않았다.

나는 이런저런 이야기 끝에 이런 얘길 끄집어냈다.

"이보게, 이렇게 신세를 지고도 어찌 갚을 길이 없네. 내 말이니 소매 장식이니 칼이니 하는 게 있다지 않았나. 모두 원래 주인에게 돌려주고 싶네. 정말 그러고 싶어. 마치 무슨 원죄를 뒤집어쓰고 있는 것 같아서 말야. 설사약 의사 건으로 당했던 것보다 훨씬 더러운 꼴을 당하지나 않을까 겁도 나기도 하고. 사실적 얘기지만 내가 훔친 것은 절대 아니네. 어찌 됐건 훔친 물건임에는 변함이 없지만. 이제 더 이상 한 순간도 내 손에 두고 싶지 않아.

가능하면 빨리 손 털고 싶네. 내 자네 손에 맡길 테니 종교 경찰에 신고를 하거나, 관보에 주인을 찾는다는 광고를 내거나, 무슨 수를 써서라도 원주인 손에 빠른 시일 내로 들어가도록 힘 좀 써주게나. 원주인을 찾지 못한다 해도 혹을 떼는 셈은 되겠지. 의인도 악의 구렁텅이로 빠지는 세상에 악인의 말로가 어떨 것인지 자네도 알잖는가."

"아주 좋은 생각이네. 그래 갈아입을 옷은 있는가?"

"있기는 뭐가 있겠나. 이것밖에 없다네. 총을 처분하고 남은 돈이 6페소네."

"그건 갖고 있게나. 지금 당장 모조리 털어버릴 수는 없잖나. 아무리 그래도 살은 가리고 다녀야지. 비록 훔친 물건일지라도 말이네. 어떻게 할까 한번 보세. 그래 말해보게. 무슨 일을 하고 싶나? 어떤 일에 한번 매달려보겠나? 그래 뭘 해서 먹고 살 작정인가? 살자면 먹어야 할 것이고, 먹을 것을 구하자면 일을 해야 할 테니까. 자네에겐 중요한 일이네. 생계를 이어갈 일자리가 없으면 지금 정신 차린 것도 헛수고가 될 수 있거든. 지금의 결심을 잊어버리고 과거의 삶으로 돌아가게 된단 말이지."

"오, 주여, 제발 그 일만은!" 나는 비감하게 외쳤다. "그래, 이보게, 이 도시에서는 눈 하나 마주칠 사람이 없는데 어떻게 하면 좋은가? 하다못해 문지기로라도 써줄 사람 하나 없으니 어쩐단 말인가? 친척들은 가난하다고 내치고, 친구놈들 역시 가난하다고 돌아보지도 않고, 이 세상은 나를 버렸네, 파렴치한 놈이라고. 돈 한 푼 없으니 그럴밖에. 만일 돈만 있다면 친구며 친척이며 넘쳐날 텐데. 내가 설사 악마라 해도 말일세. 내 한때 돈 좀 있을 때 그랬었거든. 놈들이 행실 보고 달려드는 줄 아나, 다 돈 때문이지. 사기를 쳐서 번 돈이라 해도 말일세. 놈들은 어떻게 생긴 돈인지에 대해서는 전혀 신경 안 쓴다네. 어떻게 생긴 돈이든 빨아먹을 게 있느냐 없느냐가 문제일 뿐이야. 사탄보다 더 악한 것이라 해도, 예수님을 팔아먹은 유다보다 더 나쁜 짓을 해서 생긴 돈이라 해도 중요하지 않지. 알랑방귀나 뀌는 놈들은 무슨 수를 써서라도 돈 있는 놈 관심을 끌려고 야단이란 말일세. 아무리 나쁜 짓을 저질러도 무슨 영웅적인 공덕이나 쌓은 듯이 뻔뻔스럽게도 입에 침이 마른단 말이지. 미안하네, 친구. 하지만 내가 죽 겪어온 일이네. 나를 저버린 그 나쁜 놈들, 또 지금도 나를 외면하는 그놈들, 악행을 선행이라고 둘러대는 데는 다 도가 튼 놈들이야. 돈을 물 쓰듯 쓰면 호탕하다 하고, 노름을 하면 정직한 놀이인데 즐기는 게 어떠냐 하는 통에 전재산 다 날아가는 거라네. 음탕하게 굴면 예절이 바르다 하고, 고주망태가 되면 거 기분좋겠다 하고, 거만을 떨면 권위가 있다 하고, 허영기를 부리면 용의주도하다 하고, 상스러운 말을 하면 솔직해서 좋다 하고, 독설을 입에 담으면 재치 있다 하고, 굼뜨기라도 하면 조심스럽다 하고, 위선을 떨면 덕스럽다 하고, 싸움이라도 걸면 용기 있다 하고, 몸을 사리면 신중하다 하고, 말이 많으면 웅변가라 하고, 바보같이 굴면 겸손하다 하고, 단순하면 명쾌하다 하고, 또…… 그래, 지겹지? 세상이 어떻다는 건, 그런 친구들이 어떻다는 건 나보다 더 잘 알 테니. 그래서 말인데 뭘 해야 할지, 누가 나를 써주기라도 할지 모르겠네."

"서두르지 말게. 내 힘껏 자넬 돕겠네. 주님의 섭리에 의지하게나. 그래도 명심은 해야 하네. 우리 이 서글픈 세상을 살아가자면 주님께 기도도 해야겠지만 우리 손으로 일도 해야 하니까."

"내게 준 충고와 위로에 대해 하나님께서 갚아주시길 바라네. 이보게나, 자네 친구가 직업을 구할 수 있도록 신경을 좀 써주었으면 하네. 무슨 일이든 상관없네. 내 섭섭지 않게 갚을 테니."

"방금 뭔가 떠올랐는데, 여기서 기다리게나."

이 말을 남기고 친구는 밖으로 나갔다. 나는 정오까지 책을 보며 기다렸다. 친구가 돌아왔다.

친구는 방으로 들어오자마자 입을 열었다.

"축하하네, 페드로. 일이 생겼어. 이따 오후에 나랑 같이 가세. 자네 주인이 될 양반을 소개시켜줄 테니. 내가 잘 말해두었네. 내 친구이자 영적인 자녀일세. 그래서 내가 잘 아는 양반이야. 그 양반 환경도 아주 좋다네. 주님께서 새로운 은총을 베푸셨으니 자네 감사드려야 하네. 그 양반 곁에서 착실하게 지내보게. 이제는 제대로 생각해야 할 때니 말일세. 자네가 겪었던 불행을 항상 기억하게나. 이 세상과 자네 그 못난 친구들이 자넬 어떻게 대접했는지를 항상 염두에 두란 말일세."

나는 당연히 고마워했다. 점심이 차려지고 우리는 먹었다. 식사를 끝내고는 우리 가엾은 친구 하누아리오의 영혼을 위해 주기도문으로 기도를 올렸다. 우리는 낮잠을 즐겼다. 오후 4시, 초콜릿을 마신 다음 나는 펠라요 신부와 함께 마차를 타고 장차 내 주인이 될 양반의 집을 찾아갔다.

홀아비였다. 자식도 없었다. 부자에 호탕한 양반이었다. 분위기로 보아 좋은 주인이 될 것 같았다. 실제 그랬다.

내가 맡은 일은 산아구스틴 데 라스쿠에바스라는 마을에 있는 어느 여관의 관리인 자리였다. 시내에서 한 70여 리 떨어진 곳에 있는 마을이었다. 그 마을에 있는 상당히 큰 상점도 살펴보는 일도 덤으로 맡았다. 두 군데 사업장에서 생긴 이득을 나와 주인이 공평하게 가른다는 조건이었다.

당연히 나는 즉석에서 승낙했다. 나는 다시 펠라요에게 감사를 표했다. 우리는 신속하게 계약을 체결하고 업무를 개시할 날을 정한 후 나와 내 친구 마르틴은 수도원으로 돌아왔다.

그날 밤 우리는 많은 이야기를 나누었다. 펠라요는 이야기 말미에 다시 한번 강조했다. 정직하게 처신해서 제발 자기를 실망시키지 말라고. 나는 그러하겠노라고 다짐했다. 우리는 잠자리에 들었다.

다음날 친구는 나를 자기 방에 남겨두고 밖으로 나갔다. 잠시 후 친구는 옷감과 함께 재단사를 데리고 돌아왔다. 친구는 재단사로 하여금 내 옷과 망토를 짓기 위해 치수를 재라 하고는 어디서 생긴 돈인지 하여튼 삯을 줘서 돌려보냈다.

나는 펠라요 신부의 자상함에 감탄했다. 나는 어떻게 고마움을 표시해야 할지 알 수 없었다. 신부가 내게 말했다.

"내가 자네 대신 돈도 내고 이러는 것은 세 가지 이유 때문일세. 첫째, 자네가 입고 있는 옷이 자네 것이 아니라 신경이 쓰일 것 같아서. 둘째, 그런 차림으로는 무더위를 견딜 수 없을 테니까. 셋째, 자네 주인이 자넬 투박한 촌놈으로가 아니라 점잖고 세련된 사람으로 대해주길 바라기 때문에. 세상을 살자면 옷차림이 중요하더군. 우리야 불경스럽게 옷을 입을 수 없지. 점잖게도 입어야 하지만 우리 원칙과 직업에 합당하게 입어야 한다네."

3일 만에 재단사는 옷을 가져왔다. 나는 소매 달린 넓은 망토와 짧은 겉저고리를 입었다. 멕시코식이었다. 펠라요는 나와 함께 전에 묵었던 여관으로 갔다. 나는 말과 마구를 펠라요에게 넘겼다. 우리는 수도원으로 돌아왔다. 나는 펠라요에게 넘겨준 물건에 대해 목록을 만들었다. 다음날 펠라요는 종교 경찰 대장에게 내가 넘긴 모든 물건을 넘겼다. 대장이 원래의 주인에게 돌려주라고. 구워먹을지 삶아먹을지 모를 일이지만.

어쨌든 이제는 강 건너간 배였다. 상점과 여관을 접수해야 할 날이 되었다. 우리는 산아구스틴 데 라스쿠에바스로 갔다. 모든 게 만족할 만했다. 주인과 신부는 멕시코로 돌아갔다. 나는 그 마을에 남아 열심히 노력했다. 하늘에서 상급이 내렸다. 이익이 증가했고, 행복의 연속이었다.

23. 우리 페리키요가 산아구스틴 데 라스쿠에바스에서의 생활, 친구 안셀모의 인생, 그 밖에 결코 따분하지 않은 이야기를 들려주는 장

현자는 운명의 별자리를 극복해 나간다라고 말할 수 있을진대 이런 말도 정녕 사실이리라. 의인은 끊임없이 자기 태도를 잘 다스려 나갈진대 자기 운명이 아무리 사악한 것일지라도 제대로 단속할 수 있으리라.

나도 그런 경험을 한 적이 있다. 물론 위선을 떠느라고 점잖게 행동한 적도 없지는 않았다. 예전에 한때 잘 나가다가 돌부리에 걸려 자빠지는 바람에 죄를 범하게 되었을 때 내 불운은 빗줄기처럼 쏟아져 내렸던 것이다.

나는 내 과거를 고통스럽게, 후회막급하여 되돌아봄으로써 정신을 차릴 수 있었다. 나는 신중히 생각했다. 나이도 벌써 서른일곱을 훌쩍 넘어 있었다. 충분히 인생을 제대로 되돌아볼 수 있는 나이였다. 나는 점잖게 행동해서 마을에서 말거리가 생기지 않도록 노력했다.

나는 매달 한 번 일요일을 골라 멕시코로 갔다. 나는 내 친구 펠라요에게 고해했다. 고해가 끝나면 펠라요와 함께 주인의 집에서 주인과 어울려 나머지 하루를 보냈다. 주인의 나에 대한 신뢰는 점점 두터워져 갔고 사랑 또한 점점 깊어갔다. 오후에는 알라메다나 다른 곳을 산책

했다.

펠라요는 틈만 나면 설교였다.

"나가. 기분 전환을 하라고. 인생을 즐기란 말야. 경건하다는 것이 즐거움과 상치되는 건 아냐. 정직한 오락거리는 괜찮아. 아름다운 들판을 보면 정신이 맑아져. 사람들을 만나 서로 의견을 교환하다 보면 영혼이 휴식을 취할 수 있고. 이게 바로 주님께서 베푸시는 복이야. 주님께서는 바로 우릴 위해 아름답고 향기롭고 달콤한 나무며 꽃이며 과실을 창조하신 거야. 그 아름다운 자연의 조화. 또 우리로 하여금 그 아름다움을 감상하라고 예민함과 영민함과 통찰력과 고상함을 주셨지. 주님께서는 바로 우리의 안식과 유익을 위해 이 모든 자연을 창조하시고 보존하시는 거야. 그게 아니라면, 무슨 목적으로 이 아름다운 피조물을 창조하시어 우리로 하여금 다스리게 하셨단 말인가? 우리에게 아름다움을 감상할 수 있는 능력을 주신 이유는 또 뭘까? 우리에게 주신 달란트로 그 아름다움을 감상하는 것이 올바른 행위가 아니라면 말일세. 이는 주님의 창조를 헛되이 만드는 한편 주님의 주권을 거역하는 자기 독단이 될 것이네. 주님께서는 봄직하고 먹음직한 피조물을 창조하시고 우리로 하여금 그것을 소망하게만 하셨단 말인가? 우리의 소망을 막고 그저 다른 피조물들로 하여 그저 즐겁게 살라고? 이교도들은 자연을 즐기는 것을 무슨 지옥 형벌을 받아 마땅한 죄로 보는 모양인데 안타까운 일이지. 탄탈로스와 같은 잔혹하고 인색한 인종들은 이런 벌을 받았다지. 바로 코앞에, 입에 닿을까 말까 하게 과일과 물을 놔두고는 먹으려들면 뒤로 물러나 허기도 갈증도 채울 수 없게 했다는 걸세.

그래, 얼마나 기가 막히는 생각인가. 물론 우리의 오락거리가 주님의 선한 뜻에 어긋나는 짓이라고 오해하는 사람들도 악의가 있어서 그런 것은 아닐 걸세.

덕을 행하는 일에서조차 전부냐 전무냐 하는 것은 금지되어 있네. 나는 확신하고 있네. 그래, 내 자네한테 충고하는 바이네. '원한다면 즐기되 죄를 짓지는 말라.' 주님께서는 우리가 거룩하게 되기를 원하시지, 바보, 멍청이, 실쭉이, 뻬침이가 되기를 원하시는 게 아닐세. 외식하는 자들, 즉 위선자들이나 그러는 걸세. 다윗 왕은 의인에 대해 이렇게 노래했지. '너희 의인들아, 여호와를 즐거워하라. 찬송은 정직한 자의 마땅히 할 바로다. 수금으로 여호와께 감사하고 열 줄 비파로 찬송할지어다.'

다윗 왕이 이 노래로 의미하는 바가 뭐겠나. 주님께서는 엄살이나 부리며 풀죽어 있는 자를 원치 않으신다는 거라네. 우리 주님의 멍에는 쉽고 주님의 짐은 가볍단 말일세. 믿는 자들은 누구라도 죄가 되지 않고 위험하지 않은 거라면 오락을 즐길 수 있어요. 이 세상에 죄가 안 될 것은 없네. 예배당에 간다고 해도 그 마음이 더럽고 사악하면 그건 죄야. 또 이 세상에 죄 될 것도 없다네. 춤을 추러 간다거나 결혼식에 간다 해도 그 마음이 올곧고 해칠 생각이 없다면 말일세. 위험은 항상 가까이에 있다네. 우리는 우리 심령이 약하다는 사실을 경험을 통해 알고 있으니 그 위험을 피해야 하는 거지. 그러니 신중히 생각하고 나서 좀 즐기란 말일세."

나는 이런 이야기 저런 충고에 고무되어 기분좋게 산책길에 나섰다. 한때 내 친구라고 불렸던 그 고약한 놈들을 많이도 만났지만 나는 애써 외면해버렸다. 피할 수 없는 상황에서는 이렇게 둘러대 놈들을 떨쳐버렸다. 멕시코를 떠야 한다, 오늘 밤 출발한다. 놈들은 날 더 이상 뜯어먹을 수 없게 되자 아쉬워했다.

이런 식으로 점잖게 산책을 하고 있을 때 누더기를 걸친 꼬마 녀석이 내 가까이 다가와 말을 걸었다. 얼굴은 곰살스럽게 생긴 놈이었다.

주님의 사랑으로 불쌍한 어머니를 위해 적선을 하라는 것이었다. 병으로 누워 있는데 땟거리도 없다.

놈은 이런 말을 하면서 눈물을 펑펑 쏟았다. 그렇게 순진한 꼴을 보니 한 여섯 살이나 된 놈 같았다. 나는 믿었다. 나는 놈의 불쌍한 처지에 동정심이 일어 같이 집에 가보자고 했다.

놈의 집에 들어가보니 놈의 말이 사실임을 알 수 있었다. 단칸방에 형편없는 의자를 몇 개 이어 침대 꼴을 만들어놓고, 그 위에 스물다섯이나 됐을까 한 여자가 누워 있었다. 요도 이불도 베개도 없었다. 돗자리를 깔고 낡은 모포를 덮고 넝마 조각을 뭉쳐 머리 밑에 베고 있었다. 침대 구석에는 한 살배기나 될까 한 갓난애가 뒹굴고 있었다. 폐병에라도 걸렸는지 맥이 하나도 없어 보였다. 놈은 가끔씩 바싹 여윈 어미의 쪼그라든 가슴을 잡고는 있는 힘을 다해 빨아대곤 했다. 뭐라도 나오는지 원.

한 세 살이나 먹었을까 한 금발머리 계집아이가 방구석을 아장거리고 다녔다. 얼굴은 예쁘장했지만 꼴은 누더기였다. 굶주림이 핏기를 앗아가버린 탓인지 뺨은 아주 창백했다.

아궁이에는 담뱃불 하나 붙일 나무 조각 하나 없었다. 세간이라고는 궁기가 철철 흘렀다.

그런 처연한 광경에 마음이 움직이지 않을 수 없었다. 나는 병든 여자 옆에 쭈그리고 앉아 이렇게 운을 뗐다.

"부인, 이 꼬마놈 얘기로 형편이 어려우시다 해서 놈의 말이 사실인지 확인해보기 위해 이렇게 왔습니다. 실제로 와서 보니 놈의 말보다 훨씬 어려우신 것 같습니다.

어쨌든 다행입니다. 여기까지 찾아온 걸음을 헛되게 할 수는 없지요. 말씀해보시죠. 누구십니까, 어디가 편찮으십니까, 또 어쩌다 이 지경까지 되셨습니까. 물론 이야기하시다 보면 슬픔만 더 증가되고 또 저도 그 점이 안타깝긴 합니다만, 그렇게 나쁘지만은 않을 겁니다. 슬픔도 나누면 반감된다지 않습니까."

병든 여자는 맥없고 서러운 음성으로 대답했다.

"선생님, 선생님, 제 고통은 어쩔 수 없는 것입니다. 제 고통을 말씀드려봤자 위로는커녕, 오히려 상처를 덧나게 해서 마음만 상할까 합니다. 그러하나, 도리가 아닐 것 같으니, 힘이야 좀 들겠지만, 선생님의 궁금증을 풀어드릴까 합니다만……"

"아닙니다, 부인. 주님께서도 부인을 힘들게 하길 원치 않으실 겁니다. 저는 다만 이야기를 하시면 좀 위로가 되지 않을까 생각했던 겁니다. 그러나 그렇지 않을 것 같으니 애쓰지 마십시오. 지금 가진 게 이것밖에 없으니 그나마 좀 견뎌보시지요. 주님께 맡기시고 그 큰 능력을 믿으십시오. 저버리지 않으실 겁니다. 주님께서는 사랑의 주님이십니다. 우리가 시험을 참아내면 우리 공로를 인정하셔서 상급을 내리시는 분이십니다. 우리를 벌하실지라도 온유함을 잃지 않으십니다. 주님의 구원의 손길이 부인을 붙드실 겁니다.

제가 손을 좀 써보겠습니다. 친구 중에 신부가 한 명 있는데 부인을 찾아보라고 하겠습니다. 영혼의 구원과 육신의 도움을 주도록 하겠습니다. 그럼 이만."

나는 말을 마치고 나서 4페소를 침대 위에 두고 그만 물러가려고 일어섰다. 그러나 부인은 나를 보내려 하지 않았다. 부인은 그 쓸쓸한 침대에서 있는 힘을 다해 몸을 일으키고는 두 눈에 눈물이 가득하여 내게 말했다.

"그렇게 서둘러 가지 마세요. 선생님의 위로의 말씀을 앗아가지 마세요. 부탁이오니 앉으시지요. 제 불행에 대해 말씀드리겠어요. 볼 것 하나 없는 불쌍한 제게 관심을 가져주시는 분에게 털어놓는다면 위로가 될 것 같아요.

저는 마리아 과달루페 로사나라고 합니다. 부모님은 명망 높은 귀인들이셨죠. 부자는 아니었지만 저를 제대로 키울 수 있을 정도는 있었죠. 저는 부족한 것 없이 자랐답니다. 저는 사랑받는 딸이었답니다. 외동딸이었으니 애지중지했지요. 열다섯 살 무렵까지는 그렇게 살았습니다. 그때 주님께서 아버지를 데려가셨습니다. 어머니는 그 충격에서 헤어날 수 없었습니다. 그래 두 달 만에 역시 아버지를 따라갔습니다.

제가 고아가 되고 나서 얼마나 많은 고생을 했으며, 욕을 당할 위험은 또 얼마나 많이 겪었는지를 얘기하자면 끝이 없을 것입니다. 오늘은 이 집, 내일 저 집, 여기서는 욕을 먹고, 저기서는 욕을 당할 뻔하고, 어느 곳에서도 안식처를 구할 수 없었습니다. 누구 하나 선한 마음으로 돌봐주는 사람 없었습니다.

저는 3년 동안 여기저기 떠돌아다녔습니다. 무슨 일을 겪었는지 주님께서는 아시겠죠. 마침내 저는 살기에 지쳐버렸습니다. 몸을 버릴까 겁이 나기도 했고, 몸을 지키며 악착같이 살고도 싶었습니다. 그래서 이 어린것들 아비의 집요한 구애에 굴복하고 말았습니다. 결국 저는 결혼했습니다. 남편은 4, 5년 동안은 저를 실망시키지 않았습니다. 저는 하루하루를 만족해하며 살았습니다. 그런데 한 1년 전부터 남편이라는 작자가 남편의 의무를 저버리고 딴 여자를 보게 되었습니다. 여자들이 보통 그렇듯이 그 여자도 술수를 써서 남편을 못된 남편, 못된 아비로 만들고 말았습니다. 제 삶은 완전히 나락으로 떨어지고 말았습니다. 굶주림, 가난, 헐벗음, 병…… 고생고생했습니다. 무슨 죄로 인한 벌인지, 아직도 부족한가 봅니다. 남편이 마구 써대니 저희가 당하는 고통은 아주 당연한 것이지요. 그래서 지금 보시는 바처럼 이 모양입니다. 남편이라고 별수없습니다.

　남편이 마음잡고 살 때는 살기가 괜찮았습니다. 파리안에서 꽤 큰 상점을 운영했거든요. 거래가 되는 것이면 무엇이든 다 취급했습니다. 셈이 발랐기 때문에 다들 남편을 잘 보았던 것입니다. 그런데 나쁜 친구들과 어울리면서 엇나가기 시작하더니, 여자한테 빠지면서 순식간에 완전히 망하고 말았습니다. 가게를 자주 비우니 신용이 떨어졌고, 점원은 이때다 싶어 뒷주머니를 찼습니다. 남편이 가게에 들르는 일이라곤 돈이 필요했을 때뿐이었으니까요. 남편은 집을 아주 잊어버렸습니다. 아이들은 버려졌고, 저 역시 그렇고, 하인들 불만은 쌓여갔고, 모든 게 엉망이었습니다.

　남편이 집에 생활비로 10페소를 내놓았을 때 저는 옷이라고는 단 두 벌에 용돈은 겨우 6레알이었습니다. 그런데 남편은 그 여자 집에 생활비로 20페소에 하녀 둘의 월급까지 내놓았답니다. 옷도 엄청 사주고, 야유회다 구경이다 엄청 다녔나 봅니다. 그런 식이었답니다.

　씀씀이가 헤퍼짐에 따라 성질도 못되게 변했습니다. 가게는 금방 망하고 말았습니다. 여자는 남편이 빈털터리가 되자 남편을 차버리고 다른 남자 품에 안겼습니다. 그러자 남편은 그나마 남아 있던 제 옷가지와 세간을 팔아치웠습니다. 집주인은 겨우 남아 있던 요며 궤짝이며를 차지했고 우리를 거리로 내몰았습니다. 그래서 저희는 이 눅눅하고 지저분하고 불편한 거처나마 찾아 들지 않을 수 없었습니다.

　불행은 한꺼번에 덮친다 하던가요. 남편의 채권자들은 남편이 알거지가 된 줄 알고는, 전재산을 노름에 오락에 탕진했다는 사실을 알아내고는, 남편을 소송에 걸어 그만 감옥에 넣고 말았습니다. 빚으로 진 6천 페소를 갚을 때까지 감옥에 있어야 한다고 했습니다. 불가능한 일입니다. 남편을 믿고 6레알이나마 돌려줄 사람 하나 없으니 말입니다. 남편 친구들도 그렇습니다. 남편 말로는 친구도 많고 부자도 많다고 했지만요. 남편이 곤란한 처지에 있다는 사실이 알려지자 모두들 사라져버리더군요.

가난에, 방이라고는 눅눅하고 불편하고, 제 정신도 또 오락가락하다 보니, 이렇게 자리보전하고 누워 있는 겁니다. 무슨 병인지도 모르겠습니다. 아프긴 해도 어디가 어떻게 아픈지 모를 일입니다. 확실한 것은 죽음이 멀지 않았다는 것입니다. 오히려 이 갓난애가 먼저 주려 죽겠지요. 먹이려 해도 젖이 말랐으니 말입니다. 다른 두 녀석은 더 비참한 고아가 되겠지요. 남편은 악독한 채권자들에게 걸려들었고. 모두 끔찍한 꼴을 당하게 될 것입니다.

선생님, 이게 제 불행한 이야기입니다. 이야기를 한다고 해서 가벼워지는 고통이 아니라는 제 말이 사실임을 이제 아시겠지요. 아이고, 남편이라고는! 아이고 안셀모, 당신 그 잘난 짓거리로 우리 이 무슨 꼴이란 말이오!"

"죄송합니다, 부인. 부인께서 원망하시는 그 안셀모라는 양반 어떤 분이십니까?"

"선생님, 누구긴 누구겠습니까, 제 불쌍한 남편이지요. 그이를 사랑하지 않을 수 없습니다. 비록 때때로 마땅치 않아도 말입니다."

"정말이지 놀라운 성품이십니다."

나는 그 당장 알 수 있었다. 부인의 남편이 바로 내 친구 안셀모라는 사실에 나는 아주 기분이 좋았다. 내가 진짜 비참한 지경에 빠졌을 때 나를 몰라보았던, 아니 몰라보려 했던 바로 그 친구였던 것이다. 그러나 그때는 놈의 배은망덕이 문제가 아니라 놈의 불행이 문제였다. 나는 그 죄 없는 가족이 고통을 당하는 것에 마음이 아팠다. 나는 내 힘껏 도와주려고 애를 썼다.

나는 불쌍한 병자를 다시 한번 위로했다. 나는 이웃집 노파를 불러 오게 했다. 부인을 끔찍이 생각하고 낮에는 먹을 것까지 가져다 준다는 노파였다. 나는 노파에게 월급을 후하게 줄 터이니 부인을 돌봐달라고 부탁했다. 노파는 얼씨구나 남아 부인을 돌봐주었다.

나는 밖으로 나왔다. 나는 내 주인을 만났다. 나는 사정을 이야기하고 가불을 좀 해달라고 부탁했다. 나는 주인을 마차에 태워 그 집으로 되돌아갔다. 가난이 몰고 온 죄 없는 희생자들의 비참한 운명을 직접 목격하도록.

마음이 여린 데다 동정심이 풍부했던 주인은 그 불쌍한 가족의 처참한 몰골을 보고는 자비심을 발동시켜 자신이 돌봐주겠다고 나섰다.

주인은 우선 병자를 위해서는 의사를, 갓난애를 위해서는 유모를 불렀다. 그리고 그날 밤 요며 이불이며 베개며, 병자에게 우선 급한 물건들을 다수 보내주었다.

주인은 내게 당분간 산아구스틴으로 돌아가지 말라고 했다. 다음날 주인은 내게 이층집을 하나 알아보라고 했다. 나는 열심히 찾아 나서 이내 병자와 그 가족을 새 집으로 옮겼다.

나는 주인에게서 받은 돈으로 아이들에게 옷을 사 입혔다. 그러고 나니 별 할 일이 없을 것 같아 병자에게 작별을 고했다. 병자는 내게 차고 넘치도록 축복을 빌어주었고 천천 만만으로 감사를 표했다.

병자는 내 이름이 무엇이며 어디 사는지를 집요하게 캐물었다. 나는 밝히기 싫었다. 쓸데없는 일이었으니까. 나는 병자에게 감사는 내 주인에게 표해야 할 거라고 했다. 도움을 주는 사람은 내 주인이다. 나는 이 일을 위해 주님께서 사용하시는 힘없는 도구에 불과하다.

병자는 완전히 감동하여 이렇게 말했다.

"하지만, 하지만 우리 가족을 위해 그분께서 선생님보다 더 많은 돈을 쓰시긴 했지만, 일은 선생님께서 먼저 시작하시지 않았습니까. 그랬을 거예요. 선생님께서 그분께 말씀드렸을 것이고, 그분을 모셔오셨기 때문에 우리 가족이 이런 은혜를 입은 것입니다. 그분 역시 정말 자비로우신 분입니다. 분명해요. 저와 제 아이들에게 베풀어주신 은혜를 어떻게 갚아야 할지, 아니 어떻게 감사드려야 할지도 모르겠습니다. 선생님은 그분보다 더하세요. 더 은혜로우시고 더 자상하시고. 매여 사시는 분이 그렇게나 대범하게 돈을 쓰시니, 게다가……"

"됐습니다, 부인, 됐어요. 몸이나 회복하세요, 지금 문제는 그거지요. 안녕히 계십시오. 다음 주일에 뵙겠습니다."

"다음 주일에 저와 애들을 보러 오시겠어요?"

"예, 부인. 올 겁니다."

나는 아이들에게 과일을 사주고 꼭 껴안아주고 헤어졌다. 그 순진한 아이들이 나를 아버지라고 부르는 바람에 가슴이 미어져 흐르는 눈물을 주체할 수 없었다. 철부지 아이들이었던지라 내 다리를 그 고사리 같은 두 손으로 꽉 안아주는 것으로 고마움을 표시했다. 아이들은 가지 말라고 울며 떼를 썼다. 고마움을 아는 아이들, 그 아이들과 헤어지기가 힘들었다. 그러나 어쩔 수 없이 나는 아이들을 주인과 펠라요 손에 맡기고 내 길을 갔다.

다음 주일날 나는 어김없이 왔다. 주인은 집에 없었다. 나는 말에서 내리자마자 병자와 아이들이 어떤지 보려고 달려갔다. 건강한 모습으로 말끔히 단장하고 응접실에서 아이들과 놀고 있던 부인을 보자 나는 기쁘기 한량없었다. 부인은 아이들과 노는 데 정신이 팔려 나를 보지 못했다. 내가 먼저 말을 걸었다.

"정말 기쁩니다, 부인, 정말 기뻐요."

부인은 고개를 들었다. 나를 알아보고는 벌떡 일어섰다. 뭐라 표현하기 어려운 흥분, 옷을 뚫고 나오는 기쁨으로 부인은 소리쳤다.

"안셀모, 안셀모. 빨리 와요. 와서 그렇게나 고대하던 것을 확인하세요. 빨리요, 빨리. 우리 은인, 우리 구세주가 오셨어요."

아이들이 나를 둘러쌌다. 아이들은 내 소매를 붙잡고 응접실로 끌어들였다. 그때 안셀모가 방에서 나왔다.

안셀모는 나를 보고는 깜짝 놀랐다. 내게서 눈을 뗄 줄 몰랐다. 자신이 한때 그렇게나 무시하고 도둑놈으로까지 내몰았던 바로 그 페드로임을 확인하고는, 감사를 표해야 할지 부끄러워 도망가버려야 할지, 말을 걸어야 할지 그만두어야 할지 망설이는 모양이었다. 놈은 나를 껴안으려 하다, 방으로 들어가버리려 하다, 어찌할 바를 모르고 있었다.

놈은 오랜 망설임 끝에 벌겋게 달아오른 얼굴에 억지 웃음을 지으며 떠듬거렸다.

"선생님…… 감사드립니……"

놈은 더 이상 말을 잇지 못하고 눈을 내리깔았다.

"선생님은 무슨! 그런 소리 집어치우게. 안셀모, 날 모르겠어? 옛 친구 페드로 사르미엔토를 기억 못 한단 말인가? 아니 오랫동안 사귀어 온 친구 앞에서 왜 그리 낯을 가리고 부끄러워하는가? 자, 얼굴 바로하게나. 눈물을 거둬. 자, 날 한번 봐, 자네 친굴세."

내 왼쪽 어깨에 이마를 기대고 내 말을 듣고 있던 안셀모는 내 말에 용기를 얻어 고개를 들어 부인을 돌아보고 이렇게 말했다.

"여보, 이제 알겠어? 우리에게 큰 친절을 베푸신 이 은인이 누구인지 말이야."

"아뇨. 유감스럽게도 어떤 분이신지 몰랐어요. 참으로 은혜로우신 분이라는 것밖에는. 우리 가족 모두가 죽지 않고 이만큼 살아 있는 것이 다 저분 덕이지요."

"여보, 알아둬요. 이분이 바로 페드로 사르미엔토 씨셔. 내 옛 친구지. 내 신세 많이 진 분이야. 아주 어려운 지경에 빠져 내게 도움을 요청해왔을 때, 나 정말 몹쓸 짓을 했었어."

안셀모는 이러면서 내 앞에 무릎을 꿇었다. 안셀모는 조심스럽게 내 발을 안으며 말했다.

"용서해주게나, 사랑하는 페드로. 나는 더럽고 야비한 놈일세. 반면에 자넨 신사고, 친구라는 명예로운 이름에 어울리는 유일한 친굴세. 오늘부터 자넬 아버지처럼 모시겠네. 내게 자유를 줬고 내 아내와 아이들을 보살펴주었으니 말일세. 내 잘못으로 거지가 됐던 것들을. 저 천진한 것들이야 무슨 죄가 있겠나. 나 혼자 감당해야지…… 우린 자네 종이네…… 자네를 섬기면서 살게 된다면 우린 정말 기쁘기……"

나는 안셀모를 일으켜 세워 꼭 껴안으며 대답했다.

"제발, 안셀모. 됐네, 됐어. 이걸로 충분해. 난 자네 친굴세. 자네만 변치 않는다면 영원한 친구로 남을 걸세. 자 진정하고, 다른 얘기나 하세. 애들을 달래주게. 자네가 우니까 애들까지 따라 울잖나. 자네 부인을 위로해주게나. 자네 때문에 걱정스러운 데다 놀라기까지 했으니 말일세. 난 양심의 명령에 따라 조금 손을 썼을 뿐일세. 내 힘닿는 선에서 자네 가족을 도운 것은 그 고약한 처지에 가슴이 아파서였다네. 게다가 자네 가족이란 사실을 알고는 친구로서의 도리를 다하지 않을 수 없었다네. 능력껏 도와줄 수밖에. 어쩐다저쩐다 해도 자네를 도우신 분은 주님이시라네. 주님께 감사드리고 지난 일은 잊어버리게. 자네 아이들을 생각해야지."

나는 그만 나오려 했다. 그러나 부인이 놓아주지 않았다. 점심을 들고 가라고. 나는 점심때까지 남았다.

우리 모두는 한자리에 둘러앉아 맛있는 점심을 먹었다. 점심을 먹으면서 펠라요와 내 주인이 내 부탁을 얼마나 착실하게 들어주었는지를 이야기해주었다. 두 양반은 병자와 가족을 도와주었을 뿐만 아니라 안셀모의 채권자들까지 찾아다녔다고 했다. 인정사정 못 봐주겠다며 버티던 사람들도 있었지만, 애원하고 달래고 해서 마침내 상황이 호전될 때까지 빚 청산을 연기해주기로 했단다. 게다가 안셀모로 하여금 가족을 부양할 수 있도록 주인은 안셀모가 자기 농장에서 일하도록 채용했다는 것이다. 안셀모는 부인이 완전히 회복되면 떠날 것이라고 했다.

이런 소식에 나는 뛸 듯이 기뻤다. 주님께서 나를 사용하셔서 이 불쌍한 가족에게 행복을 내리셨다는 생각에 나도 역시 축하해주었다. 우리는 서로 껴안는다, 눈물을 쏟는다, 다정스런 인사를 나눈다 하며 헤어졌다.

나는 주인과 펠라요에게도 그 행한 일에 대해 심심한 감사를 표했다. 나는 오후에 일자리로 돌아왔다. 나로 해서 그 불쌍한 가족이 행복을 되찾았다는 사실에 나는 얼마나 기뻤는지 모른다.

단 일주일 만에 처음 본 상황과 얼마나 달라져 있었던가! 나는 생각해보았다. 일주일 전만 해도 그 가족은 가난이라는 무덤에 파묻혀 있었다. 아비라는 사람은 게걸스러운 채권자들 손에 꼼짝없이 걸려 체면도 뭐도 없이 어두컴컴한 지하 감옥에서 재를 뒤집어쓰고 있었다. 어미는 그 누추한 골방에서 배고픔에 허덕이며 정신이 오락가락하던 상태였다. 아이들은 헐벗고 비쩍 말라 언제 죽을지 언제 나쁜 길로 빠질지 알 수 없는 상황이었다. 이제는 완전히 변했다. 안셀모는 자유를 되찾았고, 부인은 건강과 남편을 되찾았고, 아이들은 아비를 되찾았다. 모두가 한데 모여 큰 위로를 누리는 것이다. 이처럼 그 피조물을 사랑하시는 주님의 끝없는 섭리여, 영광 받으옵소서! 자상한 주인과 펠라요에게도 복이 내리기를! 가난이라는 잔혹한 발톱에서 그 불쌍한 가족을 건져낸 사람들! 그 가족을 이끌어 지금의 그 행복한 보금자리로 인도한 사람들! 피치 못할 죽음이 다가올 순간 주님께서는 그들의 선행을 기억하시어 복을 차고 넘치게 내려주소서! 가난한 사람을 돕기 위해 그들이 지불한 비용과 행한 발걸음을 주님의 생명 책에 지워지지 않는 먹물로 올려주옵소서! 자기 재산을 성스러운 사업에 취하여 좀이 슬지 않는 주머니에 갈무리하는 부자들에게 복이 있을지니! 이웃에게 선을 행할 줄 모르는 부자들은 이 감미로운 기쁨을 알지 못할지니! 선을 행할 때, 가난한 이웃을 도울 때, 어떻게 하든지 가련한 이들의 눈물을 닦아줄 때, 우리 영혼이 느끼는 행복은 말로 형용할 수 없으리라. 오로지 경험이 있는 사람은 알지니, 경험이 없는 사람을 위해 어떻게 그려낼 수 있으랴. 그저 그 윤곽이나마 대충 그려낼 수 있을까.

안 될 일이지. 막 선을 행하고 나서 우리 영혼이 느끼는 그 날아갈 듯 감미로운 행복감, 우리 모든 인생으로 하여, 영생이라는 상급을 기대하지 않아도, 선을 베풀도록 부추기는 강력한 자극제가 되어야 하리라. 나는 알지 못하노라, 어찌 그런 욕심쟁이들, 돈으로 가득한 돈궤를 붙들고 있는 그 잔혹한 인생들이 가난한 이웃이 죽어가는 꼴을 그리도 냉정하게 지켜보기만 하는지를. 굶주림과 병마로 인하여 누렇게 뜬 가난한 사람들의 얼굴을 그저 마른 눈으로 쳐다만 보는 부자놈들. 과부와 고아들의 신음 소리를 감미로운 음악인 양 듣고 있는 부자놈들. 고아들과 고통받는 자들이 흘리는 눈물로 손을 적셔도 그저 뻣뻣하게 손을 놀리는 부자놈들. 한마디로 말해, 그런 부자놈들의 심장과 오감은 철판을 깐 듯 단단하여 남의 고통으로는, 이웃의 불행으로는, 주께서 내리시는 그 순수한 감동으로는 도저히 뚫리지도 부드러워지지도 않는다.

물론 가짜 거지도 있고 동냥하기도 아까운 가난뱅이도 있기는 있다. 그러나 마땅히 도와주어야 할 사람도 부지기수다. 특히 올바르게 사는 사람들은 더욱더 도와주어야 한다. 부끄러워 말도 못 꺼내고 한숨뿐이요, 일부러 숨기면서까지 해서 고통당하는 그런 사람들 말이다. 이런 사람들은 애써 찾아 도와주어야 한다. 그럴진대 실상은 이런 사람들이야말로 전적으로 외면당하고 있는 것이다.

나는 이런 심각한 고민에 빠진 채 산아구스틴 데 라스쿠에바스에 도착했다.

나는 그 마을에서 올바르게 살도록 노력했다. 나는 도움을 요청해 오면 누구나 도와주었다. 그래서인지 마을에서 내 칭찬이 자자했다.

나는 선을 행하는 데 힘을 기울이는 한편 과거에 저질렀던 잘못에 대한 보상도 잊지 않았다. 나는 예전에 빚을 졌던 주인에게 빚을 갚았고 변호사 삼촌에게도 빚을 갚았다. 나는 안셀모의 형편이 풀린 것과 그 가족이 누리는 행복도 종종 찾아다니며 보았다. 안셀모가 일하던 농장 관리인 자리가 내게 넘어오게 되었던 것이다.

나는 또 예전에 내게 친절을 베풀었던 누더기 걸친 사람에게 빚을 갚기 위해 백방으로 수소문해보았으나 그 양반만은 찾을 수 없었다. 수소문 끝에 얻은 성과라고는 그 양반 이름이 타데오라는 것이었다.

내 돌아가신 어머니의 충실한 하녀였던 펠리파 할멈도, 언제 어느 곳에서인지는 몰라도 어쨌든 나를 도와주었던 다른 많은 사람들도 찾을 수 없었다. 이미 죽었다는 사람도 있었고, 행방이 묘연한 사람도 있었다. 하지만 나는 그 사람들을 찾기 위해 최선을 다했다.

나는 내 주인을 계속 모셨다. 그 쓸쓸한 마을에도 나를 도와주는 사람이 있었다. 나는 신실한 점원의 도움으로 만족한 삶을 누렸다. 그는 사람좋은 홀아비로, 듣자 하니 여학교에 다니는 열네 살 먹은 딸이 하나 있다 했다.

나는 그 착실한 양반에게 완전히 마음을 놓았다. 내게 너무나 필요한 사람이어서 꼭 붙잡아두고 있었다. 그 양반 이름은 일라리오였다. 그 양반을 보면 누더기 차림의 친구가 생각났다. 몇 번인가 이 양반이 그 양반이 아닌가 하고 착각할 정도였다. 확실하게 알아야겠기에 꼬치꼬치 캐묻기도 여러 번이었다. 그 양반 대답은 항상 아닌 듯 두루뭉실했다. 진짜 애간장이 녹을 지경이었다. 그러다 예기치 못한 상황이 발생하여 그 양반의 정체를 드디어 밝혀낼 수 있었다.

24. 우리 페리키요가 어느 염세가의 인생 역정, 그저 재미로만은 볼 수 없는 누더기 차림 친구의 인생 종착역에 대해 이야기하는 장

앞 장에서 말한 바처럼 내 밑의 점원은 성품이 좋고 맡은 임무를 정확히 해내는 사람이기는 했으나 어울리는 친구가 없었다. 내가 시내로 나가지 않는 주일이면, 나는 오후에는 상점 문을 닫고 우리는 각자의 총을 들고 마을 변두리를 누비며 기분 전환을 했다.

이렇게 우정으로 친절로 대하자 사람좋은 점원은 아주 만족해했다. 나는 점원에게 잘해주려고 노력했다. 그런 대우를 받을 자격이 충분한 양반이었다. 잘해줘서 손해 볼 것 없다. 그렇게 하면 주인으로서가 아니라 친구로서 내 일을 더 잘 봐줄 것이다. 그러려면 더 열심히 일하겠지 하는 것이 내 꿍꿍이속이었다. 내 판단은 틀리지 않았다. 누구라도 마찬가지일 것이다. 사랑과 깊은 믿음을 갖고, 정직한 사람이려니 하는 마음으로 아랫사람들을 잘 대해줄 줄 아는 사람은 올바른 판단을 내리게 마련이다.

우리가 토끼 사냥을 나갔던 어느 날 오후 재갈 풀린 말 한 마리가 허둥지둥 우리 쪽으로 달려왔다. 우리는 말을 붙잡아보려고 애를 써보았으나 보람이 없었다. 우리가 비켜서 있었기 망정이지 다가서기라도 했다면 우리가 차여 자빠져도 나 모르겠다 하는 태도였다.

말 위에 탄 사람의 몰골이 우리를 안쓰럽게 만들었다. 고삐를 아무리 당겨도 말은 아랑곳하지 않았다. 저 화난 눈먼 짐승 때문에 저 양반 곧 죽겠구나 하는 생각이 들었다. 말은 큰길에서 벗어나 오른쪽 샛길로 달려 나갔다. 멀지 않은 곳에 원주민 채마밭 돌 울타리가 있었다. 말은 울타리를 뛰어넘으려 했으나 실패였다. 말은 땅바닥으로 나가떨어지며 기수의 다리를 깔아뭉갰다.

어찌나 세게 깔아뭉갰는지 우리는 저 짐승 죽었구나 싶었다. 말을 타고 있던 사람도 죽었겠거니 했다. 둘 다 꼼짝하지 않았으니까.

그 처참한 광경에 안쓰러워 우리는 사내를 살펴보려고 달려갔다. 사내는 우리가 그쪽으로 달려가는 것을 보고는 힘겹게 몸을 반쯤 일으켜 세우더니 안장에서 총을 꺼내 총구를 우리 쪽으로 겨누었다. 사내는 화가 났다는 듯 찢어지는 소리로 외쳤다.

"인간 종자라는 더러운 원수놈들, 자, 와서 죽여라. 그래, 이 어거지로 끌고 다니는 숨통을 끊어다오. 뭐 하고 자빠졌냐, 이 악마들아! 왜 망설이느냐, 이 짐승들아! 이 짐승조차 이 더러운 목숨을 끝내주지 못하는구나. 어떤 짐승도 내게 손을 못 써. 너희 잔혹한 짐승놈들, 이제 너희 놈들에 달렸다. 자, 끝내, 어이!"

그 사내가 이런 욕질 저런 면박을 퍼붓고 있을 동안 나는 두려움 속에서도 관심을 가지고 찬찬히 그 사내를 살펴보았다. 정말이지 그 몰골은 무섭기도 했고 안쓰럽기도 했다. 시커멓게 변한 옷은 다 떨어져 허연 살이 군데군데 드러났다. 창백한 얼굴에는 마구 자란 수염이 덤불을 이루고 있었고, 푹 꺼진 두 눈은 고뇌와 함께 분노를 드러내고 있었고, 머리는 산발에다가, 목소리는 쉬어 있고, 표정은 일그러져 있었다. 드러나는 모습은 한결같이 그 사내가 지금 어떤 처지에 놓였으며 어떤 심정일지를 고스란히 드러내고 있었다.

점원이 말했다.

"갑시다. 저런 배은망덕한 놈은 그냥 내버려두죠. 괜히 저런 짐승 같은 놈을 도우려다 목숨까지 바칠 수야 없는 일이지요."

"아니오, 친구. 주님께서 우리의 선한 뜻을 헤아려 지켜주실 것이오. 저 불쌍한 사람은 당신 생각처럼 그렇게 배은망덕한 사람은 아니오. 우리 손에 총이 들려 있으니 아마 도적으로 여긴 모양이오. 어쩌면 정신이 혼미한 불쌍한 사람이거나, 혹은 넘어지는 바람에 큰 충격을 받아 지금 막 정신이 어떻게 된 건지도 모르지요. 그러나 어느 쪽이든 저대로 놔둘 수는 없는 일이오. 우리 인정과 믿음이 명하는 바에 따라 저 사람을 도와야 합니다. 자, 어서요."

우리는 이런 이야기를 주고받으며 안 보는 척, 그냥 물러나는 척했다. 그 동안 사내는 계속해서 듣다 처음 듣는 욕을 퍼붓고 있었다. 그러다 우리가 저랑 상관하지 않는다, 등을 돌렸다 싶자, 말을 일으켜 세우기 위해 말에 채찍질을 가하면서 발을 빼내려 안간힘을 썼다. 그러나 말이라는 놈은 꿈쩍도 안 했다. 사내는 이놈 맛 좀 봐라 하는지 말 대가리에 총알을 한 방 먹였다. 띵. 불발이었다.

사내는 총구멍을 살폈다. 화약이 없었다. 사내는 부랴부랴 화약을 채웠다. 우리는 이때다 싶어 사내에게 달려갔다. 점원은 사내의 팔을 붙잡고 총을 빼앗았다. 나는 말 꼬리를 잡아당겼다. 그렇게 해서 우리는 말 밑에 깔려 있던 가련한 사람을 끄집어낼 수 있었다. 사내는 도와줘서 고맙다는 인사말을 건네기는커녕 이전보다 더 심하게 꼬라지를 부리면서 우리에게 마구잡이로 대들었다. 사내가 퍼붓는 말이라는 것이 이랬다.

"헛수고했다, 이 빤빤하고 겁대가리 없는 도둑놈들. 생기는 게 있을 줄 아느냐. 말이나 이 누더기라도 원한다면, 자, 먹고 떨어져라. 그리고 내 말 듣고 날 죽여. 그래주면 원도 없겠다."

내가 나섰다.

"우리는 도둑이 아니올시다, 신사 양반. 우린 점잖은 사람들이오. 이 근처를 지나다 선생이 곤란한 지경에 빠진 것을 보게 된 거요. 인정과 믿음에 따라 선생을 도울까 달려온 거요. 우리가 보여준 진심에서 우러나온 우정을 보셨으니 욕질로 갚지는 마시오."

사내는 벌떡 일어서며 외쳤다.

"야만인! 야만인 놈들! 그런 사악한 입술로 명예니 우정이니 믿음이니 하는 성스러운 이름을 놀리다니 정말 뻔뻔한 놈들이로고! 짐승 같은 놈들! 주님의 원수, 사람들의 원수인 네놈들의 불경한 입으로는 감당할 수 없는 이름을."

점원도 한마디 했다.

"주인 어른 말씀처럼, 저 친구 저거 완전히 맛이 갔구먼."

그러자 누더기는 점원을 향해 쏘아붙였다.

"아니다, 나 미치지 않았다, 이 더러운 놈아. 나는 네놈들과 같은 정신을 갖지 않기를 얼마나 주님께 간구했는지 모른다."

점원은 놀라 물었다.

"우리들?"

"그렇다, 이 짐승놈아. 네놈들이나 네놈과 같은 놈들 말이다."

"그래, 우리가 어땠다고?"

"네놈들이 어떠냐고? 불신자 놈들, 악당놈들, 도적놈들, 배은망덕한 놈들, 거짓말쟁이들, 불한당놈들, 나쁜 놈들, 세상을 사는 악당들이 다 네놈들이다. 나 네놈들에 대해 속속들이 알고 있다, 이 야비한 놈들아. 네놈들 인생들은 내가 말한 그 범주에서 도저히 벗어날 수 없다. 왜냐, 인생들은 다 그 모양이니까. 그렇지, 이 더러운 놈들, 그렇고말고. 난 네놈들을 잘 알아, 이 혐오스럽고 구역질 나는 놈들아. 물러가든지 날 죽이든지 해라. 네놈들을 쳐다보고 있으니 차라리 죽는 게 낫겠다. 그래도 내가 미치지 않았다는 점은 확실히 알아둬라. 네놈들 인생들을 보고 있자면, 그 사탄 악마 같은 속셈, 그 더러운 행실, 그 의뭉스러움, 그 사악함, 나를 고통스럽게 했던 그 모든 악행이 기억나기 때문이다. 꺼져, 꺼지란 말이다."

나는 그 가엾은 사내에게 화가 나기는커녕 진심으로 동정을 느꼈다. 나는 알 수 있었다. 사내는 미치지 않았다. 그러나 이제 곧 미칠 것이다. 나는 사내가 퍼붓는 말로 그가 착한 사람임을, 능력이 많은 사람임을 알 수 있었다. 비록 사내가 인간 종자를 미워하기는 해도, 사내의 그 무서운 염세주의는 사내의 마음이 삐뚤어져서 그런 것이 아니라 사내의 영혼을 휘어잡는 그 원한 때문이었다. 이 세상을 살고 있는 어느 독살스러운 악당들로부터 호되게 당한 일을 잊지 못해 그러는 것 같았다.

나는 이런 생각을 하는 한편, 미친 사람의 말을 되받아쳐서는 옳게 달랠 수 없으리라는 생각도 들었다. 아무리 어처구니없는 말일지라도 맞장구를 쳐주어야 하는 것이다. 그래서 나는 이거다 싶어 점원에게 일러주었다.

"저 양반 말이 옳소. 우리 인생이야 전반적으로 사악하고 혐오스럽고 악랄하지요. 일라리오 씨, 요 며칠 전에 내가 그러지 않았소. 당신은 내 말이 틀렸다고 했고. 주님 덕분에 나와 똑같은 생각을 가진 사람을 만나보게 되었습니다그려."

염세가가 떠들었다.

"그게 바로 내 경험이 말해주는 바다. 바로 네놈들이 내게 해코지를 한 거란 말이다."

나는 누더기 양반을 떠보았다.

"해코지당한 것을 기억해볼라치면, 우리에게 해를 입힌 놈들을 미워할라치면, 나보다 더 놈들을 미워할 사람 있으면 나와보라 하시오. 나보다 더 심하게 당한 놈은 없을 거요."

염세가가 대꾸했다.

"천만의 말씀. 당신이 쳐다보고 있는 이 불쌍한 인생보다 그 나쁜 놈들로부터 잔혹한 꼴을 더 당한 사람은 없어. 내 어떻게 살아왔는지 들려줄 수만 있다면!"

"내 살아온 내력을 들어보시면 그 죽어 마땅한 놈들을 더 증오하게 될 것인데. 이 태양 아래 나보다 더 고생한 사람이 없음을 인정하게 될 게요."

"그럼 좋소. 왜 놈들을 그렇게나 증오하고 놈들에게 불만이 많은지 어디 한번 들어봅시다. 나도 내 얘길 들려드리리다. 그래 우리 둘 중 누가 더 놈들을 증오해야 마땅한지 겨뤄봅시다."

내가 노렸던 것이 바로 이것이었다. 나는 사내에게 제안했다.

"제안을 받아들이겠소이다. 그러나 그러자면 집으로 가야 할 일. 우리집에 계시면서 서로 겨뤄봅시다."

"반가운 소리요, 갑시다."

사내는 한 발을 막 떼는 순간 바닥으로 넘어지고 말았다. 한쪽 다리가 영 못쓰게 되었던 것이다. 점원과 나는 사내를 일으켜 세웠다. 우리는 사내를 가운데 끼운 채 어깨동무를 하여 집으로 데려왔다.

우리가 마을로 들어섰을 때, 우리 꼴이 참 볼 만했을 것이다. 시커먼 누더기를 걸친 사람이 점원과 나 사이에 달랑달랑 매달려 있지, 각자 총을 한 자루씩 어깨에 걸치고 있지, 넘어지는 통에 발이 부러진 말 한 마리가 절룩거리며 뒤를 따라오지.

이런 꼴이 소문거리에 굶주려 있던 마을 사람들의 호기심을 잔뜩 끌었다. 그래서 무슨 축제라도 열린 듯 사람들이 무더기로 몰려들었다. 순식간에 우리는 사람들에 둘러싸였다.

많은 사람들이 몰려들자 염세가는 불편해했다. 그런데 구경꾼 중 하나가 이렇게 소리치는 것이 아닌가.

"저놈 도둑놈들 우두머리가 분명해. 우리 나리들께서 잡으셨네. 참 안됐다, 감옥행이네."

그러자 사내는 눈에 불을 켜고 내게 대들었다.

"인간 종자라는 것들이 어떤 것들인지 보셨지요? 얼마나 쉽게 자기 이웃에 대해 험담을 늘어놓는지 보셨지요? 날 보자마자 도둑놈 취급이오. 왜 병자나 다친 사람으로는 볼 수 없는 거요? 당신들이 날 돕는다는 생각은 왜 못 하고, 도움을 베푸는 것을 벌을 내리고 죄를 갚는 것으로 보는 거지요? 아아, 사악한 인간 종자들이여!"

"촌놈들 얘기에 신경 쓰실 것 없소. 머리만 큰 바위지 속은 텅텅 빈 놈들이오. 마을 놈들은 하나같이 멍청한 놈들뿐이오. 생각도 없는 놈들이지요. 기껏 생각한다는 것이 몹쓸 짓거리뿐이니. 판단력이 없다 보니 눈앞에 있는 것이라면 무엇이든 그저 보이는 대로 생각한단 말입니다. 신중하게 생각하지 못하고 그저 되는 대로 떠드는 것이니 대부분 헛소리뿐이지요. 무식하고 생각 없기는 미친놈과 진배없으니, 미친놈 흰소리에 화를 낼 수는 없는 일이지 않습니까. 무슨 말을 하는지도 모르는 놈들이니, 촌놈들이야 욕을 하든 험담을 하든 신경 끕시다. 미친놈이다 보니 자기가 무슨 생각을 하는지, 뭐라고 떠드는지 모른단 말입니다."

그렇게 우리는 집에 도착했다. 나는 말 안장을 벗기고 즉시 최선을 다해 치료하도록 조치를 취했다. 수의사들이 몰려와 말을 살펴보고 치료했다. 나는 말을 마구간 한쪽에 격리시켜 씻겨주고 옥수수와 보리도 넉넉하게 주라고 일렀다. 그리고 하인 하나를 지명하여 단단히 지켜보라고 다짐을 주었다. 이 모든 일은 염세가가 지켜보는 가운데 이루어졌다. 내가 자기 짐승을 그렇게나 자상하게 살펴주자 사내는 감격하여 이렇게 말했다.

"참으로 말들을 아끼십니다그려."

"사람들에게는 더합니다."

"어찌 그럴 수 있소. 사람들을 미워한다고 내게 다짐한 지 채 20분도 안 되지 않았소?"

"그렇소이다. 나쁜 사람들이야 미워하지요. 아니 더 정확하게 표현하자면 사람들의 악행을 미워하는 거지요. 그러나 당신같이 선한 사람들은 끔찍이도 사랑한답니다. 내 할 수 있는 한 도와주려 하고 있어요. 불쌍한 사람들은 더하지요. 그 사람들을 더 사랑하고 그 사람들이 일어서는 일에 많은 관심을 가지고 있지요."

내가 열심히 늘어놓은 말을 듣고는 사내의 얼굴 표정이 어느 정도 안도하는 빛으로 변했다. 나는 사내가 더 이상 따질 겨를을 주지 않고 집 안으로 끌어들였다. 우리는 초콜릿과 단물과 맹물을 마셨다.

사내는 입맛을 다시면서 내 삶이 어땠는지를 물어왔다. 나는 먼저 이야기해보라고 했다. 사내는 예절을 차리느라 몇 번 사양하고 나서 내 기분을 맞춰주기로 마음을 먹었다. 이때 하인이 들어와 누군가가 일라리오를 찾는다고 전했다. 일라리오는 밖으로 나갔다. 그러자 사내는 입을 열었다.

"간단하게 말씀드리기에는 너무나 사연이 많은 이야기입니다. 그러나 이것만은 알아두십시오. 나는 사람들로부터 어떤 은혜도 입은 적이 없습니다. 내가 사귄 사람들은 하나같이 내게 골탕만 먹여댔습니다.

우리 인생은 먼저 부모로부터 도움을 받아야만 합니다. 우리는 부모의 도움을 당연히 누려야 합니다. 부모의 사랑은 당연하고도 꼭 필요한 것입니다. 그러나 나는 정말 불쌍한 놈입니다. 내 기억으로는 남들처럼 아버지의 사랑을 받아본 적이 없어요. 나는 내 그 빌어먹을 아버지가 누군지를 모릅니다. 내 그 몹쓸 어머니가 어떤 사람이었는지조차 알지 못합니다. 내가 이런 심한 표현을 사용한다고 해서 놀라지 마십시오. 다 그럴 만한 사연이 있단 말이지요."

이때 점원이 환하게 웃으면서 들어왔다. 나는 점원이 왜 저리 좋아하는지 알고 싶은 마음이 굴뚝 같았지만 점원은 대답해주지 않았다. 먼저 염세가의 이야기를 끝까지 듣자는 거였다. 그 다음에 기쁜 소식을 들려주겠다며.

두 가지 관심사로 내 궁금증은 커져만 갔다. 첫째, 염세가의 인생 역정을 알아보는 것. 둘째, 점원이 좋아하는 이유를 밝혀내는 것. 그러나 점원이 염세가의 이야기를 먼저 듣자고 우기는 바람에 나는 염세가에게 이야기를 계속해주기를 청했다. 염세가는 이런 식으로 이야기를 풀어나갔다.

"선생, 내 말씀드렸지요. 나는 사람들을 미워할 충분한 이유가 있단 말이오. 그 중에서 내 부모를 누구보다도 미워한답니다. 내 부모는 나를 사랑하기는커녕 나 몰라라 했던 것이란 말이오! 내 아버지는 발티마레 후작이었소. 작위로도 부자로도 이름을 날린 사람이었지요. 이 치사한 양반이 포르투갈 태생 클리스테르나 카모엥스라는 여자하고 나를 낳았소. 여자의 부모는 귀족이었지만 가난했답니다. 그래도 착실했던 모양이었소. 빌어먹을 후작은 육신의 정욕을 채우기 위해 클리스테르나를 구슬렸지요. 이 여자도 후작과 결혼할 수 있으리라는 기대로 정신이 빠져 그 꼬임에 넘어갔지요. 자기 처지로서는 귀족에 부자인 사람과 결혼하기가 쉽지 않은 일이었거든. 부자가 가난뱅이들과 결혼하기가 어디 그리 쉬운 일은 아니잖소. 특히 귀족 나부랭이라면 더하지요. 대개 부자들은 끼리끼리 혼인을 맺지요. 그래봐야 다 얼굴 뜨거운 계약일 뿐이지만. 얼마나 돈이 많으냐에 따라 움직이고, 지참금은 얼마나 낼 수 있느냐에 따라 오가는 것이지요. 혼인 당사자의 생각과 자질을 따지기 전에 우선 재산부터 따진단 말이지요. 혼인 당사자들의 사랑에 의해서가 아니라 이익에 맞추어 성사된 부부 사이에 이혼 소송이 그렇게나 빈번한 것도 다 이 따위로 혼인을 하기 때문이오. 후작은 클리스테르나를 사랑했으되 혼인이 요구하는 숭고한 의무 따위는 아예 없었소. 그저 육신의 정욕만을 만족시키려 했지. 일을 치르고 나니 여자가 임신했다고 했지요. 후작은 방법을 강구했소. 거 사내들이 계집을 차버리기 위해 쉽게 갖다 대는 그런 트집 말이오. 후작은 여자를 떨쳐내버리고 뱃속에 든 아이도 인정하지 않았소. 그런 짐승 같은 작자를 어찌 사랑할 수 있으며 아버지라는 숭고한 이름으로 부를 수 있단 말이오? 클리스테르나라는 여자도 불러오는 배를 감추기 위해 무진 애를 썼소. 입덧도 참아내야 했지, 은밀한 속에 걸린 병도 고쳐야 했지. 의사 한 놈과 연애 다리를 놓아준 하녀의 도움을 받아야 했지요. 유산을 시키기 위해 배에 충격도 많이 줬던 모양입디다. 그러나 하늘이 그 못된 기도를 허락해주실 리 없었지요. 나는 정한 때를 타서 세상 빛을 보게 되었습니다. 순산이었습니다. 클리스테르나도 별로 고통이 없었지요. 그 여자는 나를 낳음과 동시에 불장난이 발각될 위험으로부터도 벗어나게 되었지요. 그 여자는 이내 나를 누더기에 싸서, 훌륭한 부모의 자식으로 아직 세례를 받지 않았다는 내용의 꼬리표를 붙여, 죽이 맞아 돌아가던 하녀더러 집 밖에 내다버리라고 했답니다. 그런 염병할 여자에게 어머니라는 이름이 가당키나 합니까? 그런 여자에게 내가 사랑을 주고 감사해야 합니까? 아아, 냉혹한 여자여! 짐승만도 못한 잔인한 여자여, 하늘 무서운 줄 모르느냐. 어거지로 나를 낳아놓고는, 그래, 낳자마자 집 밖으로 내쳤단 말이냐! 어머니가 된 것이 그렇게 창피하더냐. 애를 낳았다고 철면피가 된 것이냐. 내가 존경해주리, 몸을 팔아 나를 뱄다고? 나를 낳았으니 얼씨구나 하랴? 젖으로 나를 키웠으니? 어림 반 푼도 없다! 못난 여자여, 내 네게 감사할 게 무어냐? 삶이 고달플수록 원망만 쌓여가느니. 독사발로 나를 이내 죽이지, 내 얼마나 원망하는 줄 아느냐…… 이 짐승만도 못한 여자 얘기는 그만둡시다. 세상에 쌔고쌨으니까.

주인년 무색하게 잔인하고 심술 사나웠던 하녀라는 년은 밤 10시쯤인가 나를 데리고 나가자마자 눈에 띄는 첫번째 집 현관에 나를 버렸답니다.

그야말로 얼어 죽었거나 굶주린 개들 밥이 되기 딱 알맞았죠. 젖은 빨고 싶지 날씨는 우라지게 춥지 나는 당연히 울어젖혔지요. 악다구니로 울어젖히는 통에 집 사람들이 잠에서 깼습니다. 소리만 듣고는 갓난애임을 알았던가 봅니다. 자리에서 일어나 문을 열어보고 나를 발견하고는 안쓰러운 마음에 나를 집으로 들였습니다. 아버지(나는 평생 이 사람을 아버지라고 부르고 있습니다)는 내게 수없이 입을 맞추고는 어머니의 품에 안겨주었습니다. 그리고는 유모를 찾아 이내 달려갔습니다.

아버지는 수소문 끝에 유모를 구해서는 들뜬 마음으로 돌아왔습니다. 다음날 세례식을 가졌습니다. 나를 양자로 입양한 사람들이 내 대부모가 되었습니다. 아주 가난한 사람들이었습니다. 그래도 가문도 좋았고, 인정도 많았고, 믿음도 깊은 사람들이었습니다.

양부모는 부끄러움을 무릅쓰고 빚을 낸다, 이자 돈을 쓴다, 없는 중에서 세간을 판다, 저당 잡힌다 하여 겨우겨우 먹이고, 가르치고, 학교에도 보내고 하여 사람 꼴로 만들어갔습니다. 그후 괜찮은 월급이 나오는 직장을 구할 수 있게 되었을 때 나는 아주 행복했습니다. 양부모를 봉양하고, 행복하게도 해드리고, 병 수발도 하고 하여 두 양부모의 눈을 차례차례 감겨드렸습니다. 친아들과 같은 사랑으로 말입니다.

내가 지금 얘기한 내용, 즉 잔인한 후작과 냉혹한 클리스테르나에 대한 얘기는 모두 양부모가 해준 겁니다. 어느 정도 시간이 흐른 후에 그 하녀의 입을 통해 듣게 되었다더군요. 클리스테르나가 그렇게 철석같이 믿고 있던 그 하녀 말입니다. 양부모는 얘기를 들려주며 나를 꼭 껴안아주었습니다. 그러나 내가 담담해하자 아주 좋아들 하셨습니다. 양부모는 내가 기분이 나쁘기라도 할 때면 안절부절못하고 내 기분을 풀어주려고 갖은 애를 썼습니다. 병이라도 나면 지극 정성을 아끼지 않았습니다. 그 이후로도 양부모는 나를 아들이라고 다정하게 불렀습니다. 나 역시 친부모로 모실 수밖에 없었습니다. 나는 친부모 이상으로 양부모를 사랑했습니다. 아아, 아버지 어머니! 제게 그럴 자격이 없었나요? 양부모는 주님께서 내 친부모에게 맡긴 의무를 사랑으로 대신 졌습니다. 양아버지는 발티마레 후작이 했음직한 것보다 몇 배나 되는 사랑을 베풀었습니다. 그 후작이라는 사람, 야비한 사람이었지요. 후작이 가당키나 합니까. 사람 구실이나 제대로 했겠습니까. 양어머니는 클리스테르나 역을 단단하게 해냈습니다. 클리스테르나는 여자, 아주 못된 여자죠. 나는 이 여자를 한 번이라도 어머니라고 다정다감하게 불러볼 생각은 전혀 없습니다.

그 자상했던 양부모가 죽어 의지가지없게 되자 나는 깨닫게 되었습니다. 내 진정 그들을 사랑했었구나, 정말 큰 사랑을 내게 베풀었구나, 그들의 사랑으로 해서 나도 그들을 사랑하게 됐던 것이로구나. 양부모가 죽고 나서, 나는 두번 다시 그처럼 자애로운 사람, 그처럼 죄 모르는 사람, 그처럼 자비심이 넘치는 사람, 그처럼 사랑받아 마땅한 사람을 보지 못했습니다. 내가 겪어본 놈들은 하나같이 배은망덕하고, 혐오스럽고, 간악한 놈들이었습니다. 한 여자를 만나기까지 말입니다. 나는 그 여자에게 맥없이 빠져들어 내 모든 정을 쏟아부었습니다. 내 전부를 바쳤단 말입니다.

겁나게 예쁜 아가씨였습니다. 부잣집 딸이었죠. 나는 그 아가씨와 약혼식을 올릴 수 있었습니다. 마누라는 수천 번도 넘게 다짐했습니다. 내게 모든 걸 바치겠노라, 큰 도움이 되겠노라. 마누라는 또 수만 번 다짐했습니다. 나를 사랑하노라, 자기 마음은 영원히 변치 않으리라. 그러나 마누라는 첫날밤에 수녀원에 들어가버리고 말았습니다. 마누라는 내게 바쳤던 자기 영혼을 주님께 바치겠다고 거짓 맹세를 했습니다. 마누라는 온갖 욕설로 도배질을 한 편지를 보내왔습니다. 마누라를 사랑하는 나로서는 영문을 모를 일이었습니다. 마누라는 나와는 전혀 상관없는 죄를 내가 저질렀다며 자기 아버지에게 매달렸습니다. 고발해야 한다고. 그래서 내 힘에 겨운 철천지원수가 나를 고발했습니다. 마누라는 나를 배반하고 거짓 증언을 한 것으로 만족하지 않고, 나를 골탕 먹이기 위해 수단 방법을 가리지 않겠노라고 맹세했답니다. 나를 골탕 먹인 놈들 중에 타데오라는 놈이 있었는데, 마누라 동생놈이었습니다. 둘도 없는 친구라고 했던 놈이었지요. 처남 매부지간이 되면 더 이상 원이 없겠다고 나를 꼬셨던 놈이었습니다. 아 몹쓸 놈들!"

염세가가 살아온 내력을 풀어 나가는 동안, 나는 점원이 뚫어지게 염세가를 살피고 있음을 알아차렸다. 염세가의 이야기가 엇나간 사랑타령으로 접어들자 점원의 낯빛은 시시각각 붉으락푸르락이었다. 드디어 끝내 참을 수 없었던지 점원이 말허리를 자르고 나왔다.

"실례하오, 선생. 선생이 불만을 터뜨리는 그 여자 이름이 뭡니까?"

"이사벨이오."

"그럼 선생은?"

"나는 하코보라고 합니다, 선생."

이때 점원은 자리에서 벌떡 일어나 염세가를 껴안고는 정이 뚝뚝 듣는 소리로,

"우리 착한 하코보, 박복한 친구 같으니. 내가 자네 친구 타데오일세. 불쌍한 이사벨, 자네 약혼녀 동생이란 말일세. 날 원망해서도, 누님을 원망해서도 안 되네. 누님은 죽을 때까지 자넬 사랑했다네. 아니지, 자넬 사랑했기에 죽었다고 해야겠지. 자네에게 누님의 죽음을 알리려고 백방으로 수소문해보았다네. 누님이 어떻게 끝까지 정절을 지키면서 살아왔는지를 말일세. 내 아무리 애를 써봤으나 자네 소식을 들을 수 없었다네.

자네가 괴로웠던 만큼 나나 내 누님도 괴롭기는 마찬가지였다네. 다 내 아버지의 욕심 때문이었네. 아버지는 내 형 다미안에게 장자 상속권을 보장해주기 위해 이사벨의 결혼을 반대했던 거야. 또 다른 형제 안토니오는 수도사로까지 집어넣어버렸지. 나는 불쌍한 어머니를 모시고 죽을 고생이었네. 이제 좀 편히 쉬시려나. 그러니 그 가엾은 이사벨 누님에게도, 또 자네 충성스런 친구인 내게도 악감을 품지 말게나. 주님의 섭리로 인하여 이 기적 같은 만남이 이루어진 것 같군. 이제 자네 하기에 따라 보상도 받고, 위로도 얻고, 오해도 풀도록 말일세."

점원의 말에 나나 염세가는 어리벙벙했다. 나는 그 옛날 누더기 차림의 친구가 들려준 이야기가 생각났다. 지금 듣자 하니 점원의 이름도 일라리오가 아니라 타데오라지 않는가. 나는 자칭 일라리오라는 사람이 들려줬던 이야기와 자칭 타데오라는 사람이 들려주는 이야기를 곰곰이 저울질해보고 입을 열었다.

"일라리오 씨, 아니 타데오 씨, 이름이야 어떻든, 어디 살아온 내력을 얘기해보시지요. 왜 솔직하게 잘하시지 않습니까. 언젠가 도둑으로 몰린 적이 있지 않습니까? 변두리 판잣집에 사신 적이 있지요? 말씀하신 여자 아이 외에 다른 자식들도 있었죠, 아니 있지요? 좋습니다, 일라리오가 맞습니까, 타데오가 맞습니까?"

"주인님, 나는 도둑으로도 몰려봤고, 판잣집에서도 살아봤고, 로살리아 외에 아이 둘이 더 있습니다. 죽었지요. 사실 나는 타데오입니다. 일라리오가 아닙니다."

"그래, 어떻게 누명을 썼는지 말해보시지요."

"어느 날 오후 나는 곽토르 근처 어느 집 현관에 앉아 있었습니다. 아주 더러운 누더기를 걸치고 말입니다. 그런데 군인들과 지나가던 꼬마 녀석 하나가 나를 가리키며 망토를 팔아오라고 시켰다고 하는 것이었습니다. 훔친 망토로, 책 몇 권과 가발 또 뭐라든가 하는 것과 한꺼번에 도둑맞은 것이라 하더군요. 군인들은 나를 판사 앞으로 끌고 갔습니다. 다행히 판사는 나나 내 가족을 잘 알고 있던 사람이었습니다. 판사는 내가 어떤 사람인지, 내가 왜 불행을 겪는지를 알고 있었습니다. 판사는 내가 무죄임을 확신하고 있었죠. 판사는 내게 다짐했습니다. 언제라도 나를 중상모략한 자를 데려오면 진실을 밝혀주겠다고 말입니다. 하지만 그럴 수는 없었습니다. 군인들이 이미 그자를 풀어주고 말았던 것입니다. 그래도 나는 풀려날 수 있었습니다."

"그래서 그후 어떻게 되었습니까? 타데오 씨. 당신을 중상모략한 자를 다시 만나보았습니까? 그자가 누구인지 아십니까? 그래, 그자를 만나 어떻게 복수라도 했습니까? 당신을 감옥에 처넣은 놈이니 당연했겠지요?"

"아닙니다, 주인님. 바로 그날 내 집 앞을 지나가는 놈을 보고는 집

안으로 들였습니다. 나는 그자가 그래도 마음은 착한 사람임을 알아내고는 그날 밤 내 집에서 재웠습니다. 내 어머니가 그자 터진 머리도 치료해주었고요. 다음날 맘 편하게 보내주었습니다."

"당신을 중상모략한 그 망나니 이름이 뭐랍디까?"

타데오 씨는 알지도 못했고 물어보기도 원치 않았다고 했다. 그래서 나는, 글쎄 어떻게 표현해야 좋을지 모르겠지만 하여튼, 큰 기쁨으로 타데오 씨를 얼싸안았다. 염세가는 친구의 호의에 감격한 데다, 나도 무슨 착한 일이라도 한 양 우리 두 사람을 얼싸안았다. 우리는 한무더기를 이루어 사랑과 우정을 나누었다. 우리는 서로를 힘껏 껴안았다. 우리의 서로에 대한 고마움과 화해와 우정은 눈물로 드러났고, 한없이 깊은 침묵은 우리 영혼의 고상한 열정을 웅변으로 보여주고 있었다.

내가 남보다 먼저 이 야릇한 흥분의 도가니를 깨뜨렸다. 나는 타데오 씨에게 말했다.

"납니다, 나란 말이오. 오, 고귀한 친구여. 바로 내가 왕년에 몹쓸 길을 걸을 때 당신과는 전혀 상관없는 일로 당신을 도둑으로 몰았던 바로 그 장본인이란 말입니다. 당신의 그 끝 모를 은혜를 입은 놈입니다. 나는 당신이 어떤 불행을 겪었는지 압니다. 게다가 지금까지도 나를 도와주고 계시니. 나는 오로지 영광스러울 뿐입니다. 오늘서부터 나를 친구로 삼아주시기를 바라 마지않습니다."

내 이 진심에서 우러나온 고백은 내가 그 어느 면으로 보나 착한 사람이라는 확신을 두 사람으로 하여 더욱 굳게 했다. 그래서 우리는 차분하게 우리 살아온 내력을 서로 털어놓았다. 우리는 서로 우정을 다짐하고 영원히 변치 말 것을 맹세했다.

완전히 딴사람으로 돌아온 염세가는 이렇게 말했다.

"그렇습니다, 여러분. 내 말에게 정말 고마워해야겠습니다. 전혀 생각하지도 못했던 마을로 나를 이끌고 왔으니 말입니다. 내게 무슨 할 말이 있겠습니까? 이와 같은 천우신조는 하늘과, 주님의 섭리와, 사랑의 주님께 감사할 일이지요. 우리 못난 인생들이 우연이라고 부르는 것도 실상 주님께서 태초 이전부터 마련하신 계획인 것이지요. 내 말이 미쳐 날뛸 때 마침 여러분께서 보셨고, 또 저를 이 집으로 데려오기 위해 무던히도 애를 쓰셨지요. 이곳에 와서 보니 정말 뜻밖으로 불행 끝 행복 시작입니다. 비록 늦긴 했어도, 내 약혼녀와 내 친구 타데오가 끝까지 나를 배신하지 않았다니 이제 행복에 겹습니다. 몇몇 사람이 은혜를 저버린다고 해서 인류 전체를 증오한다는 것은 미친 짓이라는 사실을 이제 깨닫게 되었습니다. 비록 못돼 처먹은 사람들이 많다고는 해도, 어느 모로 뜯어보아도 칭찬 들어 마땅하고, 감사히 여겨 당연하고, 착하고, 올바르고, 정이 넘치고, 덕스러운 선한 사람들도 없지는 않군요. 악인이 많을수록 의인을 바르게 대해야 하는 것이지요. 이제 나도 의인을 만났습니다. 그러니, 내가 한때 어쩔 수 없이 좀 모자란 생각을 했었으나 부디 용서해주시기 바랍니다."

"잊어버리게나. 내 과거에도 그랬고, 지금도 그렇고, 앞으로도 그럴 것인데, 내 살아 숨쉬는 동안 자네 친구로 남겠네. 자네 착한 성미와 단순함, 자네 감정과 품성을 볼 때, 사람이란 모름지기 이성이 가르치는 바에 따라 맡은 바 의무를 다해야 한다고 생각했던 거겠지. 그러나 현실이 그러하질 않으니 극단적인 잘못으로 빠진 것이지. 이 세상에 의인이란 없다, 그게 아니라도 정말 찾아보기 힘들다. 그렇게 잘못 생각하다 보니 사람을 미워하게 된 것도 무리는 아니지. 그러나 이제 자네 생각과 같지 않다는 사실을 알았겠지. 물론 나나 이사벨이 자네를 배반했다고 생각하기는 쉬웠을 걸세. 이사벨은 자네를 사랑했기에 죽어간 것이지만. 나도 자네를 찾아 내 우정을 확신시키기 위해 무진 애를 썼던 것이지만.

　나 역시 그렇게 생각했었다네. 한번 악에 물든 사람은 결코 그 버릇을 버리지 못할 거라고 말일세. 나는 이렇게 생각했었지. 일단 나쁜 버릇이 들면 이성을 되찾는다거나 올바른 길로 돌아서기가 지극히 힘들 것이라고 말일세. 나 오늘 기분이 만점일세. 내 주인님이자 내 친구인 페드로 씨가 내 망상을 깨뜨려주셨어. 내가 지금껏 모셔오면서 본 바로는 우리 주인님은……"

　"타데오 씨, 제발 그만두시지요. 내 못난 과거를 들추어 얼굴 붉히기도 싫고, 마땅히 해야 할 일을 했다고 해서 칭찬을 듣기도 쑥스럽습니다. 제발 주인이란 생각은 마시고 그저 친구로 대해주십시오. 친구라는 말이 더 듣기 좋습니다. 난 당신이 누군지도 모르고 채용했습니다. 그 동안 도와주신 것에 대해 뭐라 감사를 표해야 할지 모르겠습니다. 그 동안 모든 게 즐거웠습니다. 또 이렇게 마지막까지 기쁘기 그지없으니, 반갑게 만나게도 되었고 하코보 씨도 다시 행복을 찾게 되었으니 말입니다."

　"마지막 기쁨이 아닙니다. 두 분 모두 흡족해하실 일이 아직 남았습니다. 지금 막 받은 편지인데 한번 들어보십시오. 이런 내용입니다. '타데오 마욜리 씨 귀하. 10월 10일, 멕시코. (중간 생략) 친애하는 마욜리 씨 보십시오. 귀하의 형님 다미안 씨가 돌아가셨습니다. 다미안 씨는 유산 상속인을 두지 못하셨기 때문에 귀하에게 장자 상속권이 주어지게 되었습니다. 대법원은 귀하를 합법적 유산 상속인으로 선언했습니다. 축하드리는 바입니다. 가능한 한 신속히 멕시코로 오셔서 형님의 유언장을 확인하시고 유산을 상속받으시기 바랍니다. 상급 법원의 명령은 제 사무실에서 집행되도록 결정되었습니다. 이번 기회로 귀하의 절친한 친구로서 또 신실한 봉사자로서 업무를 수행하게 되어 기쁩니다. 그럼

이만 총총. 페르민 구티에레스 올림.'

이 양반은 유언장을 위임받은 서기입니다. 이 편지 내용에 따라 가능한 한 빨리 멕시코로 가야 할 것 같습니다. 친구며, 주인이며, 은인인 페드로 씨, 그 동안 잘해주신 것에 대해 감사드립니다. 집에서도 잘 대해주셨지요. 그 동안 무슨 도움이 되었는지 모르겠으나 어떤 처지에 계시더라도 부디 저를 잊지 말아주십시오. 나는 주인님의 친구이며 또 영원한 친구일 것입니다. 그리고 자네, 친애하는 하코보. 내 자넬 성실히 돕도록 하겠네. 내 부친이 자네에게 끼친 피해에 대해 그만 화를 풀도록 하게나. 자네가 가난하다고 해서 누님 결혼을 막은 걸세. 괜찮다면 누님을 대신해 자넬 돕도록 하겠네. 원한다면 결혼하게나. 이제 비록 이사벨은 아니지만 로살리아가 있지 않나. 같은 핏줄이니까 말일세."

염세가, 그러니까 하코보 씨는 타데오에게 뭐라 감사를 표해야 할지 몰랐다. 자신이 가난하다는 사실에, 친구의 딸자식과 자신이 어울리기라도 할까 싶은지 얼굴을 붉혔다. 그러자 타데오 씨는 이런 말로 친구를 위로했다.

"사람만 좋다면야 가난은 내게 문제가 되지 않네. 아직 노인네도 아니지 않나. 딸아이도 자넬 좋아할 걸세. 자네가 어떤 사람인지 딸아이에게 잘 말해보겠네."

정감 넘치는 대화가 오고 갔다. 우리는 하코보를 근사하게 꾸몄다. 다음날 타데오는 마차를 대절하여 친구와 함께 멕시코로 떠났다. 나는 그렇게나 좋은 친구들을 떠나보내고 쓸쓸히 남았다.

며칠 만에 하코보와 로살리아가 결혼했다는 소식이 왔다. 깨가 쏟아지게 잘들 산다는 것이었다.

다시 얼마 후 안셀모가 있던 농장 관리인이 죽었다. 주인은 농장을 접수하라는 편지를 보냈다.

그래서 나는 농장으로 갔다. 그곳에서 나는 친구와 그 가족을 만나보는 즐거움을 만끽했다. 친구는 나를 반갑게 맞아주었다.

그날부터 안셀모는 내 밑에서 일하게 되었다. 그래서 나는 안셀모가 얼마나 착실한 사람인지 지켜볼 수 있었다. 교육을 제대로 받고 머리가 좀 있는 사람은 사람좋다는 소리를 듣게 되면 그 이름에 걸맞도록 항상 애쓰게 마련이다.

나는 산아구스틴으로 돌아왔다. 나는 그후로 오래도록 조용히 살았다.

25. 우리 페리키요가 자신의 재혼, 그리고 이 진실한 이야기에 의미를 더해주는 여러 가지 재미있는 사건에 대해 이야기하는 장

타데오 씨가 떠나고 나자 나는 견딜 수가 없었다. 날이 갈수록 빈자리가 커져만 갔다. 한동안 성실한 점원을 구할 수 없었던 것이다. 여러 명 써봤으나 하나같이 문제만 일으킬 뿐이었다. 술을 안 마시는 놈은 노름꾼이었고, 노름을 안 하는 놈은 연애질에 정신이 없었다. 연애도 못하는 놈은 게으름뱅이였고, 게으르지 않은 놈은 전혀 쓸모가 없는 놈이었다. 좀 똑똑하다 싶은 놈은 뒷주머니 차는 법을 알고 있었다.

착실한 점원 구하기가 얼마나 어려운 일인지 알 수 있었다. 일단 착실한 점원을 구하면 어떻게 대우해주어야 하는지도 깨달을 수 있었다.

나는 쓸쓸하게 지내기는 했지만 내 개인 용무로 멕시코를 여전히 자주 드나들었다. 주인도 찾아다녔다. 주인과는 날이 갈수록 신뢰와 우정을 돈독히 쌓아갔다. 펠라요도 빼지 않고 교회로나 사택으로 찾아다녔다. 여전히 성실한 신부요 여전히 신실한 친구였다.

어느 날 우연히 내 친구 펠라요 신부 방에서 그 옛날 중국인 주인을 모실 때 인연을 맺은 개인 신부를 만날 수 있었다. 총기가 있는 노인네였다. 그러니까 한번 머릿속에 집어넣은 것은 확실히 간직하는 재주를 지닌 노인이었다. 노인 신부는 자기가 나 때문에 좋은 자리도 구할 수 있었고 또 자기로 인해 내가 주인집에서 쫓겨났다는 점도 잘 알고 있었기 때문에 나를 잘 기억하고 있었다. 신부는 대번에 나를 알아보고는 펠라요 신부에게 내 칭찬을 늘어놓았다. 신부는 내게도 좋은 말을 늘어놓았다. 신부는 이것저것 물어본 끝에, 내가 대답하는 모양새나 펠라요 신부가 일러주는 바에 따라, 내 태도가 완전히 변했다는 점을 알아채고 내 변신을 축하해주며, 아마도 자기가 해준 충고도 도움이 됐을 것이라고 자화자찬을 늘어놓기도 했다. 노인은 좋은 자리를 구해주어서 고맙다고도 했다. 노인은 우정을 다짐하며 내가 한사코 사양했음에도 불구하고 나를 중국인 집으로 끌고 갔다. 나는 중국인을 만나볼 면목이 없던 것이다.

우리는 중국인 집으로 갔다. 개인 신부 노인이 중국인에게 말했다.

"여기 옛 친구이자 하인이었던 페드로 사르미엔토 씨를 모셔왔습니다. 우리 함께 추억거리로 자주 입에 올렸던 그 사람이올시다. 이제 어르신과 어울려 손색이 없을 것입니다. 나쁜 짓거리나 일삼고 덤벙거리기만 하던 청년의 때를 벗고 이제 올바른 장년이 다 되었습니다. 매사에 예절도 지킬 줄 알고 믿음 생활도 열심입니다."

옛 주인은 안락의자에서 몸을 일으켜 나를 얼싸안으며 말했다.

"다시 만나니 반갑구먼. 결국 정신도 차렸다 하고 하늘이 주신 이치를 깨달았다고 하니 정말 반가운 일이네. 자, 자리하게나. 오늘 나와 함께 식사하세나. 믿어주게, 나 자넬 힘껏 돕겠네. 잘만 한다면 말일세. 난 자넬 처음 볼 때부터 자넬 좋아했다네. 자네가 곁에 없으니 허전하더군. 자넬 보고 싶었네. 오늘에야 원을 풀게 되었군. 아, 너무 반갑구먼, 아주 좋아."

나는 반갑게 맞아주어 고맙다고 답례했다. 우리는 함께 식사했다.

나는 내 상황과 어디 사는지를 알려주었다. 나는 예전에 끼친 손해를 갚아주겠다고 했다. 가끔 집으로 놀러 오시라고도 했다. 나는 옛 주인의 사랑을 듬뿍 받은 후에 산아구스틴 데 라스쿠에바스로 향했다. 아시아인과 개인 신부와 나 사이의 서로에 대한 우정은 계속 이어졌다. 나는 멕시코에 갈 때마다 그들을 방문했고, 그들이 내 집을 찾아오면 극진히 대접했다. 우리는 서로 선물도 주고받았다. 상냥하고도 친절하게, 우리 세 사람 사이가 이랬다.

또 언젠가 한번 멕시코에 갔을 때 그 가엾은 안드레스 녀석을 만날 수 있었다. 누더기에 몰골이 말이 아니었다. 놈은 내 앞에서 절절 기었다. 나는 억지로 놈을 끌고 놈의 집으로 가보았다. 착하게 보이는 놈의 안사람이 점심을 내왔다. 그 가엾은 놈은 어떻게 내게 감사를 표해야 할지 몰라 안절부절못했다.

놈의 처지가 딱했다. 나는 놈에게 따졌다. 어째 이런 꼴이냐? 직장도 없느냐? 노름이라도 하는 거냐? 마누라가 헤프냐?

"그런 게 아닙니다, 어르신. 저는 노름이라면 노자도 모릅니다. 일을 하는 데 있어서 그렇게 어설프지도 않습니다. 마누라는 더할 나위 없습니다. 살림을 얼마나 맵짜게 하는데요. 어르신, 멕시코에서 살림을 꾸린다는 것이 문제지요. 열 명이 이발하겠다고 나서면 이발사 만 명이 달려듭니다. 아시겠지만 대도시에는 이발사들이 넘쳐납니다. 멕시코에는 머리 깎이는 놈보다 머리 깎는 놈이 더 많은 것 같습니다. 주일이나 축제 때나 겨우 5푼짜리 수염 좀 밀어주고 15 내지 20레알쯤 법니다. 주중에는 6레알도 안 됩니다. 사혈을 한다거나, 흡입기를 사용한다거나, 거머리를 이용해 피를 뽑는다거나, 부식제로 치료한다거나 하는 따위의 일은 거의 얻어걸리지 않습니다. 그러니 살길이 막막합니다. 도시에서는 시골에서보다 생활비가 배로 드니까요. 우선 입에 풀칠하기도 힘에 겹습니다. 짐작이 가십니까. 겨우 벌어서 입에 풀칠이나마 하면 입을 것도 없고 집세도 낼 수 없게 됩니다."

나는 안드레스의 꾸밈없는 토로에 동정을 금할 수 없었다. 나는 놈에게 제안했다. 내 집으로 함께 가겠다면 점원 자리를 주겠다, 점원 자리를 잘 지킬 수 있을지 기회를 한번 주겠노라고.

이 제안은 놈에게 하늘이 열리는 것 같았을 것이다. 놈은 대번에 받아들였다. 놈은 그 즉시 짐을 꾸려 그날 당장 나를 따라나섰다.

배운 바는 없는 놈이었지만 바보도 아니었다. 놈은 가게가 어떻게 돌아가는지 쉽게 파악했다. 놈은 착실하게 일을 했다. 모든 일을 척척 어김없이 해냈다. 그래서 나는 내 친구 타데오 씨가 더 이상 아쉽지 않게 되었다. 나는 타데오 씨도 자주 찾아보았고 그 사위 하코보 씨 집도 뻔질나게 드나들었다. 하코보 씨가 로살리아 부인과 깨를 쏟으며 사는 꼴을 구경하는 것도 큰 즐거움이었다. 누더기 차림 친구의 딸로 처음 보았을 때는 겨우 요만한 꼬마 계집이던 것이.

나는 내가 정신을 차리고 사는 동안 그 사람들과의 우정을 지켜 나갔다. 그 사람들과 사귄다고 해서 손해 볼 만한 건더기는 하나 없었다. 진정한 우정은 생각만큼 드물지 않다는 사실에 대한 본보기였다. 그러나, 진정한 우정은 올바른 사람들 사이에나 있는 것이지, 망나니 패거리나 아부꾼들, 속이 시커먼 놈들 사이에서는 그야말로 어불성설이지.

나는 4년 동안 산아구스틴 데 라스쿠에바스에서 홀아비로 만족하며 지냈다. 주인 몫을 떼고 나서도 내 몫으로 6천 내지 8천 페소를 고스란히 남길 수 있었다. 나는 주인, 중국인, 로케, 펠라요, 하코보, 타데오를 신나게 찾아다녔다. 후회라고는 모르는 안정된 마음으로 나는 잠마저 달게 잤다.

어느 날 오후, 가게 앞을 서성이고 있다가 가게 바로 옆에 있던 여관으로 헐벗은 아낙네 하나가 나귀를 끌고 오는 모습을 보게 되었다. 나귀에는 궁기가 절절 흐르는 노인이 하나 타고 있었다. 나귀는 지쳐서인지 더 이상 걸을 수 없을 것 같았다. 겨우 몇 걸음 떼놓는 것도 엉덩이에 회초리질을 하며 뒤따라오는 계집아이에게 내몰렸기 때문이었다.

사람들과 짐승은 겨우겨우 여관으로 들어갔다. 잠시 후 계집아이가 내 앞에 나타났다. 열세 살이나 먹었을까, 허옇게 뜬 얼굴에 누더기를 걸치고 맨발이었다. 얼굴은 예쁘장했는데 슬픔으로 가득 차 있었다. 계집아이는 하염없이 눈물을 쏟으며 더듬거렸다. 계집아이의 말인즉슨 이랬다.

"선생님, 선생님께서 여관 주인이 되신다더군요. 아버지는 죽어가고 있고 어머니도 마찬가지랍니다. 부탁이오니 잠자리를 허락해주십시오. 돈은 한 푼도 없습니다. 길에서 강도를 만났거든요."

내 이미 말한 바 있다. 주님께서는 내게 여린 마음을 허락하셨다고. 나는 미친 짓거리를 하고 쏘다닐 때에도 이웃이 당하는 고통을 같이 앓곤 했다. 그러니 쉽게 짐작이 갈 것이다. 그때 나는 이 불쌍한 사람들에게 당연히 관심을 보였다. 이 불쌍한 사람들을 여관에 재우는 것으로는 양이 차지 않을 것 같았다. 그래서 나는 꼬마 사절에게 이렇게 대답했다.

"애야, 울지 마라. 가서 아버지 어머니를 내 집으로 모셔오너라. 너무 낙심하지 말란다고 전하여라."

계집아이는 신이 나서 달려가더니 잠시 후 늙은 부모를 모시고 돌아왔다. 나는 그 가족을 내 집으로 들였다. 나는 하인들에게 깨끗한 방을 내주고 잘 보살펴드리라고 명령했다.

내 명령에 따라 안드레스는 침대도 마련해주고 저녁도 아주 잘 먹였다. 놈은 여기에 든 비용을 꼬치꼬치 계산해놓았다.

놈이 절박한 상황에서도 일을 척척 처리하는 것을 보니 적이 안심이 되었다. 밤 10시경, 나는 손님들이 대체 어떤 사람들인지 알아보고 싶었다. 나는 방으로 들어가보았다. 가련한 노인은 짚을 넣은 요 위에 누워 있었다. 40이 좀 안 돼 보이는 부인은 노인의 머리맡에 앉아 있었고, 계집아이는 노인의 발치에 앉아 있었다.

부인과 계집아이는 나를 보고 자리에서 일어섰다. 노인도 몸을 일으키려 했으나 내가 말렸다. 나는 두 여자를 앉게 하고 나 역시 병자 앞에 자리를 잡았다.

나는 물어보았다. 어디 사람들이냐? 무슨 병이냐? 언제 얼마나 털렸느냐?

가련한 노인은 괴로운 표정으로 한숨을 쉬고 나서 대답했다.

"선생님, 내 살아오면서 겪은 일은 온통 눈물겨운 것뿐입니다. 내 보아하니 대단히 인정이 많으신 분 같은데, 그렇게 품성이 고우신 분에게 괴로운 일을 털어놓는다는 것은 예의가 아니겠지요."

"물론입니다, 노인장. 마땅히 이웃을 사랑하는 사람에게 불행을 털어놓는 일은 예의가 아니겠지요. 하지만 얘기를 하다 보면 마음의 위로를 얻을 수 있지 않겠습니까. 특히 그 불행을 어떻게든 가볍게 할 수 있을 때는 말입니다.

나는 그럴 수 있습니다. 그래서 노인장의 어려운 사정을 들어보겠다는 겁니다. 단순한 호기심이 아니올시다. 어떻게든 도움이 될 수 있을까 싶어서입니다."

"그렇다면, 선생님, 단지 안쓰러워 그러시는 거라면 내 불행을 요약해볼 테니 들어보시지요.

내 부모님은 귀인이었는 데다 부자이기도 했습니다. 유언 집행인이 올바른 사람이었다면 내게 남겨진 큰 유산을 상속받았을 겁니다. 그런데 그 유언 집행인이라는 작자가 내 재산을 탕진해버리고 나를 이 꼴로 만들고 말았습니다. 나는 비참한 꼴로 어느 돈 많은 신사를 섬기게 되었습니다. 그 신사 양반은 나를 친자식처럼 아껴주었습니다. 그리고 죽을 때 전재산을 내게 남겨주었습니다. 나는 그 돈으로 사업을 시작했는데 그만 밀수에 연루되어 하룻밤 사이에 전재산을 날리고 말았습니다. 나는 갖은 고생을 해가며 재기해나갔습니다. 그때 결혼이 하고 싶더군요. 그래서 저 여자와 결혼을 했던 것인데 불행만 안겨주고 말았습니다. 저 여자 그래도 젊었을 때는 아주 아름다운 여자였습니다. 나는 저 여자를 멕시코로 데려왔는데 어느 후작놈이 저 여자를 점찍었습니다. 놈은 저 여자에게 반해 수작을 부렸지만 마누라가 완강하게 반항하자 진짜 더러운 방법으로 복수를 꾀한 겁니다. 놈은 나와는 전혀 상관없는 죄를 내게 뒤집어씌워 나를 감옥에 처넣었습니다. 결국 숨이 넘어가는 순간에 주님의 깨우침을 받아 내 명예도 회복시켜주었고 내가 본 손해에 대해 보상도 해주었습니다. 나는 감옥에서 나왔습니다. 그리고……"

"죄송합니다, 노인장. 혹시 성함이?"

"안토니오라 합니다."

"안토니오!"

"그렇습니다, 선생님."

"감옥살이 막판에 감옥에서 노인장이 도와주었던 친구가 한 명 있었지요?"

"예, 있었죠. 불쌍한 청년이었습니다. 페리키요 사르니엔토라고 했는데. 좋은 가문에서 태어나서, 교육도 제대로 받았고, 성미도 좋았고, 품성도 고상했지요. 사람좋다는 말 듣기에 충분한 젊은이였지요. 그러나 팔자가 사나웠던지 망나니 친구들을 사귀는 바람에 망치고 말았지요. 친구놈들 때문에 감옥에 들어왔다고 하더군요. 나는 그 젊은이의 올바른 품성을 눈치 채고는 좋아했지요. 힘닿는 대로 돕기도 했습니다. 나 오면서 서로 연락하자 하고 오리사바로 편지 하고 오라고까지 했습니다. 찬파이나라고 했던가, 그 청년을 맡은 담당 서기에게도 부탁했지요. 그 청년이 감옥에 있는 동안 일을 서두르고 사식도 넣어주라며 1백 페소까지 맡겼습니다. 그러나 두 사람 모두 연락이 끊겼습니다. 서기가 내 돈을 횡령했다 해도 별로 유감은 없습니다. 그러나 페리키요가 은혜를 저버렸다는 사실은 평생을 두고 유감스러운 일이지요."

"옳습니다, 노인장. 배은망덕한 놈이었지요. 노인장과 같이 은혜롭고 관대한 분과는 우정을 지켜 나갔어야 했지요. 앞일이 어떻게 될지 누가 알겠습니까? 지금 그 청년을 다시 만나게 된다면 여전히 좋아하실 수 있겠어요?"

"물론입니다, 좋아해야지요. 언제나와 같이 사랑할 겁니다."

"개망나니라면요?"

"그럴지라도. 우리는 죄를 미워해야지 사람을 미워하면 안 됩니다. 나는 그 청년에 대해 자세히 알고 나서부터는 그 청년이 나쁜 친구들을 흉내내다 보니 죄를 범하게 되었다고 생각했습니다. 천성적으로 고약하게 태어난 친구들 말입니다. 그래도 이건 아셔야 할 겁니다. 선한 일에도 등급이 있듯이 악한 일에도 등급이 있다는 말씀입니다. 같은 선행이라도 더 좋을 수도 있고 더 못할 수도 있고, 같은 악행이라도 더 악할 수도 있고 덜 악할 수도 있는 겁니다. 어떤 상황에서 행한 것이냐에 따라 말입니다. 동냥을 주는 것은 언제나 선한 일입니다. 그러나 어떤 특별한 경우에, 어느 특정한 사람이, 그러니까 진짜 한 푼 없는 알거지가 다른 사람에게 동냥하는 것이 가장 좋겠지요. 그게 당연한 일이니까요. 가난한 사람이 동냥하는 것은 부자에 비해 더 큰 희생을 치르는 것이 아니겠습니까. 그러니 그 가치도 더 큰 것이지요.

나쁜 짓을 하는 데 있어서도 마찬가지라 하겠습니다. 도둑질이 나쁘다는 것은 다 아는 사실입니다. 그러나 어쩔 수 없는 상황에서 마지못해 하는 도둑질은 넉넉한 부자들이 하는 도둑질이나 사기에 비하면 아무것도 아니고, 덜 나쁘다고 하겠지요. 그리고 가난한 사람들로부터 빼앗고 사기 치는 행위는 그야말로 가장 악독한 짓이라 하겠지요. 그러니 사람들의 행위를 판단할 때는 그 전후 사정을 감안해야 하는 것입니다. 어떤 행위이든지 말입니다. 그래야 그 공로나 잘못을 제대로 판단할 수 있는 거지요. 그 페리키요라는 청년은 내가 보기에 본래부터 심성이 고약해서가 아니라 나쁜 친구들의 꼬임에 빠져 어긋난 것이 아닌가 합니다. 주변에서 치근덕거리는 친구들만 치워버리면 자기 스스로 올바르게 살아갈 청년이라고 생각하며 살아왔습니다."

"하지만 말입니다, 노인장, 지금 그 청년이 노인장에게 당최 도움을 줄 수 없는 입장에 있다면, 그래도 그 청년을 사랑하실 수 있겠습니까?"

"그걸 의심하시다니, 날 욕보이는 처사입니다. 그래, 선생은 내가 평생 내게 도움이 될 만한 사람이나 사랑하고 치켜세우고 했다고 보시는 겁니까? 사람이란 본성 그 자체로 사랑해야지 우리에게 무슨 도움이 된다고 사랑해서는 안 되는 것입니다. 한 푼 없는 알거지라도 사람만 좋으면 친구로 사귈 수 있습니다. 독하고 사악한 사람이 아니라면, 그 사람이 어떠한 잘못을 저지른다 해도 우리는 그 사람을 동정해야 합니다. 어쩔 수 없어서, 혹은 잘 몰라서 죄를 범한 것일 테니 말입니다. 페리키요라는 청년도 그랬으리라고 봅니다. 지금이라도 볼 수 있다면 꼭 껴안아주고 싶습니다."

나는 노인장의 품으로 달려들며 소리쳤다.

"오오, 진짜 친구이십니다. 자, 원을 이루셨습니다. 내가 페드로 사르미엔토입니다. 감옥에서 그렇게나 호의를 베풀어주셨던 그 페리키요 말입니다. 내가 그 못난 청년입니다. 배은망덕한 놈입니다. 아니 멍청한 놈이지요. 편지조차 쓰지 않았으니. 나는 세상이 나를 속였지만 이제 마음을 잡았습니다. 이제 당신을 안고 있으니 세상에 이보다 더 기쁜 일이 있을 수 없습니다."

마음씨 착한 노인은 내 말을 듣고 조용히 눈물을 흘렸다. 나는 노인의 품에서 빠져나와 부인을 껴안고 위로해주었다. 부인 역시 지아비가 감격해하는 모습을 보고 눈물을 떨구었다. 철없는 계집아이도 무슨 일인가 짐작이라도 했다는 듯 펑펑 울어댔다. 나는 계집아이를 껴안고 어리광을 받아주었다. 최초의 흥분이 가라앉고 나서 안토니오 씨는 살아온 내력을 다시 이야기해나갔다. 수녀원에 딸아이를 맡기기 위해 멕시코로 간다, 멕시코에 뿌리를 내릴 생각이었다, 아카풀코에서 번 돈으로 사업을 벌일 생각이었다, 그런데 길에서 강도를 만났다, 놈들은 전재산을 빼앗고 늙은 하인 도밍고를 죽이기까지 했다. 도밍고는 시종일관 충실하게 보필해오던 하인이었다, 이런 어처구니없는 상황에 빠지자 딸아이가 지니고 있어 강도들 손으로부터 지킬 수 있었던 금으로 만든 유골함에 의지하기로 했다, 그래서 유골함을 팔아 나귀를 한 마리 장만했다. 안토니오 씨는 그 나귀를 타고 내 집에 온 것이다. 안토니오 씨는 이질을 심하게 앓고 있었다. 내 집에 도착하기까지 40여 리 길을 돈 한 푼 없이 구걸로 연명하며 걸어야 했단다.

안토니오 씨가 이야기를 끝내자 내가 말했다.

"낙담하실 거 없습니다. 이 집과 내 재산은 모두 선생님과 선생님 가족 것입니다. 선생님 가족을 내 성심껏 모시겠습니다. 오늘부터 선생님께서 이 집 주인이십니다."

나는 세 사람 모두를 내 방으로 데려왔다. 나는 포근한 이부자리를 내주었다. 우리는 함께 저녁을 먹고 잠자리에 들었다.

다음날, 나는 가게에서 옷감을 골라 새 옷을 짓게 했다. 그리고 멕시코에서 의사를 불러와 안토니오 씨와 그 부인을 치료하게 했다. 부인 역시 병을 앓고 있었던 것이다. 그러자 양주는 금세 건강을 회복했다.

건강도 회복되고 구색에 맞춰 옷도 차려입고 나자 안토니오 씨가 내게 이러는 것이었다.

"여러 날 동안 귀찮게 해서 정말 면목이 없습니다. 정말 진정한 친구이십니다. 어떻게 고맙다고 해야 할지 모르겠습니다. 그 동안 돌봐주신 정성에 대해 뭐 값나가는 걸로 갚을 수도 없고. 그런 주제에 더 이상 지체하여 부담을 드린다는 것도 예의에 어긋나고 또 못할 짓이지요. 나귀는 타고 왔던 것처럼 타고 가야 할 것 같습니다. 아무쪼록 주님께서 도와주시면 내 이 신세를 꼭 갚도록 하겠습니다."

"그런 말씀 마십시오, 선생님. 아니 앞으로 어떻게 될 것도 모르시면서 어찌 제 집에서 나가실 수가 있습니까? 은혜는 제가 입었습니다. 제가 가난했을 때 저를 도와주시지 않으셨습니까. 이제 선생님의 친구가 되고 싶습니다. 괜찮으시다면 아들 노릇을 하겠습니다. 모두 한가족처럼 지내는 거죠. 마가리타를 눈여겨보았습니다. 하는 짓이 예쁘더군요. 자랄 만큼 자랐고. 저 마가리타를 진짜 사랑합니다. 순진하고 은혜를 아는 아이더군요. 제 이 솔직한 욕심과 두 분의 뜻이 맞아 우리 두 사람이 결합할 수만 있다면 더할 나위 없겠습니다. 저 온갖 정성을 다해 마가리타를 아끼고 두 분을 공양하겠습니다."

그 마음씨 고운 노인은 내 말을 듣고 잠시 망설였다. 노인은 잠시 망설인 끝에 이렇게 대답했다.

"페드로 씨. 이 혼사가 이루어진다면 우리로서는 많은 것을 얻게 될 겁니다. 사실 말이지, 우리 이 곤란한 처지를 고려해볼 때 이보다 더 좋은 기회를 바랄 수는 없겠지요. 딸아이는 이제 곧 열다섯이 됩니다. 얼굴도 그만하면 반반한 편이지요. 나는 늙은 데다 병까지 들었습니다. 오래 못 살겠지요. 저 가엾은 어머니라는 사람도 몸이 부실합니다. 내가 죽고 나면 딸아이를 키울 만한 능력도 없는 여자입니다. 내 살아생전에 여의지 못하면 못된 놈들 밥이나 되어 신세 망치고 말겠지요. 이런 생각으로 밤으로 잠도 이루지 못합니다. 그러니까 내 말은 딸아이를 한시바삐 여의고 싶다는 겁니다. 아비 되는 사람으로서 바라는 바는, 부자도 싫고 후작도 싫고 올바른 사람이어야 합니다. 세상 경험도 있어야지요. 내가 봐서 딸아이의 미모가 아니라 그 마음씨에 빠져 결혼하는 것이 확실한 사람이어야 합니다. 페드로 씨는 이 모든 자격뿐만 아니라 그보다 더한 것도 지니고 계십니다. 내 생각에는 아주 참한 여자가 어울릴 것으로 봅니다. 내 보기에 마가리타는 좀 부족한 것 같습니다. 또 생각해봐야 할 문제는 페드로 씨의 나이입니다. 페드로 씨 모습을 보아하니 이제 곧 마흔을 바라보시는 것 같은데, 지금 서른여섯이나 일곱쯤 되셨겠지요. 벌써 며느리 볼 나이가 아닙니까. 나이가 많다고 딸아이가 내키지 않아할 수도 있는 일이지요. 두 가지 점은 확실히 알고 있습니다. 첫째, 신랑 신부의 나이 차이가 아주 심하다고 해서 욕을 먹거나 하는 일이 있어서는 안 됩니다. 먼저 두 사람이 맺어지는 그 상황을 단단히 살펴보아야지요. 젊은 아이들이 또래끼리 결혼하게 되면 결혼 생활이 좋지 않게 끝나는 경우가 많습니다. 왠고 하니 성적으로 봐서 여자가 남자보다 훨씬 약하기 때문에, 나이 차이가 나는 부부보다 부부 생활에서 더 큰 어려움을 겪게 되지요. 아이 두셋만 낳고 나면 몸을 영 망치고 마는 것입니다. 우리가 지금 얘기하는 결혼에서 나이 어린 신랑들은 결혼이라는 것을 예쁜 장난감 하나 얻는 것으로 보기 때문에, 대체적으로 신부의 몸골이 시들어가면 신랑의 사랑도 끝장나고 맙니다. 서른 내지 서른예닐곱쯤 되면 마누라는 한 오십 줄로 보이게 되는 거죠. 당연히 정나미가 떨어질 것이고, 그래서 이유 없이 미워 보이는 겁니다. 바로 이 점이 사내들이 조혼을 한다거나 계집들이 같은 또래 사내와 결혼하면 안 되는 가장 큰 이유일 것입니다. 하지만 본성이 발동되는 그 시기에 처녀 총각의 이성에 대한 호기심을 이성의 힘으로 내리누르는 것 또한 큰일입니다. 사실 말이지 늘그막에 가서 결혼한다는 것도 웃기는 일이지요. 나이 들어 애를 갖는 일도 대개 위험한 일이고 말입니다. 무슨 말인고 하니 선생님이 내 딸자식과 결혼하신다면 저로서는 반가운 일이란 것입니다. 그러나 딸자식이 선생님과 결혼하려들지는 모르겠습니다. 진정입니다. 내가 알고 있는 또 다른 점은, 딸자식이 차분하고 순진하며 나를 무척 따른다는 겁니다. 그래 내 말이라면 들을 겁니다. 그러나 나로서는 딸자식이 내켜하지 않는 일을 억지로 떠안기고 싶지는 않습니다. 원치 않는 사람과 맺어주기도 싫고요. 원한다면야 시켜야지요. 그러니 이제 아셨을 겁니다. 딸자식과 결혼은 제 생각과는 별개의 문제입니다. 딸아이가 결정해야죠. 나는 딸아이에게 완전히 맡길 겁니다. 선택을 하는 데 있어 강요하지도 않을 겁니다. 딸아이가 원하면 저로서도 더 이상 원이 없을 겁니다."

안토니오 씨의 장광설이 드디어 끝났다. 나는 안토니오 씨에게 다시 매달렸다.

"선생님, 선생님이 염려하시는 바가 고작 이 정도라면 제겐 일도 아닙니다. 선생님과 부인이 허락만 해주신다면 정말 행복할 겁니다. 저 선생님에게 이 말씀을 구체적으로 드리기 전에 따님의 성품을 눈여겨보았습니다. 그 어린 나이에도 심성이 곧고 분별력이 있다는 사실을 알아내고는 정말 감탄했습니다.

저는 따님의 성품에 끌린 것이지 얼굴이 예뻐서 이러는 것이 아닙니다. 아름다움이야 세월이 가면 시들 것이고, 병이라도 앓게 되면 여위어들 것 아닙니까. 이쁨이라고 해서 병이 피해 가는 것은 아니니 말입니다. 저는 이미 제 솔직한 심정을 따님께 토로했습니다. 그러자 이렇게 대답하더군요. 제 평생 기억해둘 겁니다.

'선생님, 아버지께서 선생님은 명예를 아시는 분이라 하셨습니다. 아버지는 종종 이런 말씀도 하셨습니다. 부자는 아니라도 올바른 사람이 생겼으면 좋겠구나. 저는 항상 아버지를 믿어왔습니다. 거짓말을 모르시는 분입니다. 선생님의 도움을 받고부터 선생님을 아주 좋아하십니다. 제가 선생님과 맺어지면 가엾은 부모님은 분명 편히 쉬실 수 있을 겁니다. 더 이상 고생하시는 모습을 보지 않아도 되겠지요. 부모님을 잘 보살펴주시니 저도 선생님을 좋아합니다. 또 아버지 말씀처럼 착하신 분이시기도 하고. 기꺼이 선생님과 결혼하겠습니다. 하지만 부모님께서 어쩌실지 모르겠습니다. 말씀드리기 쑥스럽습니다.'

이것이 선생님 따님의 솔직한 대답입니다. 꾸미거나 보탠 것 없어도 감동적인 얘기입니다. 저는 알 수 있었습니다. 따님이 지극히 자상하고, 지극히 순수하고, 지극히 고마워할 줄 알고, 효심이 깊고, 부모님 말에 순종할 줄 알며, 부모님과 은인들을 존경한다는 사실을 말입니다. 그래서 어떻게 선생님께 제 속내를 드러내보일까 생각해보았습니다. 그런데 느닷없이 집에서 나가시겠다니 얼떨결에 속을 드러내고 말았습니다. 서로의 속마음은 이미 확인이 됐습니다. 이제 두 분의 허락만 남았습니다. 제발 허락해주시기 바랍니다."

안토니오 씨는 신중하기도 했지만 다정다감하기도 했다. 안토니오 씨는 내 말을 듣고 싱긋 웃더니 내 어깨를 툭 치며 이렇게 말하는 것이었다.

"오, 친구여! 둘이서 일은 다 저질러놓고, 공연히 입만 품팔이시켰습니다그려. 자, 자기 좋아라고 하는 데 마다할 바보 계집은 없습니다. 딸아이의 선택을 승인하지요. 우리 편에서 보면 모든 게 만점입니다. 신중히 생각하신 거라면 서둘러주십시오. 그렇지만 두 사람의 사랑이 확실하지 않다면, 비록 정당하게 맺어진다 해도, 오랜 세월 한지붕 밑에서 투닥거리며 살아야 할 겁니다."

나는 바탕이 바르고 믿음이 깊은 장인 영감이 무엇을 걱정하는지 알고 있었다. 나는 장인 영감에게 가게와 여관을 맡겼다. 나는 그 즉시 말에 안장을 지우게 해서 멕시코를 향해 출발했다.

나는 멕시코에 도착해 주인에게 자초지종을 이야기했다. 나는 주인에게 내가 어떻게 할지를 다 이야기했다. 주인은 흔쾌히 받아주며 대부가 되어주겠다고 했다. 내 고해 신부와 친구의 자격으로 나는 펠라요에게도 계획을 털어놓았다. 펠라요는 내 계획에 전적으로 동의했다. 펠라요가 일을 처리해주기로 했다. 그래서 일주일 만에 결혼 허가증을 손에 넣을 수 있었다.

그 동안 나는 주인, 중국인, 개인 신부, 타데오 씨, 하코보 씨 등을 찾아다니며 결혼식에 초대했다. 안셀모와 그 가족도 물론 초대하도록 했다. 나는 예물과 혼수품을 장만해 신부에게 선물했다. 돈도 있겠다, 축하연에 필요한 모든 물품을 멕시코로부터 들여왔다.

결혼식이 치러질 날에 나는 마차 행렬을 이끌고 산아구스틴 데 라 스쿠에바스를 향했다. 안셀모는 가족과 함께 이미 집에 와 있었다. 대모역을 부탁받은 안셀모의 안사람은 마가리타를 완벽한 모습으로 꾸며놓았다. 최신 유행은 아니었다. 안셀모의 안사람은 신중한 사람으로 식이 야외에서 진행된다는 사실을 고려했던 것이다. 나 역시 식을 삼빡하고 풍요롭게 진행시키고 싶었지 사치를 부린다거나 형식에 얽매이고 싶지 않았다. 이런 원칙에 따라 안셀모는 자기 식대로 잔치를 준비했다. 많은 비용을 준비했음에도 돈을 허투루 쓰지 않았다. 아침 6시 반에 산아구스틴에 도착했다. 신부는 응접실에 있었다. 긴 망토를 걸치고 검은 비단을 머리에 두르고 있었다. 신부의 부모, 안셀모 내외와 그 가족, 안드레스와 그 가족, 하인들, 모두 모여 있었다.

먼저 의례적인 인사가 오고 갔다. 안셀모는 신부를 불러오라고 사람을 보냈다. 신부는 보좌 신부며 복사와 함께 우리에게 필요한 것을 이것저것 꾸려 이내 도착했다. 혼인 서약서가 낭독되었다. 신랑 신부 선서가 있었다. 모두가 기꺼워하는 가운데 식이 끝났다.

우리 두 사람 신랑 신부는 교회로 갔다. 그곳에서 결혼 축도를 받았고, 제단 아래 발치에 꿇어앉아 우리의 영원한 사랑을 다시 한번 다짐했다.

장엄한 헌신 예식을 마치고 우리는 다시 신부와 보좌 신부를 기다렸다. 신부는 옷을 벗었다. 대모가 신부에게 결혼 예복을 입히는 사이 나는 부엌으로 가서 안셀모가 어떻게 준비해놓았는지를 둘러보았다. 정말 어처구니가 없게도 준비해놓았다. 오늘의 주인공으로서 나는 놈의 괴짜 같은 짓에 놀라지 않을 수 없었다.

아궁이에 장작개비 하나 없었다. 나는 얼굴이 시뻘겋게 달아오른 채 놈을 찾아 나섰다. 나는 놈에게 따졌다.

"이보게! 대체 어떻게 된 영문인가? 아니, 내가 존경하는 사람들이 저렇게나 많은데 아직 점심거리조차 준비가 안 되어 있다니! 내 편지 하지 않았나, 필요하면 돈을 넉넉하게 쓰라고 말일세! 이게 무슨 꼴인가? 안셀모, 왜 내가 자네 때문에 이런 꼴을 당해야 하지? 이럴 줄 알았다면 자네에게 결코 부탁하지 않았을 걸세."

놈은 능갈치며 대답했다.

"그래, 이제 와서 어쩌란 말이지, 이미 쏟아진 물인데. 그렇게 화내지 마. 이 마을에 날 높이 보는 집이 하나 있거든. 모두 그 집으로 몰려 가 점심을 먹지 뭐. 신부와 보좌 신부가 오면 가보자구."

"이건 말도 안 되는 멍청이짓이야, 이런 실례가 어디 있어! 어떻게 스무 명이 넘는 사람이 한 집에 갑자기 쳐들어갈 수 있다고 생각하는 거지? 나는 이름도 들어본 적이 없는 집으로 말야. 그것도 연락도 없이 가서 점심을 먹는다?"

"살다 보면 이런 일도 일상 다반사 아냐. 아, 급하면 말야, 일을 망치고 싶지 않다면 얼굴에 철판을 깔 필요도 있는 거지."

나는 안셀모를 윽박지르고, 안셀모는 능갈치고 있는데 교회 신부들이 집에 도착했다는 전갈이 왔다.

나는 낭패한 꼴로 교회 신부들을 맞기 위해 밖으로 나왔다. 내 신부는 어느새 예복을 벗고 중세 양치기 복장을 하고 있었다. 대모라는 여자가 가장자리에 금박을 입힌 고운 모슬린 겉옷을 입혀놓았던 것이다. 금실로 수놓은 천으로 만든 신발을 신고, 금술이 달린 파란색 어깨띠를 두르고 있었다. 풀어헤친 머리는 어깨 위에서 찰랑거렸고, 머리에는 수놓인 머리띠를 하고 있었고, 하얀 깃털이 달린 챙이 좁은 파란색 모자를 쓰고 있었다.

나는 그 소박한 차림에 다시 놀랐다. 안셀모의 부주의로 인해 울컥했던 기분이 한결 가라앉는 느낌이었다. 신부는 예쁜 데다 나이까지 어려 그런 차림을 하고 있으니 마치 시인들의 노래에서나 나오는 요정처럼 보였던 것이다. 모두 그런 생각을 한 것인지 앞을 다투어 칭찬이 자자했다.

안셀모는 내 기분이 좀 가라앉은 것을 보고는 이렇게 말했다.

"갑시다, 여러분. 이러다 날 새겠습니다."

모두 뛰쳐나갔다. 나도 신부와 나란히 따라나섰다. 안셀모라는 놈이 속으로 무슨 꿍꿍이수작을 부리고 있는지 알 수가 없었다. 그러나 들판에 있던 어느 돈 많은 백작의 저택에 도착했을 때의 내 기분이란! 꿈도 꿔보지 못한 것들이 눈앞에 전개되었던 것!

안셀모는 우리가 저택을 둘러볼 여유도 주지 않고 곧장 저택 뒤편에 있던 과수원으로 우리를 몰고 갔다. 아름답게 손질된 과수원이었다.

우리가 과수원으로 막 들어서는 순간 한 떼의 귀염성 있는 계집아이들이 우리를 맞으러 나왔다. 열두셋이나 먹었을까. 소박하고도 날렵한 차림에 손에는 갖가지 꽃가지를 들고 있었다. 계집아이들은 바람결이 이루는 감미로운 음악과 미리 준비시켜둔 현악기 소리에 맞추어 보기 좋게 춤을 추었다.

이 유쾌한 사절단은 우리 일행을 과수원 중앙으로 이끌었다. 그곳에 우아한 의자가 완벽한 대칭을 이루며 놓여 있었다. 그리고 바닥에는 융단이 깔려 있었다.

서늘한 바람이 불었고 햇볕도 전혀 방해가 되지 않았다. 붉고 노랗고 하얀 비단 천이 나무마다 매달려 그늘을 드리우며 장관을 이루고 있었던 것이다. 순수한 감탄사가 연발되었다.

잠시 후 과수원 한쪽에서 단정하게 차려입은 한 떼의 남녀 하인이 등장하더니 융단 위에 상보를 펼쳐놓았다. 우리는 둥그렇게 둘러앉았다. 깨끗하고 풍요롭고 맛깔스러운 점심 식사가 나왔다. 식사를 하는 동안 감미로운 음악이 우리 귀를 즐겁게 했다. 계집아이들은 부드러운 목소리로 재치 있는 결혼 축하 노래를 신부에게 들려주었다. 넉넉하게.

우리는 점심을 끝낸 후에 과수원을 산책했다. 다시 식사때가 되었다. 다시 상이 차려졌다. 역시 모두 만족해했다.

저녁 7시에 잘 차린 다과상이 나왔다. 밤 12시까지 춤판이 벌어졌다. 자정에 저녁을 먹었다. 저녁이 끝나자 우리 모두는 기분좋게 잠자리에 들었다.

다음날 초대 손님들은 떠났다. 칭찬이 자자했다. 나와 집사람을 언제라도 환영한다고도 했다. 내 대부는, 그러니까 알다시피 내 주인은, 안셀모가 잔치 비용으로 과용했다고 여겼는지 얼마나 들었는지를 슬쩍 물어보았다. 안셀모의 대답에 주인은 다시 한번 놀라고 말았다. 주인은 잔치가 그만큼 요란했으니 6백 페소 이상이 들었을 거라고 속셈을 했던 모양이었다. 그런데 실상 2백 페소도 들지 않았던 것이다.

주인은 곧이듣지 않았다. 안셀모는 그 이상이 아니라고 장담했다. 안셀모 왈,

"주인님, 돈을 많이 쓴다고 해서 잔치가 빛나는 것이 아닙니다. 얼마나 요령 있게 하느냐가 문제죠. 아끼고아끼면서도 제대로 준비할 수 있다는 겁니다. 버리는 것만 없애도 분명 근사하게 치를 수 있을 겁니다. 잘못 계산해서 버리는 것이 많게 되면 돈은 돈대로 들면서도 그 보람이 없을 수도 있는 것이지요."

"거 옳은 얘길세. 그럼 말이지, 비용이 고작 그것뿐이라면 내 피후견인이 지불할 수 있겠구먼. 내 돈은 잘 간수했다가 다음 기회에 그 안사람에게나 한턱 내야겠네."

주인은 이런 말을 남기고 멕시코로 떠났고, 안셀모도 자기 집으로 갔고, 나는 내 집에 남았다.

나는 내 새로운 처지에 지극히 만족할 수 있었다. 사랑하는 처가 있었고, 장인 장모도 있었던 것이다. 장인 장모에 대한 내 사랑은 날이 갈수록 깊어만 갔다. 받은 만큼 준다지 아마.

사랑하는 아이들아, 내 아내, 그러니까 바로 이 여자가 너희들을 낳았단다. 바로 너희들이 우리 사랑의 결실이었고, 너희 할아버지 할머니의 기쁨이었고, 내가 가장 신경을 많이 쓴 보물이었다. 너 후아니토가

두 살, 너 카를로스가 한 살 되던 해에 너희 할아버지 할머니는 주님께 마땅히 드려야 할 희생을 바치셨다. 몇 달 간격이었다. 두 분 모두 여행 중에 돌아가셨다.

두 분 모두 담담하게, 조용하게 눈을 감으셨다. 올바른 사람들은 으레 그렇게 운명하는 거란다. 나는 두 분 모두 내 형편에 따라 성대히 장례를 치러주었다. 너희 어머니는 두 분 모두를 잃고 나서 달랠 길 없는 외로움에 빠졌단다. 그래서 우리 기독교가 해줄 수 있는 모든 방법을 동원해 위로를 삼아야 했단다. 진정 애통해하는 사람들에게 확실한 위로가 되는 방법들 말이다.

그 잔인했던 겨울도 지나갔다. 세상은 온통 봄이었다. 나, 너희 어머니 그리고 너희들, 이렇게 우리는 평화롭게 살았다. 그냥 하루하루가 기쁠 뿐이었다. 남부끄럽지 않을 정도로, 중간 정도로 살았다. 한 재산 마련하겠다고 용을 쓰지도 않았다. 돈 있고 힘있는 사람들이 부럽지 않을 정도로 주님께서 모든 필요를 채워주셨던 것이다.

너희 대부 역시 내 주인이었다. 그 양반 살아생전에 너희를 끔찍이도 생각했다. 그 양반 죽어가는 순간에 너희들에 대한 자신의 사랑을 다시 한번 확인시켜주었단다. 놀랄 만한 일이었지. 이 이야기는 다음 장에서 읽어라.

26. 우리 페리키요가 주인의 죽음, 중국인과의 이별, 죽음으로 이어지는 병마와 싸운 일을 이야기하는 장, 그리고 편집자가 나서서 우리 주인공이 죽기까지의 과정을 이야기해주는 장

잡담 제하고 직접 본론으로 들어가니 양해해주기 바란다. 내 은혜로운 주인이며, 대부며, 동료요, 보호자였던 양반이 죽었다. 자식이 없었으니 상속자가 없는 것도 어쩔 수 없는 일이었다. 주인은 생전에 내게 품었던 애정을 마지막에까지 가서도 확인시켜주었다. 나를 유일한 상속인으로 지명했던 것이다. 주인의 재산 중에서 내가 안셀모와 공동으로 관리하던 농장은 주인의 유언에 따라 내가 관리하게 되었다. 나는 주인의 친구로, 주인의 은혜를 입은 사람으로, 성실한 사람으로(우리는 이 명칭에 명실상부해야만 한다) 내 의무를 다했다.

그 마음씨 착한 양반이 세상을 떠나자 내 심정이 어땠는지는 뭐라 말로 표현할 수 없다. 이유를 따져가며 주인을 사랑하지 않으려 했다면 짐승보다 더한 못난이가 되어야 했을 것이다.

나는 내 앞으로 작성된 주인의 유언장을 읽었다. 내가 도와주어 감사한다, 내가 착실하게 굴어 만족한다, 양녀, 즉 내 안사람에게 약속한 한턱을 내기 위해 전재산을 내게 양도한다 등등을 읽어 내려갈 때 사랑

과 감사에 복받쳐 흘러나오는 눈물로 유언장을 적실 수밖에 없었다.

나는 주인의 장례식에 참석했다. 우리 가족 모두 상복을 입었다. 예의상 그런 것이 아니었다. 내 진정한 슬픔을 표하고 싶었다. 나는 주인의 유언을 정확하게 집행했다. 나는 주인이 남긴 농장을 인수했다. 주님의 강복과 주인의 축복으로 농장은 큰 수입을 얻을 수 있었다.

나는 예전과 같이 돈이 있다고 해서 잘난 척하지 않았다. 내 친구들도 모른 척하지 않았다. 나는 모든 사람을 예전과 같이 대했다. 내 능력껏 돕기도 했다. 언젠가 어떤 식으로든 나를 도와주었던 사람에게는 특히 더했다.

내게 은혜를 베풀었던 사람 중에 그 중국인 주인이 큰 자리를 차지하고 있었다. 내가 그 집에 얹혀살면서 탕진해버린 3천 페소가 넘는 돈을 다시 갚아주었다. 중국인은 한사코 마다했다. 고국에 돌아가면 부자요, 멕시코에서도 부족함이 없다고 편지까지 보냈다. 그 빚은 이미 깨끗하게 청산되었다며 내 자식들에게나 주라며 돈을 돌려보냈다. 중국인은 편지 말미에 고국으로 돌아갈 작정이라고 했다. 아메리카를 구경했으니 도시나 나라나 더 이상 보고 싶지 않다며 세 가지 이유를 들었다. 첫째, 건강이 악화되었다. 둘째, 지금까지 살펴본 것으로 볼 때 사람 사는 곳은 어디나 마찬가지다. 어딜 가나 차이도 별로 없다. 사람은 사람인 것이다. 그리고 핵심적인 셋째 이유, 고국에 전쟁이 터졌다. 초반에는 민중 봉기로 이내 스러지려니 했는데 전국적으로 퍼져갈수록 세를 더하고 있다.

나는 중국인의 호의를 받아들였다. 그리고 그 마음 씀씀이에 마땅히 감사도 드렸다. 어느 날 뜻밖에도 중국인은 하인과 짐을 실은 나귀를 뒤에 달고 마차를 타고 우리집에 도착했다. 떠나는 길이었다.

중국인은 마차를 가게 앞에 세우고 작별 인사를 했다. 나는 그런 식으로 끝낼 수는 없었다. 나는 우정을 내세우며 잠시 떼를 썼다. 나는 중국인을 마차에서 내리게 했고 나귀에 실은 짐도 풀라고 했다. 나는 나귀며 하인이며 마부들을 여관으로 들였다. 옛 주인은 집으로 모셨다. 안사람이 옛 주인을 모셨다.

그날 우리는 많은 이야기를 나누었다. 많은 이야기 중에 나는 옛 주인에게 이렇게 물어보았다.

"제가 예전에 모시는 동안 뭘 그렇게 열심히 쓰셨습니까?"

"보면 언짢을 내용일세. 자네 나라에서 목격한 꼴불견에 대해 몇 자 나무라는 글을 적어보았지. 개인 신부에게서 들은 소식이나 설명도 덧붙였지. 일단 공책에 쓰고 나서 신부에게 주면 그 양반이 교정을 봐주었지."

"그럼 그 공책은 어떻게 하셨습니까? 지금 지니고 계십니까?"

"지금 없다네. 2년 전에 내 형님 투탄에게 보냈다네. 이 나라 특산물과 함께 말이지."

"그런 내용이라면 전혀 언짢아하지 않을 겁니다. 좀 읽어보았으면 합니다만. 초안은 누가 가지고 있습니까?"

"신부에게 있다네. 왠지는 모르지만 그저 보관만 하고 아무에게도 보여주지 않겠다고 하더구먼."

나는 그 공책을 얻어낼 수 있는 방법이라면 무엇 하나 빼먹지 않고 다 써보기로 결심했다. 식사 시간이 되었다. 우리 가족 모두 그 선한 양반과 함께 식사를 했다.

오후에는 엽총을 들고 야외로 나갔다. 말과 염세가가 쓰러졌던 장소에 이르렀을 때 중국인에게 염세가에 대해 이야기해주었다. 중국인은 흥미진진하게 들었다.

땅거미가 질 무렵 우리는 집으로 돌아왔다. 중국인과 나, 마실 나온 마을 신부와 마을 유지들은 흥겨운 대화를 잠시 나누었다. 식사 시간이 되었다. 우리는 식사를 마치고 잠자리에 들었다.

다음날 우리는 일찍 일어났다. 나는 옛 주인을 쿠에르나바카까지 배웅해주었다. 중국인과 나는 사랑과 감사의 정이 넘치는 작별 인사를 나누었다. 나는 집으로 돌아왔다.

나는 중국인이 썼다는 공책 생각을 떨쳐버릴 수가 없었다. 나는 내 절친한 친구이자 고해 신부인 마르틴 펠라요를 중간에 세우는 등 공책을 빼내기 위해 갖은 노력을 다했다. 펠라요는 에우헤니오 박사와 절친한 사이였던 것이다. 에우헤니오 박사, 내 옛 주인 중국인의 개인 신부였으며 또한 그 공책의 조언자 내지는 공동 필자.

아무리 애를 써도 결과는 신통치 않았다. 아직까지도 손에 넣지 못하고 있다. 신부 이야기는 이렇다. 지금 정서 중이니 다 끝내면 빌려주겠노라. 정직한 사람이니 약속을 지키리라 믿는다.

나는 그 마을에서 조용하게 2년을 더 살았다. 가끔씩 친구들을 찾아다녔고, 친구들 또한 그 답례로 때때로 나를 찾아왔다. 나는 집안일에 충실하려고 최선을 다했다. 나는 오로지 집안일에만 매달렸다. 마을 사람들은 여러 번에 걸쳐 나를 마을 판사로 세우려고 했다. 나는 결코 응하지 않았다. 공무라면 그 어느 것도 하고 싶지 않았다. 내 부족함을 알고 있었으니까. 공무원들이란 매양 그 맡은 직분으로 해서 거만을 떨게 마련이니까. 공무원질을 하다 보면 아무리 품성이 뛰어난 사람이라도 이내 신세 망치고 마니까.

앞서 이야기한바, 내 유일한 관심사는 너희를 가르치고, 남에게 해를 끼치지 않고 너희를 길러내는 것이었다. 내 왕년에 함부로 날뛸 때 벌여놓은 잘못을 보상한답시고 선을 조금 행하기도 했다. 내 오락거리와 기쁨은 정말이지 솔직 단순한 것이었다. 아내에 대한 사랑, 자식에 대한 사랑, 친구에 대한 사랑으로 요약할 수 있을 것이다. 그외에는 오로지 하늘에 감사 또 감사할 뿐이었다. 적어도 죄악과 음행의 길을 따라가며 늙지 않게 해주셨으니까. 그래 비록 때늦은 감은 없지 않으나 내 잘못을 깨달아 떨쳐버리고, 내 욕망이 나를 밀어넣으려 애썼던 그 깊은 계곡으로부터 빠져나올 수 있었으니까.

사실 말이지 뉘우침에는 늦고 자시고 할 것이 없다. 사람은 사는 동안 항상 자기를 변명할 구실을 구할 수 있다. 우리는 이 따위 신념에 의지하면 안 된다. 우리 완고함과 불순종을 심판받는 날이 이르면 우리가 아무리 변명거리를 찾아도 찾지 못할 것이기 때문이다.

나는 아무런 가감 없이 내 인생 역정을 써왔다. 나는 내 잘못과 그 동기를 솔직하게 밝혀왔다. 우리 인생이 올바른 이성과 건전한 윤리가 가르치는 지혜로운 원칙에 맞추어 살게 되면 받을 수 있는 상급이 무엇인지도 밝혔다.

주님께서 보호하사, 내 죽은 후에도 너희는 악의 구렁텅이로 빠지지 말라. 너희 아비 되는 사람의 나쁜 본보기를 항상 명심해라. 너희는 너희 아비처럼 인생을 중반이나 살다가 그때 마음잡으면 되지 하는 그런 몹쓸 기대를 하지 말라. 그 따위 기대는 마음속으로 생각조차 하지 말라. 아버지처럼 한번 제멋대로 살아보자, 아버지도 중간에 정신을 차렸으니 우리도 그러면 되겠지. 엉뚱한 생각, 기대하지도 말라. 얘들아, 너희 사는 동안 첫번째 수확을 주님께 바쳐 주님께 영광을 돌려라. 그리하면 너희는 덕의 달콤한 과실을 때 이르게 수확할 수 있을 것이다. 너희 부모님을 항상 기억할지어다. 범죄를 따라다니는 불행을 떨쳐버릴지어다. 나라에 봉사하고 너희 자신에게 유익한 사람이 될지어다. 일시적인 행복은 눈감아버리고 영원한 큰 기쁨을 구할지어다.

이야기가 잠시 엇나갔구나. 그래도 이 마지막 잡담이 너희에게 조금이나마 유익할 것이다.

옛 주인 중국인이 떠난 후로 나는 2년 간 더 산아구스틴 데 라스쿠에바스에서 살았다. 그러다 재산을 정리하여 멕시코에 자리 잡아야 할 필요가 생겼다. 멕시코에서라면 나이가 들면서 떨어진 기력을 회복할 수 있을까 싶기도 했다. 부종인지 수종이라는 것에 걸린 탓도 있었다. 1810년 이 나라에서 일어난 민중 봉기로부터 재산을 지켜야 했던 이유도 있었다. 1810년이라는 해는 새로운 에스파냐, 그러니까 우리 멕시코로서는 진정 치명적이고 파괴적인 해였다. 공포의 시절, 범죄의 시절, 유혈의 시절, 절망의 시절!

이 전쟁의 원인, 그 과정, 그 가능한 결말에 대해 얼마나 많은 걱정들을 했던가! 아메리카의 역사를 한번 훑어보는 것은 내겐 일도 아니다. 그 서로 다투는 양편 중에 어느 편이 옳은지 너희가 판단하도록 수많은 자료를 제시할 수도 있다. 에스파냐 정부가 옳은지 아니면 에스파냐로부터 독립을 쟁취하려는 아메리카인들이 옳은지를 말이다. 그러나 올해 1813년에 이것에 대해, 그것도 멕시코에서, 쓰기란 아주 위험한 짓이다. 나는 너희가 이해할 수도 없는 정치적인 문제를 다룸으로 해서 너희의 안전을 위태롭게 할 생각은 없다. 지금은 이것만 알아도 충분하다. 어느 나라 어느 곳에서나 전쟁은 모든 죄악 중에서 가장 악한 것이다. 한 나라 안에서 같은 동포끼리 피를 흘리는 짓은 그 무엇과도 비교할 수 없는 죄악이다. 어떠한 전쟁이라도 원한, 복수, 잔인함은 따르는 법, 한 동네 사람끼리도 서로가 서로를 죽이기에 혈안이 되어버린단다.

로마 사람들은 이 진리를 잘 알고 있었다. 그 사람들은 내란을 엄청나게 겪었으니까. 호라티우스와 루카누스의 말은 그중 귀 기울여볼 만하다. 호라티우스는 분노한 시민들을 향해 이렇게 꾸짖었다. "사악한 무리여 어디로 가는가? 무슨 연고로 무기를 휘두르는가? 저 벌판과 저 바다를 이만큼 로마인의 피로 물들인 것이 과연 부족하단 말인가? 늑대나 사자도 그대들 무리 같지는 않노라. 그 짐승들은 자신과 다른 짐승, 다른 종을 잡아먹을 뿐이지 않은가? 그 짐승들이 서로 싸울 때 그대들처럼 막무가내로 싸우던가? 그 짐승들의 분노가 이토록 험악하던가? 그 짐승들이 이토록 남의 허물을 탓하던가? 대답해보게나. 무슨 할 말이 있겠는가? 닥칠지어다. 그대들 얼굴은 두려움으로 누레졌고, 그대들 영혼은 그대들 자신들의 죄악으로 인하여 공포로 가득하도다."

호라티우스는 이렇게 자신의 심정을 토로했다. 루카누스는 내전으로 인한 피해를 아주 생생하게 전하고 있다. 루카누스의 시 중에서 한 구절을 자유롭게 번역해보겠다. 루카누스는 사람들의 소용돌이에 대해 이렇게 외쳤다.

귀족이 평민과 뒤섞여 죽어가고,
살벌한 칼날이 여기 번쩍 저기 번쩍,
어느 가슴도 칼날을 피하지 못하네.
시뻘건 피는 성스러운 사원의
돌멩이까지 물들이고, 나이가 많다고 또 적다고
목숨을 지키랴. 백발 노인은
날들이 줄어듦을 보고, 불쌍한 아이는
한 많은 세상 첫 꼭지에 죽어가노라.
가엾은 노인은 무슨 죄로 죽어가며,
아무 잘못 없는 아이는 왜 죽어야 하는가?
오호라! 이런 시절을 사는 것이
바로 큰 죄일지니, 아무렴, 벌 받아 마땅한 죄일세!

에라스무스도 전쟁의 공포를 용감하게 그려냈다. 에라스무스는 용기를 내어 내전을 고발하고 있다. "싸움은 일상사다. 한 사람이 다른 사람을 난도질하고, 한 마을이 다른 마을을 난도질하고, 한 군주국이 다른 군주국을 난도질하고, 한 민족이 다른 민족을 난도질한다. 종교가 다르다 해서 서로 다투는바, 피를 나눈 혈족이 서로 다투고, 형제끼리 서로 다투고, 부자지간에 서로 다툰다. 마지막으로 한마디 하자면, 내 보기에 기독교인이 다른 사람과 다투는 일이 가장 잔혹한 일이다. 그럴진대(세상에서 가장 잔혹한 일을 말하자면) 기독교인이 다른 기독교인과 다투면 대체 어쩔 것인가? 우리 지성이 마비되었는가! 그런 짓거리를 욕하지는 못할망정 치켜세우고 있다니! 그런 짓거리를 두둔하는 자, 세상에서 가장 혐오스러운 짓거리를 가장 성스럽다고 우기는 자, 군주들의 화를 돋우는 자, 불꽃이 하늘에 닿도록 불을 지피는 자가 있다니!"

베르길리우스도 알고 있었다. 전쟁에 유익한 것이란 하나 없다. 우리는 신에게 평화가 지속되기를 기원해야 한다. 그래서 이런 글을 썼다. 눌라 살루스 벨로, 파쳄 테 포스치무스 옴네스.

이 모든 것으로 전쟁이 얼마나 극악한 것인지 알 수 있을 것이다. 우리 이성적인 인생은 전쟁을 피하기 위해 온 노력을 기울여 마땅하다. 올바른 국민이라면 국가의 안녕이 위태로울 때에만 무기를 들어야 한다.

오로지 이 경우에만 칼을 잡고 방패를 들 수 있다. 다른 경우는 아니다. 아무리 좋은 구실을 갖다 붙여도, 그 구실이라는 것이 조잡하고 위험한 것이라면, 원칙이나 수단에 의해 전국민에게 치명적인 불상사가 생길 것이 자명할 경우에는 용납될 수 없다. 그래, 이 따위 본질적으로 징그러운 일에서 그만 붓을 거두자꾸나. 우리 아메리카인의 피로 얼룩진 그 시절에 대한 추억으로 내 인생 두루마리를 더럽히고 싶지는 않다.

재산을 정리하여 멕시코에 정착한 후에 나는 병원을 찾아다녔다. 의사들 이야기로는 치료가 불가능한 병이라고 했다. 한결같은 진단이었다. 부질 없는 희망을 품지 말라고 일장 훈시를 하는 의사도 있었다. 노인에 대한 격언을 들먹이며 라틴어를 써가며 하는 말이 노환이 숙환이라는 것이었다. 세넥투스 입사 에스트 모르부스.

나는 어차피 죽을 인생이다, 살 만큼 살았다고 진작부터 생각하고 있었기 때문에 그 말을 그냥 믿기로 했다. 내가 원하든 아니든 어쩔 수 없는 일, 나는 의사들의 선고를 덤덤하게 받아들였다. 주님의 뜻을 받드는 것이 때로는 합법적인 모략이 될 수도 있으니까. 우리가 원하든 원하지 않든 주님의 뜻은 우리 안에서 이루어지는 것이니까. 흔히 이야기하듯 울며 겨자 먹기라고나 할까. 나는 오로지 얼마 남지 않은 기운이나마 좀더 오래 유지하려고 애썼다. 건강을 완전히 회복하리라는 욕심은 없었다.

그런 상태에 있을 때 친구들이 종종 찾아왔다. 나는 우연한 기회에 리사르디라는 새로운 친구를 사귀게 되었다. 카를로스의 견진 성사 때 대부를 섰던 사람이었다. 우리나라에서는 별로 운이 없는 글쟁이였다. 이런 암담한 시절에 글을 쓰자니 필명이 필요했을 것이고, 그래서 사람들 사이에서는 필명으로 알려진 인물이었다. '멕시코의 생각하는 사람'이 그 양반 필명이었다.

나는 그 양반과 사귀면서 그 양반은 교육도 제대로 못 받고 재주도 별로라고 생각했다. 진짜 별 볼일 없는 사람이었다(내 솔직히 말하지 않으면 못 배겨서 이렇게 말하는 것이다). 그러나 재주에 있어서는 부족한 점이 많았지만, 허풍을 치거나, 둘러대거나, 입에 발린 소리를 하거나, 위선을 떠는 사람은 아니었다. 그 양반 말이 이랬다. 나는 현명한 사람도 아니고 덕스러운 사람도 아니다, 나도 내 결점이 무엇인지 안다,

나는 내 결점을 까놓고 이야기한다. 나는 내 결점을 증오한다. 그 양반은 사람으로서의 자기 주제를 제대로 파악하고 있었다. 결점투성이였다. 무식한 데다 자존심은 또 어찌나 세던지. 그 양반 자존심 때문에 자신이 무식함을 전혀 깨닫지 못했다. 우리 둘이 있는 자리에서 좀 생각이 있다는 사람이 자기 작품을 치켜세우기라도 하면 매번 이러는 것이었다. "여러분, 자신을 속이지 마십시오. 나는 똑똑하지도 않고, 제대로 교육도 못 받았고, 아는 것도 없습니다. 그런 소릴 들으려면 어째야 하는지도 잘 압니다. 내 글을 처음 대하다 보면 아찔하기도 할 것입니다마는 알고 보면 속 빈 강정입니다. 글을 쓸 때는 미처 몰랐던 실수를 인쇄가 되고 나서 발견하게 되면 정말이지 얼굴을 들 수가 없습니다. 글을 쉽게쉽게 쓰다 보니 실수도 많은가 봅니다. 나는 가족이나 친구들과 어울리는 중에도 엄청나게 써댑니다. 그렇다고 잘못을 용서받을 수는 없겠지요. 물론 신중하게 쓰고 또 검토도 했어야지요. 그렇게 못 할 바에야 아예 쓰질 말든지. 베르길리우스의 예를 봐도 그렇고 호라티우스의 충고를 봐도 그렇습니다. 그런데 일단 글을 쓰고 나면 그만입니다. 내 성미를 잘 알면서도 그렇답니다. 사람이 진득한 구석이 없어놓으니 많이 읽고, 쓰고, 지우고, 고치고, 쓴 글을 찬찬히 검토하고 하는 짓을 못 해내는 겁니다. 고백하건대 나는 마땅히 해야 할 바를 못 하는 놈이지요. 나는 확신합니다. 좀 똑똑한 사람들은 나를 나무라겠지요. 매번 아무렇게나 갈겨쓰는 바람에 그렇게 허무맹랑한 글이 된다고 말입니다. 똑똑한 사람들의 판단에는 나도 동의합니다. 그러나 멍청한 놈들 얘기는 신경도 안 씁니다."

나는 이렇게 넉살을 떠는 '생각하는 사람'을 친구로 점찍었다. 알고 보니 착한 사람이었다. 이따금 실수를 저지르는 것도 알고 있는 내용이 뒤죽박죽이 되어 그런 것이지 천성적으로 악해서가 아니었다. 나는 그 양반을 내 진정한 친구들 반열에 올렸다. 그 양반은 내 사랑을 받을 만하게 굴기도 했다. 나는 그 양반에게 내 속내를 다 털어놓기까지 했다. 어찌나 서로를 믿었던지, '생각하는 사람'의 마음이 내 마음이었고 내 마음이 '생각하는 사람'의 마음이었다.

내가 호되게 앓고 있던 어느 날, 그러니까 내 살아온 인생 내력을 겨우겨우 끼적거리고 있을 때, '생각하는 사람'이 나를 찾아왔다. 너희들 어머니는 침대맡에 앉아 있었고 너희들은 어머니를 둘러싸고 있었다. 나는 통증으로 완전히 늘어져 더 이상 글을 쓸 수 없다 싶어 '생각하는 사람'에게 이렇게 제안했다.

"내 죽고 나서 우리 아이들이 교훈을 삼도록 이 공책을 보관해주시오."

나는 내 친구 '생각하는 사람'에게 그 동안 적어온 글을 넘겨주었다. 좀 살펴보고 평을 해달라고. 병이 너무 깊었기 때문에……

'생각하는 사람'이 추가로 기록한 내용

내 친구 페드로 사르미엔토 씨는 여기까지 기록했다. 나는 그 양반을 내 자신처럼 사랑했다. 나는 그 양반이 죽을 때까지 병상을 지켰다. 애처로운 심정으로.

친구는 서기를 불러 정식 절차를 거쳐 유언장을 작성해 넘겼다. 유언장 내용에는 이런 사실도 들어 있었다. 현재 현금 5만 페소를 산 텔모 백작이 차용하여 이자를 지급하고 있다. 이 사항은 서기가 공증하였다. 이 돈을 회수하여 유언장 원본 내용에 따라 처리하도록 확실히 밝혀놓았다. 유언장은 이렇게 계속되었다.

"추가 사항. 내 유산 중 5분의 1은 상속에 따른 제 비용과 장례비로 할당된다. 나머지는 가난하지만 선량하며 정직한 기혼자들에게 다음과 같은 방식으로 전해지기 바란다. 9천 페소 이상이 남을 경우, 아홉 명의 가난한 이웃을 돕는다. 이 사람들은 유언 집행자가 선발한다. 교구 신부는 위 사람들에 대해 그들이 행실이 바르며, 진정 궁핍하며, 부양할 가족이 많으며, 어떤 직업이나 재능이 있고, 바보거나 게으름뱅이가 아님을 증명해야 한다. 여기에 덧붙여, 믿을 수 있는 제삼자를 후견인으로 세워, 이 후견인은 위 사람들이 증여받은 1천 페소를 가지고 생활을 꾸려나갈 방도를 찾아낼 수 있다는 점을 보증해주어야 한다. 만일 피후견인이 증여받은 재산을 유용할 경우에는 후견인이 그 재산에 대한 책임을 진다. 그러나 사업 실패, 강도, 화재 등으로 인하여 재산을 상실할 경우에는 후견인은 그 책임에서 면제된다.

9천 페소를 나누어 소액을 스무 명, 서른 명, 백 명, 천 명 하는 식으로 줄 수도 있겠지만, 이 방법은 마땅하지 않다. 그런 식으로 도와주는 것은 진정한 도움이 안 되기 때문이다. 그러니 내가 앞서 이야기한 대로 시행해주기 바란다. 그렇게 하는 것이 내 진정한 뜻이다. 도움을 받은 사람이 사업을 벌여 생활이 안정된 후에는 그들 또한 1천 페소를 기증하여 다른 가난한 이웃을 도울 수 있을 것이다.

과부나 처녀들을 도울 수도 있겠으나 나는 원치 않는다. 이런 사람들은 부자들이 잘 도와주기 때문에 우선적으로 도와줘야 할 사람들이 아니다. 오히려 가난하지만 정직한 가장들을 우선적으로 도와야 한다. 이런 사람들은 도움을 거의, 아니 전혀 받지 못한다. 한 집의 가장이라면 누구나 가족을 부양할 수 있는 화수분이라도 있어야 하는 것처럼 대부분 오해하기 때문이다."

유언장은 이런 식으로 작성되었다. 유언장 작성이 끝나자 성체 수령과 종부 성사가 치러졌다. 사르미엔토 씨의 은인이며 진정한 친구인 펠라요 신부가 임종 성체를 먹여주었다. 이 의식에 모든 친구들이 참석했다. 타데오 씨, 하코보 씨, 안셀모, 안드레스, 나, 그 밖에도 많은 친구들이. 이 종교 의식이 진행되는 동안 엄숙한 음악이 따랐다. 병자에 대한 존경심으로 모두가 조금은 들뜬 기분이었다. 내 친구가 주님의 성스러운 몸을 받아들일 때 보여준 열성적인 태도를 보고 참석자 전원이 감탄사를 발했다. 친구는 과거의 잘못에 대해 우리 모두에게 용서를 구했다. 친구는 그 떨리는 입술로 우리에게 충고도 주었고 권면의 말도 해주었다. 친구의 말에 우리 모두 눈물을 떨구었다. 우리 모두는 완전히 감화 감동되었다.

우리 사이에 감미로운 영혼의 교감이 오갔다. 친구는 모두에게 감사를 표하고 방으로 물러났다. 2시에 부인과 자식들을 방으로 불러들였다.

나는 침대 머리맡에 앉아 있었고 가족은 침대를 둘러싸고 있었다. 친구는 차분하게 가족을 향해 입을 열었다.

"여보, 얘들아. 내 항상 너희를 사랑했음을 의심하지 마라. 나는 너희들의 진정한 행복을 위해 항상 애써왔단다. 이제 너희들과 헤어질 시간이다. 이 세상 마지막 날에야 다시 볼 수 있겠지. 천지를 지으신 분께서 내 삶의 문을 두드리고 계신다. 주신 분도 주님이시니 다시 가져가시는 분도 주님이시다. 그때란 오직 주님만이 아신다. 나는 내 삶을 조종할 수 없단다. 이제 곧 죽을 것 같구나. 주님의 뜻에 따라 담담히 가겠다. 너무 슬퍼하지들 말라. 내 눈을 감아야 한다 생각하니 가슴이 찢어지는 것 같구나. 괴로워도 이를 앙다물도록 하거라. 어차피 한 번은 죽게 마련, 이 썩을 육체에서 영혼이 조만간 벗어나야 할 일이 아니겠느냐.

나는 안다. 내 주님께서, 내 삶의 주님께서 내 삶을 취하신다는 것을. 자연이란 창조주의 선한 뜻을 반드시 따라야 하는 거니까. 이렇게 생각하면 위안이 될 게다. 주님께서 내게 남편을 주셨다. 주님께서 내게 아버지를 주셨다. 이제 주님께서 남편을, 아버지를 데려가신다. 그러니 주님의 이름을 찬양할지어다. 욥도 그 비참한 지경에서 이렇게 순종하여 위로를 얻었던 거란다.

이렇게 생각하면 고통도 슬픔도 없을 것이야. 오히려 위안과 큰 기쁨을 얻게 될 것이야. 주님의 말씀에 있을 뿐만 아니라 우리 성스러운 종교 교리도 그렇게 가르치고 있지 않느냐. 절망이란 불신자들에게나 어울리는 것이야. 믿음이 없는 자들이나 우리 미래의 삶에 대해 의심하는 것이지. 우리 회개하여 마음을 바르게 한 기독교인들에게는 굳은 신념이 있단다. 주님께서는 언약을 지키시어 모든 죄를 용서해주시며 빚도 완전히 청산해주신단다. 우리는 경건하게 믿는다. 죽는다는 것은 더 나은 삶으로 들어간다는 것임을 말이다.

그러니 울지 마라, 얘들아, 울지를 마. 주님께서 너희와 함께하시며 복도 주시고 보호도 해주실 것이다. 주님의 말씀에 순종하고 주님의 선한 뜻을 믿으면 말이다. 확신을 가져라. 지금 여기서나 죽은 다음이나 행복하기에 부족한 점은 하나도 없다는 사실을 말이다.

이 세상을 살면서 너희가 어느 위치에 있든지 간에 정의롭고 명예롭게 살도록 노력하여라. 여보 마르가리타, 재혼을 하겠다면 반대하진 않겠지만, 내 당신 남편이 되기 전에 어떤 사람이었지는 꼭 기억하기 바라오. 세상에는 나 같은 사람이 너무나 많소. 나 같은 사람이라고 해서 모두 나처럼 죄를 뉘우치고 회개하는 것은 아니오. 정직하고 덕스러운 사람이라는 확신이 들면 적당한 때 합치도록 하시오. 그리고 항상 명심할 것은, 장점은 칭찬해주고 단점은 눈감아줘야 한다는 거요. 거만하게 남편의 뜻에 맞서지 말며, 정당한 일이라면 시키는 대로 따르도록 하시오. 내 당신 앞날을 위해 남겨준 돈을 멋이나 부리고 놀러나 다니고 하면서 쓸데없이 낭비하지 마시오. 허영기 있고 거만하고 제정신이 아닌 여자들을 본받지 마시오. 조심스럽고 덕스러운 여자를 본받도록 하시오. 내 자식놈들이 이제 다 크기는 했지만, 또 애를 갖게 되면 누구도 편애하지 마시오. 모두들 똑같이 대해주시오. 다 당신 자식이니까. 당신 남편에게도 내 자식들을 잘 보살펴달라고 일러주시오. 모두 한 형제처럼 지내게 하고, 편애로 인해 시기 질투가 생기지 않도록 하시오. 절약하시오. 내가 남긴 돈이나 남편이 벌어온 돈을 오락거리에 탕진하지 마시오. 나 1천 페소 있소라고 말하기는 쉽지만 1천 페소 벌기가 쉬운 일이 아님을 명심하시오. 개처럼 벌었소라고 말하기도 어려운 일인데 함부로 써서는 안 되는 거 아니겠소. 마지막으로 여보, 내가 일러주는 말을 잊지 않도록 하시오. 그 빌어먹을 질투심은 싹 잊어버리시오. 가엾은 여자들에게 도움이 되기는커녕 해만 끼칠 뿐이오. 망해먹기 딱 알맞은 거요. 설사 남편이 바람을 피운다 해도 모른 척하고, 오히려 더 정을 쏟으시오. 내 확신하건대 잠시 한눈판 갈보들보다야 당신이 더 낫다는 것을 금세 깨달을 거요. 그래서 정신 차리고, 용서를 구하며, 이전보다 배나 되게 당신을 사랑하게 될 거요.

그리고 너희, 내 사랑하는 자식들아. 너희에게는 무슨 말을 들려줄꼬? 겸손해라, 신중해라, 상냥해라, 은혜를 베풀어라, 예의를 지키며 살아라, 체면을 중히 여기도록 해라, 정직해라, 소박하게 살아라, 현명해야 한다. 한마디로 착한 사람이 되라는 이야기다. 내 살아온 내력을 적어두었으니 조심성 없는 젊은이가 대개 무슨 꼴을 당할지 한번 보도록 해라. 걸림돌이 어디 있는지를 알아 피하도록 해라. 덕이 무엇인지, 덕을 행하면 얼마나 달콤한 열매를 얻을 수 있는지 살펴보도록 해라. 그리하여 너희 어릴 적부터 덕을 품고 덕에 따라 살도록 힘쓸지니라.

그리고 주님을 사랑하고 찬양하며 그 말씀에 순종하여라. 이웃에게 유익을 끼칠 수 있도록 힘써라. 어떤 정부가 들어서든 정부 시책에 따르도록 해라. 너희에게 명령을 내리는 사람에게 순종하도록 해라. 남에게 해를 끼치지 마라. 선을 행할 수 있을 때는 지체 없이 행하여라. 친구를 많이 사귀지 마라. 특히 이 점을 명심해라. 다 내 경험에서 하는 말이다. 사람이 혼자라면, 그가 아무리 악독하다 해도, 친구가 없이 혼자라면 자신의 죄만 알 뿐이다. 아무에게도 피해를 주지 않고 자기 죄를 아는 사람도 없을 것이다. 반면에 어느 망나니 건달에게 친구가 많다면 그 많은 친구들에게 나쁜 본보기를 보일 것이고, 그 많은 친구로부터 망신을 당하게 될 것이다.

게다가 내 인생 역정을 읽어보면 알 수 있겠지만 신의를 지키지 않는 친구들도 많단다. 좋은 시절에는 친구가 넘쳐나지만 어려움을 겪게 되면 남아 있는 친구란 거의 없단다. 그러니 친구를 사귀는 데 있어서 조심해야 한다. 욕심을 부리지 않고 진실하며 어느 모로 보나 선한 사람을 만나게 되면 그를 사랑하여 영원히 너희들 곁에 두어라. 그러나 이미 사귄 친구라 해도 욕심이 있고, 의뭉스럽고, 행실이 바르지 못하면 내쳐 버릴지니 그들의 우정은 결코 믿지 마라.

마지막으로 한마디 더 하마. 내가 수련 수도사로 있을 무렵, 너희 할아버지께서 돌아가시면서 내게 남긴 충고를 명심하여라. 그 내용은 내 자서전 제1권 12장에 기록되어 있다. 그 말만 그대로 따르면, 내 확신하건대, 너희는 너희 아비보다 더 행복할 것이야."

이런 이야기 또 저런 이야기, 페드로 씨는 부인과 자식들을 품에 안고 여러 번에 걸쳐 입을 맞추고 떨어졌다. 나는 사무치게 울었다. 부인과 아이들이 보여준 격렬한 모습은 페드로 씨가 사전에 일러준 말을 무색하게 만들어버렸다. 울부짖음, 눈물, 애타는 심정. 마치 병자가 아무런 충고도 하지 않았다는 듯이.

결국 병자는 혼자가 되었다. 병자가 내게 말했다.

"이제 세상일은 접어두고 오로지 내 주님께 대적했던 일만을 생각해야 할 시간이 되었소. 내 잘못으로 겪는 이 고통과 고뇌를 주님께서 거두어주시기를 바라오. 내 고해 신부인 펠라요 신부를 불러주시오."

펠라요 신부는 정말 좋은 친구였다. 친구가 고통을 당하는 동안 내 내 자리를 지켰다. 신부는 자기 집에 도착해 가운만 벗어던지고 영혼의 아들을 위로하기 위해 서둘러 친구 집으로 다시 달려왔다. 내가 막 방을 나서려는데 펠라요 신부가 들어오면서 친구에게 어떠냐고 물었다.

병자가 대답했다.

"서둘러 가야지. 자네 이제 내 머리맡에 꼭 붙어 있어야 할 것 같아. 제발 부탁하네. 죽는 순간에 나타난다는 악마나 환상이나 허깨비가 무서워 이러는 것은 아닐세. 누구나 죽을 때는 이런 것을 본다지만 다 쓸데없는 소리란 걸 난 알아. 주님께서 죄인을 벌 주시거나 위협하기 위해 그런 허깨비들을 필요로 하지는 않으실 테니까. 죽는 순간에 영혼이 보게 되는 것은 사악한 양심과 양심의 가책이겠지. 그게 바로 마귀며 사탄인 것이지. 그게 후회도 없이 잘못 살아온 지난 과거와 주님의 공의와 노여움과 뒤섞이다 보니 그렇게 보이는 것일 거야. 다 멍청한 속인들의 잘못된 믿음일 뿐이야. 자네에게 내 곁에 있어달라고 하는 이유는 마지막 순간에 나를 좀 도와주었으면 해서일세. 자네 그 권면과 위로라는 부드러운 향유를 내 마음에 부어주게나. 내 숨을 거둘 때까지 내 곁을 떠나지 말게나. 여기서 어느 믿음에 열심인 남자나 여자가 있어 꽃다발을 들고 또 뭐 다른 형식에 따라 예수여, 예수여 소리치지 못하게, 냉랭한 어투로 내 영혼을 들볶지 않도록, 터무니없는 고함질로 내 머리를 으깨지 못하게 해주게나. 예수님이라는 말을 하지 말라는 것은 아닐세. 주님께서는 내 입술로 그 이름을 말하는 것을 허용하지 않으실지도 모르지.

나는 아네. 그 달콤한 이름, 이름 중의 이름이지. 그 이름을 외쳐 부르면 하늘이 즐거워하고, 땅은 겸손해지며, 지옥은 몸을 떨겠지. 내가 못마땅하게 생각하는 것은, 내 머리맡에 책을 한 권 들고 서서 주절거리는 거라네. 한자 한자 또박또박 읽겠지. 그렇지 않다 해도 그저 상투적인 말뿐이야. '예수께서 도우십니다, 예수께서 보호하십니다, 예수께서 당신을 사랑하십니다.' 그래서 뭘 어쩌겠다는 건지. 책을 읽는 사람도 이게 형식일 뿐이란 걸 알고 있다네. 내게도 그렇게 한다면 나는 참지 못하고 소리를 지르고 말 걸세. 내 그런 사람 여럿 보았네. 친구여, 제발 부탁이니 그런 사람들 내 곁에 얼씬도 못 하게 하게나. 편하게 죽게 돕는 것이 아니라 오히려 죽음을 재촉할 걸세. 자네도 알다시피 지금 이 순간 중요한 것은 병자로 하여 회개하게 하고 주님의 자비를 믿게 하는 것일 테지. 믿음과 소망과 사랑을 마음속에 외우게 하고, 주님의 선하신 뜻을 기억하게 하고, 예수 그리스도는 우리를 위해 피를 흘리셨음을, 우리의 유일한 중보자이심을 일깨우고, 마지막으로 주님께 사랑을 맹세케 하는 것이지. 영광 중에 주님을 뵙고자 하는 희망을 격려해주면서.

이것이 바로 편하게 죽게 돕는 일이지. 하지만 모두가 그렇게 할 수는 없는 일. 교육도 받고 또 타고난 천성도 있어야지. 그래야 바보들처럼 울고불고 해서 죽어가는 사람을 돕기는커녕 오히려 놀라게 하고 불편하게 만드는 꼴을 피할 수 있겠지.

또 부탁인데, 노인네들이 내게 달려들지 못하게 해주게. 비록 좋은 뜻에서 온다 해도 말일세. 내 죽어가는 순간에 입 속에 무슨 즙이나 물을 넣지 못하게 하게나. 그렇게 하면 오히려 병자의 수명을 단축케 하는 것이라고 일러주게나. 이중으로 고생하며 죽게 하는 것이라고. 노인네들에게 일러주게나. 우리 목에는 두 개의 구멍이 있는데 하나는 식도요 다른 하나는 후두라고. 후두를 통해 공기가 폐로 가고, 식도를 통해 음식이 위로 간다고. 그리고 꼭 일러줘야 할 말이 있는데, 공기 구멍이 음식 구멍보다 앞자리에 있음을 알려주게나. 건강할 때는, 우리가 음식을 먹을 때는 성문이라는 것으로 공기 구멍을 꽉 막아 음식은 음식 구멍을 통해 위로 갈 수가 있어. 마치 다리를 건너는 격이지. 이런 작용은 음식을 넘길 때 혀를 입천장에 꽉 붙여야 되는 거야. 공기 구멍을 막기 위해 혀를 붙이지 않고서는 어느 누구도 침조차도 삼킬 수 없어. 이런 일을 등한히하여 물 한 방울이라도 목젖이라는 곳으로 흐르게 되면, 폐라는 것은 공기만으로 채워진 것이기 때문에 그 이물질을 뿌리쳐버리려 애를 쓰게 된다네. 너무나 격렬하게 요동치다 보면 물 같은 경우는 콧구멍으로 튀어나오기도 해요. 물이 들어갔다고 쳐보자고. 물은 폐 속에 있는 공기보다 더 부담이 가는 것이기 때문에 병자가 질식해 죽을 수도 있고, 양이 적다면 앞에서 말한 것처럼 토해내기도 한다네.

자네 노인네들에게 이런 점을 잘 설명해주고 나서 이렇게 일러주게나. 병자는 기력이 없어 혀를 붙일 힘도 없다고 말이야. 그래서 입에 뭐를 넣어 그것이 폐로 들어가더라도 재채기를 해서 빼내지 못하게 되면, 그러니까 아주 위험한 것인데도 토해낼 힘이 없을 경우 병자는 곧 숨을 거두고 만다. 이렇게 일러주게나. 젖은 헝겊으로 입을 적셔주면 아주 안전해요. 하기야 그런다고 해도 사람들에게 위안만 될 뿐이지 병자가 나아지는 것은 아니지만.

어쨌든 펠라요, 자네 제발 이틀 동안만 내 주검을 지켜주게. 그리고 내가 확실히 죽었다는 확신이 가면 그때 땅에 묻어주게나. 나는 다른 많은 사람들처럼 땅속에 묻힌 채 생을 마감하고 싶지 않네. 애를 낳다가 죽는 여자 중에 특히 그런 사람들이 많아. 한동안 정신을 잃는 수가 있는데, 가사 상태에 빠졌다고나 할까. 그러면 유족들이 죽었구나 싶어 산 채로 서둘러 묻어버린단 말일세."

페드로 씨는 고해 신부와 이야기를 끝내고 나를 돌아보았다.

"친구, 아무 힘도 없군 그래. 떠나야 할 때가 온 것 같으이. 이웃에 사는 아가피토 씨(이 양반은 뛰어난 연주가였다)를 불러주게. 내가 부탁했던 일을 할 시간이라고 전해주게나."

전갈을 받은 연주가는 밖으로 나갔다. 잠시 후 연주가는 세 명의 소년, 피리, 바이올린, 북 등의 연주자와 함께 돌아와 그들을 이끌고 방으로 들어갔다.

우리 모두는 이 예기치 못했던 광경에 깜짝 놀랐다. 병자가 신음을 토하기 시작하자 소년들은 연주자들의 반주에 맞추어 부드러운 목소리로 노래를 부르기 시작했다. 페드로 씨 자신이 이때를 위해 손수 작곡한 노래였다. 우리 모두는 기가 막혔다.

죽어가는 마당에서도 우리 친구가 좀 덜 처연한 분위기를 연출하고자 애쓴 흔적이 우리 모두로 하여 감탄과 감격의 눈물을 자아내게 했다. 펠라요 신부가 입을 열었다.

"보십시오 여러분. 내 친구는 어떻게 죽는 것이 올바로 죽는 것인지를 알고 있습니다. 이제 의식은 별로 없겠지만, 이 감미로운 목소리가, 이 조화로운 음악이, 주님께 바친 친구의 헌신적인 마음을 일깨워주지 않겠습니까?"

사실이 그랬다. 노래는 계속 이어졌다.

주님께 바치는 찬양

영원하시며 광대하시며 전능하신 주님,
지혜로우시며 정의로우시며 성스러우신 주님.
그 능력의 손으로 창조하신 피조물을

사랑으로 보호하시는 주님.
내 주님께 자원하여 지고한 주님 전에
마땅히 드려야 할 찬양을 바치옵니다.
내 환난 날에 주님께서는
방패요, 지팡이요, 피난처이옵니다.
내가 헛것을 좇아 보람 없이 헤맬 때
깊은 수렁에서 날 건지시니
내 눈을 들어 주님을 바라보나이다,
퉁퉁 부어오른 눈물 젖은 눈으로.
그 자비롭고 은혜로운 손을 뻗어
나를 도와주시어
위험에서 건져내시고
안전한 항구로 이끄셨나이다.
오, 주님, 그때로부터
주님의 놀라운 권능으로
내 망설이는 죄악의 발걸음을
바른길로 인도하셨나이다.
내 죄악이 나를 부끄럽게 하나이다.
나는 죄를 미워하오니, 내 이 부르짖음으로
오 나의 주님, 지워지게 하소서,
생명책에 기록된 내 모든 죄악을.
그리하여 이 마지막 순간,
주님, 내 죄를 사유하시옵소서.
나이 어려 경험 없어
죄악으로 빠진 것이옵니다.

오로지 이것만을 기억하소서,
사악하고 은혜를 모르는 죄인이오나
주님의 자녀요, 주님께서 지으신 인생이옵니다,
주님의 그 성스러운 손으로 지으신 피조물이옵니다.
주님께 그토록 대적했으니
내 마음이 쓰라리오나, 이전보다 더욱 주님을 사모하옵는 것은
아버지를 대적했던 그 많은 죄악이
이제 용서받았음이니이다.
주님의 언약의 말씀에 의지하오니
긍휼히 여겨주시옵소서. 주님의 손에
내 영혼을 의탁하오니
주여, 그 품으로 나를 받아주옵소서.

조용한 노래가 두 번 반복되었다. 두번째 부를 때, "주님의 손에 내 영혼을 의탁하오니"라는 구절에 이르렀을 때, 우리 페드로 씨는 주님께 자기 영원을 부탁했다. 우리 모두를 사랑과 믿음과 위로로 가득 채워준 채.

페드로 씨는 1813년 말에 죽었다. 그 소식으로 온 집안이 고통스러워했다. 유족들뿐만 아니라 그 죽음을 지켜보았던 친구, 하인, 도움을 받은 사람 모두 눈물을 떨구었다.

고인의 유언에 따라 삼일장이 치러졌다. 그 동안 친구며 도움을 받은 사람 등 모두 페드로 씨 곁을 떠나지 않았다. 아버지, 친구, 은인을 여읜 슬픔으로 모두 대성통곡이었다. 그러나 결국 장례는 치러져야 했다.

27. 우리 '생각하는 사람'이 페리코의 장례식과 이 사실적 이야기를 마무리짓는 몇 가지 사항을 이야기하는 장

이틀 후에 장례가 치러졌다. 장엄하고 엄숙한 장례식이었다. 장례식이 끝나고 주검을 공동 묘지로 옮겼다. 나는 페드로 씨가 내게 요청한 특별 주문에 따라 묘지(墓誌)를 썼다.

묘비는 대리석의 일종인 테칼리산 반석으로 세웠다. 고해 신부가 마련해둔 것이었다. 묘비에는 묘지와 고인이 병세가 악화되기 전에 써두었던 열 줄 노래를 새겼다. 묘지는 라틴어로 새겼다. 독자 제위께 감사드리는 뜻으로 여기 적어놓겠다.

> 히크 하세트
> 페트루스 사르미엔토
> (불고)
> 페리키요 사르니엔토
> 페카토르 비타
> 니힐 모르테.
> 키스키스 아데스

데움 오라
우트
인 에테르눔 발레아트.

에스파냐어로 옮기면 이런 뜻이다.

여기 잠들다
페드로 사르미엔토
널리 알려지기로는
페리키요 사르니엔토.
살아서는
죄인일 뿐이었고
죽어서도 남긴 게 없다.
나그네여,
그 누구일지라도,
영원한 안식을
주님께 빌어주시게나.

열 줄 노래

보라, 생각하라, 깨칠지어다,
생각 없이 살진 않았는지,
여기 한 망나니 누웠으니
결국에 가서야 올바로 죽었노라.
누구나 이 같을 수 없나니

먼저 깨칠지어다,
어떻게 살아왔느냐에 따라
죽기도 가지가지일지니
곱게 죽고자 하면
곱게 살아야 할지라.

고인의 친구들은 모두 이 노래가 고인의 삶을 간단명료하게 표현한다고 했다. 펠라요 신부는 향로에서 타다 남은 숯 하나를 꺼내 공동 묘지의 하얀 벽에 일필휘지로, 그러니까 즉흥적으로 이렇게 썼다.

소네트

여기 페리키요 잠들다, 살아생전에
반은 죄인, 반은 의인으로 살다.
덕을 멀리 벗어나 살 때는
스스로 목숨을 끊고자 했다.
주님께서 감동을 주사 은혜를 베푸셨으니,
그 단순한 마음에 기쁨이 넘쳤도다,
덕이 무성하였도다. 이제 죽기를
깨끗하고 열렬한 자비로 충만했도다.
오, 사랑하는 이여, 그대 얼마나 많은
사악한 무리의 본보기가 되었던고! 그럴지라도
회개하여 그대를 본받는 자
오늘까지 드물어라.
잘못이라면 그렇게나 추종하던 이들이, 어찌하여

회개한 사람은 본받지 못하는가? 왜 그리 적은가?

진심에서든 아니든 간에 우리 모두는 펠라요 신부의 소네트를 칭찬했다. 몇몇은 예의상 그랬고 또 몇몇은 시인이 될 소지가 보인다며 그랬다.

그러자 안셀모라는 친구도 신부를 흉내내 아래와 같은 시를 읊었다.

열 줄 노래

지금 여기 누워 있는 친구에게
내 심히 부끄러운 짓을 저질렀나니.
배은망덕한 이 몸을
죽어서까지
도와주는구나. 나는 아노니
내 진정한 친구였음을.
그 덕스러움은 내 목격한 바요
주님께서 용서하셨음을 확신하노니,
내 죄를 사하여
원수를 사랑한 친구였음이로다.

우리 모두 어쭙잖은 시인 기질이라는 것을 갖추고 있었기 때문에 우리는 그 애꿎은 벽으로 달려들어 생각나는 대로 손 가는 대로 말도 안 되는 소리를 끼적거렸다. 하코보 씨는 앞에 인용한 열 줄 노래를 읽고 나서 숯을 집어 들고는 다음과 같은 시를 썼다.

여덟 줄 노래

먼지 낀 차가운 돌멩이가
가리고 있는 주검이여.
때맞추어 내 그를 만났으니
수치와 죽음에서 날 구해내었네.
한때 막 놀았다 하나, 나는 모르는 일.
오로지 그 덕만을 기억한다네. 그로 깨달은바,
죄악을 떨쳐버린 사람이라면
아쉽고도 눈물날지라.

타데오 씨는 하코보 씨로부터 숯을 빼앗아 이렇게 썼다.

다섯 줄 노래

내 친구 여기 잠들다.
내게 욕을 보였던 친구.
내 친구의 덕을 입증하노니
자비로 나를 구원하였음이라.
오늘 이를 기려 축복하노라.

자기 주인에 대한 찬사를 읽고 이발사 안드레스는 눈에서 눈물을 뿌렸다. 안드레스가 얼마나 상심하고 있을지를 잘 알고 있던 펠라요 신부는 눈물을 흩뿌리는 안드레스에게 숯을 건네주었다. 안드레스가 한사코 고사하는 바람에 우리는 놈을 둘러싸고 간단하게나마 적어보라고 윽박질렀다. 고집이 대단한 놈이었다. 그래도 결국에 가서는 우리의 애원에 진력이 났는지 조잡한 펜을 들어 이렇게 썼다.

열 줄 노래

개 털 깎는 법을 내게 가르치셨다네
우리 주인님이. 사나운 할망구
어금니 뽑는 것도 가르치셨다네,
그외에도 오만 가지 허튼짓.
하지만 돌아가신 분을
욕되게 할 수는 없는 일.
나는 잘 알고 있음이여
좋은 일도 가르치셨지.
연옥을 거쳐가면
승리의 종려 가지를 받으실지라.

우리는 그 순진한 안드레스의 시가 옳다며 치켜세웠다. 나 역시 짧은 가락을 하나 지어보려고 나섰다. 막 적어 나가려는데 개인 신부가 나를 불렀다.

"선생은 소네트를 지으셔야지요. 되는 대로가 아니라 장단도 있고 운율도 맞는 놈으로 말입니다."

"신부님, 좀 과한 부탁인데요. 시라는 것에는 재주가 메주인 놈이 어떻게 소네트를 지을 거라 생각하십니까? 운을 맞춘다는 것도 그렇습니다. 소네트를 지으려면 애깨나 써야 합니다. 아폴로 신이 시인들을 벌준 것이지요.『시학』을 쓴 보왈로라는 사람 말에 따르면 그렇습니다. 신부님께서 요구하시는 대로 하려면 어떻게 해야겠습니까? 시작법, 적절한 눈가림, 운율, 애매모호한 말장난, 신소리, 또 그런 종류의 말장난을 지켜야 하니 말입니다. 이 따위 것들은, 물론 다 그럴 만한 이유는 있겠지만, 지난 과거의 무식함과 답답함을 보여주는 것뿐입니다."

"나도 아는 바고, 선생 말 그대로요. 그래도 어디 학술원 같은 데서 이름을 날리겠다는 것도 아니고 그저 친구들끼리, 그것도 공동 묘지에서, 한 수 써보는 것인데, 아, 능력껏 하시지요. 어디 좀 즐겨봅시다. 묘지에 상석을 올리기까지 시간을 보내야 하지 않겠습니까."

더 이상 고집을 피우면 실례가 될 것 같았다. 그래서 나는 어거지로 숯을 들고 마귀나 물어갈 것을 시랍시고 적어나갔다.

소네트

아무리 죄 많은 사람일지라도,
아무리 덕이 넘치는 사람일지도,
아무리 험악하게 엇나간 사람일지라도,
바보같이 체념할 일은 아니리라.
진심으로 회개한다면,
굳은 믿음으로 주님을 따른다면,
참으로 확고하게 정신을 차린다면,
주님께서는 분명 용서하시리라.
그리하여, 행복하여라 우리 망자여,
젊어서 많은 죄를 저질렀을지라도,
덕으로 꽁꽁 묶인 채 죽었음이여.

죄를 지은 건 사실일지라도, 그 통한의 눈물로
그 잘못을 깨끗이 씻어내었음이여.
죄인으로 살다 성인으로 마침이여.

당연히 뭇사람들의 찬사가 따랐다. 사실적 이야기지만 아무리 별 볼일 없는 것도 다 칭찬을 받은 것은 사실이다. 안드레스의 시도 칭찬을 받았을 뿐만 아니라, 그 뒤를 이은 산아구스틴 데 라스쿠에바스의 원주민 회계사가 쓴 말 같지도 않은 단가마저 칭찬을 들었다. 이 회계사란 양반은 친구가 죽었다는 소식을 듣고 장례식에 참석하기 위해 멕시코에 온 사람이었다. 자기 입으로 이렇게 말했다.

글씨가 워낙에 괴발개발이다 보니 잘 알아먹을 수 없어서 우리는 한동안 그 내용을 밝히는 데 애를 먹었다. 마침내 우리가 내린 결론은 이랬다.

오직 한마디, 다른 것은 쓸모없다.
페드로스 씨가 여기 죽다.
우리에게 많은 은혜를 베풀었으니
우리 잊지 말고 기억해야지.

원주민의 시가 찬사를 받는 것을 보고는 어느 누구도 다시는 쓰려고 하지 않았다. 그리고 마침 타데오 씨 주머니에서 발견한 연필로 우리는 위의 시 나부랭이를 종이에 옮겨 적을 수 있었다.

나는 이 따위 것들을 그렇게 소중하게 다루는 사람들을 이해할 수 없었다. 이 시의 사본은 여기저기 퍼졌다. 그날 하루 멕시코 내외에서 3백 부 이상이 베껴졌을 것이 분명하다.

상석 올리기도 마무리되었다. 펠라요 신부와 초대 손님으로 온 다른 신부들이 묘지에서 죽은 자를 위한 마지막으로 명복을 비는 기도를 올렸다. 우리는 마차를 타고 미망인에게 조의를 표하기 위해 몰려갔다.

나는 9일 동안을 내내 고인의 절친한 친구들이 우글거리는 상가에서 지냈다. 친구들 중에는 점잖지만 낭패를 당한 가난뱅이들이 많았다. 나는 그들을 말없이 도와주었다.

우리는 그때까지 고인이 얼마나 많이 동정을 베풀고 기부금을 냈는지 모르고 있었다. 고인은 유언장에서 2천 페소를 내게 맡겼다. 내 판단 아래 또 나와의 마지막 면담에서 내게 전해준 기준에 따라, 그 가난뱅이들에게 골고루 나눠주라고 했다. 고인은 미리 가난뱅이들의 이름·주소·가족·생활 형편 등을 목록으로 작성해두었다.

나는 고인의 부탁을 철두철미하게 이행했다. 나는 미망인을 자주 찾아다녔고, 내가 할 수 있는 일이라면 무엇이든지 도와주기도 했다. 미망인이 생활을 꾸려 나가는 데 있어 보여준 그 정확한 판단·품행·절약·질서는 항상 나를 감탄시켰다. 미망인은 자식 교육에 있어서도 철저했다. 자식들은 장차 아버지의 이름을 드높이고 어머니의 위로가 될 것이 분명했다.

어느 정도 시간이 지났다. 미망인도 이제 평정을 되찾았다. 나는 미망인에게 고인이 쓴 공책을 달라고 했다. 마지막 면담에서 내게 부탁한 대로 살펴도 보고 주석도 달아야 했기 때문이었.

미망인은 공책을 넘겨주었다. 순서를 정리하고 틀린 부분을 고치고 하는 일이 상당히 어려웠다. 순서가 뒤죽박죽인 데다가 글씨마저 엉망이었던 것이다. 하지만 나는 최선을 다했다. 정리가 끝나자 원고를 미망인에게 가져가 출판사에 넘겨도 좋은지 허락을 구했다.

미망인은 매우 당황해했다.

"주님께서도 원치 않으실 거예요. 내 남편의 못난 행적이 세상에 드러나는 것을, 말 많은 사람들이 남편 뼈를 도마질하면서 즐기는 꼴을 어떻게 허락할 수 있겠어요?"

"전혀 그렇지 않습니다. 사실 고인의 행적이 좀 그렇긴 하지만, 그래도 출판되어 읽힐 가치가 충분히 있습니다. 못난 행적이라도 특이하고 건설적이며 재미도 있습니다. 부인께서는 크게 신경 쓰지 않으시는 것 같습니다만, 오늘날 고인과 같이 겸허하고 솔직하게 자신의 잘못을 깨달아, 자복하고 회개하는 사람이 나타난다면 그 일 또한 큰일이 아니겠습니까? 그렇습니다, 부인. 감탄할 만한 일이지요. 감히 말씀드리거니와, 비교할 바 없이 중요한 일입니다. 오늘날 많은 사람들이 자신의 잘못을 깨닫는다 해도, 그저 자기 만족에 빠져 고백할 생각은 못 하고 있습니다. 고백해야 할 필요성을 느끼는 사람도 거의 없습니다. 우리는 대개 자존심으로 인해 눈이 멀어 우리들 잘못을 감추고, 적당히 얼버무리고, 심지어 잘못이 아니라 덕성이라고까지 우기고 있는 실정입니다.

물론 페드로 씨가 자녀 분들에게만 읽히겠다는 생각으로 기록을 하신 것은 사실입니다. 하지만 다행스럽게도 자녀 분들께서는 누구보다도 이 공책을 읽을 필요가 없습니다. 이미 고인이 훌륭하고 굳건한 기초를 다져놓았으니 이를 바탕으로 사회 교육이나 종교 교육을 받아가면 되는 것이지요. 심성을 곱게 길러줄 어머니도 있고 말입니다. 분명 이 점을 소홀히하지는 않으시겠지요.

멕시코에는 말입니다, 부인, 아니 이 세상에는 페리키요와 같은 사람들이 상당수 있습니다. 그들에게 이 공책이 도움이 될 것입니다. 이 공책은 많은 도덕적인 가르침을 간직하고 있습니다.

고인은 솔직하게 자신의 죄악을 드러내고 있습니다. 그렇다고 그 죄악에 대해 자랑스러워하지는 않습니다. 오히려 그러한 죄악을 저지른 것에 대해 참회하고 있습니다. 죄를 말하지만 항상 그 죄에 대한 벌이 따릅니다. 세상사 인과응보라는 사실을 보여주기 위해서지요.

이와 마찬가지로 선행에 대해서도 언급합니다. 선행을 드높여 본보기로 삼으려고 말입니다. 고인이 선행을 행한 것도 순간적인 판단에 의한 것이지 비굴해서도 거만해서도 아니었습니다.

고인이 인생 내력을 적어간 방식에서도 상스럽거나 우쭐거리는 듯한 기색은 없습니다. 잘난 척하지도 않고 그저 단순하고 평이하게 적어갔습니다. 우리 모두가 대개 하는 식으로 말입니다. 아주 쉽게 이해할 수 있고 이해시킬 수 있는 그런 방식입니다.

그렇게 하자 해서인지 시중에서 떠도는 농담이나 속담도 빠뜨리지 않고 이용했습니다. 모든 사람이 읽을 수 있도록 쓰자는 의도였겠지요. 때로는 익살을 부리기도 했는데, 아마도 너무 심각한 글이 되지 않을까 염려해서였을 겁니다. 심각하다 보면 지겨워지겠지요.

부인의 부군은 사람들의 성격을 잘 파악하고 있었습니다. 심각한 것은 사람을 피곤하게 만든다는 사실을 꿰고 있었던 것입니다. 아무리 좋은 책이라도 이런 종류의 책, 도덕군자들의 탁상공론만 다루게 된다면 일반적으로 많이 읽히지 못합니다. 그와 반대로, 독특한 방식으로 씌어진 글에는 독자들이 많게 마련입니다.

이런 유의 책은 영악한 소년, 방탕한 젊은이, 멋쟁이 처녀들 손에서 떨어질 줄 모릅니다. 심지어 망나니 날건달들조차 매달립니다. 이런 사람들도 책을 읽으면 하다못해 본전이라도 뽑으려듭니다. 호기심에 책을 펼쳐 들고 신나게 읽습니다. 말장난이나 이야기 줄거리만 읽어도 신난다는 것입니다. 작가가 글을 쓸 때 노린 것이 그것뿐인 양 말입니다. 그러나 알게 모르게 얼마간의 도덕적 훈계를 섭취하게 되는 것이지요. 심각하고 엄격한 글을 읽을 때는 도무지 알 수 없었던 것을 말입니다. 몸에 좋은 약이라도 입에 쓰면 안 되니까 잘 넘어가라고 그 위에 당의를 입히는 것과 같은 이치지요.

이런 책들을 한자 한자 꼼꼼하게 따져 읽어야 한다고 생각하는 사람은 없습니다. 신랄한 비판도 그저 재미로 볼 뿐입니다. 누굴 빗대어 하는 얘길까 궁금해하지도 않을 겁니다. 작가는 생각지도 못한 일이겠지만. 그러나 정신없이 읽고 나서 제정신으로 돌아오면, 저렇게 험악하게 욕하는 당사자가 도대체 누구일까 하고 심각하게 생각해보게 됩니다. 그리고 거북스러워하기보다는 교훈을 삼아 언젠가는 도움을 받기도 합니다.

윤리 도덕 책이 가르침을 주는 것은 사실입니다. 하지만 우이독경이지요. 아무리 가르쳐도 금세 잊어버린단 말씀입니다. 그러나 고인의 책은 귀와 눈을 통해 가르칩니다. 사람을 있는 그대로, 죄악의 피해와 덕으로 인해 받는 상급을 있는 그대로, 나날이 일어나는 그 모습 그대로 보여주고 있습니다. 고인의 글을 읽고 있으면 꼭 눈앞에서 보는 것 같습니다. 그러니 머릿속에 그대로 박히고, 그래서 친구들에게 얘기해주게 됩니다. 필요하면 주인공이 누구라고 인용하고, 역사적인 인물들도 이 사람 저 사람 기억하게 됩니다. 그래서 그와 비슷한 사람을 만나게 되면 책에서 읽은 일화를 교훈 삼아 행동하게 되는 것이지요. 그러니 부인, 어떤 식으로든 유용하게 사용될 부군의 글을 기억 속에 묻어버릴 수는 없는 일 아니겠습니까.

글이 매끄럽다거나 글을 쓴 방식이 좋아서 칭찬하는 것이 아닙니다. 좋은 점도 있고 그렇지 않은 점도 있습니다. 부인 듣기 좋으라고 하는 이야기가 아닙니다. 부군은 그저 평범한 사람이었습니다. 그러니 완벽한 글을 쓸 수는 없었습니다. 만일 그랬다면 기적이라고 하겠지요.

부군의 글에는 결점이 많습니다. 그러나 결점이 많다고 해서 책 속에 포함된 윤리 도덕적 격언들이 지닌 가치를 떨어뜨리지는 않습니다. 사실은 어쨌든 사실이니까요. 누가 언급하든, 어떤 식으로 언급하든 말입니다. 부군의 그 올바른 의도를 책잡고 넘어질 사람은 없을 겁니다. 부군의 죄악이라는 독극물에서도 몸에 좋은 약물을 추출할 수 있습니다. 자녀 분들에게나 부군의 인생 내력을 읽는 사람들에게 어떻게든 도움을 줄 것입니다. 죄를 범하면 무슨 꼴을 당하게 될지를, 덕을 행하면 마음의 평정과, 비록 일시적이긴 하겠지만 행복감마저 느낄 수 있다는 점을 가르쳐주기 때문입니다."

"선생님이 그렇게 생각하신다면, 이 글이 쓸모가 있다면, 출판을 하시든지 어쩌든지 알아서 하십시오."

나는 부인의 허락을 받아 기쁘기 그지없었다. 나는 지체 없이 출판에 들어갔다. 작가의 고귀한 의도에 합당한 성과를 거두어야 할 텐데!

〔끝〕

■ 옮긴이 해설

어느 천덕꾸러기가 고발하는 격동기의 멕시코

1. 머리말

『페리키요 사르니엔토 *El Periquillo Sarniento*』가 출판될 때까지 멕시코 문학은 진정한 의미에서의 국민 문학을 갖지 못했다고 할 수 있다(물론 '국민 문학'이라는 개념을 어떻게 설정하느냐에 따라 여러 설이 있겠으나, '식민지 시대 이후, 즉 에스파냐어를 사용하여 멕시코인의 삶을 사실적으로 표현한 문학'으로 규정할 경우에 그렇다는 얘기다).

『페리키요 사르니엔토』의 작가 호세 호아킨 페르난데스 데 리사르디 José Joaquín Fernández de Lizardi(1776~1827)는 '멕시코의 생각하는 사람'이라는 필명으로 더 잘 알려져 있다. 작가는 신대륙 발견, 식민지화, 독립 전쟁에 이르는 과정 중 가장 혼란한 시기라 할 수 있는 독립 전쟁 전후 시기를 살았다. 식민에서 독립으로, 왕정에서 공화정으로, 절대주의에서 계몽주의로 넘어가는 과도기에 나타나는 온갖 인간 군상들의 삶의 양상이 '페리키요 사르니엔토'라는 인물의 눈과 입을 통해 적나라하게 드러난다.

『페리키요 사르니엔토』는 주인공의 일대기를 그리고 있다는 점에서 성장소설이며, 그 주인공의 인물 됨됨이와 삶의 여정을 봤을 때 악자

(惡子)소설이다. 주인공은 직접 화법을 통해 자신의 인생살이를 토로한다. 각 장의 시작 부분이나 중간에 특정 사건, 특정 계층, 사회 관습 등에 대한 성찰이 묘사되고 서술되는 부분이 있으나, 전 작품을 통해 볼 때 각 등장인물들의 직접 화법으로 작품이 구성되었다고 해도 과언이 아니다. 각 인물들의 개성이 고스란히 드러나는 언어는 투박하고 중언부언이며 심지어 일관성이 없는 경우도 있으나, 사실적이며 생동감이 넘친다는 점에서 이 작품에 생기를 불어넣고 있다.

『페리키요 사르니엔토』는 1816년에 출판되었다. 이 시기는 멕시코 전국이(아니 에스파냐 식민지하에 있던 중남미 전체가) 독립에 대한 열망과 투쟁으로 몸부림치던 때다. 에스파냐 본국에서 파송된 권력자들은 무력에 의한 탄압뿐만 아니라 언론 통제라는 무기를 사용하여 멕시코인의 자유에 대한 열망에 재갈을 물리기에 혈안이 되어 있었다. 그 결과 작가는 이 작품에서도 언급하듯 '멕시코 독립 전쟁'에 대해 말을 할 수 없는 입장에 놓여 있었지만, 문학 양식상의 간접 화법, 즉 지배 권력층에 대한 통렬한 비판과 구 시대의 악습에 대한 노골적인 해부로 그 시대인의 열망을 대변한다.

2. 작가 호세 호아킨 페르난데스 데 리사르디

호세 호아킨 페르난데스 데 리사르디는 1776년 멕시코에서 의사의 아들로 태어났다. 그는 산 일데폰소 대학에서 철학과 라틴어를 공부했으나 학업을 마치지는 못했다. 그러나 라틴 고전과 에스파냐 고전, 작가 페이호 Feijóo와 카달소 Cadalso로 대표되는 에스파냐 계몽주의 시대의 작품 및 프랑스 계몽주의 시대 작품을 섭렵하며 작가로서의 소양을 쌓았다.

리사르디는 『고통의 외침Gritos de Dolores』이라는 작품으로 작가 활동을 시작하여 『멕시코 일기Diario de México』라는 풍자 문학 작품으로 당대 최고의 작가라는 지위에 올랐다. 1812년에는 『멕시코의 생각하는 사람El Pensador Mexicano』이라는 신문을 발간하면서 시인으로서, 독설가로서, 우화 작가로서, 소설가로서의 면모를 유감없이 발휘했다. 리사르디는 독설로 유명했다. 그 한 예를 들자면 1816년에 발표한 『페리키요 사르니엔토』는 노예 제도에 대한 작가의 신랄한 비평으로 인해 교회로부터 판금 조치를 당하기도 했다.

1818년에는 『고달픈 밤과 명랑한 하루Noches tristes y día alegre』와 『키호티타와 그 사촌 누이La Quijotita y su prima』를 발표했다. 이 작품은 멕시코 중류 가족의 삶과 종교, 교육 그리고 사회상을 자세히 묘사함으로써 그 문제점을 지적한 일종의 도덕 풍자극이라 할 수 있다. 리사르디의 마지막 작품은 『우리 시대의 걸물 돈 카트린의 삶과 행적 Vida y hechos del famoso caballero Don Catrín de su Fachenda』으로, 에스파냐 식민지하의 시대상을 사실주의적 기법으로 상세히 그리고 있다. 이 작품은 소설이란 모름지기 재미와 교훈을 동시에 제공해야 한다는 의미에서 당대 최고의 소설로 손꼽힌다(이 소설은 그의 사후 1832년에 출판되었다).

리사르디는 신문 발행인, 새로운 글쓰기의 창시자, 시대 비평가였을 뿐만 아니라 신랄한 독설과 가열한 독립 투쟁으로 여러 차례 감옥살이를 했던 풍운아이기도 했다.

리사르디는 『유언과 작별Testamento y despedida』이라는 소책자를 남기고 1827년 6월 숨을 거두었다.

3. 작품 『페리키요 사르니엔토』(1816)

'페리키요 사르니엔토'라는 주인공 이름은 '페드로 사르미엔토'라는 본이름을 친구들이 바꿔서 부르는 이름이다. 그 뜻은 '옴 붙은 수다쟁이 혹은 앵무새'로, 주인공의 이름과 성격 및 외면적인 특징을 잘 조화시켜 만든 말이다.

주인공의 이름은 역설적인 상징과 상투적인 상징을 동시에 나타내고 있다. 옴sarna은 인류 역사상 오래된 질병으로, 에스파냐어에서는 아주 오래된 어떤 것, 즉 고질적인 것을 가리킬 때 관용구로 사용된다. 수다쟁이perico라는 단어도 상투적인 말을 너저분하게 늘어놓는 사람 혹은 다른 사람의 말을 이리저리 옮기는 사람을 지칭할 때 쓰인다. 이렇게 볼 때 '옴 붙은 수다쟁이'는 구 시대를 대변하는 인물로 볼 수 있다.

그러나 관습적인 해석이 아니라 시대 분위기를 고려하여 역설적인 해석을 해볼 때 전혀 다른 뜻을 찾아낼 수도 있다. 옴이라는 질병에 걸려 사회에 적응하지 못하고 이리저리 쫓겨다니는 한 인물이 그 사회상을 꼬치꼬치 따지는 것으로도 볼 수 있는 것이다. 물론 주인공이 처음부터 철학적인 고찰이나 학문적인 분석을 통해 사회를 질타하는 것은 아니다. 처음에는 자신을 거부하는 사회에 대한 개인적인 반감에서 시작하지만 차츰 논리적인 비평으로 가닥을 잡아간다.

이 소설 이전에 나왔던 많은 글들이 당대 사회에 대한 비평의 일환으로 씌어진 것은 사실이지만 그 인물의 개인적 신상을 파악해볼 때 주인공의 눈을 통한 관찰, 주인공의 사고를 통한 성찰, 주인공의 입을 통한 비평이라고 순진하게 인정하기에는 미심쩍은 부분이 많았다. 주인공은 피상적이고 일반적인 비평을 하는 것으로 그치는 경우가 많았고, 혹은 주인공은 일개 꼭두각시에 불과하고 그 뒤에 있는 작가의 모습이 너무 자주 드러나버렸던 것이다.

그러나 이 작품에서의 주인공은 사회에 대한 비판적 안목을 키울 수 있는 교육을 받아 지식을 쌓았고, 여러 사회 계층의 사람을 만나면서 지혜를 키울 수 있었다. 또한 주인공이 모든 발언권을 장악하여 간접 화법으로 들려주는 것이 아니라, 각 인물의 발언을 유도함으로써 직접 화법으로 들려준다.

주인공은 머리말에서 이 글의 목적을 밝히고 있다. 주인공이 글을 쓰는 목적은 자신의 인생 역정을 통해 자식들에게 세상 풍파를 헤쳐나가는 처세술을 가르치려는 것이다. 어지러운 시대를 살아온 아버지가 자식들에게 주는 교훈인 셈이다.

시대 배경은 18세기 말에서 19세기 초로 넘어가는, 다시 말해 식민지 국가에서 독립 국가로 넘어가는 과도기다. 주인공은 사회 곳곳을 누비며 원주민과 에스파냐인, 보수주의와 혁신주의, 구 시대와 신 시대의 도덕률, 교회 주도의 교육과 계몽주의에 입각한 교육 등을 비교 고찰한다.

페리키요 사르니엔토는 중류층 가정에서 태어난다. 주인공 자신이 하는 이야기로는 뼈대 있는 가문에서 태어난 것이다. 아버지는 사리 분별이 분명한 사람으로, 자식 교육에 있어서 신중을 기해 명목보다는 실질적인 면을 추구한다. 그러나 어머니는 외아들에 대한 맹목적인 사랑을 쏟아부음으로써 장래 자식의 험난한 인생살이의 단초를 제공한다.

어머니의 맹목적인 사랑으로 망나니로 자라난 주인공은 부모를 모두 잃고 종살이를 시작하며, 이렇게 해서 만나게 되는 인물들을 통해 사회에 대한 비평이 가해진다. 주인공이 만나는 인물들과 사회 관습에 대한 비평은 대체로 다음과 같다.

학교 생활(자격 없는 학교 선생과 학교 교육에 대한 문제)→수도원 생활→아버지의 죽음(장례 절차 문제)→가정 교육 문제→어머니의 죽음(문상 문제)→떠돌이 생활(노름 문제)→노름꾼에 의해 폭행당함(병원 문제)→도둑질 모의(도둑질 문제)→체포(감옥 생활 문제)→감옥 생활(유언 집행인, 밀수, 지배층의 횡포 문제)→서기를 섬기게 됨(법원 서기 문제)→이발사(도제 문제)→약사(매점 매석 문제)→의사(돌팔이 의사 문제, 세금 징수인 문제도 언급)→결혼(결혼 문제)→교회 성물 담당자로 취업(장례 문제로 인한 교회의 횡포)→판사를 만남(판사의 월권 문제)→도형수로 군입대(군대 문제, 군법 회의 문제)→마닐라 체류(흑인과 백인 문제)→상관의 죽음(자선 문제)→귀국 중 난파(중국 체류, 형벌의 문제, 가짜 작위 문제, 멕시코 최고 권력 자리를 돈으로 사려고 결심)→중국인과 귀국(중국인에 의한 멕시코 풍자)→자살 시도(문상 문제, 선한 가난뱅이)→도적떼에 잡힘(도적 문제)→개과천선(이전에 거쳐갔던 인물들과의 재회, 인과응보, 세상에는 악한 사람이 많아도 선한 사람이 있기 때문에 살아갈 만하다, 하나님의 자비와 사랑으로)

이로 볼 때 18세기 말과 19세기 초를 지배했던 물질적인 지배층과 정신적인 지배층이 총망라되었다. 작가가 이 작품을 쓸 당시에는 언론의 자유가 (세속 정부로부터 또한 교회 당국으로부터) 심각하게 제한당하고 있었기 때문에 국가 전체의 구조적인 모순을 해부하는 선까지는 이르지 못했을지라도 각 분야에 있어서 실무진의 행태를 고발하는 것으로 구체성을 확보한다.

작가가 얼마나 많은 사람들을 비판의 대상으로 삼았는지는 다음과 같은 구절에서 짐작할 수 있다. 페리키요는 자신의 글을 읽히고 싶지 않은 사람들을 다음과 같이 장황하게 열거하고 있다.

그러나 당부하거니와, 누군가에게 빌려줄 마음이 생기더라도, 노회한 위선자, 이해타산에 밝은 성직자나 살아 있거나 죽은 신자들을 등쳐먹는 성직자, 의사와 못돼먹은 변호사, 서기, 대리인, 재판소 서기 및 도둑 심보를 가진 검사, 고리대금업자, 유언 집행인, 미신에 빠진 여자, 돈이라면 깜빡 죽는 판사, 엉큼한 경찰, 포악한 간수, 나같이 조잡한 시인과 작가, 뻐기기 좋아하며 호들갑스러운 장교나 사병, 인색한 부자, 미욱한 자, 거만하거나 사람을 함부로 부리는 자, 게으르거나 재주 없거나 행실이 바르지 못하여 빌어먹는 자, 사기꾼 거지…… 이런 사람들에게 빌려주지 말지니라. 또한 삯일을 하는 처녀, 달음질 잘 치는 여인, 면도질을 자주 하는 노파에게도 빌려주지 말지니라. 한도 끝도 없구나. 단적으로 말하거니와 책을 읽으면서 바로 내 얘기라고 말할 사람 같으면 단 1분이라도 빌려주지 말지니라. (제1부 1장, p. 22)

재미있는 것은 작가가 자신이 사회에 던진 비판에 독자들은 어떤 평가를 할지에 대해 다분히 신경질적인 반응을 보이고 있다는 것이다.

누가 그랬겠습니까, 선생님이 우화라는 잔에 담아 마시게 한 진실이 입에 쓴 사람들이지요. 형편없는 가장, 자식이라면 죽고 못 사는 어머니, 자격 없는 라틴어 선생, 게으른 사제, 요사스런 여인, 게으름뱅이, 도둑놈, 사기꾼, 위선자 등 선생님이 그려낸 그 많은 못된 사람들이 페리키요에 대해 좋은 얘길 해주길 바라십니까? 천만의 말씀입니다, 친구여. 이런 사람들은 작품에 대해, 실존하는 작가에 대해 좋은 소리 안 합니다. 그래도 이건 아셔야 합니다. 그 원수 같은 사람들 중에서도 선생님 편을 끌어낼 수 있습니다. 그 사람들은, 자기들은 모르겠지만, 선생님 작품을 인정하는 셈이니까요. 선생님께서 쓰신 모든 것이 거짓말이 아님을 증명해보이는 셈이지요. 그러니 누가 뭐라고 떠들어도 상관 마시고(그게 뭐 비평 축에라도 낀답디까) 작품을 계속 쓰십시오. 그리고 작품 사이사이에서 명백하게 주장하십시오. 어느 특정인을 다룬 것은 아니라고 말입니다. 칭찬받아 마땅한 목적이 있어 사회의 폐단을 풍자하는 것이다, 우리 에스파냐 안팎의 용기 있는 천재들이 수도 없이 풍자해온 바로 그 폐단일 뿐이다. (제2부 「머리말을 대신하는 이야기 한 토막」, pp. 11~12)

그러나 작가가 다루고 싶었던 내용이 끝내 밝혀지지 않은 아쉬움도 있다. 18~19세기에는 자국에 대한 직접적인 비판이 제한을 받았기 때문에 자국을 비판하기 위해 외국인의 눈을 빌려서 쓴 작품이 다수 등장했다. 에스파냐의 호세 카달소José Cadalso가 쓴 『모로코인의 편지 Cartas Marruecas』, 프랑스의 몽테스키외Charles de Secondat Montesquieu가 쓴 『페르시아인의 편지 Lettres Persanes』를 대표작으로 볼 수 있다. 이 작품에서도 제3국인의 눈을 통해 본 멕시코 비평이 행해졌다. 중국인이 본 멕시코에 대한 인상기가 그것일진대, 중국인이 뭔가를 기록했다고는 나와 있으나 그 내용은 끝내 나타나지 않고 있다. 작가가 다루지 못한 또 하나는 1813년에 있었던 멕시코 독립 전쟁이다. 작가는 이 문제를 다루지 못하는 이유를 위험하기 때문이라고 설명한다.

한 편의 소설을 통해 작가가 나타내고자 의도했던 것을 굳이 작가 자신의 말을 빌려 알아볼 필요는 없겠으나, 작가가 뚜렷한 목적을 가지고 쓴 만큼, 그 목적을 알아보는 것이 작품의 내·외적 의미를 살피는 데 도움이 될 것이다. 이 작품의 말미에 작가 자신('생각하는 사람'이라는 이름으로 등장하는데 이는 작가의 필명이다)이 페리키요의 친구로 직접 등장하여 이 작품이 출판되어야 하는 당위성을 역설한다.

4. 문학사적 의의

첫째, 『페리키요 사르니엔토』는 중남미에서 중남미 작가에 의해 씌어진 최초의 소설이라는 점에 그 역사적 의의가 있다. 19세기 초반까지 중남미에서는 정치적인 이유(1531년의 소설 금지령, 사전 검열)와 사회적인 이유(부르주아 계층의 미성숙) 등으로 소설뿐만 아니라 모든 문학 장르에 있어 독자적인 작품을 생산해내지 못하고 에스파냐 작품을 답습하는 형편에 놓여 있었다.

15~16세기 북유럽을 휩쓴 종교 개혁에 위기감을 느낀 에스파냐는 로마 가톨릭교의 수호자로 자처하고 나서게 되며, 강력한 사회 억압 정책을 시행했다. 그 정책 중의 하나가 영적인 생활에 도움이 안 되며 오히려 위협이 되는 문학 작품을 엄격하게 제한하는 것이었다. 그래서 아직 문학적으로 성숙하지 못했던 신대륙에 소설 수입을 금지시킴으로써 식민지에 근본적으로 소설이 발붙이지 못하게 했다.

소설의 발달 과정을 살펴보면 어느 사회에 소설을 소비할 수 있는 계층, 즉 부르주아 계층이 형성될 때 소설은 양적으로나 질적으로 발달하게 된다. 그러나 멕시코를 포함한 중남미 제국은 구대륙을 위한 1차

산업에 주력했기 때문에 상공업이 발달할 수 없었고 그 결과 부르주아 계층은 형성될 수 없었다.

부르주아 계층은 단순히 문학 작품의 소비자로서의 역할만 하는 것은 아니다. 부르주아 계층은 왕정보다는 공화정을 선호하며 민족 단위보다는 지역 국가 단위로 공동체 의식을 형성한다. 멕시코에 부르주아 계층이 형성되었다면 이들은 에스파냐의 식민지인으로서가 아니라 독립된, 혹은 독립을 갈구하는 멕시코인으로서 자의식을 키웠을 것이고, 따라서 독자적인 문학을 생산해냈을 것이다.

그러나 18세기 말과 19세기 초에 밀어닥친 새로운 시대 정신과 그로 인한 독립에의 열망, 새로운 사회 계층의 형성으로 중남미에서도 문학의 새로운 지평이 열리게 되었다. 이런 상황에서 『페리키요 사르니엔토』는 중남미 최초의 소설로 나타났다.

둘째, 『페리키요 사르니엔토』는 문학 장르로 구분해보면 '피카레스크 소설'(악자소설)로 분류되지만 에스파냐 전통의 피카레스크 소설을 창조적으로 토착화시켰다는 점에서 의의를 지닌다.

에스파냐의 피카레스크 소설이 하류층 출신의 악동으로 사회상을 '삐딱하게' 보고 풍자하는 데 주안점을 두었다면, 『페리키요 사르니엔토』는 중류층, 즉 비판적 안목과 교정 능력을 가진 인물을 내세워 그 사회상을 철저하게 해부하여 수술하는 단계까지 보여준다.

방대한 분량으로도 그 내용의 풍부함을 알 수 있으며, 또한 여러 돌발적이고 우연한 사실·사건의 단편적인 나열이 아닌, 사건과 사건의 필연적이며 유기적인 관계를 그림으로써 그 총체성을 확보한다.

셋째, 작가는 문학의 보편적인 효용, 즉 재미와 교훈을 동시에 만족시킨다. 성경에서부터 속된 속담에 이르기까지의 풍부한 인용, 극히 심오한 장엄함에서부터 한없이 가벼운 풍자에 이르기까지의 상황 연출은 소설 읽는 재미를 한층 고조시킨다.

5. 사회사적 의의

작가는 이 작품을 통해 이제 막 태동하기 시작한 부르주아 계층의 새로운 도덕관을 정립하려고 한다. 작가는 여기서 계몽주의 · 합리주의의 이상으로 당대 멕시코 현실을 개혁하려는 의도를 드러낸다. 그러나 작가는 이런 주의 · 주장을 막무가내식으로 강요하지 않고, 사회학자로서, 사회 비평가로서 당대 사회를 광범위하게 고찰하여 그에 대응하는 해결책을 제시한다.

또한 작가는 온갖 계층의 인물과 멕시코 전 지역을 순회하면서 그 사회상을 착실히 그려내어 당시의 음식 · 의복 · 주거 등 인간살이의 전 분야를 고찰할 수 있는 기회를 부여하기도 한다.

멕시코는 중남미 에스파냐 식민지의 중심지였고 나폴레옹 전쟁의 직접 관련 지역이었을 뿐만 아니라 미국과 유럽(에스파냐 · 프랑스) 간의 패권 다툼의 실험 무대이기도 했다.

시대가 바뀌는 과도기, 세계 열강이 드잡이하는 난장판, 온갖 군상이 우글거리는 시장 바닥, 이곳을 누비고 다니며 느려터진 구변으로 수다 떠는 천덕꾸러기, 그가 바로 '페리키요 사르니엔토'이다.

■ 작가 연보

1776   멕시코에서 의사의 아들로 태어남. 산 일데폰소 대학에서 철학과 라틴어를 공부했으나 학업을 마치지는 못했다. 라틴 고전과 에스파냐 고전, 작가 페이호 Feijóo와 카달소 Cadalso로 대표되는 에스파냐 계몽주의 시대 작품 및 프랑스 계몽주의 시대 작품을 섭렵하며 작가로서의 소양을 쌓았다.

1807   『고통의 외침 Gritos de Dolores』으로 작가 활동 시작.

1808   체제 옹호적인 작품 『페르난도 7세께 바치는 폴카 Polaca en honor de don Fernando VII』 발표. 후에 민족주의적 자유 진보 사상으로 전환하였다.

        『멕시코 일기 Diario de México』라는 풍자 문학 작품으로 당대 최고의 작가로 칭송받음.

1812   『멕시코의 생각하는 사람 El Pensador Mexicano』이라는 자유주의 신문을 발간하면서 시인으로서, 독설가로서, 우화 작가로서, 소설가로서의 면모를 유감없이 발휘함.

1814   페르난도 7세의 명에 의해 『멕시코의 생각하는 사람』이 정간당함. 이때부터 '멕시코의 생각하는 사람'을 필명으로 사용하였다.

1816   『페리키요 사르니엔토 El Periquillo Sarniento』를 발표하여 작가로서

의 위치를 확고히함.

1818   멕시코 중류 가족의 삶과 종교, 교육 그리고 사회상을 자세히 묘사해 그 문제점을 지적한 일종의 도덕 풍자극이라 할 수 있는 『고달픈 밤과 명랑한 하루 Noches tristes y día alegre』와 『키호티타와 그 사촌 누이 La Quijotita y su prima』의 일부 발표. 같은 해에 『풍자시 Fábulas』를 발표하나 반응은 신통치 않음.

1822   「차모로와 도밍긴 사이의 대화 Diáogo entre Chamorro y Dominguín」「프리메이슨을 위한 변호 Defensa de lod francmasones」라는 소책자를 발간하여 논쟁가로서의 면모를 다시 한 번 과시함.

1825   희곡 『감수성이 예민한 검둥이 El negro sensible』 발표.

1827   『유언과 작별 Testamento y despedida』이라는 소책자를 남기고 6월 27일 숨을 거둠.

1832   사후에 마지막 작품 『우리 시대의 걸물 돈 카트린의 삶과 행적 Vida y hechos del famoso caballero Don Catrín de su Fachenda』이 발간됨. 이 작품은 에스파냐 식민지하의 시대상을 사실주의적 기법으로 상세히 그리고 있으며, 소설이란 모름지기 재미와 교훈을 동시에 제공해야 한다는 의미에서 당대 최고의 소설로 손꼽힌다.

■ 기획의 말

'대산세계문학총서'를 펴내며

　근대 문학 100년을 넘어 새로운 세기가 펼쳐지고 있지만, 이 땅의 '세계 문학'은 아직 너무도 초라하다. 몇몇 의미있었던 시도에도 불구하고, 전체적으로는 나태하고 편협한 지적 풍토와 빈곤한 번역 소개 여건 및 출판 역량으로 인해, 늘 읽어온 '간판' 작품들이 쓸데없이 중간되거나 천박한 '상업주의적' 작품들만이 신간되는 등, 세계 문학의 수용이 답보 상태에 머물러 있었음을 부인하기 힘들다. 분명한 자각과 사명감이 절실한 단계에 이른 것이다.

　세계 문학의 수용 문제는, 그 올바른 이해와 향유 없이, 다시 말해 세계 문학과의 참다운 교류 없이 한국 문학의 세계 시민화가 불가능하다는 의미에서, 보다 근본적으로, 우리의 문화적 시야 및 터전의 확대와 그 질적 성숙에 관련되어 있다. 요컨대 이것은, 후미에 갇힌 우리의 좁은 인식론적 전망의 틀을 깨고 세계 전체를 통찰하는 눈으로 진정한 '문화적 이종교배'의 토양을 가꾸는 작업이며, 그럼으로써 인간 그 자체를 더 깊게 탐색하기 위해 '미로의 실타래'를 풀며 존재의 심연으로 침잠하는 작업이라 할 수 있다.

　우리의 현실을 둘러볼 때, 그 실천을 위한 인문학적 토대는 어느 정도 갖추어진 듯이 보인다. 다양한 언어권의 다양한 영역에서 문학 전공

자들이 고루 등장하여 굳은 전통이나 헛된 유행에 기대지 않고 나름의 가치있는 작가와 작품을 파고들고 있으며, 독자들 또한 진부한 도식을 벗어나 풍요로운 문학적 체험을 원하고 있다. 새롭게 변화한 한국어의 질감 속에서 그 체험이 이루어지기를 바라는 요청 역시 크다. 그러므로 필요한 것은 어쩌면 물적 토대뿐일지도 모른다는 판단이 우리를 안타깝게 해왔다.

　이러한 시점에서, 대산문화재단의 과감한 지원 사업과 문학과지성사의 신뢰성 높은 출판을 통해 그 현실화의 첫발을 내딛게 된 것은 우리 문화계의 큰 즐거움이 아닐 수 없다. 오늘의 문학적 지성에 주어진 이 과제가 충실한 결실을 맺을 수 있도록, 우리는 모든 성실을 기울일 것이다.

'대산세계문학총서' 기획위원회